Jean-Paul Desprat, né en 1947, est historien et romancier. Il est l'auteur d'ouvrages sur Henri IV, Madame de Maintenon, Mirabeau et de romans historiques, dont *Bleu de Sèvres* et *Jaune de Naples*.

Jean-Paul Desprat

# LE MARQUIS DES ÉPERVIERS

## Une aventure de Victor de Gironde

ROMAN

*Points*

Une première édition de cet ouvrage est parue en 1988 aux éditions Balland.

TEXTE INTÉGRAL

ISBN 978-2-7578-2784-0

# PROLOGUE

*Le comte de Gironde avait compté en son temps parmi les plus brillants officiers de Turenne mais, en 1702 – au moment ou débute ce récit – cela faisait vingt ans que les difficultés faites aux huguenots à la veille de la révocation de l'Édit de Nantes l'avaient contraint à quitter, jeune encore, le service et à se retirer chez lui.*

*La Seigneurie de Gironde dont lui venait son nom se blotissait sur une langue de terre que la province de Rouergue tirait au nord dans un dernier repli des monts d'Auvergne. C'était un domaine dont les armes et la demeure disaient l'ancienneté et la misère. L'écu de cette famille figurait en effet une fougère altière dont les frondes se découpaient en s'espaçant comme les ramures d'un cèdre sans aiguilles. Elle était aussi déliée que la primitive fleur de lys dont les pétales crochus se déployaient de part et d'autre d'une lance effilée. Mais, tandis qu'avec le temps le symbole capétien avait prospéré jusqu'à devenir obèse, la fougère de Gironde était restée la même, élancée, si étique, que souvent des âmes simples, impressionnées sans doute par le dénuement de ceux qui l'arboraient, l'avaient osé confondre avec ce symbole convenu des destinées faméliques : l'arête du poisson. Quant au château, il eût été difficile de trouver plus belle illustration de la prééminence qu'à l'aube du XVIII^e^ siècle, la gloire des armes, soutenue par l'antiquité du lignage, continuaient de conférer sur la superbe des gros propriétaires du voisinage. Sans plan d'ensemble, plein d'angles et de décrochements, il ne présentait deux faces contrastées que par le caprice du paysage. Du côté de l'entrée, il s'agrippait au rebord d'un plateau aride et bosselé qui constituait tout son territoire. À l'opposé, planté au ras du vide, il dominait la riche vallée qui s'ouvrait à son pied, damier coloré de prairies et de jardins opulents dont il n'avait jamais possédé un arpent. C'est là qu'il apparaissait, depuis la plaine, orgueilleux et redoutable, hissé sur le pavois de son roc escarpé, surplombant le chaos d'une garrigue empourprée de bruyère. Dix maisons alentour auraient pu alors, à bon droit, se prétendre plus fortunées que celle de Gironde mais on était dans un temps où pas une encore n'aurait osé en tirer prétention.*

*Parti dès l'adolescence pour embrasser la carrière des armes, monsieur de Gironde, revenant dans son foyer, avait découvert un lieu où il n'avait fait à peu près que naître et passer au galop. Il n'eut cependant guère loisir de céder à des réflexions amères sur les causes de son retour prématuré chez lui car, très vite, la disparition des revenus qu'il tirait de sa charge d'officier le contraignit à venir lui-même en aide à ses fermiers. Sa main accoutumée à mouler la fusée de son épée dut se faire à peser sur le mancheron de la charrue et, peu à peu, les travaux inlassablement repris, les gestes devenus mécaniques, vidèrent de son cœur la haine qui y gisait encore. Son regard jadis farouche et cause de frayeur dans les rangs espagnols, finit par se voiler de brume et les montagnes, fondant leurs courbes au loin avec la base du ciel, bornèrent un horizon dont il n'eut plus le désir de s'échapper.*

*Les malheurs qui suivirent cette retraite parurent glisser sur ce géant sans le blesser, comme la lumière sur le marbre. Certes monsieur de Gironde eut à gémir des dernières violences faites à la conscience des protestants déclarés nouveaux convertis dès lors qu'ils ne quittaient pas le royaume, mais, ayant fait choix lui-même de demeurer, il était désormais le premier à l'office, depuis son banc seigneurial, à devoir répondre « suis présent »* [1] *au curé. Par la suite, après que dans l'année 1693 la mort lui eut ravi sa femme, il devait repousser les quelque dix partis, tous nobles et catholiques, qu'étaient venus lui proposer de ces donneurs d'avis faisant métier par les campagnes de « raparier les veufs » et aidé de la vieille Angèle, qui cinquante ans auparavant lui avait tenu lieu de nourrice, il s'était entêté à élever seul ses trois enfants.*

*Victor, qui n'a pas encore fêté ses dix-huit ans au moment où il paraît dans cette histoire, était son aîné et son seul garçon. Traçons d'un trait le portrait du héros que nous allons suivre aux quatre coins de l'Europe. Sa taille, sa tournure, ses façons sont déjà celles d'un homme, pourtant il n'a rien du mousquetaire. Si nous ne craignions pas la confusion des temps, nous le dirions déjà un romantique : sa figure mate et délicate, ses lèvres épaisses, ses plats cheveux d'ébène, ses yeux noir de jais, lui venaient de sa mère. Pour tout le reste, il tenait de son père, surtout cette démarche un peu raide, ce port de tête allier qu'atténuait la bonté du regard, enfin ce front haut et large qui donnait une vue si exacte de l'obstination des Gironde. On le voyait souvent, un livre sous le bras, portant un habit de drap bleu qui lui allait un peu juste et des bas d'étame grossière ravalant sur de méchantes chaussures à surpieds, s'enfoncer, en compagnie de son oncle, l'abbé de Tressan, dans les chemins creux, autour du château de sa famille. Ce*

1. Réponse que les anciens protestants étaient tenus de faire publiquement au curé qui s'assurait de leur présence à la messe en procédant à leur appel.

*prêtre, d'apparence chétive, l'un des vicaires généraux de l'évêque de Rodez, cultivait l'audace intellectuelle au point d'avoir initié son neveu aux philosophes du temps tenus en suspicion par l'Église. Dix ans de ces leçons chuchotées ainsi que des patenôtres avaient fait de Victor un savant. En histoire, en algèbre, en musique aussi, car l'abbé touchait assez joliment l'orgue et l'épinette, le jeune homme avait acquis des lumières supérieures à celles qu'un garçon de son monde pouvait glaner en son temps dans le Rouergue. Ses deux sœurs, Louise et Charlotte, de neuf et six ans ses cadettes, devaient également beaucoup à leur oncle, moins que leur aîné d'évidence parce qu'elles n'étaient que des filles mais considérablement plus malgré tout que les créatures de leur sexe dans ce temps-là.*

*Monsieur de Gironde laissait avec sérénité croître sa progéniture dans le catholicisme. C'était la plus pressante recommandation que lui avait renouvelée sa femme en expirant et il n'aurait jamais eu l'idée de revenir sur cet engagement qu'il regardait comme sacré. Lui-même, pourtant, dans maintes circonstances où il se trouvait seul, en particulier lorsqu'il boulangeait le samedi son beau pain blanc et qu'il demeurait la nuit dans le fournil à veiller sur la cuisson, continuait de méditer la Bible et les écrits des pasteurs. Aussi endurcie dans sa foi primitive était la vieille Angèle. Sachant lire et refusant farouchement de s'exprimer en patois comme les plus convaincus des anciens huguenots, elle marmonnait inlassablement les psaumes de Marot tandis qu'elle apprêtait dans l'âtre la bouillie de châtaignes blanchettes.*

*Cette existence sans heurt, bucolique et savante, excitait la fierté de monsieur de Gironde. Le soir, lorsqu'il s'asseyait au bout de son champ, sous un chêne, contemplant son confident, le Lot au lancinant murmure, et les sillons verts tracés par son effort dans la garrigue, il songeait au pays de Canaan de ses pieuses lectures et il se félicitait d'avoir ancré un îlot de paix dans un océan de haine.*

*C'est, hélas, sur cette Thébaïde qu'à la fin de l'été 1702 s'abattit l'orage qui devait jeter Victor sur la route de Paris.*

*Le 26 juillet, un jeune prédicant protestant du nom de Fauvel, nature encore trop frêle pour résister longtemps aux horreurs de la question, fut arrêté près de Montauban. À la veille d'être supplicié sur la roue, il révéla que le père de Victor lui avait fourni dans son château aide et assistance. Il n'en fallut pas plus à l'intendant de Guyenne, Le Gendre, pour concevoir un châtiment qui soit propre à détourner les huguenots, restés nombreux dans sa province vers Millau et Saint-Antonin, de s'unir à la révolte initiée quelques semaines auparavant, dans les Cévennes, par le meurtre de l'abbé du Chayla. Dans ce dessein, le père de Victor figurait la victime idéale : noble et par là un phénix pour les plus humbles qui ne manqueraient pas d'être effrayés de la hauteur de sa chute, il ne paraissait pas à la cour et n'y jouissait d'aucun appui en état de détourner le coup qu'on lui destinait. Le Gendre décida de lui faire son procès dans les formes et il enjoignit au prévôt de Rodez de courir l'arrêter. L'abbé de Tressan, cadet de la défunte mère de Victor, faisait toutefois une figure trop connue et estimée dans son diocèse pour n'être pas dans l'instant avisé d'un ordre pris contre son beau-frère. Il sollicita ses amis dans le but de bâtir un compromis capable de recevoir l'assentiment du sénéchal de Rouergue. Ce dernier, monsieur de Buisson, le seul homme alors en état de pouvoir composer avec l'intendant, ne put, malgré tous ses efforts, rapporter de Montauban qu'un accord dont les termes ne laissaient pas d'être terribles. Pour éviter d'être livré au bourreau ou condamné aux galères et demeurer chez lui dans une demi-liberté, le comte de Gironde devait se séparer de ses enfants : ses filles seraient confiées à monsieur de Tressan et vivraient à Rodez, Victor irait à Paris où un autre de ses oncles, le conseiller d'État Davignon d'Antraigues, acceptait de lui accorder son hospitalité. Informé de ce plan, l'ancien officier de Turenne vit un gouffre s'ouvrir sous ses pas. Tout un jour, maudissant Dieu sans témoin, il s'enfonça dans les châtaigneraies en contrebas de son château. Lorsqu'il reparut au soir, le visage serein mais les yeux injectés d'un feu qui ne devait plus jamais s'éteindre, il avait arrêté sa résolution : il acceptait l'offre du sénéchal puis, dès que ses enfants seraient en lieu sûr, il s'enfuirait à Genève pour rejoindre le Refuge*[1]*.*

*La dernière nuit qu'il passa à Gironde, Victor, incapable de sommeil, ressassa les recommandations que lui avaient faites la veille son oncle et son père, de ménager sa jument noire, de se méfier des inconnus qui l'aborderaient sur sa route, et surtout, de se conduire en toutes occasions selon les solides principes qu'ils lui avaient inculqués de concert.*

*Vers quatre heures, il fut tiré de ses songes par le grattement que produisait d'ordinaire monsieur de Gironde lorsqu'ils devaient partir, avant le point du jour, prendre les lièvres à l'accroupie.*

*– Il est temps… Il faut aller, mon garçon ! murmura cette voix que, même rabaissée, il eût reconnue entre mille.*

*S'étant vêtu et ayant rassemblé ses longs cheveux dans un nœud de velours, il dévala l'escalier raide pour découvrir, dans la salle commune, sur la table recouverte d'une nappe blanche brodée des fougères de sa*

1. Au sens de lieu, hors du royaume, principalement en Suisse, en Hollande et en Angleterre, où se rassemblaient les protestants français proscrits.

*maison, un gâteau à l'épaisse croûte d'or, fumant encore, dont l'odeur l'avait ravi depuis l'étage. C'était la pompe à l'huile, sa friandise favorite, qu'Angèle, pour lui faire un dernier plaisir, avait cuit dans la nuit à la suite du pain. Il en trempa un morceau dans un bol de lait plein d'écume et dévora pour s'échapper plus vite. Alors qu'il enjambait son banc pour ressaisir sa sacoche, il vit surgir son père qui, depuis son cabinet, debout parmi les domestiques en pleurs, n'avait cessé de l'observer.*

*Celui-ci, ayant entrouvert la porte de sa demeure sur la demi-lueur d'une aube floconneuse, étreignit une dernière fois son fils. Soulevant sans mot dire une mèche de ses cheveux, il le baisa au front, puis, très vite, avant de refermer violemment pour s'épargner la vue prolongée de sa misère, il le poussa au-dehors.*

*Première partie*

# LE CHEVALIER DE CARRESSE

## CHAPITRE PREMIER

# *Où paraît Maximilien de Carresse*

Lorsqu'il se retrouva sur le perron, saisi par le froid vif du petit matin, mitraillé par le claquement effroyable du ventail derrière lui, Victor sauta en selle et détala.

Dès qu'il fut entré dans le proche bois de Braye, hors de la vue de Gironde, des larmes, qu'il n'avait plus la force de retenir, rayèrent ses joues et l'aveuglèrent. Aussi, quoiqu'il ne risquât pas à cette heure encore sombre de croiser des témoins de sa détresse, rabaissa-t-il instinctivement son tricorne avant de prendre un furieux galop et de s'enfoncer dans le chemin creux qui montait vers Montredon.

Il fila si bon train qu'il fut tout surpris de découvrir Figeac, juste comme l'ajour du clocher-peigne qui veillait sur la ville se trouvait transpercé par la lumière frisante de l'aube. Un marché s'installait sur le foirail. Des forains venus du Quercy, de l'Auvergne et du Rouergue, car ces trois provinces se rejoignaient là, s'activaient en silence, sous l'œil morose de quelques miliciens accoutrés d'uniformes en lambeaux. Ils disposaient sur des lits de paille des pyramides de fromages séchés ; à même le pavé, des aulx en tresse, des légumes rabougris rassemblés en petits tas, des volailles étiques aux membres entravés par des nœuds d'osier. En arrière-fond, des étameurs empilant leur cuivrerie, des galochiers accrochant aux volets des maisons des guirlandes de chanvre chargées de leurs produits vernis, semblaient s'appliquer à parer la ville pour un prodigieux tournoi. Le vent qui soufflait ce matin-là sur Figeac n'emportait pourtant pas dans ses roulements les effluves légers qui préludent aux réjouissances : la disette régnait partout alentour et les consuls, qui craignaient un coup de main des affamés, avaient appelé les soldats pour remplacer les chasse-coquins qu'ils ne pouvaient entretenir.

Le gros de la troupe s'était regroupé près d'un abreuvoir pour partager des quignons de pain grossier que venait de lancer un sergent aux allures de matamore. Victor, qui avait ralenti l'allure de sa monture, put observer à loisir l'expression ahurie qui se peignait sur ces visages encore enfantins dont la fatigue avait brouillé les traits.

– Où allez-vous ainsi ? lui cria soudain un officier qu'il n'avait pas remarqué parce qu'il se tenait à l'écart à côté de son cheval.

C'était un jeune homme svelte, portant avec prestance une capote d'un ton garouille, jetée sur un justaucorps de drap bleu à brandebourgs. Il arborait à son cou une cravate blanche nouée à la steinkerque, c'est-à-dire lâchement, l'extrémité glissée dans une boutonnière basse à l'imitation des soldats français surpris dans leur sommeil à l'aube de la fameuse journée de Steinkerque. Un large tricorne, barré d'un galon noir, dissimulait entièrement son regard.

– Je vais à Paris, répondit le plus naturellement du monde notre cavalier qui se pencha aussitôt pour tenter de surprendre la mine de son interpellateur.

– À Paris ? se récria l'officier en faisant mine d'être effrayé.

– Cela vous surprend ?

– Ma foi, reprit l'autre, je devrais vous répondre non puisque la route que vous suivez va bien là où vous le dites, mais j'avoue vous trouver tout à fait téméraire… Ignorez-vous que ceux du Limousin se sont une nouvelle fois révoltés et qu'on ne s'aventure plus là-bas sans courir de gros risques ?

– Vos coquins se voleront eux-mêmes, proclama Victor en montrant sa sacoche aux deux bourses singulièrement plates pour contenir les hardes d'un exilé ; quant à m'égorger, qu'ils essayent ! j'ai du sang aux ongles quand il le faut.

Tout en parlant ainsi, il s'était carré sur sa selle, contrefaisant la pose forfantière d'un condottiere et déclenchant, par là, la joie de l'officier qui découvrit dans un large sourire deux rangs de dents bien plantées et éclatantes.

– Vous êtes effronté, reprit celui-ci, vous avez du cran, cela est bien… J'aimerais cependant vous retrouver d'ici à quelque temps pour avoir la primeur du récit de ce voyage.

– Si nous nous revoyons, je serai votre obligé, riposta le voyageur avant de saluer et de décliner son nom.

– Paul de Therondels, dit à son tour le jeune homme, ah ! je sens qu'il n'est pas en mon pouvoir de vous retenir de commettre des folies… Toutefois, si vous êtes arrêté, vous aurez la consolation de savoir que nous marchons derrière vous pour aller prêter main-forte aux troupes du bailli de Limoges, monsieur de Gargilesse.

– Que se passe-t-il qui nécessite un tel déploiement ? s'inquiéta Victor.

– Des troubles fomentés par un personnage qui se pare du beau nom de marquis des Éperviers. Il soulève les paysans du Quercy au Berry qu'on commence à nommer Tard-avisés. Il fait accroire que le roi établira bientôt par ici un impôt sur les nouveau-nés.

– Un impôt sur les nouveau-nés !

– Oui, une sorte de taxe sur la vie, un droit qu'il faudrait payer pour pouvoir faire inscrire les enfants sur les registres de baptême.

– Mais c'est une monstruosité, cela ne se peut !

– Je le pense comme vous, dit l'officier, pourtant les rumeurs vont bon train dans un pays qu'on a accoutumé à toutes sortes de nouveautés fiscales.

Il se rapprocha de Victor pour parler bas :

– On dit que ce marquis est réellement un gentilhomme… Je ne puis me faire à cette idée.

– Je le trouverai le premier, trancha le jeune exilé toujours aussi glorieux, le portrait que je vous en ferai sera le clou du récit que je viens de vous promettre.

Sur ses mots, éperonnant sa jument, il leva un bras en signe d'adieu et quitta la ville par la longue montée qu'emprunte la route de Brive pour s'échapper de la vallée du Célé.

Le causse qu'il traversa au gros du jour était déjà un autre monde. S'inquiétant d'abord de n'y trouver ni les grands bovidés, orgueil des laboureurs, qu'il était accoutumé à voir chez lui, ni les volailles dodues, signe de l'aisance frumentaire, qui, dans les haies, chantaient et crételaient en nombre autour du château de son père, il découvrit avec effarement l'aridité de ces étendues pierreuses, aigrettées de genévriers drus, quadrillées de murets sur lesquels, par dizaines, grouillaient des lézards verts à ventre énorme. Les hommes donnaient le sentiment de s'être retirés de ces terres fanées à perte de vue par la fureur du soleil ; ce n'étaient que maigres brebis tondues jusqu'à la chair et cochons noirs qui cherchaient la première glandée.

Sur le soir, s'aidant de bancs de sable fin, il franchit à gué la Dordogne. L'eau glissait là, sans ride, ne procurant un sentiment de vie que par la diaprure qu'imprimait un grand soleil rouge en déclinant dans l'axe de la vallée. Victor se souvint alors que sa grand-mère lui avait fait maints récits de sa jeunesse passée au temps de Louis XIII dans un vieux château accroché au versant d'une montagne que cette rivière, un peu plus loin, courait envelopper. Le souvenir de cette vieille aimable, qui lui avait tenu lieu de mère entre sa septième et sa douzième année, raviva une dernière fois sa douleur et, frappé à cet instant par l'impression étrange et forte que la chevauchée merveilleuse des contes de son enfance se brisait à cet endroit, il laissa un moment s'épandre son regard vers les formidables falaises blanches alvéolées de cavernes qui marquaient la direction du Périgord.

Il parvint à Martel comme l'angélus s'égrenait et ce n'est qu'en sautant à terre qu'il eut conscience d'avoir, en un jour, effectué le trajet de presque deux étapes et, par là, méconnu déjà l'une des plus pressantes recommandations que lui avait faites son père.

Il s'était arrêté sur la longue place du village, près d'un groupe de vieillards silencieux qui avaient tiré leurs chaises au-dehors pour savourer la fraîcheur du soir. Un bonhomme grison, paré d'une belle barbe lisse, lui désigna la seule auberge du village dont l'enseigne figurant un lion d'or reproduisait le vieux rébus fait sur « au lit on dort », inlassablement repris depuis des siècles tout au long des routes de France.

Autour d'une vaste cour précédée d'un porche voûté, l'établissement, qui servait de relais de poste, ordonnait des constructions disparates qu'une vigne fondait dans un admirable décor végétal. Sur la droite, une longue remise, toute retentissante de bruits de forge, étalait par ses portails grands ouverts un flot d'hétéroclites carabas aux brancards levés, les uns étincelant de leur vernis impeccable, les autres crottés jusque par-dessus leur toit. Tandis que Victor passait, l'écurie s'animait du ballet des valets en sabots et bas rayés qui lavaient à grande eau les stalles. Le bâtiment destiné aux hôtes, dans l'axe de l'entrée, était une demeure massive à volets peints en rouge, ceinte d'une terrasse en étage qu'on gagnait par un escalier aux balustres ventrus de terre cuite. La salle, dans laquelle on pénétrait directement, s'éclairait de huit fenêtres réparties sur trois côtés. Son unique mur sans jour supportait une cheminée devant laquelle des vachers en blouses noires, attablés çà et là avec leurs longues aiguillades, sablaient joyeusement le redoutable rapé [1] produit par la maison.

Postée près de l'évier baigné par l'éclat orangé de la dinanderie, prête à fondre sur l'innocent qui venait de franchir son seuil, se tenait madame Costes, la maîtresse de poste.

– Monseigneur nous fait l'honneur de venir partager notre souper ! s'exclama la bonne femme qui était accoutumée à déployer pour ses chalands de marque toute une panoplie de civilités trémoussantes.

Dès l'abord, sa trogne poupine et rubiconde parut à Victor reluire davantage que les canards, suant leur jus de miel, qui chantaient dans son dos sur la broche. Elle caquetait comme une maîtresse poule et la gorgerette immaculée qui lui serrait le cou virevoltait dans des ressauts de papillon. Le son cristallin rendu par les clefs pendues à sa ceinture déroulait l'*Introït* d'une messe gourmande. C'était le sésame de la resserre aux pots, des celliers enfouis sous terre où transpiraient des fourmes grasses et séchaient sur des perches des chapelets de saucissons marbrés.

– Est-il aussi possible de dormir ? bredouilla le voyageur désappointé par ce premier contact avec la flagornerie hôtelière.

– Tout est possible lorsqu'on est gentilhomme ! répliqua hautement madame Costes et elle se courba derechef si bas que sa robe retroussée, en glissant sur son fessier, découvrit ses mollets larges et dodus comme des ventres de lapins.

Elle appela en patois un grand dadais à la mine

1. Breuvage fait dans les cabarets avec les restes de vin qu'on reversait dans un tonneau.

nigaude, lui commandant de conduire le voyageur dans une chambre qu'elle réservait, précisa-t-elle encore, « aux gens de qualité ».

Victor commençait à s'inquiéter des distinctions que la bonne femme lui accrochait un peu partout à la façon des affiquets [1] sur la robe d'une extravagante.

La solide défiance qu'on nourrissait dans sa famille envers toute espèce de flatterie et sa parcimonie native de paysan pauvre lui faisaient déjà craindre que le prix de pension fût à proportion de l'excellence dont on le barbouillait.

– Vous savez, protesta-t-il, je ne suis qu'un pauvre garçon, plus gentillâtre en somme que gentilhomme ; je sais surtout m'accommoder de peu.

– Il n'est pas question de cela ! tempêta l'aubergiste, même pauvres et galeux, les gens bien nés sont chez moi toujours distingués… Vous me payerez ce que vous estimerez bon mais, ventre de biche ! vous me laisserez vous traiter comme je l'entends.

– Je ne…

Il fut interrompu par un nouveau geste impérieux de l'hôtelière qui éleva son fourgon, telle une Walkyrie sa lance.

– Par ma foi ! vous ne seriez pas le premier de ces jeunes seigneurs portant l'épée et chevauchant vers Paris à qui je ferais confiance… Tenez ! le petit Lavardin, lorsqu'il s'est présenté dans cette maison, il y a vingt ans, son cheval était si cornard, ses bottes si crevées, son habit si râpé, que j'ai dû lui prêter dix pistoles pour qu'il ait du pain le restant de sa route… Maintenant il est à Versailles, toujours juché sur les carrosses de la cour, mais sa grandeur d'à présent ne le retient nullement de se ressouvenir de sa bonne fée de Martel. Lorsqu'il repasse ici, il me rabat une société distinguée

1. Bijoux de peu de valeur.

qui veut du meilleur et du cher et qui, chose remarquable, songe à me payer. Quant au petit Martignac, il était, si c'est Dieu possible, plus pauvre encore !... C'était au point qu'il ne décollait jamais son chapeau de devant son surcot pour cacher un gros trou qui lui découvrait tout l'estomac. Eh bien ! c'est lui, à l'heure où je vous parle, qui est chargé de tenir la meute des chiens verts[1] du roi avec, bien sûr, je ne sais combien de domestiques sous ses ordres pour faire tout le travail. Lui non plus n'est pas un ingrat. Admirez ce bijou de reine !

Ponctuant ses paroles énergiques d'un geste démonstratif, elle pointa son index étranglé par une bague d'or au chaton de sardoine délicatement gravé.

– Voici le dernier présent qu'il m'a fait tenir par un voyageur de ses amis ! Comprenez-vous maintenant pourquoi je continue de bichonner les jeunes cavaliers désargentés qui passent à portée de ce seuil ?

Elle cligna son œil énorme de bonne dragonne pour ajouter :

– Je crois d'ailleurs que je leur porte chance.

– J'espère me montrer digne de ceux qui m'ont précédé, balbutia Victor ahuri par ce style de braiment.

– Nous mangeons dans moins d'une demi-heure ! lui cria pour finir la bonne femme tandis qu'il gravissait d'un pas mal assuré l'escalier qui accédait aux chambres.

Le souper fut effectivement servi peu après et Victor, redescendu en trombe, fut conduit vers la table d'hôtes médiocrement éclairée par deux ou trois chandelles mi-résine mi-suif.

1. Chiens de l'équipage royal pour la chasse aux daims, menés par des piqueurs habillés de vert.

Il y trouva, déjà installé, un curé en perruque blonde dont la face émaciée était fendue d'un nez en forme de coutelas, lequel faisait face à un couple de bourgeois en grand deuil, gros et pleins de lard comme des chapons. À peine assis, il connut par leurs plaintes qu'ils étaient Toulousains et qu'ils avaient brisé la veille l'essieu de leur carrosse à l'entrée du village. Pour compléter ce vol de voyageurs pris dans les rets attentifs de madame Costes, se trouvait, un peu à l'écart, un homme vêtu de noir qui disparaissait derrière un exemplaire du *Mercure Galant*[1], enfin, vis-à-vis de lui, mais ne l'accompagnant pas, une femme ravissante, jeune encore, superbement parée d'une robe à pretintailles[2] et qui répandait sur toute la tablée une délicate senteur de lilas.

Victor adressa des saluts furtifs à la compagnie, rougissant d'être le dernier à paraître et d'avoir pour premiers commensaux des gens qui paraissaient rompus à l'art de voyager. Il n'avait eu que le temps, par une énergique toilette qui lui avait empourpré les joues, de se dépoussiérer le tour du nez et de resserrer un peu le ruban qui rassemblait ses cheveux annelés par la sueur. Pourtant, sa brusque apparition parmi les voyageurs abrutis de fatigue fut digne de celle de Ganymède au festin des dieux. Tous, même l'abbé à l'aspect si revêche, gratifièrent d'un sourire l'irruption de la jeunesse dans la torpeur de leur assemblée.

La Toulousaine qui lui fut désignée pour voisine se fit la première ronronnante. Elle l'arraisonna d'un accent tout fleuri et qui tintait plus dru que le battant d'une grosse cloche.

– Voyagez-vous seul ? lui demanda-t-elle.

– Tout seul, confirma Victor en s'appliquant aux

1. Journal fondé en 1672 par Donneau de Visé. Il donnait des nouvelles mondaines et soutenait la cause des « Modernes » contre les « Anciens ».

2. Ornements en découpures qu'on appliquait sur les robes.

grimaces les plus civiles, c'est même la première fois que je quitte la maison de mon père.

– Ah, ça ! vous avez du courage, répliqua le mari agité d'un tic nerveux qui lui faisait sans cesse tirer sur la grosse chaîne d'or plongeant dans son gousset, cette maudite route n'est qu'un coupe-gorge d'ici jusqu'au Berry. Nous ne sommes arrivés à Brive sains et saufs que pour avoir requis le secours de l'intendant du Limousin.

– Que se passe-t-il donc ? s'enquit Victor avec un air de candeur.

Le voyageur prit un air sombre. Ses sourcils se hérissèrent.

– Des paysans révoltés, des croquants devrais-je dire, qui tiennent la campagne, les armes à la main, après avoir égorgé deux receveurs des gabelles et blessé les fusiliers qui les escortaient.

– Des croquants qu'on a tout fait pour pousser à bout ! rétorqua, en affectant de ne point se distraire de sa lecture, l'homme en noir qui était installé à côté de Victor.

– Comment, pousser à bout ? se récria le Toulousain qui n'avait pas compris d'où venait la voix qui l'avait interrompu.

– Fichaises, monsieur ! s'opiniâtra méchamment le même homme, lorsque les gens n'ont plus rien à donner, lorsqu'ils n'ont plus même de quoi se nourrir, que voulez-vous qu'on leur prenne davantage ?

Celui qui venait de parler de façon si péremptoire et d'un accent si mâle, reposa enfin sa gazette pour découvrir une figure pâle à front rebombé, traversée d'un nez un peu carlin, clouée entre lèvre et menton d'une grosse verrue. Sans qu'il fût vraiment beau, sa tournure était agréable, avec une expression racée et un abord singulièrement charmeur. Une perruque courte et fatiguée, un habit étranglé, des lunettes de fer tordues, contribuaient à lui faire la mine d'un écolier rassis dans de longues études.

– Sacredire ! repartit l'époux de la voisine de Victor, j'ignore qui vous êtes mais je vous trouve diablement impertinent.

– Je suis le chevalier Maximilien de Carresse, reprit vivement le lecteur, et je vous baise les mains, monsieur ! Je n'ai pas conscience de mon impertinence mais il est vrai que les gens de ma naissance sont souvent malhabiles au maniement des louanges boursouflées.

Le Toulousain, devenu livide, s'apprêtait à répliquer lorsque l'abbé, se distrayant brusquement de son bréviaire, dévisagea les deux contradicteurs avec la mine rébarbative d'un fouette-cul [1] de collège.

– Allons, messieurs ! ronchonna-t-il, nous sommes entre gens de bonne compagnie... Que vont penser de nous, là-bas, ces rustres ?

Il coula un regard oblique vers le fond de la salle où les vachers, attablés dans les ténèbres, poursuivaient leurs agapes sans paraître se soucier des autres soupeurs.

Victor, stupéfait par le cliquetis de mots qu'il venait si involontairement de déclencher, piqua du nez dans son assiette : ce fut pour constater, contenant un soupir crève-cœur, qu'elle était toujours vide.

Le chevalier, profitant du silence, se rapprocha pour venir chuchoter à son oreille :

– Les bourgeois personnifient l'égoïsme de ce siècle !... Il faut, quand l'occasion se présente, leur savonner la tête ; ça ne les rend pas meilleurs – la chose est impossible – du moins cela leur donne-t-il à moudre.

Victor put, au même instant, contempler à la dérobée, illustration des propos de son voisin, les Toulousains qui échangeaient des regards outrés. L'imposante poitrine de la femme se comprimait en faisant entendre le

1. Valet de collège chargé d'administrer les châtiments corporels.

gargouillis triste du serpent[1] à l'office des morts, tandis que le mari, le front dégoulinant de sueur, ne demeurait muet que par peur d'être rossé.

Le chevalier de Carresse, ces premières paroles glissées en confidence, avait considéré Victor avec un visible intérêt et l'expression, restée longtemps grave, de son visage coula bientôt dans une grimace drolatique.

– Je ne vous demande pas où vous allez, fit-il d'une voix changée par la jubilation, il suffit de vous observer pour se convaincre que c'est à Paris… D'ailleurs, où pourrait bien courir un garçon portant l'épée, pauvre à l'évidence, et assez malheureux aussi pour accrocher si jeune à son regard les douloureux stigmates de l'exil ?

– Je vais à Paris en effet, confia Victor, chez mon oncle Charles Davignon d'Antraigues qui m'offre son hospitalité.

– Davignon… le conseiller d'État ! se récria le chevalier, ah ! si c'est bien de lui qu'il s'agit, vous pouvez dès à présent chasser la tristesse de sur votre front… Vous vous rendez chez des gens qui ont du cœur et de l'esprit ; voici des qualités presque introuvables dès qu'on pénètre le monde de ceux qui ont affaire avec la cour.

Victor, à ces mots, ouvrit des yeux plus ronds que ceux du hibou effaré par le brusque retour du jour :

– Vous connaissez mon oncle ?

– À Paris tous les gens de qualité rêvent de fréquenter l'Hôtel Davignon. Votre tante y fait une hôtesse exquise, elle s'entend par sa grâce à mettre la meilleure société à ses pieds…

– Est-elle donc belle ? Est-elle donc aimable ?

Le chevalier partit d'un petit rire.

– Au-delà de ce que vous imaginez. J'ajoute qu'elle possède l'art d'émailler les conversations de l'esprit le

1. Gros instrument à vent qui, à défaut d'orgue, soutenait les chœurs dans les églises.

plus croustilleux du monde et que votre oncle, quoique travaillant dans les bureaux de la Chancellerie, est universellement révéré pour l'étendue de sa science et l'impartialité de ses opinions…

Le jeune voyageur crevait de curiosité, ses yeux mendiaient d'autres détails. Même, il était resté si suspendu aux mouvements des lèvres de son voisin, que, en dépit de sa faim, il n'avait pas remarqué son écuelle enfin tapissée de soupe veloutée.

– Comment êtes-vous le parent du conseiller ? demanda le chevalier qui venait, sans hésiter, de porter à ses lèvres une première cuillerée enveloppée de fumerolles.

– Ma défunte mère était la sœur de madame Davignon. Elles sont nées Tressan…

– Les Tressan du Rouergue, intervint de nouveau Maximilien de Carresse.

– Vous les connaissez donc aussi ! s'exclama Victor de plus en plus subjugué par ce voyageur qui paraissait entretenir commerce avec l'univers.

– Je vous conterai tantôt pourquoi ces noms me sont familiers et vous vous rendrez compte que ma science est d'un mérite tout professionnel… Mais revenons-en à vous ! vous me semblez curieusement ignorer beaucoup de choses à propos de ceux chez qui vous vous rendez.

– Presque tout ! avoua Victor dépité, le peu que je sais je le tiens de mon père et d'un de mes oncles, l'abbé de Tressan, qui fit longtemps pour moi office de précepteur. Ses fonctions de vicaire général de Rodez le conduisent chaque année dans la capitale, près de l'Agence Générale du clergé[1]. Il y voit quelques fois sa

1. Bureau permanent chargé de défendre les intérêts du Clergé de France dans l'intervalle de la tenue des Assemblées Générales qui avaient lieu en principe tous les cinq ans.

sœur mais, comme il est moins sensible que vous paraissez l'être au frottement du monde, il ne se risque hors du couvent où il réside qu'à condition d'éviter chez elle toute société. Jugez par là si j'ai pu collecter assez de traits et de couleurs pour me figurer mes parents autrement qu'en Iroquois et me représenter Paris sous une autre lumière que celle d'une île de la Jamaïque.

– Que voilà un saint homme que cet oncle ! railla le chevalier, ce serait bien le seul curé de ma connaissance qui ne profitât pas d'un peu de liberté pour jeter sa gourme hors la vue de ses ouailles.

Victor, confronté pour la première fois à la verve libertine, balança quelques secondes, revoyant en songe la figure débonnaire du vicaire, entre sourire ou prendre la défense de la vertu. Incapable de conclure mais mis étrangement en confiance par l'intérêt que lui manifestait son interlocuteur, il entreprit sans transition de raconter son existence à Gironde, peignant, le cœur sur les lèvres, avec des mots simples et des phrases sans apprêt, les malheurs et les joies de son enfance tout entière passée parmi les laboureurs. Négligeant à dessein d'entrer dans les véritables motifs de son départ, et cependant incapable de dissimuler le chagrin qui l'étreignait encore, il acheva son récit en racontant sa première journée de voyage.

Le chevalier l'avait écouté avec attention et la moue moqueuse qui tordait sa bouche s'était insensiblement déplissée, au point, qu'après avoir paru songeur, il en était venu à montrer une figure rembrunie. À son tour, faisant écho au récit du jeune homme, il expliqua comment il s'était, vingt ans auparavant, à peu près dans le même équipage, lui aussi trouvé jeté sur la route de Paris après avoir dû secouer au foyer de ses pères la poussière de ses sandales. Les terreurs de ce premier voyage, le souvenir de sa marche assaillie de pensées angoissantes, altéraient encore le timbre de sa voix, et plus il contemplait son voisin, suspendu au flux de ses confidences, plus il se reconnaissait en lui.

Il finit par lui prendre la main avec vivacité.

– Ah ! croyez-moi, fit-il, c'est une chose bien extraordinaire que d'avoir devant soi tant de feuillets du livre de sa vie à noircir. Voici pourquoi je brûle de vous confier quelques tours de main, fruits de mes premières expériences, dont vous pourriez tirer profit… Rassurez-vous ! je ne prétends pas entamer ce chapitre à cette heure. Je vous propose de le faire en deux jours car mes affaires me conduisent à Bellac par où vous pouvez aisément passer sans vous retarder. J'ajoute qu'il est prudent ces temps-ci, à cause des émeutes qui agitent le Limousin, de faire ce détour par l'ouest… Que diriez-vous de ce bout de route en ma compagnie ?

On n'eût sans doute à cette seconde pas procuré plus de plaisir à Victor en déposant à ses pieds la couronne du Saint Empire. Il accepta avec des yeux qui s'emplissaient de larmes, puis, comme un coup de dard parti du tréfonds de son estomac était venu pour lui rappeler sa faim, il but d'un trait, portant son écuelle à ses lèvres, sa soupe refroidie.

Madame Costes, luisante de toutes ses rondeurs, le miel du commerce oignant ses babines, officiait à nouveau devant une pile de larges assiettes d'étain dont les bosselures avaient été estafilées au cours des lustres par le couteau énervé des voyageurs. Un marmiton en bonnet blanc vint, en se brûlant les doigts, déposer une omelette morveuse dont la chair, lorsqu'elle s'éventra, répandit jusque sur la nappe une coulée de cèpes à point roussis.

À l'autre bout de la tablée, la dame en pretintailles se donnait les apparences de demeurer étrangère au roulement des conversations. Son regard cependant s'était fixé sur le chevalier, trop accoutumé à saisir par jeu dans le reflet de la prunelle des belles l'effet qu'il produisait, pour n'avoir pas, dans la seconde, remarqué ce manège.

Déjà sûr de son fait, le nouvel ami de Victor crut pouvoir ferrer et héler sa proie à la dragonne :

– Et vous, charmante dame, nous ferez-vous l'honneur d'un brin de conduite vers le nord ?

Il avait accompagné sa question d'une œillade de gobe-cœur, si appuyée, qu'il aurait fallu sans doute aller se planter en pleine foire, sous le tréteau d'un saltimbanque, pour revoir la pareille.

Ébranlée par la rudesse de l'assaut, la voyageuse répliqua en affectant une froide politesse :

– Mille regrets, monsieur ! je vais en Espagne.

– Je suppose, insista le chevalier, que ce somptueux équipage qui fut la cause de tant de sensations dans le pays tout à l'heure, est le vôtre ?

– En effet, répliqua-t-elle d'un ton qui tournait à l'aigre.

Carresse était aux anges. Il étira le cou par-dessus la table et, avant que sa victime n'ait pu esquisser un mouvement de recul déjà marqué d'un frémissement de fontanges [1], il l'estocada dans un souffle :

– Laissez-moi ajouter que la maîtresse est digne de l'équipage !

Contrefaisant l'indifférence, celle à qui s'adressait la saillie laissa mollement filer son regard vers l'âtre devant lequel madame Costes, penchée sur un chaudron d'huile fumante, s'apprêtait à confectionner les gougnettes [2] du dessert.

En vérité, sous cet apparent détachement, la belle crevait de dépit ; le poudré rose de ses joues s'était

1. Coiffure à la mode jusque vers 1715. Elle dérive de l'invention faite par mademoiselle de Fontanges, qui un jour, à la chasse, avait noué ses cheveux dans un ruban. Elle s'est par la suite compliquée d'une architecture de dentelle et de fil de laiton.

2. Petits gâteaux du Quercy.

empourpré avec l'afflux du sang et sa gorge opulente palpitait. Ayant à peine mâchillé l'aiguillette du canard que Maximilien, à la prière de la maîtresse de poste, avait dextrement découpé et réparti entre les convives, elle repoussa brusquement son assiette. Pour finir, après avoir pris soin de morguer son agaceur, elle adressa un bonsoir circulaire à la compagnie.

Lorsqu'ils eurent achevé de souper, Victor et son nouveau compagnon sortirent faire quelques pas sur la place du village. Les grillons en signe de liesse avaient poursuivi tard leur obsédante gratterie et la pénombre légère d'un beau crépuscule de fin d'été enveloppait tout de sa bienfaisante tiédeur.

Le jeune proscrit, que le vin et la joie rendaient téméraire, demanda au chevalier ce qui le poussait sur les routes.

– Un paradoxe, lui répondit celui-ci, un de plus, car si vous avez loisir de me mieux connaître, vous vous apercevrez que ma vie ne fait qu'un long tissu de contradictions. Dernier rejeton d'une nombreuse et antique famille du Béarn – Carresse se trouve à moins d'une lieue de Salies – je n'avais de penchant ni pour les armes ni pour le sacerdoce. Vous conviendrez avec moi qu'il reste dans ce cas bien peu de voies ouvertes au cadet d'une noble lignée qui ne se résigne pas plus à déchoir en prenant l'état de roturier qu'à demeurer dans le château de son aîné pour courir la futaine[1]. Mon père, de qui je fus le grand souci mais dont la bonté ne s'est jamais lassée de mes frasques, me choyait avec la faiblesse qu'un vieil homme nourrit souvent pour le dernier né de sa progéniture. Il n'a jamais cherché, par exemple, à me détourner de la lecture des romans dont

1. Mener une vie oisive et débauchée.

maintes personnes s'employaient à le convaincre qu'ils me gâtaient l'esprit. Lorsque j'eus accompli dix-huit ans, il me fit entrer par son lointain cousin, Gontaut-Biron, dans les bureaux de monsieur d'Hozier, persuadé qu'à défaut d'y satisfaire mon goût du romanesque, j'y pourrais utiliser le peu de lettres qu'une jeunesse rêveuse m'avait inculqué… Vous connaissez, je pense, la fonction de celui que je viens de nommer ?

Victor fit signe que non.

– Dans ce cas, reprit le chevalier, je vous explique en peu de mots : monsieur d'Hozier est le juge d'armes de France. Le roi l'a chargé de vérifier la qualité des membres de sa noblesse et de débusquer parmi eux les usurpateurs. Cette chasse est d'un gros rapport pour l'État puisque ceux qu'on ravale dans la roture doivent incontinent payer l'arriéré, parfois considérable, des impôts et tailles auxquels, en se faisant passer pour gentilshommes, ils se sont injustement soustraits.

– Vous devez être le témoin de choses bien extraordinaires ! s'exclama Victor les yeux écarquillés.

– Détrompez-vous ! rien de moins aventureux, ni de plus morne que ma tâche… Je ne cesse de me transporter de château en château, insolemment accueilli par des hobereaux joufflus et prétentieux qui enragent à l'idée que l'on osât seulement fureter leur paperasse.

– Pour ma part, reprit le fils du comte de Gironde, je trouve que tout ce que vous accomplissez est utile.

– Bigre ! ricana le chevalier, dites-moi comment vous voyez la chose, cela me distraira sûrement.

Victor, comme s'il appréhendait d'argumenter devant cet inconnu qui se montrait si leste à entrelacer les idées, marqua un temps d'hésitation.

– C'est que, finit-il par se risquer, lorsque vous démasquez de faux nobles, vous distinguez du même coup les personnes de bonne extraction. Grâce à vous, le roi peut à tout instant savoir où se trouvent les soutiens naturels du trône et, par là, ceux qu'il a le devoir de combler de ses faveurs.

Le chevalier, dardant sur son jeune interlocuteur un œil qui, dans la pénombre, s'était mis à jeter des étincelles, cessa brusquement de marcher.

– En voilà des rabâcheries ! gronda-t-il, est-ce encore votre oncle abbé qui vous a fourré tous ces beaux raisonnements dans le crâne ? Certes, tout cela est sublime et plus superbement rangé que le paradis au porche d'une cathédrale mais, je vous le dis sans ambages, nous voguons en même mythe… Vous vous rendrez compte très vite – cela devrait même vous crever les yeux là où vous allez – que le roi n'est pas si magnanime qu'on a voulu vous le faire accroire, en tout cas qu'il ne s'estime lié par aucune obligation envers sa noblesse. Vous vous apercevrez même qu'on n'a d'égard aujourd'hui que pour les adulateurs les plus plats et que les anciennes familles ne surnagent dans des restes de grandeur qu'à force de prostitution. Pour tout vous dire enfin, vous verrez des gens supérieurement nés s'affranchir des devoirs et de l'exemplarité qui n'auraient jamais dû cesser d'être l'unique justification de la prééminence aristocratique…

Victor, stupéfait de ce défilé d'images noires, posa sur le chevalier le regard anéanti de l'enfant trop sévèrement grondé.

– Quelle fougue vous venez d'apporter pour ébranler les quelques idées fortes qui me donnaient confiance ! balbutia-t-il. Me voici idiot et sans plus savoir à quoi me raccrocher.

– Vous êtes honnête, vous avez du bon sens, s'enthousiasma Maximilien, voici vos plus précieux atouts pour ne point vous noyer dans le cloaque vers lequel vous courez.

À ce mot de cloaque, le jeune proscrit, proprement flagellé par la vision d'un bourbier grouillant de bêtes immondes, ne put se retenir de tressaillir. Pour conjurer un sort qui lui apparaissait si implacablement contraire, imitant le geste qu'il avait vu faire à Angèle, sa vieille nourrice, dans les moments où l'instinct de sorcellerie resurgissait chez elle par-dessus la rugosité de la foi, il entremêla dans son dos l'index et le majeur de sa main gauche.

L'attention des deux promeneurs fut alors attirée par le clignotement d'une traînée de lumière qui portait en l'étirant, avant de la briser contre la masse régulièrement espacée des contreforts de pierre, l'ombre d'un calvaire dressé au chevet de l'église. En s'avançant de quelques pas dans la direction de cette lueur, ils découvrirent, rangé dans le renfoncement d'une chapelle latérale, un carrosse doré, tel celui de Cendrillon, qui paraissait prêt à s'ébranler sur l'heure. Il scintillait de l'éclat de ses hautes lanternes de cristal, étant par extraordinaire demeuré attelé à quatre chevaux gris dont l'encolure, ployant sous la charge de picotins, dessinait dans la nuit de fabuleux poitrails cambrés d'hippocampes. Deux laquais, qui avaient ôté leurs bas, flanquaient un imposant cocher et ronflaient en canon, jambes ballantes, s'écrasant les uns les autres.

– N'est-ce point là le digne écrin du joyau qui étincelait tout à l'heure à notre table ? se récria Carresse dans un élan d'emphase moqueuse.

Victor, qui n'avait encore jamais vu aucune de ces voitures de gala portée dans les airs par le prodige d'une délicate flèche s'incurvant en col de cygne, en fut émerveillé. Il détailla d'un œil écarquillé la délicatesse des ornements peints, le luxe inouï alors des hautes glaces taillées, le douillet chatoiement des capitons de soie.

– Mais que peut bien faire, seule et dans un tel équipage, cette femme superbe au fond de cette province crottée ? demanda-t-il d'une voix restée bredouilleuse.

– Gageons, comme elle nous l'a d'ailleurs laissé

entendre, que ce sont les affaires d'Espagne qui sont cause de tout ce déploiement.

– Les affaires d'Espagne ! répéta Victor contrefaisant un peu plus Pierrot qui tombe de la lune.

Le chevalier fit l'étonné.

– Eh, quoi ! monsieur de Gironde, on ne reçoit donc point les gazettes dans votre Rouergue ?

Celui à qui s'adressait la question mordit sa langue à temps ; il avait failli répliquer que tout ce qui s'imprimait dans le royaume était catholique et que son père, depuis longtemps, ne lisait pas autre chose que la Bible.

– Apprenez, reprit Carresse en se croisant les bras, que ces affaires qui n'auraient jamais dû quitter l'épithète d'étrangères forment à présent le gros de celles que traitent nos ministres… L'Espagne, il n'y a pas deux ans, vient d'échoir aux Bourbons par le décès de Charles II, dernier roi de la branche des Habsbourg qui régnait à Madrid. Celui-ci n'a pas trouvé en mourant de meilleure niche à faire au repos de l'Europe que léguer le monceau de ses couronnes au seul petit-fils de Louis XIV qui ne lui était rien de plus par le sang que ses cousins de Vienne…

– Je savais cela tout de même ! protesta Victor.

– Que ne me le disiez-vous plus tôt ! repartit le chevalier, vous m'auriez évité de doctoriser vainement. Puisque l'occasion se présente, retenez ceci : vous devrez toujours vous efforcer de faire valoir ce que vous savez et plus essentiellement, parfois, ce que vous ne savez pas. L'ignorance avouée, là où vous allez, est le pire des péchés. Notre bonne société, qui n'a pas sa pareille pour étiqueter ses nouvelles têtes, a forgé depuis des siècles d'implacables rites de savoir et d'usage auxquels il faut exactement souscrire pour pouvoir prétendre à de la considération. Ce ne sont que quincaille de connaissances, tournures alambiquées de langage, poussière tombée par couches épaisses de mœurs qui n'ont plus cours, mais qui, dans notre monde figé, vous tiendront lieu communément d'intelligence, de vertu et de passeport pour toutes les réussites. Gare donc aux prévôts que l'on dépêchera pour vous sonder ! En leur présence, levez la crête et parez-vous sans hésiter de l'aplomb de ceux qui ont sucé leur premier lait avec l'algèbre et l'étiquette ! Vous gagnerez le respect par la crainte que l'on prendra de vous et c'est par là que vous vous pousserez parmi les saints du jour[1]... Après cette première recette et puisque je n'ai apparemment rien à vous apprendre sur la succession de Charles II, je vous dirai seulement deux mots des effets que ce bel héritage a déjà eus sur le quotidien de nos provinces : il y a quelques mois, la route sur laquelle nous nous trouvons ne charriait rien de plus extravagant que quelques coquillards, ces derniers faux pèlerins de Saint-Jacques de Compostelle, les plus fourbes et cruels rançonneurs qui soient par les campagnes. En un seul jour, par le prodige du fabuleux testament, tout a couru aux Pyrénées : mercenaires, maréchaux de France, bouffons, agents secrets, valets et marmitons se sont rués par ici.

– Mais à quoi trouvent à s'employer tant des nôtres dans un pays qui ne doit manquer ni de bons esprits, ni de gens capables ?

– Voilà bien la question que se posent chaque jour un plus grand nombre de gens ! Ce pays, jeté sans l'avoir voulu dans la corbeille des Français, et guère plus désireux d'ailleurs de tomber dans celle des Autrichiens, n'aspire normalement qu'à demeurer soi-même.

– Ce que vous dites, remarqua Victor, me fait ressouvenir que mon père, parlant il y a peu de cette succession, confiait, lui aussi, qu'il vaudrait mieux, pour la paix du monde, partager un empire aussi vaste et dont

1. Les gens à la mode.

les parties, sans lien entre elles, comme Flandres, Milan, Naples et Amériques, s'avèrent depuis longtemps ingouvernables ensemble.

– Votre père, reprit le chevalier, tenait le langage que tiennent en secret les gens sensés… Je puis d'ailleurs vous prédire que ces querelles finiront par le partage auquel on se refuse aujourd'hui mais, qu'avant d'en venir là, il faudra en passer par la mort de milliers d'innocents et la désolation de nos provinces qu'accableront une nouvelle fois ces satellites de la misère que sont les impôts d'exception et les recrutements militaires.

Maximilien, qui parlait appuyé à l'arrière de la voiture, s'était redressé pour reprendre le cours de sa promenade mais, à peine eut-il fait trois pas, qu'il s'immobilisa de nouveau, poussant un cri et désignant d'une main fébrile le petit écusson qui ornait le coin d'une portière :

– Ah, ça ! avez-vous vu ceci ?

– Oui-da ! ce sont des armoiries.

– Pas n'importe lesquelles, mon garçon, pas n'importe lesquelles ! Regardez attentivement ! ce sont celles d'un des plus fortunés et plus fameux personnages de France, le duc de Vendôme, petit-fils d'Henri IV et de la belle Gabrielle.

Le chevalier, quelques secondes auparavant si calme alors qu'il dissertait en maître sur les malheurs du temps, s'était brusquement mué en une sorte de marionnette dégingandée. Il fila vers l'auberge en flèche, se retournant depuis le balcon pour lancer :

– Nous partirons à l'aube ; le premier levé fera activer l'autre !

Victor, stupéfait par tant d'agitation, revint à son tour mais d'un pas lent. Entrant dans la salle commune, il y retrouva les plus ivrognes d'entre les vachers qui jouaient aux dés les derniers verres d'un abominable casse-patte[1] que leur versait madame Costes en levant haut le coude.

Juste comme il s'apprêtait à monter, son oreille fut frappée par l'éclat d'un rire nerveux et cristallin qui tranchait sur le sourd grognement de cette irréductible tablée. Tournant alors la tête, il découvrit, installé au milieu de ces blousiers, à boire et à s'esclaffer plus qu'aucun, l'abbé de la table d'hôtes, tout à fait départi à cet instant de son maintien austère.

– Voici décidément un autre singulier personnage ! pensa-t-il en gravissant fourbu l'escalier qui menait à sa chambre.

Le jeune proscrit, qui pendant toute sa bienheureuse nuit, n'avait été troublé ni par l'infernale ronde des rats dans le grenier, ni par le cri des vachers repartis avant l'aube en poussant leurs troupeaux, fut réveillé par un rayon de clarté chaude glissant sur son visage. Le jour qu'il voyait poindre lui parut marquer l'aube d'un siècle : un sommeil vide de rêve avait émoussé son chagrin et son cœur déjà n'était plus tant oppressé. Récupérant ses vêtements jetés épars sur le sol, il courut s'asperger la frimousse d'une eau déjà tiédie, puis rassembla, en les nouant, ses cheveux redevenus lisses. Il bondit ensuite sans autre apprêt jusqu'à la porte du chevalier à laquelle il gratta précautionneusement.

Au bout de quelques secondes, comme rien ne paraissait devoir bouger, il fit pleuvoir de ses deux poings une fouettade de coups de plus en plus sonores. Ce tumulte n'eut pas de meilleur résultat et l'enthousiasme qui consumait son cœur s'étouffa d'un coup : sa sacoche lui coula des doigts et, frappé à cette seconde par l'image brève mais cinglante d'une route poussiéreuse sur

1. Mauvaise eau-de-vie.

laquelle il avançait solitaire, il s'adossa sans souffle au chambranle de la porte.

Le chevalier finit par apparaître. On l'eût dit sorti du sommeil d'un hiver. Il était en simple culotte, sans perruque, le cheveu ras, son torse imberbe tendu d'une peau de lait semée de taches de son.

– Vous, déjà si fringant à cette heure ! gémit-il en bâillant sans se contraindre, je dormais comme un sabot.

– Mais il est grand-temps de partir, protesta le visiteur si contrarié alors qu'il devait faire effort pour contenir ses larmes.

Carresse, le voyant à ce point troublé, partit à rire :

– Sot que vous êtes ! je vous promets d'être en selle, à vos côtés, dans un quart d'heure.

Victor, à peine la porte entrouverte, avait reconnu cette suave odeur de lilas qui, la veille, avait embaumé toute la table d'hôtes. Jetant un regard subreptice par-dessus l'épaule de son compagnon tandis qu'il se frottait les yeux, il aperçut la belle voyageuse. Elle était alors toute dévêtue de sa robe à pretintailles et reposait mollement sur un lit à colonnes que venait éclabousser une lumière filtrée par des rideaux écrus. S'étirant avec des mouvements de chatte heureuse, elle découvrait des épaules à la blancheur de lis qui affleuraient d'un gros drap dix-huitain[1] de chanvre.

Notre héros, flatté qu'un aussi habile dénicheur de fauvettes ait daigné si rapidement le ranger au nombre de ses confidents, redescendit troublé, méditant pour la première fois tout de même sur l'inconséquence de ceux qui se livrent aux agaceries sentimentales.

Le chevalier, respectueux de sa promesse, parut peu après sur le balcon, le sourire accort, sifflotant, la mine dégagée. Il ne fallut ensuite que quelques minutes aux deux hôtes du Lion d'Or pour se retrouver en plein

1. Drap du Midi dont la chaîne était formée de dix-huit cents fils.

causse, à galoper au travers de la lande tourmentée qui s'étend de Turenne à Noailles.

– Observez cet espace jonché de silex et de chardons ! s'exclama le chevalier en découvrant à Victor, depuis un mamelon, une vaste étendue dévorée de soleil, jadis vivaient ici deux lignées de gentilshommes à lièvres[1], tenaillées par la faim et enrageant de leur misère. Ils ont fini par s'enfuir pour chercher meilleure fortune et vous savez, je pense, que Noailles et Turenne comptent, depuis, parmi les plus grands noms de France. Les descendants de ces pauvres gens vivent aujourd'hui dans de somptueux palais et aucun d'entre eux, de sa vie, n'a eu la plus petite idée de ces pauvres garrigues... L'oubli de ses racines, parfois la honte qu'on éprouve d'une extraction modeste, sont l'un des plus terribles poisons que distille la ville et son vouloir-paraître. Défiez-vous-en avec soin, vous aussi, en pensant chaque jour au rocher qui porte le château de votre père !

Victor ne répondit pas, impressionné sans doute par le contraste qu'il imagina aussitôt entre l'aridité du chaos qui s'offrait à sa vue et la magnificence que lui laissait entrevoir la description du chevalier. Il y songeait encore lorsqu'ils parvinrent au-dessus de Brive, peu après midi, alors que la foire de la Saint-Louis battait encore son plein.

On pénétrait dans la ville par une antique poterne à mâchicoulis qui ouvrait sur une large rue tapissée de paille et bordée, jusqu'à un vaste foirail, d'une double haie de marchandes de volailles. C'étaient pour la plupart de vieilles femmes en tabliers noirs qui montaient une garde sévère devant des piles de bourriches pleines d'oies cacardantes. Les plus âgées d'entre elles observaient avec un méprisant silence le manège de quelques

1. Gentilshommes pauvres.

gaguis[1] à fanchons serrés par-dessus l'oreille qui s'essayaient, par la violence de leurs cris, à débaucher des chalands.

Pour se frayer un passage au travers du tumulte on se devait de fendre tout un ramas coloré de camelots hurlant, de charretons indolents, d'âniers et de vachers qui poussaient des animaux placides nullement effrayés de devoir étirer leur cou par-dessus tout ce badaudois. On voyait des colporteurs qui avaient épinglé à leur chapeau, ou au revers de leur habit, un choix des trésors qu'ils proposaient : images coloriées de saints, martinets à l'usage des enfants, almanachs, livres de contes, peignes de corne, éventails, toilettes[2], besicles. Ils suscitaient l'effroi des paysans qui se garaient prestement, tirant à deux mains leurs femmes ou leurs filles dont l'envie alourdissait le regard. Plus loin, la presse se fendait devant un couple étrange : un nabot portant un tonnelet calé contre sa bosse énorme, qui se dépliait pour débiter de l'encre à petite mesure tout en s'accrochant au bras d'un aveugle aux allures de roi Lear. Ce dernier curieux compagnon vendait des yeux d'agate et son feutre aux bords relevés scintillait de l'éclat de dizaines de verres colorés capables de prêter aux regards vides ou borgnes les tons les plus fous. Il apeurait invariablement les garnements rameutés à ses basques en vidant et regarnissant, dès qu'il cessait de marcher, l'un de ses globes oculaires morts avec les plus beaux échantillons de cette fabuleuse verroterie.

Un peu plus loin, dans l'espace propice d'un carrefour, un empirique[3] juché sur un tréteau, gros bonhomme coiffé d'un bonnet de futaine censé lui faire la tête d'un docteur, proposait à tue-tête un abracadabra de

1. Femmes grasses et enjouées.
2. Manchettes et cols de femmes.
3. Charlatan dans le domaine de la médecine.

médecines qu'il disait propres à soulager le gros des misères du monde. Les gens s'amassaient, fascinés par son boniment, les cabrioles de son chien dressé aux gentillesses, les grimaces du sagouin plein de grelots qui se tenait sur son épaule, attirés depuis loin par les teintes criardes de la roulotte dont le fronton servait de fond à son estrade. On y voyait deux sirènes géantes, vêtues de leurs seuls cheveux couleur jaune d'œuf qui serpentaient sur des écailles au vert d'aigue-marine. Elles lançaient devant elles d'imposantes mamelles serties d'aréoles saignantes et déroulaient un cartouche sur lequel était écrit en lettres gothiques :

« Maître Paindavoine soulage les infirmes, guérit les malportants. »

– Oh, oh ! oh, là ! criait ce bonhomme en entrelardant son discours de quelques mots de latin macaronique, ma scammonée vous fera pisser, *compissendum est* ; mon agripaume endurcira les maris défaillants, *archibendum erit* ; mon eau goudronnée vous retiendra de courir, *constipendum esset* ; mon génépi vous fera roter, *expectorendum et degelandum ad libitum*...

Entre chacune de ses annonces, il décrivait une pirouette dans une pétarade de sabots, puis se campait hardiment, face au public, brandissant d'un geste de Romain quelques brins de l'herbe dont il venait de vanter la vertu.

Victor et le chevalier s'étaient arrêtés, captivés par les arlequinades du bonhomme, riant de bon cœur avec tout un rameutement de badauds qui continuaient de s'agglutiner autour d'eux en pressant leurs montures, lorsque, brusquement, juste au pied de l'estrade, se produisit un grand trouble : des cris confus précédèrent une bousculade et l'on vit, d'entre les jambes d'un premier rang de spectateurs, bondir une fillette qui vint se jeter contre la jument balzane[1] du chevalier.

1. Jument noire qui a des taches de poil blanc aux pieds.

Celui-ci, en se penchant, n'éprouva aucune difficulté à saisir par l'épaule cette chose menue qui ne pesait pas un grain et qui demeura au bout de sa main, recroquevillée et hérissée comme un oison pris dans un filet. Au travers de ses cheveux herbiformes, pétillaient des yeux vernis dont les prunelles virevoltaient follement.

Trois gaillards en jaquette la poursuivaient, sortes d'avale-tout-cru armés de casse-têtes énormes. Ils vinrent se planter, braillant et éructant, devant les cavaliers.

– Qu'y a-t-il ? Que signifie ce tumulte ? s'écria Carresse.

– Elle a volé le boursicaut de mon maître ! hurla le plus excité de ces hommes qui portait une brassière de domestique en coutil rouge.

– On va la mener hors de la ville pour la pendre, ajouta le second qui louchait affreusement et dont la mine de chamaillard était pourvue d'un long museau de rat.

– Pendue ! pendue ! répétèrent alentour quelques comparses en brandissant des bâtons et des fouets.

– Comme vous y allez ! s'exclama le chevalier, Dieu merci ! on ne pend plus comme cela en France du temps de Louis XIV.

– C'est une bohémienne, on la pendra quand on voudra ! renchérit le domestique sur le ton du braiment.

Il découvrit en vociférant les seuls chicots qui lui restaient, horribles crénelures plantées au bord d'un abîme noir.

– La justice du roi, tonna le chevalier en portant la main à son épée, ne désigne pas coupables ou innocents à la couleur de leur peau !

Un gros bourgeois en habit de velours s'avança malgré la menace. Il avait la corpulence du laboureur, avec un ventre proéminent qui craquait dans un pourpoint de chenille noire. Son nez était piqué de cratères violacés par où l'alcool, dont il abusait visiblement, devait tenter d'exhaler ses vapeurs. Pour surmonter tant de hideur, il s'était festonné la hure de trois bouts de filasse prétendant aux fonctions de perruque.

– Qui êtes-vous pour oser venir, céans, nous empêcher de régler notre justice ? s'enquit ce personnage qui branlait du chef ainsi qu'un canard gras.

– Votre justice n'existe pas, repartit vivement le chevalier, il n'y a que celle du roi… Je vous conseille d'y prendre garde si vous faites un pas de plus !

Il tira son épée.

– Va le chercher, le roi ! lança alors un homme qui jusque-là était resté dans l'ombre de ceux qui s'agitaient.

Il était maigre et hâve, portant un sarrau noir estafilé de jets de graisse ; il arborait la mine sournoise des êtres qui ont l'art en sous-main de pousser les foules à la furie.

Le chevalier, dès qu'il l'eut remarqué, se troubla. Le front plissé d'inquiétude, il éperonna sa jument en la maintenant par le mors. Il parvint de la sorte à faire reculer la foule qui, dans un mugissement d'effroi, venait de voir l'animal jouer des sabots par-dessus le premier rang des têtes.

– Prenez l'enfant ! commanda-t-il à Victor, et ne montrez surtout pas votre peur !

Ayant parlé ainsi, il balaya d'un regard fulminant ceux qui poursuivaient leurs cris et qui contrepoussaient les derniers rangs de spectateurs pour les empêcher de se retirer.

– Qui accuse cette fille ? demanda-t-il à tue-tête.

– Moi ! clama le domestique qui avait parlé en premier.

– L'avez-vous vue voler ce boursicaut ?

– C'est elle, j'en suis sûr ! renchérit l'homme.

– L'avez-vous vue voler ce boursicaut ? insista Carresse.

– Elle s'est enfuie quand mon maître a crié.

– Cela ne prouve rien ! répliqua le chevalier avant de lever son épée pour la brandir aux quatre points cardinaux tout justement comme un roi de Hongrie qu'on vient de couronner.

– Cela nous suffit ! reprit l'homme au sarrau qui, bien que demeurant à l'écart, continuait de jouer les boutefeux.

Maximilien, voyant la presse qui continuait de grossir, comprit qu'il n'aurait bientôt plus le dessus. Il craignait surtout pour la fillette qui s'était mise à étreindre de ses bras maigres le mollet de Victor.

– Qu'une femme s'avance pour fouiller cette enfant ! ordonna-t-il, si nous trouvons ce boursicaut je la conduirai avec vous chez le lieutenant-criminel, si nous ne découvrons rien vous la laisserez quitte.

Personne n'avait bronché. L'homme au sarrau, que Carresse observait du coin de l'œil, allait rouvrir la bouche lorsqu'une mégère à l'allure hommasse, qui portait une robe noire retroussée et une coiffe pleine de mangeures, fendit la foule pour venir se camper, ventre en avant, dans l'espace resté vide devant les cavaliers. Sa face éclaboussée d'une tache de vin, qui lui couvrait toute une joue, se hérissait au pourtour des balèvres d'un peu de barbe folle et lui faisait assez exactement la figure de Carabosse.

– Je vais bien voir, moi ! rugit cette gaillarde dont le gousset fin aurait pu faire chavirer un bœuf.

Elle se rua sur la fillette, la déshabillant sur place, la triturant de ses doigts goutteux, s'acharnant sur elle enfin avec la frénésie qu'aurait pu mettre une paysanne cupide à vider un poulet sans en vouloir rien perdre.

Victor, à qui le chevalier avait ordonné de demeurer en selle, parvint en se penchant, et à force de paroles tendrement chuchotées, à donner du courage à la frêle accusée.

L'obstination de l'ogresse n'eut pas de résultat. Les spectateurs les plus convaincus du larcin, qui avaient d'abord suspendu leur souffle, commençaient à mollir. Certains s'éloignaient presque honteux et quelques poissardes, plus promptes à s'apitoyer, compatissaient ouvertement à l'innocence en s'apapelardissant.

– Elle avait sans doute un complice ! grommela l'homme au sarrau d'une voix altérée par le dépit.

Sa tentative n'eut pas de résultat. La vague de fureur était même à ce point retombée qu'on entendait maugréer contre les accusateurs. Deux dondons à museau plein de suie, après avoir posé leurs paniers d'osier, s'étaient précipitées pour rhabiller la petite victime qui, nue et raidie entre les jambes des chevaux, avait un long moment repu la foule du misérable spectacle de son corps rachitique. Elle se laissa faire sans impatience ni crainte, insensible aux chuchillements des bonnes femmes, trop affairées alors à farfouiller ses hardes pour remarquer la haine qui faisait pétiller son regard.

Lorsqu'elle fut enfin tant bien que mal vêtue, le chevalier la hissa sur sa monture et, suivi de Victor, détala, plantant là, sans un mot de plus, badauds ahuris et accusateurs furieux.

Ils chevauchèrent bon train jusqu'à Donzenac, petit bourg distant de deux lieues de Brive, blotti au pied d'une montée redoutée des voituriers. Là, dans un repli de la route, signalé seulement par le bouchon de paille[1] qui se balançait à une hampe, se trouvait un cabaret où la plupart des voyageurs, avant d'entreprendre l'esca-

1. C'était le signe distinctif des maisons où l'on pouvait s'arrêter pour boire.

lade de la côte, avaient coutume de faire halte pour ramasser des forces et reposer leurs montures. Ils décidèrent de s'y arrêter pour dîner[1] car ils n'avaient rien d'autre au ventre depuis le matin que deux œufs frits, aspergés d'une giclée de vinaigre noir, qu'ils avaient fripés en hâte avant de quitter Martel. On était au plus gros d'un après-midi torride et la chaleur qui tombait sans merci leur avait desséché le gosier.

Ils furent, dès l'entrée, voluptueusement saisis par la fraîcheur au relent salpêtré d'une salle longue et voûtée dans laquelle palpitaient des ombres indéfinissables. L'arrière-fond de cette nef, peuplée de colonnes droites dévorées par les ténèbres, avait quelque chose de ces hêtraies noires et profondes qui oppressent les voyageurs. C'était l'ancien cellier d'une domerie[2] abandonnée par ses moines après que Dieu, sans doute effrayé du genre de vie qu'on avait entrepris d'y mener, s'en fut échappé le premier. Tout naturellement, la régularité monastique dissoute, une gargote était venue se couler dans ces ruines encore imposantes et le culte de la dive bouteille, presque sans interlude, avait pris la place de celui de la Sainte-Trinité.

Le patron les installa près de la porte, seul endroit à peu près éclairé que baignait une lumière glauque filtrée par le verre dépoli d'une fenestrelle.

Victor s'était affalé, les membres rompus par deux jours de chevauchée, perclus d'un frayon[3] tenace qui lui cuisait les fesses. Pour détremper ses lèvres cornées par l'air sec, il fouetta coup sur coup trois gobelets de l'eau terreuse qui croupissait dans un pichet.

Le chevalier, c'était bien là sa vanité, se donnait des

1. Le dîner était le repas qui se prenait en milieu de journée.
2. Bénéfice ecclésiastique dont le titulaire porte le titre de dom.
3. Meurtrissures qui surviennent chez les gens peu habitués à chevaucher longtemps.

allures d'être aussi fringant qu'au matin. Il affectait d'ignorer les brûlures du soleil et s'appliquait d'un geste badin à rajuster sa cravate de batiste. Observant la fillette aux prises avec un quignon durci, il fit réflexion que malgré ses mimiques joyeuses et ses rires, elle n'avait, depuis qu'elle les suivait, pas articulé un seul son.

Une intuition terrible zébra son esprit.

La flattant de grimaces aimables, il se rapprocha d'elle, puis tenta, dès qu'il la vit rire, d'écarter ses lèvres menues. Les petits yeux noirs d'anthracite, restés si crânement secs pendant toute l'affaire de Brive, crevèrent alors de larmes. Malgré le suprême effort qu'elle accomplit pour garder ses lèvres serrées, Maximilien put en venir à ses fins.

Faufilant son index, il constata avec horreur que la langue de la malheureuse avait été sectionnée.

– Coupé la langue ! répéta Victor, saisi d'un haut-le-cœur.

– C'est le son de beaucoup d'enfants que traînent après eux les bohémiens, observa Carresse impavide.

– Mais le motif d'une telle barbarie ?

– L'appât du gain toujours… Ces malheureux sont volés en bas âge par des vagabonds qui complètent leurs rapines ordinaires par la mendicité. La mutilation n'est faite que pour mieux contraindre les âmes sensibles à s'apitoyer… En plein Paris, il n'y a pas cinquante ans, Vincent de Paul dut ainsi voler au secours d'un garçonnet auquel un méchant homme brisait les membres pour en faire ce triste commerce.

– Quelle noirceur !

Le chevalier, se carrant sur sa chaise dépaillée, prit ce ton de docteur qu'il affectionnait tant et qui, il faut l'avouer, s'accommodait assez du timbre mâle de sa voix.

– Ah ! mon pauvre ami, s'exclama-t-il, vous n'êtes pas au bout de vos surprises… Je voudrais simplement vous convaincre que cette violence, si rude aujourd'hui parce qu'elle nous touche de près, n'est qu'un entre mille des prodiges démoniaques que peut engendrer la malignité de quelques-uns de nos semblables...

– J'entends bien, chevalier, protesta un peu rudement Victor, mais ces considérations ne peuvent servir de rien à cette heure pour adoucir le sort de cette fille...

– Rassurez-vous ! je ne suis ni plus rêveur ni plus naïf que le commun des mortels. Ma seule faiblesse est d'avoir foi dans le siècle qui s'ouvre et de m'être persuadé que les hommes sortiront de leur état sauvage le jour où, par le développement de l'éducation, ils sauront mettre des bornes aux débordements des pouvoirs qui les régissent.

Face à son compagnon, si déterminé à placer sa fougue au service de ses idées, Victor ne put se retenir de songer que la douce patience de son père, à force de s'user, en était venue, elle aussi, à se tourner en révolte. Son éloignement pour les passions brutales et l'horreur presque viscérale du désordre que lui avait inculquée son oncle de Tressan, s'écornèrent brusquement pour laisser fuser les paroles de sympathie qu'il ne pouvait plus contenir.

– Je souhaite, moi aussi, que l'avenir soit tel que vous le rêvez, moins dur aux miséreux, plus fraternel et paisible pour tous... Satisfaites cependant un peu plus ma curiosité et dites-moi à quels moyens vous songez pour raffermir le bon droit dès lors qu'on aura pu se convaincre qu'un mal provient du dérèglement de la puissance.

– On en vient à l'essentiel, nota le chevalier, je vous dirai d'abord que le pouvoir est partout, depuis celui du roi sur ses sujets, en descendant à celui des suzerains sur leurs vassaux, des juges sur les prévenus, jusqu'à celui encore plus absolu que les usages reconnaissent aux pères sur leurs familles... Imaginez un peu ce que tous ces rapports d'autorité peuvent couvrir d'occasions d'abus et vous aurez l'idée de l'immensité du combat dont je vous entretiens. Demain, la simple observation de notre société vous désignera presque infailliblement les mauvais maîtres, les mauvais gouverneurs, les mauvais maris, tous ceux enfin qui écrasent de leur force des êtres faibles que la nature a soumis à leur pouvoir... Quant aux moyens à employer pour les contrecarrer, ils sont sans limites et pour ainsi dire laissés à l'improvisation des âmes généreuses. Contre la violence politique, celle qu'exercent les mauvais rois ou les mauvais officiers, il est des méthodes radicales. Je sais plusieurs personnes, hérissées comme moi par le spectacle de l'injustice, qui s'y sont résolues... Sans aller si loin, il est des actes quotidiens de courage. Ainsi, tout à l'heure, en sauvant cette enfant promise à la corde, ai-je eu le sentiment d'avoir à ma mesure combattu la bestialité... Je vous ai d'ailleurs suffisamment observé, tandis que ces brigands nous tenaient tête, pour savoir avec quelle flamme vous souhaitiez, vous aussi, que l'humanité triomphât !

– Oui, chevalier, et sauf à nous mépriser nous-mêmes, il n'y avait pas d'autre attitude possible à Brive... Mais c'est égal, je ne soupçonnais pas jusqu'où peut se porter la férocité de certains hommes.

– Voici, en effet, une découverte qui ne laisse pas d'impressionner... Je vous étonnerai peut-être en vous avouant que ce goût amer est venu sur mes lèvres quand j'ai rencontré pour la première fois la chaîne d'une chiourme[1].

– Quoi ! se récria Victor, le spectacle de ces misérables qu'on mène aux galères, à cause de leurs crimes affreux, a pu vous émouvoir ?

Carresse répondit à cette exclamation par un regard

1. Ensemble des bagnards embarqués sur un même bâtiment.

enflammé qui parut à son compagnon capable de démêler les secrets renfermés dans son âme.

– Sont-ce d'affreux crimes que voler du pain pour des enfants qui ont faim ? Sont-ce des crimes que les crimes de conscience ? insista-t-il comme s'il avait la connaissance du drame que vivait son voisin, vous ne parlez ainsi que parce que vous n'avez jamais vu encore ces colonnes de malheureux roués de coups par les brutes qui leur servent de gardes… Je vous raconte mon histoire car elle en vaut la peine : j'avais à peu près votre âge, je me trouvais à Orléans en compagnie d'un certain marquis d'Appoigny, homme rigide avec qui j'apprenais mon métier. Nous venions de quitter la ville après un bon dîner, suivis d'un secrétaire qui tirait un mulet chargé de nos bagages. Il était trois heures de l'après-midi, par une journée aussi torride que celle-ci, lorsque, dans un halo de poussière, nous vîmes se dessiner la file des galériens. Elle s'était, pour mieux dire, signalée depuis un moment par le râle continu poussé par trente poitrines exténuées que ne parvenait pas à couvrir un épouvantable entrechoquement de fers. Ces hommes – c'étaient des doubles-chaînes[1] – avaient été punis parce que, dès avoir quitté la Tournelle de Paris où ils avaient été ferrés, l'un d'entre eux par bravade avait regardé une femme et lui avait crié je ne sais quoi d'indécent. Mais, me direz-vous, comment pouvait-on encore punir des êtres déjà si bassement ravalés ? Eh bien ! cela se peut… On les avait fait marcher depuis la veille, sans une halte, sans une gorgée d'eau, sous la claquade incessante du fouet… Nous commençons à croiser la horde de ces malchanceux. La plupart gisaient à terre, la camisole lacérée, le dos rouge de sang. Ceux qui faisaient effort pour se soutenir dans l'espoir de n'être pas battus, titubaient en soulevant les chaînes qui

1. Forçats dangereux qui étaient doublement ferrés.

labouraient leurs épaules ou déchiraient leurs mains. Le marquis, qui allait devant, passait sans s'émouvoir ; moi j'étais glacé d'horreur. Soudain, l'un de ces pauvres hères, qui venait de voir briller à ma selle une gourde d'acier et qui m'était apparu sur le moment très âgé parce que la douleur, la fatigue, l'épuisement, en avaient fait avant l'heure un vieillard, se jeta furieusement contre ma cuisse en faisant chavirer l'entière colonne de ses compagnons. Ses cheveux gris hirsutes, sa maigreur d'épouvante, ses yeux exorbités dont jamais depuis je n'ai pu oublier la détresse, lui donnaient l'apparence du cadavre qu'on vient de défouir. Il voulait agripper cet objet qui le narguait par sa brillance mais ses doigts demeuraient gourds. Il ne put rien faire d'autre, pendant un long moment, que me le désigner avec des grognements de bête. Moi je restais à le fixer, anéanti par le peu d'expérience que j'avais de choses aussi rudes… Qu'auriez-vous fait vous-même dans cette circonstance ?

– J'aurais donné à boire à cet homme, répondit d'un trait Victor.

– Voyez, reprit le chevalier, c'est ce qui vient tout naturellement à l'esprit. Sachez pourtant qu'il y a loin de l'intention au geste, particulièrement lorsqu'on se sent, comme je l'étais alors, assailli par cent regards acharnés à labourer le fond de votre trouble… J'ai hésité quelques secondes puis, lorsque je me résolus à accomplir le seul geste convenable, j'entends mon marquis qui hurle : « Êtes-vous devenu fou, chevalier ? On ne s'abaisse pas à cela. Je vous ordonne de cesser ! » Il s'était retourné à grand renfort d'éperons pour venir m'empêcher de poursuivre… L'homme buvait et j'étais satisfait car, dès cette seconde, fort curieusement, gagné par le sentiment de paix qu'éprouvent tous les justes, je me souciais fort peu de ce qui devait résulter de ma désobéissance. L'effroi me gagnait plutôt à voir soixante mains décharnées se tendre vers moi et à entendre la plainte sans haleine des voix qui me suppliaient. « Vous voyez ce qui arrive par votre faute… Cessez immédiatement, je vous l'ordonne à nouveau ! » vociférait de plus belle Appoigny, porté comme hors de lui. Constatant que je n'obéissais pas, il se tourne vers les gardes qui restaient accrochés à ses basques, la mine éteinte, le fouet ballant. Du même ton excédé, il leur crie : « Faites donc quelque chose, maroufles ! » Alors ces diables d'hommes, ravivés dans leur fureur et couverts par un ordre supérieur, foncent avec leurs chevaux au travers de la grappe des prisonniers. Les mots m'ont souvent manqué lorsque j'ai voulu, depuis, peindre l'épouvante de ce qui suivit. Je vis, pétrifié, des lanières de cuir siffler en emportant des copeaux de chair et ne pas parvenir cependant à faire s'abaisser les bras qui demeuraient tendus vers moi. Tout à coup, suprême horreur, dans la lumière à cette heure si violente et si à plomb tombante, se leva la froide lueur d'un sabre. C'était bien autre chose, l'hallucinant venait le disputer à l'insupportable… Trois fois la lame retomba. Elle fit jaillir le sang, sans réduire tout de suite le cri et l'effort des enchaînés. Déjà d'autres gardes, le visage barbouillé de haine, accouraient en articulant des cris féroces. Mais que pouvaient des mains nues et affaiblies contre le piétinement des chevaux devenus furieux, contre les coups redoublés de fondrières et d'éperons ? Les bagnards assommés, couverts de plaies béantes, s'écroulèrent bientôt en un tas informe de chairs et de guenilles que les cavaliers continuèrent de flageller sans nécessité. Seul le premier des hommes à s'être jeté contre moi étreignait encore ma botte qui ruisselait de sang. Il venait d'expirer. Un grand coup de sabre porté à la naissance du cou lui avait emporté la moitié de la tête. Je tremble encore lorsque je repense à l'instant où je constatais sa mort.

La stupeur me rendit sans doute à ce moment tout à fait sourd car je n'ai plus de souvenir de la fureur de mon marquis qui, pourtant, défaillait presque de colère… Et savez-vous comment on s'y prit pour ôter ce corps sans vie de la chaîne des condamnés ?

– Non, balbutia Victor qui s'attendait à plus d'horreur encore.

– Eh bien ! l'un des gardes s'avança avec son arme nue. De quatre coups bien appliqués, il fit sauter les mains et les pieds du malheureux, juste à l'endroit déjà bleui où la meurtrissure des fers semblait avoir réservé ce sinistre découpage.

– Ah ! chevalier, s'écria Victor, que voilà un effroyable récit !… Moi, j'aurais fui, je n'aurais jamais eu votre courage.

– Vous le croyez, trancha Maximilien, mais je sais que, pris dans le tourbillon des mêmes circonstances, vous auriez agi exactement comme je l'ai fait.

– Et que vous a valu ensuite votre geste ?

– Bien des ennuis !… Mon père, rappelé du fond de sa campagne pour comparaître devant monsieur d'Hozier. Moi, blâmé dans les formes et mon renvoi différé seulement en considération de l'honorabilité de ma famille. Ma réputation professionnelle n'a été sauvée depuis que par mon application à bien faire et par le décès de ce marquis d'Appoigny qui ne cessa, le restant de sa vie, de me poursuivre de sa vindicte. Il proclamait partout que je finirais par susciter des séditions… Il en fit tant que ceux qui me voyaient si travailleur, si repentant, en un mot si désireux de faire oublier mon esclandre, finissaient par lui rire au nez.

– Et après ce drame, reprit Victor, n'avez-vous plus jamais levé votre bras pour empêcher que se commettent d'autres crimes ?

Le chevalier, l'espace d'une seconde, parut hésiter à répondre.

– J'ai compris, murmura-t-il enfin, qu'il fallait s'y employer plus subtilement.

Et, pressé sans doute de changer de sujet, il eut un sourire pour la petite muette qui l'avait poussé à une si sévère digression. Il passa plusieurs fois sa fine main, à laquelle brillait une intaille, dans ses cheveux d'encre.

– Qu'allons-nous faire d'elle à présent ? demanda Victor.

– J'y songe depuis tout à l'heure et je crois savoir quelqu'un qui pourra nous venir en aide. J'ai à Limoges une amie chère, Anaïs de Gargilesse, qui m'est obligée par des… disons services, que je lui rends parfois. Sans doute saura-t-elle trouver une maison charitable où cette enfant recevra enfin un peu de miséricorde.

Avant que le chevalier eût pu terminer sa phrase, Victor, qui était installé face à la porte, s'était pris à pâlir : il venait de voir surgir l'homme au sarrau noir, traînant après lui sept ou huit gaillards à mine patibulaire qui devaient le suivre depuis Brive. Carresse à son tour, sans détourner la tête, fut frappé par le timbre de cette voix flûtée qui, plus que toute autre, deux heures auparavant, s'était montrée habile à attiser la calomnie.

– Ne laissez rien paraître ! commanda-t-il, ces gens peuvent difficilement nous assaillir dans un lieu public.

À peine assis, les nouveaux venus, qui s'étaient rangés autour d'une table occupant un important espace entre le fond plein d'ombre de la salle et le cercle de nos héros, martelèrent le parquet de leurs galoches et poussèrent des cris de bêtes pour réclamer du vin. Lorsque leurs gobelets eurent débordé, lézardant leurs bras nus de minces filets rouges, ils en vinrent aux plus grossières provocations.

– Compères ! clama bien haut celui qui s'était fait le mentor de tous ces vagabonds, avez-vous observé les conquêtes de notre joli cœur ?… Tout finit par se découvrir au fin fond des campagnes : notre marquis débauché donne dans la manchette[1] mais il ne dédaigne pas, non plus, les câlineries des toutes petites filles.

Un mot de cette phrase ignoble, que Victor n'était pas parvenu à isoler, avait tinté aux oreilles de Maximilien comme le premier coup d'un glas.

– Il a du goût pour les pruneaux[2], renchérit le plus hardi d'entre ces disciples, un jeune bégaud tout édenté.

– Celle-ci en tout cas, s'entêta le meneur, ne saurait lui faire la faveur d'un coup de langue.

Ces propos orduriers firent s'esclaffer les apôtres de cette Cène fangeuse.

Maximilien n'avait pas bronché. Sans tremblement aucun, il continuait de découper la miche de pain qu'il tenait calée entre sa poitrine et le bord de la table.

– Alors ! que dis-tu de tout cela, joli cœur ? insista le même homme qui s'était levé pour mieux fustiger ses victimes.

Carresse, le voyant s'enhardir, se pencha vers Victor :

– Avec cette enfant en charge, je ne nous trouve pas en position de faire les bravaches… Adieu notre repas ! Tâchons de tirer, et avec panache s'il se peut, notre révérence à ces drôles.

Celui auquel s'adressaient ces paroles glissées dans un souffle, ne répondit pas. Son sang s'était mis à le brûler en circulant dans ses veines, sa gorge à se distendre comme sous l'effet du mécanisme de quelque poire d'angoisse[3].

Le chevalier, prenant dans l'espace d'une seconde le temps de morguer son agresseur, se dressa à son tour.

– Monsieur notre hôte ! lança-t-il à l'adresse de

1. Allusion aux « chevaliers de la manchette », expression burlesque s'appliquant aux invertis.

2. On désigne ainsi les personnes à la peau basanée.

3. Instrument qu'on introduisait dans la bouche des suppliciés soumis à la question et qui se détendait progressivement en les étouffant.

l'aubergiste d'un ton de racoleur, nous sommes aujourd'hui 25 août, jour de la Saint-Louis. C'est la fête du roi qui m'oblige chaque mois en payant mes gages : j'offre à boire à la compagnie !

À ces mots prononcés d'un élan si vibrant et si crâne, le sourd bourdonnement des conversations s'était suspendu net. Des buveurs, tirant leur cou, avaient tourné des regards incrédules vers celui qui venait de lancer ce convi. La prunelle longtemps dilatée par l'effet de la méfiance qui taraude en permanence ceux qui vivent sur les routes, ils furent longtemps à détailler la figure de l'inviteur car on n'était habitué nulle part, et encore moins au fin fond du Limousin, à la prodigalité des gentilshommes. Les occupants des tables les plus bruyantes, les premiers à s'être convaincus de l'honnêteté de la proposition, finirent par approcher. Hormis quelques marchands, parés de blouses à larges plis et de mouchoirs de col à carreaux, se tenant à l'écart, cette cohue était grosse surtout de charretons, gagne-deniers, colporteurs et artisans ambulants, tous affublés d'habits de chie-en-lit et dont les chapeaux en godet s'aplatissaient par-dessus des figures épanouies. Dans ce rameutement se reconnaissaient à leur gréement les besaciers qui gagnaient leur pain tant en marchant qu'en œuvrant : deux gaillards chargés de maigre qui étaient scieurs de long, un gniaf[1] qui portait en sautoir des guirlandes de galoches, un peintre qui allait de château en château, sa toile de lin roulée sur le dos, exécuter le portrait des gens de qualité.

Le chevalier, qui avait retroussé ses manches, fut pressé de toutes parts. Trente bras se tendirent pour s'essayer à gober le ratafia qu'il distribuait à la ronde, plus dextrement qu'un valet de guinguette.

1. Savatier ambulant.

– Au roi, Messieurs ! proclama-t-il après que la plupart de ses hôtes eurent déjà sablé.

Quelques voix grêles et sans chaleur firent écho à son toste.

– Dites plutôt à nos affaires ! rectifia un tailleur de bois qui courait de ferme en ferme pour fabriquer des jougs neufs et adapter les anciens au cou des bêtes rappariées [1].

– Au roi et à nos affaires ! reprit le chevalier trinquant gaiement avec ce Michel-Ange des étables.

– Elles en ont bien besoin, enchaîna un vilain crapoussin qui dominait assez bien son français, je pousse vers Uzerches, au risque d'être détroussé par les rebelles, une paire de bœufs que je n'ai pu vendre à Brive. Si j'arrive malgré tout à bon port, je trouverai devant ma porte une escouade d'élus [2], ces détrousseurs non moins redoutables, qui me réclament à ce jour plus de deux ans d'arriérés de tailles… Ne devrais-je pas plutôt demeurer ici, moi à boire et me rouler dans le fossé, mes bœufs à paître en paix l'herbe encore verte de ce ruisseau ?

L'auteur de ce récit lamentable s'arrêta soudain, dévisageant celui qui régalait avec un air de suspicion.

– Le roi vous paye, avez-vous dit, ah, mais ! ne seriez-vous pas gabelleur, des fois ?

– Non point ! protesta le plus énergiquement du monde Carresse, fort peu désireux, alors, d'endosser l'impopularité des collecteurs d'impôts.

Trente paires d'yeux s'étaient mises à jeter l'éclat froid d'autant de lames nues.

– Quel est au juste votre état ? demanda un grand gueulard qui s'était avancé pour pousser son haleine fétide sous le nez des voyageurs.

1. Réunies pour constituer une paire.
2. Gens qui, contrairement à ce que pourrait laisser supposer leur nom, étaient des officiers royaux commis pour lever les impôts.

Le chevalier expliqua en quelques mots comment il traquait les faux nobles. Il eut un franc succès et le soulagement qui prévalait depuis qu'on le savait innocent de gabelles, se mua dans l'instant en sympathie.

– Pas de quartiers aux gros bis qui n'ont pas le droit de l'être ! hurla le façonnier de jougs.

– À bas ceux qui se grandifient sur le dos du peuple ! cria un autre en lui faisant écho.

Un gros rouquin aux dents pleines de brèches fit frémir l'air en ajoutant :

– C'est déjà honte suffisante de se faire pressurer par les fainéants qui jouissent à bon droit de leurs seigneuries sans qu'on nous en rajoute itou des faux !

Victor et le chevalier partirent à rire sitôt s'être regardés.

– Il est aussi des gentilshommes sans denier ni maille[1], si pauvres qu'ils n'ont même plus un lièvre à assommer, ajouta Carresse, mon ami et moi sommes de ceux-là.

L'assistance était en joie, elle fit une haie bruyante à ces deux princes de la misère. Un géant à barbe folle hissa sur ses épaules la petite muette, qui, tout heureuse de se voir en si joyeuse compagnie, se mit à distribuer des saluts comme l'aurait pu faire le pape depuis sa chaise gestatoire.

– Gare ! gare ! criait ce colosse en faisant cascader son bâton ferré pour se frayer un passage.

– Vivat ! vivat ! reprenaient en chœur tous ces hommes hilares.

– Il faut gruger les grugeurs ! scandait le rouquin en levant haut son poing velu.

– Écraser les écraseurs ! renchérissait un bout-de-cul qui s'était mis à danser en faisant tressauter son ventre.

1. La maille était une toute petite monnaie de cuivre. N'avoir ni denier ni maille témoignait de la plus grande pauvreté.

Les bouviers qui allaient vers Limoges voulurent à toute force placer Victor et le chevalier en tête de leur cortège. On imagine avec quel empressement fut exaucée leur prière et c'est en scaramouches, à la barbe de leurs poursuiveurs, que les héros de la fête accomplirent leur sortie.

Ce fut bientôt un autre étrange spectacle que celui de cette procession d'animaux pesants et de vachers débraillés lancée à l'assaut des contreforts du Limousin. Caracolant en tête, il n'était que les montures des deux cavaliers pour conférer à tout cet exode un certain air de gloire. C'était à peu près la proue dorée d'une galère en loques.

## CHAPITRE DEUXIÈME

# *Anaïs de Gargilesse, Vénus du Limousin*

L'Hôtel de Gargilesse à Limoges, dont le portail disparaissait encore sous l'échafaudage des tailleurs de pierre, avait été bâti à graisse d'argent sur un coteau qui descendait vers la Vienne. Sa cour pavée, de justes proportions, s'encadrait de communs aux ouvertures timbrées de mascarons et d'une balustrade ponctuée de pots à feu accusant l'alanguissement de tracé qui commençait à prévaloir dans le style à la mode. Passé un perron hissé sur des marches incurvées, un vestibule ovale, ceint d'une coupole à lanterne lumineuse, présentait un décor rythmé de pilastres aux chapiteaux festonnés d'une frise entretissue de lauriers et de myrtes. Un escalier monumental venait, depuis là, tel le chaos pétrifié d'une coulée de lave, lécher les visiteurs pour les conduire à l'étage dans un salon plein de jour où les marbres, toujours selon le goût récent, avaient cédé la place à des lambris clairs tourmentés de rinceaux et de coquilles chantournées.

Dans cette vaste pièce dont le silence n'était pas même troublé par le tic-tac d'une pendule, veillait un imposant portier suant à grosses gouttes sous la carapace d'une livrée frangée de galants d'or. Attentif à ne point faire mugir son siège dans l'immensité résonnante, il demeurait, depuis des heures, posté sur le seuil de l'appartement de ses maîtres.

C'était un estropiat blessé dans le service et resté

borgne après une querelle moins glorieuse de cabaret, que monsieur de Gargilesse, bailli de Limoges, avait par charité repris dans sa maison. Singulière était la blancheur de ses gants lorsqu'on la rapportait au noir de ses joues ombrées de barbe et au gris douteux de la cravate de casimir qui comprimait son cou de bœuf. Ce contraste illustrait assez bien les compromis qui s'instauraient journellement entre la baillive et son mari, elle, pointilleuse au premier chef sur la netteté des mains de ses gens ; lui, tolérant un certain laisser-aller à ceux qui avaient été soldats.

Dès qu'il eut reconnu qui venait, le domestique se leva.

– C'est Madame qui va être satisfaite, dit-il en grasseyant.

– Rien de moins sûr, Joseph, répliqua le chevalier, je parierais même qu'on a fourbi ses armes derrière ce seuil pour nous chanter pouilles.

L'homme hocha doucement la tête et, exhalant un soupir, fit tournoyer plusieurs fois la bille de son iris sur le fond laiteux de son œil valide. Il voulait de la sorte souligner l'extrême particularité de caractère de celle dont il protégeait la quiétude mais également témoigner, en tant qu'ancien trousseur de jupons, qu'il avait, lui aussi, l'expérience des caprices du beau sexe. D'un air compatissant, avec la mine basse de l'huissier qui règle la pompe d'un convoi funèbre, il fit passer les visiteurs dans une antichambre où des stucateurs [1] travaillaient encore.

Madame de Gargilesse, prévenue de l'arrivée du chevalier par le personnel de ses arrière-cabinets, entra presque aussitôt dans un frou-frou soyeux. Elle portait

1. Ouvriers qui faisaient les décorations de plâtre.

un minuscule chien de manchon au museau fripé qui disparaissait sous une profusion de freluches et de nœuds.

– Tout de même ! fit-elle avec un accent de triomphe, je suis satisfaite de vous voir faire les premiers pas…

Maximilien n'attendit pas la fin de cette sortie pour jouer de sa prunelle ravisseuse et décocher l'une de ses coutumières œillades.

– Les devoirs de sa charge ont une fois de plus éloigné Tite de Bérénice, murmura-t-il sans même essayer à dissimuler qu'il pouffait.

La baillive, au fond, à retrouver son chevalier sans s'être humiliée à l'aller relancer, crevait effrontément de joie. Elle n'aurait même rien tant désiré que lui sauter au cou, blottir sa tête au creux de son épaule, toucher ses lèvres qui donnaient tant de volupté aux paroles impertinemment dites et dont elle avait appris depuis longtemps à goûter les baisers brûlants.

Elle sut cependant se contenir et n'entamer qu'à mi-voix ce rôle de Madame Reproche dont elle avait fourbi les répliques.

– Ce n'est pas ainsi que vous devriez en user avec l'une de vos plus constantes adulatrices, murmura-t-elle en s'essayant à noircir son œil au bleu d'azur.

Pour la faire taire, il lui posa un doigt sur la bouche. Il en effleura imperceptiblement le contour puis, avant de pousser Victor devant lui, il fit mine d'en coudre les deux bords l'un à l'autre.

– Chère Anaïs ! voici monsieur de Gironde, mon compagnon de route plein de cœur et de belles lettres, qui me fait souvenir de qui j'étais il y a vingt ans à peine.

– Ah ! glousa-t-elle, trouver jour avec tant d'aplomb à se louanger sous couvert de ses amis, félicitations ! c'est ce qui s'appelle savoir se servir au passage.

Victor se sentant chaque seconde un peu plus

importun entre les deux complices rabibochés, demeurait les bras ballants. Il redoutait sa lourderie lorsqu'il devrait, à son tour, se risquer au baise-main que le chevalier venait d'exécuter avec tant de grâce : il avait vu la belle Anaïs alors presque pâmée et il ne souhaitait pas passer pour moins galant que son aîné. Il se lança donc mais son geste fut brusque et il ne put éviter de couvrir le dessus de main de son hôtesse d'un câlin humide qui la fit tressaillir.

– Eh ! monsieur de Gironde, comme vous y aller ! pépia-t-elle, mais, passe ! ce frisson n'est pas désagréable.

Le chevalier, rasséréné par la promptitude de la réconciliation qu'il venait d'opérer, se mit à rire de bon cœur. Son hilarité redoubla même lorsqu'il surprit Victor, rouge de confusion, qui se relevait d'un bond sitôt après s'être assis sans en avoir été prié.

Madame de Gargilesse glissa enfin sa main au creux de ce bras aimé et retrouvé. Elle se laissa conduire devant la cheminée, empanachée d'un bouquet de résédas et de sainfoin d'Espagne, dans laquelle crépitait un feu de pommes de pin.

– Vous arrivez à pic pour vous joindre à notre concert, lança-t-elle avec un retour d'insolence dans le ton, nous étions sur le point d'aller chercher quelqu'un pour tenir votre partie.

– C'eût été dommage pour vous, riposta Carresse avec malice.

Il se tourna vers Victor.

– Je n'ai pas fait l'aveu à monsieur de Gironde de nos tocades de musique. Prétendre que nous jouons du violon serait hors de mesure ; l'expression racler le boyau nous convient beaucoup mieux… Rassurez-vous, cher ami ! nous ne vous imposerons pas ce supplice.

Celui à qui s'adressaient ces gentillesses, resté plus rouge que la sébile d'un pressoir, protesta de ses notions de solfège. Il se proposa pour spectateur à défaut d'être agréé pour tourner les pages de la musique.

Son compagnon l'en dissuada et plutôt rudement :

– Là, là !... Gardez intacte votre oreille. D'ailleurs notre petite bande s'est toujours fixé pour règle de refuser le public.

Victor, qu'Anaïs venait d'installer près de l'ottomane cannée sur laquelle elle s'était étendue, s'efforçait de dessiller tout à fait en se remémorant les dures paroles de son père contre la malignité des splendeurs temporelles. Pour dissiper l'impression fondante qui s'était emparée de lui depuis qu'il avait passé le porche de la demeure des Gargilesse, il se raidit, à ne point quitter des yeux son hôtesse : c'était une rousse opulente et lascive, toujours sanglée dans d'étroits corsets, qui n'hésitait jamais à laisser plus qu'entr'apercevoir les considérables avantages dont la nature l'avait dotée. Son visage qui, dans sa jeunesse, avait dû être osseux mais dont les méplats de la trentaine avaient adouci la rudesse, scintillait d'un semis de minuscules taches rousses qui empoudraient une peau au grain mat. Sa robe de taffetas gommé aux couleurs de l'arc-en-ciel s'échancrait profondément sur sa gorge. Sa chevelure de cuivre, rassemblée en une tresse dans laquelle serpentait un fermaillet d'or, était seule à couvrir la nudité de ses épaules blanches. Cette tresse avait un langage. Certains jours, relevée en un chignon que piquait une lune d'argent, elle n'était pas autre chose que la couronne de Vénus ; d'autres fois, rejetée de chaque côté de la nuque et partagée en six ou sept anglaises tire-bouchonnantes, elle l'aurait pu faire passer pour une héroïne de la Fronde. La ressemblance n'avait rien d'innocent, Anaïs la cultivait effrontément : la duchesse de Longueville était son modèle, les Mémoires du cardinal de Retz, son livre de chevet, la Chambre Bleue de l'Hôtel de Rambouillet, le lieu du monde passé qu'elle aurait désiré le plus hanter. En d'autres temps, dans un autre cercle, sûrement se fût-elle délectée d'intrigues, abîmée dans des passions ardentes et implacables. Mais au lieu de cela elle était à Limoges où des avocaillons, des sous-officiers de passage et des demi-savants se bousculaient dans ses salons pour lui faire, en s'empiffrant, l'hommage de leurs vers bancroches. Assez fine mouche cependant pour mesurer toute la distance qu'il y avait entre ces misères et la royauté sur les esprits à laquelle elle aspirait, elle excellait à faire semblant de se trouver comblée.

Le chevalier avait pris place sur un carreau poussé contre un pied de l'ottomane. Encouragé par les gloussements qu'il se figurait entendre, il s'essayait à atteindre de sa tête renversée l'épaule nue qu'Anaïs offrait avec une indiscrète volupté à son souffle chaud.

– Pour tout vous dire, murmura-t-il entre deux assauts de ces agaceries, nous sommes également venus, ma chère, pour vous soumettre un cas… Il n'est bruit partout que de vos bonnes actions et, dans un temps où tous les cœurs s'étrécissent, cette générosité vous a déjà valu une renommée qui rabat en ce monde sur votre béatitude future…

– Allons ! gloussa la baillive qui sentait poindre la moquerie sous l'enflure, je suis bien aise que vous me trouviez bonne parfois à certaines sauces.

– Je vous dis tout, reprit Carresse… Nous avons trouvé sur notre route une pauvre enfant à la peau de pruneau à qui d'odieux barbares ont coupé la langue. Pourriez-vous la faire entrer dans une de ces maisons charitables dont vous êtes à Limoges l'ange protecteur ?

– C'est vous qui êtes un cœur, chevalier ! se récria Anaïs, cette enfant passera la nuit chez mes portiers et, dès demain, je vous le promets, je la conduirai chez les Visitandines.

Pendant qu'il s'emparait de nouveau de sa main, elle

scella sa promesse en faisant claquer son éventail d'ambre.

– Combien je regrette que nous dussions partir si tôt, murmura-t-il en effleurant chacun de ses doigts d'un petit frôlement de ses lèvres tièdes, j'aurais tant aimé voir la déesse Courroux condescendre aux bontés.

Elle répondit au compliment aigre-doux par un sourire pincé mais continua, avec délectation, de se laisser presser le poignet.

Victor, crispé sur son fauteuil, son tricorne posé sur les genoux, plus raide que le buste reliquaire de saint Césaire de Maurs auquel il avait été voué par sa mère dans sa première enfance, ne saisissait pas bien le motif de ces cajoleries entrecoupées de saillies perfides. Pourtant, tournant déjà à son profit la recommandation que lui avait faite son compagnon de ne jamais laisser percer son ignorance des choses, il esquissait des sourires aux moments qu'il sentait judicieux et s'appliquait à prendre sur tout l'air entendu.

– Dites-moi, mon cher, demanda tout à trac à Maximilien madame de Gargilesse, il n'est question que de brigands ces temps-ci... En avez-vous rencontré quelqu'un sur votre route ?

– Pas l'ombre d'un, madame, je finirai par croire que ces gens sont lutins ou chimères qui n'existent que dans l'esprit des simples.

– Nargue ! chevalier, ne proférez jamais de telles paroles devant mon mari, lui qui vous trouve déjà si peu sensé et qui passe le plus clair de son temps à traquer ce que vous nommez chimères.

– Souhaitons-lui de donner rapidement corps à ses songes.

Madame de Gargilesse répliqua à l'insolence par une grimace de dépit. C'était, pour mieux dire, un rictus qui lui tordait la bouche chaque fois qu'on évoquait devant elle les déboires du bailli.

– Je n'ose plus y croire, gémit-elle, jusqu'ici, chaque fois qu'il a tenté de surprendre ces séditieux, il s'est jeté dans les lieux qu'ils avaient désertés, depuis où, impuissant, il pouvait observer les incendies que des mains criminelles venaient de rallumer plus loin. Il a fini par se persuader qu'on l'espionne, que quelqu'un dans son entourage trahit ses plans à mesure qu'il les conçoit.

– A-t-il des soupçons ? s'inquiéta Carresse qui, tout en continuant de badiner, paraissait prendre intérêt aux déconvenues de l'époux de son hôtesse.

– Rien de précis mais il se tient sur ses gardes. Il se méfie des gens d'épée ; il est à présent convaincu qu'il existe un complot des gentilshommes contre les collecteurs d'impôts, que c'est l'un d'entre eux qui tire les fils de tout ce mouvement : un homme habile, bien informé et tenace… En un mot, quelqu'un de bien trop fin pour lui.

Elle avait asséné la fin de sa phrase d'un accent effronté, déployant son éventail devant sa bouche de telle manière qu'on ne vît plus que ses prunelles à l'éclat ravivé jeter leur feu de saphir.

– Vos jugements sont sans pitié, balbutia Maximilien effrayé de tant de cruauté, votre mari est un homme capable et qui entend bien son métier… N'est-il pas venu à bout, justement cet hiver, de ce trafic de grains qui faisait perdre la tête à l'intendant de Bordeaux ?

– Ce trafic, riposta la baillive, n'était qu'une peccadille comparée au tumulte et à l'émotion que suscite actuellement ce marquis.

– Un marquis ! releva le chevalier, qui dit cela ?

– C'est ainsi qu'un peu partout on le nomme. On a pris la semaine passée des pauvres hères qui avaient eu le courage de déserter son armée de chenapans. Ils ont parlé. On en sait suffisamment depuis ces beaux aveux pour avoir préparé une embuscade qui doit se tenir cette nuit… On espère que le marquis s'y montrera et qu'il y sera pris.

Carresse parut songeur.

– Une embuscade tendue sur l'aveu de gens si douteux, c'est sûrement un piège et il se refermera sur ceux qui se croyaient assurés de prendre.

– Allez savoir ! répliqua madame de Gargilesse, on est résolu ici.

– Et où doit avoir lieu cet esclandre ?

– Au hameau de Périères, au sud de Bellac, sur une métairie de la famille Daguesseau.

– C'est bien une raison qui m'inciterait, moi, à redoubler de prudence si j'avais à décider dans cette affaire, insista le chevalier, les Daguesseau tiennent des rangs considérables dans l'État. Ce coup de filet ne passera guère inaperçu, pas plus s'il retient son gibier que s'il vient à crever.

– Le bailli est trop excédé pour qu'on le puisse raisonner, gémit Anaïs, il est résolu à jouer son va-tout.

Elle fut tout à coup interrompue par l'irruption d'un chambrillon épeuré, accouru avec des joues d'écarlate pour annoncer le maître de maison.

Celui-ci, sans lui laisser le temps de prononcer les deux syllabes du mot « monsieur », entra fort exactement à la dragonne, d'un pas rapide et saccadé. C'était un homme petit, à face de bouledogue, affublé d'une de ces imposantes perruques dites in-folio, qui ne parvenait pas à gommer chez lui une allure d'exempt de police. Il n'avait pas pris le temps d'ôter ses bottes et brandissait encore au bout des doigts les fontes de ses mousquets comme s'il était accouru pour débusquer des rebelles sous les fauteuils de son salon.

– Ne vous levez pas, chevalier ! ordonna-t-il sèchement en contemplant, sans paraître s'émouvoir, son hôte toujours abandonné sur le sein resté gros de soupirs de sa femme.

Plus froidement poli qu'un valet venu porter un pli, il s'inclina ensuite devant Victor que la baillive venait de lui nommer.

– Vous paraissez bien colère ! observa l'impavide Anaïs.

Son ton de voix suave s'était fait aussi condescendant que si elle avait eu à gronder, pour une peccadille, le dernier fouille-au-pot[1] de ses cuisines. Elle s'alanguissait à proportion que son mari, planté en face d'elle, continuait de rouler du jabot dans des mouvements de pigeon qui boule.

– Ces enragés, hurla-t-il lorsqu'il fut au point d'éclater, viennent de me tuer deux hommes.

Elle le cloua d'un regard où palpitait quelque chose qui ressemblait à de la haine.

– Çà ! quels lièvres cornus[2] vous courent par la tête ? Vos gens sont armés jusqu'aux dents alors que vos fauteurs d'insurge-ries ne manient que des frondes…

C'était braver un forcené. Il commença par décrire sur le parquet de singulières figures tandis que ses joues, déjà vidées de leur sang, prenaient la transparence du givre.

– Ah ! ne commencez pas à faire la raisonneuse ! tonna-t-il, je ne suis pas d'humeur ce soir à supporter vos caprices.

Tournant légèrement la tête, il nappa du même feu réprobateur le chevalier qui venait de se relever.

– Monsieur serait d'ailleurs trop content de voler une fois de plus à votre secours et d'entonner son habituelle rengaine contre l'ordre et les Lois. Eh bien, non ! je ne vous écouterai pas. Je suis las de ces folles sentences dont vous ne nous enivrez que parce que vous êtes tous deux des nantis…

1. Petit valet de cuisine.
2. L'expression s'applique aux idées folles telles que d'imaginer les lièvres portant des cornes.

– Nantis de quoi ? se récria madame de Gargilesse d'un accent haut comme elle.

– De quoi ? répéta le bailli, un court instant vacillant dans son humeur rebourse, mais de tout ceci, madame !

Il eut un geste circulaire suffisamment large pour désigner à la fois l'antichambre dans laquelle ils se trouvaient, le bâtiment qui la contenait et, par-delà les fenêtres, descendant vers la Vienne, le parc qui étageait en figures rectilignes ses bassins, ses berceaux de verdure, ses ifs taillés en sentinelles et ses charmilles.

– Et vous croyez que le plaisir de jouir de quelques vanités m'empêchera de me soucier de la justice !

– La justice, reprit le bailli, c'est moi qui suis chargé de la faire respecter et non point vous, pour la raison que les femmes, fussent-elles savantes, n'ont aucun raisonnement. Pas plus d'ailleurs que les muguets[1] dont l'effort doit s'appliquer à la bonne tenue des registres qu'on s'est risqué à leur confier, ajouta-t-il en pourchassant du regard Maximilien qui, telle la grive fascinée par le sifflement du serpent, demeura sans réaction sous son souffle.

Celui-ci, qui jubilait secrètement de voir son rival hors de ses gonds, mais qui avait appris à se défier de ses colères irraisonnées, comprit qu'il ne fallait pas pousser plus loin un plaisir qui risquait de tourner au drame. Par-dessus l'épaule du mari, il fit à sa complice un signe pour l'incliner à ne pas répliquer mais celle-ci, blême d'avoir été rappelée à l'infirmité convenue de son sexe, affecta de ne rien remarquer pour emboucher sans attendre un chapelet d'imprécations stridentes.

– Je ne suis pas d'humeur, moi non plus, figurez-vous, à supporter vos écarts de langage ! Usez-en tant que vous voudrez avec les malpeignés dont vous aimez la compagnie, mais, pour ce qui me regarde je ne

1. Jeunes gens élégants et frivoles.

souffrirai ni que vous me censuriez, ni que vous me confondiez avec les filles de rien que vous traînez derrière vos régiments.

Le chevalier, qui était revenu à pas de loup vers l'ottomane, s'empara des poignets de la furieuse qu'il pressa comme en un étau. Son expression, que personne d'autre qu'Anaïs ne pouvait surprendre, s'était faite farouche.

– Tout doux, madame ! Tout doux, fit-il en conservant à l'usage de ceux qui ne le voyaient pas toutes les apparences de la badinerie, il faut raison garder… Votre mari après tout s'émeut avec justesse : deux personnes ont été tuées dans cette affaire.

La baillive, stupéfaite de voir son allié lui manquer dans une passe si délicate, frappée plus encore de la dureté de son regard, s'effondra brusquement en ravalant sa hargne.

Monsieur de Gargilesse, qui venait de se laisser tomber sur un fauteuil, avait entrepris de calmer ses nerfs en manœuvrant sa grivoise[1].

– Je suis plutôt satisfait de ce que je viens d'entendre, confia-t-il à son visiteur, après tout vous n'êtes pas si méchant garçon que vous voulez le faire croire… J'avais d'ailleurs toujours pensé que vos fanfaronnades cesseraient le jour où vous mesureriez à quelles extrémités risquaient de vous porter vos excès.

La satisfaction de sa justesse de vues, suivie du plaisir des premières fumerolles de tabac au long du col de sa pipe de terre, firent glisser une expression de béatitude sur son front.

Il finit par se tourner vers Victor qui, pendant toute cette scène, s'était appliqué à conserver une pose séraphique.

– Tout de même, jeune homme, c'est un madré com-

1. Tabatière qui porte une râpe à tabac.

pagnon que vous avez déniché là ! Méfiez-vous ! le chevalier de Carresse n'est pas précisément quelqu'un dont on puisse proposer l'exemple à la jeunesse.

– Mon cher ! repartit Maximilien en affectant de poursuivre en même gamme plaisante, je vous ai dit cent fois que la jeunesse, pour connaître les vérités qui lui sont indispensables, n'avait pas besoin des maîtres tordus qui rebrochent les anciennes maximes comme les tourmenteurs-jurés [1] manient le brodequin [2].

– Je vous vois venir, répliqua le bailli, vous allez nous vanter l'abbaye de Thélème et le grand Sabbat qui devrait remplacer nos institutions... Mon étonnement sera toujours le même à considérer qu'un être aussi fin que vous s'abaisse à prôner le désordre pour nouvelle philosophie.

– Vous savez bien qu'il ne s'agit pas de ça ! protesta Carresse sans pouvoir se retenir d'esquisser un geste de découragement.

Monsieur de Gargilesse se rembrunit d'un coup.

– J'oubliais que j'étais tout à fait inapte et incapable de saisir la moindre de vos finesses... Grâce au Ciel ! j'ai des affaires plus à ma portée qui m'appellent. Je vous baise les mains, incorrigible saccageur de systèmes ! et vous laisse en meilleure compagnie.

Ayant parlé ainsi, il salua à la ronde, à la romaine, et sortit précipitamment en lâchant un gros nuage de fumée.

Anaïs, toujours gisante, restait anéantie après le double affront qu'elle venait de subir. L'œil torve, la mine chiffonnée, n'en finissant pas de faire la lippe, elle contemplait le bout de ses escarpins pour éviter d'avoir à croiser le regard resté sévère du chevalier. Celui-ci,

1. Fonctionnaire de justice chargé d'infliger le supplice de la question aux prévenus.

2. Instrument de supplice provoquant l'écrasement des chairs du pied.

plus raide qu'un pilori, paraissait s'arrimer au parquet pour affronter les fureurs qu'il voyait s'amasser à la vitesse où un ciel peut se charger de noir.

Il sonna lui-même le portier et lui donna en maître l'ordre d'accompagner Victor dans sa chambre. Celui-ci, bien satisfait de pouvoir s'échapper de cette fosse aux lions, emboîta le pas au domestique après avoir rassemblé ses hardes. Il ne fit pourtant pas assez vite car, à peine se fut-il éloigné de quelques enjambées, qu'il put entendre malgré lui, au travers de la porte refermée, les premiers clappements d'un orage terrible.

Ce n'était pas la baillive qui hurlait, c'était Maximilien.

– Insensée ! s'écriait-il, vous avez donc juré de nous faire trancher le col !

Le souper, servi vers dix heures, réconcilia tout le monde autour d'une table resplendissante d'argenterie mais cédant un peu trop à la vanité de l'accumulation. Le plantureux relevé des viandes s'ordonnait autour d'un couple de paons rôtis dont les cous affrontés dessinaient un cœur que transperçait une flèche de sucre doré ; il s'égrenait alentour en béatilles [1], en rôts gourmandes de persil et en une véritable basse-cour de volailles à plumage minutieusement reconstitué qui nageaient sur des lits frémissants de cèpes et de girolles.

Le chevalier et madame de Gargilesse s'étaient éloignés des tempêtes pour retrouver la bonace. Elle, tout sourire, ses cheveux sentant l'ambre aigrettes d'un plumet diapré, avait repris son inlassable pépiement. Le bailli, resté botté ainsi qu'un postillon attablé dans une auberge, tirait régulièrement sa montre de gousset pour en rapporter le mouvement à celui du régulateur placé

1. Petits abats délicats.

dans l'angle du cabinet où l'on avait dressé le couvert. Il paraissait nerveux mais avec un fond d'enjouement plutôt stupéfiant pour qui, à l'instar de son plus jeune hôte, ne l'aurait connu que dans un de ses mouvements de fureur. Victor, brossé, étrillé, plus rose qu'un chérubin, avait passé un habit de drap grossier mais d'un beau ton grivelé que son oncle de Tressan avait étrenné, deux ans auparavant, pour se rendre à Paris. L'abondance du service à la française, l'éclairage du jour recréé par des dizaines de chandelles de cire et suif à l'éclat orangé qu'il voyait pour la première fois remplacer le flambeau de résine des pauvres, l'attention perpétuelle des valets en livrée plantés derrière sa chaise, le laissaient pantois. Il picorait avec appréhension, calquant ses gestes sur ceux de ces voisins, restant par-dessus tout attentif à n'être pas contraint de s'exprimer la bouche pleine.

Madame de Gargilesse éperonnait la conversation avec ce piquant plein de liant que lui enviaient jusqu'à ses pires ennemies. Elle louvoyait superbement, sauçant ses paroles dans mille douceurs, évitant les sujets délicats tels que la révolte des Cévennes, la querelle janséniste ou l'imbroglio de la succession espagnole ; toutes manières propres à pousser la bile de son mari autant qu'à donner à moudre à l'impertinence du chevalier. Elle se rabattit donc avec un étonnant brio sur les derniers acquis… de l'agriculture. Le bailli se flattait d'aimer les techniques, lecteur d'Olivier de Serres, il correspondait avec Vauban qui, pour l'Académie des Sciences, lui avait demandé des mémoires sur la production des truies et les arrosements de rivières ; il avait sur le rendement des terres et le nourrissage des bestiaux des opinions raisonnées. Le chevalier, sans goût particulier pour les sciences, se défiant même par pur libéralisme du carcan de leurs lois exactes, moderne par idéal cependant, entra presque à fond dans ses vues. Ils en firent tant, Carresse avec d'incessants clins d'œil à l'endroit d'Anaïs, celle-ci multipliant les saillies, Victor faisant florès d'un entrelacs de questions naïves et de réponses pertinentes, monsieur de Gargilesse enfin vidant gaiement plusieurs verres de Saint-Pourçain, qu'un doux parfum d'extase flottait sur l'assistance au moment où vint s'effondrer au centre de la table, dans une vasque de vermeil, un rocher de croquembouches et de profiteroles vernies.

– Ainsi vous êtes du Rouergue ! s'exclama le bailli à l'adresse de son jeune invité comme les serviteurs s'affairaient de tous côtés à contenir les débordements de cette avalanche de sucreries, je connais monsieur Le Gendre, votre intendant, il m'a récemment, chez lui à Montauban, vanté ce doux pays du safran et du fromage de brebis…

– C'est aussi pêle-mêle, enchaîna Victor, celui des vaches jaunes, des fourmes de Laguiole, des châtaignes et des noix, des bastides opulentes et des pauvres ségalas. C'est une contrée rude qui se soutient sans faillir par le labeur d'habitants capables de pousser leurs affaires jusqu'au cœur de l'Espagne.

– Vous en parlez justement, constata le mari d'Anaïs avec une pointe d'émotion bourrue, l'industrie des campagnes c'est la richesse de notre nation et ce pourrait être sa fortune si l'on connaissait mieux la compatibilité des sols avec les plantes, si l'on maîtrisait davantage les moyens d'amender les cultures, si l'on s'attachait vraiment à améliorer les races domestiques. Il faudra un jour que l'État conçoive cette agriculture moderne, l'expérimente et tienne la main à la faire appliquer.

– Ah, non ! se récria vivement le chevalier qui se reprit aussitôt pour employer un ton plus en accord avec la douceur ambiante, si je puis me permettre, cher bailli, je vois dans ce que vous dites bien du danger pour les libertés de nos provinces. De Strasbourg au bec du Raz il ne saurait régner une loi.

– Vous voici bien rétrograde, chevalier, s'exclama madame de Gargilesse ravie tout d'un coup, en se donnant la noble apparence de l'épouse qui vole au secours du foyer menacé, de prendre une revanche sur l'humiliation qui la tenaillait encore.

C'était l'un de ses traits les plus constants que de ne jamais oublier les injures et d'exceller à en rendre tardivement la pièce.

– C'est vrai que votre pensée sent son temps de saint Louis, appuya le maître de céans en secouant sa grosse tête, je ne vois pas d'autre moyen de bâtir le progrès que développer partout la puissance et les prérogatives de l'État. Les grands pays de demain seront forcément vastes et unifiés.

– Voici tout ce qui nous sépare, reprit le chevalier en s'efforçant de sourire, pourtant ni vous ni moi n'aurons le cœur ce soir de vider cette querelle. Glissons donc et trinquons encore avec ce vin à la couleur de sang dont aucun tyran ou démocrate ne saurait altérer la saveur.

Ils trinquèrent en effet en étendant leurs bras pardessus la profusion des desserts ; le chevalier, avec la mine de celui qui tient déjà son bonheur, le bailli, tirant sur sa chaîne de montre avec le frémissement de narine de l'homme qui voit la réussite à portée de sa main.

Celui-ci, au dernier coup de onze heures, malgré l'état d'excitation où le portait la perspective d'un combat facile, ne put dissimuler que le regret de partir l'assaillait :

– Bienheureux vous êtes ! ce sont les doux accords d'une sonate qui vont vous conduire au sommeil quand je m'apprête à demeurer en selle toute la nuit.

– Courir sous la lune, sans luth et sans pensées aimables, n'est pas un sort que j'envie, opina Carresse avant d'ajouter en s'efforçant à ne pas paraître sarcastique : faut-il vous souhaiter bonne chance ?

– C'est inutile ! trancha l'autre en se rengorgeant, une

bonne étoile m'a donné rendez-vous ce soir… Je ne lui ferai pas faux bond.

Il claqua les talons de ses bottes cirées et disparut dans le trait de lumière que produisit après lui l'éclat de son harnachement.

La porte à peine refermée, Maximilien offrit, en s'inclinant, un bras à son hôtesse afin de la mener dans la petite rotonde du fond du parc où devait avoir lieu le concert. Victor, demeuré seul derrière eux, les pommettes échauffées par l'excellence des vins, plutôt béat d'ailleurs de se trouver si vite à son aise dans cet univers neuf, sortit chercher la fraîcheur sur le balcon.

Là, appuyé à la grille ventrue, il fixa longtemps le ciel constellé que galonnait le crêpe de la voie lactée. De l'endroit où il se tenait, il pouvait embrasser d'un même coup d'œil, dans les lointains du parc, les ombres des musiciens qui glissaient vers un pavillon hexagonal brillamment illuminé et, sous ses yeux, en contrebas, dans une salle ruisselante de l'éclat d'innombrables girandoles et lustres à pendeloques, le bailli flanqué d'officiers en habits à clinquants qui compulsaient des cartes étalées. Le chevalier et madame de Gargilesse, qui avaient emprunté la principale allée blottis l'un contre l'autre glissaient entre ces deux flaques de lumière ; lui, de sa main restée libre, tenait un violon nu dont le bois chatoyait à la lune ; elle, versait la tête sur son épaule pour cueillir de plus près des mots qu'on pouvait supposer aimables. Dès qu'ils eurent franchi le seuil du petit bâtiment, leur arrivée fut saluée d'un furieux ravalement de crincrins et l'on n'entendit plus ensuite que quelques trilles ou gargouillades qui vinrent, par instants, galoper sur la douceur du vent.

Victor, que l'odeur des tilleuls avait achevé d'enivrer, fut brusquement tenaillé par l'envie enfantine de se tenir en équilibre sur le rebord maçonné du plus grand des bassins. Dans l'intention de gagner la terrasse, il dévala l'escalier, qui, bordé de ses deux rangs de candélabres à demi mouchés, lui apparut peuplé d'ombres inquiétantes.

Il allait atteindre le palier, lorsqu'une forme menue se lança dans ses jambes.

– Ho, là ! cria-t-il sans avoir compris ce qui venait de le heurter.

Il entendit la plainte d'un souffle oppressé et, effleurant ses cheveux drus, il reconnut la petite bohémienne.

– Qu'y a-t-il ? Pourquoi ce chagrin ? murmura-t-il tout en s'accroupissant pour essuyer du bout des doigts ces deux joues maigres que les pleurs vernissaient.

À cet instant la concierge fit irruption dans le vestibule. C'était une espèce de furie éructante, portant un bonnet de coutil roulé en boudin qui lui tombait sur le front.

Elle pestait sourdement parce que l'enfant venait de lui échapper.

– Si ce n'est pas malheureux, criait-elle en patois limousin, une fille de rien qu'on dorlote… Qui, grâce à Madame, mangera demain le pain d'une petite chrétienne et qui ose se montrer vilaine.

Victor, avant de charger la petite rescapée de Brive dans ses bras pour la ramener dans la loge, fit taire la bonne femme avec un mouvement d'autorité dont il s'étonna lui-même.

Cette loge était un local en équerre, ménagé dans un angle du portail et qui, quoique neuf comme tout le reste de l'édifice, prenait déjà des allures de bouge. Le concierge, autre soldat invalide, affublé, celui-là, d'un pilon de bois, et resté saoul attablé devant un monceau d'épluchures, beuglait des couplets obscènes.

Victor ne quitta ce lieu rebutant qu'assuré du sommeil de sa protégée. Tout pensif, abandonnant d'un coup ses envies funambulesques, il gagna sa chambre pour sombrer à son tour dans l'oubli du rêve.

Un peu plus tard dans la nuit, à moins de trois lieues de là, au sud de Bellac, sous le même ciel étoilé, un cavalier qui s'était couché sur sa selle pour se protéger du frôlement griffu des haies, traversait en trombe la campagne. Ses éperons d'argent à boîtes, effleurés par le doux chatoiement des astres, marquaient sa course d'un trait qui ne se trouvait interrompu que par le pointillis obscur des fourrés. Les pans de sa cape, du même ton d'encre que la robe de sa monture, se déployaient en forme d'ailes qui claquaient dans le vent.

Au fond de ce paysage, dans le lointain des vallons, le ciel était tout empourpré par la lueur fuligineuse d'un prodigieux incendie. Le cavalier, dévalant une colline en quelques bonds stupéfiants, sauta sur un chemin de terre qui filait d'un trait vers le rempart de ces grands rougeoiements.

Il fut arrêté par un groupe d'hommes hirsutes et guenilleux, surgis d'un épais buisson, armés de haches, d'épieux et de faux emmanchées à rebours.

– Oh, là ! cria un géant nu-tête en étendant son bras puissant, qui va là ?

Il parvint à stopper tout à fait l'animal qui fit en s'ébrouant un violent écart.

– Laisse-moi passer ! ordonna le cavalier, je suis le marquis des Éperviers.

Il abaissa le fanchon dissimulant le bas de son visage tout entier plaqué d'un masque de fine toile claire et ses yeux transpercèrent les ténèbres. Il tira ensuite de sa chemise le fanion blanc, frappé d'un grand épervier sombre, qui servait à le faire reconnaître et, à sa vue, les hommes s'écartèrent en se répandant en vivats. Le cavalier, sans leur répondre, mais laissant derrière lui flotter sa bannière, reprit aussitôt sa course.

Il arriva rapidement près d'une vaste ferme dont les bâtiments finissaient de se consumer. Une odeur de chair brûlée le suffoqua dès qu'il se fut engagé dans l'allée de châtaigniers qui longeait le fossé des granges et, sous le porche, dans la lueur rouge que répandait le brasier, il reconnut d'abord les corps à moitié dévêtus du fermier et de sa femme. À quelques pas gisait leur fille qu'une nourrice avait tenté d'entraîner et serrait encore contre elle. C'est dans cette posture pitoyable qu'un meurtrier inexorable les avait arrêtées. Plus loin enfin, la tête fracassée, baignant dans des flaques de sang, se remarquaient les cadavres de trois domestiques en sayons qui, eux non plus, n'avaient pas eu loisir de marchander leur vie.

Le marquis, après avoir fixé cette scène avec effroi, sauta de selle et tira son épée. Il courut vers la maison dont le grenier en flammes crachait une grêle de tuiles et de tisons.

Sur le perron, il trouva d'abord deux gaillards qui portaient un coffre de blé jusqu'à un char attelé d'une paire de grands bœufs de race limousine dont les cornes billardaient. C'étaient les seuls animaux à n'avoir pas péri sous l'effondrement de leur étable. Ils paraissaient étrangers à l'horreur qui régnait alentour et ruminaient placidement.

Les deux pillards, voyant surgir une ombre, lâchèrent le meuble qui s'éventra aussitôt. Ils saisirent d'un même geste les haches qui pendaient à leur taille.

– Quelqu'un ? cria l'un d'eux.

– Moi, le marquis des Éperviers ! répondit le cavalier qui s'était campé effrontément en haut des marches. Que faites-vous, brigands ? Sont-ce là les ordres que je vous ai donnés ?

Il appuya la pointe de son épée sur le ventre du plus grand des deux hommes qui, le premier, jeta sa hache. Puis, après les avoir désarmés tous deux, il les força à reculer vers l'entrée de la maison.

À ce moment, un géant se profila dans l'encadrement de la porte. C'était Bonis, le chef de cette triste bande.

Une balafre, laissant pendre affreusement deux lobes de chair, lui traversait une joue de part en part.

– Qu'as-tu fait, misérable ? Qu'as-tu laissé se commettre ? s'écria le marquis dès qu'il eut vu surgir ce colosse.

Il se rua sur lui, l'empoignant par le revers du buffle graisseux qu'il portait à même la peau.

Cloué par la stupéfaction, le nouveau venu se laissa saisir sans broncher. Sa figure était à peu près vidée d'expression, son énorme carcasse entièrement relâchée.

– Bonis, tu es plus vil qu'un porc ! reprit le marquis hors d'haleine.

Ayant ainsi parlé, il fit sauter son épée en l'air, puis, de sa main gantée, rattrapa la lame nue qui s'arqua en scintillant sous le poids de la garde. Un éclair froid zébra l'espace et le quillon de l'arme, avec le sifflement d'un fouet, alla se planter profond dans la joue intacte de l'ogre. Ce dernier poussa un cri tandis que le sang ruisselait sur son ventre.

– Pitié, maître ! pitié ! implora-t-il en tombant à genoux.

Pour toute réponse, il reçut entre les jambes un coup de botte qui le fit se tordre.

– Misérable ! reprit le marquis dans un halètement, je te conduisais au combat pour le pain et pour la liberté et tu fais de moi le chef d'une armée d'écorcheurs.

Il bouscula les deux soudards qu'il avait croisés en premier contre trois escogriffes aux faces enluminées par l'ivresse qui venaient de surgir. Il les aligna contre un mur, leur dardant tour à tour le gras du ventre du piquant de son arme : c'était assez pour leur faire mal mais trop peu pour les blesser vraiment.

Les six misérables, hébétés par la rage de leur maître, demeuraient incapables d'aucun mouvement.

L'un de ceux qui avaient paru en dernier, les lèvres

violacées de vin, les pieds ficelés dans des chiffons sales, voulut se disculper.

– C'est Bonis qui nous a dit de tuer ! hasarda-t-il dans un hoquet.

Ces paroles mirent le comble à la fureur du mystérieux marquis. Il tira de nouveau son épée et dessina la lettre V dans l'air avant d'entailler dans un geste les deux joues du délateur qui à son tour s'écroula.

Les quatre misérables restés debout essayaient en tremblant de se constituer un rempart des loques humaines qui gisaient à leurs pieds. Ils s'écrasaient au mur comme s'ils avaient voulu y mouler leurs épaules.

– Que dira-t-on demain, lorsqu'on saura vos crimes ? reprit le marquis du même ton haletant, les gens qui croient en nous nous abandonneront… Lâches ! monstres infâmes !

Se rengorgeant à la fin parce que le mépris recouvrait peu à peu sa fureur, il rengaina son épée qui se referma avec le bruit sec d'un claquement de langue.

– Je venais, au risque d'être pris, vous prévenir qu'on accourt ici en force. Nous sommes trahis… Peut-être par l'un de vous… Ah ! j'aurais sans doute été mieux inspiré en laissant la troupe vous gober mais la roue serait un trop doux supplice pour des gens de votre espèce. Vous vous expliquerez devant le Conseil, dans cinq jours au roc d'Ambayrès. Tâchez d'y être ou l'on saura vous trouver !

Ayant lancé ces paroles, il cloua d'un dernier regard plein de haine ceux que sa colère venait de ravaler si bas et l'on entendit, couvrant les crépitements du feu, le galop heurté de son cheval qui détalait.

Victor s'était levé dès cinq heures. Après avoir jeté un œil furtif dans la cour encore déserte de l'Hôtel de Gargilesse, il avait pris place devant une petite table de bois de rose dont le dessus formait pupitre. Là, face à la blancheur de l'aube qui emplissait le parc, pieds nus et mollets à l'air, il écrivit pour sa famille une lettre qui commençait ainsi :

Limoges, le 27 août 1702

« Mon cher Père, mes chères sœurs,

C'est en m'asseyant ce matin pour vous donner de mes nouvelles que je mesure la distance que ma course vient de mettre entre nous. Pour la première fois en effet votre Victor se trouve empêché de murmurer au creux de votre oreille les paroles affectueuses qu'il brûle de vous confier. Rassurez-vous, mon cher Père, votre fils va bien. Il est plein de courage et voit venir avec confiance les jours inhabituels que le Seigneur lui a réservés.

Je suis à Limoges, tel un coq en pâte, dans le bel hôtel du bailli chargé de la police de cette province. De l'endroit où je vous écris je peux admirer la Vienne ; la vue de cette rivière paresseuse vers laquelle glissent les terrasses d'un jardin tapissé de lambris de verdure et de guillochis de buis, me rappelle par sa hauteur, quoique en moins sauvage et moins saisissant, notre vieux Gironde accroché au-dessus du Lot. Dois-je dire que l'obsédant souvenir de notre chère demeure me fait communier avec vous chaque fois que je lève les yeux ?

Laissez-moi maintenant vous expliquer pourquoi je suis ici, car, me savoir chez un officier criminel a déjà dû vous faire sursauter... »

Le récit de Victor narrait par le menu ses deux premières journées de chevauchée. Concluant sur sa rencontre avec Maximilien, il précisait :

« ... J'ai bien pensé, mon cher Père, à vos sages recommandations mais la méfiance, face à celui dont je vous parle, s'émousse à mesure qu'on l'observe. L'action audacieuse qu'il a su mener pour sauver cette fillette innocente a donné un juste poids à tout ce qu'il m'a dit ensuite pour tenter de dessiller ma candeur et prévenir le peu d'expérience que j'avais des nouveautés que je m'apprête à affronter. Ajoutez à cela qu'il connaît bien nos parents Davignon, qu'il les estime fort, et vous mesurerez la chance que j'ai d'avoir rencontré cet excellent compagnon.

Nous ne sommes ici que pour confier notre petite rescapée aux bons soins de madame de Gargilesse. Ce matin, nous partons pour Bellac, où nous serons avant la nuit ; le chevalier se rend chez un certain monsieur de Rignac dont il doit vérifier les états de noblesse. J'ai accepté de faire ce détour avec lui, tant pour demeurer quelques heures encore en sa compagnie, que, par prudence, afin d'éviter les rebelles qui rendent la route dangereuse d'ici jusqu'à Châteauroux. Le bailli a eu hier deux soldats tués. Le chevalier me dit que les gens meurent de faim, qu'ils ont mangé leur blé en herbe ce printemps et n'ont plus rien pour se préparer à l'hiver. Cela pourtant n'empêche pas les gens des gabelles de se montrer intraitables et il est bruit d'un impôt sur la vie qui a mis la fureur à son comble.

De Bellac, je filerai sur Paris par Tours où je prierai pour vous sur le tombeau de saint Martin.

Soyez rassurés sur le sort de votre Victor, mon Père, Dieu l'a déjà pris sous sa garde et il reste attentif à tous vos bons conseils.

Je vous embrasse ainsi que tous ceux dont nous partageons la sollicitude.

Votre fils obéissant,
Votre frère affectueux. »

Juste comme il finissait de verser la poudre destinée à sécher l'encre qui noircissait entièrement deux feuillets, il entendit hennir des chevaux qu'on sortait de l'écurie.

Il plia prestement son billet pour le cacheter et, dans sa hâte, ne retrouvant pas le petit sceau de cornaline qu'il s'imagina enfoui au fond de sa sacoche, il se brûla le bout des doigts en écrasant la cire qu'il venait de faire fondre à la flamme d'un bougeoir.

Après avoir rassemblé son bagage, il s'élança dans l'escalier, petit degré de forme elliptique qui s'ouvrait dans un renfoncement du mur. C'était un gouffre obscur dont les lucarnes, encore dépourvues de verres, restaient aveuglées par des carreaux de plâtre. Agrippé à la rampe tournante, sondant le vide de la pointe de son pied, il entama précautionneusement sa descente jusqu'à être guidé par le fin pinceau de lumière qui jaillissait, à l'étage inférieur, par la porte entrouverte d'un des arrière-cabinets de madame de Gargilesse. Celle-ci s'y trouvait précisément car on pouvait reconnaître sa demi-voix qui avait chaussé le ton câlin des niaiseries amoureuses.

– Je serai à Rignac demain, mon tendre ami, murmurait-elle.

Victor, qui retenait son souffle, devina le froissement d'une étreinte troublée par un cliquetis de ceinturon.

– N'oublie jamais que je t'aime, scélérat ! poursuivit-elle avec fougue.

Il y eut ensuite quelques soupirs étouffés dans des becquettements que suspendit un bruit sec.

La porte s'ouvrit d'un coup et Victor, alors à cinq ou six marches au-dessus du palier, vit surgir Maximilien qui portait d'une même main son étui à violon et un sac de cuir gonflé en forme de ces outres démesurées sur lesquelles jadis les guerriers assyriens descendaient les rivières. Anaïs se profila derrière lui, vêtue seulement d'un grand drap de pintado[1] qui s'enroulait à sa taille.

1. Drap de coton imprimé, importé principalement d'Angleterre, dont la vente a été interdite sans réel succès à plusieurs reprises pour ne pas concurrencer les productions drapières françaises.

Ses cheveux d'or ruisselaient sur son dos flexible. Elle posa ses pieds nus sur le bout carré des bottes du fugitif et, se balançant, goûta à pleine bouche un dernier long baiser dont il finit par s'échapper en soufflant par jeu sur le cerne opulent de ses seins.

Entendant à cet instant qu'on marchait derrière lui, Carresse se retourna :

– À la bonne heure ! lança-t-il sans la moindre apparence de gêne, au moins ce matin ne lambinerons-nous pas.

En sortant dans la cour ils remarquèrent l'harnacheur de l'hôtel, grand dadais à culottes de futaine, qui tenait par le mors leurs deux juments. Elles étaient si parfaitement étrillées que Victor, tout d'abord, ne reconnut pas la sienne.

Le chevalier graissa en prince la patte du domestique qui n'en revint pas de longtemps de voir briller le profil en argent du roi dans le creux de sa main. Les deux galants mirent à profit ce trouble ; Anaïs, apostée à l'étage, en laissant filer quelques baisers sur le bout de ses doigts ; Maximilien, fidèle à sa manie, faisant papilloter longtemps son grand œil ravisseur. C'est dans un pétardement de sabots que les deux hôtes de l'Hôtel de Gargilesse, trop haut perchés sur leurs montures pour remarquer la petite bohémienne pleurant le front collé au carreau de la porte des concierges, s'éloignèrent au galop.

À peine eurent-ils franchi la poterne de la ville, qu'ils aperçurent le bailli, les épaules retombantes et l'échine brisée, avançant en tête de ses troupes. Lui, d'habitude si précautionneux de sa personne, était à cet instant méconnaissable à cause de sa perruque chavirée qui laissait entr'apercevoir deux pointes de ses cheveux gris. Il arborait le regard sombre et la mine congestionnée d'un vieil ours berné, apparence farouche qui, par rapport à lui, avait fait laisser à la poignée d'officiers qui suivait, la distance qu'observe un canonnier prudent pour se garder du recul de son engin. Le gros des cavaliers, à l'arrière, allait d'un pas raclé, promenant la douleur quelque peu compassée des proches qu'on a priés de soutenir les cordons du poêle. Les falots éteints, accrochés aux selles, tintinnabulaient dans l'aube grise, produisant le tumulte haché du charivari que le jour fait tourner court.

Le chevalier, voyant paraître cette calamiteuse cohorte, ne put réprimer un sourire qui glissait encore sur ses lèvres lorsqu'il parvint à hauteur du mari d'Anaïs.

– Votre étoile était donc une étoile filante ! fit-il en assidu de la moqueuse légèreté.

Monsieur de Gargilesse, chevillé sur sa selle et qui semblait, c'était vrai, ployer sous le fardeau de l'infortune, trouva cependant assez de force pour jeter du coin de l'œil quelques étincelles terribles.

Cherchait-il, tels ces entomologistes dont il buvait les compilations, à démonter le mécanisme de l'aiguillon pervers qui poussait Maximilien à décocher ses traits dans les moments les moins appropriés ? Admirait-il, au fond, cette désinvolture et cette promptitude à tout tourner au sarcasme qui faisaient paraître plus rebutante sa propre obstination ?

Le lecteur, qui n'a vu jusqu'ici le bailli qu'en brute et sous le feu croisé de personnages pomponnés du bel air que procurent les idées libérales, n'a pu encore se faire une idée vraie du mari d'Anaïs. Le personnage, qui avait eu une jeunesse rêveuse et pleine de lectures, était loin d'être sot mais sa carrière s'était mise en travers de sa vocation le jour où son père, orgueilleusement coiffé du chaperon de procureur gagné sous Richelieu par son grand zèle contre les protestants, et qui n'avait rien à offrir en partage à ce septième de ses fils, l'avait forcé à faire son droit. Le jeune Gargilesse, envoyé d'abord comme lieutenant de robe courte dans le giron d'un présidial, n'avait pas compris tout de suite ce qu'était la police sous un roi tel que Louis XIV ; cette méprise et une certaine dose de candeur firent sa fortune. Sa rigueur, sa force de travail, son application à laquelle manquait toujours le piment de la fantaisie, tournèrent tout cela en merveille. Louvois qui détestait les adjectifs et les idées originales, fut satisfait du style aride et des vues minutieusement maniaques qui s'exhalaient des rapports du jeune officier. Il hâta sa réussite. Il en fit un bailli avec commission de police, une sorte d'intendant en second mais sans le titre. Dès lors, depuis bientôt quinze ans, monsieur de Gargilesse, qu'on ne regardait qu'avec envie à cause de sa faveur toujours haute et de son train de grand commis, se voyait muré vif dans un rôle terrible. Valet de la raison supérieure, obligé de descendre dans le crapuleux détail des tâches de justice, tenu par exemple d'assister en personne aux procédures de la question qui prétendaient faire révéler aux prévenus, même avérés solitaires, le nom de leurs complices, le bailli de Limoges cachait soigneusement son goût pour les spéculations philosophiques. Il ne pouvait gémir de sa misère que dans un cercle peuplé de vieux garçons érudits et d'abbés disciples de Malebranche[1], qui prenaient tout autant de soin que lui de dissimuler leur dangereuse passion.

Ces explications, qui auront laissé à monsieur de Gargilesse le temps d'enfouir le nez dans sa capote, permettront de comprendre ce qui roulait dans sa tête lorsqu'il se trouva cinglé par l'apostrophe narquoise du chevalier.

– Il ne manquait plus que vous pour que le désastre

1. Nicolas de Malebranche (1638-1715). Oratorien et métaphysicien.

fût complet, marmonna-t-il sans presque desserrer les dents.

– Tête bleue ! jura le chevalier, quelle triste figure pour répondre aux compliments de deux invités éblouis et navrés de n'avoir pu, en quittant Limoges, présenter leurs civilités qu'à leur hôtesse.

– Vous faites avec elle une belle paire d'impertinents et chacun de vos passages chez moi prélude ses plus extravagants caprices…

Le chevalier sourit et son visage plutôt ovale s'arrondit aux dimensions de la lune :

– Vous me supposez un crédit que je suis loin d'avoir !

– La police du roi m'accapare, reprit monsieur de Gargilesse avec un peu plus d'exaltation dans le ton, c'est celle de mon ménage qui n'est pas faite.

Il se redressa et, se carrant dans la pose du croquemitaine tandis que son harnais cliquetait, il ajouta :

– Mais je compasserai[1] bientôt cela… J'y mettrai l'harmonie qui règne dans mon jardin et que j'aime voir s'étendre à tout ce qui m'entoure.

– Comme il vous plaira, railla Maximilien, je suis, vous le savez, un sectataire du libre arbitre et puisque mes bons maîtres m'ont enseigné qu'il était en bon français indifférent de dire : mari est maître chez lui, mari est maître chez soi… Qu'importe la façon, je souscris à l'idée ! j'aime les femmes, je les adore, mais je suis convaincu de la nécessité du pouvoir absolu des époux… Permettez-moi pourtant de vous souhaiter meilleure chance dans la pacification de votre domestique que dans celle de cette province.

– Nous venons d'être trahis ! grommela sourdement le mari d'Anaïs, d'odieux meurtriers viennent de tuer sept des gens de monsieur Daguesseau. Ils sont parve-

1. J'y apporterai la régularité des figures tracées au compas.

nus à s'enfuir avant que nous n'arrivions… On les aura prévenus, c'est sûr.

– Hé ! laissa tomber le chevalier avec la mine de Mascarille, souvenez-vous du dicton : quand le loup chie, la brebis s'enfuit.

– Je ne vous trouve pas précisément drôle. Vous brocardez pour sept innocents tués… Quelle sorte d'homme êtes-vous ?

– Un cynique, à n'en pas douter, mais pas un homme sans cœur… Ceux qui comme moi exècrent la guerre sont seuls autorisés à s'en pouvoir divertir. Ce n'est après tout que l'antique privilège des fous.

– Riez ! riez donc ! puisque vous voici bouffon à présent… Je rirai, moi, lorsque je vous verrai danser à la pointe de la pique de ces rebelles. Adieu, donc ! et, puisque j'ai cru comprendre que c'était pour cela qu'on vous payait, lorsque vous aurez retrouvé un peu de sérieux, songez à donner la chasse à vos abuseurs de talons-rouges[1].

– Grâce à Dieu ! répliqua Carresse, ma chasse est moins féroce que la vôtre… Sauf la colère de mes fallacieux gentilshommes, je n'ai rien tant à craindre que l'écroulement de leurs archives sur ma tête.

Ayant ainsi parlé, il fit tourner trois fois dans l'air son tricorne en ratine avec un air jubilant qu'il assaisonna de grâces de mousquetaire de l'ancien siècle.

Monsieur de Gargilesse, sans attendre la fin de la courtoisie, s'était remis en marche. Sa face rechignée se trouvait à ce moment traversée du premier sourire de cette matinée déjà peuplée pour lui d'heures longues et harassantes : la pensée que le chevalier pût, un jour prochain, gésir sous une pile de grimoires, venait de le remplir d'une joie d'enfant qui, jusqu'à son arrivée dans

1. Le talon rouge au soulier est un des attributs vestimentaires distinctifs de la noblesse.

sa demeure, tempéra un peu la hargne que lui causaient ses déboires.

Pendant que le bailli et le chevalier échangeaient sur la route de Bellac ces propos peu amènes, madame de Gargilesse, comme elle l'avait promis, s'en était allée conduire la jeune muette chez les Visitandines. Ces religieuses occupaient un hôtel de briques aux toits pourvus de grands versants d'ardoises, datant du temps de Louis XIII, qu'une demoiselle Penicaut, dernière héritière d'une branche de la famille des célèbres émailleurs, avait légué pour élever cent orphelins.

Le concierge, dès qu'il eut reconnu qui se présentait, fit ouvrir grand la porte cochère par un gnome bossu qui, malgré un pied-bot, était doué d'une agilité de chat. Ce malheureux était accoutré d'une sorte de pet-en-l'air[1] qui lui pendait jusqu'aux genoux et se relevait à l'arrière pour découvrir sa culotte trouée. Il grimpa sur un ressort de la voiture comme elle roulait encore et colla sa tête monstrueuse à la portière. C'était chaque fois son plaisir de se jucher ainsi en contemplant les belles donatrices qu'émoustillait l'idée de lui faire les yeux doux.

La mère Jeanne de Saint-Arthème, grande femme efflanquée à mine revêche, surgit sur le perron, traînant dans son sillage deux jeunes religieuses à figures d'anges. Leurs barberettes immaculées et leurs voiles patiemment godronnés tranchaient sur le désordre de l'habit des pensionnaires, uniformément vêtus de grisette, qui s'étaient mis à affluer de toutes parts car ils étaient tenus de paraître lorsque la cloche signalait la visite d'une bienfaitrice.

Madame de Gargilesse finit par se montrer, nu-tête

1. Petit manteau court.

et sans fontanges, avec un chignon cuivré qui ressemblait au corno somptueux d'un doge de Venise. Sa robe à paniers de soie jaune et ses escarpins mordorés achevaient de la faire ruisseler de cet or à reflets rouges de mosaïque byzantine dont elle affectionnait le chatoiement brûlant.

La supérieure, voyant descendre derrière elle la petite muette, n'avait pu réprimer un haut-le-corps.

– Ma Mère, lui annonça d'un ton suave la baillive depuis le bas des marches, je vous mène cette pauvre enfant qu'un ami cher est parvenu à tirer d'un terrible danger.

– Une bohémienne, madame, y songez-vous ?

– Une bohémienne dont vous saurez faire une bonne chrétienne, rectifia madame de Gargilesse, prenez garde ! elle ne peut parler mais elle entend ce que vous dites.

– Un pruneau parmi tous ces enfants !... insista la religieuse.

– Une enfant parmi d'autres, répliqua sèchement Anaïs... Je suis, je vous l'avoue, assez surprise de vous voir élever tant d'obstacles à la vraie charité.

La mère de Saint-Arthème parut sentir l'inconvenance qu'il y aurait à poursuivre sur ce ton.

– Votre protégée sera bien ici ! dit-elle en relevant le nez et en cherchant ses lèvres inexistantes pour les mordre.

Et se tournant vers la plus jeune des filles qui la suivaient :

– Sœur Charlotte, accueillez cette enfant !

Celle à qui s'adressait cet ordre donné dans un râle de crucifiée, avança d'un pas. C'était une beauté sous le voile, avec un visage plein et doré, digne de la sérénité radieuse des vierges du Perugin. Elle vint s'accroupir devant la nouvelle pensionnaire qui, effrayée de se voir lorgnée par dix rangs de petits chrétiens à la peau de lait, détourna aussitôt la tête et revint se jeter en sanglotant dans les bras d'Anaïs.

– Cette fille est tout à fait sauvage ! se récria la supérieure, nous aurons bien du mal avec elle.

– Il faudra de la patience, c'est vrai, convint madame de Gargilesse, mais l'amour qui ne se lasse jamais n'est-il pas la première vertu des âmes vraiment chrétiennes ? Sauvez le premier coup d'œil[1] !… Je sais, moi, que le cœur de cette malheureuse est excellent.

– Dieu vous entende ! soupira mère Saint-Arthème en élevant son regard vers le ciel.

L'enfant, qu'on venait de séparer définitivement de sa protection, se débattait aux mains de sœur Charlotte qui ne vit bientôt pas d'autre moyen pour la calmer que de l'emporter dans ses bras.

Madame de Gargilesse laissait dériver son regard vers le vestibule où les gémissements du touchant dépôt de Maximilien se perdaient en mourant, lorsque la mère de Saint-Arthème, profitant de ces brefs instants d'absence, se rapprocha :

– On dit que les rebelles ont pris Chalus.

– C'est possible, répondit la baillive en forçant son détachement, mais, ma Mère, vous savez je m'occupe fort peu des affaires des hommes.

– Et pourtant, qui mieux que vous peut savoir si nous sommes menacés ? insista la supérieure.

– Menacés, certes, nous le sommes ! repartit Anaïs secrètement satisfaite de pouvoir faire frémir celle qui la questionnait, mais, grâce à Dieu, Limoges a de bons murs !

La mère Jeanne ne dominait plus son effroi.

– Et les armées du roi, lança-t-elle le regard révulsé, que font-elles ?

– Les troupes ne sont pas suffisantes pour venir à

1. Passez sur la première impression défavorable.

bout des révoltes qui éclatent de toutes parts… Depuis longtemps, déjà, nous ne devons compter que sur nous.

– C'est la fin de la chrétienté, gémit la supérieure, c'était à prévoir, Dieu nous punit pour nos péchés.

Sublime, tout d'un coup, et montrant les orphelins alignés derrière elle :

– Que deviendront ces innocents ?

– Ces gens ne leur feront aucun mal, répliqua catégoriquement la baillive.

– Rien de sacré pour ces misérables… On dit qu'ils osent s'attaquer aux gens de condition.

– Sur ce point, ma Mère, vous n'avez pas tort. Ces rebelles mènent une guerre d'un type nouveau. Ils ne s'embarrassent plus de ce que respectaient leurs pères. On prétend même que, s'ils pénétraient un jour dans cette ville, ils ne s'en prendraient justement qu'aux gens bien nés.

La perfide, au bord de laisser transparaître la jubilation qui l'avait envahie depuis qu'elle pouvait jouir de la mine défaite de la supérieure, trouva à point un prétexte pour s'esquiver et courir dissimuler le bouillonnement de son hilarité.

– Mon Dieu ! le temps passe et j'ai prié ce soir notre évêque à souper. Je lui dirai votre empressement à soulager la détresse… Il est doux, dans l'affliction, de trouver des cœurs aussi grands que le vôtre !

Elle posa un baiser de la pointe des lèvres sur la joue sèche que lui tendit la mère Saint-Arthème, puis, après avoir salué les orphelins d'un geste large, remonta en voiture avec des grâces d'écureuil.

## CHAPITRE TROISIÈME

# *L'étrange épopée du capitaine La Galoche*

En plein Monts de Blond, jaillissant tout dru d'un océan de châtaigniers branchus, le château de Rignac n'était à peu près fait que de quatre tours accolées, écaillées sur toute leur surface d'un lichen à la couleur de rouille. Ce n'est qu'à mi-pente d'un chemin coupé de quatre ponts gothiques qu'on découvrait l'empilement de ses lauses paraissant faire mugir les charpentes, ses cheminées audacieusement plantées, ses épis de faîtage hérissés de piquants, qui, accentuant encore son élan vertical, le faisaient tout d'un coup paraître autre chose qu'une pierre levée.

Victor et le chevalier, qui venaient de passer la barbacane puis le pont-levis sans rencontrer quiconque, débouchèrent au fond d'un puits qui s'essayait en vain à piéger la lumière. Ils se laissèrent saisir avec ravissement par un froid de glacière tandis que leurs prunelles, calcinées par le soleil, ne distinguaient d'abord rien d'autre que le frétillement de deux flambeaux fichés dans la muraille. Peu à peu, lorsque leur vue fut revenue à plus de netteté, ils remarquèrent le fantôme d'un vieillard en sabots qui, posté immobile sur le seuil d'une porte festonnée de rinceaux, paraissait les attendre depuis l'éternité.

Maximilien, avant de reconnaître cette forme pour celle d'un domestique, n'avait pu se retenir d'esquisser un geste de frayeur.

– Allez dire à votre maître, commanda-t-il dès qu'il se fut ressaisi, que le chevalier de Carresse est arrivé.

L'écho de ses paroles résonnait encore, lorsque, venue de tout en haut, lui répondit une voix nasillarde que déformait, en la grossissant, le resserrement de la cour.

– Je descends ! j'accours !... Jacquin, occupe-toi du cheval de Sa Seigneurie !

Au bout de quelques instants parut un bonhomme juché sur deux pattes d'éléphant qui se mouvait en sautillant. Ses yeux mouillés de chien jetaient un éclat débonnaire au travers d'une figure plate étoilée d'engelures. Il était coiffé d'un boukinkan[1] planté de plumes tristes et bedonnait dans un gilet de chenille ourlée dont le jaune acide heurtait la teinte lie-de-vin d'une culotte à la rhingrave[2].

– L'épée au côté... le ruban de Saint-Louis... des talonnettes rouges... glissa par saccades le chevalier à l'oreille de Victor, croyez-en mon flair, c'est trop d'un coup !

Le baron de Rignac, car c'était lui qui venait de surgir, s'avança vers ses hôtes avec l'empressement d'un père qui retrouverait deux fils perdus depuis des lustres à l'autre bout du globe.

– J'ai bien reçu votre lettre, chevalier, s'écria-t-il depuis loin, mais le savate[3] n'est arrivé qu'hier et je me bourrelais fort de vous savoir sur cette route infestée de rebelles...

Il ôta son étrange couvre-chef qu'il posa sur sa bedondaine et multiplia les saluts, se dépliant à plusieurs reprises avec le raide déportement qu'ont parfois les vieux saules au détour des ruisseaux.

1. Déformation du nom d'un chapeau mis en honneur sous Louis XIII par le duc de Buckingham.
2. Ample culotte des hommes dans les années 1660.
3. L'employé de la poste qui allait porter les plis dans les lieux isolés.

– C'est bien la première fois qu'un de mes patients se réjouit de ma venue, remarqua tout haut Carresse avant de s'effacer pour présenter Victor… Monsieur de Gironde, mon jeune compagnon de chevauchée qui se rend à Paris et que les hasards d'une étape m'ont fait connaître et estimer. Je vous demande pour lui l'hospitalité d'une nuit.

Voyant s'avancer le second de ses visiteurs, monsieur de Rignac ouvrit les bras ainsi qu'un Jésus miséricordieux.

– C'est une joie ! s'exclama-t-il, c'est une grâce du Ciel !… D'autant, jeune homme, que votre nom me fait ressouvenir d'un comte de Gironde qui fut mon ami jadis dans l'armée de Turenne.

– Mon père, en effet, se flatte d'avoir combattu sous ce grand capitaine, répliqua notre héros empruntant à son tour le style sublime pour être à la hauteur de l'orgueil qui venait d'empourprer ses joues.

À ces mots, le vieux baron, dont la narine avait frémi, fendit l'air des restes de son étrange couvre-chef.

– Ah ! c'était un fameux soldat, confia-t-il dans un élan vibrant, magnanime pour ses frères d'armes à mesure de la furie qu'il portait dans les combats… C'était aussi, si ma mémoire ne me trahit pas, un protestant farouche…

– Il ne l'est plus ! trancha Victor avec un accent de trouble qui n'échappa pas au chevalier.

– Pardonnez à l'incohérence d'un esprit envieilli, reprit monsieur de Rignac en clignant un œil, j'oublie souvent, pour avoir été longtemps accoutumé à plus de tolérance, que ce royaume n'a qu'une religion depuis que la Loi s'est mêlée de fixer ici-bas les vérités de l'Évangile.

Abandonnant brusquement le ton pompeux pour celui de la demi-confidence et collant ses lèvres à l'oreille de son plus jeune hôte, il poursuivit à mi-voix :

– C'est égal ! il est des reniements qui doivent paraître bien cruels à ceux qui y sont contraints.

Sur cet *a parte* auquel il avait su donner l'allure d'une pirouette, il reprit sa pose martiale et fit à nouveau résonner ses paroles avec l'éclat du bugle.

– Jeune homme ! rien ne pouvait me flatter davantage, au crépuscule d'une vie obscure, que donner asile au fils de mes plus glorieux compagnons d'armes.

Ces augustes paroles conclues une fois de plus par force bonnetades et génuflexions, il désigna l'escalier dont on voyait l'amorce tressaillir sous l'incertaine lumière d'un flambeau.

– Ne restons pas dans cette cave, dit-il, nous y prendrions la mort. Suivez-moi !... Je vais vous faire les honneurs de ma demeure et, d'abord, montrer à monsieur de Carresse où se trouve mon chartrier[1].

Il passa le premier, tanguant de droite et de gauche, grimpant à cloche-pied trois marches pour en redégringoler deux aussitôt.

– Combien de temps pensez-vous demeurer parmi nous, chevalier ? demanda-t-il déjà hors d'haleine.

– Deux jours devraient suffire, indiqua Maximilien.

– Deux jours, c'est peu ! c'est toujours trop peu, pour nous qui ne sommes secourus d'aucune distraction.

Le chevalier, de plus en plus ébahi, adressa un clin d'œil à Victor qui venait de se ranger pour lui céder la politesse d'un passage étroit. C'était un sombre corridor garni d'une tapisserie du genre mille-fleurs aux bords effrangés par les rats, qui, par une porte qu'on ne pouvait franchir qu'en se courbant, donnait dans un cabinet rond dont tout le mobilier se composait d'une table chargée de ferrures et de deux fauteuils à crémaillères. Les murs de cette rotonde, qui occupait tout l'étage d'une tour, disparaissaient derrière des rayonnages sur

1. Lieu où l'on range les chartes.

lesquels de grands registres à dos de cuir alternaient avec des layettes [1] lardées de rubans sales.

– L'endroit est plaisant, nota malicieusement Carresse en prenant place à son poste de travail.

Il fit glisser un tiroir qui, lorsqu'il s'ouvrit, déchira un faisceau de toiles d'araignées.

– Comme vous pouvez le constater, observa le vieux baron, personne n'entre jamais ici. J'ai une femme à la nature cendreuse [2] qui ne connaît pas les lettres de l'alphabet et deux filles qui, de leur vie, n'ont lu autre chose que l'Évangile. Grâce à Dieu, elles ont des vertus plus indispensables à leur sexe !… Quant à moi, fureter cette paperasse qui retrace les nobles actions de mes ancêtres ne fait que me donner la mesure de ma médiocrité. J'évite cet endroit comme l'homme contrefait fuit le miroir ou l'eau paisible qui pourrait lui renvoyer son image.

– Voici qui est singulier, nota Carresse, la plupart des gens nés ne s'embarrassent guère de vos scrupules : ils considèrent couramment qu'il suffit de venir au jour pour hériter la vertu de ses aïeux.

– Chevalier, marmonna le vieil homme dont le front s'était tout d'un coup fripé, vous allez vite constater que nous sommes de curieuses gens… Les heurts de l'existence nous ont assauvagis et nous ne conservons même plus l'apparence de cette gentilhommerie qui a fini par glisser dans un repli secret de notre âme.

– Vous ne voyez donc jamais de parents ? s'enquit Maximilien d'un ton d'intérêt marqué.

– Je n'ai pas d'autre famille que ma femme et mes filles.

– Vous avez bien quelque ami, cependant.

– Pas d'autres ici que Jacquin et sa femme Margot,

1. Petites caisses de bois.
2. Casanière.

qui nous servent ; nul à l'extérieur, hormis les laboureurs qui travaillent nos terres.

– Vous n'allez donc jamais aux assemblées de la noblesse ?

– L'idée ne m'en est jamais venue… J'y ferais sans doute un bien distrayant personnage, ironisa le baron en remettant à son hôte la clef du petit cabinet.

Lorsqu'ils eurent retrouvé le vestibule il leur fallut monter encore un étage pour gagner la salle commune où les châtelains étaient accoutumés à passer le gros de leur temps. C'était l'inconvénient de cette construction, lancée tel un phare par-dessus les collines, que ces perpétuels passages par l'escalier et, sans doute aussi, la cause du sautillement du baron à la vivacité funambulesque si peu accordée au physique.

La pièce que découvrirent les visiteurs était garnie de coffres de mariage poussés le long des murs. Elle était égayée çà et là d'images coloriées de saints à figures épouvantables et possédait une cheminée aux piédroits magnifiques dont l'obscurité dévorait à peu près tout le manteau sculpté.

La famille de monsieur de Rignac se tenait là, resserrée dans le contre-jour d'une vaste archière. Il fallut un moment à Victor et au chevalier pour distinguer la femme de leur hôte qui filait la laine, carrée sur une raide cathèdre. Sa robe de demi-satin sombre gommait tout le dessin de ses épaules et il n'était que le bas de sa grosse figure, comprimée par une guimpe à mentonnière de l'ancien siècle, pour former un point clair dans toute sa silhouette. À ses pieds, installées sur des chancelières, se tenaient ses deux filles qui devaient avoir quatorze et dix-sept ans. Leurs joues de nacre, leurs bras blancs qu'effleurait la lumière filtrant dans leur dos, évoquaient la fraîcheur de deux lis miraculeusement éclos au fond d'un tombeau. Voir surgir ces deux perles dans cet antre sans joie, c'était déjà presque les aimer.

À leur vue, les nouveaux venus faillirent laisser sacs et écritoires leur couler des doigts. Madame de Rignac, après avoir marqué un temps d'hésitation, continua de faire aller son rouet, et ses filles, désespérées de n'avoir rien sur quoi fixer leur trouble, finirent par enfouir leur visage dans les plis de sa robe.

Maximilien désira couper court, le premier, à la gêne de ces gens navrés d'étaler ainsi leur tristesse. Il demanda en grâce à pouvoir gagner son logis.

– Quelle étrange famille ! confia-t-il à son compagnon lorsqu'ils furent seuls, croyez-moi ! je flaire ici de l'inédit.

– À quoi pensez-vous ?

– Monsieur de Rignac me fait l'effet d'être bonhomme, pourtant je tiens pour assuré qu'il nous cache quelque chose…

Il se tut, interrompu par l'arrivée de Jacquin reparu pour les accompagner, toujours plus haut, dans les deux pauvres chambres qu'on leur destinait sous les toits.

Le chevalier, sitôt son bagage posé, était allé s'enfermer dans le cabinet de la tour afin d'entamer ses travaux. Il s'y trouvait encore, comme le jour commençait à décliner, installé derrière des monceaux de feuillets jetés bas des étagères, lorsqu'il reconnut dans l'escalier le pas syncopé de son hôte.

Ce dernier, venu prendre place en bout de table, montrait une figure préoccupée et surtout considérablement vieillie pour avoir ôté sa perruque et s'être enveloppé le crâne d'un turban de drap rêche. Ce couvre-chef improvisé découvrait son front labouré en son centre de sillons concentriques tandis que ses tempes, ridées elles aussi mais en étoile, rayonnaient de part et d'autre ainsi que des fêlures de vitres.

– Alors, chevalier ! de quelle imposture allez-vous

m'accuser ? demanda-t-il d'un ton voulu cavalier mais que soutenait mal une voix hésitante.

– Je viens de lire beaucoup de choses édifiantes sur votre famille, répondit Maximilien en repliant ses lunettes, mais toutes fort anciennes puisque je n'ai rien trouvé dans tous ces documents qui soit postérieur au règne de notre bon roi Louis XII.

– C'est exact, opina monsieur de Rignac, mon père a perdu la plupart de ses titres en 1643, au cours des révoltes qui ont ensanglanté ce pays. Seules les pièces les plus anciennes, qui avaient été mises en sûreté, ont pu être sauvées.

– Cela est fort plausible, reprit Carresse, mais je suis encore plus surpris de ne rien lire vous concernant.

– Eh ! que voulez-vous que l'on trouvât à mon propos ?

– Vous avez combattu dans l'armée de Turenne... Vous avez convolé, vous avez eu des enfants... De tout ceci, je ne trouve aucune trace.

– Certes, certes, répliqua le bonhomme en pâlissant, j'ai pris ma première femme en Picardie mais, pendant que je la ramenais ici, tout ce que j'avais de papiers s'est trouvé dérobé avec ma cassette dans une auberge. Quant à mes filles, elles sont nées toutes deux sans secours de notaire – je ne suis pas assez fortuné pour me payer ces fantaisies de duc – j'ai fait comme font les paysans d'ici et vous trouverez tout simplement mention de leur baptême dans les registres paroissiaux.

– Ne vous est-il jamais venu à l'idée de faire dresser quelque expédition ou copie des actes que vous aviez perdus ? insista le chevalier.

– Dans quel but ?

– Mais pour constituer un commencement de preuve de votre état ! Qui peut en effet se porter fort aujourd'hui de votre qualité ? Qui pourra demain justifier de la prétention légitime de votre descendance à être maintenue dans sa noblesse ?... Vous devez savoir qu'un registre de baptême, tenu par un curé souvent ignare, n'a jamais servi à prouver la filiation aristocratique.

– Mais personne non plus ne peut soutenir que je ne suis pas gentilhomme ! se récria le vieil homme dans un élan de candeur navrée.

– C'est la première fois que je rencontre un tel cas, releva Carresse, vous m'embarrassez fort, monsieur de Rignac... Vous me semblez honnête mais malheureusement je ne vois pas ce que je répondrai au juge d'armes lorsqu'il m'interrogera à votre sujet.

– Vous lui direz la vérité : que rien ne prouve ni n'infirme ma noblesse.

– Vous savez que c'est impossible et que nul en France ne peut se trouver dans ce cas depuis que la déclaration royale de 1664 a imposé aux gens nés d'établir leur ascendance par titres authentiques remontant à 1560 au moins.

Monsieur de Rignac, comme s'il venait de voir un abîme s'ouvrir sous ses pas, s'était fait haletant :

– Mais alors, mes filles ! comment les marierai-je ?

Le chevalier referma le grimoire qu'il examinait lorsque l'arrivée de son hôte l'avait interrompu. C'était un in-folio couvert d'une belle onciale et frisé de lacs de soie verte qui s'échappaient en bouclant ainsi que des cheveux d'ange.

– Allons souper ! proclama-t-il, il sera assez tôt demain pour songer à tout ça.

Avant de franchir le seuil du cabinet, il se tourna vers le baron qui suait à gouttes froides.

– Je ne suis pas un ogre, lui glissa-t-il, ma fantaisie naturelle sait même s'accommoder d'histoires extravagantes mais je ne pourrai vous sauver que pour autant que je connaisse la vérité.

Ils remontèrent dans la salle commune sans échanger un mot. La table avait été dressée près de l'âtre sans feu.

Le couvert était d'étain avec deux aiguières d'argent dont l'éclat faisait tache par-dessus l'austère rugosité des timbales et écuelles de grès. Un bouquet de roses et de pois blancs majestueusement déployés n'était là que pour faire regretter l'absence des filles du château qui avaient cueilli et disposé ces fleurs mais qui ne parurent pas de la soirée.

Le souper fut sinistre, au-delà même de ce qu'avait pu craindre le chevalier après l'entretien qu'il venait d'avoir avec son hôte.

Ce dernier, tassé sur son fauteuil, la tête lourdement posée sur son poing, n'avait plus rien du personnage jovial et prodigue de courbettes qui s'était empressé quelques heures auparavant dans la cour de sa demeure. Mille pensées sombres l'assaillaient qui roulaient en désordre dans son esprit : il se voyait gisant au fond du déshonneur, sa femme contrainte de mendier à la porte des églises, ses filles marquées à l'épaule du fer de l'infamie. Son visage, au défilé de ces images noires, s'alanguissait de concert avec la grosse chandelle de suif dressée devant son assiette. Madame de Rignac, à l'autre bout de la table, donnait l'image vraie de cette Mère Douloureuse qu'a chantée le poète chrétien. Des larmes, qui n'avaient plus la force de s'épandre, s'amassaient sur l'ourlet rougi de ses paupières.

La nuit s'épaississait et les ombres de ces agapes funèbres, étirées par la lueur des quatre flambeaux fichés à la muraille, tournaient au fantasmagorique. Les minutes prenaient la densité des jours et les heures entamées paraissaient devoir dérouler le comput des siècles. Victor et le chevalier, oppressés par le poids du silence mais satisfaits de pouvoir se soutenir de la connivence de leurs regards, s'étaient réfugiés dans la méticuleuse dégustation d'une compote de lièvre. C'était le chef-d'œuvre d'une fée saucière, maîtresse en l'art de radoucir et cerner le goût sauvage des viandes. Il y avait là tout le mystère des cuisines patientes, somme de petits secrets qui pris un à un n'étaient que des misères mais qui appliqués ensemble permettaient d'atteindre au sublime. Les deux invités s'en donnèrent tant par les babines qu'ils dévorèrent, sur leur prière, la part de leurs amphitryons sans faim. Victor, plus cramoisi que la sauge, écopa son assiette à grands coups de mouillettes ; le chevalier, moins discret encore, se pourlécha les doigts dans de sonores clappements de langue. Qui fût entré alors, connaissant Molière et surprenant ces deux goinfres coincés entre ces deux spectres, eût pensé voir en double le festin de Don Juan.

– S'il m'était permis de m'en tenir aux indices et en particulier à ceux de l'art de vivre noblement, s'exclama le chevalier après s'être resservi quatre fois, je vous aurais déjà fait rendre seize quartiers de noblesse sur cette seule compote.

– Ne riez pas de mon malheur ! se lamenta le vieux baron.

– Je ne ris pas, protesta Carresse, d'ailleurs je ne déteste rien tant que tourmenter ceux qui me sont sympathiques… Vous avez devant vous quelqu'un qui ne cherche qu'à vous venir en aide. Encore faudrait-il lui faciliter la tâche.

À ces mots, madame de Rignac étendit tout d'un coup le bras pour signifier qu'elle désirait parler. Elle allait ouvrir la bouche, lorsque le regard enflammé de son mari eut sur elle l'effet de la vue de Sodome sur la femme de Loth. Elle demeura pétrifiée, sa langue se glaça et sa main suspendue en l'air s'affaissa rapidement dans un mouvement plein de lassitude.

Après avoir vidé d'un trait un petit verre de cotignelle[1], Maximilien, mesurant à quel point son hôte désirait encore farouchement se taire, demanda à se reti-

1. Liqueur de coings.

rer. On devine comme cette grâce lui fut facilement accordée et les adieux qui suivirent, raturés de quelques politesses, furent de part et d'autre bâclés.

Les deux dîneurs, anéantis mais repus, allaient franchir le seuil de la pièce lorsque le chevalier revint imprévisiblement sur ses pas.

– J'allais oublier, dit-il. Il s'agit d'une prière.

– Elle est toute accordée, bredouilla le maître de Rignac sans pouvoir se départir d'un mouvement d'inquiétude.

– Comment dire ? balbutia Maximilien à son tour gêné, j'ai donné rendez-vous ici à madame de Gargilesse, l'épouse du bailli de Limoges.

– Du bailli de Limoges ! se récria le vieux baron en s'arrachant à son siège si brusquement qu'il le fit vaciller.

– Ne vous mettez pas en peine ! c'est une femme qui ne déteste rien tant que les complications.

– C'est un plaisir bien sûr… un honneur ! marmonna l'hôte du chevalier en retombant assis.

Victor, sorti sans attendre la fin de ce dialogue, s'était adossé à la vis de l'escalier pour humer l'air qui s'engouffrait par le bas de la cour. Sa pomme d'Adam saillante, tressautant au long de son cou blanchi, martelait l'afflux du sang qui cognait à ses tempes.

– Quel bonheur de respirer ! s'enthousiasma-t-il, ces gens sont si tristes… Ils ont à tel point un visage de douleur… J'étouffais à leur vue.

– C'est la première fois en tout cas, remarqua Maximilien, que je découvre une usurpation si mal bâtie et montée par des gens qui aient si peu la mine de filous.

– Puisque nous les supposons honnêtes, renchérit Victor, le seul remède pour dissiper leur tristesse n'est-il pas justement de leur faire avouer ce qu'ils cachent ?

– C'est mon avis, opina Carresse, rien n'est moins aisé pourtant que sauver malgré eux ceux qui se sont mis en tête de se noyer… Si je m'y résolvais toutefois il me faudrait pouvoir compter un jour de plus sur le secours de votre présence.

– Grâce à vous je suis bien avancé sur ma route, répliqua promptement Victor, je puis demeurer jusqu'à demain.

– Que n'inventerait-on pour jouir plus longtemps de la compagnie de mesdemoiselles de Rignac ? railla le chevalier… Soit ! nous essayerons ensemble de percer le secret de cette demeure… Pour ma part, je sens déjà ma nuit tout agitée de supputations extraordinaires.

De fait, dès l'aube suivante, le chevalier retourna œuvrer dans sa tour, et, peu avant midi, tout comme la veille avant l'heure du souper, il fut distrait par le bruit feutré mais traînant davantage du pas de son hôte. Le vieil homme avait cette fois tout à fait l'allure d'un moribond, avec un visage si blanc qu'on l'eût pu croire chaulé.

Carresse frotta un moment ses yeux embrumés par des heures d'attention puis il les porta fixement sur son visiteur prostré.

– Je suis désormais convaincu, lui annonça-t-il, non que vous mentez délibérément mais que vous dissimulez quelque chose d'essentiel.

– Vous avez l'air bon, chevalier, supplia le baron en emmêlant ses doigts gonflés, vous ne devez pas souhaiter causer l'irréparable malheur d'une famille… Je vous conjure de ne rien me demander de plus.

– J'y suis contraint, répliqua le chevalier, je dois pouvoir répondre lorsqu'on m'interrogera sur votre compte.

– J'ai réfléchi pendant la nuit, balbutia le maître de Rignac d'une voix hachée, je vais me donner la mort… Vous sauverez l'honneur des miens ensuite, en disant que je me suis tué moi-même après avoir détruit dans un accès de folie ce qui établissait la qualité de ma naissance.

Maximilien, à considérer jusqu'où le désespoir de son interlocuteur avait pu se porter, ne put cacher son trouble. Il se leva pour venir s'appuyer contre un angle de la table, une jambe ballante, l'autre calée à l'entretoise du fauteuil de son hôte.

– Voyons, baron ! dit-il, personne ne saurait gober une telle fable. Ce serait d'ailleurs, par le bruit qui s'ensuivrait, le plus sûr moyen de réduire les vôtres au néant. Je suis persuadé que votre secret ne justifie pas l'extrémité dans laquelle vous vous jetez. À supposer même que vous eussiez usurpé votre gentilhommerie, vous êtes à mes yeux déjà largement absous par ne faire aucun usage de cet abus. Allons ! racontez-moi votre histoire sans crainte.

Monsieur de Rignac, en entendant ces paroles dites d'un ton rassurant, avait achevé de s'affaisser ainsi qu'un Christ déposé de sa croix.

– Ah ! chevalier, marmonna-t-il avec à peine un filet dans la voix, il faut que je sois bien las pour me résigner à conter mon catus[1].

Il se dressa soudain, la prunelle exorbitée et criant à tue-tête :

– Attendez ! mon Dieu, attendez !

Il se jeta en quelques surprenantes enjambées vers l'escalier et toujours s'époumonant :

– Jacquin ! Arrête !

La porte s'ouvrit d'une volée pour découvrir le vieux domestique du château chancelant contre le chambranle. Bien que cela pût paraître impossible pour qui venait de contempler le pitoyable état du baron, il était plus hâve et plus décomposé encore. Il soutenait en tremblant un carrelet dont il venait de reposer la pointe acérée sur le sol. L'ordre reçu, en faisant repasser un souffle au travers de ses narines blanchies, était arrivé à point pour l'empêcher de défaillir.

1. Aventure.

– Voyez, geignit monsieur de Rignac, vous me jugez bien mal !… J'allais vous faire occire pour de bon.

Le spectacle de ces vieillards apeurés qui, dans leurs tremblements, ne parvenaient pas à soutenir cette arme d'un autre âge, fit glisser l'amorce d'un sourire sur les lèvres du chevalier.

Il se contint cependant pour contrefaire l'effroi :

– Me faire tuer, et avec cet épieu qui suffirait pour tuer un éléphant !… Que cachez-vous qui puisse justifier un tel crime ?

Jacquin, dès qu'il eut pu ressaisir son instrument de mort, se retira sur un signe de son maître. Celui-ci, revenu aussitôt à sa place, conserva pendant quelques secondes l'expression pleine d'égarement du naufragé qui, dans le plus fort du péril, diffère de plonger pour s'accrocher à quelque reste de mâture. Finalement, rasséréné par le regard franc dont il se sentait nappé, il parla derechef et d'une voix claire.

– Je suis un imposteur, avoua-t-il, je vis ici depuis quarante ans sans avoir le droit de porter le nom et les armes de Rignac.

– Je m'en doutais depuis que je suis entré dans cette maison, répondit le chevalier, vous venez de me dire l'essentiel. Contez-moi maintenant le détail !… Je vous ai promis de l'aide, vous verrez que ce n'est pas en vain.

– Avez-vous déjà entendu parler du capitaine La Galoche ? demanda tout à trac le baron.

– Je pense bien, s'exclama Carresse, c'était un fieffé drôle à ce qu'on m'a rapporté.

– Eh bien ! chevalier, ce drôle, vous l'avez devant vous !

– Là, je ne puis vous suivre… Tout le monde vous dira que cet homme est mort depuis quarante ans.

– Et moi, je vous affirme que je suis le capitaine La Galoche ! répéta le vieil homme coléré. Vous aviez raison tout à l'heure de douter de ma noblesse. Faites-moi à présent la grâce de me considérer comme un brigand.

Carresse, ahuri, scruta méticuleusement la face aplatie de son interlocuteur qui continuait de recouvrer peu à peu sa couleur de ponceau. Ce gros nez épaté, ces yeux éraillés tout ourlés d'écarlate, ces joues pendantes enfin, n'avaient décidément rien des traits qu'une âme imaginative eût dès l'abord prêté au trublion légendaire dont on venait de lancer le nom.

– Vous vous moquez ! s'emporta le chevalier qui n'en démordait pas de se croire berné.

– Nullement ! et, pour vous détromper, vous allez m'entendre.

Le maître de Rignac se cala dans son fauteuil et entama son récit :

– Il y a quarante-cinq ans de cela, la demeure dans laquelle nous nous trouvons n'était plus habitée que par une vieille femme triste et recluse, Adélaïde de La Capelle, dernière baronne de Rignac. Drôlement recommandée au prône[1], elle avait vu fondre sur elle toute une série de malheurs qui pris un par un auraient suffi chacun à donner le goût de l'amertume au restant d'une vie : son mari avait été tué à la guerre, on lui avait ramené le cadavre de l'aîné de ses fils, un friand de la lame[2], qui s'était fait embrocher dans un duel ; sa fille était morte en couches en donnant le jour à un bâtard qui ne l'avait survécue que quelques heures, enfin, elle ne savait même pas si son second garçon, un fou mystique que beaucoup pensaient enseveli au tréfonds d'un couvent, vivait encore. Elle demeurait ici, dans la seule compagnie d'une servante, priant Dieu dans son oratoire afin qu'il daignât sans attendre la rappeler près de lui… Vous ne pouvez vous figurer, vous qui n'étiez pas né, la

1. Poursuivie par la malchance.
2. Amateur de duels.

violence des révoltes qui dans ce temps-là agitaient la plupart des provinces contre les exactions de Mazarin. En 1658, la fin de son règne honni approchait et la glace qui saisissait déjà ses doigts crochus, le faisait recroître de rapacité. Il avait dépêché un commissaire en Limousin, à la tête d'une armée de brutes, avec mission de tondre le pays. Il ne restait par ici pourtant plus grand-chose à voler mais ces gens en firent tant que le peuple, qui ne mangeait depuis longtemps que du gland et de la farine d'écorce, finit par se rebeller. J'avais dix-huit ans, j'en savais plus d'un, j'étais brave, rusé, agile comme un saltarin, ergo l'on fit de moi le chef de cette insurrection. Mon père, maître Thomas, était galochier : c'est de lui que me vint le surnom de capitaine La Galoche. Pendant deux étés, je tins assez glorieusement la campagne autour de Bellac. Avec l'aide de compagnons aussi résolus que moi j'empêchais les gens du cardinal de perpétrer la plupart de leurs forfaits ; je leur reprenais même parfois avec des roueries de Polichinelle ce dont ils parvenaient à s'emparer malgré notre vigilance. C'était, vous le supposez, sous le rire et l'applaudissement universel des habitants de par ici. Toutes ces actions nous rendaient populaires ; les pauvres laboureurs écrasés par les tailles partageaient leur bouillie pour que nous puissions manger ; les femmes soignaient nos plaies et priaient Dieu pour nous dans les églises… Or, il advint que parmi ceux qui me suivaient, sans que je l'aie flairé tout de suite, se glissèrent de vrais brigands… Une nuit, c'était pendant le triste automne de 1661, ils massacrèrent une famille de laboureurs qu'ils avaient supposés riches mais qui n'étaient en fait que de braves bougres laborieux et honnêtes. L'intendant du Limousin sut exploiter leur crime ; il était maître de l'opinion parce qu'il avait le pouvoir de faire circuler à sa guise les grains et les nouvelles. En quelques jours, il parvint à nous rendre odieux. Il mit nos têtes à prix et redoubla d'efforts pour nous surprendre. Ceux de nos compagnons qui avaient le goût de brigander poursuivirent leurs excès ; moi, privé de l'appui des populations, abandonné de mes plus honnêtes soutiens, obligé à la lin de me cacher, je ne pouvais rien tenter pour empêcher les crimes qu'on m'imputait... J'en viens maintenant à Rignac, vous allez voir comment. J'appris un jour que ces renégats devaient se transporter ici pour piller la vieille baronne et à coup sûr l'égorger. Un seul homme me suivait encore, le seul en qui j'eusse alors confiance, c'était Jacquin que vous avez vu tout à l'heure. Je m'abouche avec lui et nous décidons ensemble d'empêcher coûte que coûte cette nouvelle noirceur. Nous accourons ici. Madame de Rignac, effrayée, refuse de m'entendre ; pourtant j'arrache à sa servante la promesse de la tenir de force enfermée avec elle dans un réduit fortifié, tout en haut du château, dont elle vient de me dévoiler l'existence... La nuit commence à tomber sur les Monts de Blond – chaque soir, lorsque le soleil se dissout au droit de Mortemart, je ne puis me retenir de frémir en songeant à ces moments terribles. Nous nous sommes postés dans l'escalier, un peu au-dessus du premier étage, nous y restons sans mot dire pendant plus d'une heure... Soudain, d'étranges sifflements se répondent pour venir à la fin décupler les hululements qui montent des forêts. Par le fil d'une meurtrière, nous voyons se profiler une dizaine d'ombres qui se glissent dans la cour en faisant vaciller des dagues dont les lames nues étincellent à la lune. Jacquin et moi n'avons qu'une épée chacun et, posée sur une marche entre nous pour nous la partager, une courte miséricorde[1]. Les hommes sont déjà au pied de la tour. Leurs manteaux relevés par de longues rapières,

1. Petit poignard que l'on portait de l'autre côté de l'épée et qui servait à tuer son ennemi s'il ne criait pas miséricorde.

ils montent avec des halètements de loups. Lorsque je vois briller le regard du premier d'entre eux, je recommande mon âme à Dieu, j'étends mon bras et je le transperce d'un coup. Celui qui suit n'a pas le temps de réaliser ce qui se passe, qu'il est embroché à son tour ; un troisième vient s'affaler sur le corps de ses complices et nous avançons ainsi, enjambant les cadavres, pour descendre frapper ceux qui continuent d'arriver. Nous tuons de la sorte onze de ces misérables. Seul le dernier, qui s'est douté de quelque chose, tente de marchander sa vie. D'un coup d'espadon, brisant l'os, il me traverse l'avant-bras mais, en un éclair, Jacquin, dont je sens le souffle sur mon cou, lui passe son épée au travers de l'aisselle et me sauve. Les torches que nous approchons alors nous font découvrir un spectacle d'horreur ; l'escalier ruisselle de guenilles sanglantes. J'échange, à grand-peine à cause de ma blessure, mes vêtements et un baudrier marqué à mon nom avec les hardes d'un de ces misérables… C'est par cette ruse grossière que je fis croire au trépas du capitaine La Galoche.

– Quelle histoire ! murmura Carresse qui avait écouté de toutes ses oreilles, et comment diantre, ensuite, êtes-vous devenu le maître de Rignac ?

– J'y viens, chevalier, j'y viens, fit le vieil homme en reprenant son souffle, je m'étais enfui dans la forêt avec Jacquin mais ma blessure qui s'infectait m'empêcha d'aller bien loin. Nous construisîmes une cabane sous un chêne, je m'y jetai sur un lit de feuilles avec la certitude de bientôt mourir. Je délirai trois jours mais les mauvaises graines ont la gaine solide et lorsque je me réveillai, par une nuit douce et constellée, je reconnus la servante de madame de Rignac penchée sur ma couche, affairée à panser mon mal. Je ne vous ai pas encore dit que j'avais connu cette femme avant les événements que je viens de vous narrer : son fils avait été l'un de mes premiers compagnons et il était mort dans mes bras d'un mauvais coup reçu dans une embuscade. Elle avait su par moi sa fin et ses dernières paroles. Elle me vouait pour cela une sorte de reconnaissance ; c'est ce qui l'avait poussée à me rejoindre dans la forêt, me soigner et m'annoncer la chose la plus extravagante du monde : madame de Rignac s'était mis en tête que celui qui l'avait gardée des tueurs accourus pour envahir son château ne pouvait être que le second de ses garçons, le moine disparu, revenu tout exprès la protéger. Je pensais d'abord que la bonne femme s'était trouvée choquée par les émotions qu'elle venait d'endurer mais vous verrez tout à l'heure qu'elle n'était pas si sénile que je l'imaginais. Je retournai donc de nuit à Rignac où, à ma grande surprise, lorsque je parus devant elle, la vieille baronne s'obstina à me reconnaître pour son fils. Elle se mit à gémir que sans moi elle serait la victime d'autres assassins dont les hallucinations de ses heures d'extase lui désignaient déjà les ombres. Elle en fit tant, j'étais encore si faible et si alléché par l'idée de trouver la paix d'un refuge, que j'acceptai pour quelques jours son hospitalité... Las ! je n'avais plus de nom ni d'état ; l'intendant avec une incroyable légèreté avait colporté la nouvelle de ma mort : la politique et son avancement devaient se satisfaire de certitudes fragiles. Lorsque mon bras fut à peu près guéri, amolli par les soins attentifs dont j'avais été l'objet, craignant d'affronter un monde où je n'avais déjà plus d'existence, je ne trouvai pas la force de repartir et je demeurai ici pour mon plus grand malheur...

– Mais que dirent les gens alentour, lorsqu'ils surent le retour de ce prétendu moine ? s'enquit le chevalier.

– La baronne n'avait plus de famille. Quant aux paysans, comme tous les paysans, ils croyaient ce que disait leur châtelaine. Personne d'ailleurs ne se souvenait plus de ce dernier rejeton des Rignac et je tenais facilement son rôle en lui prêtant une écorce de rusticité qui finit par le rendre populaire. Je me montrai peu à peu aux fermiers, participant avec eux aux travaux des champs mais n'allant jamais dans les bourgs et encore moins aux foires où j'aurais risqué d'être reconnu. Je menai pendant plusieurs mois, à l'ombre du château, l'existence d'un hobereau contraint, comme beaucoup d'autres pour survivre, de prêter la main à ses gens... Je ne vis d'ailleurs pas différemment aujourd'hui... Vous allez constater maintenant que cette vieille pie de baronne était rien moins qu'abusée sur mon compte. D'abord, c'était une curieuse mère, elle m'évitait avec une obstination marquée et ne correspondait avec moi que par de petits billets griffonnés qu'elle me faisait porter par sa servante. Lorsque je fus tout à fait d'aplomb et capable de refaire des moulinets à l'aide de mon bras blessé, elle m'obligea, avec la recommandation d'un sien lointain parent, colonel au Royal-Picardie, à partir pour l'armée.

– C'est donc là que vous avez servi dans les corps de Turenne ? s'enquit le chevalier en interrompant le récit du faux baron, mais un homme tel que vous, sous un tel capitaine, aurait dû faire fortune !

– J'en fus bien incapable, répliqua monsieur de Rignac, il se trouvait alors en Flandres nombre de soldats qui avaient combattu contre les insurgés du Limousin et je tremblais à toute heure que l'un d'eux ne me confondît. Mais, par-dessus tout, ces officiers, tous des gentilshommes, avaient des idées, des façons, des préoccupations auxquelles je ne me faisais pas. Je fuyais leur cercle et me forgeai très vite la réputation d'un misanthrope. À vingt-cinq ans, j'atteignis péniblement au grade de capitaine en pied et, rappelé à point par une lettre de la baronne, je quittai avec soulagement cette carrière qui, dans d'autres circonstances, m'eût sans doute procuré la renommée. Je revenais ici pour constater le décès de madame de Rignac. Ainsi qu'elle me l'avait promis, elle avait tout arrangé pour que je devienne le maître après elle… Avant de mourir, pourtant, elle avait rédigé une lettre à mon intention que je porte toujours depuis pendue à mon cou. Je vous demande de la lire car elle constitue la seule justification de ce que je viens de vous narrer.

Celui que nous devons désormais nommer indistinctement baron de Rignac ou capitaine La Galoche, tira de sous sa chemise un petit rouleau d'acier à la limure parfaite qu'il dévissa. Il tendit au chevalier un papier couvert sur ses deux faces de l'écriture minuscule et hachurée de la dernière des Rignac.

Voici quel en était le texte :

« Monsieur,

Avant de quitter cette terre je me dois de vous fournir quelques explications sur la conduite que j'ai tenue envers vous jusqu'à présent. Sachez-le, ce n'est pas parce que vous avez cru devoir préserver ma misérable existence de la dague des assassins que je vous ai choisi comme légataire des biens de notre lignée. Vous auriez sans doute été plus inspiré de ne pas prendre sur vous de modifier le cours de la destinée.

Votre sang-froid seul m'intéresse. Je désire vous charger de la chose qui, dans ces derniers instants de ma vie, me tient le plus à cœur : il s'agit d'une question d'honneur. Je me dis qu'un homme tel que vous n'est peut-être pas insensible à ces sortes de sentiment… Vous le savez, mon fils aîné, Gontran, a été tué par un Gascon, le chevalier Balthazar de Rognonasse, dans un duel qui ne s'est pas déroulé dans les règles. Pour seul prix des biens que je vous abandonne, je vous demande de retrouver cet homme, de le provoquer et de lui faire payer son crime. Ce ne doit pas être chose impossible pour qui, dans le souffle d'un *Ave*, est venu à bout de douze misérables. Vous aurez un an, à compter du jour de mon trépas, pour accomplir la mission que je vous confie. Au terme de ce délai, si elle constate que ce chevalier de Rognonasse vit encore, une personne informée et jouissant de toute ma confiance sera chargée de remettre à la justice une lettre de ma main narrant le détail de nos arrangements. Si au contraire ce Gascon ne vit plus, vous disposerez de Rignac librement et personne ne pourra jamais venir vous en disputer la jouissance. Je ne fais que deux restrictions à cette possession, la première concerne les archives de ma famille, choses trop personnelles que j'aurai fait détruire pour tout ce qui est postérieur à l'an 1500, la seconde concerne votre sépulture que vous choisirez en dehors du caveau que possède notre famille dans l'église Saint-Martin. D'ailleurs, lorsque vous lirez ces lignes, mon cercueil aura été enfoui sous cinq muids de plomb que j'ai ordonné qu'on fonde après mes funérailles pour préserver à jamais la quiétude des Rignac.

J'en ai dit assez, il ne me reste plus qu'à prier Dieu qu'il vous conserve et vous permette de réussir.

Adélaïde de La Capelle, baronne de Rignac.
Rignac, le 13 juin 1664. »

– Cette femme était une âme gangrenée ! tempêta le chevalier en agitant la lettre qu'il venait de déchiffrer à grand-peine, et qu'avez-vous fait après avoir reçu ces belles instructions ?

– Eh ! que vouliez-vous que je fisse ? répliqua benoîtement monsieur de Rignac, je découvrais la lettre sept mois après le trépas de la vieille harpie. Il me serait donc resté moins d'un semestre, si je l'avais voulu, pour me mettre en route et agir. Je ne savais rien de ce Balthazar de Rognonasse, ni où il vivait, ni surtout si ce que rapportait madame de Rignac à son sujet était exact.

Je ramenai à ce moment ma première femme, fille d'un tabellion picard et j'étais par là, vous vous en doutez, fort peu disposé à de nouvelles aventures… Je décidai donc de demeurer ici et de m'offrir au caprice de la destinée. Dès ce moment, je m'attendais chaque heure à voir surgir quelque archer venu m'arrêter… Vous ne me croirez sans doute pas, chevalier, mais j'attends toujours, trente-huit ans après, le cœur aussi serré chaque fois que je crois apercevoir une ombre ou entendre un bruit inhabituel.

La stupéfaction s'était peinte sur le visage de Maximilien.

– Et vous n'avez jamais eu la moindre nouvelle, pas plus de ce Gascon, que du dépositaire des révélations de votre baronne ? s'enquit-il.

– Ni d'aucun autre, reprit le capitaine La Galoche, je vis depuis toutes ces années avec l'idée que la confession de madame de Rignac s'est trouvée oubliée quelque part et qu'un jour son destinataire ou ses héritiers s'aviseront malencontreusement de la faire parvenir à qui de droit… Vous comprenez maintenant pourquoi la joie ne règne pas tous les jours dans cette maison… C'est la juste punition de ma trop grande faiblesse ; j'aurais dû fuir à temps et ne point m'enferrer ici dans l'émollience trompeuse des soins qu'on prodigua à ma convalescence. C'est aussi, hélas ! le châtiment que j'ai fait retomber après mon veuvage sur la tête de ma seconde femme et des deux filles que j'ai conçues dans ma presque vieillesse.

– Mais, capitaine, s'exclama le chevalier, le temps qui continue de filer écarte jour après jour la menace qui vous obsède.

– Ce n'est pas exact, reprit doucement monsieur de Rignac, l'âge et surtout la maladie, cette vieille servante de la mort, ne cessent d'appesantir mes craintes. Il est des jours cependant où je suis reconnaissant à cette hideuse femme de m'avoir fait subir tant de tourments et je me dis alors : « Profite du bien des Rignac, ils te l'ont fait suffisamment payer ! » Ce n'est peut-être pas à vous que je devrais confier cela, chevalier, mais j'ai accompli mes premiers exploits en incendiant les châteaux des traitants[1]. N'y aurait-il pas ensuite trop d'ironie à ce que le capitaine La Galoche achève paisiblement son existence en se parant des oripeaux intacts d'aristocrates que la gabelle ne concerne pas ?…

– Ah, capitaine ! s'écria le chevalier se jetant tout d'un coup dans les bras du narrateur, que je vous aime ! que j'aime votre histoire !

– Si je m'attendais à un tel succès… balbutia le vieil homme.

– Vous êtes de la race des braves, poursuivit Maximilien toujours jubilant.

– Vous n'irez donc pas livrer mon secret à la justice ? demanda le faux baron en relevant un visage incrédule.

– Mieux ! nous allons réfléchir au moyen de vous tirer de cet écheveau.

Au moment où le chevalier laissait si imprévisiblement éclater sa joie, la grosse berline de madame de Gargilesse, couronnée d'un énorme cocher dont les cris tombaient plus drus que des grêlons, s'engageait sur le chemin scabreux qui montait vers Rignac. Les ressorts, en se comprimant sous le poids de l'élégante double caisse vernissée, faisaient chalouper deux laquais pleins de frisures et caparaçonnés de livrées dorées qui s'accrochaient aux portières. L'équipage, trop large pour franchir le dernier pont, alla se ranger au long des douves près d'un fumier bien antoisé qui disparaissait sous une nuée de mouches agacées. L'un des domestiques,

1. Ceux qui sont chargés de recouvrer l'impôt.

secouant la poussière qui s'attachait à ses basques, sauta pour déplier le marchepied tandis que la voiture roulait encore ; l'autre partit en flèche vers le château en annonçant sa maîtresse.

Anaïs, coquette trahie par le reflet du miroir qu'elle venait d'enfouir dans la profondeur du capiton de sa banquette, s'accorda le temps d'une ultime inspection des détails de sa toilette. Les secousses du voyage n'avaient pas chiffonné sa robe de taffetas azur qui, par le jour d'une greille lacée, s'échancrait largement sur sa poitrine. Elle avait jeté de guingois, sur son petit chignon roux, un minuscule chapeau de paille artistement festonné d'une étamine dont le bleu tendre répondait à celui de sa robe. Telle était la baillive chaque fois qu'elle franchissait les remparts de Limoges : les concessions au goût rustique lui paraissaient indispensables mais outrées à tel point et rassemblant d'un coup tant de grâces artificieuses qu'on pouvait, en la croisant, penser surprendre une bergère d'opéra accourue au souper d'un prince dans ses atours de scène.

Le chevalier, alerté depuis un moment par les jurements du cocher, prévenu de qui venait par l'irruption frétillante du second des laquais, dévala les degrés. Il fit si vite, il fut si leste, la voyageuse si appliquée à ne point se presser, qu'il parvint à lui saisir la main avant qu'elle n'ait posé pied à terre. Il ôta lui-même, en les faisant glisser, ses gants parfumés et baisa, les yeux mi-clos, les poignets qu'elle venait de lui abandonner.

– Quelle surprenante retraite ! fit-elle en commençant par élever son beau regard de myope vers les tours du château avant de l'accommoder pour fixer le moutonnement des forêts.

– C'était une retraite, lui glissa Maximilien en enveloppant sa taille de son bras flexible, et vous, magicienne ! vous en faites un nid d'amour.

Madame de Gargilesse, frissonnant au compliment,

abandonna sa tête sur l'épaule du séducteur qui, tout en jouant une fois de plus du velours couleur de crépuscule de ses prunelles immenses, continua de l'envelopper dans le cocon de ses compliments frôleurs.

Se recomposant un air de dignité après avoir surpris l'expression de son cocher qui, quoique figé dans une pose déférente, n'avait cessé de la considérer comme s'il la réprouvait durement, elle se dégagea pour lancer sur un ton de badinerie forcée :

– Les ermites qui vivent ici sont-ils à votre goût ?

Carresse, la bouche marquée d'un reste de béatitude, oublia de répondre.

– Honnêtes ? De commerce agréable ? Enjoués ? reprit-elle d'un accent dans lequel montait une implacable insistance.

– Mieux ! finit-il par répliquer, ils sont selon mon cœur !

À ces mots, elle s'écarta un peu plus.

– Ah, çà ! fit-elle inquiète, y aurait-il quelque jupon là-dessous ?

– Trois ! lança malicieusement le joli cœur en s'empressant de regagner d'un seul mouvement de tête toute la distance qu'elle venait de mettre entre eux.

– Nargue ! pesta Anaïs, sans sembler désirer entrer dans la plaisanterie, je comprends maintenant pourquoi je vous retrouve si échauffé.

Elle avait accompagné cette dernière phrase d'un battement furieux de ses longs cils recourbés et d'une moue dépitée qui la firent paraître à Maximilien singulièrement désirable et éprise.

– Vous n'y êtes point, ma chère, reprit-il en partant d'un grand rire, vous allez d'ailleurs constater vous-même que madame de Rignac est bien flétrie et ses filles au contraire bien tendres pour le croc de votre vieux loup favori.

– Alors, expliquez-vous, sans me faire languir davantage, ce qu'il y a de si extraordinaire ici…

– Monsieur de Rignac dont je vous conterai tantôt l'histoire… Il jouit de toute ma sympathie et je tiens pour certain qu'il ne manquera pas de recueillir la vôtre.

– Si vous le décidez avec tant de fougue, murmura-t-elle en s'abandonnant de nouveau à ce bras désiré, c'est dit !… Je l'aime sans l'avoir vu.

Anaïs, à peine entrée, put vérifier de trois coups d'œil obliques qu'elle n'avait effectivement pas de rivale dans la place. Elle se fit dès lors charmante. Avant de s'étourdir avec le chevalier de baisers savourés en cachette, elle obtint de madame de Rignac de pouvoir la regarder comme une seconde mère et d'être avec ses filles sur le pied de sœur aînée. L'apparition de cette fée, emportant dans son sillage la gaieté et des bouffées de senteurs précieuses, mit le comble à la félicité qui s'était répandue dans la demeure depuis que le supposé baron avait pu faire part aux siens du soulagement ressenti à l'accueil fait par le chevalier à son récit.

Le souper débuta après que le crépuscule eut étendu ses derniers crêpes sur la campagne. Le couvert était dressé dans la salle en haut du château, mais, par un rare prodige, le ténébreux sépulcre de la soirée précédente s'était métamorphosé en grotte de Circé. Mesdemoiselles de Rignac, sans s'éloigner des douves asséchées du château, avaient rassemblé des gerbes de fleurs à demi sauvages qui, tantôt jaillissant comme des chandelles d'eau, tantôt retombant en panaches, illuminaient la table et les crédences plus que cent girandoles disposées dans la demeure d'un prince.

Madame de Rignac, cloîtrée dans les cuisines avec Margot, la femme de Jacquin, reparut au dernier coup de dix heures, portant en triomphe la sanguette frémissante, cette omelette d'oignons frits, d'ail et de pain vinaigré que lie le sang frais des volailles. Elle eut un franc succès. À la lueur de grosses chandelles de suif, son visage lavé des griffures imprimées par les tortures morales resplendissait de l'orgueil de ceux qui ne doutent pas des prodiges de leur art.

Le chevalier, au sortir d'un nouvel et mystérieux entretien avec monsieur de Rignac, avait pris place en bout de table. La jambe sans façon passée par-dessus l'accotoir d'un fauteuil, il sablait verre après verre. Madame de Gargilesse, à ses côtés, s'était faite leste et pimpante. Elle était poudrée de rouge comme c'était la mode à Versailles depuis que madame de Maintenon donnait le « la » aux choses en se souvenant parfois d'avoir été coquette. Son menton et sa joue gauche, celle correspondant au cœur, se clouaient de mouches de feutre qui, par le langage codé de leur topographie, appuyaient les tendresses qu'elle distillait à l'oreille de son amant. Abîmée dans la douce infusion de son bonheur, elle s'enivrait sans s'en rendre compte du petit vin léger de Quercy, frais et gouleyant, que monsieur de Rignac lui servait hardiment.

– Baron ! que ce breuvage rappelle son buveur ! proclamait Maximilien qui n'en finissait pas de s'étirer dans la diagonale de son siège en tendant de nouveau le bras pour qu'on le serve.

– C'est un authentique vin de messe, précisa le maître de céans, il vient des celliers de l'ancien évêque de Cahors.

– Au moins un candidat à la gloire du Ciel qui se sera précautionné en se faisant bienheureux sur terre !

– Certainement pas celui-ci !... C'était à l'époque ce bon monsieur de Noailles, aujourd'hui archevêque à Paris et resté presque un janséniste... Son régisseur, un ancien chanoine de Sarlat, tout en voulant faire accroire que le profit allait au soulagement des pauvres, vendait pour son compte les barriques que son maître oubliait de boire.

– Tudieu ! bourrasqua le chevalier, les affaires de notre mère l'Église sont moins immaculées que l'hostie. Encore y a-t-il tout ce qu'on fait glisser avec les saintes huiles et qu'on ne nous dit pas… Que penser, de plus, d'une organisation qui sait si mal exploiter ses talents, qui relègue les plus lurons de ses prélats dans des déserts et qui, courant le risque de les exposer à la tentation, remplit les pays de Cocagne de ses fils assoiffés d'ascèse ?… Est-ce là la religion qui se préoccupe du bonheur des hommes ?

– C'est ce que l'on nomme mortification chrétienne, glissa Anaïs en se laissant aller à d'espiègles scintillements de prunelles, ni vous ni moi, chevalier, n'y comprendrons jamais rien.

L'impie Maximilien, qui venait de s'esclaffer bruyamment à la saillie de sa voisine, se glaça soudain en découvrant l'impassibilité de Victor.

– Ah ! monsieur de Gironde, lança-t-il comme le hoquet qui avait suspendu son rire n'était pas retombé, vous devez me trouver l'âme bien chagrine ! Depuis trois jours, plus qu'à mon tour, vous m'avez entendu nier, railler, bousculer à peu près tout ce qui défilait à notre vue. Je ne voudrais pas vous laisser de moi un souvenir amer…

Le jeune proscrit sourit à son ami avant de recogner ses scrupules.

– Non ! chevalier, vos paroles ne me chagrinent pas, je dirais même qu'elles me font un effet tout contraire. La pensée de devoir quitter Rignac, de poursuivre seul ma route après le mystérieux miracle que vous venez d'opérer ici, voici la seule cause de ma tristesse.

Maximilien, ému, s'empara du poignet du jeune homme.

– Je ne vous l'avais pas encore annoncé mais

certaines affaires qui s'avancent nécessiteront sous peu ma présence à Paris… Puisse cette perspective de nous revoir bientôt, rendre moins amère notre séparation de demain !

À peine eut-il achevé sa phrase qu'il se fit au-dehors un incroyable tumulte : c'était un cliquetis de chaînes déroulées à vive allure, mugissement râpeux qu'amplifiait l'étroit sillon placé au centre du château.

Monsieur de Rignac se précipita en sautillant jusqu'à l'archière, d'où il ne put scruter autre chose que des ténèbres. Le vacarme, qui n'avait cessé qu'un court instant, reprit très vite, accompagné cette fois de coups de bélier qui ébranlèrent toute la maisonnée.

Le chevalier, la main posée sur la garde de son épée, avait bondi pour se poster près du vieux baron.

– Que voyez-vous ? demanda-t-il en retenant son souffle.

– Rien ! mais j'entends des gens qui courent.

– Qui peut bien avoir affaire ici en pleine nuit ? s'effraya la baillive brusquement pâlie malgré son fard.

– À cette heure et en oubliant de s'annoncer, repartit le chevalier, ce ne sont pas des gens du monde… Je crains plutôt quelque camisade[1] des gueux qui s'insurgent en ce moment contre l'impôt sur la vie.

Madame de Rignac, à ces mots, étendit les bras pour couvrir l'épaule de ses filles.

– Il faut mettre les femmes en sûreté, hasarda Victor qui s'était avancé à son tour pour ne pas se laisser engourdir par la peur.

– Mais où cela, mon Dieu ? gémit faiblement monsieur de Rignac, toujours penché au-dessus de sa cour.

Le chevalier étira le cou pour lui parler à l'oreille :

– Où se cachait votre baronne pendant ce fameux siège ?

1. Attaque de nuit.

Le vieil homme, qui avait paru tout d'abord ne rien entendre, retoucha enfin terre et leva vers son questionneur une figure drolatique.

– Dans la tour de l'*Ave Maria* ! finit-il par s'exclamer en désignant fébrilement un escalier à vis dont on apercevait les premières marches au travers de l'embrasure d'une porte basse, vous vous enfermerez dans la Chambre du Trésor et vous n'en bougerez pas avant que je ne vienne vous délivrer moi-même.

Le chevalier, tandis que l'ancien capitaine La Galoche parlait ainsi, avait tiré son épée rendue étincelante par l'éclat des chandelles dont un souffle inexplicable venait de rabattre les flammes. Son regard s'était fait farouche, sa voix même avait pris le cassant du ton de commandement militaire.

– Monsieur de Gironde, ordonna-t-il, vous escorterez ces dames et vous veillerez sur elles.

Celui à qui s'adressait cette injonction voulut faire observer que sa place était en bas, avec les hommes, mais Carresse, au moyen de quelques paroles plus sèches encore, le dissuada de poursuivre :

– Il faut quelqu'un là-haut ! ça ne peut être que vous, obéissez !

Les femmes, suivies de Victor, commencèrent de monter pendant que Maximilien et le vieux baron partaient, à l'opposé, se poster entre deux étages. Le maître de Rignac tentait comme il pouvait de contenir l'exhalaison de son souffle court mais l'ahurissant retour de l'horreur sous son toit ne troublait pas ses esprits : tendant une oreille attentive qui n'avait rien perdu de la prodigieuse acuité de celle du jeune La Galoche, il avait collé sa joue à l'axe de l'escalier et s'était mis à l'affût. Ainsi posté, en dépit des râles de sa poitrine crevée, il dénombra, à leur pas, les premiers assaillants qui pénétraient dans la tour. Dépliant ses doigts gourds sous l'œil médusé du chevalier, il en compta d'abord dix-sept.

Ceux qui, à présent, connaissent le récit du capitaine La Galoche, trouveront sans doute extravagant que ce vieil homme, à quarante ans de distance, dût, pour la seconde fois, dans l'escalier resserré de son château, attendre l'assaut de spectres assassins. Les sombres événements de 1661, sur lesquels les ans avaient jeté leurs tas de neige, ne paraissaient devoir se répéter que par l'effet du maléfice : c'était comme si les aveux faits au chevalier avaient eu le pouvoir de rouvrir quelque affreuse boîte de Pandore.

La Chambre du Trésor était un réduit auquel on ne pouvait accéder que par une échelle posée sur la dernière large marche d'un escalier tournant. Trois portes épaisses, qui paraissaient toutes inviolables, en condamnaient l'entrée ; la première était en bois, les deux autres renforcées de ferrures lourdes et compliquées. Il ne s'y trouvait pour tout mobilier – pour tout trésor aussi – qu'une grande malle d'osier, quelques chandelles serrées dans de forts papiers huilés et des savons noircis qu'on laissait durcir là pour qu'ils s'usent moins vite à l'usage. Victor, en officier avisé qui sait tirer parti des ressources du terrain, avait, en l'adossant au mur, fait une banquette de la malle et allumé quatre chandelles pour les poser sur le rebord de niches ménagées dans l'épaisseur de la pierre. Une lumière, tout juste faite pour baigner une absoute, venait de se lever. Elle faisait trembler l'ombre des prisonniers qui retenaient leur respiration pour ne rien perdre des bruits de la tour. Pendant que les lèvres d'Anaïs et de madame de Rignac s'animaient du babil d'une inaudible prière, les deux jeunes filles avaient pris place à même le pavé, de part et d'autre de leur jeune gardien qui faisait de gros efforts pour leur paraître calme. Marie, l'aînée, avait ramené ses cheveux dorés dans son bonnet de batiste. Ses yeux mobiles, embrumés des vapeurs tièdes qui précèdent les larmes, finissaient de l'embellir en accusant son expression craintive.

Victor, fébrile depuis quelques secondes, s'enhardit à laisser couler sa main au long de son bras et leurs doigts agiles, énervés d'un brusque frisson, s'emmêlèrent aussitôt. Grâce à ce geste, accompli sous l'aiguillon d'une force supérieure, il retrouva l'impression de fondre qui s'était emparée de lui lorsqu'il était sorti, trois heures auparavant, pour faire à la prière de monsieur de Rignac, en compagnie de ses filles, le tour du château. C'est là, quoiqu'ils n'eussent pas alors échangé trois paroles ensemble, à un moment qu'il pouvait marquer précisément, que son regard s'était appuyé sur celui de l'aînée, dans l'instant où elle s'agenouillait en bordure de talus pour cueillir des marguerites sauvages. Assis près d'elle à présent, la frôlant de son épaule, il découvrait que le contact de leurs peaux avait la vertu de faire de nouveau jaillir cette étincelle trop vite éteinte et d'amplifier la sensation déjà fugacement éprouvée de tournoyer dans un abîme voluptueux. Était-ce donc cela l'amour, cette façon qu'a le sang de se mettre à affluer plus vite au cœur ? Cet état étrange dont l'avaient entretenu quelquefois, avec des airs de supériorité, des garçons plus âgés ?... Il n'avait sans doute jamais imaginé que les premiers frissons du sentiment viendraient un jour le troubler dans de si singulières circonstances, aussi ne démêlait-il pas, malgré son désir de tout rapporter à la présence de Marie, quelle part de son trouble il devait laisser au déroulement des événements qui se produisaient simultanément au pied de la tour. Tout en subissant le roulement de pensées incohérentes, mélange de sa volupté entrevue et de son malheur redouté, il accentuait la pression de ses doigts et constatait que l'espèce de sauvagerie qu'il apportait à serrer ce poignet ainsi qu'une chose sienne faisait croître la confiance qu'il se devait, alors, d'éprouver en lui.

Ce fut un supplice croissant que l'attente dans ce tombeau qui commençait à s'emplir de fumée. Brusquement se fit un grand fracas, suivi de cris, puis, plus rude encore, de coups assénés à la première des portes. Madame de Rignac ne put réprimer un soupir d'agonisante avant de couler inerte entre les bras d'Anaïs.

On entendit bientôt percer une plainte :

– Ouvrez ! répétait une voix qu'ils ne reconnurent pas, je suis monsieur de Rignac.

Ce murmure, qui paraissait lever de dessous la pierre d'un sépulcre, laissait pressentir le pire.

Victor, brusquement tiré de sa félicité, parut d'abord désemparé. Ce n'est que lorsque madame de Gargilesse, abaissant les yeux, lui eut signifié d'ouvrir qu'il avala pour soutenir son courage une pleine gorgée d'air âcre et qu'il se remit sur ses jambes.

Monsieur de Rignac parut d'un coup. Il était arcbouté à son échelle, sur fond d'un grand incendie pailleté d'escarbilles qui volaient en dessinant dans son dos une sorte de gloire. On ne voyait que sa face noircie couronnée de ses rares cheveux dressés. C'était une vision qui dépassait tout ce que les reclus avaient pu imaginer de plus rude et mesdemoiselles de Rignac, découvrant le lamentable état de leur père, jetèrent ensemble un cri strident avant de s'écrouler sur la poitrine inerte de leur mère. Seul Victor trouva assez de courage pour venir morguer cette Apocalypse et constater que la fumée qui emplissait tout l'escalier provenait des flambeaux brandis par quelques hommes parmi la vingtaine qui s'était massée sur les marches.

– Ne craignez rien ! murmura, en portant à ses lèvres ses doigts tout écorchés, le baron qui paraissait se sauver d'un naufrage, le chevalier n'est que blessé, je suis sauf…

– Mon Dieu ! s'exclama la baillive en s'avançant, le chevalier… Que lui est-il arrivé ?

– Il est en bas, assommé, reprit monsieur de Rignac, je ne pense pas que sa blessure soit grave.

– Que veulent ces gens ? demanda Victor.

– Ce sont des paysans venus piller le château.

Et baissant les yeux, il ajouta :

– Ils veulent aussi emmener madame de Gargilesse en otage.

– Il n'en est pas question ! se récria le fils du comte de Gironde en levant son épée nue, dites-leur qu'elle ne les suivra qu'ils ne m'aient d'abord tué.

Sa voix avait roulé sous la voûte, grosse et terrible, sans parvenir pourtant à faire dresser un seul visage. L'impassibilité de ces hommes, leur nombre et leur mutisme, concouraient à les rendre effrayants.

– Mais que faire d'autre ? pleurnicha le vieux baron, ils sont cent et nous sommes deux… Le chevalier lui-même vient de donner l'ordre d'obtempérer.

Madame de Gargilesse venait de tout entendre sans paraître se troubler. Conservant un port de reine, elle éprouva le picotement acide des fumées puis battit plusieurs fois des cils pour percer la lueur opaque des flambeaux.

– Qui me demande ? s'enquit-elle enfin avec hauteur.

– Notre chef ! lui répondit l'un de ceux qui se tenaient en haut de l'escalier.

C'était un paysan qui, pour parler, par un mouvement instinctif de respect, avait ôté son chapeau de paille afin de le plaquer sur son bedon. Ses voisins, agis par le même sentiment, se découvrirent après lui en cascade pour honorer cette fée qui, dans les hauteurs de sa niche, évoquait assez justement une apparition de la Madone.

La baillive considéra longtemps les envahisseurs et, à ne croiser chez aucun l'acier froid d'un regard assassin, elle sentit peu à peu s'exhaler sa peur.

– Qui est votre chef ? demanda-t-elle d'un ton qui

renfourchait progressivement la langueur de ses intonations de précieuse.

– Le marquis des Éperviers ! répondit le même homme, il promet qu'il ne vous sera fait aucun mal.

Tirant son châle sur ses épaules nues, dans un geste de coquetterie retrouvée, elle se tourna vers son jeune gardien :

– Leur chef est marquis… Dans la passe où nous sommes, je ne puis faire autrement que me fier à la parole d'un gentilhomme.

Victor, d'abord interdit de la brusquerie du caprice, n'eut que le temps de ressaisir Anaïs par un bras, alors qu'époussetant le crâne de monsieur de Rignac des falbalas de sa robe, elle s'était déjà plantée sur le plus haut barreau de l'échelle.

– Madame, n'y allez pas ! commanda-t-il avec une hardiesse dans le ton qui fit incontinent repasser à l'impétueuse un pied sur le bord maçonné du précipice.

– À quoi songez-vous ? s'impatienta-t-elle, une jambe restée ballante dans le vide, nous voici bien forcés d'obéir. Ne mesurez-vous pas la détermination de ces gens ? Et puis, vous l'avez entendu, le chevalier lui-même convient qu'il n'y a pas d'autre issue.

– Exigez au moins que ce monsieur des Éperviers engage devant nous sa parole de ne vous point maltraiter !

Elle parut hésiter, comme si la défiance de son compagnon envers un homme qui se parait du titre de marquis lui paraissait incongrue.

S'adressant enfin au seul des rebelles qui eût parlé jusque-là et le clouant du regard avec l'aplomb de la cantatrice qui ne quitte pas du regard son public pour faire passer une note forcée, elle se prit à scander :

– Oui, que ce marquis monte dire ici ce qu'il entend faire d'une pauvre infortunée !

L'homme parut éberlué. Il ne voyait pas bien ce

qu'une femme, ravalée au triste état qui était alors celui d'Anaïs de Gargilesse, pouvait avoir encore le front d'exiger. Il s'exécuta malgré tout, convaincu qu'il devait s'agir d'un usage du monde, autrement dit d'une de ces idées parfois plus essentielles aux grands que la vie mais dont lui ne saisirait jamais le sens.

Quelques minutes s'écoulèrent qui laissèrent aux torches le temps de s'anneler de braise. Un nouveau fracas se fit bientôt en bas de la tour, trépignement de sabots et de bâtons ferrés qui s'enfila jusqu'à produire le martèlement de la forge. Monsieur de Rignac, que les crampes paraissaient avoir crucifié à son perchoir, tourna une figure défaite vers l'abîme qui vomissait ce recrû de tumulte. Il discerna d'abord une lueur claire et rampante courant sur les murs bosselés avec les rebonds du feu follet. Une trentaine de paysans, marchant sur deux rangs, parurent. Ils encadraient un personnage vêtu en noir de pied en cap… C'était le marquis des Éperviers. Un manteau long, découvrant les éperons d'argent attachés à ses bottes, l'enveloppait tout entier. Un chapeau à larges bords, du même ton sombre, dissimulait son regard et ce n'est que lorsqu'il releva la tête qu'on put se rendre compte qu'il se protégeait également la figure d'un masque de tissu blanc qui lui faisait la mine de Pierrot. Ses mains gantées de carrefin s'ornaient à son majeur droit d'un anneau serti d'un cabochon digne, par sa taille et son éclat, de celui d'un archevêque.

Il vint se planter au droit de la Chambre du Trésor.

– Vous vouliez me parler ? fit-il d'un accent caverneux mais noble.

La baillive, troublée par la prestance de celui qui l'apostrophait, fut aussitôt tout à la pensée qu'on devait pouvoir sans remords se laisser ravir par un cavalier aussi fringant. En un clin d'œil, elle avait trouvé à l'apparition tout ce dont elle raffolait : tournure agréable, sveltesse d'elfe et, par-dessus tout, des manières du grand monde et des grâces de mousquetaire qui lui rappelaient ce temps qu'elle chérissait du règne de Louis XIII. Ce qu'elle apercevait autour de cette personnification de ses rêves, ce cliquetis fantasmagorique d'armes et de fourches sur fond d'une cascade de braise, comblait et au-delà son goût du romanesque. Elle s'alanguissait déjà, prête à choir dans les bras du marquis, lorsque, surprenant l'expression de Victor, elle sut se reprendre à temps et parler comme devait le faire la femme d'un des principaux personnages de la province, tombée entre des mains ennemies.

Elle entama, mais à mi-voix, la complainte de la dignité bafouée :

– Monsieur, j'aimerais tout de même savoir de quel droit vous prétendez me contraindre ?

– Je n'ai, c'est vrai, madame, rétorqua le marquis, aucun autre droit sur vous que celui des nécessités de la guerre… Vous êtes ma prisonnière mais vous avez ma parole de gentilhomme d'être bien traitée.

– Qu'avez-vous fait du chevalier de Carresse ? demanda-t-elle avec un peu plus de déchirement dans le ton.

– Il est en bas… Il s'est battu comme un lion pour vous défendre mais nous étions plus nombreux et plus forts… Triste nécessité, là encore, j'ai dû lui passer mon épée au travers de la cuisse. Rassurez-vous ! Il se remettra vite de sa blessure et vous pourrez vous en convaincre en allant lui faire vous-même vos adieux.

Ces phrases dites d'un ton galant et ponctuées de gestes nobles, mirent le comble à la confiance de l'impulsive Anaïs.

Après avoir lancé à Victor une dernière œillade qui signifiait : « Ne vous avais-je pas dit que c'était un gentilhomme ? » elle s'approcha du reste de ses compagnons d'infortune avec l'expression de vrai bonheur qu'ont les filles appelées par Dieu lorsqu'elles partent s'enfermer dans un couvent. Elle les embrassa tous, madame de Rignac revenue à elle, ses deux filles qui la soutenaient encore, Victor, enfin, qu'elle fit frissonner en couvrant chacune de ses joues d'un baiser sonore. Ensuite, veillant toujours à ne point se départir de cette grâce nonchalante dont elle avait empreint jusque-là la moindre de ses attitudes, elle enjamba prestement l'échelle et se laissa, pour finir, guider par le marquis qui avait gravi quelques barreaux pour lui prendre la main.

L'escalier était alors plein de vapeur, tapissé sur ses murs au crépi granuleux de chatoiements ambrés. Une chaleur acide s'était même attaquée aux regards pour escorter de larmes les adieux pleins d'élégance qu'Anaïs faisait à sa liberté. À la fin, lorsqu'elle glissa entre les torches, dans un crissement de soieries, élevant sa main pour la prêter au marquis ce fut comme l'apothéose d'une fête aux flambeaux.

Quelques hommes demeurés en dernier détalèrent sur un coup de sifflet et Victor, dès que le silence eut tout entier peuplé les ténèbres, entreprit d'aider les femmes restées sous sa garde à rejoindre monsieur de Rignac. Ce dernier, haletant, la tête pleine de fièvre et les membres glacés, venait de s'affaler sur les marches. S'accrochant alors les uns aux autres, qui par la manche, qui par un pan de chemise, ils gagnèrent l'étage inférieur où la lueur déclinante d'un flambeau leur laissa entr'apercevoir un saccage de meubles renversés et de débris fumants. Ce n'est qu'après avoir ravivé une chandelle de résine et l'avoir promenée en tous sens, qu'ils découvrirent le chevalier raidi sur un fauteuil au milieu de ce culbutis. Comme l'avait annoncé le marquis, il était blessé à la cuisse et le coup sur le crâne qui l'avait ensuite estourbi avait fait jaillir du sang jusque sur sa chemise.

– Ah, mes amis ! soupira le blessé en s'efforçant de paraître plaisant, quelle triste conclusion à une soirée qui s'annonçait si gaie !

Il éprouvait de la difficulté à desserrer les dents et grimaçait dès qu'il tentait le moindre mouvement.

– Ne bougez pas ! commanda Victor en se précipitant vers lui.

Carresse allait plaisanter sur l'inutilité de toutes ces alarmes lorsque son justaucorps, en glissant sur ses genoux, découvrit sa culotte blanche maculée d'une longue traînée sombre. Madame de Rignac, à qui la vue du désordre de sa maison venait de rendre la plénitude de ses sens, ramassa les tronçons de l'oribus[1] encore tiède qu'elle se mit à pétrir pour faire trois ou quatre grosses bougies. Ayant ainsi donné une lumière plus douce, elle tira d'un placard une petite fiole d'eau de la Reine de Hongrie, puis, revenue près de son hôte, s'étant mise à genoux, elle aspergea l'estafilade qui entamait la cuisse sur presque un demi-pouce. Sous l'effet de l'esprit-de-vin que contenait pour l'essentiel ce remède universel à la senteur de romarin, le chevalier, éprouvant l'insupportable sensation qu'un acide le rongeait jusqu'à l'os, fixa longtemps, la tête rejetée en arrière, la danse folle des poutres et des corniches.

– Ce ne sera rien ! conclut la baronne après avoir approché un peu de lumière pour inspecter son ouvrage, mais cristi ! cette lame vous a drôlement frisé... Un doigt plus à gauche, elle sectionnait l'artère et vous n'en reveniez pas !

À ces mots, Maximilien, frappé d'un effroi rétrospectif, manqua défaillir pour de bon. Il sut cependant se reprendre et rendre à sa bienfaitrice la grâce d'un sourire.

– Pauvre madame de Gargilesse ! se lamentait à trois pas de là le maître de céans qui venait de réunir les bouts épars d'un pot auquel il tenait.

1. Gros cierge de résine qu'on plaçait dans les cheminées.

– Il ne nous reste plus qu'à faire confiance à ce marquis, lui répliqua imprévisiblement le chevalier.

– De quoi ! se récria madame de Rignac, déraisonnez-vous pour avoir foi dans la parole de ce forban ?

L'étonnement de la maîtresse de Rignac avait été exprimé avec suffisamment de force pour que Maximilien fît l'effort de se bien caler sur son fauteuil pour lui répondre :

– Cet homme vaut plus que le vil personnage que vous vous figurez. C'est lui qui, après m'avoir loyalement blessé, m'a tiré à demi évanoui là où je suis.

– Jolies manières pour envelopper des actions de crapule ! reprit madame de Rignac toujours aussi remontée.

– Examinez les choses avec moi, reprit le chevalier, cet homme a contre lui un ennemi implacable, monsieur de Gargilesse, pourvu de moyens considérables et qui le traque sans merci depuis bientôt un an. En s'assurant de l'épouse de celui-ci, il ne cherche qu'à obtenir le répit dont il a besoin pour rafraîchir ses troupes…

– Ce ne sont pas là des principes de chrétien ! s'obstina madame de Rignac.

– Oh ! les principes…

La protestation de Maximilien et le petit geste mi-sarcastique mi-lassé dont elle s'accompagnait, furent suspendus net par l'irruption de Jacquin qui venait de surgir à peu près dans l'état du morisque échappé d'un bûcher de l'Inquisition. Il montrait des cheveux gris floquetés de flammèches et un visage estafilé de larges traits de suie.

– Où étiez-vous, Margot et toi ? demanda monsieur de Rignac qui s'était avancé pour prendre son fidèle serviteur dans ses bras.

– À la cave, en sûreté… Je n'ai rien pu empêcher, hélas ! Ces diables d'hommes ont vidé notre poulailler, laissé s'enfuir nos vaches, volé nos chevaux, nos cochons, emporté vos archives pour les brûler dans la cour…

Le vieux baron, qui venait d'entendre le dénombrement de ses déboires avec philosophie, s'employa à calmer le gémissement de ses proches.

– Cessez de vous tourmenter ainsi ! marmonna-t-il, je suis sûr que nous nous en tirons à bon compte.

– À bon compte ! s'offusqua le domestique aveuglé par l'état lamentable des choses alentour, mais, monsieur, je vous dis, moi, que nous ne nous remettrons jamais de ce pillage.

Et sans prendre le temps de souffler, arpentant la salle, il entreprit un pathétique inventaire des objets brisés et de ceux qu'il ne retrouvait pas à leur place.

Monsieur de Rignac, par un mouvement continu du chef, suivait assez exactement l'énumération de Jacquin. Il contemplait sans s'y arrêter les aiguières cabossées, les fragments épars de gobelets et d'écuelles, les aliments répandus en flaques poisseuses et les fleurs qui, piétinées et noyées dans les sauces, parvenaient malgré tout à conférer un petit air de fête au désastre. Hérissé à la fin par ce flux de plaintes et par le sanglot mal contenu des femmes, il s'emporta.

– Il suffit ! la vie que Dieu a bien voulu nous conserver vaut plus que tous ces brimborions… Si vous aviez vu ces gens venir en grand nombre, puissamment armés et farouches, vous vous persuaderiez comme moi que c'est miracle si nous respirons encore.

– Vous prenez les choses de belle façon ! lança encore le vieux domestique en sortant. Je vous répète que nous devrons mendier demain pour pouvoir subsister.

– Çamon ! enchaîna vivement madame de Rignac. Vous raisonnez comme un niais personnage. On enlève chez vous quelqu'un à qui vous donniez l'hospitalité, on brise votre maigre bien et voilà tout l'effet que cela vous fait !… Vous n'êtes qu'un vieux fou et monsieur de Carresse est bien naïf !

Victor, resté seul en compagnie de son hôte et de Maximilien les surprit imprévisiblement à partir d'un énorme éclat de rire après que la maîtresse de Rignac eut quitté les lieux suivie de ses deux filles.

Le chevalier, que la mine défaite de son jeune compagnon venait de rappeler au sérieux, se reprit pour ajouter d'une voix que la douleur affaiblissait :

– Grâce au ciel, baron, ces malheurs n'auront pas été inutiles. J'ai prêté serment au roi… j'ai examiné vos archives avant qu'elles ne brûlent. Je puis à présent répondre de votre noblesse.

CHAPITRE QUATRIÈME

# *Au roc d'Ambayrès, dans le repaire du marquis des Éperviers*

Une nouvelle fois, pour poursuivre sa route, Victor dut s'arracher à sa félicité. Cette seconde séparation, malgré la nouveauté des liens qu'il venait de tisser, lui laissait à la bouche presque autant d'amertume que lorsqu'il avait dû, quatre jours auparavant, quitter son cher Gironde. Comme resteraient vives assurément ces quelques heures cognées d'événements au cours desquelles le chevalier s'était imposé à lui en modèle de ce qu'il désirait devenir, inoubliables aussi ces honnêtes caresses, suivies de doux entretiens, qui lui avaient permis d'entrevoir l'amour dans le fond du regard de Marie. Tant de rebondissements, doublés d'aussi rudes émotions, avaient jeté la confusion dans son esprit. Il était impressionné par l'accélération du temps, redoutant à la fois de n'être pas fidèle aux dernières pentes de ses sentiments et de replonger dans le dédale des chagrins de l'arrachement. L'injustice de la proscription, qui empêche le fugitif de poser quelque part sa besace, revenait, tel un ressac, rouvrir ses premières plaies et raviver ses angoisses.

Pour être tout à fait certain de ne rencontrer aucun des habitants de Rignac, il avait déguerpi vers quatre heures et s'était échappé au grand galop pour rattraper au Dorat la route du Blanc. Sa jument reposée, à laquelle Jacquin avait prodigué des soins experts, fila si bon train qu'il dépassa vers midi les derniers contreforts du Limousin qu'un soleil débridé avait depuis longtemps fait virer à des tons fauves. La chaleur était revenue avec l'aube, tenace et lancinante. Dans les lointains, de sinistres corbeaux, cloués au sol par le manque de vent, mouchetaient les champs restés encombrés de chaumes.

Peu après midi, lorsque tout fut en feu, l'orage creva. Une lavasse à la consistance d'huile, foudroyant en pleine course cheval et cavalier, gomma dans l'horizon un village qui s'était signalé depuis loin par un clocher penché. C'était un hameau d'à peu près vingt maisons qui avait nom Brigueil, si misérable et désert qu'on l'eût dit maraudé[1]. Lorsque Victor put l'atteindre, après être sorti plusieurs fois de sa route, il n'y trouva que trois porcs efflanqués qui se vautraient avec volupté dans le jus noir d'un fumier raviné par la trombe. Il n'y avait là ni auberge ni halle pour lui servir d'abri, aussi, déjà transpercé jusqu'aux os, dut-il, sautant lestement de selle et tirant après lui sa jument, courir se réfugier sous l'encorbellement d'une maison qui donnait l'impression d'écraser ses voisines. Ce n'était pourtant qu'une pauvre masure, bâtie en pierres jusqu'au premier étage seulement et dont le reste, fait de pisé armé de pans de bois, laissait, sous l'effet du ruissellement, fuser de longues coulées de sable.

Tandis que la pluie, redoublant de violence, cinglait les murs à grands randons, il se plaqua tant qu'il put contre une porte inscrite dans une ogive maçonnée. Placé comme il l'était, il ne pouvait se soustraire au déversement d'un chenal percé qui avait aplati son tricorne dont la pointe rabaissée sur son front coulait lamentablement. Il frissonnait et, sentant ses habits qui commençaient à le serrer, il imaginait ses chairs qui se glissaient en s'étrécissant dans la peau d'un serpent.

Ne pouvant supporter de demeurer ainsi transi, ni

1. Ravagé par des soldats en maraude.

d'endurer plus longtemps le fouet coupant des rafales, il se résolut à entrer dans la maison qui paraissait inhabitée. Il poussa la porte, retenue par un simple loquet et pénétra dans une remise aux soupiraux bouchés par de la luzerne fraîche dont il huma avec ravissement le parfum entêtant. Après avoir examiné les lieux à tâtons et s'être cogné à plusieurs empilements de barriques, il entreprit de se dépouiller de ses vêtements que sa jument, en s'ébrouant, venait de finir d'asperger. Il tordit sa chemise et, avant de se déchausser, l'étendit sur un râteau en bois. Pour finir, il extirpa de sa sacoche du linge à peu près sec, puis une paire de ces courtes bottes, neuves encore mais dont la mode était passée, qu'on appelait ladrines du temps des guerres d'Augsbourg. Il continuait de s'essuyer du mieux qu'il pouvait, à l'aide de sa culotte roulée en boule, lorsqu'il entendit dans l'herbe à demi séchée une sorte de froissement qui s'arrêta net pour reprendre sur-le-champ.

Il se saisit de son épée, sauta d'un bond vers le coin plein d'ombre d'où provenait le bruit, mais il n'eut pas le temps d'approcher : une forme menue se jeta dans ses jambes, qu'il reconnut presque aussitôt, saisi de stupeur, pour celle de la petite muette de Brive.

– Comment te trouves-tu là, toi ? s'exclama-t-il en faisant trois pas en arrière.

Il était si troublé qu'il ne se remémora pas tout de suite que la fillette était incapable de lui répondre et ce n'est qu'après plusieurs secondes, agitées de haut-le-corps, qu'il put se résoudre à tripoter ces bras menus qui venaient de s'enrouler à sa cuisse.

Elle paraissait éprouver un bonheur immense à se pelotonner contre lui et, tandis que ses joues restées marquées d'un reflet de pluie se couvraient de larmes de joie, elle lâchait de brefs soupirs qui se transformaient en d'étranges bruits de gorge.

Victor, qui ne parvenait pas à ressaisir le fil de ses

pensées, mettait son esprit à la gêne pour essayer de comprendre comment sur sa route, à son heure, à deux jours de Limoges, l'enfant avait pu le rejoindre. Lui qui, par un reste de la rigueur protestante de son père abhorrait le maléfice et ne concevait l'inexplicable que sous le doigt de Dieu, voulut bien, après avoir tenté d'échafauder quatre ou cinq hypothèses, toutes boiteuses, s'arrêter à l'idée provisoire que son ange gardien lui jouait un mauvais tour. Cette supposition fit éclore un sourire sur ses lèvres et lui donna suffisamment de cœur pour entreprendre d'essuyer sa gentille trouvaille qui se laissa faire dans de gracieux mouvements de ballerine.

Notre héros découvrira bientôt, en même temps que le lecteur, comment avait fait la petite bohémienne, enfuie de l'institution à laquelle madame de Gargilesse l'avait confiée, pour se trouver à Brigueil au moment où nous l'y retrouvons. Cependant, pour que nul, à ce point de notre récit, n'aille s'imaginer que nous voulons à toute force attacher le prodige aux pas de ceux de sa race, il suffira de marquer à présent que la magie ou la sorcellerie n'eurent aucune part en la circonstance.

Lorsqu'il eut achevé, du mieux qu'il pouvait, de réparer les dégâts de l'orage, il étala sur un grignon de pain une couche épaisse du fromage de brebis à l'odeur forte dont madame de Rignac avait glissé un pot dans son bagage. Observant sa protégée tandis qu'elle dévorait, il s'attendrit à suivre dans la fente que ménageaient sa tignasse ébouriffée et le bord blanchi de la tartine qui lui graissait les babines, le vif mouvement de ses yeux pétillants. Mesurant alors à quel point les assauts redoublés d'un sort contraire étaient restés impuissants à poser leur empreinte sur son minois de poupée, se sentant raffermi lui-même dans son courage par cet appétit de vie, il prit une décision qui ne peut souffrir d'atermoiement dans une âme généreuse ; persuadé qu'il trouverait plus à faire son bonheur dans l'immensité de la ville que dans le désert inhospitalier des provinces affamées, il résolut de l'emmener avec lui à Paris.

Le temps changea au bout d'une heure et Victor, pour poursuivre sa route, put hisser sur sa jument, à la robe de nouveau brillante, sa nouvelle mascotte regaillardie.

Comme le jour commençait à décliner, ils rattrapèrent, en vue du bourg de La Trimouille, une dizaine d'hommes portant bêches et pioches sur des sayons en loques. C'étaient des paysans qui, pour prêter la corvée à leur seigneur, avaient passé le gros du jour à curer les douves nauséabondes d'un château. Lorsque leur tâche avait été interrompue par l'orage, ce seigneur, un baron ruiné mais un bon bougre, les avait abrités dans sa cave avec permission de boire tant qu'ils voudraient. Le mélange de quelques pintes de piquette et du cidre râpeux avait vite produit son effet et, par le sortilège de l'ivresse, beuglant sur le mode épouvantable un chant de galérien qu'on connaissait par toutes les campagnes parce qu'il tintait comme le fer sur l'enclume, ces pauvres hères regagnaient leurs chaumières en ayant à peu près oublié leur fatigue.

Deux de ceux qui fermaient cette marche loqueteuse et qui tanguaient du fossé au talus, s'étaient retournés mollement en entendant le galop d'un cheval.

– Oh, là ! s'écria le plus saoul, qui passe pague à boire !

Il tomba à genoux, agitant son chapeau sans forme au bout d'une fourche de bois.

– Vous avez assez bu ! hurla tout coléré Victor qui, pour l'éviter, avait dû faire un brusque écart.

– Tout doux, monsieur le petit maître ! tonna celui qui marchait derrière et qui s'avançait plus nettement encore brelique-breloque que son compain.

C'était un colosse coiffé d'un coin de sac. Il mugissait sourdement et d'une voix qui sonnait étrangement du grêle.

– Un baron nous a invités, fit-il en pointant un index de prédicant, on n'a pas à refuser lorsque c'est un baron qui régale !

Victor, que l'élan de sa monture avait emporté loin, se retourna pour contempler cette escouade hoquetante qui continuait de flotter dans le sillage de sa course. Il partit d'un grand rire en réalisant à quel point ces gaillards étaient incapables d'aller droit et, pour leur rendre grâce de cette joie soudaine, il lança trois liards dans l'air.

Cela représentait à peine de quoi payer un broc de clairet mais il le fit avec la magnanimité tapageuse d'un grand d'Espagne, et en criant bien fort :

– Vous boirez demain à ma santé !

Les paysans se précipitèrent avec des grognements de bête pour happer les monnaies de billon qui venaient de rouler jusque dans la boue.

– Ah ! mon bon seigneur, vint glapir un lutin chauve au teint de coing qui était parvenu le premier à s'emparer d'une des pièces, Dieu vous rendra ces bontés.

Il possédait deux yeux espiègles qui biglaient rudement, des mains fines de femme, un parler doux et assez bien troussé qui faisait paraître plus rudes les façons de ses compagnons. C'était l'intelligence et la finesse telles qu'elles se consumaient par brassées au fin fond des provinces lorsqu'il n'était donné, dans les villages, qu'à quelques chantres de pousser des études.

– Je vais au Blanc, y serai-je avant minuit ? lui demanda Victor.

– Au Blanc ! répondit l'homme qui appuya une moue pour mieux marquer son effarement, quand bien même crèveriez-vous votre jument, vous n'y arriveriez qu'au matin.

– Il faut pourtant que cette enfant puisse dormir, reprit le cavalier en montrant la petite muette qui se frottait les yeux.

– À Bélabre il y a une veuve qui loue des chambres aux voyageurs mais c'est à deux heures d'ici et il faut se garder des brigands qui infestent le pays.

– De quels brigands parlez-vous ? s'inquiéta Victor.

– De ceux qui tuent sans distinguer gens des impôts et voyageurs innocents, répondit le lutin.

– Les rebelles ? insista Victor.

L'homme s'approcha, posant un doigt sur la bouche pour marquer qu'il fallait parler bas.

– Ce sont des égorgeurs, confia-t-il, ils tuent, ils pillent par plaisir… Rien de sacré pour eux : ni Dieu, ni la misère des autres hommes.

Le visage du paysan s'était brusquement distendu, évoquant les masques aux grimaces outrées des tragédies antiques. Pour poursuivre son discours, il appliqua sur son front deux cornes à l'aide de l'index et du majeur de sa main droite :

– Arrêtez-vous, cavalier, vous filez vers le malheur ! la nuit n'était pas encore tombée que deux hiboux ont chanté de part et d'autre de la route… C'est signe que la mort va frapper non loin d'ici ce soir. Défiez-vous aussi de cette enfant car ceux de sa race ont toujours eu mauvais commerce avec les esprits de cette forêt.

– J'ouvrirai l'œil, promit Victor en tapant sur l'épaule de ce ténébreux augure.

– Que prêches-tu encore, prophète ? lança dans le lointain l'un d'entre ces pauvres hères qui venait à son tour de s'emparer d'un liard.

– Ne l'écoutez pas, maître, cria un autre, cet homme a un quart de lune dans la tête[1] !

Le voyageur ne les entendit pas, il était déjà loin qui

1. Il est sujet à la folie.

donnait de l'éperon, adressant de grands signes d'adieu et filant droit vers l'épaisse muraille des frondaisons qui servait de socle au crépuscule.

Les pluies de l'après-midi imbibaient l'air devenu plus vif et les ténèbres, préparant leur lit souple, festonnaient, en les laissant frémir, les branches des sapins abaissées sur la route. Victor déroula le justaucorps de drap accroché à sa selle et en couvrit les épaules de sa protégée qui se montrait crânement accoutumée aux reflets inquiétants des routes pleines d'ombre. Elle semblait même étrangement joyeuse d'entendre, en guise de berceuse, les plaintes angoissantes et les craquements du rideau sans brèche des lisières de la forêt. Tout en se pelotonnant au creux de la poitrine de son génie, elle respirait à pleins poumons comme si elle avait voulu s'enivrer de brise légère. Lui, tout au contraire, se glaçait d'inquiétude à mesure qu'il s'enfonçait dans l'épaisseur de cette nuit étoilée mais sans lune. Il mesurait le ralentissement de sa jument dont le sabot raclait le sol. Il sentait sa petite compagne qui, malgré son excitation, s'assommeillait ; il ne pouvait enfin fixer devant lui qu'une ligne droite, sans nulle part aucune lueur propre à dissiper la sensation qu'il éprouvait de descendre aux enfers.

La chouette, signifiant que le temps lui appartenait tout à fait, chuinta bientôt dans les lointains et c'est précisément à cet instant que la monture et ses deux cavaliers, entraînés par l'élan de leur course, manquèrent de s'écraser contre une masse obscure qui obstruait la route. C'était une sorte de carabas à croupe de coche public, immobilisé tous feux éteints et que Victor en s'avançant découvrit attelé de quatre chevaux gris qui reposaient leur nez enfoui dans le galbe de leur poitrail.

Il s'immobilisa à hauteur d'une portière et, plaçant

ses mains à la façon d'un porte-voix, il héla les voyageurs qu'il supposait endormis.

– Oh, là ! cria-t-il, quelqu'un ? Montrez-vous !

Ses appels n'eurent d'autre écho que le mugissement redoublé de toute la forêt.

Il s'enhardit à sauter de sa selle et prenait même déjà appui sur le marchepied de la voiture, lorsqu'il recula saisi d'effroi. Un visage farineux et plein d'ébouriffure venait de surgir dans un profond contre-jour. Il s'inscrivait, comme en une mandorle de procession, parmi les astres reflétés sur la vitre. En dépit de la peur qui avait un peu plus émacié sa figure naturellement creuse, Victor reconnut aussitôt l'abbé qui siégeait à la table du Lion d'Or à Martel. Ce dernier, après avoir rampé entre les banquettes avec des airs de malfaiteur aux abois, finit par entrouvrir la portière en faisant de grands signes de demeurer coi.

– La forêt est pleine de bandits qui s'apprêtent à nous fricasser ! lança-t-il en guise de bonjour.

– Je n'ai vu personne, dit Victor lorsqu'il eut hissé la fillette et refermé après lui d'un coup sec qui précipita le prêtre à deux genoux.

– Ils parlaient pourtant bien distinctement tout à l'heure, reprit le voyageur en continuant de donner toutes les marques d'un trouble extraordinaire. C'est le galop de votre cheval qui les aura fait taire !... J'attends ici depuis le crépuscule, un tronc couché en travers de ma route m'a retenu d'aller plus loin. Mon cocher, parti en avant chercher de l'aide, n'est jamais revenu... Ces ruffians l'ont sans doute égorgé et je ne comprends pas ce qu'ils ont attendu, depuis, pour se jeter sur ma friperie.

Il se remit sur ses jambes, parlant tout d'un coup très fort et décrivant, à l'aide des deux bras, des moulinets extravagants.

– Ah, qu'ils y viennent ! Je vous promets que je marchanderai chèrement mon collet.

Pour appuyer ces propos impétueux, il avait tiré un pistolet des profondeurs de son bourson. C'était un bijou ciselé qui tenait dans le creux de la main, certainement précis et assassin en rapport de sa délicatesse.

Victor dévisagea longtemps l'ecclésiastique, un brin décontenancé par cette bigarrure de vaillance et de découragement qui paraissait planer dans son esprit comme le vol inversé mais concentrique de deux grands éperviers.

– S'ils sont aussi nombreux que vous dites, fit-il observer, voilà qui ne vous sera d'aucun secours !

À cette remarque, l'abbé parut couler à pic.

– Vous avez raison, convint-il en enfouissant son arme dans une poche de sa culotte, de plus ces gens n'épargneraient sans doute pas un religieux qui aurait le front de se montrer opiniâtre… Le petit peuple est sans fantaisie : entre autres sornettes, il s'est fait un *Credo* de l'humeur non violente des clercs.

– D'ailleurs, renchérit Victor, si, comme je le pense, nos assaillants sont les révoltés du Limousin, ils nous voleront et puis nous serons quittes.

– Vous en parlez à votre aise, vous qui n'avez pas un écu !

– Si j'étais riche et si je devais être attaqué, je préférerais me retrouver nu mais vivant plutôt que laissé mort en pâture aux corbeaux.

Celui à qui s'adressait cette phrase, lancée sur un ton d'impatience, retomba assis avec un air d'accablement.

– Ma foi, vous êtes sage et je suis un vieux fou !… Je n'accepte pas plus d'être volé que tué parce que j'ai pour manie d'exiger tout à la fois de la fortune… Voici l'orgueil qui finira par me jouer de méchants tours ou me porter aux premières places.

– Et puis, croyez-vous que des gens affamés et démunis de souliers iraient s'encombrer de vos harnais ?

appuya Victor. Tout au plus prendront-ils vos chevaux pour les manger…

– Fi ! ces drôles mangent du cheval ?

– Le dénuement efface bien des dégoûts.

– Grand bien leur fasse ! J'avale bien, moi, chaque jour, un peu du corps du Christ sans que jamais personne dans ce pays ait osé prétendre que j'avais l'humeur cannibale.

Il fit une pause, ponctuée d'un soupir qui n'était gros que de cynisme, avant d'ajouter :

– Et pourtant je ne me chargerais pas, sans un bon fusil, d'aller expliquer l'Eucharistie aux Hurons…

Ces audaces de mécréant exprimées avec enjouement, ce singulier personnage se recomposa en trois secondes un masque plein de gravité.

Il se rapprocha de son jeune hôte pour lui glisser à l'oreille des paroles pleines de hachures :

– Dans la passe où nous sommes, je dois vous confier un important secret. Sans vous en douter vous êtes assis sur une poudrière… Il y a, sous cette banquette, un coffre renfermant des dépêches qui ne doivent à aucun prix tomber dans des mains étrangères. Il y va de la paix en Europe, de la vie de milliers d'innocents… Si vous m'aidez à sauver ce précieux dépôt, ceux qui m'emploient sauront vous récompenser au-delà de vos plus folles espérances.

Victor, que son interlocuteur venait d'agripper par les revers de son justaucorps, demeurait pantois. Ce curé de la *Commedia dell'arte*, tour à tour menaçant ou sarcastique, gesticulant ou effondré, qui en appelait maintenant à la raison d'État, lui paraissait perdre le sens un peu plus à chaque détour de phrase. Il se souvint au même instant des conseils de défiance que lui avait prodigués son père et des façons mordantes qu'avait le chevalier de demander leur fait à ceux qui bousculaient l'ordre de ses heures.

– Quel est votre maître ?… Quelles sont ces affaires ? demanda-t-il les sourcils froncés et la voix à dessein cassante.

– Je vous le dirai dès que nous serons sortis de cette forêt ! répliqua l'abbé en s'essayant à jouer au plus fin.

– Non ! je dois tout savoir maintenant, trancha Victor qui prit soin de détacher chaque mot, je n'ai pas l'intention d'exposer ma vie pour quelques épluchures, voire d'inavouables intrigues.

– Êtes-vous esprité malgré votre air candide ! s'exclama le prêtre admiratif… Fort bien ! Puisque vous y tenez, mon maître est le duc…

Il fut empêché de poursuivre car la vitre de la portière, en volant en éclats, arrêta ses paroles au fond de sa gorge.

Il porta la main à son front et gémit aussitôt d'un ton de femmelette :

– Du sang ! me voilà tué !

Un cri déferla, qui submergea ces faibles plaintes et fit trembler les trois voyageurs d'effroi. Des lumières surgies du néant virevoltèrent autour de la voiture et Victor, qui venait d'entrouvrir la portière, se vit cerné par toute une armée d'ombres.

Un gaillard enveloppé dans une cape et qui puait le vieux bouc à dix pas, pointait sur lui un mousquet dont la gueule étincelait à l'éclat des falots que brandissaient alentour des formes encapuchonnées.

– Descendez en vitesse ! hurla cet homme en s'adressant à la carrossée dans un français hérissé de roulements terribles, les mains derrière la tête ! toi, jeune braque ; la fille et le curé aussi !

Les visages des assaillants, dissimulés sous de grands fanchons sombres, se dissolvaient dans la nuit. On ne distinguait que leurs yeux qui s'accrochaient, tels des lumignons, à la bourre du crépuscule. Posté seul en avant, le géant qui venait de donner des ordres arborait un chapeau à larges bords dont un pli sur le côté était escalope au moyen d'une aiguille et un autre, devant, rabattu sur son front. Il fit trois pas pour s'emparer de l'épée de Victor qu'il lança dans la direction d'un moine en cuculle qui n'avait pas décollé de sur ses talons. Ce dernier, après avoir enfoui l'arme dans les plis de sa bure, alla se planter devant l'abbé qui, sans attendre qu'on le lui eût enjoint, présenta deux pistolets, car il s'en trouvait un second formant la paire avec celui que nous lui avons vu brandir.

– Que de précautions, curé ! s'esclaffa la brute, traquerais-tu par hasard le diable au coin des bois ?

– Point du tout, mon fils, je me précautionne seulement parce que les bat-flanc des églises sont moins bien fréquentés qu'autrefois, répliqua sans ciller ce prêtre décidément imprévisible pour avoir le front de railler sitôt après avoir montré sa peur.

– Que complotiez-vous donc tous trois ? rugit le même homme qui, passant en un éclair du rire à la menace, rapprocha son arme de la figure des prisonniers… Avouez que vous nous espionniez ! insista-t-il sans laisser le temps d'une réponse.

– Nous allions à Belabre, répliqua vivement Victor, nous ne connaissons personne ici.

– Qu'alliez-vous faire à Belabre où il n'y a que des chèvres ? insista l'homme.

– Vous voici bien curieux, mon ami, répliqua le fils du comte de Gironde hardi comme un coq sur son fumier, mais puisque je suppose que vous n'avez reçu commission d'aucun prévôt pour nous interroger, je ne dirai rien de plus !

Pour le coup, le chef de cette armée de masques, peu habitué sans doute à ce qu'on lui tienne tête, commença de se hérisser. Il fit gonfler les veines qui lézardaient son cou de bœuf et s'élança contre celui qui venait de le braver.

– Cocardeau, va ! tu as l'air de les aimer ces messieurs de la justice… Eh bien ! tu leur rapporteras déjà ça de la part du capitaine.

Pendant que Victor, adossé à la selle de sa jument, contemplait trente-six chandelles, la petite muette, désemparée de le voir en si fâcheuse posture, s'était précipitée contre l'agresseur. Mais que pouvaient ces pieds frêles et nus contre l'aplomb de cette sorte de Goliath qui s'époumonait de rire en la regardant s'escrimer ?

Lassé enfin de cette rage inefficace mais terrible, la brute s'emporta :

– Tu auras droit à ton tour à la frottée, morveuse ! si tu ne cesses pas.

Victor, qui continuait de pétrir sa mâchoire, étendit un bras pour ramener l'enfant vers lui tandis que l'abbé, resté imperturbable pendant tout ce vif échange, bornait tous ses soins à tamponner sa légère blessure.

– Suivez-nous ! ordonna méchamment celui qui venait de se désigner comme le capitaine, notre chef, avant de vous faire ajuster un bon collier de chanvre, saura vous délier la langue !

L'idée que ce galvaudeux eût un supérieur rassura aussitôt Victor et l'ecclésiastique.

Un gaillard s'avança qui portait une hache sur l'épaule :

– Et la voiture ? lança-t-il en patois.

– Il faut d'abord retirer l'arbre que nous avons fait tomber, répondit le capitaine.

– Vous m'avez donc retenu ici délibérément ! s'offusqua l'abbé que cette constatation fit pour la première fois se départir de son indifférence.

– Eh, drôle ! tu croyais peut-être que c'était le vent d'ouest qui était venu à bout de déraciner ce sapin ?

Celui à qui s'adressaient ces sarcasmes, attaqué d'un brusque mouvement de colère, se hissa sur ses escarpins qui continuaient, malgré la boue, d'étinceler de l'éclat de leurs fines boucles d'argent.

– Je vous aurai prévenu, menaça-t-il, je travaille pour un maître puissant… Que votre chef soit ce marquis des Éperviers qui fait parler de lui au nord du Limousin ou ce Jean des Bois qui fait trembler le Bas-Berry, il a sûrement besoin de l'aide et de la protection qu'on saurait lui trouver !… À défaut, et surtout s'il m'arrivait malheur, il ne serait pas moins aisé à celui qui m'emploie de le trouver et de l'écraser ainsi que de la pâte molle.

Le capitaine, d'abord interloqué par ce genre de braiment, retrouva un ton sérieux mais rude :

– Je n'entends rien à tes intrigues… Tu chanteras ton couplet à celui vers qui nous te menons.

– Que ce soit clair, reprit le compagnon de Victor en se cabrant un peu plus, dès cette seconde je vous tiens pour responsable de mon équipage.

L'autre, s'estimant sans doute déjà bien patient d'avoir écouté si longtemps sans cogner, poussa rudement le protestataire devant lui :

– Curé ! ton équipage sera au camp avant le jour… Avance et cesse de nous noyer de paroles !

Collé derrière Victor, flanqué de deux gaillards qui, par le martèlement de leurs galoches, le forçaient à aller à l'unisson de leur pas allègre, fort peu rassuré au fond, en dépit de ses accès de morgue, l'abbé se retourna tant qu'il put pour surveiller sa voiture. Abandonnait-il là d'aussi terribles secrets qu'il l'avait bien voulu laisser croire ?

En tête de cortège, allante depuis qu'elle était délivrée du fardeau de ses deux cavaliers, filait la jument de Victor qu'un garçon aux mollets nus guidait par les rênes. Le capitaine, qui poussait tout ce monde à grandes enjambées, prit vite pitié de la petite muette qu'il voyait sauter pieds nus et à cloche-pied entre les silex. Il la remit lui-même en selle et ses hommes, qui ne s'étaient manifestés jusque-là que par le cri affreux qu'ils avaient lancé en surgissant de l'ombre, partirent dans l'instant en chœur d'un énorme et rassurant éclat de rire.

Ils quittèrent rapidement les chemins tracés pour emprunter des sentiers pleins d'eau qui sinuaient parmi des chapelets d'étangs dont on voyait à l'infini briller les faces lustrées et planes. L'abbé franchissait chaque flaque avec des grâces de diablesse. Il joignait les mains à hauteur de sa bouche en geignant mollement et Victor, qui avait ralenti son pas pour lui venir en aide, découvrit stupéfait que ce geste qu'il pensait appliqué à quelque vive oraison, n'était fait que pour ponctuer des bordées de jurons.

Par une digue, ils atteignirent une caverne dont l'entrée était bordée de deux dolmens. Là, attendaient une dizaine d'hommes auxquels ceux qui montaient firent un signal en produisant le cri du hibou.

Un gamin juché, Dieu sait comment, au faîte d'une de ces deux pierres levées, dégringola d'un bond pour venir à leur rencontre.

– Diablezot ! capitaine, cria-t-il en patois limousin, que nous ramènes-tu là ?

Des lanternes éclairèrent sa face d'écureuil couronnée d'une houpette. Il portait une veste en peau de mouton qui, dans l'obscurité, lui faisait le torse démesuré d'un nain.

– Ce sont de drôles de pèlerins, Jannot, lui répondit celui qu'il venait d'apostropher, mais le marquis saura se charger d'eux.

– On leur z'y coupera le gavion, poursuivit le gamin en faisant mine de se trancher la gorge avec le plat de la main.

Il vint se planter devant Victor auquel il décocha un pied-de-nez magistral. Celui-ci n'y prêta guère d'attention. Le nom de marquis l'avait troublé : il ne doutait plus désormais de se retrouver bientôt face au mystérieux personnage entrevu l'avant-veille à Rignac.

Ils pénétrèrent dans la caverne mais ce fut pour redécouvrir aussitôt le ciel. Cette ouverture n'était en effet qu'une arche imposante commandant le passage d'une gorge encaissée qui serpentait jusqu'à la lisière d'un bois épais. Celui-ci enserrait une clairière insoupçonnable dans laquelle se consumaient quatre ou cinq brasiers qui léchaient les étoiles. Cette vaste étendue, étranglée par la plainte des arbres et des lianes, était peuplée de femmes et d'enfants qui s'égayaient parmi tous ces grands incendies. C'était la foire d'un gros bourg transportée dans la nuit, avec le hourvari de ses bêtes placides et de sa foule bourdonnante ; grouillement d'ombres tressautantes et de formes en dissolution que magnifiait, en l'étirant à l'infini, le clignotement continu du ciel noir. Trois porcs à la couenne laquée, embrochés sur le même tronc fléchissant d'un ormeau, déversaient une pluie d'or sur un épais tapis de braise où s'étaient engloutis des pans entiers de forêt. Des mères de famille, aux grands tabliers noirs, arrosaient et piquaient ces viandes pleines d'odeur avec des fourgons plus hauts qu'elles. Des bambins bougillons et moitié nus s'ébattaient dans leur dos en agitant des tisons rougis tandis que des garnements plus âgés, armés d'équifles[1] de bois tendre, projetaient des giclées d'eau pour s'essayer à rabattre les plus hautes flammes. Toutes ces formes se livraient à un ballet que n'auraient pas boudé les Elfes et les Gibelins qui, s'ils existaient, depuis les profondeurs des feuillages, ne devaient pas manquer de s'effrayer de tout ce remue-ménage.

Victor, découvrant cet amphithéâtre féerique, ne put contenir une exclamation :

– C'est donc ici le repaire du marquis des Éperviers !

– Tu le verras assez tôt, bavard ! s'exclama le capi-

1. Jouet d'enfant qui est une sorte de seringue à eau.

taine en lui appliquant pour toute réponse un grand coup de poing dans le dos.

– Bavard ! répéta le garçon à la houppe qui s'était mis en tête de la colonne.

Le jeune prisonnier n'avait pas fait trois pas qu'il s'arrêta de nouveau médusé. Il venait de reconnaître, rangé sous un chêne, le carrosse de madame de Gargilesse, attelé et tout illuminé comme s'il devait s'ébranler sur l'heure. Il n'eut pas le temps d'essayer de comprendre comment cet équipage avait pu parvenir là, qu'il fut de nouveau poussé sur un dernier chemin étroit qui montait se jeter contre un éboulis de rochers. Des hommes à l'accoutrement de paysans étaient assemblés devant ce qui paraissait bien, cette fois, servir l'entrée à une galerie.

Ce qu'observèrent alors les nouveaux venus leur parut plus que tout le reste fabuleux. Après avoir traversé un court vestibule, encombré de gaillards formant une double haie hérissée de fourches et de faux, ils débouchèrent dans une vaste cathédrale où l'odeur de sauvagine tenait lieu d'encens, dont les parois, embrasées par l'éclat de plusieurs torches suiffeuses, pailletaient comme des tissus d'or. Ce vaisseau était si droit, si majestueux surtout, qu'on ne pouvait imaginer que seule la nature l'eût pu réussir si parfait. Il contenait tout un rameutement d'hommes, assis à même le sol, dont les regards se portaient en un seul point, exactement dans l'axe où se serait dressé le maître-autel d'un sanctuaire.

Une voix forte et gutturale venait de s'élever à l'instant où les prisonniers entraient :

– Dis tes gaudés, compagnon ! il est temps de payer.

Un géant, installé jusque-là parmi les autres spectateurs, se leva prestement. Il enjamba ses voisins. C'était Bonis, le bourreau de la ferme des Perrières ; celui que nous avons surpris plus avant dans l'horreur de ses forfaits. Il courut se jeter aux pieds de celui qui venait de proférer ces paroles terribles, que Victor, dès qu'il se fut retourné, reconnut pour le marquis des Éperviers.

– Pitié ! criait le condamné froissant les plis du domino noir de son maître, j'ai été trompé, égaré… Je promets que je ne le serai plus !

– Ce sont tes frères qui t'ont jugé, répliqua le marquis, ici je ne décide rien seul.

– Vous ne pouvez pas me laisser tuer comme cela, reprit l'ogre en haletant, qui vous restera-t-il bientôt si vous éliminez ainsi tous vos capitaines ?

– Des gens honnêtes ! riposta le marquis.

– Mes amis diront qui vous êtes ! menaça Bonis plus blanc que le linceul dont, par la prémonition de ceux qui n'ont plus longtemps à vivre, il devait sentir glisser la face rêche sur son front.

– Personne ici ne sait mon nom. On ne connaît que mon ardeur à défendre les opprimés.

– Vous êtes gentilhomme, vous nous trahirez un jour !

– Regarde bien, misérable ! répondit le chef des rebelles en saisissant la brute par un pan de son buffle, regarde !… Il n'est personne dans cette assemblée pour douter de ma sincérité.

– C'est un aristocrate, il vous abandonnera !… Il vous livrera aux gens du roi ! reprit Bonis en continuant de chercher dans l'assistance le secours d'un cri compatissant.

Nul ne broncha. Après quelques secondes, pleines des seuls halètements du condamné, le marquis fit un signe à quelques bûcherons à la taille de géant dont les camisoles sans manches découvraient les bras puissants. Bonis fut empoigné, soulevé, porté en quelques enjambées à l'autre bout de la nef. Le colosse qui marchait en tête, boucher qu'on avait chargé de tenir l'office du bourreau, fendit à grands renforts de cris la presse qui emplissait le corridor d'accès. C'est ainsi que Victor, brutalement plaqué contre le mur, put contempler à quelques pas de lui l'expression désespérée et haineuse qui se peignait sur la face de cet homme qu'on menait à la mort : il suait à gouttes froides, ses traits s'étaient tous affaissés et le sillon, qu'aux Perrières le marquis avait tracé dans sa joue, séparait deux lobes de chair qui pendaient rouges et boursouflés, dignes de la fraise d'un dindon. Bientôt, parvinrent du dehors des hurlements entrecoupés de blasphèmes et de malédictions ; puis ce fut le silence, un silence vertigineux et angoissant qui suspendit net tout souffle dans près de quatre cents poitrines. Gardant le regard fixé vers la galerie qui venait d'engloutir le condamné, les témoins de cette scène d'épouvante guettèrent le retour des exécuteurs, reparus pâles et accablés comme s'ils s'étaient chargés à leur tour du poids des crimes de leur victime. Le marquis, la taille toujours aussi raide, l'haleine courte, et les jambes vacillantes, répugnait à présider à ces moments de cauchemar.

Ce dernier, lorsque tout fut fini, fut hélé par le capitaine au moment où il se disposait à sortir par un boyau renforcé d'étais.

– Qu'est-ce encore ? gronda-t-il.

– Marquis ! fit l'homme, ce sont des espions que nous avons arrêtés au bois de Paillet : ce curé, ce garçon et cette fillette.

Et d'un geste toujours rude, il poussa devant lui les otages demeurés jusque-là dans l'ombre.

Victor, à se retrouver sous le souffle de cette figure impénétrable, sentit dans l'instant le sang affluer pour frapper à ses tempes. Le marquis, après avoir du premier coup d'œil reconnu le jeune homme de Rignac, ne put de son côté contenir un mouvement de surprise qui lui fit perdre le déclic de sa repartie.

« La mort de Bonis l'aura troublé », pensèrent ceux

de ses hommes qui tout en ne le quittant pas des yeux, se tenaient près de lui.

– Ils n'ont pas l'air dangereux, finit-il par murmurer sourdement en faisant ployer le manche de cuir tressé de son fouet, je les interrogerai moi-même… Que seuls, cinq des aînés restent près de moi !… Je vous retrouverai à la clairière, dans moins d'une heure.

La foule s'écoula aussitôt et une poignée d'hommes se resserra autour de celui qui venait de leur ordonner de demeurer. Ils étaient effectivement les plus âgés et les seuls à porter une courte épée prise dans leur ceinture de chanvre. Deux d'entre eux, au travers d'un étroit passage, escortèrent les otages jusque dans une salle en contrebas dont les flancs scintillaient avec plus de préciosité encore que ceux de la vaste nef.

Tout en s'enfonçant dans cet étonnant dédale, Victor éprouvait une impression croissante d'apaisement. Les paroles du marquis, ou plutôt le ton sur lequel elles avaient été prononcées, lui étaient apparues bienveillantes. Ces aînés silencieux, avec leurs figures dignes et paisibles, le faisaient se souvenir de la sollicitude qu'avaient répandue sur son enfance les vieilles gens, après que le sort lui eut ravi sa mère.

À peine les trois prisonniers du bois de Paillet eurent-ils pris place sur de petits tabourets, que le marquis, soulevant le rideau de toile qui masquait l'entrée d'un des innombrables passages dont cette ruche était truffée, parut.

– Qu'on me laisse seul avec ce jeune homme ! ordonna-t-il, en se saisissant d'un sabre posé sur un tréteau jonché de papiers en désordre.

Lorsque les anciens furent sortis, emmenant avec eux le prêtre et la fillette, le chef des rebelles s'approcha à pas lents de son prisonnier.

– Ainsi, lança-t-il d'une voix nasillarde, je vous

retrouve ici après vous avoir quitté il y a moins de deux jours… Qui donc vous paye pour m'espionner ?

– Je n'espionne personne, protesta Victor, je ne faisais que traverser la forêt lorsque vos hommes ont surgi pour m'empêcher de poursuivre ma route.

– Vous voyagiez en pleine nuit, avec un curé sur vos bottes et une enfant de bohémiens dans votre giron !… À qui voudriez-vous faire croire que ces extravagances ne sont pas déshonnêtes ?

Élevant sa main gantée, ornée du cabochon qu'il portait à Rignac, il ajouta :

– Nous détestons les gens de votre espèce et je crains que nous ne soyons contraints à présent de nous assurer définitivement de votre silence.

– Vous commettriez une lourde erreur ! reprit le jeune homme dont la voix, malgré les menaces, conservait tout son franc métal.

– À vrai dire, poursuivit le marquis, je n'ai guère le choix. L'erreur dans mon état vaut mieux qu'un mouvement de faiblesse qui réduirait mes plans à néant.

Victor se campa avec effronterie :

– Ne pensez-vous pas qu'il y ait davantage de risque dans votre cas à vous fier aux centaines de personnes que je viens de découvrir dans votre camp, quand la moindre d'entre elles, intentionnellement ou par mégarde, pourrait, en rapportant ce qu'elle a vu ici, vous mener droit à la potence ?

– Au billot ! rectifia le marquis en accompagnant la précision d'un petit geste preste à hauteur de sa pomme d'Adam, n'oubliez pas que je suis gentilhomme… Maintenant, écoutez-moi ! ceux que vous voyez dans ce camp ne sont pas les gueux de la Cour des miracles. Ce sont des gens à la vie sans issue qui luttent pour leur pain et pour leur liberté. Si crime il y a, je les ai mêlés à mes crimes. Nul parmi eux ne pourrait me dénoncer sans périr avec moi… Voilà, je vous l'accorde, une bien triste sûreté mais la nécessité impose ce paravent de lâcheté à tous ceux qui, comme moi, se sont un jour dressés contre l'autorité.

– Vous impose-t-elle aussi de séquestrer les innocents ?

– Vous parlez sans doute de madame de Gargilesse, observa le marquis, elle est ici sous bonne garde mais bien traitée… Ne vous avais-je pas donné ma parole ?

– Si fait et je savais que vous la respecteriez puisque mon ami, le chevalier de Carresse, vous avait fait confiance.

– Il n'avait pas tellement le choix, ironisa le chef des rebelles, je vous avoue en passant nourrir le plus grand mépris pour ce frelon sans courage qui n'a toujours fait que feindre d'éprouver de la commisération pour le peuple.

– Cela n'est point comme vous dites ! protesta Victor, en coupant la parole au marquis, celui que vous flétrissez est un cœur audacieux… Cette enfant, qui attend à quelques pas d'ici, n'est en vie aujourd'hui que par l'effet de sa bravoure.

– J'ai connu le chevalier de Carresse quand vous étiez au maillot et, sur ce point, je n'admets pas que vous me contredisiez… Il n'est qu'un sot doublé d'un pleutre !

– Malgré vos menaces, je maintiendrai ce que j'affirme.

– Jeune présomptueux ! s'emporta le mystérieux masque en venant pousser son haleine sous le nez de sa proie, sais-tu bien qu'ils sont rares ceux qui ont tenté de braver le marquis des Éperviers ?

– Je vous crois volontiers, murmura Victor dont le ton devenait plus calme à mesure que croissait la fureur de son contradicteur, j'ai vu passer quand j'entrais cet homme qu'on conduisait à la mort… Je sais à présent jusqu'où peut se porter votre rigueur mais je sais aussi que vous êtes sensible aux arguments de l'honneur…

– Je ne vois pas ce qui vous permet de l'affirmer… Et si j'étais un pur démon, poursuivit le marquis d'un accent qui eût donné la chair de poule à plus d'un cœur intrépide, si mon plus grand plaisir était de perdre ceux qui croient que je veux les sauver ?

– Cela ne se peut ! répliqua crânement Victor.

– En êtes-vous certain ?

– Oui, parce que je vous ai vu trembler lorsqu'on menait Bonis au supplice.

– Décidément, vous êtes audacieux !

– C'est cette même audace qui m'empêche d'approuver ce que vous venez de dire au sujet de mon ami, le chevalier de Carresse.

Le marquis jeta son sabre sur la table où s'étalaient les cartes.

– Ah ! Victor de Gironde, s'exclama-t-il d'une voix changée qui fit tressaillir celui à qui elle s'adressait parce qu'il venait de la reconnaître : dans mes bras ! vous êtes un brave !

Et d'un geste preste, ôtant en même temps son fanchon de soie sombre et son masque de batiste, il découvrit un visage qui n'était autre que celui de Maximilien de Carresse.

Victor sentit les jointures de son âme qui s'ébranlaient. Il s'adossa au tréteau, écrasant le foisonnement des papiers, restant un long moment à contempler le sourire du chevalier qui se tenait en face de lui, hilare et plutôt fier de son effet.

– Vous !… vous ! le marquis des Éperviers, murmura-t-il en détachant chaque syllabe.

– Moi ! suffisamment cruel pour vous avoir fait languir jusqu'où je l'ai voulu. Embrassez-moi, mon ami, car vous êtes maintenant à jamais mon ami !…

– Chevalier ! chevalier ! hoquetait Victor, dites-moi

que je rêve ou expliquez-moi tout ! Vite ! que je me persuade que vous n'êtes pas un fantôme.

– Non, touchez ! vous n'êtes victime d'aucune illusion… Le marquis des Éperviers et Maximilien de Carresse ne font qu'un. Asseyez-vous et, si vous n'avez pas trop faim, avant que nous n'allions ensemble partager le festin du camp, écoutez les explications que je vous dois !

– J'ai grand-faim, avoua Victor, ma course et la peur que m'ont faite vos hommes m'ont mis l'estomac dans les bottes, mais je suis sans doute encore plus affamé de vous entendre. Parlez ! j'ouvre grand mes oreilles.

Le chevalier, posant l'une de ses bottes aux éperons d'argent sur un tabouret, entama un étonnant récit :

– Depuis des siècles, les peuples de par ici mugissent sous le poids de la misère. Les tailles de toute antiquité leur avaient ôté toute possibilité d'acquérir par eux-mêmes ce qu'ils ne produisaient pas : ainsi point d'outil pour ceux qui ne forgeaient pas, point de vin pour ceux qui n'avaient pas de vignobles, point de feu pour ceux qui n'avaient pas accès à la forêt… Avec Richelieu, le recrû des impôts, par-dessus tant de dénuement, est venu s'attaquer à la petite part qui permettait à chacun de ne pas avoir faim. Il y a cent ans, sous le bon roi Henri, se pouvait voir encore nombre de familles égorger un porc l'hiver, tuer un agneau à Pâques, mettre dans les occasions une volaille sur sa table ; aujourd'hui la famine est universelle. Vous trouverez dans ce camp nombre de garçons ou de filles de quinze ans qui, avant d'arriver ici, n'avaient jamais connu le goût de la viande. Leur ordinaire se composait de bouillie de châtaignes, de pain noir les jours de fête et, le plus souvent – comme je l'ai vu inlassablement au cours de mes chevauchées – de farine d'orties ou de décoctions de racines… Depuis deux ans, les gens des impôts se sont montrés forcenés pour amasser le trésor qui va permettre de soutenir la guerre espagnole. Ils ont traqué les moindres poules galeuses, démonté les pierres des maisons pour s'emparer des poignées d'avoine que les paysans gardaient pour ensemencer leurs champs. De tant de guenilles ils ont accompli le prodige de faire sortir encore quelques liards... Le spectacle de tant d'affliction m'a ému et, avec le concours de personnes généreuses, je me suis décidé à agir. Ces âmes accessibles à la pitié, vous en connaissez la perle : madame de Gargilesse que sa position de femme du bailli de Limoges place à l'abri des soupçons. Ainsi, dans le sérail de la répression, au cours de ces fameux concerts où nous n'avons pas voulu vous admettre, à la barbe de ceux qui sont chargés de les réduire à rien, sont réglées nos moindres actions. Anaïs est une fée. Elle sait tisser ensemble dix écheveaux d'intrigues, soudoyer par ses grâces habiles les lieutenants de son mari, subtiliser jusque dans leurs corbeilles les brouillons qui nous livrent le détail du mouvement des troupes... C'est par elle, lorsque nous étions ensemble à Limoges, que j'ai appris que les fusiliers, sur foi d'une dénonciation, allaient accourir pour surprendre plusieurs des nôtres au hameau des Perrières. Dès le commencement de notre concert, je n'eus que le temps de foncer rejoindre Trompette, mon cheval de brigand, et d'aller sur place pour tenter de prévenir les miens. J'arrivai malheureusement pour découvrir l'abominable carnage dont Bonis, que j'avais chargé de cette attaque, s'était rendu coupable : six personnes égorgées par pure férocité, des bâtiments incendiés sans la moindre nécessité, partout des marques de sauvagerie. Vous savez maintenant pourquoi l'on menait ce félon au supplice alors que vous entriez.

– Quelle noirceur ! balbutia Victor.

– Et quel rude coup pour notre cause ! renchérit le chevalier, ce genre de crime est pain bénit pour ceux qui sont chargés de maintenir l'ordre.

– Mais comment avez-vous pu, dans la même nuit, courir jusqu'à Bellac et revenir ensuite à Limoges ?

– Il le fallait pour que tout fût plausible mais ce fut certainement la plus hardie chevauchée de ma carrière.

– Et cet air guilleret que vous aviez au matin ?

– Ce n'est que l'art de feindre ! Les Pierrot et les Colombine ont toute ma sympathie. Si je n'étais chef de bande ou tourmenteur de gentilshommes, je crois bien que je me serais fait bateleur.

– Et l'enlèvement de madame de Gargilesse ?

– Il fallait un moyen d'arrêter le bailli qui, après le drame des Perrières, allait immanquablement trouver l'appui de la population. Anaïs, dès mon retour et la nouvelle du désastre sue, eut une de ces résolutions à la limpidité inattaquable qui ne peuvent germer que dans le cerveau d'une femme : elle imagina de se faire faussement ravir en profitant de l'éloignement de Rignac où je devais me rendre. Il fut convenu qu'elle m'y rejoindrait pour fuir l'aigreur de son mari après une dispute provoquée à dessein. Là, au cours d'une attaque de nuit où je devais tenir le double rôle du chevalier de Carresse et du marquis des Éperviers, mes lieutenants l'emmèneraient avec eux et je resterais sur place, blessé, pour témoigner du désastre.

– Ainsi, s'exclama Victor parcouru d'un frisson, cette affreuse blessure, vous vous l'êtes infligée vous-même !

– Ce n'est qu'une question de cran. Lorsqu'on se blesse volontairement, on garde le choix du siège de la plaie et la douleur reste la même. Je dois tout de même vous avouer qu'à Rignac, emporté par mon zèle, je me suis entaillé de bon cœur et que votre obstination à vouloir à tout prix me faire remonter jusqu'à vous, m'a été particulièrement pénible.

– Ah ! si vous m'aviez mis dans votre confidence, se désola Victor.

– Je ne vous connaissais, alors, pas suffisamment. J'avais besoin de témoins qui restassent muets jusque sous la torture... Je sais, depuis cinq minutes seulement, que votre courage se porte jusque-là !

– Et notre hôte, qu'en avez-vous fait pendant que nous étions enfermés dans la Chambre du Trésor ?

– Je ne vous ai pas confié l'essentiel... En arrivant à Rignac, je ne comptais trouver qu'un innocent témoin qui jouerait le même rôle passif que je vous avais assigné. Au lieu de cela j'ai découvert un prodigieux complice...

– Monsieur de Rignac, votre complice !

– J'ai différé avant-hier de vous conter son histoire... Rassurez-vous ! je ne vous ferai pas languir davantage.

Sitôt cette promesse faite, Maximilien narra toute l'histoire du capitaine La Galoche. L'esprit de son jeune auditeur, aiguisé par la course des événements, s'emballait à mesure qu'il découvrait les angoisses et la générosité du père de Marie. Le récit de cette geste ouvrait de brusques brèches dans son imagination : c'était comme ces berceaux de verdure qui, dans les parcs, s'échappent à l'infini derrière des portiques taillés, pour faire dériver l'âme des promeneurs enclins aux rêveries. Il revit en songe le visage de celle qui avait répondu à ses premiers émois. L'aventure de son père la lui rendit, dans l'instant, plus chère.

– Dites-moi encore, chevalier, reprit-il sans prendre le temps d'ordonner ses idées, cet endroit où nous nous trouvons, si étonnant et féerique, quel est-il ? Comment l'avez-vous découvert ?

– C'est une ancienne mine d'or, connue dès le Moyen Âge et fermée après des siècles d'activité. Je m'y suis perdu, il y a dix ans, un soir d'hiver, en cherchant un certain château de Mirandol que je n'ai jamais pu trouver. Je n'ai cessé depuis de hanter cet endroit magique et, lorsque j'ai eu besoin d'un lieu retiré et sûr, j'y suis tout naturellement revenu établir mon repaire. Pour faire passer la folie de mes entreprises, il me fallait un tel gîte, propre à fouetter le galop des rêves et gonfler le levain du mystère.

– Tous ces gens qui vous suivent, demanda encore Victor, qui sont-ils ?

– Nos frères déracinés, repartit Carresse. La plupart n'ont jamais eu un liard en poche et pour ceux qui autrefois ont joui d'un maigre bien, les dettes contractées pour payer les tailles, les épidémies tombées sur les troupeaux, l'implacable infortune des saisons, sont, par saccades obstinées, venues à bout de leur maigre héritage.

– Ils vous suivent aveuglément…

– Aveuglément ? Non, bien sûr ! Ils me suivront autant que je leur procurerai du pain pour calmer leur faim et des aventures pour leur faire oublier leur misère. Dès que je faillirai, je le sais, je serai impitoyablement balayé, traqué, démasqué peut-être…

– Et de si noirs pressentiments ne vous arrêtent-ils point ?

– N'est-ce pas la loi des incendiaires que de trouver toujours plus boutefeux qu'eux ?

– Le temps doit vous paraître bien rempli, occupé de la sorte par deux personnages.

– Certes… Il y avait au départ un peu de farce dans tout ça, une sorte de pantomime jouée à la vacuité des jours, puis j'en suis venu à m'obséder d'une idée qui, en m'entraînant au vertige, m'a renforcé dans mon désir de faire front. Je m'étais depuis longtemps inquiété des causes de la férocité fiscale des États modernes ; puis j'ai réalisé un jour qu'ils poursuivaient tous un but démoniaque : anéantir les parties les plus faibles de la population en sélectionnant les sujets vigoureux par l'endurance à la famine.

– Ce monstrueux impôt sur la vie, s'inquiéta Victor,

ces droits que devra payer, m'avez-vous dit, chaque parent d'un nouveau-né pour pouvoir le faire inscrire sur les registres de paroisse, le roi y songe-t-il ?

Le chevalier marqua un temps d'hésitation.

– Je vous réponds ceci : même si on ne l'a pas mis encore en forme de règlement, cet impôt est dans la logique de ce que je viens de démonter devant vous. Nous y viendrons si nous ne résistons pas.

– Expliquez-moi encore, chevalier, comment réussissez-vous à nourrir tous ceux qui sont ici ?

– Vous touchez au point le plus hasardeux de mes entreprises, à l'angoisse de mes nuits mais aussi au miracle qui s'est renouvelé jusqu'ici chaque fois que le soleil a reparu. Depuis un an, nous devions notre subsistance à la générosité des habitants de la province ; un crime tel que celui de Bonis aura tari pour longtemps leur zèle. Restent le fruit de nos rapines et la protection de quelques illustres personnages. Ce que nous tirons des premières s'amenuise de jour en jour ; les riches fermiers se tiennent sur leurs gardes, ils arment leurs gens car ils savent que nous reculons devant la perspective de tueries fratricides. Cette difficulté nous fait nous éloigner jusqu'aux lisières du Berry et du Quercy, dans des contrées moins familières… Reste la bourse de nos mécènes et c'est ce qui vous surprendra sans doute le plus : ce sont des gens de haut parage, parfois de sang royal qui, pour satisfaire leur goût de l'intrigue ou distraire leur incurable ennui, nous apportent des soutiens qui se mesurent à l'aune de leurs prodigieuses fortunes. Un seul de leurs dons, c'est vingt nuits de pillage que nous ne ferons pas, des fatigues épargnées, du sang et des larmes que nous différerons de répandre. Vous me pardonnerez, à ce point de mon récit, de laisser comme dernier secret entre nous le nom de notre protecteur. L'amitié que je vous porte le pousse à mes lèvres mais je suis tenu au serment que madame de Gargilesse et moi avons fait de le taire. Il suffit que vous sachiez que nous étions, jusqu'au commencement de ce printemps, soutenus par cet homme connu de tous en France, mais, qui depuis plus de six mois ne nous a pas honorés de ses subsides. Pour la première fois, j'avoue me trouver empêché d'être en paix par n'être pas flatté de la sollicitude d'un puissant de ce monde et, à vous voir resurgir si inopinément d'ailleurs, l'idée m'est venue d'éprouver une nouvelle fois votre amitié : accepteriez-vous de vous charger d'une mission pour mon compte auprès des agents de mon protecteur amnésique ?

– C'est avec joie, si je le peux, que je vous aiderai ! s'exclama Victor.

– Je vous rassure... Il ne s'agira que de remettre une lettre à qui je vous dirai. Il faut passer par bien des intermédiaires avant de pouvoir joindre ce personnage au fond de ses palais et, si vous vous en tenez strictement à ce que je vous recommande, il n'y aura aucun risque pour vous.

– Mais, chevalier, reprit Victor, ne craignez-vous pas, après l'affaire de Rignac, d'essuyer la fureur de monsieur de Gargilesse ?

Maximilien esquissa un sourire.

– Je connais le bailli : c'est une brute mais son défaut de cuirasse réside dans l'amour conjugal. S'il découvrait mon repaire et s'il se dirigeait ici, deux ou trois avis donnés à point de ne pas s'approcher davantage sans mettre en péril Anaïs le refroidiraient à coup sûr. De plus, dans un temps où les troupes ne sont pas suffisantes aux frontières, il n'aura jamais plus de cinq cents hommes à nous opposer, ce qui dans l'absolu n'est rien... Le marquis des Éperviers n'empêche toujours pas Versailles de courre le cerf ou danser la gavotte... Ah ! votre compagnon de table de l'auberge du Lion d'Or vous aura procuré bien des émotions. Il espère malgré tout ne pas vous laisser trop de désillusions.

– Vous vous moquez, chevalier, protesta Victor, moi qui ne souhaiterais rien tant à cette heure que voir le temps aller à rebours, arriver fourbu à Martel et reprendre place à vos côtés, à la table de madame Costes.

– Seriez-vous prêt, cependant, à revivre la scène de la foire de Brive ?

– J'avoue, en effet, avoir eu grand-peur…

– Certainement pas tant que moi, riposta Carresse en émaillant son propos d'un petit rire sec, vous souvenez-vous de l'homme qui accusait notre petite muette et qui nous a poursuivis ensuite jusqu'à Donzenac ?

– Je ne revois que lui.

– Eh bien ! il m'avait reconnu pour ce que je suis en double… C'était un de mes anciens compagnons, renvoyé l'an passé parce qu'il brigandait comme Bonis à son profit. L'idée lui est venue, à Brive, en traversant mon double personnage, de nous faire arrêter par la foule et, avec l'aide de quelques-uns de ses complices, de pouvoir toucher le prix que le bailli avait placé sur ma tête.

Le chevalier, avant de poser l'index sur la verrue qui clouait son menton, cerna l'ovale de son visage d'un geste preste.

– Deux mille livres pour cette figure superbe, avouez que monsieur de Gargilesse n'est qu'un ladre !

– Je dois sans doute vous paraître bien niais, avoua Victor, mais je ne comprends pas comment ces gens ont failli vous prendre.

– C'est ignoble, répliqua Maximilien, mais désespérément simple comme la plupart des choses laides. Ils ont trouvé à point une enfant qu'on connaissait par toute la ville pour cette affreuse infirmité qui la retenait de clamer son innocence. Ils ont choisi le moment où nous nous arrêtions pour la pousser vers nous… Le reste était aisé à prévoir car ces misérables me faisaient l'honneur de se ressouvenir de mon dégoût pour l'injustice.

– Et qu'auriez-vous fait si l'affaire avait mal tourné ?

– Je ne puis rien affirmer, parce que les actes lâches et ceux de courage tiennent à la même étroite racine et qu'ils ne deviennent l'un ou l'autre que par l'enchaînement ténu des circonstances. La raison pourtant aurait commandé que, sans plus m'occuper de vous, je m'échappe.

Victor fut, à ces mots, parcouru d'un rétrospectif frisson.

– Beaucoup d'autres questions me brûlent les lèvres, enchaîna-t-il avec un reste d'étranglement dans la voix, mais je craindrai bientôt de nous empêcher tout à fait de souper.

– Bannissez tout scrupule ! répliqua Carresse, Anaïs, qui doit nous rejoindre ici, n'a pas fini de s'apprêter… Même dans cet antre, c'est à peu près Vénus qui se faisait pimpante pour descendre chez l'horrible Vulcain.

Victor, rasséréné par cette demi-permission, rassembla ses idées à la hâte :

– Et ce cri que vous n'avez pu retenir en découvrant la voiture de la voyageuse du Lion d'Or ?

Le chevalier fronça les sourcils et, pour la première fois, il parut balancer à répondre.

– Les armes qui figuraient sur la portière, comme je vous l'ai indiqué ce soir-là, étaient celles de la maison de Vendôme. Vous jugerez de ma surprise à découvrir cette ravissante femme dans cet équipage, lorsque vous saurez que des deux frères qui illustrent actuellement cette branche bâtarde des Bourbons, l'un, le duc, est un sodomite notoire, l'autre, le Grand Prieur de France, une âme noire portée par-dessus tout aux tripotages d'argent… Hélas ! parce qu'il tient curieusement au secret de notre puissant protecteur, je ne puis pas vous finir comme je le voudrais le chapitre de notre belle amie.

Le chevalier, s'interrompant, prit à son tour une pose de questionneur :

– À moi d'élucider deux points qui touchent à ceux que vous ramenez ici. Et d'abord, notre petite muette ?

– Je l'avoue, je suis à son sujet aussi perplexe que vous… Je l'ai retrouvée à midi, au cours d'un orage, dans une maison où je m'étais abrité et, de crainte que ma raison ne chavire, j'évite de me demander comment cela a pu se faire.

– Je tiens peut-être, là aussi, la clef de l'énigme, reprit le chevalier… Madame de Gargilesse, à qui je viens de rapporter tout éberlué la réapparition de sa petite protégée, m'a livré certains détails que j'ignorais et qui permettent de reconstituer assez vraisemblablement les choses… Je vous pose d'abord une question qui vous paraîtra étrange mais qui décidera de la solidité de mes hypothèses : n'avez-vous pas remarqué la disparition de votre sceau à cacheter ?

– Effectivement, se souvint Victor, je m'en suis aperçu à Limoges, le lendemain de notre arrivée, lorsque j'ai voulu clore une lettre que je destinais à mon père.

Le chevalier prit un air épanoui mais modeste :

– Écoutez comment tout se relie par le truchement de cet objet !… L'un des palefreniers de madame de Gargilesse est un gitan, remarquable par son habileté et sa fidélité. La fillette l'avait tout de suite distingué parmi les domestiques et s'en était fait sur-le-champ un allié. Lorsqu'elle s'est enfuie de chez les religieuses, c'est dans son galetas qu'elle est venue se cacher et c'est à lui qu'elle a montré le sceau qu'elle s'était approprié pour signifier qu'elle vous cherchait. Cet homme, qui venait de soigner votre jument dont la selle est marquée en plusieurs coins de la fougère de Gironde, a reconnu votre écu. Vous devez savoir que presque rien de ce qu'ils ont décidé n'est impossible aux bohémiens et qu'ils sont accoutumés à tenir pour sacrée la volonté de leurs mioches. Heureuse race que celle qui ose faire de ses enfants ses rois !… On savait par tout l'hôtel que vous étiez parti avec moi et que la baillive devait nous retrouver le lendemain à Rignac. Aussi, par un de ces sombres marchandages de gages qui sont la grande affaire à l'office des opulentes maisonnées, ce serviteur plein d'entregent s'aboucha-t-il avec le cocher qui devait conduire sa maîtresse hors de la ville. Ils roulèrent l'enfant dans une couverture et ils la jetèrent sur le toit de la berline… Je vous laisse à penser ce qu'a été ce voyage, exposé à la chaleur et aux secousses des chemins du Limousin.

– Et si j'étais parti de Rignac, comme je l'avais prévu d'abord, en n'y passant qu'une nuit ? s'effraya Victor.

– En ce cas, répliqua le chevalier, elle vous aurait couru après et elle vous aurait rattrapé sur votre route, au besoin même elle serait allée vous chercher dans Paris.

– Comment diantre avez-vous pu réunir les pièces de cette mosaïque ?

– Ce fut assez facile. Le cocher de madame de Gargilesse que nous avions, pour plus de vraisemblance, enlevé avec les laquais qui l'accompagnaient dans les fossés de Rignac, s'est laissé aller aux confidences depuis qu'il est ici. Il a révélé le marché fait avec le palefrenier et donné, pour preuve de ses dires, la description exacte du sceau que détenait la fillette.

– Mais, ensuite, comment s'y est-elle prise pour me retrouver dans ce village si éloigné de tout ?

– Mon cher ! répliqua le chevalier en dessinant un rond dans l'air à l'aide de son index tendu, il ne s'agit là que d'un de ces problèmes de comput dont nos maîtres nous rebattaient les oreilles… Pendant combien de temps en tout avez-vous été l'hôte de ce bon capitaine La Galoche ?

– Trois soirées et deux journées entières, répondit Victor sans saisir l'intérêt de la question.

– Parfait ! c'est exactement le délai qu'il faut à une enfant endurante pour aller à pied de Rignac jusqu'à l'endroit où vous l'avez trouvée… Le cocher l'a mise sur la route de Paris ; elle a marché ensuite sans presque s'arrêter. Elle dormait sûrement très peu, gardant un œil ouvert comme les chiens méfiants. Elle vous attendait chaque seconde, décidée, si vous étiez arrivé au galop, à se jeter en boule dans les jambes de votre monture.

– Mon Dieu ! articula faiblement Victor.

– Elle vous aura vu vous arrêter dans ce village où elle s'abritait et sera passée par quelque soupirail pour vous rejoindre… D'ailleurs, vous aurez la confirmation de ce que je viens de vous livrer en fouillant votre bagage dès que vous retrouverez votre jument.

– Pourquoi ?

– Vous y retrouverez votre sceau… Notre sauvageonne n'est pas une voleuse ; son larcin n'était qu'un subterfuge pour dire votre nom en place de sa langue coupée.

Tant de limpidité balayant d'un coup tant de confusion laissa Victor pantois. Imaginant la figure réjouie de l'enfant qui, après tant de vicissitudes, attendait sagement dans la galerie, il partit d'un grand rire.

– Et ce curé, enchaîna le chevalier avec sévérité, lui n'a rien pour m'émouvoir !… C'est à peu près Escobar[1] échappé de la jésuitière.

Le jeune homme narra brièvement ses retrouvailles avec l'abbé, les sautes de son humeur, ses propos décousus qu'avait interrompus l'assaut des rebelles.

1. Escobar (1589-1669) fut un des plus fameux casuistes de la Compagnie de Jésus. Il eut maille à partir avec Pascal. On en fait l'archétype du jésuite pernicieux jusqu'à forger le verbe escobarder pour signifier tromper.

– Sabre de bois ! s'emporta Carresse, je me charge de lui faire réciter la fin de ce beau rosaire.

Il repassa son masque et commanda qu'on fît venir le prisonnier.

Celui-ci entra presque aussitôt, marchant d'un pas lent, les lèvres pincées. C'était à peu près Tartuffe lorsqu'il paraît en scène.

– Asseyez-vous ! lui enjoignit Maximilien en désignant un tabouret.

Le nouveau venu, différant d'obéir, alla se placer dans l'axe du regard du chef des rebelles.

– Ainsi, c'est vous le marquis des Éperviers ! fit-il avec superbe.

Carresse voulut protester.

– C'est un comble !... Vous osez...

– Patience, marquis ! reprit le singulier prêtre nullement décontenancé par les étincelles qui traversaient le masque de son geôlier, vous vous radoucirez tout à l'heure, mais d'abord laissez-moi me repaître de la vue d'un homme dont la tête est mise à prix.

Il tourna avec des façons de maquignon autour du chevalier visiblement médusé par son audace.

– Vous allez apprendre à me connaître, lança-t-il en décrivant un dernier cercle. Nous sommes faits au même moule. J'ai du goût, tout comme vous, pour la farce...

– Allez-vous cesser ce flux d'effronteries ? tonna enfin Maximilien... Je vous aurai prévenu : ceux qui font les arlequins sont souvent des gens sinistres lorsqu'ils quittent leurs atours de scène.

– Ah ! pas vous, marquis ! pas vous, protesta l'abbé dans un soupir faussement crève-cœur, vous avez bien trop d'esprit pour n'être pas du côté des rieurs. Maintenant, écoutez-moi ! je promets d'être bref. Je suis depuis qu'il était enfant, le serviteur – je devrais dire le confident – d'un important personnage qui m'emploie à toutes sortes de causes. Ce prince plein de lumières, qui a su, dès son jeune âge, se montrer sensible au dénuement et aux misères, pourrait vous venir en aide si je le lui demandais. Je pense que vous ne refuseriez pas car j'ai pu mesurer en arrivant ici l'état peu florissant de vos affaires…

– Comment pouvez-vous parler ainsi, s'emporta le chevalier, n'avez-vous pas vu tout au contraire cette armée nombreuse…

– Une armée sans armes ! trancha l'abbé, je n'ai pas compté vingt barbons qui portassent une épée ; vos mousquets ne dépassent pas le nombre de ma main. Ce qui vient en plus n'est que fourches, piques et bâtons.

– Vous me proposez donc votre aide ? reprit le marquis que les dernières paroles de son interlocuteur avaient achevé de hérisser.

– Je vous promets seulement de parler à mon maître.

– Et qui est-il, ce maître ? s'impatienta Maximilien.

– Je vais vous le dire puisque tel semble être le prix de ma liberté. C'est cependant à condition que ce secret reste entre nous car il s'agit d'un nom trop fameux pour qu'on le sème à tous vents.

Ayant parlé ainsi, il se tourna vers Victor :

– Ce courageux jeune homme a failli l'apprendre tout à l'heure, mais l'attaque de vos gens m'a empêché de finir ma phrase… C'est mieux pour lui car, en continuant d'ignorer ce qui ne lui est plus d'aucune utilité, il s'évitera bien des ennuis.

– Au fait ! pesta Carresse.

– Connaissez-vous les armoiries ? demanda imprévisiblement l'abbé.

– Je m'y intéresse ! répliqua Maximilien qui avait toujours craint que son état d'héraldiste le fît un jour reconnaître.

L'abbé ôta son gant de fine peau grise à la senteur de benjoin. Il fit tourner autour de son index une bague en or dont il approcha le chaton du visage masqué de son hôte.

– Vous trouverez ceci sur toutes les housses de mon carrosse ! annonça-t-il avec orgueil.

Carresse eut un long mouvement de recul tandis que le prêtre, qui ne se contenait plus de faire l'important, prenait place enfin sur son tabouret, croisant les jambes, s'apprêtant à traiter de puissance à puissance avec le chef des rebelles du Limousin.

– Monsieur de Gironde, murmura le chevalier d'une voix bredouilleuse, attendez-nous dehors !

S'éloignant le cœur léger bien qu'il fût, pour la seconde fois en quelques minutes, privé de la révélation d'un important mystère, Victor retrouva au-dehors Anaïs, accroupie près de la petite muette restée tout effrayée de l'avoir vue reparaître. La Vénus du Limousin était parée de blanc, avec une capote à boutons de nacre, pourvue de manches à l'amadis[1]. Un râtelier de perles ornait son cou et ses nattes mousseuses étaient maintenues en chignon par un peigne d'ivoire figurant un lévrier courant :

– Victor de Gironde ! s'écria-t-elle en feignant une charmante surprise.

Elle lui prit les deux mains, et déposa un baiser sur chacune de ses joues picotantes de barbe légère.

– Vous venez visiter la captive, murmura-t-elle en appuyant un doux regard, suivez-moi ! je tiens à vous faire moi-même les derniers honneurs de ce labyrinthe.

Emmenant avec eux la petite muette, qui, par un reste d'incrédulité, se tenait éloignée tant qu'elle pouvait du spectre resurgi de son ancienne protectrice, ils gravirent un long degré qui débouchait dans une salle haute et étroite percée d'un oculus lézardé de lianes. Le vent qui s'engouffrait par ce trou, braqué sur le firmament à la

1. Manches boutonnées au poignet.

manière de la lunette d'un astrologue, gonflait les courtines d'un lit imprévisiblement posé là et faisait courir des flammes au pourtour d'une vasque de bronze pleine de poix embrasée. Un paravent blanc, quelques malles bombées, une table d'écaille encombrée de drageoirs et de fioles, achevaient de donner à cet endroit, si éloigné des luxes lambrissés, la vague allure de déballage oriental du recoin d'un jardin de Megara au soir d'une fête fameuse.

La Vénus du Limousin, parvenue chez elle, prit place sur un banc où foisonnaient des toisons épaisses et magnifiquement bouclées. À la voir ainsi, superbe et troublante, Victor, dans la mémoire duquel le décor de l'ancienne mine ravivait l'attirail de la savanterie, imagina quelques secondes surprendre une reine africaine aux armées défaites qui déploierait l'ultime ressource de ses voluptés pour égarer le Romain qui venait de la vaincre.

– Je n'ai songé à vous remercier de votre bavoure qu'après avoir quitté Rignac, dit-elle.

– Bravoure inefficace, protesta-t-il, mais convenons ensemble, puisque je sais tout maintenant, qu'il eût été bien malheureux qu'elle le fût.

– Vous devez me trouver extravagante, fit-elle en conservant un ton de grand sérieux.

– J'avoue, madame, que sitôt après vous avoir connue dans le luxe et l'opulence, je saisis difficilement ce qui pousse une personne de votre rang à se dévouer pour une cause qui semble à cent lieues de ses préoccupations.

– Eh, quoi ! se récria Anaïs en composant une moue grondeuse, êtes-vous mon ami pour m'affubler si vite d'un cœur de granit… Passe ! vous n'êtes pas le premier à vous tromper sur le personnage que je fais… Je constitue en effet une rareté dans mon monde. Issue du sabot[1],

1. Mot par lequel on désignait la paysannerie pauvre.

je suis née cadette d'une famille de laboureurs qui éprouva toutes les peines du monde à me faire survivre au milieu de dix autres marmots. L'attrait qu'a éprouvé pour moi, lorsque j'eus quinze ans, mon cousin éloigné, monsieur de Gargilesse, petit-fils d'un régisseur qui avait fait fortune dans le séquestre des biens protestants, est venu à point pour me tirer d'une médiocrité dont mon caractère altier avait fini par me donner l'horreur… J'ai vécu les premières années de mon mariage, le nez tourné à la friandise, oublieuse et méprisante. Je n'ai reporté mon regard sur le passé que lorsque le malheur, avec la mort coup sur coup des deux enfants que j'avais mis au monde, est venu briser net tous ces pauvres flonflons. Je suis revenue embrasser mes frères et mes sœurs et, près de ces étangs des Grandes Fourdines où j'avais passé mon enfance, j'ai senti à nouveau l'insupportable étranglement de la détresse… Le chevalier, mon ami depuis que je vis à Limoges, chevauchait à cette époque, pour remplir son office, au travers des mêmes contrées. Il contemplait, d'un œil aussi navré que le mien, la désolation de toutes ces campagnes où les travaux, faute de matière, ne rythment plus les jours. Tous deux nous décidâmes d'entreprendre quelque action qui fût propre à redonner courage aux gens désespérés et qui se portât plus loin que la simple distribution d'aumônes. La fougue de Maximilien de Carresse, le vieux relent des récits de chevalerie qui m'avaient enfumé l'esprit pendant mes longues heures oisives, l'exemple de ce qui se commettait un peu partout dans d'autres provinces, nous firent songer à harceler ceux qui se rendaient complices des exactions des fermiers généraux. Les plus hardis des habitants de la contrée vinrent sans délai constituer la première troupe du marquis des Éperviers… Voici toute l'histoire de mon adhésion à ce combat dans lequel vous êtes venu vous jeter ainsi qu'un jeune chiot.

– C'est un conte ! s'exclama Victor en s'emparant de la main de la baillive avec une vivacité d'amant.

– Bon cœur ! murmura Anaïs dans un soupir frôleur, vous méritez les grands bonheurs que la vie, j'en suis sûre, saura vous livrer... Cette enfant obstinée ne s'y est pas trompée.

Et passant la main dans la chevelure de la petite muette qui avait fini par s'asseoir près d'elle sans manquer de crainte, elle ajouta :

– Gardez-la près de vous tant que vous le pourrez, elle sera votre bonne étoile.

– Puisqu'elle a choisi de cheminer un bout de vie en ma compagnie, dit Victor, il faudrait que je lui trouve un nom.

– Je viens de dire étoile, reprit la baillive avec une expression qui était presque d'extase, voici sûrement un autre signe !... Si nous la nommions Stella puisqu'on baptise ainsi souvent les filles de sa race... Plus tard, si elle décidait de troquer son existence bougillone contre notre mode de vie casanier, vous lui donneriez un nom de chrétienne.

Madame de Gargilesse venait de répéter Stella et l'enfant, quittant pour la première fois le visage dur qu'elle n'avait cessé de lui présenter comme si elle l'avait supposée jusque-là capable de la redéposer dans un couvent, répondit à son sourire.

Sur ces entrefaites, le chevalier entra prestement sous son masque et fit hâter tout le monde pour gagner la clairière.

Après avoir retraversé la grande nef que les torches déclinantes faisaient paraître plus vaste, les marcheurs se retrouvèrent au-dehors, enveloppés par le souffle léger de la nuit. Ils croisèrent l'abbé qui avait déjà pu s'assurer de l'excellent état de son carrosse et qui improvisait autour de ses chevaux une sorte de gigue.

Celui-ci, en entendant les clameurs qui saluaient le passage du chef des rebelles, se retourna.

– Marquis ! s'écria-t-il, vous m'avez tenu parole, je puis la tête haute retourner chez mon maître… Vous constaterez vite que je ne suis pas un ingrat.

Maximilien, dégageant un bras du pli ample de son domino, éleva la main pour lui répondre :

– Et que Dieu vous garde à présent des véritables détrousseurs !…

Le drôle d'ecclésiastique se hissa dans sa voiture et, sitôt assis, souleva le rideau de soie de sa portière pour saluer ses nouveaux alliés avec des gestes dignes d'un cardinal[1]. Son équipage s'enfonça alors en tanguant dans le lit d'un torrent asséché dont les pierres avaient été encochées exprès pour guider la roue des attelages : c'était le secret, pendant les mois de sécheresse, de l'accès en voiture jusqu'au repaire du marquis des Éperviers.

Le chevalier, madame de Gargilesse, Victor, suivis des anciens et de celle qu'il convient à présent de nommer Stella, pénétrèrent dans la clairière éclairée de mille feux. Leur apparition, guettée depuis un moment, fit sourdre les vivats. Les hommes dont les blouses de chanvre, à cause du lèchement obstiné des flammes, se moiraient de reflets garance, jetèrent leurs chapeaux et poussèrent tous ensemble de longues hurleries que vint recouvrir le cri strident des femmes. Des adolescents armés de pétoches produisant des lueurs hallucinées, suivis de gamins fesses à l'air, qui, à l'aide de bâtons incandescents, traçaient dans la nuit de folles arabesques, s'étaient élancés au-devant du cortège. Des dizaines de mains se tendirent en confusion, présentant d'hétéroclites récipients que remplissait un garçonnet

1. Le lecteur se rendra compte plus loin qu'il y avait quelque chose d'étrangement prémonitoire dans cette manière de prendre congé.

installé à chevauchon sur une barrique. Ce petit homme preste et vif, l'œil allumé par l'ivresse que commençait de produire sur ses faibles sens l'exhalaison de cet éminent breuvage, saluait la foule à coups de grands : « Oh !… Oh ! », chinquant adroitement les chopes pleines qu'il tendait à la ronde contre les vides qu'on lui rendait.

Le marquis répondait à la presse par des serrements de mains, par des accolades et des baisers. Il posait hardiment le bout de ses lèvres, serties de la découpe arrondie de son masque, sur le front des femmes ou sur les joues des filles qu'il dardait de son œil aimantin. On fit cercle autour du plus grand des brasiers au-dessus duquel les trois porcs que nous avons vus enfilés sur un même arbrisseau finissaient de s'arrondir en forme d'outres pleines. Les braises inondées par le ruissellement des jus s'éteignaient par endroits et l'on entendait crouler des tisons qui chatoyaient en empourprant les figures des premiers rangs. Brusquement, deux garçons, dont l'âge ne dépassait pas vingt ans, sautèrent pieds nus sur ce tapis dévoré par les flammes. Ils brandissaient chacun deux couteaux effilés dont les tranchants ployaient comme des lames de rapières. À peine eut-on le temps de voir rebondir leurs mollets blancs et musclés, qu'en trois bonds, déversant par terre une pluie de volailles dorées, ils éventrèrent les bêtes. D'autres, aussi hardis et bien découplés qu'eux, se précipitèrent à leur suite pour recueillir, dans des noguets d'osier, les poulets, les oies, les canards jaillis du poitrail déchiré des porcs. Alors que des filles en gourgandines échancrées, formant un groupe isolé, contemplaient leurs audacieux galants, les yeux baignés de larmes, des hourras fusèrent pour saluer la jeunesse capable de toutes les folies. Des femmes, armées de pannepains immenses, s'approchèrent pour découper sur l'herbe ces viandes qui frémissaient encore tandis qu'à la lisière de la forêt, devant la ligne blanche des toiles qui servaient d'abri à la plupart de ces nomades, des vieillards, qu'on avait, pour les honorer, juchés sur des chars sans ridelles, s'appliquaient à la noble tâche de partager le pain empilé en roues.

Moulé dans ses habits noirs qui soulignaient sa sveltesse, Carresse présidait à la fête avec des élégances de prince. À défaut de pouvoir reconnaître sur sa figure les marques de jubilation, ceux qui l'observaient restaient frappés de ce bonheur enfantin qui transparaissait dans ces petits accès de rires nerveux qu'il étouffait au creux de l'épaule d'Anaïs en la pressant de baisers goulus.

– Des porcs troyens ! annonça-t-il fièrement en désignant les carcasses dorées que des hommes s'essayaient à dégager de leur broche démesurée, ce sont des mets qu'on réserve ailleurs aux rois mais, ici, la justice commande que ceux qui ont souffert la faim connaissent un jour la profusion des puissants !

– Que c'est beau ! murmura Victor.

– C'est beau, vous l'avez dit, lui répliqua le chevalier, à voir s'éclairer ces visages accoutuméss à la brûlure des larmes, je suis mille fois payé de mes folies.

– Grâce soit rendue à votre générosité, cher marquis ! lança tout haut Victor qu'envahissait une sensation d'heureux engourdissement.

Ils s'assirent à même la terre et Maximilien, étirant un bras, donna le signal des agapes.

– Ne vous méprenez pas, reprit-il après avoir empoigné à pleine main une aile d'oie charnue, je ne prétends point vous enrôler sous ma triste bannière. Vous irez à Paris, c'est votre destinée !... Vous devrez journellement y côtoyer mes plus constants ennemis puisque c'est d'eux que dépend votre succès... Je vous demande seulement de n'oublier jamais qu'il y a, au fond du Limousin, des gens qui vous aiment et qui luttent pour une cause qu'ils croient juste.

– Je m'en souviendrai chaque seconde, promit gravement Victor.

Carresse sortit alors du plus profond de sa cape deux petits plis cachetés.

– Cet étrange chapelain qui nous poursuit depuis Martel m'a fait proposition de l'aide de son maître. Si jamais elle vient, comme il le dit, il est à craindre qu'elle arrive tard et sans doute après que le gros de l'hiver soit passé… C'est pourquoi, tenaillé par l'impérieuse nécessité de l'urgence, je dois m'en remettre au personnage qui nous a soutenus jusqu'au seuil de l'été… Voici les messages dont vous avez bien voulu vous charger à son intention. Le premier est destiné à maître Péruchot, marchand de cierges, rue Saint-Sauveur. Au cas où vous ne le trouveriez pas, mais dans ce cas seulement, vous remettriez le second à un certain Brandelis de Grandville. C'est un jeune abbé que je ne connais que de nom. Vous le retrouverez sans peine dans le quartier des universités où il fait, paraît-il, un bouillant personnage. Voilà, cher Victor, avec ces missives, vous emportez le gros de mes espoirs. Fasse Dieu que, grâce à vous, mes craintes s'apaisent et que la fête à laquelle je vous ai convié ce soir ne soit pas l'une des dernières que j'aie à partager avec tous ces malheureux !

Victor s'empara des deux plis et sa main tremblante resta longuement pressée dans celle du chevalier.

*Deuxième partie*

# LE LYS BRISÉ

## CHAPITRE PREMIER

# *L'aimable cercle de l'Hôtel Davignon*

Le soleil moribond venait de darder de braise les verrières du Val-de-Grâce, lorsque, depuis le haut de la rue Saint-Jacques, Paris s'offrit à la vue de Victor et de Stella.

Entre les mâts disparates que hissaient tours et clochers en perçant par endroits l'étendue brumeuse des ardoises, les langues de feu de quelques rares couverts de tuiles frissonnaient dans la poussière. La ville, de ce côté, ressemblait aux bourgs somnolents que Victor avait rencontrés par dizaines sur sa route. Il y régnait la même torpeur filtrant par l'entrebâillement des volets tirés, demi-sommeil martelé seulement du lent dodelinement des heures égrenées aux horloges et de la répétition des gestes simples qui déroulaient l'habitude de chaque maisonnée.

À hauteur des Bénédictins-Anglais, frappant la terre en cadence de leurs souliers ferrés, poussés par un gros abbé, le nez planté dans son bréviaire, des garçons du Petit Séminaire, en soutane bleue et chapeau rond, s'en revenaient de la promenade en file. Plus bas, mais audible depuis loin, le bourdon de Saint-Magloire achevait de sonner pour un mort et les rues adjacentes, désertes tout à fait, enfoncées dans le taillis de leurs murs empanachés de sureaux, semblaient se pénétrer du silence qui précède les convois.

À quelques pas de là pourtant, lorsqu'on s'approchait

de la Seine, on découvrait un furieux remuement, un chaos d'hommes et de bêtes convulsé du bouillonnement qui, dans les caves infernales, devait faire mugir le chaudron de Satan. Tout courait au fleuve comme aux mamelles d'une mère nourricière ; prodigieuse cohue de chaises qu'enlevaient des valets mal accouplés, de vinaigrettes[1] saoules, de fiacres rapiécetés, de brouetteurs pressés, de cavaliers du guet qui piétinaient en tous sens cette populace furieuse de s'étaler. C'était une cataracte de jurements et de cris, de beuglements et de groupements difficilement identifiables, de sons creux que produisaient des cannes folles, en grêlant sur l'épaule de ceux qui se trouvaient à portée d'un coche bondé de voyageurs impatients ; de claquements de fouets enfin qui, par-dessus tout ce hourvari, fendaient l'air dans des sifflements de rapières. Des laquais insolents et criards se harpignaient en tirant des gourdins de dessous leurs livrées, des récureuses s'empoignaient avec les pourvoyeuses qui les avaient frôlées, des ravaudeuses, qu'on reconnaissait aux baquets de bois qu'elles remportaient sur leur tête, insultaient les portefaix de Popincourt à la gueule ferrée qui s'amusaient à les presser du poids de leurs ballots.

Victor, qui avait arrêté sa jument suffisamment à l'écart pour n'être pas happé, sentit courir dans son dos le frisson d'horreur qui l'avait chaque fois parcouru lorsque, étant enfant, au tympan de l'abbaye de Conques, il avait contemplé la misère des damnés. Il prit sur le côté en tremblant et contourna l'église Saint-André-des-Arcs[2] pour s'engager dans la misérable rue Poitevine. C'était une tranchée obscurcie par l'avancée

1. Véhicules à deux roues en forme de chaise à porteurs que manœuvrait un seul valet au moyen de deux brancards.

2. Saint-André détruite, et ne pouvant donc plus laisser admirer ses arcs, deviendra par déformation des-Arts.

des encorbellements bombants des immeubles qui, tels des ventres énormes de parturientes, se projetaient par-dessus la chaussée pour arrêter la lumière. Le caniveau médian où stagnaient lavures, charognes et étrons, cinglait ceux qui se présentaient du fumet de sauvagine que les équarisseurs répandaient d'ordinaire près du fossé des villes.

Éprouvant toutes les peines du monde à se frayer un passage parmi les trottins[1] et les crocheteurs, il fut bientôt retenu d'aller plus avant par l'embarras que provoquait un carrioleur en tentant d'enfourner un chargement de bouteilles par le chas d'une porte piétonnière. Il se trouva arrêté à hauteur d'un porteur d'eau, gaillard morveux et dépenaillé qui ployait sous la charge de quatre seaux pleins à ras bord. Ce garçon n'avait pas vingt ans, plus roux que la boguette, il portait crânement une figure boutonnée qui ne formait presque plus qu'un furoncle.

L'embarras l'avait mis en verve et, sans déjà montrer plus de patience, mélangeant hardiment le braillement parisien qui résonne comme la pertuisane du suisse sur la dalle d'une haute nef avec un timbre aigrelet du Midi, il s'était pris à apostropher le gêneur :

– Ah, ça ! voyez ce godiche foireux ! ce cul crotté ! ce bijou de la foire Saint-Ovide ! qui enquiquine les travailleurs (il avait dit travailleur comme en éructant, ce qui était la marque d'un esprit fort)… et les Monseigneurs, itou ! ajouta-t-il dans le même élan, considérant Victor auquel il décocha une bonnetade d'un leste coup du chapeau pisseux qu'il était allé déloger sous son aisselle.

Le carrioleur, aussi fort en bec que son interpellateur, avait cessé d'œuvrer pour se croiser les bras :

1. Petite employée des modistes et des couturiers.

– En toi, galapiat bistourné ! tu ferais mieux de venir me prêter la main si tu veux passer.

– Moi, t'aider, frelon paresseux ! répliqua le porteur d'eau, plutôt crever !

– Vil bresseux d'Auvergnat ! enchaîna l'autre en tendant un poing rageur, je te croquerais avec un grain de sel si je le voulais.

– Carafe d'orgeat de Normand ! riposta le premier qui dans un concours aurait sans doute eu la palme du plus gueulard des deux, approche ! je te réserve un fier satou[1].

– Essuyeur du bran des Parisiens comme tous tes semblables ! reprit le carrioleur.

– Croque-lardon ! graillonneux ! savate de tripière ! surenchérit le voisin de Victor sans reprendre son souffle.

Des mégères qui portaient des paniers pleins de beaux légumes commençaient à glousser d'aise en découvrant ces deux coqs prêts à se couper la gorge. Le transporteur de bouteilles, que vingt ans d'embarras en ville avaient rassis, prit sur lui de ne pas céder à la fringale de coups du parterre. Avant de se remettre à l'ouvrage, il se contenta de décerner un bras d'honneur à son contradicteur et de crier bien fort :

– Tu as de la chance, gros maroufle ! que je soye à la pièce et, surtout, que je ne veuille pas discuter avec une arsouille comme toi.

– Arsouille… Vite dit ! se récria l'autre, tapant sur le gras de son ventre et prenant Victor à témoin, j'vous demande bien qui y ressemble le plus à une arsouille : celui qui porte les bouteilles ou celui qui porte l'aygue ?… Ces Normands sont des bêtes et la plaie de Paris ! ajouta-t-il en patois auvergnat.

– Je ne puis vous dire, mon ami, lui répondit Victor

1. Coup de bâton.

dans la même langue, c'est pour sûr le premier Normand qu'il me soit donné de voir.

À ces mots prononcés dans son parler, le seul qu'il ait connu jusqu'à peu, le porteur d'eau découvrit des dents pleines de brèches.

– Monseigneur est de chez nous ? s'enquit-il.

– De Gironde dans le Rouergue, précisa Victor.

– Je suis de Vie, près d'Aurillac, fit le garçon en posant son fardeau, je vis ici depuis quatre ans, bien triste de ne plus pouvoir grimper sur mes montagnes... Sans notre mère, morte à force d'enfanter, nous étions huit frères et sœurs qui ne mangions guère à notre faim : des raves, du pain noir, guère de soupe au lard, moins souvent encore d'œufs et de lait frais... Lorsque j'ai fait quatorze ans, mon père m'a pris à part : « Te voici grand et fort ! m'a-t-il dit, il est temps d'aller louer ton ventre ailleurs. » Dès l'aube du lendemain, il m'a donné les douze sous qu'il possédait, deux pains ronds, un morceau de ventrêche et m'a mis sur ma route avec sa bénédiction. Deux mois après j'étais à Paris où, si je ne suis pas devenu riche j'ai, jusqu'à ce jour du moins, mangé à ma faim.

Le garçon, qui se réjouissait de confier sa misère en patois, ne remarqua même pas que le gêneur, à force de manœuvres, était parvenu à se faufiler dans son trou et qu'il était seul désormais, avec ses seaux à terre, à bloquer la horde des mégères furieuses d'avoir été privées de pugilat.

Elles le rudoyèrent pour qu'il se rangeât au moyen de quelques huileries ; ce qu'il fit sans se presser et en leur tirant au passage une langue bien grasse.

– Quant à moi, répliqua Victor ému par le récit spontané que venait de lui faire son compatriote, me voici tout juste rendu à Paris et certainement aussi désemparé que vous lorsque vous avez découvert tout ce qui remue ici.

Le porteur d'eau se prit à s'attendrir. Il n'était ni féroce ni envieux et l'idée de rapporter le frayon qui devait cuire le fessier d'un gentilhomme venant de faire sa route à cheval, aux épouvantables meurtrissures que lui avaient infligées ses sabots pendant cent trente lieues, ne l'effleura même pas.

Il montra son chemin au cavalier, lui criant en guise d'adieu :

– Je me nomme Jean-Baptiste Cantaloube, je me tiens souvent sous le porche de Saint-André. Venez m'y retrouver lorsqu'il vous prendra l'envie d'entendre une voix du pays.

Là-dessus, il se retourna pour entonner à grandes clameurs le cri de guerre de sa corporation :

– Qui veut de l'eau ? Qui veut de l'eau ?

L'Hôtel Davignon d'Antraigues, entre les rues Dauphine et de Nevers, présentant son entrée principale sur la première, une simple porte piétonne sur la seconde, avait été bâti à l'extrême fin du règne de Louis XIII sur une étroite parcelle des jardins du bel Hôtel de Nevers, détruit en 1641. Son portail monumental était timbré d'un cartouche ovale qui portait en lettres fraîches le nom de Davignon, mode récente à laquelle la bonne société parisienne avait fini par se plier après que la vaniteuse madame de Nesmond se fût avisée la première de signaler de la sorte l'entrée de sa demeure. En un demi-siècle, deux ou trois familles s'étaient succédé dans ce bâtiment où les parents de Victor avaient emménagé sept ans auparavant lorsque Louis XIV avait appelé Charles Davignon à siéger dans ses conseils.

L'architecte qui avait dû construire sur ce terrain tout en longueur, impropre par sa forme à faire chanter l'harmonie d'une belle façade avec ses ailes en retour, s'était superbement tiré d'affaire en élevant deux corps en équerre, rythmés chacun de huit pilastres d'ordre colossal. Une épaisse guirlande sculptée de ramures de chêne et de glands en festonnait les chapiteaux, supportant, dans chaque fléchissement de ses plis, deux cornes d'abondance affrontées entre lesquelles s'inscrivaient une dizaine de lucarnes bombées. Dans l'angle unique vers lequel fuyaient les lignes de la construction, se logeait un quartier de tour contenant un escalier à l'envol superbe que coiffait un lanternon hélicoïdal. Tout cet ensemble mariait le grand goût régnant dans les bâtiments royaux au savoir-faire plein de trouvailles et d'aisance qu'avaient su déployer nombre de maçons parisiens vers le milieu du XVII^e siècle.

Victor, qui venait d'attacher sa jument à la grille d'une fenêtre, entra par un portillon de côté en tenant Stella par la main.

À peine eut-il posé un pied dans la cour, qu'un concierge en livrée et bas rayés, blond comme la génestrolle, dévala d'un bond les quatre marches de sa loge.

– Ce n'est pas un moulin, tudieu ! hurla cet homme peu aimable en roidissant son index vers la poignée d'une racloire [1] qui pendait du côté de la rue.

– L'accueil est un peu rude ! murmura pour soi notre héros qui ignorait tout encore du bon usage des sonnettes et de la gent singulière des concierges parisiens.

Celui qui venait de surgir était le modèle achevé de l'espèce. Le poil hirsute, les yeux encore glauques d'une ivresse mal lavée, il entreprit de chalouper autour des visiteurs, se récurant le nez à l'aide des tortillons qu'il avait imprimés aux coins d'un immense mouchoir à carreaux.

– Et d'abord, que venez-vous chercher ici ? grommela-t-il en pourchassant particulièrement du regard la petite protégée de Victor.

1. Instrument à la porte des maisons que les visiteurs manœuvraient pour s'annoncer.

– Je suis le neveu de vos maîtres, lui répliqua celui-ci avec aplomb.

À ces mots, tombés comme un seau sur sa tête, le cerbère parut s'aplatir. D'un geste preste, il ôta même la calotte de ratine restée vissée sur ses cheveux d'étoupe.

– Attendez ! bégaya-t-il avant de filer vers le vestibule.

Il revint assez vite, courant et sabotant, flanqué d'un majordome acagnardé, emperruqué, enrubanné, portant une canne d'une longueur extraordinaire et juché sur d'invraisemblables cothurnes. Ce qu'il y avait de plus curieux chez cet homme, c'étaient ses mollets ramassés en boule qui gigotaient dans ses bas de soie à l'instar de chats qu'un garnement aurait rendus furieux en les ficelant dans un sac.

– On me rapporte que vous êtes le neveu de monsieur le conseiller, fit ce valet de l'espèce supérieure qui savait ployer l'échine avec une application zélée, fruit de vingt ans de servitude gagée.

– C'est exact, dit Victor.

Le bonhomme, tout en demeurant platement courbé, souleva une face hideuse où palpitait un œil énorme. Puis, se redressant soudain et faisant mine de barrer le passage avec sa canne :

– Monsieur Davignon, que je sache, n'a pas de famille !

Les yeux du concierge, revenus à leur état de vitreuse béatitude depuis que Victor s'était nommé, s'injectèrent à nouveau de méfiance et il reprit sa gigue, écrasant ses poings jusqu'au fond de ses basques au travers de ses poches trouées.

– Pour être tout à fait exact, précisa Victor, je me nomme Victor de Felzins de Gironde et je suis le fils de Catherine de Tressan, la défunte sœur de votre maîtresse.

Le majordome, qui avait placé une main derrière son

oreille en guise de cornet acoustique, exécuta sur place une leste pirouette et s'en retourna à l'étage prendre des ordres rectifiés.

– On n'entre point ici comme on veut ! songea Victor qui avait vécu jusque-là à peu près sans connaître l'usage de clefs.

Et comme il n'est rien de plus prompt à relever la considération due aux puissants que le déploiement de sentinelles à leur porte, cette réflexion, tout en lui faisant pressentir l'importante position dont jouissait sa famille, eut le don de chatouiller le peu de fatuité qui sommeillait dans un repli de son âme.

Au bout d'un moment, le majordome reparut, droit comme un « i », marchant d'un pas gaillard, la mine cette fois dégagée.

– Je vous prie de bien vouloir excuser ce contretemps, annonça-t-il en se dépliant, suivez-moi !

Il planta alors sa canne sous un bras et se mit en position d'exécuter les premières figures d'un furieux quadrille. Avançant à reculons, ployant sur ses cuisses héronnières, se fendant d'innombrables révérences assaisonnées de tourbillons gracieux des deux mains, il donnait l'idée de désirer passer le chiffon sous le pas des nouveaux venus. Tant de miel et d'onctueuse politesse ne parvinrent cependant pas à gommer la grimace que ne put réprimer ce parfait janissaire à voir la fillette pieds nus emboîter le pas au parent de ses maîtres.

Il leur fit d'abord gravir l'escalier d'honneur sur la rampe duquel couraient des mascarons représentant Apollon nimbé des rayons du soleil, puis, s'effaçant devant une double porte avec la souplesse du brin d'osier, il les introduisit à l'étage dans un vaste salon tendu de damas couleur malachite. De là, dans une pièce plus resserrée, ornée de lambris aux motifs rechampis, au centre de laquelle se tenait madame Davignon, debout, appuyée au dossier du fauteuil qu'occupait un jeune homme, roulé dans la poudre et la soie, qui écrivait sous sa dictée.

Sa tante apparut à Victor, blonde et coiffée « à l'effrontée », avec un visage pleinement doré, semblable à ceux qu'affectionnaient les peintres de la Renaissance en Ombrie. Elle était âgée d'environ trente ans, dans ce moment de grâce où la beauté des femmes est pareille à la rose éclose posée entre deux abîmes. Son bout de nez rond, vrai museau de chat, semblait brûler de se frotter à ce que la vie rendait mouvant ; sa bouche, délicieusement fendue, était dessinée exprès pour laisser fuser les mots tendres. Sa robe battante de soie légère, qui s'ornait à l'épaule d'un bouquet de gantelées, découvrait légèrement, selon une mode empruntée aux soubrettes pour quelques vêtements d'intérieur, ses chevilles gainées de turqueries blanches.

– Victor de Gironde ! est-il possible que vous soyez si grand ? balbutia-t-elle en détachant chaque mot avec un accent dans lequel montait un irrépressible élan de surprise.

– Ma tante !... Si jolie ! soupira-t-il en allant se jeter dans les bras qu'elle venait de lui ouvrir.

Un peu décontenancée par cet assaut, mais sans le laisser paraître, la conseillère s'abandonna avec ravissement aux baisers de ce neveu qu'elle s'était figuré au maillot.

– Dans mes rêves, je vous imaginais presque un enfant, murmura-t-elle, mais vous voici un vrai grenadier avec le visage d'un ange.

– Ah ! enfin ici... enfin ici, hoquetait-il en continuant de la presser avec une vivacité d'amant.

– Je sais vos tourments, reprit-elle, je pleure chaque jour en relisant la lettre par laquelle le sénéchal de Rouergue nous demande de vous accueillir... Je plains surtout votre père, cet homme bon et généreux, d'avoir été réduit au sacrifice de devoir se séparer de vous.

Victor, fermant les yeux pour contenir ses larmes, huma avec ravissement ces tempes imprégnées d'une senteur de jasmin musqué, ces cheveux lisses et souples qui se tordaient comme les filigranes d'or d'un riche reliquaire. Cet instant où il pouvait enfin se blottir contre quelqu'un qui connût sa peine, rouvrait la déchirure par où saignait son cœur depuis la seconde terrible où son père l'avait poussé hors de Gironde. C'était, comme il le découvrait à cet instant, pour verser sur ses plaies le baume, bien doux à l'affliction, des parentés retrouvées.

Lorsque madame Davignon, tout à l'ébahissement de voir surgir son hôte, avait cessé de dicter, le jeune homme qui se tenait près d'elle avait gardé quelques secondes la main suspendue au-dessus de la feuille qu'il venait à demi de noircir. Une fois sa plume tachée de bleu posée dans la rainure d'un encrier d'argent, il s'était calé dans son fauteuil pour contempler avec un sensible intérêt les embrassades dont s'étouffaient ses deux voisins.

Madame Davignon réussit la première à s'arracher à ces effusions. Galante, elle prit sur elle l'excès de sentimentalité qui contrarie les hommes.

– Je perds la tête en vous accaparant de la sorte, murmura-t-elle, et je manque à vous présenter l'Achate [1] de cette maison, le fidèle d'entre les fidèles, mon filleul, Jean-Hercule de Mériadec, qu'ici vous entendrez presque toujours appeler vidame [2]. Vidame, il l'est en effet d'un évêché qu'il n'a fait qu'entrevoir et dont le nom paraît tiré d'une fable, celui de Saint-Papoul.

Elle se tourna vers celui qu'elle venait de nommer qui, tandis qu'elle parlait, n'avait cessé de montrer un visage radieux.

1. Tiré du nom d'Achate : ami constant.

2. Titre féodal qui était attribué au vassal d'un évêque, chargé des affaires temporelles et militaires d'un diocèse.

– Cher Hercule ! enchaîna-t-elle, voici Victor de Felzins, l'aîné des trois enfants qu'a laissés ma sœur en mourant.

– Serviteur, monsieur… bredouilla Victor.

Il s'inclina beaucoup plus bas que ne le prescrivait l'usage mais le vidame, d'un geste plein d'aisance, le ressaisit par les épaules.

– Je tiens à l'être plus que vous, protesta-t-il… Recueilli dans cette maison, quoique l'absence de lien de parenté ne me donnât aucun titre à cette mansuétude, j'y ai été traité mieux qu'un fils. C'est donc l'intrus qui prie le véritable parent de tolérer sa présence et de ne le point chasser.

Victor, ébloui du compliment, se sentit brusquement incapable de trousser aussi coulamment sa réponse.

– C'est moi qu'il faut accepter, bégaya-t-il rougissant jusqu'au blanc des yeux, je viens troubler vos habitudes.

Madame Davignon, appliquant un doigt sur les lèvres de Jean-Hercule, l'empêcha de poursuivre.

– Taisez-vous, jeunes fous, qui ne devriez songer qu'à faire la joie de cette maison d'où s'enfuit la jeunesse !

Détournant la tête, elle découvrit Stella qui gambillait sur une chaise dorée :

– Mais quel est ce bout de chou que vous nous menez là ?

– Une pauvre enfant que j'ai recueillie sur ma route et pour laquelle je vous demande quelques jours de grâce, dit Victor, elle est muette, elle couche au pied de mon lit… Vous ne soupçonnerez même pas sa présence.

– Bon cœur ! souffla la conseillère en découvrant la fougue qu'apportait son neveu à plaider la cause de sa protégée.

Elle offrit un bras à chacun des jeunes gens et leur fit traverser une vaste pièce plongée dans une pénombre que découpaient à grands traits des rais de jour filtrant par les volets intérieurs fermés. Ces faisceaux de lumière concentrée découvraient un large bureau plat encombré de liasses et, tout du long des murs, derrière des portes grillées, des registres et des cartons marqués de chiffres dorés.

– Cette ambiance studieuse, annonça madame Davignon, c'est le domaine de votre oncle. Vous ferez sa connaissance demain. Comme chaque lundi, il couche cette nuit à Versailles pour assister à l'aube au Conseil des Parties qui se tient au château en présence du chancelier.

Elle effleura un pan de la bibliothèque qui pivota pour découvrir un lumineux boudoir ovale où, dans des trumeaux peints, sur fond de ruines antiques, figuraient en camaïeu toute une suite de scènes champêtres. Quatre portes vitrées, pourvues de serrures magnifiquement ciselées, s'échappaient depuis là vers d'arrière-cabinets ; une cinquième, qu'ils poussèrent, donnait sur un minuscule escalier rond à rampe de noyer et montants de fonte noire.

– Je vais vous montrer votre logement, reprit madame Davignon, en s'esquivant pour passer la dernière… Il fait face à celui du vidame. C'est un endroit retiré, en haut de la maison, qu'en d'autres temps on destinait aux enfants… Les parents d'il y a soixante ans devaient être sourds, ou suffisamment bruyants eux-mêmes, pour s'accommoder de la sorte du vacarme de leur progéniture par-dessus leurs têtes.

L'appartement réservé à Victor formait une suite de trois pièces carrées, basses de plafond mais bien proportionnées, avec dans chacune une cheminée sculptée en marbre rose des Pyrénées. Le mobilier, d'un style déjà rocaille, était à la canne dans le salon, tendu de gros de Tours[1] dans le boudoir ; les murs de la chambre

1. Soie à gros grain.

s'ornaient d'un damas double corps grenat auquel répondait un ciel de lit au lambrequin d'écarlate empanaché de quatre plumets blancs.

– C'est un coin de paradis que vous m'offrez ! s'exclama le jeune provincial lorsqu'il eut fait à grandes enjambées le tour de son nouveau royaume.

Pour appuyer le témoignage de sa satisfaction, il s'empara des poignets de sa tante et les pressa.

– Le paradis assurément, lui répliqua celle-ci en riant, car on ne peut pas rêver d'être ici plus près des nuages… Je suis contente que cela vous plaise.

– Vous ne sauriez imaginer ce qu'était, à côté de toutes ces splendeurs, ma pauvre chambre de Gironde, murmura-t-il ému.

La conseillère, qui avait vu son front se troubler à l'évocation du décor de son enfance, dégagea les mains qu'elle n'avait pas retirées afin d'emmêler leurs doigts ensemble.

– Puisse ce peu de confort, souffla-t-elle, ôter de votre bouche le goût de l'exil et notre affection parvenir à vous réchauffer l'âme ! L'esprit de votre oncle fourmille d'idées sur ce que vous pourriez entreprendre. Il brûle de vous connaître et la perspective d'accueillir si imprévisiblement ce grand fils que la nature lui a refusé, de l'aider à monter à l'assaut des barricades qui s'élèvent de toutes parts pour contrecarrer le talent, le remplit d'allégresse. Avec lui vous serez dans les meilleures mains du monde, près d'une volonté aimante et d'une affection qui ne se lasse pas.

– J'espère ne pas le décevoir, balbutia le nouveau pensionnaire de l'Hôtel Davignon en réponse à ces douces paroles.

– Quant à moi, ajouta le vidame, beaucoup plus frivolement et avec le petit pécule qu'on m'a laissé dans cette intention, je m'emploierai dès demain à vous gréer comme on dit par ici, c'est-à-dire à vous vêtir à la parisienne… C'est une chose qui vous surprendra sans doute que la tyrannie du costume et de la mode dans cette ville.

Victor qui venait de surprendre dans le reflet cuivré d'un miroir, entre les tiges d'un bouquet de pieds d'alouette, son justaucorps aux galons décousus, sa chemise fripée, sa gorge empourprée de soleil, et qui, derrière lui, pouvait en même temps apercevoir le vidame, blanc de figure et chamarré d'habit, réalisa avec effroi qu'il allait se trouver à son tour pareillement emmailloté, roulé dans la farine, affublé pour finir de cette épaisse crinière qui devait échauffer les oreilles. Saisi d'une brusque appréhension, il fut au bord d'interroger sur la nécessité d'une mue si radicale mais, sentant qu'on avait l'air de tenir en face de lui très fort à sa transformation, il ravala aussitôt sa protestation. Il se prit même à rire et, par un de ces glissements qui ne peuvent se contrefaire et qui sont la grâce des gens prédisposés au monde, il se retourna vers sa tante, tirant un pan de chemise hors de sa culotte.

– Vous devez me trouver bien grossier, mal raccoutré comme je suis ! dit-il.

– Grossier ! répéta la conseillère, point quand on parvient, comme vous faites, à ne pas accuser les cent trente lieues qui sont dans vos bottes… Mais, trêve de compliments, prenez possession, rafraîchissez-vous, reposez-vous un peu ! Le vidame viendra vous chercher dans une heure et nous souperons dans mon boudoir en comité restreint, à la clochette[1] pour pouvoir parler comme nous voudrons. En attendant je descends aux cuisines donner ordre aux sauces[2] et veiller à ce qu'on prépare un plateau de gala pour votre mascotte.

1. C'est-à-dire hors la présence des domestiques qui n'entrent dans la pièce où l'on mange qu'appelés par la clochette posée sur la table.

2. Prendre soin que tout soit apprêté pour le repas.

Sur ces mots elle esquissa avec la souplesse du félin un demi-tour aux allures de révérence, laissant Victor aux anges et Stella déjà pelotonnée au creux de la grille d'une fenêtre, captivée par le manège de la rue.

Dès six heures le lendemain, Victor et le vidame, l'estomac bien garni, déambulaient par la ville sous un grand soleil rouge. Depuis l'entrée du Pont-Neuf déserté encore par ses saltimbanques et ses étaleurs[1], Paris, ainsi qu'une odalisque abandonnée aux rêveries dans la clarté ambrée d'un sérail, s'offrit mollement à leur vue. Le fleuve, bordé de la garde noble que montaient, sur la faible pente de ses grèves, quelques-uns des plus fameux bâtiments de France, était assailli, dans l'intervalle de ceux-ci, d'une bousculade de bâtisses déhanchées qui évoquaient l'avancée d'une armée de nains. Certaines de ces constructions projetaient leurs pignons en saillie dans le plus petit interstice de jour ; d'autres avaient monté en graine et haussé jusqu'au vertige lucarnes et vasistas pour avoir vue sur l'eau. C'était le Nil de Cléopâtre tel qu'il est fixé dans l'imaginaire de quelques peintres fous, trempant du même flot fertile des palais soutenant des masures, un culbutis de créatures angéliques et monstrueuses, un tournoiement de flottilles galonnées de voiles aux découpes protéiformes frissonnant ainsi que des guenilles.

Le vidame, amoureux de la capitale et qui, malgré le beau nom d'oc de Saint-Papoul attaché à son titre, y avait presque toujours vécu, présentait chaque édifice avec la chaleur qu'il aurait pu apporter à faire se rencontrer ses plus constants amis. Victor, plongé dans ce dédale de colonnaisons et de clochers après la nuit réparatrice où l'avait jeté un souper délicieux, s'ébahissait à

1. Marchands qui vendaient sur les ponts.

s'entendre nommer ces lieux dont son père l'avait maintes fois entretenu mais qui, dans le roulis prodigieux des rêves de son enfance, avaient pris d'autres allures.

Il faisait répéter son guide, accrochant son regard à chaque ombre portée sur la ligne tout en fronces qu'étiraient les immeubles de part et d'autre du fleuve. Pénétrant dans le taillis de flèches et d'échauguettes de l'île médiévale, ils empruntèrent la pente légère des rues de la Lanterne et de la Juiverie que l'avancée des encorbellements paraissait enfoncer sous terre. Ce n'est qu'au beau milieu du pont Notre-Dame qu'ils revirent le jour. Ce dernier était une étroite tranchée bordée de deux rangs de trente échoppes d'à peu près quinze pieds de large, que recouvraient autant de maisonnettes à trois étages, coiffées de pignons triangulaires. Avec son voisin le Pont-au-Change, il constituait le principal point de passage entre l'île et la rive droite mais, pour avoir le privilège d'être équipé d'une pompe qui débitait l'eau gratuitement et s'être, depuis la Renaissance, fait une spécialité des commerces d'art, il était le seul qui drainât à toute heure tant d'hétéroclites chalands.

On trouvait là quelques bronziers, joaillers ou ciseleurs d'ivoire mais aussi des peintres, échappés au carcan de l'Académie pour venir barbouiller en série des trumeaux, des portes de voitures, des ex-voto et, de plus en plus fréquemment, des sujets de chevalet. Tous ces artistes, qui mêlaient l'art à la boutique, œuvraient dans la pénombre, en contrebas de la chaussée, coincés entre le panneau vitré de leur devanture et le vasistas étroit qui leur donnait vue à l'arrière, au ras du carreau, sur l'eau grise du fleuve. La foule à cet endroit, bigarrure de la cohue industrieuse des quais et de la flânerie indolente des boulevards, ne relâchait presque jamais son mouvement. Des marchands, traquant sur le pas de leur porte le moindre rayon de jour, soumettaient leurs produits aux clients dans la bousculade du passage. On bonimentait sans fard, on auscultait sans mystère, on soupesait sous la poussée des carrioleurs et dans réchauffement des groupes qui se formaient ou qui s'effilochaient en un clin d'œil. On entendait des portefaix qui donnaient leur avis par-dessus l'épaule des badauds et dont l'accent gouailleur faisait, derrière leurs éventails, pouffer des marquises en mantilles et battantes parfumées.

Juste à côté de l'échoppe du sieur Oudry, dont le fils Jean-Baptiste, âgé de huit ans, était regardé par tous les habitants du pont comme un dessinateur prodige, était installé un vieux peintre sans enseigne, bonhomme à barbiche et calotte de bureau[1], qui s'était fait une spécialité des petits portraits de saints. Son débit était tel qu'il avait depuis longtemps l'emploi de deux apprentis qu'on pouvait apercevoir du dehors, assis en tailleur à même le sol, un grand carton posé sur leurs genoux. Ces garçons venus de loin se trouvaient bien heureux d'avoir trouvé un maître qui ne leur demandât point d'argent, qui leur donnait même trois livres le mois, les nourrissait de soupe épaisse et leur apprenait sans chigner les secrets d'une technique somme toute honorable. Le plus âgé des deux, celui dont le vidame à force de fréquenter le pont s'était fait un ami, se trouvait à Paris depuis moins d'un an. Il était venu de Valenciennes dans la charrette d'un peintre de décors de théâtre et, après s'être essayé quelques semaines chez un rapin sans clientèle de la rue des Saints-Pères, avait échoué sur le pont Notre-Dame au début de l'été. Son nouveau patron ne tarissait déjà plus d'éloges sur lui ; il l'avait mis d'abord à faire des fonds à l'huile, des verdures et des ciels avant de lui confier quelques contours de figure, surtout celle de saint Nicolas pour laquelle il

1. Grosse étoffe de bure.

avait acquis dans Paris une sorte de renommée. Au bout d'un mois le jeune prodige s'était mis à peindre le sujet en entier et à le signer, non sans malice, du propre nom de son patron.

Le vidame, qui connaissait le marchand pour lui avoir acheté pièce par pièce une série de personnages de la Comédie Italienne qu'il destinait à de petits cadeaux, lui présenta Victor avant de demander la permission de distraire pendant quelques secondes son prodigieux disciple.

– Monsieur de Gironde, fit-il lorsqu'il fut devant le garçon qui s'était entre-temps levé, je vous présente Antoine Watteau, un exilé comme vous… Il vient d'arriver de son Hainault, la tête pleine de l'opulence de Rubens. En l'entendant parler de son travail, vous comprendrez ce qu'est la passion chez un créateur.

Le jeune peintre, qui avait souri au compliment, était un blondin chétif, pourvu d'un long visage farineux que deux yeux pétillants paraissaient devoir embraser.

Il salua les visiteurs d'une révérence qu'il fit fort basse par un reste de moquerie.

– Les amis de monsieur de Mériadec sont gens de goût, dit-il, ils sont donc, au moins pour cela, mes amis… J'ai fini hier cette copie de la vieille femme de Gérard Dou [1] dont vous m'aviez vu faire l'esquisse. J'attendais votre avis.

Il alla tirer d'un placard un petit panneau de bois qu'il posa sur l'étagère étroite dont avait coutume de se servir son patron pour montrer aux clients ce qu'il proposait. Il se recula et attendit le verdict des visiteurs sans pouvoir réprimer un mouvement d'inquiétude.

– J'aime cette lumière, dit aussitôt Victor, elle habite votre portrait et donne vie au modèle.

– Ah ! la lumière, s'enthousiasma le marchand, voilà

1. Gérard Dou (ou Dow) (1613-1675), peintre et graveur hollandais.

le génie de ce garçon… Il nous porte sur la Seine la clarté grise des Flandres. Il vient à point car le public s'est fatigué de la netteté de trait des Français et des empâtements pompeux des Romains. Il va nous franciser le genre flamand, mettre la grande harmonie des choses d'ici dans ces scènes intérieures que réussissent si bien les Hollandais.

– Ah, non ! se récria Watteau, je veux me tenir dehors, j'ai vécu mon enfance sur les places publiques, dans le mouvement incessant des soldats, sur fond de la magie des bateleurs et des tréteaux. Je veux rendre tout cela : le grouillement des gens, la féerie des spectacles et tout ce que l'éclairage des heures, en tournant, fait virevolter de formes et de couleurs.

– Noble ambition ! opina le marchand la mine paterne, d'ailleurs vous êtes de taille à tenir tout cela mais je sais aussi que, dès que vous y parviendrez, vous me quitterez. Je me retrouverai seul, une fois de plus, à brosser mes saint Nicolas… Ainsi vont mes apprentis, les princes et l'Académie me volent les meilleurs !

Ayant conclu ces lamentations par une moue résignée, il se tourna vers le vidame.

– Vous venez, je suppose, au sujet des retouches que m'a commandées votre parrain pour les portières de son cabriolet.

Il déplia le rôle de ses rendez-vous et chaussa ses besicles qui tenaient à une boutonnière de son justaucorps par un ruban de velours fané.

– Nous viendrons mercredi en huit, dès son retour de Versailles.

– Nous vous attendrons ! conclut le vidame en s'apprêtant à quitter l'échoppe.

Les deux promeneurs, qui, au sortir du pont, avaient remonté la rue Saint-Christophe, se retrouvèrent au bas des marches de l'étroit parvis de Notre-Dame, au pied du sinistre poteau de justice devant lequel les condamnés à l'amende honorable venaient implorer le pardon de Dieu et prendre un dernier répit avant de marcher au supplice. L'aplomb vertigineux des galeries et des tours, traversées par une clarté grise, écrasait tout alentour. La cathédrale surgissant ainsi, assaillie de taudis et de chapelles dont les pignons et les flèches étiraient leurs ombres jusque sur ses portails, ne pouvait s'appréhender d'un seul coup. Elle livrait alors ses secrets un à un et la connaître tout entière, au hasard des mouvements de la lumière et des contorsions du cou, était à peu près l'œuvre d'une vie.

Ils entrèrent dans le sanctuaire par un porche de côté. Le vidame, qui se distinguait des gens de son époque par l'amour qu'il portait aux temps gothiques, montra à Victor, depuis la grille du chœur, les principaux éléments de cette architecture de jaillissement dont il connaissait le nom savant et l'exacte fonction. Le vaisseau central leur apparut nu et totalement dépourvu de sièges, en contrepoint de l'autel de marbre flanqué de statues et de stalles qu'était en train d'aménager sur ordre du roi l'architecte Robert de Cotte. Il était séparé des bas-côtés par deux rangées ininterrompues de tapisseries à sujets bibliques surmontées d'un alignement de drapeaux pris aux ennemis, présentés la hampe horizontale telles les pages non cousues d'un livre. Dans cette immensité, par-dessus le souffle d'un orgue positif, bourdonnait la psalmodie expirante de chanoines qui machicotaient[1]. Il s'agissait d'un psaume de l'office de la Vierge dont les paroles latines étaient : « *In plateis sicut cinnamonnum et balsanum aromatizans odorem dedi quasi myrrha electa dedi suavitatem odoris*[2]. »

1. Qui chantaient avec l'ornement du machicot, c'est-à-dire en ajoutant des notes pour remplir les intervalles du plain-chant.

2. J'ai répandu une odeur suave, pareille à celle de la cannelle et du baume, une odeur aussi agréable que celle de la myrrhe la plus excellente.

Jean-Hercule, à ce chant aux résonances élégiaques, tira de sa poche un minuscule livre d'heures qui tenait dans le creux de la main. Après avoir accompagné des lèvres ces phrases à l'écho affaibli, il baisa la couverture qu'il venait de refermer en découvrant une expression de bonheur qui surprit Victor.

– Vous êtes sans doute très religieux ? lui demanda celui-ci lorsqu'ils eurent franchi le portail Sainte-Anne.

– Pourquoi dites-vous cela ? s'étonna le vidame.

– Je viens de vous voir prier sans douleur.

– Qu'y a-t-il là d'étonnant ?

– Vous allez me trouver sans doute étrange, s'obstina Victor, mais je viens d'un pays où les affaires de Dieu n'ont jamais été simples. Plus d'une fois chez moi le sang est venu éclabousser la dalle des sanctuaires... La prière, dans mon Rouergue, est une pénitence ; l'on ne s'y rend jamais tout sourire ou par délectation pure.

– Je sais par votre tante que vous avez vécu des moments terribles. Si la chose peut vous consoler, vous constaterez vite que les choses ne sont pas plus faciles ici... Je suis prêt à gager qu'avant ce soir vous aurez entendu parler de la querelle des jésuites et des quesnellistes[1], des coups qu'ils se portent et des anathèmes dont ils s'écrasent... Votre oncle et votre tante tiennent fort au vieux jansénisme des Arnauld[2]. Ils n'en font pas mystère, on les connaît partout pour cela dans Paris.

– Et vous ? s'enquit ingénument Victor.

1. Partisans du père Pasquier Quesnel (1634-1719), membre de l'Oratoire, auteur du livre « Le Nouveau Testament avec réflexions morales sur chaque verset » auquel se réfèrent tous les jansénistes de la deuxième génération. Une bonne part des difficultés religieuses du début du XVIIIe siècle provient de ce que de nombreux prélats de tradition rigoriste, tels que Bossuet ou l'archevêque de Paris, Antoine de Noailles, ont commencé par donner une approbation à ce livre avant de la rétracter sous la pression de Rome et du roi.

2. La famille Arnauld dont plusieurs membres s'illustrèrent dans le jansénisme français de la première génération, en particulier à Port-Royal.

– Je suis ancien élève des Jésuites et je ne renie pas mes maîtres… Mais nous n'aurons que trop d'occasions de reparler de ces disputes qui ne laissent pas de m'effrayer par le tour belliqueux qu'elles prennent.

– Le siècle qui s'ouvre, soupira Victor, ne nous apportera-t-il pas davantage de paix pour les consciences ?

– J'en doute, répliqua Jean-Hercule, cette grâce, que j'appelle de mes vœux tout comme vous, suppose qu'on ait monté quelques degrés dans la perfection et je n'ai guère d'espoir de voir consacrer des progrès là-dessus de notre vivant.

– Ah ! articula faiblement Victor, le visage froncé d'une grimace comme s'il venait de voir crouler un premier pan de ses illusions.

Maître Pivoine, le tailleur de monsieur Davignon, se terrait à l'ombre de Notre-Dame, rue d'Enfer. L'épaisse porte en bois de sa boutique était ornée de clous de cuivre à tête bien astiquée qui dessinaient un calice surmonté d'une hostie dans laquelle se lisaient ces mots : Balthazar Pivoine, tailleur de la cour.

Après avoir franchi ce seuil austère, on pénétrait dans une salle aux poutres fléchissantes, garnies d'une dizaine de longs comptoirs rangés parallèlement et chargés dans leur fond de tissus enroulés sur des rondins de bois. Cinq ou six ouvriers accroupis à la manière particulière des tailleurs, c'est-à-dire à la turque, étaient installés sur chacun de ces meubles. Ils étiraient leur cou en cadence pour happer le peu de lueur répandue par les minuscules lampes à huile qui oscillaient à hauteur de leur regard en exhalant un suif âcre. Chaque tablée travaillait au même habit. Le compagnon, reconnaissable à son dos voûté davantage et au gris de ses tempes, était installé en bout ; il marquait à la craie les coupons tenus à plat par des gamins à genoux et les découpait prestement ensuite en faisant crier ses ciseaux sur la trame tendue. Des apprentis, rangés autour de lui par ordre d'ancienneté mais dont aucun n'avait passé quinze ans, tiraient l'aiguille avec des gestes secs, mêlant les craquements du fil à ceux du feu qu'on nourrissait en permanence dans une sorte de chauffoir pour entretenir les fers.

Maître Pivoine, portant tel un roi chapeau à plumes par-dessus sa perruque, déambulait dans les rangs en habit noir. Rigoureux au possible avec son monde, il resplendissait de la suffisante bêtise des boutiquiers qui ne sont pas revenus de leur réussite. Agitant sa canne enrubannée, il redressait les dos arrondis en les piquant à petits coups secs, faisait choir les ouvrages mal tenus, s'escrimait sur les doigts des fautifs. Pirouettant soudain, il se jetait en trois enjambées à l'autre bout de l'atelier pour farfouiller le paillon des passementières et vérifier le compte des canettes d'or que signalait un rôle tracé à l'encre, mis bien en évidence au coin de chaque établi. Passant d'un bond sur les côtés, il faisait replier leurs jambes nues à des garçonnets qui, adossés le long des murs, s'appliquaient à compter et recompter les quatre-vingts boutonnières qu'ils devaient exécuter dans leur journée pour gagner six liards. Le tailleur, dans cette course imprévisible, était suivi d'une fillette au jupon retroussé qui, d'un mouvement mécanique, distribuait leur pain du matin aux ouvriers à leur poste depuis l'heure de cinq heures.

Ayant entendu le tintinnabulement de la clochette à sa porte, le bonhomme Pivoine se retourna si brusquement que le plumet de son chapeau resta quelques instants à frissonner.

– Vous, dans mon atelier, monsieur ! s'exclama-t-il en forçant son sourire brèchedent parce qu'il n'aimait pas que ses clients huppés vinssent le relancer dans la crasse de son antre.

Il faut préciser ici que les gens respectables étaient vêtus uniquement chez eux et que c'était le signe d'un tout petit train que se transporter dans une boutique pour s'y faire habiller. D'ailleurs, lorsque leur crédit était tout à fait mort, la plupart des marquis de la Bourse-Plate, qui devaient fréquemment à leur tailleur jusqu'à trois ans d'ouvrage, préféraient avoir recours au fripier plutôt que de se passer du grand déploiement de personnel chargé de venir à domicile prendre les mesures et procéder aux essayages.

– Qu'y a-t-il pour votre service ? demanda le tailleur qui s'inclina en faisant ployer son jarret tout mousseux de varices.

– Nous avons un besoin urgent de votre art, répondit le vidame après avoir salué froidement comme il seyait avec un fournisseur… Monsieur de Gironde, que voici, vient de traverser la France pour habiter chez son oncle, le conseiller Davignon, et puisque nous savons que nul n'est habile comme vous à ces métamorphoses qui font l'unanimité parmi les gens de goût, il faut que, toutes affaires cessantes, vous le soumettiez au brodequin de l'élégance.

Le compliment plut à maître Pivoine. Il acheva de se dérider en frissonnant d'orgueil et, gardant un bras tendu sur son bâton vrillé au sol, il se fendit d'une nouvelle révérence, basse à se fracasser le crâne.

– Nous allons rejoindre maître Pierre, dit-il, il va vous arranger cela !

Il mena les jeunes gens par l'allée centrale jusqu'en haut d'un petit escalier en colimaçon encombré de housses jetées à chevauchon sur la rampe de bois. Ils débouchèrent ainsi dans le fond d'un tunnel qui se terminait par un genre de cul-de-four éclairé de trois longs soupiraux grillés. Au travers de ces ouvertures donnant sur la chaussée, on pouvait avoir la vue presque continue de tout ce qui passait de roues et de pieds au niveau du pavé. Le jour, filtrant par là en diagonale, inondait à grands effluves une petite estrade garnie d'à peu près dix pantins bourrés de son, exactement de taille humaine, dont ventres et fesses sortaient ou se rentraient par un système de crémaillère. Ces grandes marionnettes hissées sur des trépieds ne servaient qu'à donner le dernier fion à la coupe des habits mais on les avait curieusement dotées, par-dessus la boule vernie leur tenant lieu de tête, de masques de carton, grotesques et pleins de bigarrures, qui leur conféraient des allures carnavalesques.

Le bonhomme Pierre était le maître-garçon[1] du sieur Pivoine, chargé, avec l'aide de cinq ou six commis, d'avoir l'œil aux atours qui ne pouvaient sortir de sa boutique qu'avec sa bénédiction. C'était un vieux célibataire bossu et contrefait, coiffé en permanence d'une calotte de fourrure, houspillant sans cesse son monde d'une voix grincheuse et qui se mouvait en donnant l'impression de devoir se désarticuler à chaque pas. Malgré ces dehors farouches, fort bon cœur, défendant ses ouvriers de la pingrerie éhontée de son patron et sachant à tout moment les récompenser par ces petits riens qui, dans l'aridité de l'effort, rendent supportable la tyrannie des perfectionnistes. Outre ses commis, il avait sous ses ordres deux perruquiers qui, sur des formes oblongues, apprêtaient les crinières brutes que livraient, dans des cartons de couleur lie-de-vin, les maisons Evrain et Binet. Ces deux garçons, qui se tenaient à califourchon sur de rudes sellettes, rognaient, étiraient, aplatissaient les frisures avec des peignes d'acier. Ils les teignaient ensuite mèche par mèche à l'aide de pinceaux pour qu'elles fussent en accord avec le ton des habits, les saupoudrant pour finir d'amidon et de poudre de Chypre.

– Je vous laisse entre des mains expertes, proclama le bonhomme Pivoine, vous confier à maître Pierre

1. Premier garçon.

c'est comme vous en remettre à moi !… Nous avons le même souci du bien fait. Nous détestons les élégances approximatives et avons décidé une fois pour toutes de laisser les façons répétitives aux faiseurs d'uniformes.

Ayant assené ces paroles augustes avec la morgue prétentieuse du basset qui aboie à la lune, il remonta à l'étage.

Le vidame, après avoir fait trois pas en arrière pour s'assurer en lorgnant au travers de l'escalier qu'ils étaient enfin seuls, se précipita vers maître Pierre, resté à demi caché derrière ses mannequins.

– Alors, le pressa-t-il en s'emparant de son bras pour l'aider à descendre de son estrade, nous conterez-vous les derniers mystères de Paris ?

– Qui sait ? Qui sait ? ronchonna le gnome d'une voix caverneuse.

Et il dévisagea aussitôt Victor en fermant son œil droit.

– Non ! protesta le vidame, vous n'avez rien à craindre… Mon ami est du côté des rieurs.

À ces mots, le visage du maître-garçon se dérida en un clin d'œil, comme sur le vaisseau de ligne, se déplissent les huniers qu'on vient de carguer. Il fit une galipette gracieuse, remonta d'un bond sur son théâtre et salua avec des manières de bateleur qui va commencer la parade.

– Et je vous en dirai tant, annonça-t-il en nasillant sans se contraindre, que presque toutes nos victimes sont aujourd'hui réunies pour nous tirer leur révérence… Mais comme maître Pivoine ne me paie pas – chichement d'ailleurs – pour me voir musarder, nous mènerons de front ravaudages et ravauderies [1].

Tapant dans les mains, il fit surgir trois apprentis précédés d'un compagnon auxquels Victor fut livré

1. Commérages.

sans plus de façon qu'un voleur aux mains de grippe-coquins.

– Mesures grandes et petites ! ordonna méchamment le tailleur avant de faire de grands signes pour rappeler l'attention sur lui.

Il courut d'abord se tapir dans un angle du mur puis revint aussitôt en sautillant pour se planter au premier plan, roulé dans la cape imaginaire de l'acteur qui tient un rôle à manteau[1].

– Apprenez les nouvelles de demain !… Apprenez les nouvelles de la ville ! lança-t-il en frappant le ventre de la plus grosse de toutes les figures du pommeau de sa canne. Messeigneurs, voici le prince de Grande Arnaque !

– Traduisez d'Armagnac ! souffla le vidame à l'oreille de Victor, ou encore Monsieur le Grand car on nomme ainsi le Grand Écuyer du roi, l'un des personnages les plus considérables de la cour…

– Il s'est entiché d'une divettina d'opéra, poursuivit maître Pierre, une demoiselle Giboulée, connue dans les bas-fonds pour avoir artistement ratissé plus d'un bourgeois et laissé quelques petits marquis plus essorés que des serpillières. Rien n'est trop beau pour cette godinette[2]… Devinez un peu où l'on vient de lui faire son nid ?

– Je vous le demande, répliqua le vidame qui avait pris place sur un tabouret dans la position d'un habitué du parterre.

– Dans un hôtel ! Tout comme une grande dame !… Avec des livrées, des laquais, des armoiries volées à Dieu sait qui, qu'on est allé graver jusque dans sa vaisselle. Je tiens tout cela de ma commère Ninon Pichot, ma consœur en baleines et bustiers, qui n'a jamais vu

1. Rôle où l'acteur n'apparaît que dissimulé.
2. Fille de petite vertu.

plus grande cohue de fournisseurs dans l'escalier d'une duchesse. C'est, paraît-il, débauche de housses, de cartons, de fleurs et d'écrins… N'est-ce point un soulagement, messeigneurs, que songer qu'il est encore un pays où, malgré la misère des peuples, des gens trouvent le moyen de perdurer dans l'opulence ?

Victor, à voir le tailleur circuler entre les mannequins, se déhancher et multiplier les grimaces, éprouvait déjà du mal à garder son sérieux. Il en oubliait le manège des gamins qui manœuvraient ses bras comme les leviers d'une pompe à eau et celui des perruquiers qui venaient de se hisser sur une escabelle pour ajuster au sommet de son crâne un invraisemblable écheveau de filasse.

– Et savez-vous qui pleure à cette heure ? reprit le maître-garçon en s'approchant du bord de son estrade pour faire semblant de parler *a parte*… C'est messire d'Antan, ce sacripant, ce ladre, ce scélérat, cette ignominieuse déjection d'une nature viciée !

Tout en lançant ces imprécations féroces, il s'était retourné pour infliger une rossée à un second mannequin dont l'habit plein de clinquants s'était mis à valser.

– Attention ! confia le vidame à Victor en profitant de la colère du bonhomme, gardons-nous bien de rire car il s'agit de l'ennemi personnel de maître Pierre, le duc d'Antin… La nature viciée dont il est question n'est autre que madame de Montespan car d'Antin est l'unique fils légitime de l'ancienne favorite… C'est un sot prétentieux, coléreux et sauvage, que la position de ses demi-frères, les bâtards du roi, ne cesse d'enivrer. Maître Pierre le hait pour l'avoir surpris à battre ses valets et prendre un plaisir morbide à les avilir… Mais pourquoi pleure-t-il, votre monsieur d'Antan ? poursuivit-il tout haut en considérant le tailleur qui demeurait haletant au pied de la figure qu'il venait de flageller.

– Mais parce que la Giboulée était à lui, répondit

maître Pierre en continuant de parler bas, il l'avait volée à un fermier général et la tenait sous clefs à Vaugirard dans un vide-bouteilles[1]. Il la faisait garder par une vieille bossue, ma complice en laideur, qui, prenant un jour en pitié ma curiosité d'infirme, a fini, sur mes prières, par tout me découvrir. Le prince de Grande Arnaque connaissait Giboulée ; il s'en était entiché pour l'avoir aperçue à Sceaux chez le duc du Même. Il s'est abouché avec elle en secret et l'a fait enlever par deux ou trois ruffians de son écurie, ceux que la police connaît pour participer d'ordinaire à ses crapuleries. La divette, vous vous en doutez, n'avait pas balancé une seconde entre rester la prisonnière d'un duc aussi méchant qu'avare et être mise sur le pied de grande dame par une crapule dont tout le monde sait les goûts fastueux… Voici, messeigneurs, comment en ce siècle le stupre fait courir les princes et élève les créatures à la pourpre des reines !

Ayant ainsi tiré la morale de ce premier tableau, le tailleur se jeta au bas de son théâtre pour venir faire trois fois le tour de Victor.

– Hum ! marmonna-t-il, voici un jeune homme bien bâti que nous n'aurons aucun mal à vêtir comme il faut… Combien fait-il à la taille ? demanda-t-il au compagnon qui portait un coussinet d'épingles accroché à son poignet.

– À la taille ? bredouilla l'homme saisi de panique, mais je n'ai pas mesuré là.

– Çamon, maroufle ! tempêta le maître-garçon en élevant les bras, te souviendras-tu donc un jour qu'un habit bien fait tient d'abord à la taille ?

– Mais, ne m'avez-vous pas dit justement hier, reprit l'homme en tremblant, que rien n'importait plus que l'entournure ?

1. Une maison cachée où l'on menait joyeuse vie.

– Hier, c'était hier, ganache ! poursuivit ce tyran vestimentaire brusquement débiffé par la rage, aujourd'hui il s'agit des épaules !... Cela ne devrait faire rentrer qu'une seule chose dans ta cervelle d'oison, c'est qu'un bel habit doit être parfait... Allez, recommence ! et prends garde d'être exact.

– Et celui-ci derrière ? s'enquit le vidame impatient d'en savoir davantage.

Il désigna la plus grande des figures, parée d'un justaucorps de fil d'argent frisé de chenille noire, sur les revers duquel moussait un col de moire grise.

– Ah, lui ! balbutia maître Pierre en enfouissant sa tête sous son coude, je n'ose rien dire sur son compte. Le prince des Vents de Mort est un sorcier chez qui je ne me présente qu'en frissonnant... Chaque fois que je me suis trouvé devant lui, je n'ai pu longtemps soutenir l'éclat de son regard...

– De qui s'agit-il ? demanda Victor gagné par l'inquiétude.

– Du duc de Vendôme, répondit le vidame, un descendant par les bâtards d'Henri IV, un être qui fascine la canaille parce que, en dépit de l'horreur d'une vie cousue de crimes et de débauches, il continue de jouir au plus haut point de la faveur royale.

Victor se souvint à cette seconde de la mystérieuse voyageuse entrevue à Martel dans l'équipage de ce personnage et des propos sibyllins que le chevalier de Carresse avait tenus sur son compte. Il voulut détailler l'habit que maître Pivoine lui destinait mais le masque de carton qui servait au mannequin de tête, rouge d'écarlate et comme éclaboussé de sang, le força à rabaisser les yeux.

Maître Pierre, pressé de changer de sujet, s'était déjà planté près d'un autre costume, le plus somptueux, le plus riche, le plus délicatement brodé de tous.

– Quant à celui-ci, messeigneurs, vous l'avez reconnu, c'est le duc d'Orient !

– D'Orléans, rectifia à mi-voix le vidame.

– Admirez la magnificence de ces ganses d'or, l'élégance de cette brassière pépiante de ramages sur laquelle une chambrière coudra et découdra chaque matin vingt boutons de diamant !... N'est-ce pas l'habit digne du neveu d'un grand roi ? Du seul parmi nos princes qui ne dédaigne pas de vivre au milieu du peuple de Paris, de celui que ses talents militaires et son esprit désignent en permanence au courroux des envieux... Il affecte d'ignorer ceux qui le couvrent d'ordures, assuré qu'il est de les balayer sans en excepter un lorsqu'il sera temps... Tous ici le haïssent, ajouta-t-il en bastonnant d'une volée le cercle des figures qui flanquaient celle du duc... Songez par exemple que monsieur d'Antan, ce délateur patenté qui divertit le roi chaque matin du ragoût des friponneries de sa cour, fait courir à toute heure, malgré son avarice, deux espions à ses basques !... Apprenez en tremblant qu'il existe dans cette ville des officines à demi secrètes où l'on s'active à composer au vitriol des couplets contre lui !... Voici comment fil à fil se tisse une légende noire !

– Mais que peut escompter votre duc du Même ? s'inquiéta le vidame, il ne sera jamais qu'un bâtard quand le duc d'Orient, par sa qualité de petit-fils de France[1], reste, lui, intouchable.

– Erreur profonde ! protesta maître Pierre dans un mouvement sauvage des épaules, de nos jours le déchaînement des ambitions ne connaît plus de bornes... D'ailleurs, si l'on s'en prend avec tant de rudesse

1. Les fils et petits-fils de rois étaient fils et petits-fils de France, supérieurs par le rang et les prérogatives aux princes du sang qui commençaient aux arrière-petits-fils de rois. Ils avaient par exemple des gardes du corps, un premier écuyer, un premier aumônier, ils s'asseyaient devant les reines, toutes choses qui ne s'étendaient pas à leurs descendants.

aujourd'hui au neveu du roi, ce n'est que parce qu'on n'ose pas encore frapper à la tête. Pourtant, si demain, tirant prétexte de ses débauches, le parti dévot parvenait à déconsidérer ce prince, voire l'écarter de la succession royale, nous verrions cet événement sans exemple suivi de beaucoup d'autres plus surprenants encore... Le Bas-Empire serait dans Versailles et, une fois la monarchie vidée de sa substance, les sabreurs les plus hardis n'auraient plus à regarder le trône comme un objet inaccessible.

– Vous me faites frémir, bredouilla le vidame, mais comment parvenez-vous à mettre à nu tant d'épouvantables desseins ?

– Cet organe a la capacité de démêler le secret des âmes, répondit le tailleur en montrant le seul œil qu'il gardât alors ouvert, et comme personne ne songe à se défier du vilain crapaud qui porte les habits de ces beaux messieurs...

Il singea de nouveau le glissement précautionneux d'un conjurateur.

– Il faut vous dire, messeigneurs, que grâce à ces riens que les grands ont la manie de laisser traîner et qui trahissent leur scélératesse mieux que des aveux signés, bien avant que vous ne fussiez en âge de me questionner, j'avais tout subodoré de la fameuse Affaire des Poisons... Assurément, j'eusse gagné plus gros au service de monsieur de la Reynie[1] qu'à celui de maître Pivoine.

Cessant brusquement de parler, il sauta au bas de son estrade et bouscula son compagnon.

– Pousse-toi !... Tu me désoles, frelon stupide ! avec cette façon godiche de tenir cette toise.

1. Gabriel de la Reynie (1625-1709). Il a été jusqu'en 1697 le Lieutenant de police de Paris, poste que Louis XIV avait créé pour lui.

Il s'empara d'un geste vif de la lourde règle ferrée et commanda à Victor de placer les mains sur ses épaules.

– Ah ! ah ! nasilla-t-il en frôlant imperceptiblement les coudes de sa victime, voici des bras allongés comme il faut pour tirer l'épée… Vantez-vous d'être tombé à pic et de m'être sympathique. J'ai là deux ou trois beaux ensembles que je pourrais adapter en un tournemain à votre taille… Que diriez-vous d'un ton de gris pour pleurer avec votre mélancolie, d'une couleur de framboise et d'un vert pour faire pépier votre jeunesse ?

– Trois habits ! s'effraya Victor.

– Ce sont les ordres de votre oncle, s'entremit le vidame, car, dans cette ville, un homme qui n'a que trois costumes est tout juste un laquais.

– Si vous n'êtes pas superstitieux, reprit maître Pierre, je vais vous montrer quelques merveilles restées sans preneur… L'hécatombe parmi les hommes qui s'habillent est considérable. Jugez plutôt ! L'habit gris était destiné à un charmant jeune homme qui faisait le galantin auprès de la femme d'un juge. Celui-ci, un vieux jaloux rechigné, a fini par s'aboucher avec des êtres peu recommandables qu'il sut si bien intéresser à son malheur que, peu de temps après, les pêcheurs de Conflans remontèrent dans leurs filets le corps tout transpercé du petit friponneau… Quant aux vert et framboise, ils nous restent d'un mystérieux seigneur qui venait ici tous les mois commander deux ou trois costumes, agrémentés chaque fois d'une touche de chic anglais, qu'il fallait exécuter aux mesures de personnes que nous n'avions jamais vues. Cet homme a été assassiné lui aussi. J'ai découvert depuis qu'il était un fidèle du roi Jacques[1] et l'âme d'un complot qui devait permettre à quelques conjurés catholiques de débarquer sur

1. Jacques II Stuart (1633-1701). Détrôné en 1688, réfugié à Saint-Germain-en-Laye, où il mourut.

les rives de la Tamise où, grâce à leurs costumes à la mode de Londres, ils se seraient mêlés à la foule sans éveiller l'attention… Voilà l'histoire des atours que je vous destine, c'est pourquoi je vous demande à nouveau si vous êtes impressionnable.

– Ce que vous venez de me conter, convint Victor, a en effet de quoi refroidir plus d'une âme sensible. Mon père cependant m'a appris à n'être influencé que par ce qui se démontrait… Il suffira donc que vos habits m'aillent et qu'ils me plaisent pour que je les adopte.

– Bravo ! s'écria maître Pierre, voici la fière réponse que j'attendais !

Il tapa de nouveau dans ses mains et l'on vit s'avancer deux autres apprentis au crâne gainé d'une marmotte. Ils déshabillèrent Victor, le roulèrent dans un drap rêche, puis, après l'avoir assis, procédèrent à l'essayage des bas de soie de Chine à coin brodé qui venaient de chez le fameux Perdrigeon. Ils lui passèrent ensuite une chemise de drap fin, empesée comme un médaillon de stuc, dont ils resserrèrent le col, à la dernière mode, par le fin lacet d'une chaconne[1] de velours.

Tout ce qu'avait proposé maître Pierre, après avoir mesuré Victor à la seule aune de son œil expert, s'avéra lui aller parfaitement. Il ne fallut reprendre que les rebras de satin gris, pour diminuer leur ampleur et les mettre en rapport avec les revers de la veste qu'on était accoutumé de rabattre sur ceux du justaucorps. L'opération se fit dans un souffle et sur Victor lui-même qui fut, pour finir, hissé sur des souliers à boucle cavalière dont la couleur était en harmonie avec tout le reste de son costume.

S'approchant d'un grand miroir éclaté en tryptique et découvrant sous plusieurs angles sa métamorphose, notre héros ne put contenir un magistral éclat de rire. Il

1. Ruban qu'on portait sur la chemise.

se vit grandi, déhalé, pourvu pour la première fois de talonnettes rouges, fleuri de nœuds et de bouffettes comme le fagotin d'un montreur de foire, ne reconnaissant à peu près de lui que son bout de nez qui émergeait d'une mousse de soieries et de crins pleins de poudre.

– Suis-je au gré de Paris ? demanda-t-il en se retournant.

– À la pointe de la pointe ! répondit maître Pierre sur un ton de grand sérieux.

De retour rue Dauphine, vers midi, les jeunes gens remarquèrent en pénétrant dans la cour le petit cabriolet noir de monsieur Davignon qui venait d'arriver de Versailles. Un valet en dételait deux chevaux pommelés rendus piaffants par la chaleur, dont l'un, celui de droite, portait encore la selle rouge du cocher[1]. Le conseiller, suivant son habitude, était monté rejoindre sa femme dans le salon malachite. Là, des valets qui l'avaient guetté, étaient apparus pour servir, à la seconde où il entrait, un café corsé et brûlant qu'accompagnaient à profusion, dans une délicate vaisselle de Saint-Cloud, des fruits confits, du gâteau et du sucre candi. Victor, anxieux de découvrir son parent, gêné aux entournures par la raideur de l'habit gris qui ne s'était pas encore fait à lui, se jeta dans l'escalier le cœur battant. Cinglé, dès le vestibule, par l'odeur forte de ce breuvage qu'il ne connaissait pas encore et dont il se défia sur-le-champ comme d'un piège propre à trahir sa rustrerie, il s'arrêta, sans souffle, trois pas avant le seuil. Sa tante, le découvrant engoncé sous sa perruque mais élégant comme un Cinq-Mars[2], ne put contenir un petit cri de stupéfaction.

1. Le conducteur du cabriolet était monté en selle.

2. Henri de Cinq-Mars (1620-1642), jeune gentilhomme, favori de Louis XIII, qui conspira contre Richelieu et fut décapité.

Elle vint à lui, le décida à entrer en lui prêtant son bras et le mena jusqu'à son mari qui, contrairement aux usages, s'était levé pour accueillir un visiteur de son sexe et plus jeune que lui.

Le conseiller était un géant majestueux dont le visage, tendu d'une peau que la vérole avait grêlée, se trouvait partagé d'un nez busqué proche du bec de l'aigle. Il touchait alors presque à ses soixante ans mais portait superbement cet âge tenu pour avancé qui était celui de presque tous les grands commis de la couronne œuvrant sous un roi déjà vieilli lui-même.

Il se pencha pour embrasser son neveu.

– Je vous reçois comme mon fils, lui dit-il avant de le faire asseoir.

Le visage doré de sa femme fut, à ces paroles, traversé de quelques larmes qui contournèrent le coin de ses lèvres restées écloses en sourire.

– Mon oncle ! je tiens tout d'abord à vous remercier... balbutia Victor en esquissant le mouvement de se relever.

– De quoi, grand Dieu ? De vous avoir prié d'occuper ce fauteuil ? Car, enfin, c'est bien tout ce que j'ai fait pour vous depuis deux minutes que je vous connais.

– De m'avoir accueilli, reprit le jeune homme que l'émotion rendait opiniâtre.

– C'est votre tante qui l'a fait pour moi hier au soir et, ajouta-t-il en couvrant son épouse d'un regard bienveillant, je sais qu'elle s'en est acquittée le mieux du monde. Mais laissons là les politesses ! dites-moi plutôt quelles sont les premières impressions d'un garçon venu de si loin lorsqu'il découvre cette ville un peu folle.

– Depuis que je suis ici mon esprit vagabonde... J'étais dans l'extase en cheminant ce matin et je crains de n'avoir pas goûté comme il convenait tous les commentaires du vidame.

Monsieur Davignon reposa sa petite tasse à filet doré.

– J'espère en tout cas qu'il ne vous a pas fait courir sur le parvis acheter du gris ?

– Rassurez-vous, parrain, protesta le vidame sans pouvoir se retenir de pouffer, je ne fais pas aux autres ce que je ne voudrais pas qu'ils me fassent.

Victor se vit alors affrontant deux périls : il entendait rire mais il ne savait pas pourquoi et, de sa main tremblante, à hauteur de son nez, il voyait osciller sa tasse fumante du brouet noir dont le parfum l'écœurait.

– Qu'est-ce donc que ce gris ? bégaya-t-il.

– Une sottise, répliqua le conseiller franchement hilare, les gens d'ici la perpétuent pour se moquer des provinciaux qui affluent journellement en ville. Ils les dépêchent aux porches des églises de la Cité acheter ce gris, or vous apprendrez vite que c'est là un des noms qu'on donne au vent à Paris.

Victor répondit à la plaisanterie par un sourire pincé que son café au sucre non dissous, en passant d'un gros trait, laissa franchement s'épanouir en grimace.

Après avoir rapporté l'heure de sa montre à celle qu'indiquait un cartel d'applique, monsieur Davignon reprit une pose hautaine :

– Victor de Gironde, mon cher neveu, je sais votre histoire… Vous avez été chassé de chez vous par l'application de lois que j'ai toujours regardées comme iniques. Je le dis, je le déplore mais il n'est, hélas ! pas en mon pouvoir d'en adoucir la rigueur. Vous trouverez ici un foyer où nous ne ménagerons rien pour vous faire oublier votre affliction. Vous allez apprendre à me connaître. Je suis sévère, exigeant, ennemi par-dessus tout de la paresse et de la frivolité. Il faut dès cette seconde bien nous entendre sur ceci : vous aurez mon appui tant que vous désirerez ardemment vous construire un état ; vous recueilleriez mon indifférence s'il vous prenait l'envie de ne songer qu'au plaisir.

Mais, dites-moi, ces heures de chevauchées ont-elles éveillé quelque idée sur ce que vous désiriez entreprendre ?

– Je suis assuré d'une chose qui aurait hérissé mes aïeux, dit Victor, c'est que je ne ferai jamais un bon soldat. Quant à l'Église, si j'adhère sincèrement à ses vérités, j'en ai trop vu la face intolérante pour pouvoir m'y sentir à l'aise.

– Je ne vous blâmerai pas de refuser l'un et l'autre état, opina monsieur Davignon, ce choix je l'ai fait avant vous avec la même conviction. Il faut pourtant que vous sachiez qu'à refuser ce qui s'offre sans discussion à la noblesse, vous restreignez considérablement vos chances d'établissement. Les charges de cour, par exemple, vous seront refusées parce que vous êtes le fils d'un homme qui s'est abstenu toute sa vie de paraître à Versailles.

– J'ai bien compris cette première leçon, mon oncle, répondit Victor, et je suis déjà certain qu'avec votre aide j'aurai la force de respecter le serment fait à mon père en le quittant.

– Quel serment ?

– Rendre notre nom fameux pour faire savoir partout que les Gironde n'ont pas été punis pour leur infidélité.

– Ce combat, en tant que votre parent, sera le mien, reprit monsieur Davignon, et aussi longtemps que vous travaillerez loyalement dans ce but je serai à vos côtés. Comprenez-moi bien, cependant, je ne prêche pas pour qu'on amasse ici-bas honneurs et diplômes mais plutôt pour que chacun, dans ces temps encore bien imparfaits, s'essaye à donner à son existence un sens d'utilité sociale. Mais suspendons le cours de ces sentences…

Il tourna un visage faussement inquiet vers Jean-Hercule qui était resté debout près du fauteuil de sa marraine.

– … Notre ami irait bientôt dire que je me suis mis en

tête de vous faire faire le premier exercice de la grammaire de Port-Royal.

– Je ne pense ni ne dis rien, cher parrain, protesta le futur docteur, une fois de plus vous profitez de mon indulgence pour m'imputer en bloc les agissements de vos bêtes noires jésuites.

– Bêtes noires… Ah ! pour ça, elles le sont vraiment ! repartit l'oncle de Victor en s'amusant à faire allusion à la couleur des robes de ceux de la Compagnie.

– Voilà une autre discipline à laquelle il faudra apprendre à vous rompre ici que celle de la controverse ! soupira madame Davignon, pour moi – si ces messieurs m'autorisent à donner mon avis – je dirai que rien n'est plus vrai que ce que proclamait récemment en chaire l'aimable vicaire dominicalier[1] de Saint-André-des-Arcs. Il comparait l'Église à une grande verrière transpercée par la lumière des passions. Ses innombrables fragments sertis dans leurs plombs rappelaient les divisions de notre humanité, les noirceurs de l'ensemble y répondaient aux éclats pour suggérer les contrastes de nos vicissitudes ici-bas.

– Agnès exquise ! murmura le conseiller en effleurant des lèvres chaque doigt de la main de sa femme qu'il n'avait cessé de presser.

Il se tourna vers Victor, demeuré bouche bée pendant toute cette discussion :

– Vous voici rassuré à propos des éclats que vous entendrez dans cette maison ; ils finissent par éclore en un bouquet de poésie… Je serai plus concret pour finir en disant que je me suis soucié de vous tandis que vous couriez jusqu'ici. J'ai pris langue avec ceux de mes amis qui pouvaient vous mettre en selle. Votre place était réservée à l'Hôtel des Mousquetaires où tout jeune gentilhomme doit passer avant de servir dans l'armée…

1. Qui prêche le dimanche.

Maintenant que je sais que vous ne voulez pas endosser la soubreveste[1], je vois vers qui vous diriger... Dès cette semaine, je vous conduirai chez deux de mes plus constants amis, les frères de Thésut, gentilshommes de l'ancienne marque[2], dont l'aîné est en titre le secrétaire des commandements de la Maison d'Orléans. Ils accepteront, si vous leur plaisez, de vous prendre quelque temps sous leur aile. Auprès d'eux vous vous débrouillerez au monde des bureaux et vous savoir entre leurs mains fertiles me comblera de joie.

– Ils sont extravagants, ajouta madame Davignon, la tête mollement appuyée à l'oreillette de sa bergère, il sort parfois de leur bouche un ramage barbare mais toujours inspiré par le cœur et la raison.

– Ils ont de l'esprit et de la science à revendre, renchérit le vidame, mais ce sont de furieux jansénistes.

– Décidément, c'est la suspicion du vieil inquisiteur de Sorbonne qui vous tient ! protesta le conseiller en fronçant les sourcils, l'abbé est oratorien, ami de Malebranche et de Bossuet ; tous ses efforts ne tendent qu'à concilier les opinions religieuses extrêmes. D'ailleurs avez-vous déjà vu des jansénistes aimer le bon vin au point où l'aiment ces deux-là ?... Si vous m'en croyez, ils sont bien davantage furieux Bourguignons que toute autre chose.

– Le fait est, convint le vidame en arrondissant des lèvres gourmandes, qu'exceptée la vôtre bien sûr, il n'est pas dans Paris de table plus recherchée que la leur.

Monsieur Davignon, qui venait de se dresser, posa une main sur l'épaule de Victor pour appuyer sa conclusion.

– Si ce projet se concrétise, vous n'aurez rien à regretter.

1. Justaucorps sans manches des mousquetaires.
2. De l'ancienne façon.

Ayant ainsi parlé, il s'esquiva pour entreprendre un premier classement de la malle de dossiers qu'il rapportait pour le travail de sa semaine. Les deux garçons, sortis sur ses brisées, s'engouffrèrent dans l'étroit couloir qui réunissait les arrière-cabinets en évitant la traversée de l'enfilade noble.

Parvenu dans sa chambre, Victor éprouva l'impérieux désir de se débarrasser de ses nouveaux harnais. Il se retrouva en un clin d'œil jambes nues, en culotte et chemise de soie, à la grande joie de Stella que la vue de sa métamorphose avait tout d'abord effrayée. Cette dernière, lorsqu'elle eut à peu près retrouvé la physionomie de son sauveur, marqua sa joie en improvisant une sarabande vive et joyeuse. Étendu sur son lit, grattant mollement la voûte de ses pieds avec l'extrémité d'une plume d'oie, il la considérait avec amusement tandis qu'elle faisait tourner sur son index la perruque qu'elle venait de ramasser à terre. Tout en se carrant sur ses oreillers, il songeait à sa nouvelle existence. S'essayant d'abord à ordonner les premières impressions que lui avait procurées son arrivée dans la capitale, il remonta tout naturellement le cours de sa vie depuis trois semaines. Il songea alors aux labyrinthes initiatiques qu'il avait vus quelques fois tracés sur le carreau des églises : un chemin sans échappe y guidait les apprentis d'une épreuve à l'autre, les précipitant de vaste cercle en vaste cercle, comme dans une suite de mondes clos auxquels leur course les retenait de s'attacher. Ballotté par la destinée, il voyait s'ouvrir son âge parisien avec espoir ; le sourire de sa tante, la bienveillante majesté de son oncle, l'amitié du vidame, le rassérénaient. Pourtant, malgré tous ces bienfaits, il traînait derrière lui encore trop de regrets pour oser se réjouir. Le sourire de Stella, en lui rappelant les heures passées à chevaucher en compagnie de Maximilien de Carresse au travers du Limousin, lui donnait la nostalgie des espaces de son enfance et des galopades qui roulaient avec elles des bouffées de liberté. Il songeait à Marie de Rignac, si loin alors, mais qui avait conservé dans sa main la plus grosse part de son cœur. Paris, but trop vite atteint de son exil, malgré ses splendeurs, malgré la douceur de l'accueil qu'on lui avait réservé, paraissait n'être d'abord que la geôle qu'avait assignée à son innocence l'iniquité des hommes.

Après avoir ri de voir Stella danser, contemplant ses habits jetés sur le sol, ganses amidonnées, carcans de sa jeunesse allante, il ne put se retenir de pleurer. Ce moment d'oubli dura plusieurs minutes pendant lesquelles Stella, pelotonnée ainsi qu'un chaton au creux du ventre de son idole, se mit à sucer goulûment son pouce pour passer son effroi. Alors, qu'ainsi blottis l'un contre l'autre, ils somnolaient à demi, un souffle léger, en faisant frissonner un rideau, découvrit un angle de ciel limpide qui fit jaillir, vive comme une étincelle, une longue traînée de jour. Victor ébloui et aussitôt honteux de s'être laissé gagner par la tristesse, sécha du bout des doigts les larmes que l'enfant venait de verser de concert avec lui. Se jetant d'un bond au bas de son lit, il s'empara de ses deux souliers à boucles et, produisant un clabaudement hargneux, entreprit de mimer le combat de deux chiens. Stella partit à rire avec ivresse ; de grosses perles de bonheur vinrent balayer la dernière écume de sa tristesse et de son gosier mort montèrent quelques cris de joie.

Victor alla tirer le rideau et la clarté fit entrer la vie à grand flux. Il prit au fond de sa sacoche les deux plis que lui avait remis le chevalier et en relut les adresses : « Maître Péruchot, marchand de cierges, rue Saint-Sauveur », « Brandelis de Grandville, docteur en théologie ». Tandis qu'il parcourait ému ces quelques mots tracés de la main de Maximilien, il se souvint d'une phrase que celui-ci lui avait dite, au matin de leur première séparation, sur la terrasse ombrée par les glycines du château de Rignac : « Lorsque vous douterez de vous ou de la suite des événements, fixez-vous un objectif en accord avec votre cœur, c'est lui qui vous entraînera infailliblement et qui vous gardera la tête hors de l'eau. » Méditant ces quelques mots et se pénétrant de l'idée forte qu'il tenait entre ses mains, avec ces sortes de reconnaissances de sa dette d'amitié, ses plus sûrs objectifs, il effleura longuement du bout de son index les quatre bords râpeux de chacun des messages.

## CHAPITRE DEUXIÈME

# *Les garçons du Palais-Royal*

Les frères de Thésut occupaient dans les combles du Palais-Royal un vaste appartement plein d'escaliers et de recoins qui donnait, à l'est de la cour d'honneur, sur les toits de l'Académie Royale de musique. Des lucarnes ovales posées sur le plan du parquet, des verrières protéiformes ménagées dans la pente désordonnée des toits, y aspiraient de tous côtés et par brassées un jour doucettement bleuté par de délicates soieries brochées. Le mobilier, d'un raffinement extrême, s'agrémentait par endroits de quelques-unes de ces raretés que les amateurs reléguaient d'ordinaire sous la clef de leurs cabinets de curiosités. Les visiteurs se trouvaient ainsi cinglés dès l'entrée par le sourire moqueur d'un grand bouddha doré, puis écrasés dans le corridor qui s'ouvrait à la suite par l'aplomb d'un sarcophage de basalte momiphorme, présenté debout et ouvert pour laisser davantage admirer la délicatesse de ses hiéroglyphes gravés dans de profonds cartouches.

Ces deux frères, plus inséparables que les doigts d'une même main, étaient, nous le savons déjà, bourguignons. Ils avaient depuis toujours lié leur fortune à celle de la Maison d'Orléans. L'abbé, le plus jeune, était célibataire par un devoir dont il s'accommodait sans accroc, oratorien, helléniste, l'un des plus fameux théologiens du Tiers-Parti – ce petit troupeau battu sur chaque flanc par les ouragans jésuites et jansénistes – en outre remarquable algébriste. L'autre, le chevalier, était resté garçon sans doute par difficulté de caractère mais plus encore à cause d'une misogynie native. Excellent soldat, affectant en permanence le ton grenadier, spécialiste des fortifications et des armes savantes[1] il avait assisté le défunt duc d'Orléans, frère du roi, dans presque toutes ses campagnes. Le nouveau duc, davantage encore que son père, n'ayant trouvé dans sa vaste clientèle ni plus attaché à sa maison, ni plus éclairé que ces deux-là, s'était entiché des Thésut. Il les consultait à tout propos, grimpait plusieurs fois la semaine dans leur grenier et les contraignait, malgré les infirmités dues à l'âge, à le suivre partout. Il se serait sans doute proprement cru perdu s'il les avait sus hors d'atteinte ne serait-ce que quelques heures.

On accédait chez eux par un escalier étroit mais à deux volées qui débouchait dans le vestibule de l'Opéra et conduisait à l'étage aux derrières des appartements du prince dont les portes, comme pour tout fils de France, étaient flanquées au-dehors de gardes du corps et, au-dedans, de garçons bleus[2]. Un majordome portant l'épée gouvernait la petite maison des Thésut. Bourguignon et célibataire comme ses patrons, de leur âge et de leur village, il arborait une trogne marbrée par les excellents vins de sa province qu'ennoblissait une imposante binette[3]. Il accueillit Victor et son oncle dans un boudoir bas de plafond, garni à chaque angle d'écoinçons en bois de rose de la marque du fameux Losné et, sur tout un pan de mur, d'une bibliothèque grillée bourrée de gros volumes richement reliés qui portaient – chose remarquable à l'intérieur de cette sorte de meuble

1. L'artillerie et le génie qui exigeaient une connaissance approfondie des mathématiques.

2. Valets portant une livrée bleue.

3. Perruque à deux touffes rejetées sur les côtés créée par le perruquier Binet.

d'apparat – les stigmates d'un raisonnable usage. De là, après leur avoir fait monter quelques marches, il les introduisit dans un salon immense, percé de douze mansardes bombées qui s'inscrivaient dans des lambris ovales. Cet espace, qui couvrait en parallèle l'exacte longueur de la salle de spectacle, était encombré de layettes empilées dans des meubles à volets roulants, de maroquins chiffrés dressés sur des rayonnages, de cartonniers « aux armes » dont les dos de cuir rouge étincelaient de l'or des grands colliers des ordres du Saint-Esprit et de Saint-Michel.

Les deux Thésut gisaient presque en permanence au fond de ce déballage au fouillis méthodique qu'égayaient seulement d'opulentes touffes de pavots, seules fleurs qu'ils se soient accordés à voir flamboyer chez eux dans quelques majoliques rares. Lorsque Victor et son oncle parurent, le chevalier était écroulé sur une de ces larges bergères qu'on désignait sous le nom de confessionnal, rompu sans doute d'avoir chiffonné l'exemplaire d'une gazette de Hollande qui gisait à ses pieds. L'abbé, à deux genoux sur les bords d'une grande savonnerie[1], farfouillait sa corbeille pour reconstituer un document qu'il venait malencontreusement de mettre en pièces.

Ayant entendu qu'on venait, celui-ci, après s'être promptement relevé, rajusta ses besicles et s'avança en boitillant vers monsieur Davignon qu'il serra dans ses bras.

– Charles ! s'écria-t-il, c'est telle rareté de vous voir… Notre talentueux conseiller d'État se morfondrait-il dans la tanière de ses grigous favoris ?

– Vous savez bien que non, Hippolyte, protesta

1. Tapis de la Manufacture de la Savonnerie, installée depuis 1626 en bord de Seine, au village de Chaillot, dans une ancienne fabrique de savons.

l'oncle de Victor, c'est le temps qui nous manque à tous. Il faut dans mon cas n'incriminer que la fureur des ministres à vouloir tout régler sur l'heure.

– Stupéfiant ! maugréa l'abbé, car personne ne peut honnêtement considérer que les résultats du labeur de ces messieurs soient à hauteur de leur acharnement. Je trouve même qu'on perd furieusement son temps à Versailles et, si vous voulez mon avis tout cru, ces Pontchartrain, Torcy et autres Phélypeaux que le roi charge à présent de ses affaires sont loin d'avoir la classe de leurs pères.

– Il faut être juste, objecta le conseiller, la plupart d'entre eux sont capables. C'est une chance car, s'ils n'avaient pas ces qualités, nous devrions tout de même faire avec eux depuis qu'on s'est convaincu en haut lieu de l'hérédité des vertus ministérielles.

L'abbé, à ces paroles, ne put réprimer un mouvement d'épaules qui n'était toujours pas retombé quand il se tourna vers Victor pour le dévisager d'un froncement de ses sourcils broussailleux.

– Voici votre protégé ? marmonna-t-il en grattant obstinément son nez rougeaud.

– Mon neveu, Victor de Felzins, rectifia monsieur Davignon, son père fut colonel au régiment de Royal-Limousin, il combattit sous Turenne et fut l'un des héros de la rude journée d'Altenheim [1]. Pour le remercier de sa bravoure on vient de tirer prétexte de l'attachement qu'il n'a jamais cessé de nourrir pour la religion protestante en le forçant à se séparer de ses enfants.

– Saperlot ! l'ignoble intolérance, pesta l'abbé en martelant le parquet chevillé de son escarpin verni, elle fait toujours crever des innocents et elle se prépare de beaux jours encore grâce à la canaille jésuite et à ces

1. Difficile retraite de l'armée française en 1675 immédiatement après la mort de Turenne.

sacrés jupons de Saint-Cyr dont la vieille guenipe de Maintenon s'acharne à farcir nos meilleures familles.

On entendit soudain un râle affreux qui parut lever d'un sépulcre. C'était le chevalier qui rugissait dans son style plein de hachures.

– Les jésuites aux galères !... Les filles de Saint-Cyr au bordiau !... Les papistes en Chine !

L'abbé, donnant soudain des marques de panique, se jeta en trois bonds au chevet de son frère.

– Par saint Fiacre, Théophile, calmez-vous ! Vous êtes beaucoup trop faible sitôt après cette saignée pour vous mettre en colère.

La figure de l'allongé, creusée mais cramoisie, enturbannée d'une pièce de casimir rêche dont les plis cassaient abruptement, finit par émerger de derrière un mur de livres.

– Mes respects, chevalier ! lança le conseiller dès qu'il eut découvert l'aîné des Thésut sanglé dans un habit de teinte violet garance à revers rouges et boutons grelot qui avait à dessein une coupe d'uniforme.

Repoussant assez rudement l'aide que lui proposait son frère, le vieil homme se campa sur ses longues jambes et, brisé comme un fléau levé, s'approcha de ses hôtes.

– Ah ! mon bon Charles, ronchonna-t-il, votre visite à la vieillesse est toujours une bonne action. Vous me voyez là bien mal en point, mais rassurez-vous ! ce n'est pas aujourd'hui que la confrérie des barbiers-chirurgiens et marchands d'onguent miton-mitaine aura ma peau. Ils sont venus tout à l'heure en rang d'oignons me soutirer par précaution[1] au moins une pinte de sang. Quand comprendront-ils, ces ânes, qu'on achève les

1. Allusion à la saignée de précaution qui n'était que pour prévenir les incommodités chez un sujet bien portant.

gens en leur ôtant le précieux liquide qui les fait se soutenir ?

– Et pourquoi les laissez-vous agir ? Et que diantre les appelez-vous sans cesse à votre chevet ? s'emporta l'abbé.

– Sacristi ! riposta le chevalier en pointant un index démonstratif, on dirait que vous ne les connaissez pas… Ces diables en robe ont plus d'un vilain tour dans leur besace. Ils auraient tôt fait de vous supprimer, par méchanceté pure, dès lors que vous vous seriez mêlé de contrecarrer leur science. Et puis… et puis, monsieur le raisonneur, je ne suis pas Don Quichotte moi ! Mieux vaut suivre idiotement le troupeau plutôt qu'à tout propos, comme vous, se croire tout seul un esprit fort.

L'abbé, que cette répartie avait conduit à sourire avec un air de bénignité, poussa Victor devant son frère, lequel, achevant de s'approcher en traînant les pieds, vint en faire trois fois le tour avec la mine pleine de méfiance qui ne quitte jamais le maquignon à l'affût.

Après être demeuré un moment pensif et avoir craché sur le parquet dans un fracas de forge, l'aîné des Thésut conclut :

– Ce garçon a du fion… Bonne race !… Il faut en faire un soldat.

– Un soldat sans plus examiner l'intellect ! s'offusqua l'abbé.

À ces mots, le chevalier, qui s'était brusquement hérissé comme un vieux coq mouillé, commença de relever les épaules. Il se dressa sur la pointe de ses bottes et lâcha de dessous ses paupières alourdies un feu qui dissipa net les derniers brouillards de ses fièvres.

– Que signifie, mon frère, ce jabotage ? Ce gazouillis impertinent ? Ce lanturlu de bonne femme ?… Les soldats, que je sache, ne sont pas l'épluchure du genre humain.

L'abbé, soucieux de ménager son aîné que la colère

faisait suffoquer, souligna la pureté de ses intentions d'un accent plein de miel.

– Je ne voulais pas vous froisser, Théophile ! mais enfin ne brisons rien à cet âge si tendre. *Maxima debetur puero reverentia*[1]. Ce garçon a peut-être plus de dons pour devenir conseiller ou diplomate…

– Et augmenter le nombre des fainéants qui peuplent les bureaux ! bourrasqua le chevalier en toisant son cadet.

Sa langue se glaça dans sa bouche après qu'il eut réalisé qu'il se trouvait en présence d'un conseiller d'État. Il se mit aussitôt à tousser, à se moucher dans sa manchette et, pour finir, l'échine de nouveau brisée, retourna se tapir sur son confessionnal à l'abri du rempart que formaient ses livres en pile.

Quelques secondes plus tard on l'entendait qui poursuivait ses grognonneries en ratiocinant faiblement :

– Après tout, faites ce qui vous chante de cet innocent ! Je suis trop vieux pour m'en mêler. D'ailleurs, depuis que Luxembourg ou Turenne ne sont plus de ce monde, personne, sacredire ! ne sait plus mener un siège comme il faut ni conduire un assaut dans les règles.

L'abbé, dès que la tête de son aîné fut tout à fait retombée, entraîna ses visiteurs à l'autre bout de la vaste salle, près d'une fenêtre qui donnait sur la cour d'honneur.

– Nous parlerons dans ce coin plus à l'aise, confia-t-il, mon frère se met désormais dans ces sortes de transes chaque fois qu'il voit pointer ici le bonnet d'un médecin… Il lui faut du repos, son cœur est usé.

Il se tourna vers Victor qui, son tricorne posé sur les genoux, attendait avec appréhension qu'on en vînt à son cas.

– Dites-moi à présent, jeune homme, ce que vous

1. Le plus grand respect est dû à l'enfant.

avez appris et ce à quoi vous souhaitez employer vos capacités.

– Je connais bien mon latin…

– Chose bien superflue ! protesta l'abbé élevant ses deux bras au droit de ses oreilles. *Difficiles nugae*[1] ! Nous sommes dans un temps où il vaut mieux connaître les langues qu'on parle en Europe, la physique, l'algèbre, les mathématiques.

– Mais je ne sais rien de tout ce que vous énoncez ! se lamenta Victor en donnant les marques d'un profond abattement.

– Quel âge avez-vous ? demanda à brûle-pourpoint l'abbé.

– Je vais vers mes dix-huit ans.

– Êtes-vous désireux d'apprendre et de vous construire une position ou préférez-vous mener la lugubre existence des blancs-becs qu'on voit un peu partout se précipiter aux bras des grisettes pour courir le garou ?… Répondez sincèrement !

Victor, interrompant l'abbé, qui venait de souligner son dégoût de l'oisiveté par des gestes sauvages, s'avança au bord de son fauteuil et parla tout d'un trait :

– Monsieur ! malgré mon jeune âge, me voici, sans presque aucun héritage, chargé de deux sœurs et de l'honneur de toute une lignée… Même si je le désirais – et ce n'est pas le cas – je crains de n'avoir aucun loisir pour mener une vie de plaisir. Je suis du fond du cœur animé du désir de servir tous ceux qui m'aideront à effacer le tort qu'on a fait à ma famille.

– *Pectus est quod disertos facit*[2] ! exulta l'abbé en trépignant… Palsembleu ! Charles, voici un bonhomme qui sait s'y prendre pour chatouiller votre vieux Thésut dans le sens du poil.

1. Bagatelles inutiles !
2. C'est le cœur qui fait les éloquents !

– Alors c'est dit, vous le prenez avec vous ? s'enquit le conseiller.

– Dès demain, six heures ! il ne faut jamais laisser retomber le levain des enthousiasmes. À propos, je pense avoir sur moi fort à pic une méthode d'instruction que j'ai imaginée la semaine passée.

Il se leva pour farfouiller les replis de sa robe d'intérieur, toute fendue de poches et de goussets et en extirpa environ dix papiers roulés en boules qu'il déplia pour les examiner à la diable.

– Tiens ! fit-il en parcourant celui qu'il venait de défouir en dernier, ce n'est pas notre affaire mais voici qui vous intéressera, j'en suis sûr. Il s'agit d'un plan de règlement de la succession espagnole ruminé hier au long d'interminables vêpres. Je vais le faire mettre au net par un de mes secrétaires et vous en ferai tenir la copie.

Soulevant la soutanelle qu'il portait sous sa robe et furetant dans sa brassière, il finit par exhumer un feuillet noirci sur ses deux faces de sa fine écriture.

– Voilà ! voilà ! marmonna-t-il tout satisfait de sa trouvaille, je vais vous lire cela en mentionnant seulement les titres car ils résument toujours bien ma pensée.

Il se tourna vers Victor :

– Souvenez-vous, jeune homme ! qu'un bon titre doit obéir à la règle des quatre C : court, concis, clair, complet. Mon projet s'intitule donc tout simplement : plan simplifié d'éducation moderne. C'est éloquent, limpide, suffisant. *Multa paucis* [1] !

Planté devant ses deux hôtes, dans le contre-jour d'une des lucarnes ovales qui paraissait l'inscrire dans une sorte de gloire, il offrait l'étonnant spectacle de sa petite perruque chavirée par-dessus un empilement

1. Beaucoup dans peu de mots.

d'habits digne des surépaisseurs de peaux d'un vieil oignon.

À cause du prodigieux effort qu'il dut faire pour se relire, il se prit à ânonner mais sans se départir de ce ton suave et légèrement pleurant qui, du temps où il prêchait, faisait de lui en Carême l'un des orateurs les plus fameux de Paris.

– *Primo*, distinguer entre les spécialités auxquelles on ne viendra qu'après avoir épuisé le général qui demeurera la base obligée de toute éducation bien menée. Le général, auquel on devra se contraindre, fût-ce sans inclination, sera l'histoire purifiée par nos bénédictins[1]. On apprendra de cette façon comment ont vécu nos pères, ce qu'ils ont fait de grand, les erreurs qu'ils ont commises… En second, viendront les sciences exactes, celles nécessaires au développement des techniques qui nous permettront demain de maîtriser l'univers. Dans ce domaine on s'attachera surtout à la physique, à la chimie et au dessin exact des choses de la nature. On fera bon profit item de deux ou trois langues d'Europe parlées par les gens de qualité : d'abord l'italienne, puis l'espagnole et, si l'on dispose d'un peu plus de loisir, du parler barbare des Allemands et celui encore pis des Anglais. La philosophie ne viendra qu'en dernier – *Deinde philosophare* et l'on n'en usera qu'avec d'infinies précautions… Quant à la théologie, pour éviter les troubles que l'on voit de nos jours se répandre du fait de son abus mal digéré, on ne la devrait réserver qu'aux clercs. Enfin, les arts tels que la musique, le dessin d'imagination, les exercices physiques viendront à satiété, en manière de récréation,

1. Allusion aux moines bénédictins de la Congrégation Saint-Maur qui tels Dom Jean Mabillon, Dom Felibien, Dom Bernard de Montfaucon, à Saint-Germain-des-Prés, dans les années 1700, ont entrepris des travaux historiques fondés sur la critique des textes.

truffer les interstices de temps dès l'étude des matières générales. *Post-scriptum :* la poésie sera toujours et irrévocablement bannie.

L'abbé, parvenu au terme de son fastidieux déchiffrage à force de retourner son papier en tous sens, releva une figure effarée :

– Voici un beau système ! mais je n'ai réussi à être ni concis, ni clair, ni complet, ni surtout court… La pédagogie s'oublie dès qu'elle commence à s'autobiographier. *Desinit in piscem*[1].

– Je vous ai suivi de bout en bout, protesta monsieur Davignon, il faut, comme vous le proposez, alléger la mémoire des jeunes gens de toutes les fariboles livresques et ne plus contraindre les esprits curieux à se faire tonsurer pour connaître les lois de l'univers.

– Ah ! cher Charles, fit l'abbé en reboutonnant ses habits parce que l'exaltation malgré la chaleur le faisait frissonner, si un tel système avait pu fonctionner au temps de ma jeunesse, j'aurais accompli le rêve de mon enfance qui était d'être vigneron. *Beati pauperes spiritu*[2].

– La dive bouteille vous a perdu et vos amis s'en réjouissent.

– L'Église n'est pas si satisfaite qu'eux !

– Elle aurait tort de se plaindre.

– Vous savez que les révérends pères[3] me haïssent bien fort.

– Vous leur attribuez une influence qu'ils n'ont pas, répliqua monsieur Davignon en se levant pour préparer son départ.

– Qu'ils n'ont pas encore ! rectifia l'abbé se dressant à son tour.

1. Cela finit en queue de poisson.
2. Bienheureux les pauvres d'esprit.
3. Jésuites.

Ils regagnèrent l'autre bout du salon où le chevalier, pendant tout cet entretien, était demeuré couché sur le flanc, faisant mine de sommeiller.

– Les fainéants des ministères viennent prendre congé de notre valeureuse armée française ! lui souffla le conseiller lorsqu'il se fut rapproché.

L'aîné des Thésut, sentant qu'on lui rendait la monnaie de sa pièce, ouvrit un œil vitreux et se mit à geindre. C'était son moyen de défense le plus constant dès qu'il ne se sentait pas en fière position.

– Ah ! c'est vous, Charles, marmonna-t-il, je me sens à présent plus mal que d'avoir reçu l'absolution d'une main jésuitesse… Ces diables-là doivent m'empoisonner sans que j'y prenne garde et mes médecins, je n'en doute plus désormais, se sont faits leurs complices.

Il releva sa figure enturbannée de telle façon qu'on vit reluire son nez violacé dans le fuseau de jour qu'étranglait une tenture de brocart tirée. Il retomba ensuite, comme expirant, mais ayant ramassé assez de force pour articuler son cri de guerre :

– Vive l'Oratoire !… À bas la jésuitière !

– Il va dormir à présent, murmura l'abbé, fulminer contre ses ennemis finit toujours par l'apaiser.

Se tournant vers Victor, il ajouta :

– Alors c'est dit ! soyez ici demain à six heures.

Celui à qui s'adressait cet ordre rendit à son nouveau tuteur la grâce d'une révérence parfaite.

– Une fois de plus, vous me comblez ! glissa le conseiller à l'oreille de son vieil ami.

Et faisant aussitôt passer son neveu devant lui, il s'esquiva sur la pointe des pieds afin de ne pas réveiller le chevalier qui ronflait déjà tout de bon, son petit chat gris ronronnant sur l'éminence de son bedon.

– Vous voici satisfait, je pense ? demanda monsieur Davignon à Victor lorsqu'ils furent dans le vestibule.

– Par-delà mes espérances, lui répondit-il avec

fougue, je n'aurais jamais osé imaginer qu'il eût été si facile de trouver un premier état…

– Détrompez-vous ! reprit le conseiller, il n'existe de facilité nulle part lorsqu'il s'agit de construire ce qui dure… Pour compenser l'iniquité qui vous accable, j'ai fait jouer trente ans d'une amitié exemplaire défendue pied à pied contre l'envie, l'occupation de chaque jour et l'égoïsme… Malgré cela, cher enfant, votre position n'est qu'un fétu. C'est à vous seul désormais qu'il appartient de lui donner un corps.

Le cabriolet du conseiller attendait face au palais, le long des bâtiments du corps de garde que le duc d'Orléans avait commencé de faire abattre pour édifier un château d'eau. Victor et son oncle se disposaient à traverser la place transformée en carreau par quelques marchandes de cresson venues du Roule avec leur hotte sur le dos, lorsque, dans le lointain, se fit un fracas de timbales.

Au bout de la rue Saint-Honoré, aux façades blanches festonnées de draps écrus séchant, se déploya tout un ramas de couleurs pailleté par l'éclat d'innombrables harnais qui clignotaient dans la poussière.

Un minuscule piqueur enfoncé sous un tricorne à galon, les épaules retombant sous le poids de passementeries dorées, parut en premier, couché sur un alezan fougueux. Il fendait la presse aux cris de :

– Gare !… Gare !

Un groupe d'à peu près vingt gardes du corps en habit rouge, perruque courte et ceinturon de cuir, suivait.

– Vous allez voir le duc d'Orléans qui entre chez lui, annonça monsieur Davignon, observez la seconde voiture !

Trois carrosses peints, aux toits couverts de riches housses à glands – c'était un privilège de prince et de duc – décrivirent un quart de cercle pour s'engager sous le porche du palais. Dans la voiture du milieu, tirée à six chevaux gris et chargée de laquais, Victor put entr'apercevoir un personnage de haute stature qui fit un petit signe au capitaine d'un régiment irlandais rendant les honneurs.

– Vous serez demain l'employé de ce prince, ajouta le conseiller à l'adresse de son neveu qui continuait d'écarquiller les yeux, c'est un homme bien jeune encore pour tenir l'écrasante position qui vient de lui échoir mais on le dit plein de capacités… Mieux vaut d'ailleurs, quand on a votre âge, se pousser derrière ceux que l'audace incite à entreprendre plutôt qu'aller moissonner les lauriers des gloires oubliées.

Victor, regrimpé dans la voiture de son oncle, détourna une dernière fois son regard pour considérer le lieu où son existence allait pour quelques temps s'ancrer. Du seul fait de l'arrivée du prince, le palais se trouvait assailli d'une foule trépignante, mêlée de fournisseurs qui portaient des cartons, de domestiques qui tendaient des billets de placement, de curieux enfin, agis par l'impérieux besoin de humer de près la grandeur, et qui, agglutinés avec ceux qui avaient à faire, concouraient à produire là le bourdonnement d'une ruche laborieuse.

De retour chez ses parents, le nouveau disciple des Thésut décida de mettre à profit ses derniers instants de liberté pour répondre à ses engagements de fugitif. Il s'enferma d'abord pour écrire à Marie de Rignac, bien déterminé, lorsqu'il aurait achevé, à aller s'acquitter de la mission que lui avait confiée Maximilien de Carresse.

Voici quel était le texte de la lettre qu'il destinait à la fille du capitaine La Galoche :

Paris, le 17 septembre 1702,

« Ma tendre Marie,

Paris me fait songer à deux fées étourdies qui auraient oublié chacune ce qu'il convient de dire pour arrêter l'effet des prodiges engendrés par leur baguette. La première serait une fée gracieuse qui entasserait sans se lasser les splendeurs, les élégances parfaites et les monuments merveilleux ; la seconde une vilaine Carabosse qui propagerait la laideur comme à plaisir, barbouillant la crasse et suscitant la gueuserie. Comment peindre tant de diverses impressions ? Je ne suis pas encore revenu de me trouver dans cette fournaise et mes yeux clignent encore d'émerveillement.

Mes parents Davignon sont gens on ne peut plus aimables, charitables et attentifs à panser mes plaies. Je m'entends au mieux avec leur filleul, Jean-Hercule, qui s'est chargé de guider mes premiers pas dans la ville. J'ai déjà trois habits neufs, deux de drap et un de velours, deux perruques, des souliers à talonnettes qui me rendent méconnaissable. Vous-même, si je paraissais devant vous, ne me reconnaîtriez pas.

Marie, je n'oublie pas notre serment, cette ville ne me l'arrachera pas du cœur. Je ne travaille qu'à me rapprocher de Rignac.

Votre Victor »

Ressortant de chez lui en tenant collée à ses lèvres la missive qu'il venait de cacheter et qu'il s'apprêtait à faire porter aux messageries, il passa chez le vidame qu'il découvrit abîmé dans l'étude.

– J'ai promis à l'un de mes amis, lui annonça-t-il, d'aller saluer de sa part une personne qui lui est chère.

– Je viens avec vous, s'exclama Jean-Hercule, seul vous vous perdriez.

– Non point ! protesta Victor, je n'étais pas venu vous distraire…

– N'ayez pas de scrupule ! insista le vidame, j'enrage aujourd'hui de ne rien avancer… Tout se brouille dans ma tête. C'est un de ces jours maudits où il vaut mieux prendre l'air plutôt que laisser son esprit s'échauffer.

– Je dois aller seul… La personne est farouche.

Le vidame ne put réprimer un sourire.

– Ne serait-ce pas plutôt un plaisir que vous vous gardez en égoïste ?

– En quelque sorte, bégaya Victor en se troublant.

– Et où loge cette ogresse ?

– Rue Neuve-Saint-Sauveur.

Jean-Hercule s'étonna :

– Nargue ! c'est un quartier bien industrieux pour lier des connaissances… disons un peu fines. Votre hôtesse est sans doute ferronnière. Après tout, vous savez comme moi qu'il y en eut une au moins jadis qui inspira le génie[1].

Le vidame traça son chemin à Victor sur un petit rôle qu'il lui tendit en riant :

– Vous avez jusqu'à minuit, ce n'est qu'à cette heure-là que le guet donne la chasse aux vagabonds.

La rue Neuve-Saint-Sauveur, au centre du quartier des maîtres-serruriers, était peuplée d'ateliers sonores qui déversaient au ruisseau à gros jets le résidu noir et gras des bains d'acide. Les enseignes qui festonnaient le redent des façades, superbes échantillons du savoir-faire de leurs propriétaires, s'y trouvaient plantées à profusion, plus serrées que les étendards pris aux ennemis

1. Allusion à la Belle Ferronnière que peignit Léonard de Vinci.

que Victor avaient découverts frangeant les tribunes de Notre-Dame. Elles figuraient souvent des sainte Barbe alanguies à des tours crénelées, quelques fois d'affreux Vulcain dont l'un, métamorphosé en cyclope par une étrange réinterprétation de la mythologie, présentait un œil unique en plein milieu du front.

Victor, qui avait dû demander son chemin à quatre ou cinq reprises à cause de l'absence de numérotage des immeubles et souvent de désignation des rues aux carrefours, finit par découvrir la maison de maître Péruchot, tapie dans un cul-de-sac, à l'écart du ballet des galopins en bas rayés et du grouillement besogneux des venelles. Le nom de Péruchot figurait en lettres goffes sur un calicot défraîchi avec cette indication : « Maître chandelier, suiffier, ciergier. » Se sentant brusquement des jambes de laine, il passa et repassa devant cette porte austère tout à fait propre par sa rudesse à dissimuler l'antre d'un conspirateur.

Face à cette boutique, une grosse mamelue d'une laideur fulgurante, qui calait avec son ventre, contre une borne cavalière, un chaudron au cul plein de fumée, s'affairait à nettoyer la fressure d'un porc qu'on venait d'égorger dans une arrière-cour. Elle pétrissait à pleines mains, dans une eau frémissante, un hachis aux vertus détergentes d'orties et de fanes de raves, portant fréquemment à ses lèvres violacées, afin de vérifier en soufflant qu'ils n'étaient pas crevés, ces boyaux fumants encore qui devaient servir d'enveloppe à des boudins. Chaque fois qu'elle s'enfonçait jusqu'au coude dans ce magma d'épouvante, une odeur de tripes chaudes et d'excrément levait du baquet, emplissant par bouffées tout le fond du passage.

– Y a-t-il quelqu'un chez maître Péruchot ? hasarda Victor.

– Par ma foi, répliqua d'un ton raide l'ogresse, j'ai vu rentrer tout à l'heure un grand butor d'Italien qui m'a posé la même question que vous !… Il doit être ressorti sans que j'y prenne garde… Quant à votre monsieur Péruchot, il est dans son atelier qui nous empeste depuis ce matin à faire chauffer son suif.

Pour discourir plus à son aise, la grognonne, qui empuantissait elle-même sans vergogne, avait posé sur ses hanches deux avant-bras flasques dégouttants de bouillie verte.

– Je craindrais de déranger, bredouilla le visiteur qui cherchait au dernier moment un prétexte pour s'esquiver.

– Pour ça, non ! trancha la mégère, avec tout ce qui entre et sort de cette boutique sans jamais acheter de chandelles, on peut dire que votre ami aime la compagnie… Je ne vois d'ailleurs pas ce que les gens lui trouvent, il n'est guère causant, chignard au possible et bien mauvais voisin. Poussez sa porte !… Vous verrez bien où il se terre.

Victor, écrasé par le regard de ce gendarme femelle, se sentit contraint d'obéir.

Il trouva la boutique plongée dans une obscurité épaisse, trouée seulement de diagonales de jour tombées d'impostes à demi poussées. Un long comptoir, encombré de paquets huilés qui devaient contenir des chandelles, occupait le centre de la pièce ; des casiers vides en garnissaient les murs. C'était tout d'un coup la senteur de cire refroidie, l'odeur, le silence, la noirceur d'un sépulcre.

– Oh là !… Quelqu'un ? cria-t-il plusieurs fois d'un accent qui défaillait.

Nul ne répondit. Traînant des pieds et toussotant par précaution, il s'avança dans une remise dont l'accès était encombré d'un culbutis de bonbonnes, de caisses et de ballots de suif.

Il tendit le cou pour scruter les recoins de ce fouillis sans nom. Il ne vit qu'un feu en train de mourir sous un chaudron dégueulant une gelée parfumée puis, sur une étagère encombrée de flacons, un chat digne et gracieux qui, de sa patte, lissait son museau noir. Il décida de n'aller pas plus loin et cette décision, accrochée à la seule vibration de la circonstance, lui sauva la vie. À quelques pas de lui, caché par un ressaut du mur, un homme immense et plein de barbe, retenant son souffle, attendait qu'il fît un pas de plus pour lui sauter dessus.

Tenaillé par la furieuse envie de fuir, il retourna dans la première pièce. Contournant le long comptoir, par le côté opposé à celui qu'il avait emprunté en entrant, il trébucha sur un corps étendu qu'il supposa aussitôt être celui de maître Péruchot. S'accroupissant, il découvrit en effet un homme d'environ cinquante ans, à la calotte de ratine noire restée vissée sur la tête, dont le menton s'ornait d'une barbiche en pointe. Il ne respirait plus. Du sang lui sortait par le nez et un rictus figé en grimace drolatique illuminait sa face déjà diaphane. Victor, qui pour la première fois prenait conscience de l'horreur d'une mort violente, sentit un flux nerveux lui courir sous la peau.

Mû par le vieil instinct du respect qu'on doit aux trépassés, il ôta son tricorne et prit le temps de balbutier les six premières paroles d'un *Pater* avant de s'échapper en courant.

Après un souper raturé de paroles marmonnées au cours duquel il avait offert à sa famille navrée le spectacle de son désarroi puis une nuit hantée de bout en bout par l'image du cadavre de maître Péruchot, Victor se trouva le lendemain, dès six heures, dans l'antichambre des Thésut. Il était parti tôt de chez son oncle, bien avant le jour levé, mais tout ce temps de précaution avait été à peu près rogné, tant par le soin qu'il avait pris à ne pas s'enfoncer dans le creux des ruisseaux pleins d'ordures, que par la difficulté, une nouvelle fois éprouvée, de reconnaître son chemin. Le vent frais du matin, qui l'avait fait claquer des dents alors qu'il franchissait la Seine, avait rosi ses joues et dérangé artistement sa perruque dont deux ou trois mèches tirebouchonnaient sur ses tempes poudrées. Aussi pénétré de la gravité du moment que l'étudiant qui rejoint pour la première fois le banc de son collège, il serrait sous son bras un maroquin neuf dans lequel, par une naïve précaution, il avait renfermé une ramette de vélin et un faisceau de plumes à tailler.

Il fut introduit près de l'abbé qui, la serviette au cou, annotait des rapports face à une fenêtre depuis laquelle il pouvait observer le mouvement de la cour du palais. Devant lui, sur une nappe de brocatelle, resplendissait un service de vermeil à godrons chargé de sucreries étagées en pyramide, de gibiers parés et d'un gâteau de lièvre aux truffes, le péché mignon des Thésut et le miracle que Casimir, maître des cuisines du duc, renouvelait quotidiennement pour les vieux favoris de son maître.

Victor se vit désigner une petite caquetoire[1] au dossier à la reine.

– Comme vous l'apprendrez vite, annonça Thésut sans cesser de griffonner, notre Palais-Royal ne prétend à rien moins qu'être un second Versailles, pas moins glorieux ni moins industrieux que le modèle ! Pour gérer l'immense apanage, les terres et les domaines de la Maison d'Orléans, nous faisons travailler au rez-de-chaussée de cette demeure jusqu'à deux cents personnes dont la tâche est à présent, grâce à mon frère, mieux organisée que celle d'une vieille chancellerie. Les étages sous nos pieds – qu'on dit nobles – abritent la cour du prince. Je ne vous le dis qu'en passant puisque, grâce

1. Sorte de chaise basse à dos très relevé.

au ciel, nous n'avons rien à faire, ici, avec les vanités clinquantes qui permettent au neveu d'un grand roi de tenir son rang de petit-fils de France. La maison militaire, peuplée de soldats qui n'ont jamais reniflé l'odeur de la poudre, la maison civile et ses cinquante grands officiers qui ne servent à rien, les diverses écuries qui s'absorbent dans la revendication jalouse de leur compte de bottes de foin, les capitaineries de chasse, grandes fossoyeuses de temps et d'argent, l'aumônerie où ne règnent que des mécréants, ne font que reproduire le grand gâchis de talent qu'on déplore à Versailles. Tout ceci se réduit à de sinistres embarras d'étiquette, à de bas chipotages de préséance, qui sont une insulte permanente à l'efficacité et au bon sens. Nous, nous n'avons pas la science du monde et nous en tirons fierté. Nous sommes tout à fait incapables de dire qui peut rester couvert devant un cardinal, entrer du pied droit chez un duc ou donner l'eau bénite en gardant le gant. Ces misères ne sont que le dernier fumet de l'opulence éteinte des aristocrates. *Vanitas execrabile !*

L'abbé qui venait de relever le nez pour latiniser et qui avait profité de ce mouvement pour lorgner dans la cour, s'interrompit brusquement :

– Peste ! le petit Régnault qui court parce qu'il est en retard. Je le marque pour un blâme.

Il annota un coin de son papier déjà noirci de ses fabuleux gribouillages puis but son chocolat d'un trait tandis qu'un glouglou, suivi d'un rot de béatitude, montait dans son gosier.

Le chevalier, traînant ses pieds dans des feutres [1] qui laissaient voir la corde, parut sur ces entrefaites, poussant la partie mobile d'un lambris qui reproduisait la magnifique Salle des États du château de Villers-Cotterêts. Il était vêtu d'une sorte de lévite en sayette

1. Chaussures d'intérieur.

noire et coiffé d'un bonnet de gourgouran jaune qui lui bâillait sur les yeux. Il semblait d'humeur ravissante.

– À la bonne heure, je vois que notre élève est fidèle ! marmonna-t-il en s'emparant de son petit chat qu'un valet venait d'introduire par une porte à la seconde où il entrait et qui courait vers lui dans de grands ragoulements.

L'abbé se leva pour embrasser son frère auquel il céda place et serviette.

– Je prends le quart ! s'exclama avec enjouement le nouveau venu.

Il se versa une généreuse rasade de chambertin puis découpa lui-même, les yeux brillantés par la gourmandise, une tranche fumante de gâteau de lièvre.

– Quel est le plan d'attaque ? demanda-t-il ensuite en se frottant les mains.

– Mon cher Théophile, lui répondit son frère en arpentant le salon à pas saccadés, je vous propose de donner à monsieur de Gironde, en manière de hors-d'œuvre, une idée des méthodes de raisonnement particulières à cette maison.

– *Optime !* opina l'aîné des Thésut qui louchait de satisfaction en voyant son godet se rapprocher de ses lèvres lippues.

– La méthode que nous allons démonter devant vous, reprit l'abbé en s'adressant à Victor, est une fricassée intellectuelle de haut goût composée d'art et de procédure. Nous y fourrons à la diable une pincée du *sic et non* [1] de notre vieille Sorbonne, un zeste de théâtre – ne vivons-nous pas ici avec l'opéra sous nos pieds ? – enfin, nous la pimentons des passions de la chicane et des chicaneaux, tant il est vrai, au fond, que de l'empoi-

1. Procédé de raisonnement en honneur dans l'Université du Moyen Âge.

gnade judiciaire finit toujours par jaillir une étincelle de vrai.

Il bondit vers un meuble à tiroirs duquel il extirpa un bourson de sacristain étranglé par un cordon à houppes.

– Tirons le sujet ! s'écria-t-il au paroxysme de l'excitation, qu'une main innocente s'avance !

Il se planta devant Victor demeuré assis son tricorne à la main et, par des hochements de la tête accompagnés de mimiques furieuses, lui fit signe de tirer un papier.

– *Lege quoeso*[1] *!* ordonna l'abbé dès que son élève se fut exécuté.

– Du pouvoir de la noblesse en France et en Angleterre, bredouilla Victor.

– Peuh ! fit le chevalier avec un air de grand dégoût, c'est bien de la loquèle !

– Comment ! riposta l'abbé, mais voici justement le nœud des différences entre nos deux nations.

Il sortit un écu de son gousset et le fit sauter en l'air.

– Pile, dit-il, vous serez l'avocat des Anglais, face, leur détracteur.

Il rattrapa la pièce au vol qu'il plaqua sur son arrière-main.

– Face !… Vous défendrez la France.

– Mais, sac à papiers[2] ! je n'ai toujours pas dit si je voulais que ce fût face ou pile !… Vous n'en faites qu'à votre tête et je ne décide jamais rien.

– Le sort reste le sort ! répliqua l'abbé d'une voix colère, vous parlerez contre l'Angleterre et vous conclurez. Cela vous procurera deux sortes de satisfactions.

– Je suis anglophile.

– Je le suis plus que vous !

– Fort bien, monsieur le tricheur, reprit le chevalier

1. Lisez je vous prie !
2. Euphémisme pour sac à… autre chose.

tout en se servant lestement une seconde tranche de gâteau, dans ce cas je parlerai d'abord.

– Comme vous voudrez, répliqua l'abbé qui venait de s'installer avec un air de béatitude au coin du confessionnal de son frère sans l'avoir vu encore regarnir son assiette…

L'ayant surpris, il se fâcha :

– Ventre Saint-Gris ! vous savez bien qu'il ne vous est point permis d'y retâter.

– Cette tranche, ronchonna l'aîné des Thésut, n'était que pour me consoler du tort que vous me faites.

Il happa la première bouchée, goulûment, comme s'il avait craint que son cadet ne se précipitât pour venir la lui ôter de la bouche.

– Quel est le sujet déjà ? marmonna-t-il dans un bruit de glotte qui n'était que pour dissimuler qu'il restait court.

– Du pouvoir de la noblesse en France et en Angleterre, rappela Victor.

– Mais qui m'a foutu un sujet pareil ? s'emporta le chevalier, et comment voulez-vous défendre ce qui n'est pas défendable ? Tout le monde sait bien, tudieu ! qu'il y a belle lurette que la noblesse ici n'a plus une once de pouvoir et que discourir là-dessus c'est tout bonnement entonner le *Magnificat* à matines [1].

– Vous êtes l'avocat, vous devez jouer le jeu ! protesta l'abbé.

– Mais, ventre de biche ! pesta de plus belle le secrétaire des commandements de la Maison d'Orléans en accompagnant ses hurlements de démonstrations grimacières, je ne vais pas enfiler des perles pour faire un râtelier [2] avec ce qui n'est pas ?

1. Faire une chose hors de propos.
2. Collier.

– Les avocats n'ont pas que de bonnes causes ! lâcha l'abbé pince-sans-rire.

À ces mots, le chevalier fit virer sa chaise de trois quarts : ses yeux s'injectèrent de sang, son front se plissa sous son turban.

– La noblesse de France est la plus bête, la plus pleutre, la plus politiquement corrompue à s'être laissé fourrer au cul la canule de l'absolutisme !

– Théophile ! s'épouvanta l'abbé. Calmez-vous !... Calmez-vous, je vous en prie ! Quel spectacle allez-vous donner à notre élève ?

Le chevalier, qui aimait à contempler les ravages de ses colères froides, tenait un œil ouvert au-dessus du gobelet qu'il penchait à l'horizontale de ses lèvres.

– C'est bon ! dit-il en se radoucissant, mais je ferai remarquer que la fine fleur de la noblesse outre-Manche est d'origine française.

– Prenez le lièvre par le corps[1]... Ceci est hors sujet !

– Comment ça, hors sujet ! Ah ! vous commencez à me juguler.

– Il est question du pouvoir, non de ses origines, précisa l'abbé, mais, puisque vous mettez tant de visible mauvaise volonté à entamer la discussion, je prends votre tour.

Et sans laisser le temps d'une réplique, il enchaîna :

– Dans les deux nations qui nous occupent, le cas de la noblesse se pose par rapport à la bourgeoisie qui croît en nombre, en importance, en influence ; qui a déjà pris le pouvoir en Angleterre, qui le prendra bientôt en France.

– Il ferait beau voir ! maugréa le chevalier la bouche pleine en chatouillant la garde de son épée.

– Ce mouvement est commencé depuis des siècles.

1. Allez à l'essentiel.

Il n'est plus possible de l'endiguer. Il est clair aujourd'hui que c'est par l'absorption des meilleurs éléments de la classe montante que doit en passer l'aristocratie pour assurer sa survie.

– Singulière affirmation dans la bouche d'un Thésut ! tonna l'aîné des deux célibataires. Tenez-vous donc pour rien l'ancienneté et la pureté du sang ?

– Quel sang ? Il n'y a pas aujourd'hui plus gâté que celui des freluquets, fils de princes et de ducs, qui se poivrent[1] dans les lupanars.

– Je vous parle idéal et vous me répondez tour de casserole[2]...

– En Angleterre, où il n'est point de ces sottes préventions que nous entretenons de ce côté-là de la Manche sur la déchéance des nobles qui ont une activité, les plus grands noms n'ont pas hésité à se mettre à la tête des manufactures, à les faire prospérer, à rechercher profits et clientèles, en un mot à animer ce négoce qui doit être partout le sang des États modernes.

– On sèche lorsqu'on entend de tels discours ! Que vaudront ces gens lorsqu'ils seront en guerre ? Avez-vous vu des colonels épiciers, des capitaines cabaretiers, des sergents savetiers, ailleurs qu'à la cour du roi Pétaud ?

– Riez ! riez, mon frère ! s'opiniâtra l'abbé, les Anglais vous en remontreront un jour. Leur industrie fait leur richesse, c'est elle qui payera les soldats qui nous rabaisseront la huppe.

– Vraiment ! ricana le chevalier... Croire de bon cœur que les marchands accepteront de concourir aux entreprises guerrières qui risquent de ruiner leurs affaires.

– Les conflits créent des besoins, ouvrent des voies inexplorées...

– Cynisme à l'état pur ! bougonna le chevalier qui fit

1. Populairement : contracter une maladie honteuse.
2. Médication contre la vérole par le mercure.

craquer ses vieux os en se dressant d'un coup pour darder sur son frère un regard qui jetait des étincelles de boîte à fusées. Et voulez-vous me dire comment votre religion s'accommode d'une telle dialectique ?

L'abbé leva un pouce.

– Ah, non ! fit-il. C'était pourtant convenu : jamais d'argument tiré de mon collet !

– C'est bien vous ! vous m'agressez puis vous trichez ensuite en vous proclamant intouchable.

Il jeta à terre son bonnet de gourgouran pour signifier qu'il passait de la position de procureur à celle d'avocat :

– Dans ces conditions, à moi de défendre l'Angleterre ! trancha-t-il.

Glissant alors devant Victor, devenue statue depuis le début de cet époustouflant exercice, bousculant son frère qui ne s'était levé que pour chercher son tabac à priser passé dans la doublure de son justaucorps au travers de sa poche trouée, il alla se poster près de son confessionnal.

– Dites-moi, fils de Berulle [1] ! lança-t-il d'un ton pour le moins immodeste, et la liberté d'opinion, ne trouvez-vous pas qu'elle se porte à Londres beaucoup mieux qu'à Paris ?

– Vous avez décidé de ne me point ménager, soupira l'abbé, mais soit ! Certes l'Angleterre avec son *habeas corpus* [2], ses lois parlementaires, ses clubs d'idéologues, peut-elle nous procurer l'assez pimpante illusion d'une nation émancipée.

– Comment ça, illusion ! rugit le chevalier en reposant son petit chat qui était venu se pelotonner sur ses genoux.

1. Le cardinal de Berulle introduisit en France l'Oratoire auquel appartient l'abbé.

2. Acte de 1679 qui fonde la liberté individuelle des sujets de la couronne anglaise.

– Illusion, je le maintiens ! reprit l'abbé imperturbable, parce que votre liberté anglaise n'est que le privilège d'une minorité. Enfin quoi, mon frère ! oseriez-vous prétendre qu'on puisse de nos jours, dans notre état encore animal, couler sans risque, dans le même moule de droits et de contraintes, le sort des manouvriers avec celui des princes ?…

– Tout cela n'est qu'une pasquinade, tempêta le chevalier, vous n'êtes qu'un recommenceur !

– Vous m'embarbouillez à la fin à force de m'interrompre ! se fâcha l'abbé avant de reprendre avec application : … notre société française, dans l'harmonie de ses trois ordres hérités des temps bibliques : ceux qui prient, ceux qui combattent, ceux qui travaillent, parvient à équilibrer libertés et devoirs à l'intérieur de chaque classe.

– Fadaises ! grimaudages ! qu'en savez-vous ? ronchonna mais à mi-voix le chevalier qui craignait assez son frère quand la moutarde commençait de lui monter au nez.

– Le roi, source de toute justice, reprit l'abbé roulant des yeux féroces, octroie des libertés particulières qu'il s'engage à protéger : liberté des métiers, liberté des couvents, liberté des villes…

– Liberté des protestants, landerirette – landerirette, poursuivit l'autre mais dans sa barbe.

– C'est la somme de ces lois fragmentaires qui crée la Loi, c'est la somme des intérêts particuliers envisagés par le monarque lui seul qui crée l'intérêt général.

– Rien de tout cela n'est prouvable, éclata le chevalier, ce n'est là que logogripher et faire deux morceaux d'une cerise ! Ah ! il faut vraiment avoir l'esprit tordu d'un curé pour faire carillonner sans ciller de pareilles quincailles.

– Parlons-en ! rétorqua le plus jeune des Thésut, ce sont le guingois de votre cervelle et le manque d'imagination dont souffrent les militaires qui vous conduisent à nier les évidences.

– Ma rigueur vaut mieux que les fables que vous sassez et ressassez !

– Vous traitez de fables ce qui dépasse votre entendement !

– Monsieur le savantas, reprit le chevalier, je connais mon catéchisme aussi bien que vous-même, mais moi je n'ai pas de détour pour appeler chat, un chat.

– De détour ! se récria l'abbé, vraiment, la turlutaine ! Mais moi, monsieur le capitan, je ne suis pas un bœuf qui piétine les plates-bandes de la pensée en désirant d'aller toujours droit devant moi.

L'aîné des Thésut vint se poster au milieu du salon.

– Et, mille poudrières ! rugit-il en tendant un poing rageur… Plutôt que de poursuivre sur ce ton inepte, je descends au bureau voir si l'on y travaille.

Il s'empara d'une seconde canne accrochée à une panoplie près d'une porte.

– Vous sortez ainsi ? s'inquiéta l'abbé en considérant son aîné dont le drôle de manteau balayait le parquet.

– L'attaque de nuit surprend le dragon en chemise ! maugréa le vieux soldat avant d'ajouter claquant la porte : je n'affecte point les manières bourgeoises, moi, monsieur !

– *Omnia vincit lux*[1] *!* s'exclama l'abbé en trépignant de joie, convenez-en, monsieur de Gironde, mon raisonnement était le plus fort.

Toujours sous l'effet d'une prodigieuse jubilation, il installa son nouveau protégé, médusé, devant un cartonnier que garnissaient aux quatre coins des têtes en bronze de Mercure au petit chapeau.

– Ce sera votre bureau, entre mon frère et moi ; plus près de moi que de mon frère, précisa-t-il, car je

1. La lumière vient à bout de tout !

vous le dis en secret et – vous venez d'en être le témoin – il faudra apprendre à vous défier des idées extravagantes qui viennent parfois lui traverser l'esprit. D'une façon plus générale, sachez que les soldats ne devraient être fondés à intervenir qu'après que toutes les voies de l'intelligence se soient avérées obstruées. Mais, j'en viens à votre travail. Il ne sera question pour vous au départ que de parcourir certains des dossiers qui remontent ici, en faire la note de synthèse et nous les transmettre selon l'ordre d'urgence que vous fixerez vous-même.

– Et que sont ces dossiers ? demanda Victor.

– Les cas épineux qui naissent dans les domaines, les nominations religieuses, civiles et militaires qui s'attachent aux fiefs et qui sont à la discrétion de Son Altesse, les baux des fermiers et les affaires qui ressortent de la justice féodale… Lorsque vous serez aguerri à ce fatras, nous vous initierons à ce que nous nommons notre Drageoir aux Épices.

L'abbé, tout en parlant, les poings dans les poches de son habit déboutonné, avait fermé un œil pour mieux contempler, à l'aide de celui qui restait grand ouvert, le prodigieux effet de ses paroles. Victor, en effet, secoué jusque dans la torpeur inquiète qui le tenait depuis la veille, l'avait écouté avec la tentation de voir flotter au pourtour de ses lèvres les fumerolles d'un poison.

– Savez-vous ce qu'est le secret de la confession ? reprit Thésut prolongeant son attitude grandiloquente par un tremblement de tout son être. C'est un contrat terrible ! un confesseur ne parle jamais, même lorsque le bourreau s'apprête à lui percer la langue…

Alignant ces mots terribles, il fit mine de se coudre la bouche.

– C'est la même chose ici. Rien de ce qui se dit ou

s'écrit à cet étage ne doit transpirer. Une seule indiscrétion et vous perdriez sans retour notre confiance !

Pour asséner cette ultime menace, il s'était dressé sur ses escarpins, levant le bras tel Jupiter brandissant la foudre et faisant saillir ses mollets maigres de dessous ses bas noirs.

Victor, le regardant avec hébétude, se pénétra de l'annonce du châtiment et de son implacabilité.

– Voilà ! lança l'abbé en se détendant soudain pour reprendre son bon visage, vous venez de vous voir livrer les principes qu'il faudra appliquer sans faillir pour qu'on soit satisfait de vous chez nous. Je ne vous retiendrai pas plus pour cette première journée car la pédagogie saine n'est jamais celle qui boursoufle l'esprit. Je vous charge d'aller engranger cette moisson, de la méditer… de retrouver un peu de calme avant de recevoir demain quelques dossiers qu'accompagneront mes premiers commentaires.

Celui à qui s'adressait la recommandation, sidéré du brusque empressement de son maître à lever la séance, n'eut que le temps de rassembler ses affaires avant de se retrouver poussé en haut des marches dévalant dans l'antichambre.

– Je ne vous dis d'ailleurs pas à demain, rectifia Thésut mais à tout à l'heure, puisque votre tante nous a fait la grâce de nous lancer un convi ce soir pour fêter votre arrivée.

Craignant subitement d'avoir déplu, Victor se retrouva au pied des bâtiments du corps de garde alors que le jour n'était pas assuré. N'osant retourner à l'Hôtel Davignon où l'on n'aurait pas manqué de le questionner sur son retour hâtif et son désarroi de la veille, il gagna les bords de Seine passant le gros de la matinée, assis sur une borne, à moudre ses inquiétudes et à considérer d'un œil distrait le ballet incessant des flottilles qui louvoyaient parmi de longs radeaux de bois de chauffage.

Les invités du conseiller et de sa femme, tous dévots pratiquants, n'arrivaient pour souper qu'après le lucernaire[1] auquel ils assistaient chacun dans leur paroisse.

Neuf heures sonnaient à la chapelle du collège des Quatre-Nations, lorsque la voiture des Thésut, qui, depuis Saint-Germain l'Auxerrois, n'avait eu que le Pont-Neuf à franchir, passa en trombe le porche de l'Hôtel Davignon. L'abbé dont la ponctualité n'était pas la plus mince des marottes, parut le premier, portant devant lui sa montre tel un gonfalonier son étendard. La tante de Victor, tous charmes déployés sous son inlassable sourire, s'était précipitée au-devant de ses hôtes pour veiller elle-même à les installer à chaque extrémité de l'ottomane cannée qu'elle leur assignait invariablement lorsqu'ils venaient en visite chez elle. Elle avait en effet appris, par quelques catastrophes domestiques, à mesurer tout l'espace qu'il fallait aux deux frères pour se livrer à l'aise aux gymnopédies dont ils ponctuaient leurs discours. Le chevalier, à peine moins frileux que son cadet dès qu'il quittait son salon, se fit rouler dans une couverture par son cocher, un vieil ombrageux à grise mine, jaloux d'avoir partout, lui seul, l'œil aux aises de ses maîtres. Emmailloté de la sorte, l'aîné des Thésut, qui avait floqueté sa brassière du ruban de Saint-Louis, trompa son impatience en répandant sur ses genoux le contenu de ses poches : sept ou huit étuis ciselés pleins de pastilles, de cachou indien et de quinquina en grains, trois paires de lunettes aux verres plus ou moins sombres, enfin un écoutoir en argent, haut comme un bugle et plus large que la carotte qui servait d'enseigne aux marchands de tabac. Si nous n'avons pas signalé que le chevalier fût sourd, c'est qu'il ne le

1. Office du soir célébré à la lueur des chandelles.

devenait qu'en société ; cela lui évitait de se mêler au caquetage des femmes qu'il trouvait assommant et concourait à justifier, lorsqu'il avait bu, des moments de demi-sommeil plus ou moins ornés de ronflements. Cet impertinent désintérêt – le lecteur l'aura peut-être remarqué – est chose qu'on passe assez facilement aux sourds plutôt que les entendre assassiner les conversations en faisant répéter à longueur de soirée ce qu'ils n'entendent pas. Un moment absorbé par le déclic de ses petites boîtes, le chevalier finit par s'enquérir du souper et, pour bien souligner que son estomac criait, il fit osciller sa montre sur la pente circonflexe de ses yeux mouillés.

L'abbé qui, pendant ce temps, déplaçait sur le parquet sa jambe raide en produisant un tintamarre de hallebarde, avait l'activité fébrile d'un moulin par grand vent. Souffletant d'une main son collet obstiné à rebiquer, il dépliait de l'autre quelques-unes des innombrables boulettes de papier griffonné dont il avait la manie de lester ses poches tout comme le désespéré remplit les siennes de cailloux avant de s'enfoncer dans la rivière.

Victor et le vidame entrèrent à point pour tirer madame Davignon de l'encombrant silence où la jetait la frénésie solitaire des vieux célibataires. L'abbé fit aux garçons, sur le bienfait de la jeunesse, mille compliments festonnés de quelques vers latins et le chevalier, qui décidément ne pouvait plus contenir l'écoulement de son fiel, s'exhala tout de bon contre les importuns qui retardaient l'heure de boire et de manger. Il était au plus haut de sa tirade lorsque entrèrent ensemble, de telle façon qu'on les eût pu croire poussés par le vent, tous ceux qui manquaient à l'appel : madame de Fontalon flanquée de sa nièce, le père Grésil et, venant sur leurs talons, le duc et la duchesse de Saint-Simon.

Victor, tournant son regard du côté du salon malachite bondé par l'afflux des visiteurs pressés par les valets, le fixa sans pouvoir l'en détacher sur la jeune fille qui venait de sortir de l'ombre de sa tante. Même, par cet effet de trompe-l'œil que provoque la splendeur en captant l'éclat des objets alentour, il ne vit à peu près paraître qu'elle. Pareille à la statue parfaite qui désespère le plagiaire par quelque inimitable bizarrerie, la nouvelle venue se parait d'une beauté tendant à l'envoûtement par l'irrégularité de deux ou trois détails. Sous des cils effrontément recourbés, ses yeux vert de jade disaient son esprit, son front rebombé et son port de reine appuyaient son farouche et sa superbe.

Le vidame, qui avait surpris l'expression de son ami resté bouche bée à la vue de cette splendeur, s'empara du bras de celui-ci pour le pousser devant le front des convives.

Lorsqu'il eut achevé les présentations avec sa grâce accoutumée et que madame de Fontalon, restée un moment à gazouiller gentiment des cancans, se fut envolée dans un ramas de foulards vers son hôtesse, sa nièce se retrouva seule face aux garçons.

– Diane de Solsac ! annonça Jean-Hercule en s'inclinant par raillerie, la muse des réunions secrètes que tient le parti du Salut Ardu dans cet hôtel…

– Du Salut Ardu ! répéta Victor tandis que Diane pouffait.

– Oui, reprit le vidame, c'est ainsi, par dérision, puisqu'on ne cesse d'y professer qu'il est presque impossible d'échapper à l'Enfer, que nous nommons entre nous le cénacle augustinien [1].

Troublé par son coup d'œil où flambait le soleil de la

1. Allusion à la doctrine de saint Augustin dont s'est nourri le jansénisme. Elle professe que Dieu n'a prédestiné qu'un petit nombre d'hommes au salut éternel.

grâce, Victor lui prit distraitement la main pour la porter à ses lèvres.

– Je suis encore fille, pépia-t-elle en repliant prestement son bras et en partant d'un grand rire.

– Excusez ma maladresse ! murmura le nouveau pensionnaire de l'Hôtel Davignon qui sentait le rouge lui monter aux joues, je ne suis qu'un paysan.

– Déjà bien trop urbain pour qu'on vous croie ! répliqua Diane appliquant sur le taillis de crins et de dentelles dans lequel disparaissait le neveu de ses hôtes un regard du haut en bas, plus propre par sa fougue à provoquer des troubles que la fameuse poussée d'Archimède.

– Je vous en prie, madame, supplia Victor, déployant d'un coup tout le velours de ses yeux tristes, n'ajoutez pas vos railleries à ma confusion !

Elle dessina dans l'air avec son éventail une sorte de virgule pour signifier qu'elle n'y mettait pas malice.

– Et de quelle province tombez-vous ? demanda-t-elle sans répit sur ce ton de sarcasme dont Victor comprit vite qu'elle ne se départissait jamais.

– Du Rouergue !

– Qu'est-ce donc le Rouergue ? gloussa-t-elle.

– C'est au sud de l'Auvergne…

– Ne répondez pas ! souffla le vidame, vous voyez bien qu'on se moque de vous.

Ayant ainsi murmuré, sans l'avoir donné à paraître, il se tourna vers Diane qu'il nappa jusqu'à l'éblouir de son sourire paisible.

– Eh ! comment ? Vous si savante ! Vous qui avez dévoré des bibliothèques dans votre enfance tandis que vous gardiez vos dindons, vous ne savez pas où se trouve le Rouergue.

L'œil de la belle se mit pour le coup à jeter un feu plus cruel que celui prêté par quelques peintres expressifs à sa patronne, la chasseresse.

– Vous l'ignoriez sans doute mais j'ai aussi gardé des ânes ! répliqua-t-elle piquée.

– Depuis quelques secondes que je vous connais, s'enhardit Victor, je ne crois pas que vous ayez été sérieuse.

– Sérieux, le vidame l'est pour tous ceux qui ne le sont pas ! reprit-elle avec humeur, voilà la patine que confère le séminaire et l'effet désastreux du sentiment chrétien !

– Vous voici bien remontée, remarqua celui à qui s'adressait la sortie en conservant la même impavidité de figure.

Elle lui répondit par une œillade triste qui la fit devenir touchante.

– Je suis à vrai dire sur des charbons ardents, avoua-t-elle. Il s'agit de Gabriel, je vous en dirai deux mots tout à l'heure.

Elle se tourna vers Victor pour ajouter :

– On vient de vous le dire, je suis née loin d'ici moi aussi. J'ai vraiment gardé des dindons et des ânes en compagnie de petits villageois et ce furent les moments les plus doux d'une jeunesse austère. Privée comme Hercule de mes parents dès l'enfance, j'ai été élevée, par un oncle chanoine, dans un château de Gascogne démeublé et sans feu. Madame de Fontalon, que je nomme ma tante mais qui n'est à dire vrai que ma cousine à la mode bretonne, s'est occupée de moi au décès de mon tuteur avec le dévouement d'une sœur de charité. Elle m'a appelée près d'elle, pour vivre dans cette ville où je croque la vie à belles dents, employant pour me pousser dans le monde toute l'énergie que j'avais engrangée lorsque j'étais sauvageonne. Je viens à bout de tout car je fends mon chemin, le sabre de l'impertinence au poing. Vous verrez, je vous le prêterai ! C'est l'expédient qui balayera à coup sûr les rides que je vois obscurcir votre front.

– Vous êtes bien bonne, répliqua sans malice Victor, je vous rends grâce pour ces douces paroles.

– Non ! je ne suis pas bonne, rectifia Diane, jamais je ne suis mue par la pitié, ce dernier ressort des passions abolies… Je ne me fie qu'à la sympathie et vous m'en inspirez.

Elle fut interrompue par le signal que fit un majordome pour avertir qu'on allait souper.

Une longue table ovale, couverte d'une nappe brodée de lis qui balançaient sur des tiges de soie vert pâle, avait été dressée dans l'antichambre jouxtant le bureau de monsieur Davignon. C'était une petite pièce au décor rénové dont le plafond doré, retombant sur une frise d'oves, était percé d'un œil-de-bœuf elliptique garni dans son fond d'une forte grille de bronze doré. Des toiles marouflées, séparées par des cippes qu'étranglait un lierre finement sculpté, couraient tout au long des murs, séparant des figures de nymphes qui formaient une ronde. Ce décor, subtil adoucissement des pompes et des marbres versaillais, fondu dans un équilibre qui tenait autant au savoir-faire du peintre qu'à la grâce des proportions dégagées par l'architecte, était l'œuvre de Claude Audran[1], nouvel ornemaniste à la mode et en passe alors de supplanter le vieux Berain[2]. C'était le premier balbutiement de ce qu'on commençait à nommer style rocaille, étonnant enroulement d'arabesques légères et d'opulentes chantournures dont la dorure éclatait sur un fond lumineux de boiseries blanches.

Victor, installé entre madame de Fontalon et l'abbé de Thésut, assista pour la seconde fois depuis Limoges à l'effrayant déploiement du service à la française. Après

1. Claude III Audran (1658-1734), issu de la dynastie des Audran, peintre et décorateur.

2. Jean-Louis Berain (1637-1711), dessinateur et décorateur d'intérieur.

que le maître d'hôtel eut versé lui-même une ladre bouchée de potage aux herbes que présentait un page marchant à reculons et qu'on eut tout aussitôt retiré l'assiette en laissant les convives se régaler seulement du fumet de ce breuvage, on vit surgir, par la porte ouverte à deux battants comme si un duc allait paraître, onze domestiques en livrée bleue qui déposèrent sur la table, dans un ordre soigneusement prédéterminé, les onze plats du premier relevé. Celui-ci, qu'on appelait communément service des entrées, comportait ce soir-là un chapon aux huîtres, une carpe à la Chambord, des anchois confits, un plat de poulardes à la crème, une terrine de faisan, un civet de lièvre, des artichauts à la barigoule, des pieds de cochon truffés, un filet de bœuf garni de girolles, des œufs à l'infante et des escargots de vigne en fricassée de poulets. Le tout baignait sur des lits d'arroche des jardins[1] et d'oseille qu'endiguaient des levées de ces merveilles récentes dont la vogue ne se démentait pas : des petits pois verts qu'on avait conservés en les saupoudrant de raffinade glacée.

De sa vie, notre jeune Rouergat ne s'était grisé d'aussi appétissantes couleurs et n'avait humé à la fois tant d'odeurs délicieuses. Des valets, qui avaient chacun la charge de deux convives, se tenaient derrière le rang des chaises. Ils veillaient obstinément à ce qu'assiettes et verres ne désemplissent pas. D'autres, sous la férule discrète du maître d'hôtel, exécutaient tout autour de la table des figures compliquées pour aller se servir aux plats que les dîneurs montraient du doigt ; d'autres encore, houspillés par un gros sommelier, Bacchus à l'œil rouge, s'élançaient sur le parquet ciré pour atteindre plus vite la desserte encombrée de fioles cravatées. Ils revenaient de même, toujours glissant et faisant

1. Plante comestible, dite aussi belle-dame, qu'on mélange parfois à l'oseille.

étinceler sous les lumières, par-dessus la moire pourpre des vins, les savantes guillochures du cristal.

Au bout de trois quarts d'heure, on fit place nette de ce déluge de victuailles. Victor qui avait tâté à peu près de tout, le ventre déjà bien garni et qui s'étonnait, en lorgnant de droite et de gauche pour régler ses attitudes, de surprendre ses voisins chipotant, se trouva grandement satisfait de voir paraître des plateaux de douceurs. C'étaient des sorbets [1], merveilles dont il n'aurait jamais pu soupçonner qu'elles existassent avant de les sentir fondre sur sa langue. Cette sensation magique, en plein septembre, de glace parfumée, pour lui qui n'avait pas imaginé que les crèmes puissent être servies autrement que tièdes, tenait du maléfice, aussi fit-il un réel effort pour s'abandonner à son plaisir sans céder au vertige de la réflexion. Enfin, lorsqu'on eut sans attendre débarrassé à nouveau, que tous les vins se furent trouvés changés sous l'impulsion frénétique du sommelier, notre jeune provincial, qui ne s'attendait plus qu'à l'arrivée de quelque fromage [2], fut proprement foudroyé lorsqu'il vit qu'on portait en trombe un second relevé celui du service des entremets. Il se composait de dix-sept plats surpassant en munificence le somptueux culbutis des entrées : buisson d'écrevisses, pigeons à la casserole, gigot à la Barbarine, perdrix farcies, lapereau à la Moscovite, noix de bœuf au suif, marinades de carpes, bécasses brûlées au rhum… Nous ne les nommerons pas tous car il est probable que le lecteur, tout comme Victor, rafale par ce second assaut de mangeailles, se trouve lui aussi rassasié.

– Quel mâche-dru vous faites ! s'exclama l'abbé de

1. On confectionnait les sorbets et les crèmes glacées avec la glace recueillie l'hiver et conservée dans des glacières maçonnées, enfouies sous terre.

2. Le fromage venait après le sucré. Il en demeure le souvenir dans l'expression : « entre la poire et le fromage ».

Thésut en se penchant en tapinois vers son élève, me voici bien soulagé de ne vous avoir chez moi que pour la demi-pension.

Victor, honteux de voir sa goinfrerie trahie, força un sourire un peu niais.

– C'est la première fois que je découvre une telle abondance, bredouilla-t-il, mon appétit s'est trouvé surpris.

– Méfiez-vous ! recommanda l'abbé qui ne s'était fait servir jusque-là que des poireaux bouillis, l'homme creuse sa tombe avec ses dents. Cette débauche de nourriture devrait être la honte d'un royaume qui se prétend chrétien et nul, si ce n'est la corporation des marchands de regras [1], ne saurait justifier un tel gâchis tant que de si nombreuses gens en France manqueront du nécessaire.

Victor, qui avait pris son plaisir proprement grisé jusque-là et ne songeant à rien moins qu'au revers de l'opulence, opina gravement tandis qu'un chant de glaires montait dans son larynx.

– Au fait ! reprit l'abbé en se penchant un peu plus, pourquoi aviez-vous ce matin si peu de cœur à votre ouvrage ?

Cette question, posée sur un ton d'innocence, fit pâlir celui à qui elle s'adressait.

– Moi ! Je vous assure que tout allait très bien.

– Ne mentez pas ! reprit l'abbé péremptoire, vos yeux ne suivaient pas mon discours… C'est d'ailleurs pour cela que je vous ai si brusquement congédié.

– Ce doit être un reste de timidité, hoqueta Victor qui sentait le sang cogner à ses tempes. J'ai du mal, savez-vous, à m'habituer aux nouveautés…

– Ce n'était pas précisément de la timidité, insista cruellement l'abbé, c'était comme un souci qui vous

1. Le regrattier faisait profession d'acheter les restes de tables (regras) des grandes maisonnées pour les revendre au détail.

aurait miné… Mais laissons ce bavardage et buvons à votre forme de demain !

Il chinqua avec entrain sa coupe d'excellent vin de Nuits coupé d'eau, parce que tous les vins se mouillaient encore à Paris et à proportion de leur excellence, contre celle vide que, dans sa confusion, lui tendait Victor.

– N'ayez aucune crainte, ajouta-t-il en collant ses lèvres à l'oreille de son jeune voisin, je sais tout.

– Vous savez tout !

– Tout ce que vous avez à vaincre pour vous faire un état… Vous pouvez vous reposer sur moi et même, si vous le souhaitez, le temps de vous acclimater davantage, reculer de quelques jours le début de votre apprentissage chez nous.

– Grâce vous soit rendue pour ces bonnes paroles ! murmura Victor qui sentait monter des larmes de reconnaissance, je ne pouvais vraiment trouver meilleur mentor que vous… Meilleur confident aussi, ajouta-t-il avec un mouvement d'yeux qui parut à l'abbé plus fort qu'une promesse.

Le cadet des Thésut, ému à son tour, posa sa main semée de macules jaunes sur celle dont Victor tentait vainement de dissimuler le tremblement.

– Vous êtes de taille, je le sens, à surmonter toutes les épreuves que Dieu a envoyées sur vous !

Il fit monter sa voix d'un ton pour poursuivre mais toujours *a parte* :

– Vous n'avez fait que saluer les hôtes de votre tante mais nul ne vous a encore présenté, comme ils le méritaient, monsieur le duc et madame la duchesse de Saint-Simon, le père Grésil et madame de Fontalon. Le duc de Saint-Simon, deuxième du nom, est issu, du moins si l'on veut l'en croire, glissa-t-il perfidement, d'une des plus anciennes lignées de France, celle des comtes de Vermandois. C'est un homme jeune encore puisqu'il n'a que vingt-huit ans. Il est plein d'ambition, de connaissances, fort lancé à la cour et ami depuis l'enfance de notre duc d'Orléans. Je ne suis pas persuadé qu'il laissera un grand nom dans l'armée où il est à présent mestre de camp mais ç'aurait été, j'en suis convaincu, si cette voie était restée ouverte aux gens d'épée, un remarquable magistrat. – Voyez les capacités dont on se prive par la sottise des préventions ! – Il a une belle plume, il connaît à fond la généalogie et les usages, on murmure qu'il gribouille en secret des anecdotes dans le style de Tallemant[1]. Sa femme est fille d'un de nos plus grands soldats, le maréchal de Lorge, capitaine des gardes du corps du roi, hélas ! bien mal en point à cette heure[2]. Elle est fine, spirituelle, fort amante de son époux et très estimée par les charités qu'elle répand dans Paris… Le père Grésil est mon confrère à l'Oratoire, il en est le Démosthène ; c'est aussi le directeur de conscience de votre oncle, l'oracle de notre petit cénacle, en un mot l'un des taons les plus hardis à harceler la jésuitière. Madame de Fontalon, quoique d'un autre âge, est la plus constante amie de votre tante dont elle a fait jadis l'éducation au monde. De son vivant elle est déjà béate, la providence des miséreux dans plus de dix paroisses de Paris, la lumière des enténébrés, la madame Acarie[3] de notre nouveau siècle.

Victor, impressionné de siéger dans cet aréopage, considéra chacune des figures dont l'abbé lui brossait le portrait tout en louanges. Face à lui se tenait la duchesse de Saint-Simon, petite poupée gracieuse d'à peine plus de vingt ans dont le délicat visage, plâtré de poudre blanche et cloué de mouches de bougran gommé, se

1. Tallemant des Reaux (1619-1690), auteur des *Historiettes*, recueil d'anecdotes savoureuses sur son époque.

2. Le maréchal mourra le mois suivant, en octobre 1702.

3. Madame Acarie (1566-1618), illustre dévote, introductrice du Carmel en France, béatifiée sous le nom de Marie de l'Incarnation.

trouvait allongé par le surplomb de l'échafaudage de dentelle et de fil d'archal d'une haute fontange. Le duc, qui ne dépassait pas cinq pieds[1] par la taille, était un homme dont l'expression serait demeurée mièvre et enfantine si elle ne s'était trouvée transverbérée par un regard noir lançant des étincelles sous l'effrayant ébouriffage de la perruque in-folio[2]. Le père Grésil figurait un bûcheron tombé à cette table tout en raffinement comme la duègne dans la munificence d'une fête espagnole. Chauve, hissant par-dessus le taillis des chevelures foisonnantes un crâne bossué et glabre, il portait paisiblement une sorte de férocité calme. Ce mélange de pesanteur et de finesse esquissait assez bien la détermination qui le tenait et le faisait traverser les orages sans trouver la nécessité d'aucun biais ni détour. Madame de Fontalon, assise à ses côtés, ressemblait au frêle esquif qui glisse dans la rade près du vaisseau de ligne. Le couple était étrange : lui, qui se penchait vers elle avec des effarouchements de vieux garçon ; elle, qui n'en était pas le moins du monde impressionnée et qui, même en face de ce roc, ne savait se retenir de minauder.

– Êtes-vous au courant du tumulte qui s'est produit cet après-midi en Sorbonne ? demanda au père Grésil le conseiller qui venait avec les doigts de détacher élégamment l'aile d'une bécasse, on m'a parlé d'une thèse qui avait fort déplu aux jésuites…

– Il ne se passe pas de jour sans que pareil incident ne se produise, répliqua l'oratorien, la Compagnie s'arroge à présent le droit de cribler les opinions, et les étudiants qui n'ont pas obtenu son label sont interrompus dans leur soutenance dès l'énoncé du quamquam[3].

1. Saint-Simon ne devait, en effet, pas dépasser un mètre cinquante.
2. Perruque peignée en crinière.
3. Harangue en latin qui précède la thèse.

– Ne trouvez-vous pas, mon père, intervint Saint-Simon, que ces querelles finiront par causer un grand tort à ce royaume ?

– Elles sont importantes ! répliqua le père Grésil, adoucissant d'un sourire la rudesse de sa réplique, elles touchent à la conception que nous nous faisons de l'humanité. Je vous concède, monsieur le duc, qu'elles sont démesurées mais je vous prédis, hélas ! qu'elles le seront demain bien davantage parce que je ne vois pas ce qui pourrait mettre un terme à l'actuel entraînement des esprits.

– Pensez-vous à quelque nouvelle guerre de religion ? s'effraya Saint-Simon.

– Je ne l'exclus nullement, répliqua le prêtre, à moins que chaque camp en vienne à plus de modération.

– De la modération ! se récria, la joue rougie par la digestion, le chevalier de Thésut qui avait posé son écoutoir sur la table sans perdre le fil de la discussion, tous ceux qui sont ici n'en ont que trop montré !

– Vous êtes-vous déjà amusé à dénombrer notre petit troupeau ? reprit le père Grésil, nous sommes cent fois moins nombreux que l'armée des molinistes [1] et mille fois moins remuants que les énergumènes quesnellistes qui, contre toute vérité, prétendent continuer la tradition de Port-Royal.

Le chevalier de Thésut, qui avait déjà arrosé son repas d'une douzaine de verres de meilleurs vins de sa province qu'il était seul à ne pas couper d'eau et qui, à demi dressé, tendait encore haut la main pour qu'un valet le serve, fit de nouveau entendre sa voix éraillée :

– Voulez-vous mon sentiment, messieurs ?

1. Le père Molina, jésuite, auteur d'une doctrine laxiste sur la grâce, fut l'une des cibles favorites des Jansénistes.

Et il enchaîna sans que quiconque eût opiné à la proposition :

– Eh bien ! je suis du fond du cœur bien plus proche des jansénistes que des jésuites.

Il sabla d'un grand trait son vin et poursuivit après s'être mouché sourdement dans la nappe :

– Hors de ce pays les espions de Rome !... Arrière ces magasins de belles paroles que sont les papolâtres et les ultramontains[1] !... Les Anglais ont compris...

– Ce qui les a fait tomber dans l'hérésie ! trancha l'abbé en foudroyant son frère du regard.

– Ah, vous ! fulmina le chevalier, on ne sait jamais pour qui vous prêchez, tel jour vous flambez pour les libertés de l'Église de France, tel autre vous répandez des pétales sous les mules du pape.

– Cela prouve, fit observer Saint-Simon, qu'il n'est pas si facile de concilier des principes opposés. Dans la position où nous sommes, il convient de ménager...

– Ménager n'est point trahir ! rugit le chevalier en interrompant le duc.

– Trahir ! répéta l'abbé qui venait de surprendre le regard haineux de son aîné acharné, par-dessus la tablée, à fouiller dans son âme.

– Trahir, je le maintiens ! s'opiniâtra le vieux soldat en cognant méchamment le manche de corne de son couteau contre le plateau de la table.

Les convives, quoique accoutumés aux folies des Thésut, se regardèrent avec effroi.

– Vous avez écrit hier soir en cachette à ce père de La Rue, l'un des plus sacripants jésuites de Paris...

– C'est un comble, s'épouvanta l'abbé, vous m'espionnez !

1. Littéralement, ceux qui sont partisans de la puissance au-delà des monts, autrement dit de la papauté qui se trouve de l'autre côté des Alpes.

Mais aussitôt, il se prit à sourire comme un enfant satisfait d'une vilenie.

– Si je lui ai écrit, c'est d'accord avec Son Altesse, et pour lui tendre un piège dont vous verrez bientôt l'effet.

Le chevalier, mécontent d'avoir manqué son effet, plus furieux encore de se sentir exclu du coup, partit à ronchonner :

– C'est bien là ce qui s'appelle se sauver au travers de broussailles !

L'abbé, ravi de la déconvenue de son accusateur, ne voulut pas le lâcher à si bon compte.

– Et qu'aurais-je à dire, moi, des dangereux rapports que vous entretenez avec la pire crapule quesnelliste ? Ces scélérats, niveleurs, partageux et républicains…

– Républicain, Dieu merci, ne veut rien dire dans ce royaume, nota Saint-Simon qui voyait monsieur Davignon s'impatienter de la chamaillerie des deux célibataires.

L'abbé ne parut pas entendre la finesse :

– J'appelle républicains, moi, ceux qui veulent combattre l'autorité dans l'Église et dans l'État. Je pense à ces curés de Paris qui se servent de l'Église comme d'un levier commode pour faire basculer le monde. Croyez-m'en ! ils sont plus dangereux, ceux qui gangrènent le fruit de l'intérieur, que vos jésuites, bras qu'on peut amputer d'une puissance externe.

– Je ne suis pas d'accord ! je ne suis pas d'accord ! se récria le chevalier reniflant sourdement et sautant sur sa chaise, vos curés ne sont que du menu fretin… Qu'on prenne dans chaque diocèse trois ou quatre des plus agités d'entre ces gaillards, qu'on les envoie porter la bonne parole aux Iroquois et vous verrez que nous aurons la paix ! Vos jésuites, eux, sont plus pernicieux ; par la voie captieuse des écoles, ils ont pris dans leur nasse le meilleur de notre jeunesse ; avec eux, pour ce qui regarde nos libertés, il n'est pas trop, sacredire ! de nous rendre compte que le feu est au saucisson[1] !

– Ce n'est que trop vrai, hélas ! convint le père Grésil, ce qui se passe en ce moment à la Sorbonne montre que la Compagnie sait pousser ses pions sur le vieux fond janséniste de notre élite bourgeoise. Il n'est bruit en ce moment que de quelques jeunes brillants théologiens, tous doués et remarquables, mais dont le raisonnement est corrompu par l'hypocrisie ignatienne[2] : Anne Marolles, Brandelis de Grandville…

À ce nom, la cuillère de Victor, qui lui avait glissé des doigts, retomba en heurtant le bord de son assiette et fixa tous les regards sur lui.

– Vous dites Brandelis de Grandville ? balbutia-t-il.

– Vous le connaissez ? s'inquiéta le père Grésil.

– C'est que… On m'a parlé de lui récemment.

– Célébrité douteuse, repartit l'oratorien, et dont je vous conseille vivement d'éviter le contact.

– N'est-ce pas à son propos, demanda monsieur Davignon, qu'on a murmuré au printemps pour un vicariat obtenu à un âge tendre encore et sans nul doute par des protections considérables ?

– Si fait ! ce jeune homme est effectivement poussé par des mains aussi omnipotentes que discrètes. Il habite avec sa sœur une belle maison au pied de l'abbaye Sainte-Geneviève dont le loyer est ponctuellement payé, par l'entremise d'un banquier, à la cure de Saint-Étienne qui en est propriétaire. On veille en plus à ce qu'il ne manque de rien : deux domestiques et un petit cabriolet dont aucune fortune ni parenté ne peuvent justifier le

1. Terme d'artillerie : amorce de mine. Lorsqu'on dit que le feu est au saucisson, on évoque un danger imminent.

2. Ignatien veut souvent dire jésuite par référence à Ignace de Loyola, fondateur de la Compagnie de Jésus.

train. On murmure qu'il serait dans la sphère des Vendômes…

– Vendôme est bien trop avare pour fournir à ces largesses ! fit observer Saint-Simon dont ce personnage était l'une des principales mauvaises obsessions.

– En tout cas, reprit le père Grésil, depuis que ce beau blanc-bec est vicaire de Saint-André-des-Arcs, il met la paroisse à feu et à sang.

– C'est une tradition qui se perpétue, nota à nouveau le duc, Saint-André depuis la Ligue est le refuge des boutefeux ecclésiastiques. L'intelligence déréglée des trublions universitaires coule depuis la Sorbonne ainsi qu'une lave destructrice ; elle ne saurait épargner cette paroisse. C'est la fatalité géographique.

– Je connais assez votre Brandelis de Grandville, intervint madame Davignon, et je suis surprise de ce que vous dites. Jamais je ne me suis effrayée de sa violence ; j'avoue même que ses sermons m'ont souvent procuré le réconfort et la paix. C'est à lui, avant-hier, que j'ai emprunté cette image qu'il donnait de l'Église comparée aux verrières du Moyen Âge. Sa foi et sa volonté paraissent inattaquables, il y a du feu chez ce prêtre.

– Un feu destructeur ! trancha le père Grésil en interrompant son hôtesse, j'avoue pourtant, madame, que, si le brodequin diabolique des idées jésuites ne lui avait pas déformé l'esprit, votre abbé de Grandville serait dès à présent l'un des plus solides espoirs du Clergé de France. Mais, à Saint-André, l'avez-vous vu faire autre chose que prêcher ? Qu'importe, il est vrai, le petit cénacle des bigotes, l'administration des sacrements et la fixation des tours des chasse-chien[1], lorsqu'on peut par la parole déchaîner les tempêtes !

1. Mot populaire pour bedeau.

Après que les convives eurent quitté la table, la soirée se poursuivit dans le salon où les femmes prirent place sur de moelleuses duchesses brisées tandis que les hommes, installés sur des fauteuils, formaient un cercle à leur chevet.

– Si j'ai bien entendu votre nom, glissa à Victor Saint-Simon que monsieur Davignon avait à dessein installé aux côtés de son neveu, vous êtes l'héritier de la vieille maison de Gironde ?

– Je doute, monsieur le duc, bredouilla le jeune homme, que la renommée de ma pauvre famille ait pu parvenir jusqu'à vos oreilles.

– Détrompez-vous ! je connais mon nobiliaire et tous ceux qui, comme moi, s'intéressent aux plus vieilles races françaises – j'entends par là celles dont la succession est établie depuis le $x^e$ siècle et elles ne sont pas deux cents en France – savent que Gironde compte. Je ne vous ferai pas l'injure de vous rappeler qu'une femme de votre lignée, Géraude de Gironde, si j'ai bon souvenir du prénom, a convolé avec ce Bernardet d'Albret qui était ancêtre à la onzième génération de notre roi Henri IV et que, par là, vous vous trouvez allié à la famille royale…

– C'est exact, avoua Victor, stupéfait des connaissances de son voisin, mais mon père trouvait cette alliance si vaine et si lointaine qu'il ne m'en a jamais parlé qu'avec amusement.

– Ce serait une grave erreur, pour vous qui avez tout à construire, que mésestimer cet avantage, reprit le duc en pointant un index en l'air. Le roi doit vous donner du « mon cousin », tout comme à moi, tout comme il le fait pour les chefs des quelques familles qui se sont par le passé unies à la sienne. Voici un chausse-pied[1] facile et – chose remarquable lorsqu'il est question de se

1. Au sens d'un moyen de réussir.

hausser – ni déshonnête ni infamant… Je connais bien des jeunes ambitieux, plus nantis que vous, qui rêveraient votre chance.

Victor, entendant pour la première fois le doux grelot de la fortune tinter au-dessus de son avenir, ouvrit de grands yeux.

– Mais comment s'établissent des choses si anciennes ? demanda-t-il sous le charme.

– Elles le sont puisque je les connais ! répliqua Saint-Simon péremptoire, tant que la société sera bâtie sur les honneurs et sur la naissance, tant que la noblesse se verra réserver exclusivement et interdire absolument certaines fonctions, ne point se tenir à son rang tiendra du crime !

– Soyez raisonnable, Louis ! souffla doucement madame de Saint-Simon en couvrant son mari d'un regard indulgent, ne pervertissez pas ce garçon.

Et laissant glisser son regard vers le neveu de ses hôtes dans un gracieux mouvement du cou :

– Il a dû vous parler des positions à ne pas perdre, des privilèges à ne pas laisser s'écorner… À l'entendre, notre société ne vaut guère mieux qu'une troupe de grenadiers rangés par ordre de mérite qui manœuvrerait dans une fosse aux lions.

Victor, qui venait de répondre innocemment au sourire de la duchesse, redevint d'un coup sérieux en voyant le duc se rembrunir.

– Ah ! vous pouvez rire, Gabrielle, pesta-t-il, la voilà la triste vérité ! Nous sommes les gladiateurs d'une mascarade : c'est ce à quoi nous ravalent l'orgueil et la fureur des hommes.

Cette sentence assénée avec force fit lever le menton à l'abbé qui s'était assoupi. Il se dressa tel un somnambule et, triturant la couverture qui recouvrait à moitié ses jambes maigres, le regard resté égaré par quelque songe affreux, il se mit à déclamer Virgile en faisant courir un frisson sur la compagnie :

– *Furor impius intus saeva sedens super arma et centum vinctus aeris post tergum nodis, fremet horridus ore cruento !* [1]

1. La fureur impie, assise sur des armes meurtrières et les mains liées derrière le dos par cent nœuds d'airain, frémira de rage, horrible et la bouche sanglante !

CHAPITRE TROISIÈME

## *La ténébreuse fraternité de Clémire et Brandelis de Grandville*

Sur la montagne Sainte-Geneviève, lacis de tranchées noires et biscornues, quelques surprenants chicots gothiques, galonnés de frondaisons retombantes, s'accrochaient au galop des pentes avec la frénésie de l'herbe folle. Les effigies de saints patrons ornant le pignon de la moindre masure, les calvaires condamnant l'entrée du plus galeux des culs-de-sac, paraissaient n'avoir été plantés là, à si étrange profusion, que pour tenter de conjurer les maléfices des débordements estudiantins. Tout au faîte de ce dédale, saint des saints de bicoques en haillons, quelques noirs îlots de clapiers ébouriffés se jetaient à l'assaut d'une étroite rangée de maisonnettes qu'ils faisaient mine de culbuter sur la contrescarpe de l'abbaye Sainte-Geneviève. Ces petites constructions encloses de charmilles, posées à la queue leu leu comme des ruches à la lisière d'un bois, formaient l'ancien gîte des chanoines de Saint-Étienne-du-Mont, sorte de vide sanitaire qui épargnait à l'odorat des savants pères génovefains [1] les relents des suées sordides de la ville.

Brandelis de Grandville habitait l'une de ces maisons qu'une femme désigna à Victor comme seule à garder ses volets clos. Celui-ci, en s'approchant, put se convaincre de cette particularité et détailler l'état

1. Moines de l'abbaye de Sainte-Geneviève.

d'abandon du jardin qui tranchait sur l'ordre maniaque régnant dans les lopins avoisinants : le buis et la symphorine, conservant à leur pied le dessin d'une taille d'autrefois, s'en allaient en épis par le haut ; un millepertuis, transpercé de lupins étiques, dévorait le gravier des allées. Çà et là enfin, des vasques éborgnées, des bordures ébréchées, des grillages tordus, présentaient la fêlure des choses promises à la ruine prochaine.

Victor fut accueilli par une servante en coiffe qui l'écouta sans que s'altère un pli de sa face cornée. Elle l'introduisit dans une chambre dont l'un des murs chaulés s'ornait d'un cadre tendu de pourpre, sur fond duquel se dressait un riche crucifix d'ivoire presque incongru en un lieu si modeste. À même le parquet, comme si l'on attendait pour fuir la hotte d'un portefaix, des livres en grand nombre formaient cinq ou six murets à l'équilibre précaire.

Un éclat de voix, tandis qu'il scrutait ce savant désordre, fit dresser l'oreille au visiteur. Aussitôt le loquet produisit un bruit sec et la servante, reparue en montrant une figure restée impénétrable, lui fit signe de la suivre jusqu'à la porte du bureau de son maître.

Brandelis de Grandville qui écrivait alors, installé derrière une chétive table, était un garçon d'à peu près vingt-cinq ans dont le visage long et hâve reflétait l'âme tourmentée. Un profil d'aigle, une chevelure opulente et charbonneuse, deux yeux à fleur de tête, ajoutaient du féroce à l'inquiétude qui troublait en permanence de rides fugaces son large front bombé. Parce qu'il savait la supériorité que confère un abord glaçant sur les esprits faibles et qu'il était naturellement cruel, il abusait de cet aspect abrupt et ne manquait jamais, par exemple, de désirer faire frissonner ceux qui l'approchaient pour la première fois.

Victor, qui s'était entendu accueillir par un sourd grognement, demeura arrêté trois pas après le seuil.

– Vous avez demandé à me voir, fit le jeune vicaire sans cesser de faire courir sa plume, mon temps est précieux !… Que voulez-vous de moi ?

– C'est une chose importante ; elle ne peut se livrer en quelques mots…

– Je ne conçois pas de sujet qui ne puisse se condenser en une phrase. Soyez bref !

– Je m'y appliquerai… Il s'agit d'un de mes amis…

– Qui ?

– Le marquis des Éperviers.

– Ce nom ne me dit rien ! trancha l'abbé en tournant vivement le feuillet qu'il venait de noircir.

– En êtes-vous sûr ? insista Victor.

À ces mots, Brandelis de Grandville daigna enfin lever les yeux sur son solliciteur.

– Absolument ! confirma-t-il, détachant chaque syllabe avec un air de férocité.

– Ce nom, poursuivit Victor, aurait certainement dit quelque chose à l'une de vos connaissances que j'ai trouvée assassinée avant-hier après-midi…

– Qui ?

– Maître Péruchot, un marchand de chandelles de la rue Saint-Sauveur…

– Tué, dites-vous ! bredouilla l'hôte de Victor en se dressant.

– Oui, je l'ai vu étendu, le visage en sang, aussi près que je vous vois là.

Le jeune vicaire, qui portait le petit collet pardessus son habit de drap bleu, approcha son museau de renard et resta un moment à humer le messager que sa périlleuse fortune lui dépêchait.

– Et qui me prouve, souffla-t-il, que vous n'êtes pas en train d'inventer cette histoire pour me faire livrer des choses que vous seriez bien satisfait de savoir ?

– Regardez-moi ! repartit hardiment le visiteur, ai-je la mine de quelqu'un qui galèje ?

– Je ne me fie jamais à la mine des gens !… La vôtre ne me paraît pas farouche, c'est vraiment tout ce que je puis en dire. Et d'abord, qui êtes-vous ?

Victor tendit le bras pour montrer à son annulaire l'écu doré de sa maison.

– Je suis le fils de Jean de Felzins, comte de Gironde, gentilhomme rouergat. J'habite Paris depuis moins d'une semaine et l'on m'a chargé d'une commission pour vous.

– C'est ce marquis des Éperviers qui vous a demandé de venir ?

– C'est lui ! et à défaut de maître Péruchot dont je n'ai pu, chez lui, trouver que le cadavre, je viens m'acquitter de ma mission auprès de vous qui êtes vivant.

– Encore vivant ! rectifia l'abbé en marmonnant lugubrement comme pour soi. Et ce marquis, reprit-il en renfourchant son ton cassant, où l'avez-vous connu ?

– Je l'ai tout simplement rencontré sur ma route et, sans savoir d'abord le double personnage qu'il faisait, chevauchant en sa compagnie entre Martel et Bellac, je suis devenu son ami.

– Vous en conviendrez, voici qui est singulier !

– Singulier peut-être mais c'est la pure vérité, que je signerais, s'il le fallait, de mon sang.

Brandelis de Grandville, la narine frémissante, fit un tour complet de son hôte. Il le trouva peu disposé à rabattre de cette assurance qu'il commençait à trouver insultante et, curieusement, ce fut cette constatation qui le rasséréna.

– Et de quelle commission vous a-t-on chargé ? s'enquit-il d'une voix changée.

– De vous remettre ceci ! annonça Victor en tendant le message du chevalier de Carresse qu'il venait de sortir de sa chemise et défroisser.

Brandelis de Grandville s'en empara sans pouvoir

dissimuler qu'il tremblait. Il alla le déchiffrer près de la fenêtre, puis revint à pas lents.

– Vous connaissez le contenu de ce billet ? demanda-t-il.

– Oui, par cœur !

– Et vous savez aussi, je suppose, ce qu'espère celui qui vous l'a remis ?

– De l'aide et du secours !

– Le sort de cet homme et de ceux qui se sont joints à ses entreprises vous importe-t-il ? demanda encore l'abbé.

– Oui, de toute mon âme.

– Quelqu'un que vous connaissez à peine, que vous avez rencontré sur votre route ainsi qu'un chevrier, insista Brandelis de Grandville que la généreuse résolution de son interlocuteur paraissait mettre à la torture.

– Je vous étonnerai sans doute en vous disant qu'il est à mon cœur déjà plus cher qu'un frère.

Le jeune abbé, secrètement troublé de découvrir la force du sentiment d'amitié dont il ne connaissait pas la douceur, alla chercher la main que Victor gardait au long de son corps et le contraignit, en lui repliant les doigts, à reprendre ce qu'il était venu lui confier.

– Si vous souhaitez du bien à votre ami, conseillez-lui de se garer et de fuir, murmura-t-il en aggravant par un tremblement de ses lèvres fines la menace contenue dans ses propos, les personnes dont il recherche la couverture sont devenues dangereuses pour lui. Elles ne songent même à rien tant à présent qu'à le faire taire.

– Que voulez-vous dire ?

– J'ai parlé suffisamment, monsieur… Ces gens ont changé leurs vues. Voilà le principal inconvénient de se livrer aux caprices des puissants : leurs intérêts sont changeants et, lorsqu'ils tissent des intrigues qui contredisent leurs humeurs passées, ils n'aiment pas à laisser derrière eux des témoins de leurs erreurs… Ai-je été assez clair cette fois ?

– Vous me faites trembler.

– Il y a matière à trembler car ceux auxquels nous avons à faire ne s'embarrassent guère de scrupules.

– Vous-même, vous ne les servez donc plus ? hasarda Victor à qui l'émotion donnait tout d'un coup de l'audace.

– Ils m'ont trahi ! Mais je ne m'étendrai pas davantage parce que mes misères ne regardent que moi… De plus, il faut que je me presse, je devrais être à l'heure qu'il est dans ma paroisse où je prêche à la grand-messe.

Tandis qu'il retrouvait progressivement une élocution hachée, l'abbé se dirigea à grandes enjambées vers le vestibule en contraignant son visiteur à le suivre.

– Une chose capitale, ajouta-t-il en se retournant, vous oublierez cette maison, vous ne chercherez pas à me revoir, vous ne m'adresserez pas la parole si vous me rencontriez inopinément ailleurs ! Ceux dont nous devons apprendre à nous défier l'un et l'autre sont capables de toutes les scélératesses pour nous nuire. Je le dis surtout dans votre intérêt, pour vous qui n'êtes rien dans cet écheveau ; personne ne doit soupçonner que vous êtes venu ici.

Au moment où il allait atteindre la porte de son bureau, celle-ci s'entrebâilla et l'on vit paraître une remarquable beauté à la figure lutine, brune à la peau de lis, avec deux grands yeux noir jais, un nez gentiment retroussé, deux joues en fleur, la bouche la plus spirituellement fendue du monde. Elle portait une robe de toile blanche qui, sous la collerette, laissait entr'apercevoir la naissance d'un cou creusé de deux salières légèrement marquées.

– Attendez-moi ici, Clémire ! ordonna l'abbé, je raccompagne ce monsieur.

Victor, troublé par cette apparition, frôla de son

souffle la jeune fille qui passa à deux pas. Resté sans réaction, il accrocha tant qu'il put son regard à cette nuque fuyante dont un chignon, en relevant une chevelure d'encre, découvrait la finesse et la blancheur.

L'abbé s'arrêta sur le seuil de sa demeure et, tendant une main énergique, il conclut :

– J'espère que vous parviendrez à sauver votre ami en le prévenant des dangers qu'il court. Je vous souhaite bonne chance en tout cas mais, je vous le répète, prenez garde !

Victor, se retrouvant dehors, aussitôt amer et assailli de pensées funestes, descendit la rue Saint-Jacques désertée par l'inactivité dominicale des collèges. Il fut de retour à l'Hôtel Davignon un peu avant neuf heures, qui était le temps fixé chaque semaine pour le départ de la maisonnée à l'office.

La conseillère, déjà vêtue d'un ample manteau de velours bleu à capuche, attendant que son époux fût prêt, se tenait dans son antichambre près d'un feu clair qui rampait sous des rameaux de buis fraîchement coupés. Elle avait dégrafé son col pour lorgner en coquette l'effet produit par le magnifique esclavage[1] de perles dont elle s'était parée.

– Cher Victor ! murmura-t-elle avec un accent de joyeuse surprise dès qu'elle vit pointer le museau rosi par le vent de son neveu, approchez ! je désirais vous parler.

Celui à qui s'adressait cette prière s'avança à petits pas, découvrant une figure grippée.

– Êtes-vous donc si malheureux ici ? lui demanda-t-elle en s'emparant de ses deux mains et, si vous l'êtes,

1. Sorte de collier.

pourquoi ne voulez-vous pas me confier une part de votre chagrin pour que je la porte avec vous ?

– Ah ! ma tante, sanglota Victor en se mettant à genoux, je suis heureux, croyez-moi ! autant que peut l'être un orphelin choyé au-delà de l'imaginable par ce qui lui reste de famille.

– Savez-vous que vous nous avez désolés jeudi, tout au long de ce souper au cours duquel vous êtes apparu absent et tourmenté…

– Je pensais à mon père, protesta Victor. Mais, je vous en conjure, ne vous désolez pas pour moi. Je vais me ressaisir, je suis de taille à affronter l'avenir depuis que je sais pouvoir compter sur votre aide.

– Promettez-moi de ne commettre aucune imprudence, ajouta madame Davignon en le forçant à se relever.

– Aucune ! promit-il en appuyant sa dénégation d'un sourire plein de brume… Mais que craignez-vous au juste ?

– Oh ! fit-elle sans pouvoir dissimuler qu'elle n'était qu'à moitié rassurée, une idée – une idée stupide – vient de me traverser l'esprit ; je me suis imaginé que vous pouviez accomplir quelque folie pour la religion de votre père…

Victor, dégageant ses mains de la pression de celles de la conseillère pour se mettre en devoir de serrer à son tour les siennes, l'arrêta d'une question lancée sur un ton d'ironie triste :

– N'est-il pas assez d'un fou généreux avec lui ?… Je vous le répète, vous ne devez pas vous tourmenter à mon sujet. D'ailleurs, depuis une semaine, n'ai-je pas vu mon horizon s'éclaircir ? L'abbé de Thésut m'a pris en affection et notre journée de travail d'hier – il me l'a dit lorsque je l'ai quitté – l'a beaucoup satisfait sur mon aptitude à raisonner. Vendredi, ici même, le duc de Saint-Simon m'a fait prophétie de succès… Voici bien des musiques que l'on n'oublie pas lorsqu'on reste attentif comme moi à tout ce qui peut vous faire partir du bon pied. Et puis, ma tante, par-dessus tout, il y a votre présence…

– Taisez-vous ! trancha-t-elle en l'embrassant au front, vous en avez assez dit.

Elle posa ses gants sur le manteau de la cheminée pour lui resserrer un peu le fil de sa chaconne et c'est à cette seconde qu'entrèrent de front le conseiller et le vidame, dans le fort d'une discussion sur un article du livre des *Réflexions Morales* de Quesnel.

– Et voilà ! fit madame Davignon, c'est une fois de plus la controverse qui nous aura mis en retard… Quel acharnement ! je gage que vous en discourerez Là-Haut tandis que vous attendrez sur le seuil du purgatoire.

– Probablement, très chère, répliqua le conseiller avant d'ajouter par moquerie et comme l'aurait pu faire un disciple fanatique de Port-Royal : sous réserve que Dieu ne nous ait pas déjà tout bonnement prédestinés à croupir dans l'Enfer.

À Saint-André-des-Arcs, après que le célébrant nimbé de fumerolles d'encens eut psalmodié au grand lutrin l'Évangile du vingt et unième dimanche après la Pentecôte, Victor fut stupéfait de voir paraître en chaire Brandelis de Grandville, le même fougueux personnage avec lequel il s'était entretenu seul à seul deux heures auparavant.

– Eh bien ! lui souffla son oncle comme s'il prenait plaisir à accentuer son désarroi, voici celui dont le nom causa sur vous l'autre soir tant d'impression.

Le jeune prédicateur, drapé dans un long surplis immaculé dont les fronces ruisselaient depuis ses épaules frêles, extrêmement blanc de visage lui-même, demeura un moment planté sans mot dire sous l'abat-voix de marbre coloré. Ainsi campé, le cheveu fou, farouche et jetant l'effroi, dominant silencieux le flot des perruques, fontanges et crêpes de deuil, que l'impatience commençait d'animer d'un frisson houleux, il paraissait reculer l'instant d'annoncer des châtiments implacables.

Après avoir chaussé de toutes petites lunettes de fer, il entama son prêche en relisant en français, d'une voix monocorde mais belle, l'Évangile qu'on venait d'entendre en latin : c'était la parabole du serviteur auquel son maître vient de faire remise d'une dette de dix mille talents et qui s'empresse tout aussitôt d'exiger cent deniers d'un de ses pauvres débiteurs.

– Fameux sujet que le pardon pour un incendiaire ! marmonna monsieur Davignon qui, tel le badaud captivé par l'audace du funambule prêt à s'élancer sur son fil, retint aussitôt son souffle.

Brandelis de Grandville posa son petit évangéliaire, ôta ses lunettes, exaspéra la foule par un dernier silence avant de parler sur un ton dont le pathétique ne fit que croître.

– Mes frères ! l'Évangile que je viens de vous lire m'oblige de vous parler de l'amour qu'on doit à ses ennemis… Dans nos murs les voluptés de la chair ne font pas de grands ravages, mais la haine se glisse aisément dans les cœurs qui sont très sensibles aux moindres injures et qui ne savent pas ce que c'est que de pardonner. Je vous le dis pourtant, en Jésus-Christ, il n'y a ni Levantins, ni Africains, ni Grecs, ni barbares. Tous les chrétiens sont également obligés de se soumettre à sa Loi qui défend de se venger et commande d'aimer ses ennemis et de leur faire du bien. Les autres commandements sont des commandements de Dieu mais celui d'aimer ses ennemis est le commandement de Jésus-Christ car il l'a fait à ses disciples comme de lui-même : « Je vous le dis, moi qui suis le fils de Dieu vivant, moi qui suis votre législateur, votre maître, votre roi, votre sauveur, moi qui ai droit de vous imposer de nouvelles règles plus parfaites que les anciennes parce que ma Loi est une Loi de perfection et que je veux que tous mes disciples soient parfaits, moi qui ai donné le premier exemple de cet amour, moi qui ai prié pour ceux qui me faisaient mourir… »

Parvenu à ce point de son sermon, en ayant fait passer dans l'assistance un premier long frisson, Brandelis de Grandville brisa brusquement son élan pour enchaîner avec douceur :

– Ce n'est pas que la philosophie des anciens, qui ne connaissaient pas le vrai Dieu, n'ait hautement parlé du pardon des injures et qu'elle n'ait prononcé qu'il y avait de la grandeur et du courage à les mépriser. La vanité de faire une action extraordinaire, le désir d'acquérir la réputation et l'estime des hommes, les portaient souvent à oublier les torts qu'on leur avait faits ; mais ils ne chassaient pas de leur cœur l'aversion des ennemis et ils ne songeaient pas à obéir à Dieu comme peuvent et doivent le faire des chrétiens… Seul l'amour des ennemis est la marque naturelle, infaillible, indubitable que vous êtes enfants du Père Céleste et par conséquent de Jésus-Christ. S'il faut reconnaître les enfants de Dieu à cette marque, hélas ! que j'en trouve peu, mes frères, dans cette paroisse car qui de vous autres aime son ennemi ? Qui fait du bien à ceux qui le persécutent ? Qui prie pour ceux qui le calomnient ?… Au contraire, il n'y a dans votre cœur qu'amertume, haine et désir de vengeance, injures et malédictions dans votre bouche. Ne vous trompez pas vous-mêmes, ne m'alléguez pas que vous venez à l'église et que vous entendez volontiers la parole de Dieu, que vous fréquentez les sacrements ; avec tout cela même je vous dis que vous n'êtes pas chrétiens parce que vous n'aimez pas vos ennemis et vous ne vous délivrez pas de vos péchés. Il n'y a que l'amour qui efface le péché et puisque l'amour n'est pas dans votre cœur, Dieu ne vous a pas pardonné.

Brandelis de Grandville s'interrompit une nouvelle fois mais ce nouvel accès de mutisme, qui avait fait dresser la plupart des têtes vers lui, se mua en sensation de tourbillon lorsque ceux qui l'observaient découvrirent l'abîme ouvert par la grimace qui venait de plisser les coins de sa bouche. Les bras demeurés raides et tendus devant lui, son poignet droit ceint d'un manipule rouge, il se relâcha d'un coup pour s'écrier :

– Je suis bien fou et bien indigne, moi qui ose vous parler ainsi et dont le cœur, à mesure que j'avance, se soulève de haine… Priez pour moi, mes frères !

Ayant assené ces paroles stupéfiantes, il dévala l'escalier de la chaire et disparut dans l'un des bas-côtés, laissant un long murmure rouler dans l'assistance.

Stella, restée confinée depuis son arrivée dans les trois pièces qu'occupait Victor, avait employé ses prodigieux dons d'observation à régler sur la mécanique de l'Hôtel Davignon chaque détail des commodités de son dieu. Elle demeurait invisible, cachée le plus souvent dans le repli d'une tenture, mais sa fébrilité, à l'instar du feu qui paraît se dévorer de plus belle dès qu'un écran en dérobe la vue, s'activait en secret. Elle avait appris à diviser le temps en rapportant les va-et-vient de la cour à la course des aiguilles du cartel d'applique niché dans un lambris de l'antichambre. Elle veillait aux tisons, aux papiers, au vestiaire encore modeste de l'apprenti élégant, observant le flux de la vie dans la maison, suivant exactement la ronde des lumières et l'incessant ballet des valets qui allumaient ou mouchaient les chandelles au fur et à mesure que leurs maîtres bougeaient. Le soir, assise près d'une fenêtre, un plateau de victuailles posé à portée à même le parquet, elle détaillait avec passion chaque geste de Victor. Elle souffrait pour lui des soupers interminables, elle le suivait au salon singeant sur ses lèvres mortes le mouvement des bouches de ceux qui babillaient, enfin, lorsqu'elle voyait qu'on se levait, qu'on s'embrassait, son cœur battait ; elle s'impatientait de voir jaillir par la porte le rai de lumière du bougeoir qui lui annoncerait qu'il n'était plus qu'à elle. Le matin, vers cinq heures, alertée par l'espèce d'ébranlement que provoquait l'ouverture des deux vantaux de la porte cochère, elle tirait les rideaux puis les courtines du lit avant de courir prendre dans la cheminée le broc d'eau tiède qu'on destinait aux ablutions du lever. À ce moment, il la faisait invariablement s'esclaffer lorsque, plongeant sa tête au fond de la cuvette, il soufflait en déchaînant de gros bouillons qui rejaillissaient par terre.

Cette vie réglée, dans laquelle tant chez ses parents que chez les Thésut, le jeune exilé avait appris à se couler, eut l'étrange vertu de bousculer le temps et faire défiler les jours de ce triste automne. Victor s'émerveillait lui-même de découvrir les ressources de sa volonté et sa faculté de les bander pour calquer ses actions sur ce qu'on attendait de lui. Les longues heures passées au Palais-Royal, dans le naufrage de la besogne, lui faisaient oublier la douleur du déracinement et l'impossibilité où il se trouvait, depuis qu'il avait été éconduit par Brandelis de Grandville, d'exécuter la promesse faite à Maximilien de Carresse.

Les Thésut furent d'ailleurs vite stupéfaits de la rage qu'apportait leur élève à faire oublier la confusion des premières heures passées chez eux.

– Continuez à ce train ! lui répétait l'abbé en trépignant de joie et vous nous remplacerez bientôt avantageusement auprès de Son Altesse… Nous pourrons mourir tranquilles. Du moins prendre un peu de repos, rectifiait-il en clignant d'un œil.

Les affaires que préparait Victor furent en quelques jours l'universalité de celles qui remontaient du rez-de-chaussée jusque dans le grenier des Thésut. Les deux frères béaient d'amiration devant les notes de synthèse courtes et précises dans lesquelles transparaissaient les qualités de rigueur que monsieur de Gironde et l'abbé de Tressan avaient inculquées au seul continuateur de leurs deux lignées. Celui-ci en fit tant qu'au bout de deux semaines, afin de lui permettre d'aller plus vite et plus loin dans sa tâche, ils décidèrent de lui adjoindre un secrétaire, un certain Ponceau, bachelier pauvre entré chez les Orléans par protection. Enfin, vers la fin d'octobre, le trouvant assez sûr pour l'initier à quelques-uns des redoutables secrets dont ils n'avaient parlé jusque-là qu'en se parant d'un masque impénétrable, ils le menèrent un soir en grand mystère dans le fameux Drageoir aux Épices.

Ce réduit auquel on ne pouvait accéder qu'en traversant la chambre du chevalier, elle-même vraie redoute garnie de panoplies d'armes à feu et de piques, était condamné par une porte en fer dissimulée sous le cadre pivotant d'un lambris. C'était un cabinet carré, sans jour, d'à peu près dix pieds de côté, garni sur toutes ses hauteurs d'un meuble noir à tiroirs et volets coulissants. La fine écriture de l'abbé s'était employée là à un stupéfiant classement qui ne ressemblait à aucun de ceux auxquels Victor, après un mois de labeur, avait fini par se rompre. D'un bout à l'autre on pouvait en effet lire une série de noms qui s'égrenaient chaotiquement comme l'inventaire des fioles à poisons d'une apothicairerie satanique : princes du sang, armées et séditions, cours étrangères, correspondance avec l'ennemi, affaires de la dynastie, légitimés et bâtards, pactes sur successions futures, espérances d'hériter... Enfin, sur tout un pan de ces cases, revenait à intervalles réguliers, tel un motif fleuri sur un papier peint, le mot police agrémenté de toutes sortes d'épithètes plus ou moins troublantes : police de Paris... de Versailles... des jeux... des théâtres... de la librairie... des mœurs... (de celle-là il y avait bien dix tiroirs), des couvents... de l'Université... des cabarets... des étuves... des corps de garde...

Le chevalier fit glisser son petit chandelier de Delft au long du bandeau d'ébène incrusté d'un entrelacs de tibias et de crânes qui ceinturait la pièce.

– Il y a là derrière, confia-t-il les lèvres frissonnantes, suffisamment de venin et d'arsenic pour réduire le gros des gens qui comptent au triste état que vous voyez figuré sur cette frise.

Victor considéra les rayonnages de ce pourrissoir avec effroi.

– Je suis sans doute bien jeune pour avoir connaissance de choses aussi terribles ! hasarda-t-il dans un bruit de glotte.

– Il faut un début à tout ! répliqua hautement l'abbé, mon frère et moi vous jugeons de taille à barboter dans ce ragoût... Rassurez-vous ! nous vous ferons grâce des affaires qui sont en pot ; vous vous contenterez des arrivages et puisque, hélas ! nous n'avons aucun motif de croire que les turpitudes à venir se raréfieront, vous vous formerez de la sorte très vite au déroulement sans fin de la geste du vice. Les mœurs évoluent mais la noirceur des âmes est immuable !

– *Domine retribuere dignare omnibus nobis bona facientibus*[1] *!* fit sourdement le chevalier en accompagnant ses paroles d'un rire opaque destiné à moquer les manières sentencieuses de son frère.

Tandis qu'il s'amusait à débiter cette simagrée d'oraison, son regard, allumé par l'excitation que causait sur

1. Seigneur accordez la vie éternelle à tous ceux qui nous font du bien !

sa causticité la proximité de tant de crapulerie, s'était mis à pétiller dans l'ombre.

– Et d'où viennent ces informations ? demanda Victor.

– Des sources les plus diverses, répliqua l'abbé, mais aussi des plus sûres. J'aime à le dire souvent, notre police est mieux faite que celle du roi... À celle-là, à cause des cabales et des rebonds du ministère, il manquera toujours cette mémoire lente que nous cultivons ici depuis quarante ans et qui, se sédimentant et se recoupant, permet de dresser le portrait toujours exact des petitesses et des crimes... Comme monsieur d'Argenson[1] nous avons nos espions, mais ce sont les meilleurs parce que nous les payons mieux. Ils font la queue chaque matin devant le guichet du bonhomme Durville qui vend au rez-de-chaussée de ce palais les places de parterre pour l'Opéra. C'est notre plus dévoué complice... Il connaît à fond le monde des mouches[2] et la marchandise qu'il achète est loyale.

L'abbé rapprocha d'un coup sa hure ébouriffée et pleine de poudre avant de poursuivre sur un ton rabaissé :

– Gardez-vous cependant, mon garçon, de nous confondre avec de quelconques chiffonniers car, tels les maîtres de chais des meilleures caves de notre Bourgogne, nous ne gardons ici que le meilleur... Le nectar ! le nectar seul importe ! Voici la maxime qu'il vous faudra sans cesse garder en tête pour apprendre à enrichir utilement cette collection, dernier argument du prince notre maître contre les empêcheurs de tous poils.

Et de fait, dès le lendemain, la mallette de cuir rouge pleine du recopiage des principaux délateurs de Paris

1. Alors lieutenant de police de Paris.
2. Espions.

alla directement, parmi cinquante autres dossiers, sur le bureau de Victor. C'était pour les Thésut l'un des grands moments de la journée que l'arrivée de ce fricot qu'ils se faisaient invariablement servir en même temps que leur thé, rare breuvage que les valets n'apportaient qu'en pestant contre les goûts étranges de leurs maîtres [1].

– La pêche est bonne ! s'exclama le chevalier lorsqu'il eut soupesé mentalement la quantité de papiers renversée sur le sous-main de son disciple.

Il approcha aussitôt une main tordue par la goutte, que paraissait lancer son regard cupide.

– Ah, non ! mon frère, se fâcha l'abbé, point de gloutonnerie… Dégustons, je vous prie !

Reposant sa fine tasse de Saint-Cloud avec le flegme en tous points anglais que lui inculquait sa noble décoction, il ajouta :

– Laissons au novice l'honneur de fouiller ce nœud de vipères !

Victor se sentit dans l'instant bousculé de l'œil par ses deux mentors. Il étendit un bras et s'empara à la hâte d'un billet qui avait chu à côté du tas principal. À peine l'eut-il déplié qu'il roula des yeux suffoqués :

– Je ne sais si je dois !

– Point de détour ! lui intima le chevalier en l'encourageant d'un altier mouvement de manchette.

Victor lut dans une cascade de hoquets :

« Monseigneur de B… évêque de V…

– J'ai deviné ! exulta l'abbé dont la bouche se fendit aussitôt d'une grimace satisfaite parce qu'il s'agissait d'un des champions du clan ultramontain qu'il rangeait au nombre de ses ennemis personnels.

1. Le thé introduit au Portugal en 1610 n'est pas d'un usage courant en France. La faculté après avoir commencé par le déclarer dangereux ne le recommande que pour « les fluxions particulières, les maladies vaporeuses… qui sont suite de la débauche et de l'incontinence ».

Victor profita de cette interruption pour lever un dernier regard effaré puis il se lança :

« Les prélats des siècles passés
Étaient un peu plus en servage
Ils n'étaient bouclés ni frisés
Et foutaient rarement leurs pages. »

– Plagiat ! se récria le chevalier, le coup a déjà été fait.

– Quelle horreur ! enchaîna l'abbé en blêmissant, fichtre ! monsieur de Gironde, vous avez la main lourde.

Il s'empara du billet dans un geste sauvage.

– Mais, jarnicoton ! j'ai pourtant répété hier qu'il ne fallait plus accepter aucun de ces vers de mirliton. Je ne veux que de la prose, de la prose, entendez-vous ! Combien Durville s'est-il fait voler pour cette arlequinade ?

Comme leur vieux mandataire avait pour habitude de noter dans un coin, à la mine de plomb, le prix qu'il payait chacune de ses trouvailles, le chevalier retourna prestement le papier.

– Quarante sols ! fit-il, je dois dire que c'est donné pour avoir le spectacle de la fureur qui vous gagne lorsqu'on touche à l'honneur de la gent ecclésiastique.

– Mensonge ! mensonge ! s'emporta l'abbé en risquant plusieurs notes flûtées, attendez donc que je découvre quelque ruffianerie commise par l'un de vos congénères et je ne me gênerai pas pour couvrir à mon tour de honte toute la soldatesque… On détruit, conclut-il en s'approchant de la cheminée, ce qu'on raconte là est peut-être exact mais ces vers sont bancroches et ils me font crisser l'oreille.

– Retournons donc au puits, commanda le chevalier mais à moi cette fois !

Il ramena une feuille couverte sur ses deux faces d'une fine écriture.

– Sabre de bois ! c'est un roman.

– Mais qu'y dit-on ? s'impatienta l'abbé.

Le chevalier imita avec sa langue le bruit d'une galopade pour signifier qu'il courait à l'essentiel.

– Voici qui entre dans le vif !… « On nous a donné avis que monsieur du Maine, sous le nom de baron de Saint-Pierre, visite chaque mardi avant minuit, depuis le mois de juin, une demoiselle Finette qui loge rue Pierre-au-Lard et que cette demoiselle se trouve enceinte de ses œuvres… »

– Au diable ! pesta l'abbé, nous savons tout cela depuis trois semaines au moins… Du neuf ! du neuf !

– Allez-vous me laisser terminer ? s'emporta le chevalier, écoutez plutôt ce qui suit !… « Depuis qu'il sait la chose le duc a dépêché plusieurs de ses serviteurs auprès de ladite Finette pour la convaincre d'avorter. Elle leur a répondu qu'elle était bonne chrétienne et qu'elle ne se résoudrait jamais à cela qu'on ne l'ait tuée d'abord… »

– Ah ! l'odieux personnage, reprit l'abbé, plus visqueux que la méduse et plus bas que l'herbe dans ses moindres actions.

– Pardi aussi ! persifla le chevalier, une perle vraiment que cette Finette qui se mêle de faire des petits-enfants au roi sans en avoir reçu permission.

– On classe ! clamèrent ensemble les deux frères lorsqu'ils se furent regardés.

Victor, les premières suées de cet époustouflant exercice passées, commençait à se divertir des mimiques de ses maîtres et de l'aspect récréatif de la matière.

– À moi ! à moi ! frétillait l'abbé… « Madame de Maintenon… »

Il se tourna vers Victor, la prunelle fixe mais les lèvres agitées d'un tremblement gourmand.

– Nous aimons à voir ce nom célèbre pousser sa pointe d'ail dans le fond de nos sauces, confia-t-il avant de lire. « … Gardez sous clef vos filles de Saint-Cyr ! La petite Berlancourt s'est amourachée d'un laquais de votre maison, un bêta qu'on nomme Bridondaine. Il la rejoint chaque soir par une gouttière de l'infirmerie et il lui fait l'amour comme un baudet à sa mule… »

– L'image est forte ! nota le chevalier.

– … « Ce gandin d'Effianges auquel la Berlancourt est destinée, reprit l'abbé, se moque des avis que lui donnent des personnes charitables. Il est vrai qu'il courtise Suzon N…, veuve d'un marchand de rubans de la rue Saint-Denys, fort connue pour ses galanteries et pour avoir, du vivant de son mari, rôti le balai en compagnie de pas mal d'hommes de son voisinage. »

L'abbé releva un visage défait.

– Que c'est pauvre ! il n'y a là-dedans ni goût ni saveur. Je propose malgré tout de classer puisque nous n'avons rien sur des Effianges mais il y a gros à parier qu'ils demeureront aussi obscurs que leurs turpitudes.

– Comme vous y allez, mon frère ! se récria l'aîné des Thésut avec un brin d'effroi, on finit par se sentir blasé à crever chaque jour ces furoncles…

Il considéra Victor qui éprouvait beaucoup de peine à garder son sérieux.

– À vous ! monsieur de Gironde, et tirez-nous cette fois le bon numéro, saperlipopette !

– C'est une annonce… bégaya celui-ci après être retourné au tas.

– Allez ! allez ! gronda le chevalier.

Victor aspira une grande bouffée d'air et lut d'un trait :

– Quatre beaux quartiers d'héritage à vendre avec une entrée fort fréquentée sur le devant dite Trou d'Enfer et une porte bâtarde sur le derrière qui l'est presque autant. S'adresser pour les voir à toute heure du jour en l'Hôtel de Rochepot, dit Troussevache depuis qu'elle y réside, à mademoiselle de Rochepot qui les montrera avec la plus grande facilité et, pour le prix, à madame sa mère.

– Diantre ! diantre ! grogna l'aîné des Thésut dont le sourcil s'était arqué de satisfaction.

– Ni relief, ni allure, s'entêta l'abbé.

– Classons toujours ! conclut le chevalier, ces Rochepot commencent à prendre des couleurs dans nos bocaux, ils y seront bientôt mûrs… Les gens de justice sont comme les blanches en musique : ils comptent double ; il y a le poids de leur carcasse et celui de l'influence qu'ils peuvent avoir dans les procès.

– Ah ! une liasse, s'exclama à son tour l'abbé qui venait d'exhumer quelques feuillets grossièrement cousus, c'est notre ami Grivet qui nous fait tenir cela. Grivet est un vieux filou travaillant à la Chancellerie qui nous régale chaque semaine du compte de la volaille dont on peuple les prisons. Vous allez pouvoir juger que ses rubriques ne manquent pas d'esprit… Je vous les cite dans leur ordre invariable : « Lettres de cachet du roi. Lettres de cachet des ministres. Lettres accordées à la demande des familles. Lettres prises par la police. Lettres accordées en blanc et à qui elles risquent d'aller. Lettres qui partiront à moins d'un miracle. Lettres qui partiront à moins qu'on graisse la patte. Lettres qui démangent… »

– Combien cette semaine ? demanda le chevalier.

– Toute petite semaine, à peine cent ! se désola l'abbé, on sent venir l'hiver, les gens se tiennent près de leur cheminée.

Lorsqu'en 1673 la férocité de Lully fut venue à bout des débris de la troupe de Molière, l'Académie Royale de Musique alla s'installer en triomphe dans la magnifique salle de la rue Saint-Honoré qu'avait bâtie Richelieu à l'est de la cour d'honneur de son palais. Elle s'y trouvait toujours en 1702 et, ce, pour presque un siècle encore. Victor, depuis sa table de souffrances, n'en pouvait apercevoir que l'attique percé de quelques lucarnes barbouillées de bleu mais c'était comme la rutilante proue d'une galère émergée de la vase qui aurait tourmenté sa curiosité. Secrètement, il brûlait d'entrer dans ce temple, qu'à voir assailli de tous côtés ainsi qu'une ruche enfumée, il pressentait grouillant de mystères voluptueux. Dès l'aube, le va-et-vient réglé des élèves de l'École de Chant préludait à l'incessant ballet du jour et, longtemps avant midi, se profilaient les premiers amateurs, à peu près tous oisifs et n'ayant rien de marqué à faire là, mais que les concierges toléraient à force de pourboires ou par pure humanité. Il faut savoir ce qu'est à Paris l'espèce des opiomanes de la féerie théâtrale, de quelles ruses ils sont capables pour se procurer leur dose quotidienne de lumières artificielles et pouvoir s'enivrer de cette senteur de roses séchées et de benjoin éventé qui baigne toutes les coulisses des vieilles scènes du monde. Sans tout cela, sans ce merveilleux à gros grain, sans ce fumet refroidi des choses du spectacle qui procure aux fruits secs l'illusion du génie, beaucoup de ces malheureux s'étiolent et ne survivent pas.

Les Thésut, on n'en sera pas autrement surpris, portaient sur l'Académie un jugement sévère. À les entendre même, la position éminente qu'occupaient leurs appartements par rapport à la salle de Richelieu était un incontestable signe de la providence, soulignant que le travail partout se doit de dominer le plaisir. Victor, après deux ou trois réflexions acerbes de ses maîtres, avait compris qu'il ne fallait pas les pousser sur le sujet et il regardait le jour où il pourrait franchir les portes de cet antre féerique comme aussi lointain que celui de sa réussite avérée.

Or il advint qu'un des tous premiers soirs de

novembre, alors qu'il rentrait plutôt fourbu chez son oncle, il vit le vidame en robe de chambre d'indienne dévaler l'escalier d'honneur et venir à sa rencontre en agitant une sorte de laissez-passer empâté de timbres et de tampons.

– Nous allons à l'Opéra ! lui annonça-t-il, Diane de Solsac vient de réussir un miracle ; elle a obtenu pour nous le petit banc de sa tante. On donne ce soir la première représentation publique d'une *Tancrède* du sieur Campra et les places se revendent sous le manteau presque dix fois le prix marqué.

Il ne fallut pas plus d'une heure aux deux garçons pour se trouver *in fiocchi*[1] devant le vestibule du théâtre, parmi l'étincelante cohue des carrosses et des chaises festonnées de lanternes qui obstruaient la place du palais. Dans cette presse bruissante, des laquais et des cochers, trois fois plus nombreux que leurs maîtres, brandissaient à bout de bras des flambeaux qui projetaient des nappes de lumière en faisant frémir les contours de muses statufiées.

– Tout Versailles est ici ! lança au vidame un muguet roulé dans une cape de soie à freluches.

– Le dauphin est attendu en tête d'un gros bataillon de sa cour de Meudon, ajouta la créature de rêve qui se poussait à son bras.

– Personne n'aura voulu manquer le retour de Marthe Lerochois, leur répliqua le vidame en prenant ce ton sentencieux qui n'est qu'à Paris pour aligner des bagatelles, on dit qu'elle n'est revenue que par amitié pour Campra sur sa résolution de ne plus monter sur un théâtre.

– C'est une chance, reprit la jeune beauté, de plus l'œuvre est sublime… J'étais à la couturière mardi où, pour les saluts, on a relevé soixante fois la toile.

1. En costume d'apparat.

– C'est l'Événement depuis la mort de Baptiste ! conclut l'élégant jeune homme tout en se laissant aspirer, tandis qu'il finissait sa phrase, par un cercle de marjolets[1] tous faits à son image.

– Qui est Baptiste ? demanda Victor lorsqu'il se retrouva seul en compagnie du vidame.

– Le divin Lully ! répliqua celui-ci, voilà dix-sept ans qu'il est mort et Paris continue de ne jurer que par lui.

Après avoir cheminé par d'étroits escaliers et couloirs où l'afflux de public les contraignit à piétiner longtemps, ils purent enfin découvrir la salle, vaste parallélépipède doré ruisselant de l'éclat des lustres, alors relevés et chargés de chandelles neuves. Depuis une galerie de côté où des laquais en livrée canalisaient les spectateurs en s'aidant de leurs cannes, ils purent embrasser d'un seul coup d'œil, rangées sur trois niveaux comme dans la Jérusalem céleste, toutes les plus insignes parures de la société parisienne. Tout en haut, sur les quatre côtés de la salle, et même au-dessus de la scène, courait le monumental péristyle à colonnes bondé de spectateurs debout qui se harpignaient pour occuper la balustrade.

– Vous êtes en retard ! lança la piquante Diane de Solsac en accueillant ses deux amis, il est vrai que c'est une occasion rêvée pour se pavaner et s'offrir mollement au regard des demoiselles… Mon Dieu ! comme vous voilà mis ! enchaîna-t-elle en détaillant Victor qu'elle poussa du côté du vide pour mieux l'exposer au brillement des lumières.

Elle fit glisser ses doigts agiles entre les ganses de l'habit couleur cheveu, surprise que madame Davignon avait faite à son neveu le matin même.

– Compliments, mon cher ! l'insolenta-t-elle, vous voici cette fois tout à fait roulé dans la farine de Paris.

1. Jeunes gens à la mode.

Elle s'effaça insensiblement en partant de son rire cristallin pour découvrir un grand garçon plutôt mafflu et légèrement gravé par la vérole qui s'était tenu jusque-là dans son ombre :

– Mon vieil ami, Gabriel de Sainte-Austremoine… Vous le connaissez, ajouta-t-elle à l'adresse de Jean-Hercule, il logeait chez madame de Fontalon quand il n'avait pas cette affreuse bavette[1] au cou. Il est un de ses lointains parents ; elle le traite en neveu tout comme moi en nièce.

– C'est exact, opina le vidame, nous nous étions même, je m'en souviens, légèrement échauffés sur la question espagnole… C'était avant que Charles II ne meure, vous disiez que la succession irait aux Allemands ; moi je soutenais que la France gardait toutes ses chances.

– Les événements vous ont donné raison, répliqua l'ami de Diane. L'Espagne possède un roi français, reste à savoir si elle le gardera.

– Ah, non ! pas ce soir, se récria la jeune fille qui ne détestait rien tant que les discussions politiques, nous sommes ici pour l'opéra et puisqu'on dit grand bien de ce *Tancrède*, je ne suis pas disposée à laisser entamer mon plaisir.

– Voyez comme elle parle ! railla le vidame, elle que j'ai connue si prévenue contre les musiciens français.

– Sur ce point non plus je n'ai pas varié, reprit l'impétueuse, la musique française est couramment rébarbative et je suis convaincue que nous n'assisterons ce soir qu'au réchauffé des grandes machines de ce pauvre Lully… Pouvez-vous m'expliquer pourquoi ce royaume, qui depuis cinquante ans donne le *la* aux Beaux-Arts par toute l'Europe, ne sait rien produire d'autre que des rythmes de bateleur.

1. Signe distinctif des jeunes chevaliers de Malte.

– Je vous trouve tout à fait injuste avec nos Delalande, Charpentier, du Mont, Bernier et Minoret, protesta le vidame.

– Leur musique, répliqua Diane en s'emportant, quincaille comme les beuglons[1] qu'ils font couiner à longueur de portée… Ce sont des faiseurs d'airs pour cavalcade, point ce que j'appelle moi des musiciens.

Victor s'entremit avec une autorité mêlée de douceur dont Diane parut charmée. Il lui donna du madame dans cet ancien style qui n'était alors usité qu'en province où l'on continuait de nommer ainsi, mariées ou pas, toutes les femmes noblement nées.

– Vous avez raison, madame, les Français ont l'esprit trop concret pour inventer des ritournelles qui fassent chavirer l'âme… D'après ce que j'ai pu déchiffrer de leurs œuvres dans mon Rouergue, il leur manque presque toujours cette faculté de s'évader par l'imagination si imprégnée au caractère allemand ou italien…

– Ils sont loin aussi de la fantaisie gracieuse des Anglais, enchaîna la jeune fille qui s'était prise à sourire de contentement, je travaille en ce moment quelques airs de Purcell… Voici bien l'un des grands musiciens de ce temps !

– Comment, monsieur de Gironde, se récria le vidame en feignant un douloureux étonnement, vous êtes à Paris depuis bientôt deux mois et vous n'avez encore jamais assisté aux concerts de Diane ?

– Moquez-vous ! pesta la jeune fille, il en aura tant qu'il voudra, lui, depuis que je lui connais des avis pertinents sur la chose. Quant à vous, parce que je suis bien décidée à ne plus jeter de perles aux pourceaux, vous n'y viendrez plus.

– Vous ne le saviez pas encore, reprit Jean-Hercule

1. Instruments produisant un grand bruit.

toujours brocardant, Diane connaît par cœur tous les rôles mâles et femelles du « King Arthur ».

– Dame ! il le faut bien, enchaîna-t-elle, puisque vous êtes trop perché pour faire un castrat qui ne crie pas.

Ce ricochet d'amabilités fut rompu net par un déchaînement de trompes annonçant l'arrivée du dauphin de France. Sous un dais de velours bleu, installé face à la scène, Victor vit d'abord éclore un essaim de jeunes femmes dressant la haute crête de leurs fontanges « à palissade », puis s'avancer, la poitrine barrée du cordon du Saint-Esprit, un homme rouge et gras mais majestueux tout de même. L'héritier du trône, car c'était lui qui venait de paraître, se mouvait avec lenteur. Sans ôter le chapeau plat à longues plumes qu'il était seul à avoir enfoncé et savoir faire tenir sur sa perruque, il adressa quelques saluts appuyés à des gens pleins de clinquants, tous ducs ou maréchaux de France, qu'il souhaitait distinguer. Il prit place ensuite, donnant le signal aux spectateurs qui s'étaient levés de se rasseoir et faisant un signe pour que l'on rapprochât le fauteuil du cadet de ses trois fils, le duc de Berry, garçon joufflu de seize ans venu pour la première fois au spectacle dans la capitale.

– Voyez la Choin ! dit à Victor le vidame en désignant au dernier rang du parterre des courtisans de Meudon une femme épaisse à la tête couverte d'une mantille, c'est, depuis qu'il est veuf, la bonne amie de Monseigneur[1]... On la ménage, on la craint comme ces volcans qui grondent avant d'entrer dans leur rage éruptive.

Tout à coup, à l'entrée du parterre, il se fit un grand remue-ménage ponctué de rires en rafales et d'éclats de voix. Les élégantes des premiers rangs de galeries, encombrées des éventails peints qu'elles venaient de déployer, donnèrent le signal d'applaudissements fréné-

1. Monseigneur (sans autre précision) : titre qu'on donnait au dauphin.

tiques : c'était le général en chef des armées d'Italie, le duc de Vendôme, reparu depuis la veille dans la capitale et qui faisait dans le théâtre une entrée de barbare profanateur. Il menait après lui une société bigarrée de soudards aux visages couturés, mal à l'aise dans la dentelle et la soie, et de jeunes gens blancs-poudrés dont certains passaient dans Paris pour fameux chevaliers de la manchette[1].

Le dauphin, apparemment peu gêné par le brillement de cet astre bâtard, lui prodigua mille grâces, l'abreuvant d'amabilités sur la splendeur de son escorte, lui donnant pour finir l'accolade tout comme à un cousin de son vrai sang.

– Voici notre prince des Vents de Mort ! glissa à Victor le vidame, c'est plutôt un ouragan ce soir... On dit qu'il a obtenu l'autorisation de quitter son commandement d'Italie pour deux semaines sous condition d'incognito. Le ministre qui s'est risqué à la lui accorder fera sûrement les frais de cette belle discrétion.

– Qu'il est grand ! Qu'il porte l'insolence sur son visage ! murmura notre héros impressionné par l'aplomb du personnage.

À ce moment, comme s'ils se décrochaient, les seize lustres tombèrent du plafond. La foule du parterre se rangea en confusion au cri de « Gare ! » lancé par le chef des machinistes et une ribambelle de valets, surgis des trous à rat grillés ménagés sous le plancher des baignoires, se précipita pour moucher les sept ou huit cents chandelles qui avaient recréé jusque-là l'illusion parfaite du jour.

Peu à peu, au travers de l'âcre fumée qui fit longtemps tousser la partie avancée du parterre, on vit resplendir le grand rideau de soie bleu zéphyr frappé des armes de France rebrodées d'argent. Le bonhomme

1. Invertis.

Campra, maître de musique de la cathédrale de Notre-Dame, l'auteur de *Tancrède* et ce soir-là son conducteur, pénétra dans la fosse, portant sur l'épaule la canne ferrée avec laquelle il devait battre la mesure.

On l'applaudissait avec condescendance et plutôt mollement, lorsque le public des galeries frissonna en entendant des houhous lever au même moment du péristyle, du four [1] et des bords de la balustrade de l'orchestre.

Campra, qui s'était retourné vers la salle, fit redoubler les cris en tendant effrontément le poing en direction d'un groupe de siffleurs.

– Voici qui promet ! fit Diane, et c'est autre chose que je ne comprendrai jamais, qu'on hurle et qu'on se pâme à Paris avant d'avoir rien entendu.

– C'est la mauvaise mémoire de cette ville qui vous étonne ? lui répliqua Gabriel. Mais vous devriez savoir qu'elle est rancunière et capable de perpétuer, des années durant, des cabales dont personne ne sait plus l'origine.

Les rangs avancés du parterre où, selon l'usage, ne se tenaient debout que des spectateurs du sexe masculin, continuaient de se répandre en tousseries.

– Dehors les tubards ! hurla un vieux soldat à monocle d'or en se penchant depuis l'étage des stalles.

– Ouh ! vieille ganache ! lui répondit l'un de ceux qu'il fustigeait en s'étranglant dans une quinte.

Le premier violon, affublé d'une in-folio venue à l'état de taillis, s'était levé pour répondre aux invectives d'un jeune homme qu'il n'avait pas reconnu pour un habitué de la claque et qui, depuis le début du tumulte, n'avait cessé de se tenir penché au-dessus des musiciens.

– Tu es sans doute fier, Campra, d'abandonner ta

1. Galeries du cintre.

cathédrale pour ce lieu de débauche ! clamait cet enragé en couvrant de sa voix de saint Jean-Baptiste le gros bouillonnement des cordes qui cherchaient un accord.

– Vas-tu te taire ? faux dévot, lui répliquait le violon secouant sa crinière et levant son archet avec un air de férocité.

– Sortez-le ! piaillèrent quelques chevaliers du lustre[1] poudrés à frimas mais étranglés dans des habits misérables.

– Ouh ! ouh ! pour l'impie Campra, s'opiniâtrait le chœur des alliés du jeune perturbateur depuis le haut du théâtre.

Ce dernier, cessant brusquement de s'en prendre aux musiciens, se retourna pour lancer vers la salle un flux de paroles fulminatoires. Bien qu'il ne fût alors éclairé que de dos, par le retour des lumières de la rampe, Victor le reconnut à son regard de braise pour Brandelis de Grandville.

– Riez ! dansez ! peuple de Sodome ! s'époumonait le jeune abbé, la chute est plus proche que vous ne le supposez.

– Qui cause ce tumulte ? s'enquit Jean-Hercule, loin de songer au prédicateur de Saint-André-des-Arcs.

– Sans doute un janséniste à qui l'opéra donne de la gratte ! lui répondit Diane impatientée.

Victor, plaqué sur son banc, se souvint à ce moment des paroles du père Grésil. Il observa, avec un sentiment mêlé d'admiration pour la hardiesse et d'effroi pour le fanatisme, l'incendiaire qui s'acharnait à ébranler la volonté de la foule à la cognée de l'anathème.

Sur un signe du chef machiniste, les lustres qui, une fois les chandelles éteintes, avaient été montés, furent redescendus en trombe. La confusion était telle qu'on oublia de crier « Gare ! » et les spectateurs n'eurent

1. Nom qu'on donnait aux gens payés pour faire la claque.

conscience de la masse qui s'était mise à osciller sur leurs têtes qu'en entendant mugir les poulies.

Il y eut une nouvelle affreuse bousculade en direction de la scène qui, loin de réduire Brandelis de Grandville au silence, le fit au contraire se hisser sur l'épaule de quatre de ses partisans pour redoubler ses cris.

– Vous vous roulez dans la fange et le plaisir infâme ! poursuivit-il, repentez-vous pendant qu'il est encore temps, peuple gangrené !

La foule demeurait muette. Elle observait le prince pour modeler sa réaction sur la sienne ; le poids de tous les regards convergeait vers l'estrade royale. Avoir un père tel que Louis XIV, toujours majestueux, toujours maître de soi, doit à coup sûr persuader que la superbe vient à bout de tout. Pourtant le gros homme qui, ce soir-là, face à Brandelis de Grandville dévoré d'un feu que rien ne pouvait circonscrire, incarnait la majesté de la couronne, était d'une infiniment moins bonne trempe que l'auteur de ses jours. Se voyant l'arbitre du tumulte, il sentait la sueur perler sous sa perruque, sa gorge le racler, son regard de myope s'alourdir et faire trembler des formes dans les lointains.

Il finit par se tourner, avec une nonchalance factice, vers le marquis de Béringhen qui se tenait en toutes occasions à moins de quatre pas de lui. Le dialogue qui s'ensuivit, radicalement dépourvu de la noblesse qu'on s'attendrait à voir attachée aux propos de l'héritier d'un grand trône, ne mérite de figurer dans ce récit que parce qu'il eut pour effet de faire aussitôt commencer le spectacle.

– Quel est ce turlupin ? demanda le dauphin en dodinant de la tête.

– Je l'ignore, monseigneur, répondit Béringhen, je cours m'informer.

– Il suffit ! trancha le fils du roi, ce drôle nous scie…

Qu'on l'expulse et qu'on lui fasse donner du bâton par nos gens !

Trois claquements de doigt suffirent pour faire exécuter cette hâtive sentence. Celui que fit entendre le marquis de Béringhen depuis le dais royal, que répéta le menin[1] de quartier dévalé près de l'orchestre l'épée au poing, celui enfin d'un capitaine des mousquetaires noirs[2] qui se rua lui-même, suivi de vingt de ses hommes, sur l'abbé de Grandville.

Un hourra s'éleva sur le perturbateur lorsque, à la lueur des rares chandelles rallumées, le public le vit solidement empoigné.

– Hors d'ici jésuite !... À bas le janséniste ! entendait-on en confusion.

Les alliés de Brandelis de Grandville, voyant fondre sur eux des gens en armes, s'égaillèrent ainsi qu'un troupeau d'oies à la vue d'un chien courant. Resté seul, adossé à la fosse, l'initiateur du tumulte se laissa saisir sans résistance. Aussitôt, traîné sur le parquet, couvert de crachats, insulté de coups de canne, il parvint cependant à rassembler assez de forces pour crier :

– Vous n'empêcherez pas la malédiction de s'accomplir !... Convertissez-vous, race de vipères !

Sa voix alla mourir dans un couloir tandis que les moucheurs de chandelles ressortaient de leurs trous.

Le maître Campra, qui pendant toute cette scène était demeuré le dos tourné au public, les bras croisés, la mine grandement rechignée, put enfin attaquer la généreuse ouverture qui donnait le ton au reste de son ouvrage. Marthe Lerochois, dernière coqueluche de Lully – toute musicale s'entend pour qui connaissait les

1. L'un des six gentilshommes chargés d'accompagner et d'instruire le dauphin.

2. Les mousquetaires sont noirs ou gris non par la couleur de leur costume mais par celle de la robe de leurs chevaux.

goûts du maître – femme de mine noire, boulotte et contrefaite, s'avança sur le devant de la scène et fut, dès cette seconde, pour Paris, la Clorinde d'un soir.

Elle fit frémir l'aréopage entier lorsque, lâchant sa canne à rubans et s'élançant sur ses épais cothurnes, elle se jeta dans les bras de Dumenil qui chantait Tancrède. C'est dans cette position, en l'accompagnant de vraies larmes, qu'elle entama l'air le plus pathétique de l'œuvre :

« *Il n'est plus temps de feindre*
*C'est assez renfermer un amour malheureux*
*Importune fierté, ne gêne plus des feux*
*Que tu ne peux éteindre.* »

Les élégantes, aigrettées de diamants, en furent à leur tour ruisselantes de pleurs et l'on vit, à hauteur des secondes galeries, éclore des mouchoirs blancs qui ombrèrent les visages en étalant sur les joues poudrées le fard rouge des pommettes.

Le public, excité par la claque, ovationna à plusieurs reprises la basse Thévenard, l'idole de l'Académie, qui campait le cruel Argant. Les fameuses machines de Torelli [1] fonctionnèrent sans baisser de rideau, à la vue même des spectateurs et en les faisant chaque fois frissonner d'admiration. On vit les remparts de Jérusalem dévorés par les cintres, puis la scène se hérisser en un clin d'œil de palmiers surgis du plancher aussi drus que les chandelles d'eau d'une fête à Versailles.

Lorsqu'il eut définitivement reposé sa canne, Campra fut contraint par mademoiselle Lerochois de monter saluer parmi les chanteurs. Accoutumé à l'anonymat de

1. Virtuose italien de la perspective et de la féerie théâtrale qui a travaillé à Venise et a été appelé à Paris par Mazarin pour aménager les salles du Palais-Royal et du Petit-Bourbon.

sa tribune dans la cathédrale, il ne s'exécuta qu'après mille embarras et la salle, à sa vue, redoubla de cris et de bravos.

Un jeune homme dont l'habit sentait la misère et qui, depuis que le rideau était retombé, criait plus fort que tous les autres enjamba la fosse avec l'agilité d'un singe.

Sautant sur la scène, il se jeta à genoux près du compositeur à qui il baisa les mains.

– Ah ! monsieur, lui cria-t-il tandis que les admirateurs affluaient de tous côtés, je ne suis qu'un pauvre apprenti musicien mais, laissez-moi vous dire ! vous avez fait un pas vers où je veux aller.

Campra sourit et tenta de dégager son bras pour bénir ce garçon dont le regard l'éblouissait.

– Qui êtes-vous ? lui demanda-t-il en l'embrassant.

– Je suis fils d'un organiste de Dijon, je reviens de Naples et de Rome où j'ai étudié les maîtres d'Italie. Je ne suis à Paris que pour solliciter de l'évêque de Clermont la charge de maître de chapelle dans sa cathédrale.

– Je vous souhaite de l'obtenir, il y a le feu sacré chez vous, reprit l'auteur de *Tancrède*, comment vous nommez-vous ?

– Jean-Philippe Rameau, maître ! s'exclama le jeune homme au comble de l'exaltation avant de lancer pardessus la foule en délire son petit tricorne gris.

Les jours suivant cette soirée, au cours de laquelle il avait humé le captieux narcotique de la vie facile, se consumèrent pour Victor en rêveries qui lui firent insensiblement relâcher son effort. L'abbé de Thésut était trop accroché aux moindres respirations de son élève pour ne pas ressentir à la seconde cet infinitésimal changement de rythme ; il était en même temps trop bon disciple de Descartes, une fois la chose avérée, pour s'empêcher d'en rechercher la cause. Il imagina aussitôt Victor amoureux et, n'étant jamais passé lui-même par les transes du sentiment, il commit l'erreur de vouloir soumettre les signes de l'état de passion au seul filtre de son intelligence froide. Comme il s'était également convaincu par déduction que son prodige ne connaissait dans Paris aucune autre jeune fille que Diane de Solsac, il s'ancra fermement dans l'opinion que celui-ci ne pouvait en pincer que pour la nièce de madame de Fontalon.

Il s'en ouvrit un soir à son aîné, au cours de leur « bobinette », cette dernière conversation à bâtons rompus que les deux frères étaient accoutumés d'avoir autour de leurs tisanes pour passer en revue les actes du jour expiré et fixer le « plan d'attaque » – on a vu que l'expression était du chevalier – de celui qui devait suivre.

– Ma foi ! cette fille a du bon, convint le plus âgé des Thésut, elle monte à cheval comme un homme, elle sait se taire quand on parle de choses sérieuses, elle paraît habitée d'un sens commun qui fait trop souvent défaut à son sexe.

– Elle n'a pas de fortune et lui non plus, ajouta l'abbé pragmatique, mais ils ont tous deux l'espérance d'hériter d'une grosse part des biens de leurs tantes. Lui est fin garçon. Elle, saura tenir une maison avec économie, esprit et tempérance… En complément de toutes ces excellentes raisons on doit mentionner qu'ils s'apprécient.

Il n'avait fallu que la bise légère de ces supputations pour que les deux frères songeassent incontinent à pousser ce projet.

Dix jours étaient passés depuis la représentation de *Tancrède* lorsqu'un soir, en classant les papiers du Drageoir aux Épices, Victor tomba en arrêt sur un feuillet de la liasse que Grivet, le commis de la chancellerie, adressait aux Thésut.

Voici quel en était le texte :

« Lettre préparée chez monsieur de Pontchartrain fils[1].

J'ai déjà parlé l'an dernier, au moment où le chancelier, fort irrité contre les docteurs de Sorbonne, s'était décidé à faire un exemple tant parmi les molinistes que parmi les jansénistes, de Brandelis de Grandville, vicaire de la paroisse Saint-André-des-Arcs et j'avais expliqué en son temps de quelle façon madame de Maintenon, à la demande d'un de ses amis à qui le roi est accoutumé de ne plus rien refuser, était intervenue pour qu'il soit épargné. L'affaire qui fait resurgir ce nom est autrement plus grave : monsieur Dreux de la Galissonnière, (un âne têtu), procureur au Parlement de Paris, est saisi depuis le 10 novembre d'une plainte anonyme dirigée contre ce religieux qu'on accuse de s'être livré à un commerce d'authentiques reliques. Je ne puis dire à cette heure si la lettre de cachet qui est prête sur le bureau du secrétaire d'État a été donnée à l'initiative de son puissant protecteur qui voudrait de la sorte soustraire ledit Grandville à un procès qui pourrait lui coûter la vie ou si – la plainte étant peu ou pas fondée – il s'agit d'une machination montée contre lui pour le perdre. »

À découvrir ces lignes, le sang de Victor ne fit qu'un tour. Il y vit le prétexte inespéré d'avoir un second entretien avec l'abbé Grandville et le contraindre à être plus explicite sur ceux qui, non contents de manquer à Maximilien de Carresse, désiraient ouvertement le faire taire.

Il recopia fébrilement l'avis que donnait Grivet puis,

1. Jérôme Phélypeaux, comte de Maurepas (1674-1747), fils du chancelier et secrétaire d'État depuis l'âge de dix-neuf ans. Il a dans son département la marine, la maison du roi et le clergé.

laissant son aide, le jeune Ponceau, ranger le grand bureau et moucher le luminaire, il se prépara à sortir.

– Je ne reviendrai demain qu'à neuf heures, annonça-t-il en partant, vous préviendrez le chevalier et l'abbé de mon retard.

Après une nuit traversée par l'espoir de pouvoir enfin remplir utilement la mission que lui avait assignée le chevalier de Carresse, Victor, le lendemain, s'éloigna de la Seine pour se lancer à l'assaut des faibles pentes de la montagne Sainte-Geneviève.

– Que venez-vous faire ? lui demanda l'abbé qui s'était présenté lui-même pour ouvrir, ne vous avais-je pas dit de ne jamais reparaître ici ?

– J'ai bravé votre défense parce que je devais vous confier des choses nouvelles et importantes.

À ces mots, Brandelis de Grandville, qui n'avait fait jusque-là qu'entrebâiller sa porte, s'écarta pour laisser passer son visiteur. Il se montra alors, le visage couvert d'ecchymoses, un bras en écharpe, la main prisonnière d'une attelle.

– Que vous est-il arrivé ? demanda le nouveau venu.

– Je vous l'ai déjà dit, mes malheurs ne regardent que moi !... Venez-en au fait ! Pourquoi m'avoir désobéi ?

– J'étais à l'Opéra, avoua Victor en ramassant toute son énergie pour soutenir le regard incandescent de son hôte.

– Vous aussi, vous faites partie des Romains qui s'avilissent aux jeux du cirque ! murmura le vicaire de Saint-André avec un sourire navré, vous avez donc vu comme l'on m'a traité, comment l'on traite ici ceux dont l'opinion dérange.

Il se reprit, honteux d'avoir pu laisser croire qu'il se plaignait.

– Alors ?… L'objet de cette visite ?

– Vous allez être arrêté d'un moment à l'autre, on vous accuse d'être mêlé à un trafic de reliques… Lisez !

Il lui tendit la copie qu'il avait faite la veille du texte de Grivet.

– Où avez-vous trouvé ceci ? demanda l'abbé d'une voix changée.

– Dans les papiers de gens bien informés ! répliqua Victor sur un ton qui suspendait toute nouvelle question.

– Je n'aurais pas pensé que le dénouement fût si proche, balbutia Brandelis de Grandville en promenant un regard éperdu sur le désordre qui régnait dans son vestibule.

– Je suis venu vous avertir, reprit Victor, parce que mon ami le marquis des Éperviers m'a révélé votre nom… Je suis persuadé que vous possédez la clef du succès de ses entreprises et de sa sauvegarde…

– Vous êtes tout à fait obstiné ! s'emporta l'abbé, ne vous avais-je pas déjà répondu que j'ignorais tout de votre marquis et que je ne pouvais rien faire d'autre que lui conseiller de fuir et de se terrer comme je m'apprête à le faire moi-même ?

– Vous ne m'empêcherez pas de penser que vous en savez plus que vous voulez bien le dire !

Brandelis de Grandville ne répondit pas ; il s'était précipité sur le rang des patères qui, derrière la porte, supportaient toute sa garde-robe. Il roula en boule quelques habits râpés qu'il jeta dans un bissac.

Brusquement, il s'arrêta et posa sur Victor un œil plein de mélancolie morne.

– Puis-je vous demander un service ? s'enquit-il imprévisiblement.

– Sans hésitation !

– Il s'agit de ma sœur… Je ne puis plus la conduire moi-même jusqu'à la retraite sûre où elle devra attendre mon retour… Pouvez-vous l'y mener à ma place ?

C'était une mission inespérée et le visage du futur ange gardien s'inonda aussitôt d'une expression de vrai bonheur.

– Si je peux ? bredouilla-t-il, mais certainement.

– Je vous confie ce que j'ai de plus précieux car je n'ai personne d'autre à cette heure sur qui pouvoir m'appuyer… Lorsqu'on vit, comme moi, dans le trouble et la confusion, on n'a pas d'autre ressource souvent que de s'en remettre à des personnes de hasard… C'est simple, vous êtes là ; je me sers de vous…

– Vous pouvez m'accorder votre confiance, répliqua Victor, tout ce dont je suis persuadé à votre sujet m'engage à mériter votre reconnaissance. Je délierai votre langue par mon zèle à faire le bien pour vous.

– Deux choses encore, ajouta l'abbé qui parlait d'un ton de plus en plus haché, vous trouverez Clémire demain matin à onze heures devant l'enseigne de la Brioche d'Or, rue Sainte-Opportune. Elle aura à la main un tout petit ballot d'affaires. Elle loge par précaution depuis huit jours chez l'un de mes amis mais il est trop connu de la justice pour qu'elle y soit plus longtemps en sûreté. Elle vous montrera où vous devez la conduire, c'est à Colombes, chez les époux Lheureux, des gens tout à fait sûrs et dévoués qui furent nos parents nourriciers autrefois. Quant à moi, à moins que je sois pris d'ici là, je reparaîtrai dans dix jours, innocenté ou prêt à me livrer à mes juges. Soyez le samedi 27 novembre, à sept heures du soir, dans l'église Saint-Eustache devant le tombeau de Colbert.

– J'y serai ! promit le visiteur.

L'abbé rassembla ses dernières hardes, promptement malgré ses blessures, d'un geste précis qui trahissait son accoutumance aux décisions rapides.

– Pour votre ami, on verra si l'on peut vous aider ! lança-t-il avant de disparaître dans la petite allée de son jardin.

On imaginera sans peine l'exaltation qui s'empara de l'esprit de Victor lorsqu'il eut, à son tour, quitté au galop la maison des Grandville demeurée derrière lui ouverte à tous vents.

Descendant la rue Saint-Jacques, le cœur tout bondissant, il fut, sans s'en rendre compte, frôlé à hauteur de la Sorbonne par la chaise grillée des huissiers du Châtelet qui, suivis de cinq recors[1] courant à pied, montaient se saisir de Brandelis de Grandville.

Victor gagna le Palais-Royal où il se tint à son bureau, assailli de pensées vagabondes. Ses espérances par rapport aux engagements qu'il avait à tenir, le souvenir immaculé de Marie de Rignac, l'impatience qui l'étreignait à l'idée d'être, dès le lendemain, chaperon de la belle Clémire, s'entrechoquaient dans son esprit. L'avenir le laissait inquiet. Il ne discernait pas ce qui devait advenir des mystères qu'il voyait périlleusement s'amasser tels des éboulis sur les hauteurs d'un défilé au travers duquel il aurait été contraint de cheminer.

L'abbé de Thésut, à le voir se consumer en lanterneries, ne fit que se persuader encore un peu plus de l'amour qui le portait vers Diane de Solsac.

Il le rappela à l'ordre avec une moue complice dont la signification échappa tout à fait au rêveur.

– Allons, mon enfant, revenez parmi nous ! C'est demain dimanche et vous aurez tout le temps de songer à ce qui vous tracasse... Mais pour l'heure, puisque Son Altesse doit emporter le dossier avec elle à Saint-Cloud, il nous faut votre avis sur ces arrérages de la capitainerie de Retz.

1. Agents subalternes chargés de prêter main-forte aux officiers de justice.

Le lendemain, jour fixé par Brandelis de Grandville pour que Victor le supplée auprès de sa sœur, était, comme on vient de l'apprendre, un dimanche. Les habitants de l'Hôtel Davignon se trouvèrent à l'accoutumée à Saint-André-des-Arcs pour la seconde messe.

Sous le porche, étonnant déploiement d'arabesques renaissantes que contenaient deux rudes échauguettes, il n'était bruit que de la fuite du jeune vicaire.

– Il ne se remettra pas d'un cas aussi sale ! proclamait un bourgeois sentencieux. Un trafic de reliques, même par ces temps peu chrétiens, ça va toujours chercher la corde ou la galère.

Un sacristain, que l'abbé de Grandville s'était attaché par ses libéralités, se lamentait :

– C'est une machination de jansénistes pour abattre un saint homme.

– Un saint que vous ne chômerez jamais, père Joseph ! lança impertinemment un gamin d'à peu près huit ans qui courait avec deux autres garnements rejoindre la chapelle des catéchismes.

– Cet Arouet est une peste, grommela le sacristain, la honte de cette paroisse !

Et s'adressant au garçonnet qui venait de disparaître après lui avoir décoché un magistral pied de nez :

– Tu finiras pendu à vingt ans, petit scélérat[1] !

– En tout cas, reprit le bourgeois, l'Église et la justice ne traîneront pas. Il paraît que monsieur d'Argenson a donné des instructions pour frapper fort et sans attendre…

– S'il est coupable ! protesta une marquise qui s'extir-

1. Grâce au ciel, la méchante prophétie du père Joseph ne prit pas corps puisque le petit Arouet, jeune paroissien de Saint-André et futur Voltaire, dispose, au moment où il paraît dans cette histoire, de soixante-quinze bonnes années à vivre.

pait de sa chaise et que le séduisant vicaire avait placée sous sa coupe.

– C'est de notre ami dont on parle, murmura madame Davignon, les choses semblent se gâter pour lui.

– Les jeteurs d'anathèmes doivent être vertueux, lui répliqua le conseiller, à n'être pas eux-mêmes inattaquables, ils courent le risque de succomber.

– Les Jésuites vont sans doute tenter l'impossible pour le sauver ? hasarda Victor incapable de dissimuler l'intérêt qu'il portait au fugitif.

– Certainement pas ! trancha monsieur Davignon, la Compagnie est plus cynique que vous ne le supposez. Elle est de ces armées qui préfèrent achever leurs blessés plutôt que de les entendre mugir.

Victor, stupéfait des noires prédictions de son oncle, ravala sa salive. Ôtant son gant pour donner l'eau bénite à sa tante, il laissa osciller son regard entre la chaire qu'avait désertée celui pour qui il sentait grandir un sentiment d'intérêt et la gloire nimbée de rayons de marbre qui surmontait l'autel. Il supplia alors Dieu d'accomplir tant de miracles ensemble qu'il fut incapable de se les remémorer tous lorsqu'un chantre s'avança sous le jubé pour psalmodier l'acte d'espérance.

Clémire de Grandville s'était postée bien avant onze heures au rendez-vous que lui avait assigné son frère, sous l'auvent d'une fameuse pâtisserie de la rue Sainte-Opportune qui arborait pour enseigne une grosse brioche d'or. Vêtue d'un demi-domino gris à capuche qui retombait sur sa robe retroussée au joli ton de bleu, elle se tenait plaquée contre un soupirail grillé exhalant de délicieuses senteurs de sucre et d'œufs chauds. Trop absorbée par l'attente, elle restait insensible au piétinement des fouille-au-pot des grandes maisonnées du voisinage qui s'écrasaient sous la chaussée, dans un escalier raide, en brandissant au-dessus de leurs têtes les beaux cartons veinés de vert par lesquels ce magicien des desserts signalait dans Paris ses chefs-d'œuvre.

– Madame de Grandville ! murmura Victor, fidèle au tour provincial, lorsqu'il fut parvenu à hauteur de la sœur de Brandelis.

La jeune fille tourna vers lui un visage étonné mais sans crainte.

– Vous ! fit-elle dans un souffle en reconnaissant celui qu'elle n'avait fait que croiser, c'est donc vous qui devez me conduire ?

Victor la détailla longuement, surpris de l'image fidèle qu'avait laissée leur brève rencontre dans sa mémoire : cette taille coquette, ces joues légèrement creusées qu'on eut dites plaquées de l'éclat transparent de la nacre, ce regard noir ombré d'inquiétude, avaient suffisamment impressionné son souvenir pour qu'il pût les dire déjà familiers. La satisfaction de se retrouver à presque les toucher faisait fondre son cœur à la manière des étoiles filantes que l'air paraît dévorer à mesure qu'elles se décrochent.

– Ne craignez rien ! dit-il, je suis venu remplacer Brandelis qui a dû quitter Paris.

– Je n'ai plus peur depuis que je vous sais près de moi, murmura-t-elle, l'abbé m'a écrit que je pouvais me fier à vous.

– Vous dites l'abbé en parlant de votre frère ? s'étonna-t-il.

– C'est vrai que je l'appelle fort peu par son prénom parce qu'il est difficile de se montrer familière avec quelqu'un d'aussi intimidant que lui… Mais ne faites pas attention aux bavardages d'une pauvre folle ! nous allons prendre un fiacre pour aller vite, je ne voudrais pas vous voir engloutir dans cette course ce qui reste de votre dimanche.

– J'ai réservé tout mon temps à votre usage, protesta-t-il, et je vous demande de croire que c'est avec plaisir. Il fait si beau malgré ce froid sec... Que diriez-vous de commencer notre promenade à pied ?

La jeune fille acquiesça d'un sourire timide et Victor, sans attendre d'autre réponse, s'empara du petit baluchon de camelot dans lequel elle avait jeté le peu de ses affaires. Ils s'enfoncèrent dans la rue Saint-Honoré, poursuivis par le roulement des coches bondés de gens joyeux qui, dans un tintamarre de crécelles et de sifflets, s'en allaient faire ripaille vers Argenteuil ou Suresnes.

– Et si nous dînions en dehors de Paris, proposa Victor animé par une sorte de joie d'enfant, savez-vous que je vis depuis bientôt deux mois dans cette ville et que j'en sors aujourd'hui pour la première fois ?

– Moi, de campagne, je ne connais que Colombes, murmura Clémire, c'est là, dans la maison des époux Lheureux, chez qui vous me conduisez, que nous avons grandi, mon frère et moi. Ces gens sont notre seule famille, la seule du moins que nous connaissions...

– Vous n'avez donc ni parents ni tuteurs ?

– Personne ! confirma la jeune fille d'un accent navré, une main mystérieuse pourvoit cependant à tous nos besoins mais nous n'avons jamais pu deviner qui la manœuvrait... L'abbé s'est persuadé que nous sommes les bâtards d'un puissant personnage qui finira un jour par se révéler à nous. Cette pensée fouette son orgueil et il veut dès à présent, en se raccrochant aux premières places, se montrer digne d'un sang qu'il imagine rare. Inconsolable d'avoir été réduit malgré lui à l'état religieux, il traverse l'Église, l'âme satanisée par l'ambition.

– Ce que vous me dites, reprit Victor, m'aide à comprendre beaucoup de choses à son sujet. Le mouvement incessant qu'il donne à tout ce qui le touche, ce n'est au fond qu'un appel lancé à votre protecteur pour qu'il se manifeste.

– Je l'ai toujours pensé ainsi, avoua Clémire, je me suis aussi convaincue que ce cri ne pourra s'éteindre que par la réussite ou la mort… Je me suis résignée aux colères et aux larmes et je vis dans leur compagnie comme les moribonds avec les douleurs auxquelles ils ont fini par se faire.

Tout en parlant, ils avaient obliqué par la rue de la Bonne-Morue pour gagner la grille du palais des Tuileries où, devant le pont-tournant du jardin, quelques âniers louaient pour dix sols des montures aux casse-cou désireux de gravir les faibles pentes de la colline du Roule[1].

– Voici qui est plus gai qu'un coche, ne trouvez-vous pas ? s'écria Victor en désignant deux baudets aux nez blancs qui semblaient constituer une paire.

Clémire, roulant doucement la tête entre les épaules et battant en même temps des mains, répondit à son compagnon par un rire cristallin. Aussitôt celui-ci s'aboucha avec le loueur.

– L'âne c'est Joseph, la mule c'est Joséphine ! confia l'ânier qui s'était mis à distribuer forces courbettes après avoir remarqué les talonnettes rouges de son chaland.

Il poussa la complaisance jusqu'à aller offrir son dos à Clémire pour lui servir de marchepied et l'aider à se hisser sur la paillasse de crin qui tenait lieu de selle.

Il n'est sans doute pas plus capricieux bestiaux que les quadrupèdes à raides oreilles. En tout cas ceux que montaient les jeunes gens, après avoir longtemps renâclé à avancer, se mirent ensemble brusquement au galop. Ils dépassèrent à toute allure un char à bancs bondé d'ouvriers des faubourgs qui montaient, leurs paniers de victuailles sur les genoux, à l'assaut des cabarets des Porcherons. L'attelage qui allait au pas pesant

1. Montée qui correspond à nos actuels Champs-Élysées.

de quatre gros bœufs rouges salua la cavalcade d'une bordée de hourras et Victor, détournant la tête, put apercevoir longtemps des garçons en sayons de futaine qui lui adressaient de grands signes de connivence.

Laissant sur leur gauche la faisanderie de la Muette et le bois de Boulogne, réserve de chasse royale qu'une muraille fermée de huit portes interdisait au public, ils atteignirent, après une heure de galopades entrecoupées de pauses obstinées, le cabaret de la Mère Gabrielle, situé à Neuilly, près du pont de bois qui enjambait la Seine. L'établissement, précédé d'un ample cercle d'ormes auxquels s'accrochaient encore des restes de feuillages séchés, se présentait comme un assemblage de bicoques de bois que le succès avait faites chaque fois plus vastes et qui s'égrenaient à la queue leu leu comme des boîtes gigognes. C'était à la belle saison la plus fameuse guinguette des bords de l'eau : les grisettes y accouraient en rangs serrés pour lever des galants, les bourgeois s'y pavanaient au bras de leurs maîtresses, les marquis s'y jetaient par carrossées entières afin de humer l'odeur affriolante de la canaille et de la godinette. Les verts clairets d'Argenteuil, de Montmartre ou de Sèvres qui avaient la fâcheuse réputation de « faire sauter leurs buveurs comme des chèvres » et qui coûtaient, sans l'octroi, moitié prix des mêmes servis dans Paris, s'y débitaient par quartes et barriques entières.

À force d'attente, Victor et Clémire se virent attribuer un guéridon posé dans l'effrayant courant d'air d'une terrasse que recouvrait le cep d'une vigne sans feuille. La femme qui s'approcha pour les servir faisait songer assez justement par son costume aux hurlantes couleurs, à une idole japonaise. Le vin blanc de plus avait fait d'elle une adepte de la secte des trembleurs. Elle possédait le parler du rempart qui faisait se pâmer les belles dames, et qui, dans l'endroit, était devenu argument de commerce pour gober une clientèle huppée avide de plaisirs communs.

– Ici, c'est à prix fixe [1] ! lança-t-elle, lapin aux croûtons, bœuf gras aux oignons de Suresnes, œufs de Nanterre aux trompettes de la mort, tout ça pour dix sols !… Ce n'est que l'embarras du choix.

– Du lapin ! s'empressa de répondre Clémire avant d'ajouter à l'adresse de Victor : je n'en mange jamais parce que l'abbé le déteste.

– Et toi, ma poule ? s'impatienta la bonne femme en roussissant notre héros indécis à la flamme de son regard d'alcoolique.

– Du bœuf aux oignons, jeta celui-ci comme au hasard.

Il affecta de ne pas quitter des yeux Clémire pour dérober à la mégère l'air de trouble dans lequel son bagou venait de le précipiter.

– Je suis comme votre frère, marmonna-t-il, je n'aime pas le lapin mais moi c'est par fidélité de sentiment… : cela remonte au jour où, tout enfant, j'ai surpris un braconnier qui dépeçait celui que j'avais apprivoisé.

– Vous me direz des nouvelles du bœuf ! reprit roguement la serveuse qui venait d'accueillir l'histoire de Victor par un mouvement de l'index sur la tempe signifiant qu'elle doutait de l'intégrité de son mental, d'ailleurs, enchaîna-t-elle en ricanant, cela vous revigorera car, dans mon pays de Brie, les promises font prendre de l'oignon à leurs gars pour les rendre endurants.

Lorsque cette furie, sifflotant dans un grand balancement de croupe, eut tourné les talons, Clémire contemplant la mine ahurie de son compagnon, ne put contenir un magistral éclat de rire.

– Vous n'êtes guère accoutumé, cela se voit, au parler des faubourgs.

1. Les menus à prix fixe sont une nouveauté de la fin du XVIIe siècle.

– Mais vous, d'où vous en vient la pratique ? s'étonna Victor.

– Moi ! répliqua-t-elle dans une moue espiègle, je passe la moitié de ma vie dans la rue… J'accompagne notre servante à la halle et je me trouve mille motifs nécessaires ou frivoles qui me donnent prétexte à traverser la ville… Je flâne, je musarde, je m'arrête partout ou quelque chose d'inhabituel parvient à fixer mon regard.

– Et le reste du temps ? s'enquit Victor.

– C'est beaucoup moins gai, poursuivit-elle en s'attristant soudain, l'après-midi, tous les après-midi, j'aide mon frère à préparer un grand ouvrage sur la grâce… Je suis seule à pouvoir relire son écriture de chat et à savoir la transformer en calligraphie.

– En somme, constata Victor, tout comme moi, vous êtes une galérienne de plume.

– Vous, au moins, objecta-t-elle, êtes-vous devant vos pages blanches plus paisible que moi !

– Qu'en savez-vous ? Vous ne connaissez rien de ma vie.

Et aussitôt, pour lui montrer qu'il partageait avec elle un fardeau d'angoisses, il entama le récit de ses dernières semaines. Il se laissa même aller pour la première fois à narrer toute l'histoire du chevalier de Carresse et des engagements qu'il avait contractés envers lui.

– Votre frère sait quelque chose à son sujet, conclut-il, il pourrait m'aider.

– Mon frère sait tant de choses graves, murmura Clémire comme à part elle… J'ignore tout de ses secrets et je ne puis rien faire d'autre que contempler son front qui se couvre de rides.

– Il me suffirait d'un nom, insista Victor, le nom de celui qui, jusqu'à cet été, a protégé les révoltés du Limousin… Muni de cet indice, j'aurais assez de force pour débrouiller l'écheveau dans lequel nous nous étranglons tous.

– Je ne sais rien, confirma Clémire avant de fixer Victor droit dans les yeux et d'ajouter navrée : Je vous conjure de me croire.

Ils restèrent un moment silencieux, écrasés par la densité des mystères auxquels ils se cognaient et ce fut le brouhaha de la salle qui vint les tirer de l'abîme où les précipitaient leurs réflexions.

Ils se trouvait à côté d'eux une tablée de menuisiers, les hommes avec leurs habits de compagnonnage, les femmes couvertes de coiffes aux plis savamment soulignés. Ils étaient réunis autour d'un petit baptisé dont on avait sans façons posé le berceau parmi les entremets.

– Longue vie à notre petit saint Joseph ! s'exclama soudain un vieillard à figure parcheminée en chinquant de droite et de gauche.

Il avisa Victor qui s'était retourné en l'entendant porter son toste.

– Trinquez avec nous, monseigneur ! lui lança-t-il, vous serez le bon génie de cet enfant. Les grands lui commanderont de l'œuvre...

– Et par fortune aussi ils le paieront ! ajouta malicieusement l'un des petits-fils de l'ancêtre en faisant s'esclaffer les convives.

Clémire et Victor répondirent à l'invitation et furent ovationnés.

– Toutes les félicités imaginables à votre héritier ! s'exclama ce dernier après avoir sablé le petit verre de saumur qu'on venait de lui tendre.

– Je me nomme Pierre Jadot, reprit l'ancêtre disert en place de sa progéniture, vous voyez là toute ma famille établie avec moi près du Carrousel : les deux Jadot déjà bien grisonnants, mes fils, qui vont me succéder bientôt. Les cinq gaillards, mes petits-fils, qui vont gagner leur franchise et qui abattent dès à présent le plus clair de la besogne, mes filles, mes petites-filles, toutes mariées à des gens de notre corporation… La relève enfin, cette quatrième génération qui grandit et s'éveille en trottinant au milieu des rabotures.

– Vous devez être bien fier d'une pareille lignée ! s'émerveilla Victor.

– Pour sûr ! répliqua le vieillard avec une pointe d'émotion bourrue, et du haut de mes quatre-vingts ans je n'éprouve qu'un regret, c'est que ma mie ne soit plus là pour admirer cette flopée de monde.

Victor, sommé de vider un second verre, le fit avec l'élégance du hobereau convié à la noce de son fermier.

Il parvint à s'esquiver sous un redoublement de cris et de clameurs avant un troisième tour de piste des brocs et des pichets. Clémire était aux anges. La grâce aimable de son compagnon, la bonne humeur du baptême, avaient suffi à gommer sur son front les rides de la perplexité.

– Nous qui traversons les mêmes tourments, confia-t-elle à son nouvel ami en s'emparant de son bras dans l'instant où ils sortaient, nous ne devons pas nous résigner à l'accomplissement d'un sort contraire, décidons de triompher ensemble du malheur… Revoyons-nous de temps à autre pour soutenir nos courages !

La proposition, faite sur un ton naturel et candide, plut tellement à Victor qu'il sentit, pour la seconde fois dans le cours de cette journée déjà longue, son cœur couler au fond de sa poitrine en feu.

Il hissa Clémire sur le dos de Joséphine et, la saisissant par la taille, il lui glissa :

– Vous avez raison, madame ! nous n'avons pas le droit à notre âge de céder à l'entraînement des lamentations.

Elle lui sourit de tout l'éclat de ses dents qu'elle avait fort belles et il reçut ce gracieux mouvement comme un gage de sa nouvelle fortune. Poussant un cri de fou, il lança son âne le long des grèves de la Seine.

Quelques bourgeois cramoisis de mangeaille, qui ondulaient sur la route en rotant, n'eurent que le temps de se jeter dans un fossé en voyant surgir ce foudre.

– Jeune fripon, va ! ragea le premier d'entre eux qui put se rétablir sur la chaussée, les basques de son habit galonnées de cresson.

Les époux Lheureux, savetiers tous deux, habitaient un pavillon adossé aux écuries du petit château de Colombes, propriété de la duchesse douairière d'Orléans, cette imposante belle-sœur de Louis XIV connue dans toute l'Europe sous le nom de Palatine. La princesse, qui avait fait là, du temps de ses plus vives brouilles avec Monsieur[1], quelques éclatantes retraites, n'y était plus revenue depuis son veuvage, incapable qu'elle était, en dépit de ses goûts simples, de se passer de Versailles et de ses grandes machines. Le château et le parc continuaient malgré tout d'être entretenus à grands frais par quelques domestiques qui, en l'absence de maîtres, avaient fini par se croire chez eux.

Les parents nourriciers de Clémire avaient la simplicité gaie des vieux ménages d'artisans qui, après avoir gratté sou à sou une toute petite aisance, voient paisiblement venir leur crépuscule. Leur intérieur, propre et lumineux, se composait d'une salle commune d'à peu près quinze pieds sur vingt garnie d'un bel âtre maçonné et de rideaux de tabis couleur paille. Au premier étage trois petites chambres chaulées, meublées de coffres de chêne et de bonnetières de pin, étaient chauffées chacune par une petite cheminée au manteau de pierre de

1. Titre qu'on donnait au frère du roi. Ici le défunt duc d'Orléans, frère unique de Louis XIV et mari de la Palatine.

Saint-Leu. Les Lheureux travaillaient encore tout au long du jour, dans un étroit recoin de leur rez-de-chaussée. Pour faire aller leur maison, ils n'employaient qu'une bonne dont ils partageaient les services avec les Nicolas, leurs voisins, lui, ancien palefrenier de la duchesse, elle, qui continuait de toucher ses gages de chambrière pour un service qu'elle n'avait pas effectué depuis huit ans.

Monsieur Lheureux était un géant à peine voûté par l'âge, le sourcil blanc et broussailleux, fumant toujours sa pipe tandis qu'il se penchait sur l'embauchoir. Sa femme était une petite boulotte qui avait conservé le teint de pêche de sa jeunesse, avec des dents bien rangées et intactes qui lui donnaient dix ans de moins que son âge. Elle s'occupait de patiner les cuirs avec des onguents de son secret, de piquer le velours des escarpins, de fixer sur l'empeigne des galons ou des bouffettes. Elle recevait les pratiques[1] devant le paravent qui dérobait aux regards la partie d'atelier, offrant aux messieurs du vin rouge de Champagne ; aux dames, du quatre-quarts de sa façon qu'elle parfumait à la fleur d'oranger.

Clémire qui, depuis le coteau plein de vignes, avait montré à Victor le petit bourg blotti contre l'enceinte du château, redécouvrait avec émotion le lieu où enfant elle s'était plu à jouer et courir en compagnie des enfants des serviteurs de la duchesse. Son cœur allait la chamade lorsqu'elle gravit les quatre marches usées qui accédaient à la porte vitrée des Lheureux.

– Chère enfant, nous t'attendions ! s'exclama la savetière que Clémire appelait maman.

– Elle est, ma foi, chaque fois plus belle ! fit avec son accent de Lorrain le mari qui, à chaque détour de phrase, s'escrimait de la locution « ma foi ».

1. Clients.

Clémire, qui sentait monter des larmes de joie, se jeta dans les bras des deux vieux artisans.

– Tout ici me rappelle de si doux moments ! murmura-t-elle en tortillant la moustache du père Lheureux comme elle s'était accoutumée à le faire lorsqu'elle était au maillot.

– La voici bien, ma foi, ma petite piouleuse ! grogna le bonhomme en avançant comme à plaisir son vieux museau ridé.

Victor, présenté comme un ami de longue date, fit grosse impression car on était habitué dans la maison à jauger le crédit des chalands aux détails de costume. On l'installa près de l'âtre qui exhalait les appétissantes senteurs d'une daube mijotant de côté dans un poêlon de terre.

– Tu nous retrouves un peu plus vieux qu'à Pâques, fit le père Lheureux, toujours à tailler la semelle, à coudre et à piquer, plus désormais par hantise de n'avoir rien à faire que par nécessité de survivre.

– Je vous découvre chaque fois plus jeunes, applaudit Clémire, toujours aussi aimables et gais... L'air de ces coteaux vous rendra centenaires !

– Ne parle pas de malheur, mignonne ! ronchonna le savetier en reposant sa bouffarde, devenir vieux avec les infirmités de l'âge n'est pas, ma foi, un sort que nous envions. Nous nous en remettons à Dieu pour qu'il nous enlève quand il le voudra mais, c'est la seule grâce que nous lui demandons, assez près l'un de l'autre pour n'être pas séparés trop longtemps entre terre et purgatoire.

Il regarda sa femme en clignant un œil à la fois sombre et railleur qui disait à quel point il la chérissait. Elle s'était approchée de la chaise basse sur laquelle il travaillait pour caresser ses larges épaules.

– Tu nous fais le plaisir de demeurer avec nous quelque temps ? s'enquit-elle en considérant Clémire.

– Je ne sais pas, répondit la jeune fille en se troublant.

– Comment ! tu ne sais pas, se récria le père Lheureux, ton frère nous a écrit pour nous dire que nous devions, ma foi, te garder ici au moins deux semaines.

– Mais je craindrais de déranger, moi qui ne sais plus rien faire d'autre qu'écrire.

– Si ce n'est que ça, répliqua la savetière, tu n'as pas à craindre de manquer d'ouvrage. Un charreton est venu déposer pour toi deux malles de papiers… J'ai bien peur que ce ne soit de la part de quelqu'un que je sais.

Trottinant à tous petits pas, elle s'élança vers la porte et découvrit à Clémire, en la faisant sourire, les lourds présents de Brandelis.

– C'est ce que vous pensiez, murmura la jeune fille en contemplant les marques qui frisaient les manuscrits à recopier, mais, chère maman, vous me laisserez également vous aider à livrer vos clients comme je le faisais lorsque j'avais six ans… Nous partirons ensemble par le coche du Roule chercher l'ouvrage dans les faubourgs.

Tout à fait rassurée par le bon sourire de la mère Lheureux, elle se jeta de nouveau dans ses bras.

– Maintenant, s'exclama le savetier, il faut décider ton ami à souper avec nous car nul ne peut, ma foi, quand c'est jour de daube, repartir d'ici sans avoir goûté la cuisine de ta mère… Ce sera bredi-breda mais de bon cœur tout de même.

Victor voulut protester avant que Clémire se soit acquittée de la commission.

– Je craindrais de ne pas retrouver mon chemin dans la nuit…

– Bah ! fit le savetier, toutes les routes d'ici mènent à Paris et, lorsqu'on rentre le dimanche soir, il suffit, ma foi, de se guider aux cris de ceux qui sont saouls.

Victor combattit mollement un raisonnement qui lui paraissait si fort. À vrai dire, il ne souhaitait rien faire qui puisse gâcher son bonheur ; aussi, après avoir émis deux ou trois timides objections, étendit-il les jambes vers les chenets pour marquer qu'il s'installait.

– Ma foi, c'est dit ! conclut le savetier d'un accent joyeux, et si cela vous chante, en attendant que la nuit tombe, vous pourriez accompagner Clémire au verger. Vous goûterez aux dernières pommes de Colombes ; elles sont rouges et croquantes, en tous points dignes, ma foi, de la table d'un roi.

Pendant que son père nourricier parlait ainsi, Clémire s'était placée devant le petit miroir encadré de bois d'ébène, seul signe de vrai luxe dans toute la salle commune. Elle dénoua ses cheveux emmêlés dans le fils d'archal[1] de sa fontange et les laissa retomber sur ses épaules en opulents bouillons. Elle ajusta ensuite au droit de ses yeux un chapeau de paille que festonnait une étamine de siamoise et en un clin d'œil, comme par la magie de ces machines de Torelli que Victor avait vues fonctionner à l'Opéra, elle se trouva métamorphosée en la plus charmante des bergères.

Notre héros, que l'éblouissement venait de faire frissonner, lui prêta un bras pour sortir.

Le verger des Lheureux était situé en bordure du chemin allant de Colombes à Courbevoie. La vigne mal entretenue, accrochant encore ses sillons incertains aux pans les mieux exposés des coteaux, rappelait le souvenir de ces petits vins de Paris, élevés à l'origine pour les besoins de la célébration des messes et qui, par la pénurie des temps de la guerre de Cent Ans, avaient été promus au rang de boisson de ménage. Tout cela for-

1. Laiton tréfilé qui servait d'armature aux fontanges.

mait un vaste et magnifique panorama qui s'étendait de part et d'autre des hauteurs, vers le sud, en direction de la forêt de Saint-Germain ; vers l'est, presque à pic au-dessus de la forêt des clochetons et des pignons de Paris. Des maisonnettes isolées, des cabanes plantées à l'entrée du moindre lopin, des puits ombrés de buis sauvages, posaient un peu partout la marque construite des travaux humains et, grâce à la profusion des lierres et des glycines, tout cela se fondait dans des perspectives onduleuses.

Victor, adossé au tronc d'un vieux pommier branchu, contemplait le damier des parcelles coloriées de touches variées par l'effort distinct de chaque laboureur. La sœur de Brandelis, à genoux près de son panier, astiquait les derniers fruits rendus par l'arbre avec un pan de chemise qu'elle venait de tirer de sa robe retroussée.

– J'ai le sentiment de fixer un coin de paradis, murmura Victor qui paraissait s'engourdir dans un songe.

– Lorsque j'étais enfant, je suis venue ici bien des fois avec l'abbé, dit Clémire, lui était déjà assoiffé de tumulte et, depuis cette hauteur, il s'exerçait à tenir Paris dans sa main. Moi, futile, je rêvais au bonheur des élégantes et aux facilités que je prêtais à la vie citadine… Hélas ! lorsque nos mystérieux protecteurs se sont résolus à nous laisser humer l'air merveilleux de la ville, nous avons déchanté. Bientôt Brandelis, qui ne rencontrait qu'obstacles en travers de ses idées folles, ne m'a plus montré que la face aride des choses : il m'a vouée comme lui à être ballottée par l'ouragan qui poussait ses ambitions.

Victor, détournant son regard de la fuite des collines où le jour s'abaissait en décrivant des volutes, considéra Clémire :

– Ce temps, à moins que vous ne le regrettiez, doit bientôt finir ! Votre frère est parvenu à ce moment de l'existence où il faut savoir prendre seul en charge son destin… Vous ne pouvez rien de mieux pour lui désormais que recopier quelques pages de discours. Il doit vous laisser en repos et vous donner la liberté de ne songer qu'à vous.

– Songer à moi ? répéta Clémire étonnée tandis que de ses yeux noir jais roulaient deux ou trois larmes.

– Oui ! insista Victor, vous sentir enfin maîtresse de vos actions… Mais puis-je vous demander une faveur ? ajouta-t-il d'un ton de voix rabaissé tout en faisant pivoter une pointe de son tricorne sur un de ses genoux.

– Faveur accordée ! répondit-elle dans un souffle.

– Je voudrais revenir ici dès dimanche prochain, vous retrouver et poursuivre avec vous ce bavardage câlin qui m'apaise étrangement.

– J'allais vous en prier, murmura-t-elle en lui plaçant une pomme couleur de sang entre les yeux pour ne pas montrer qu'elle rougissait.

À minuit passé, carré sur Joseph qui avait pris un furieux galop, Joséphine suivant derrière attachée à sa selle, Victor redescendait le chemin du Roule. Il était au comble de la félicité et clamait à tue-tête cette strophe de Tancrède dont il avait retenu l'air :

« *C'est vous belle princesse*
*C'est vous qui dans ces lieux volez à mon secours*
*Vous êtes de ma mort souveraine maîtresse*
*Disposez de mes jours.* »

La nuit pailletée d'étoiles buvait son chant allègre comme un flot limpide. Elle s'était faite douce et légère, enveloppante et soyeuse, ainsi qu'une vieille complice.

## CHAPITRE QUATRIÈME

## *Où se lève le souffle du Prince des Vents de Mort*

L'Hôtel de Fontalon, austère construction de la rue Saint-Antoine, ne présentait à la vue des passants qu'un mur rugueux, couronné, à l'imitation des palais florentins, d'un attique surmonté d'un large entablement saillant. Son portail restant la plupart du temps fermé, la vie paraissait s'y confiner derrière la chatière d'une porte latérale qui ouvrait sous une voûte dévorée par l'ombre dont la noirceur masquait le déploiement d'une de ces vastes cours conçues d'ordinaire pour étaler le train des opulentes maisonnées. Nulle part ne se remarquaient de ces nudités hellénistiques apostées dans des niches, pas un non plus de ces amours joufflus qui, n'importe où ailleurs, sur la moindre corniche de la plus modeste maison à la mode, polissonnaient et gambadaient à donner le vertige.

Ceux qui pénétraient là pour la première fois, sans rien savoir encore de la vieille lignée des Fontalon, n'étaient jamais surpris d'apprendre que le constructeur de l'hôtel avait été, sous Richelieu, l'une des grandes figures du parti huguenot. Par religion et par goût il s'était attaché à constituer ce décor sans jour ni fioriture qui devait le flatter de quelque réminiscence de la chrétienté des catacombes ou lui rappeler le dépouillement du temple protestant de Paris sis alors à Charenton. Bien avant la révocation de 1685, les deux fils de ce personnage avaient abjuré une foi que la rigueur de leur père n'avait pas su arrimer plus solidement à sa postérité. Ils ne s'y étaient toutefois résolus qu'après avoir longtemps disputé, dans leur demeure même, au sein de conférences théologiques où la publicité du trouble de leur conscience, jointe à la remarquable étendue de leur érudition, avait su réunir la fine fleur des docteurs réformés de France aux plus célèbres messieurs de Saint-Sulpice. La haute tenue de ces réunions, l'habileté des orateurs, le scrupule des Fontalon, avaient attiré là tout ce que Paris comptait de gens éclairés et l'on admettait couramment que c'était à l'occasion de ces joutes que Turenne avait trouvé le levain de sa propre conversion.

Victor, à qui, la veille, son oncle avait rapporté l'histoire de cette abjuration et qui ne cessait lui-même d'être hanté par le désarroi de ceux qui se débattent au confluent des deux confessions, monta précautionneusement le grand escalier comme s'il s'était imaginé pouvoir surprendre un écho des disputes qui avaient roulé là trente ans auparavant.

Il fut introduit dans un salon aux lambris de chêne clair par un domestique en livrée noire qui continuait d'arborer le collet vidé dont les hommes se paraient du temps de la Fronde.

Madame de Fontalon l'y rejoignit presque aussitôt. Nous connaissons cette vieille femme charmante et gazouillante, la veuve du dernier des Fontalon, seule alors à faire survivre ce patronyme issu du Mâconnais, puisque des deux défunts frères de l'ultime génération, le premier, son mari, n'avait eu d'elle aucune postérité et l'autre, le cadet, resté dans l'hôtel toute sa vie en grande étroitesse avec son aîné, était demeuré garçon. Elle s'était mariée à trente ans avec un homme qui en avait plus de cinquante : c'était un couple de barbons et l'on n'avait pas manqué de faire, par toute la ville, des gorges chaudes de cette union de l'automne à l'hiver. Pourtant, la dernière des Fontalon, fleur tardivement éclose dans l'aridité de cette demeure vouée aux déchirements de conscience quand d'autres, dans la même rue, l'étaient au plaisir perpétuel, avait su, tout en ne retranchant rien d'un style de vie austère, adoucir par ses grâces les tourments d'âme des deux convertis. Ceux-ci disparus, cette veuve riche et toujours avenante, dont plus d'un homme guignait la fortune, avait souhaité ne s'entourer plus que de jeunesse rieuse : elle s'était mise à faire l'hôtelière dans Paris pour tout le ban et l'arrière-ban de son lointain cousinage de province. C'est ainsi qu'elle avait hébergé durant plusieurs mois Gabriel de Saint-Austremoine, cousin issu de germains d'une de ses arrière-nièces et qu'elle avait recueilli, comme en l'adoptant, la pétulante Diane de Solsac dont la parenté lui était encore plus reculée.

Victor, qui venait de saluer avec élégance, se vit désigner un fauteuil garni d'un pouf de satin jaune.

– Je vais vous faire porter du vin, du miel et des confitures sèches qui viennent de ma ferme de Grandchamps, lui annonça gaiement son hôtesse.

Avant qu'il n'ait pu, suivant l'usage des campagnes, protester de l'inutilité de ces soins, elle s'était relevée pour atteindre le cordon de brocart retombant contre le manteau de la cheminée.

– Vous me blesseriez par un refus, fit-elle en posant un index sur ses lèvres fines, je scelle toujours mes amitiés ainsi. De plus, vous tombez bien ! J'avais besoin d'un compagnon de bouteille pour que mes gens n'aillent pas imaginer que je me livre en solitaire à des plaisirs d'ivrogne... C'est aujourd'hui que je goûte au premier jet de mon clairet accompagné de quelques cerneaux de noix et d'un peu de fromage d'Époisses. Quant aux fruits, vous m'en direz des nouvelles, je les mets en caisse moi-même.

– Comment, vous faites vos confitures vous-même ! s'étonna Victor en appuyant sur le vous.

– Oui, lui répondit-elle en partant d'un rire franc, voici bien les derniers plaisirs qu'on se trouve à mon âge !... Comme la plupart des habitants de cette ville, j'ai gardé au sang la marque de mes origines terriennes : dès que je quitte Paris, je m'inquiète du vent, des orages et de la grêle. À l'automne, je deviens cupide. Je me hâte de regagner mes domaines pour veiller moi-même au renouvellement des métairies, à la récolte des fruits et aux vendanges et je vous avoue attendre chaque année avec la même impatience le retour de ces jours où la nature, dans ses ors et ses fanes, paraît se délivrer de ses peines sous mes mains d'accoucheuse.

À peine eut-elle achevé de dérouler ces phrases pleines de regrets, que parurent trois laquais en mandille dont le premier portait un plateau d'argent sur lequel s'étageaient en pyramide des poires et des pêches projetant, les unes par-dessus les autres, leurs ventres énormes luisants de leurs robes de sirop figé. Par l'effet de la discrétion provinciale qui fait rechercher la modestie lorsqu'on est en visite, Victor s'attarda longtemps à choisir ce qu'il y avait de plus petit. Après avoir ainsi, malgré lui, donné le spectacle de l'impoli qui chipote, il se fit servir, sur une assiette de vermeil, de la pâte de groseille verte accompagnée d'une prune d'un beau vert bronze dans laquelle il planta aussitôt les dents.

Madame de Fontalon, roulée dans sa robe de perse à falbalas, la tête enveloppée d'un turban de pintado rouge, était aux anges tandis qu'elle laquait une lèche de pain avec du miel qui filait comme du sucre chaud. Accoutrée ainsi, dans ce décor délicat mais nu, elle se donnait des airs de vieille Turque rêvant dans le fond du harem. On était surtout frappé par ce visage aux pommettes chargées de vermillon à outrance qui gardait les marques d'une beauté singulière et sur lequel l'âge était venu comme une dernière patine.

– Savez-vous, annonça-t-elle tout soudain, que l'abbé de Thésut m'a fait la grâce hier soir de sortir de sa tanière pour venir bavarder ici en ma compagnie ?... Il m'a dit quelques mots à votre propos.

– Il est bien bon, madame, de vous importuner d'un aussi vain sujet.

– Êtes-vous modeste ? se récria la tante de Diane dans un nouvel accès de son rire espiègle. J'ai vu comme il tenait à vous et cela m'a bien étonnée...

– Étonnée ?

– Si fait ! reprit la malicieuse bavarde sans cesser de minauder, – pas un mot contre mes vieux amis ! – mais enfin peut-on imaginer plus barbe, plus éteignoir, plus acariâtre que votre nouveau maître ?

Victor, stupéfait de la sortie, demeura court.

– N'est-ce pas l'impression qu'il vous fait ? insista-t-elle cruellement.

– À vrai dire... balbutia-t-il en continuant de tenir un reste de prune confite suspendue par la queue.

Elle l'arrêta d'un sourire, refermant brusquement son éventail d'ambre qui claqua.

– Je vous tire d'embarras car décidément je n'entendrai pas une seule saillie contre ce vieux rat, avec qui je me réciproque si bien, sans en être attristée... Je voulais simplement, par ces méandres qui sont le cheminement naturel de ma pensée, en venir à ceci : je n'ai jamais vu auparavant notre abbé si chaleureux à propos de quelqu'un qui n'ait pas passé le demi-siècle. C'est son côté grigou, et sa brute de frère – Ah ! je le hais bien sans remords celui-là ! – a achevé d'en faire un original au point qu'il leur faudra bientôt à chacun une étable à part[1]. Ils se sont construit un univers peuplé de travail

1. Expression pour qualifier les gens qui vivent mal en société.

irraisonné, de bouderie sur tout sujet, d'ivrognerie secrète…

Elle avait dit ivrognerie tout bas, en imprimant un brusque frisson à ses fanfreluches mais en pinçant les lèvres et Victor, malgré ce ton rabaissé, avait roulé des yeux éperdus.

– Si ! si ! reprit-elle toujours chuchotant, je suis certaine de ce que j'avance. Le chevalier, surtout, car à son propos ce n'est jamais trop de répéter : vieux garçon, vieux coquin… Dans la désolation de leur célibat ils en sont à répudier toute trace de sentiment. Ils craignent ce qui est neuf, ils détestent la jeunesse… M'expliquerez-vous comment on peut méconnaître le seul prodige capable de nous éloigner de l'idée de la mort et de rappeler notre ancienne gaieté ? Eh bien ! – J'en suis encore tout abasourdie – vous avez su ferrer ce vieil hibou. Vous l'avez envoûté avec votre latin, lui qui ne jure que par l'insupportable couple que font ces raseurs de Sénèque et de Cicéron. Votre histoire également l'a touché et hier soir, en tout cas, le récit de vos récents malheurs a tiré quelques larmes non feintes d'un œil que je croyais tari.

– L'abbé est homme de cœur, opina Victor avec émotion.

– Il est de la vieille roche comme moi et vous pouvez être certain qu'il ne ménagera rien pour votre succès ! proclama la tante de Diane avant de réduire un peu plus la voix pour s'engager dans la passe étroite de la confidence, quant à moi, je suis bien satisfaite de pouvoir vous entretenir seul avant que ma nièce ne pointe ici son bout de nez.

Tout en disant ces mots, elle avait rapproché son fauteuil, se composant la mine, à la fois accessible et farouche, du directeur de conscience.

– Et d'abord, insista-t-elle, ce bout de nez ne le trouvez-vous point charmant ?

– Assurément ! répondit Victor sans songer à quelque malice, de plus votre nièce est avec moi dans une connivence qui tient à ce que nous avons parcouru jusqu'ici des destins étrangement semblables.

Madame de Fontalon, se calant au dossier de sa bergère, poussa un soupir d'aise dont la signification échappa complètement à son interlocuteur. « Pour une fois, pensa-t-elle, l'abbé ne s'est pas égaré sur un point de sentiment. Il y a de la passion chez ce garçon !... »

– Diane, reprit-elle tout haut en fixant au travers des guillochures du cristal la transparence de son clairet, est, j'ose le dire, une perle tant pour l'agrément de sa personne que pour la vue très saine qu'elle a de l'activité d'une femme dans un ménage moderne.

– D'ailleurs, toutes ses vues sont modernes, opina Victor qui ne cherchait alors qu'à reculer l'instant où il allait devoir engloutir son vin pur.

– Il est temps de mettre ces vues en pratique ! reprit la tante de Diane avec un accent d'enjouement martial, ma nièce aura dix-huit ans ce mois-ci et il est déjà grand temps de prendre garde à ce que la fleur ne se tourne pas vite en gratte-cul.

Victor sourit à l'expression : la bonne femme en gardait comme cela quelques-unes que son père lui avait retransmises de la verte époque d'Henri IV.

– Heureux celui qui pourra l'épouser ! répliqua-t-il en pensant répondre innocemment à l'entrain de son hôtesse.

« Est-il fin ce jeune homme, songea-t-elle, il attend que nous nous déclarions ! »

Reprenant à haute voix, elle accompagna la suite de son discours d'une moue qui alla en se creusant.

– Diane, hélas ! n'est pas pressée... Elle regarde filer les jours mais je sais, moi qui me suis mariée tard, qu'on ne gagne rien à musarder... Je ne désire rien tant que la voir établie et heureuse, pouvoir me réjouir de cela au moins avant de monter flâner parmi les anges.

– Ce sentiment vous honore, reprit Victor en inclinant respectueusement la tête, sa véritable mère n'eût pas mieux agi.

– Êtes-vous galant avec une vieille ah ah[1] comme moi ! s'émerveilla-t-elle en clignotant des paupières, tenez ! vous méritez que je vous livre le secret de mon petit doigt car, il me faut vous l'avouer, j'ai déjà quelque idée sur le mari qui conviendrait à ma nièce.

Elle fut arrêtée sur la pente des aveux par l'irruption de Diane en personne, pieds nus et cheveux retombants, les épaules couvertes d'un foulard à franges couleur cuisse de nymphe[2] qui lui faisait une sorte de burnous.

– On me verse de l'eau sur la tête en mon absence ! fit la nouvelle venue avec un accent de colère, c'est manqué ! il faudra se résoudre à poursuivre ou changer de sujet.

Et se tournant vers Victor :

– Eh, quoi ! monsieur de Gironde, vous ne m'aviez pas habituée jusqu'ici à rompre des lances dans mon dos ?

À ces mots lâchés avec insolence, notre héros fut comme la belette craintive qui sent le collet se serrer sur son cou.

– Il n'en est rien, madame, bégaya-t-il en se tordant sur son siège, je vous assure.

– Comment ? repartit la tante de Diane en partant d'un rire jaune, vous connaissez ma nièce depuis bientôt trois mois et vous n'avez encore jamais essuyé ses sarcasmes et ses faux reproches ?... Ne vous y laissez pas entraîner, mon garçon, à cette heure on se moque de vous !

1. Femme flétrie.
2. Nuance de rose alors à la mode.

Diane, furieuse de se voir circonvenue, s'adossa sans mot dire à la colonnette d'un petit cabinet d'ébène. Contrebattant un goût du drame qui l'aurait rendue capable de pousser ce jeu-là jusqu'au soir, elle faisait effort pour réprimer la furieuse envie de rire que déclenchait chez elle le spectacle de la mine effarée de Victor.

Ce fut ce dernier, qui après avoir perdu un à un ses moyens, supplia madame de Fontalon d'intervenir.

– Je vous en prie, madame, dites-lui de quoi nous parlions.

Celle à qui s'adressait la supplique, après avoir froncé ses sourcils gris, rameuta sur-le-champ ses manières chattemites.

– De quoi parlions-nous ? fit-elle en singeant la grisette dont la mémoire s'effiloche comme une gaze légère, de fariboles bien sûr, d'hypothèses millénaristes… tout simplement de votre mariage.

Diane eut une grimace douloureuse ponctuée d'un soupir.

– Monsieur de Gironde fait-il désormais partie du conseil de famille ? demanda-t-elle en appuyant l'acidité de son regard.

– Il vous connaît depuis peu, c'est vrai, mais c'est assez pour vous apprécier. Il a votre âge, il…

– N'en dites pas plus, ma tante, je vous entends, murmura la jeune fille à la physionomie tout d'un coup grippée.

Madame de Fontalon articula un nouveau gloussement d'aise puis se tournant vers Victor :

– N'est-elle pas merveilleuse ?… De la pétulance, de l'esprit jusqu'au bout des doigts !… Vraiment, celui qui obtiendra sa foi sera comblé.

Tout en babillant ainsi, elle avait continué de hocher sa minuscule tête dont le turban de pintado soulignait la rondeur.

– Je suis impardonnable, monsieur de Gironde, reprit-elle. ... Je ne cesse de discourir et j'oublie que vous êtes venu pour goûter un plaisir dont mon caquetage ne fait que vous priver.

– Le concert peut attendre, bredouilla Victor enferré dans sa confusion.

– Un concert tout pour vous ! précisa la tante de Diane, vous serez son seul public puisque mon notaire m'attend au rez-de-chaussée... En voici bien un autre qui me rogne l'échine mais pour qui je suis forcée de marquer de la patience depuis qu'il m'a assuré, en habile homme, faire grand cas des écrits de Nicole et de Saint-Cyran[1]... Allez ! conclut-elle en invitant son hôte d'un altier mouvement de manchette à traverser son salon, je vous laisse vous régaler sans témoin du plus joli toucher du faubourg.

Victor salua sans plus savoir quelle contenance il prenait, puis s'engouffra dans une antichambre où un valet qui attendait se mit à pousser sous ses pas toute une suite de portes à deux battants. Diane, l'œil enténébré, restée un moment appuyée contre le cabinet d'ébène, s'en décolla soudain pour courir sur ses talons.

Lorsqu'ils furent parvenus dans le cabinet de musique et que le domestique eut disparu, elle éclata.

– Ah, çà !... Êtes-vous devenu fou ? hurla-t-elle en s'effondrant contre le vantail qu'elle venait de claquer de toutes ses forces.

– Que voulez-vous dire ? balbutia Victor qui se tenait raide près du clavecin.

– Êtes-vous sourd ? N'avez-vous rien compris ?

– Rien ! je vous assure.

– Eh bien ! appuya-t-elle avec courroux en accro-

1. Pierre Nicole (1625-1695), Duvergier de Hauranne, abbé de Saint-Cyran (1581-1643), tous deux fameux jansénistes et animateurs de Port-Royal.

chant ses index repliés au droit de son regard, on a projet de nous marier tous deux… Entendez-vous cela ?

– Qui dit de telles choses ? s'offusqua-t-il.

– Bon saint Joseph ! êtes-vous enfoncé dans la matière !

– Mais votre tante n'a parlé que de votre mariage, bégaya-t-il, pas une fois elle n'a mentionné mon nom.

– N'aggravez pas votre cas ! trancha-t-elle… Réfléchissez plutôt aux moyens d'éviter ce bel écueil puisque j'ose espérer que, pas plus que moi, vous ne voulez de ce mirifique hymen.

Elle le cloua d'un regard acéré tandis que, une main glissant sur le double clavier d'ivoire, il se laissait choir sur un petit tabouret à vis.

– C'est vrai, murmura-t-il imperceptiblement recoloré, je préfère vous conserver pour amie plutôt que vous prendre pour femme.

Diane s'approcha pour s'emparer de son poignet ballant et le serrer dans l'étau qu'elle venait d'improviser avec ses mains brûlantes.

– Ah ! grand merci ! soupira-t-elle, vous me tirez une épine du cœur… Ma foi est engagée… J'aime Gabriel de Saint-Austremoine sans pouvoir le déclarer publiquement tant qu'il sera chevalier de Malte… Mais nous trouverons bientôt le moyen de nous montrer ensemble, ajouta-t-elle exaltée, s'il le faut il m'enlèvera et nous nous enfuirons aux Amériques.

– Aux Amériques ? répéta Victor basculant dans l'extase, croyez-vous qu'un chevalier de Malte puisse se marier plus facilement là-bas ?

– Par-delà l'océan Atlantique, sous le soleil des îles, reprit-elle emphatique, on ne connaît ni les chevaliers de Malte, ni la tyrannie des familles. Nous vivrons heureux à la lisière d'un bois sauvage… Gabriel, des flèches plein son carquois, traquera le gibier, moi je me tiendrai dans notre maisonnette de rondins pétrissant des galettes de mil… Personne ne viendra nous souffler ce que nous avons à faire, dire ou penser.

– Vous rêvez, Diane ! murmura doucement Victor en se relevant, mais c'est égal, c'est un rêve bien charmant.

– La peste soit des âmes charitables qui veulent contre vous faire votre bonheur ! s'exclama-t-elle dans un sanglot en se jetant au cou de celui dont elle venait de faire son complice.

Cette scène eut lieu la veille du premier dimanche où Victor, après avoir mis Hercule dans la confidence de l'existence de Clémire, revint à Colombes. Il apparut à la jeune fille tout pensif car l'espèce de douche froide qu'il venait de recevoir par la nouvelle des projets qu'on avait formés pour lui, l'avait tenu agité toute la nuit.

– Vous voici bien rembruni ? lui dit-elle lorsqu'ils eurent fait quelques pas sur la route d'Argenteuil.

– C'est, répondit-il d'une voix dissoute, qu'on veut me marier avec une personne que j'estime fort mais que je n'aime pas d'amour.

– Ah ! fit Clémire en se mordant les lèvres.

– Concevez-vous cela ? s'étonna Victor.

– La belle affaire ! tous les mariages sont ainsi faits, ce sont des arrangements de grandes personnes auxquels il n'est rien à redire tant qu'on n'a pas trente ans.

– Mais, madame, reprit-il effondré, celle qu'on me destine ne veut pas de moi. Elle me détestera, c'est sûr, si on la force à cet hymen.

– Non ! persifla Clémire, elle s'habituera, voilà tout !… Elle fera comme toutes celles qu'on a traînées contre leur gré devant l'autel.

– Mais c'est une chose aussi affreuse à dire qu'à penser, protesta Victor.

– Et comment se marie-t-on dans votre Rouergue, monsieur de Gironde ? lui répliqua-t-elle avec une pointe d'humeur.

– On s'y marie, ma foi, plutôt selon son inclination.

– Les paysans peut-être, mais ceux de votre sang, j'en doute.

– Autour de moi, même chez les gens de condition, je n'ai jamais connu de gens forcés.

– Singulier pays ! railla-t-elle, c'est de la Thébaïde dont vous parlez, ce n'est pas d'une province de notre France.

– Hélas ! se lamenta-t-il, que n'y suis-je demeuré pour m'éviter la confusion présente !

– Si cela avait été, s'empressa de murmurer la sœur de Brandelis, regrettant brusquement son aigreur, je n'aurais pas à cette heure le plaisir d'aller en votre compagnie.

Victor, à ces mots, fut parcouru d'un frisson qui le fit s'abandonner un peu plus au bras qu'elle lui prêtait. Il coula son regard du côté de sa battante fluide et légère qui, en collant à sa taille coquette, découvrait ses chevilles aux fines attaches.

– De toute façon, reprit-elle en le considérant de nouveau d'un œil tendre, puisque tout est donné à l'industrie des amoureux, rien ne doit être impossible à ceux qui s'accordent à démolir les projets qu'on fait pour eux contre leur gré. Tout repose sur vous !... Voulez-vous ou ne voulez-vous pas de ce mariage ? Si c'est non, tout est aisé car vous êtes deux à le refuser et qu'on n'a jamais pu forcer très longtemps deux êtres qui ne s'aimaient pas à vivre ensemble. Si, au contraire, vous vous laissez convaincre d'y souscrire, vous tomberez dans le cas où se trouvent les couples qui ne tiennent que par l'industrie d'un des deux époux. Cela démontre, une fois de plus, que notre paradoxale chrétienté ne requiert qu'un consentement pour fonder deux bonheurs… De préférence celui du mari, conclut-elle perfide.

– Non, madame, protesta Victor qui brûlait depuis quelques secondes d'interrompre le discours de Clémire, je ne veux point de ce mariage !… Je suis trop jeune, sans fortune, ni établissement solide, ce serait inconscience que de vouloir à présent me charger d'une épouse.

– Fort bien ! répliqua-t-elle avec un franc sourire, dans ce cas votre affaire ne se fera pas.

– Comment cela ?

– Il suffit d'élever les difficultés comme des barricades, de faire semblant de ne rien entendre… Je l'ai fait moi-même récemment avec assez de succès ; je saurais être pour vous bonne conseillère.

– Vous l'avez fait ?

Elle cessa de marcher.

– Exactement comme vous l'allez faire !… Figurez-vous que les mystérieuses personnes qui veillent sur mon frère et sur moi s'étaient mises en tête, il y a quelques mois, de me marier à un certain Saint-Pons, officier d'un régiment appartenant au duc d'Orléans. C'était un brave garçon sans doute mais son esprit ne me convenait pas. J'ai été avec lui dans toutes les dispositions qu'il fallait pour ne pas en venir au but qu'on s'était fixé à ma place : proche avec éloignement, empressée avec froideur… Il a fini par se lasser de mon indifférence. Il est parti dans les Flandres, animé du secret espoir de réveiller mes feux du fracas de ses exploits. Comparée à la mienne, votre tâche sera facilitée : vous n'aurez à vaincre que des gens sans passion, et seulement préoccupés de soupeser vos chances de bon établissement.

– Peut-être, convint Victor, mais tandis que votre protecteur conserve à peu près l'impalpabilité de l'ombre, ceux qui calculent pour moi sont légion. Que faire, par exemple, si madame de Fontalon, la tante de Diane et la plus constante amie de mes tuteurs, parvenait à les persuader de sceller l'union qu'elle appelle de ses vœux ?

– Ne nous tourmentons pas à supposer le pire, reprit Clémire, pour le moment dites-vous que vous n'avez rien vu, rien entendu, rien compris. Attendez qu'on vous mette les points sur les i… Soyez sans finesse…

Elle s'arrêta pour gober avec amusement la mine déconfite de son élève.

– Et du courage, que diantre ! personne n'est jamais vraiment mort de se marier.

Le samedi suivant était le jour fixé par Brandelis de Grandville pour reparaître. Victor, impatient et nerveux, s'était posté, bien avant cinq heures, au lieu convenu, devant le tombeau de Colbert, à Saint-Eustache.

Le froid avait attiré dans l'église quelques vieilles marchandes de volaille, venues de Pantin emmaillotées dans des chiffons et qui se bousculaient autour du brasero qu'un sacristain compatissant venait d'installer sur la pierre tombale d'un chanoine. La fumée, en se rabattant dans le déambulatoire, faisait éternuer la petite assistance d'un misérable convoi, grelottante et empêchée de fuir, réduite à se serrer autour d'un cercueil posé sur deux chaises de paille. Des suisses en guenilles, mais qui portaient martialement leurs longues pertuisanes, vaquaient à la police des lieux ; ils pourchassaient les chiens, délogeaient les gueux endormis dans les confessionnaux, couraient les garnements qui faisaient la courte échelle pour pisser dans les vieux bénitiers de grès.

L'abbé parut à l'heure dite mais, parce qu'il s'était travesti en laquais, Victor ne le reconnut que lorsqu'il fut à deux pas de lui. Sans son opulente crinière, avec des cheveux courts rabattus de chaque côté d'une raie, vêtu d'une livrée d'étamine brune à boutons grelots, il se serait sans doute fondu dans l'impassibilité du troupeau si ses yeux, dévorés de feu, ne l'avaient pas trahi.

– Vous êtes là ! c'est bien ! fit-il de ce sempiternel accent cassant dans lequel résonnait cette fois l'écho d'une profonde lassitude.

– J'ai conduit votre sœur à Colombes, je suis retourné l'y voir dimanche… Elle va on ne peut mieux.

Brandelis de Grandville fit un visible effort pour contenir l'exhalaison de son soulagement puis il enchaîna sans reprendre haleine :

– A-t-elle reçu mes manuscrits ?… Travaille-t-elle ?

– Autant qu'avant, peut-être plus, répondit Victor qui commençait à s'habituer aux phrases galopées et dures de son interlocuteur.

– Il faut œuvrer d'arrache-pied, reprit l'abbé, notre salut n'est plus désormais qu'à nous rendre intouchables. Je suis la victime d'une affreuse machination… Poussons-nous dans la nef, je vous entretiendrai à l'écart du tumulte que produisent ces pies !

Ils quittèrent le bas-côté que venait d'envahir un second groupe de pourvoyeuses en grand émoi et allèrent s'installer sur les bancs disposés pour l'office des ténèbres, face au maître autel désert.

– Je n'ai d'abord pas cru à cette affaire de reliques pour laquelle vous m'avez alerté il y a dix jours. Hélas ! j'ai dû bien vite me convaincre qu'il s'agissait de cela… C'est un complot monstrueux et qu'on amplifie en me chargeant seul des crimes qu'a inspirés mon accusateur.

– Qui peut vous vouloir tant de mal ? s'enquit Victor.

– Je vous dirai son nom tout à l'heure. C'est le même personnage qui, après l'avoir soutenu et encouragé, s'apprête à livrer votre ami le marquis des Éperviers à la justice. Il est d'autant plus impitoyable que ses pouvoirs sont aujourd'hui sans limite et que moi, obsédé seulement de l'idée de me faire un nom, complice pour cela de ses forfaitures, je l'ai servi aveuglément.

– Que faisiez-vous pour lui ?

– Toutes sortes de choses : les mémoires, les lettres dont il avait besoin pour pousser à grandes brides ses affaires. Je lui donnais des avis sur les cas de religion qui naissaient dans ses domaines, je rédigeais sous son nom des lettres et des libelles, j'agissais en sous-main auprès des juges pour les corrompre…

– Rien de cela n'a rapport aux reliques, fit observer Victor.

– J'y viens, malheureusement, poursuivit Brandelis d'une voix qui ne cessait de se dissoudre, ce personnage, il y a deux ans de cela, avait pour maîtresse une femme de haut lignage, plus belle et plus resplendissante que l'aurore. Au bout de quelques mois d'une passion sans frein, elle fut tourmentée des prémices d'une terrible langueur. C'était une de ces tumeurs dont on ne revient pas et il fallut se résoudre à lui abattre un sein… Elle endura cette barbarie crânement, attentive seulement à la douleur de son amant et veillant à lui paraître aimable sans faiblesse. Je venais d'être tonsuré, il m'avait demandé de demeurer auprès d'elle, d'être son confesseur… Je devins ainsi le confident des sanglots et des larmes qu'elle n'étouffait qu'au creux de mon épaule. Pendant plus d'une année elle est restée suspendue au halètement de la mort, se dévorant d'angoisses et de tourments mais, dans ces affres même, toujours aussi désirable… Par l'effet de ces superstitions qui viennent aux moribonds, elle s'était persuadée qu'en appliquant sur sa blessure les reliques du plus grand nombre de saints possible, elle finirait par atténuer ses douleurs et, peut-être, en trouver un parmi eux qui la prendrait en pitié et la soulagerait.

L'abbé s'empara du poignet de Victor. Ce fut comme un bracelet de feu prêt de sectionner sa main. Ses lèvres balbutièrent :

– Je m'étais, moi aussi, épris d'elle ! J'aurais fait

n'importe quoi pour la voir apaisée et l'entendre me rendre grâce… Aussi cédai-je à ses pleurs et employai-je sans hésiter mon crédit de prêtre à obtenir ce qu'elle demandait.

– Et votre maître, s'enquit Victor, était-il informé de ce que vous faisiez ?

– Il savait tout ! Il me suppliait d'agir !… Il me donnait d'avance des sommes considérables… Il l'aimait à la folie ; elle était la fleur éclose dans une vie de débauches et de bougrerie. Près d'elle, il s'était mis à croire aux miracles et cette agonie le conduisait insensiblement sur la voie de la conversion… Hélas ! rien n'y fit, ni sa passion, ni la mienne, ni nos prières, ni l'intercession de tous les saints du paradis. Elle est morte le jour de Noël 1701 au château d'Anet, écrin que l'on dirait n'avoir été réussi si parfait que pour sécher les plus belles roses[1].

– Et c'est de ces achats faits à sa demande dont se sert aujourd'hui votre ancien protecteur pour vous accabler ?

– Oui ! il détient plus de cent reçus signés de ma main à des curés qui commettent le crime de distraire les trésors de leur paroisse. Plus grave encore, quelques correspondances avec un juif connu pour receleur des vols de sacristies… L'interdiction du commerce des reliques ne me laissait pas d'autre moyen de me procurer ce que voulait cette femme… J'ai ainsi précipité ma perte pour tirer quelques sourires des grimaces d'une mourante.

– Mais pour quel motif votre ancien protecteur s'acharne-t-il à présent contre vous ? demanda Victor.

– Pour la même raison qui le fait chercher à réduire votre ami, le marquis des Éperviers, au silence, répliqua l'abbé, parce qu'il a fait sa paix avec Louis XIV au début de cette année, qu'il est actuellement en tête d'une

1. Allusion à Diane de Poitiers, inhumée à Anet en 1566.

armée et que, se voyant revenu dans l'antichambre du pouvoir, il ne veut laisser derrière lui aucun témoin de ses récentes forfaitures.

– Je vous en prie, supplia Victor, dites-moi quel est ce monstre !

– Le duc de Vendôme ! le propre cousin du roi… Celui qui a ordonné l'assassinat de maître Péruchot.

Notre héros tressaillit, cinglé par ce nom qu'il n'avait jamais entendu prononcer par Maximilien, maître Pierre ou les hôtes de son oncle, qu'accompagné d'un tremblement craintif.

– Et que peut-on faire face à ce personnage ? bredouilla-t-il.

– À peu près rien ! répliqua l'abbé, je viens de passer dix jours à frapper à la porte de gens qui font semblant de ne pas me reconnaître… Je suis condamné à me cacher et quitter le royaume. De plus, mon procès va être jugé dans moins d'une semaine. Vendôme est revenu spécialement d'Italie pour cela. Son effronterie est telle que je tiens pour assurée sa présence parmi les juges à son banc de duc et pair… Il sait que je ne peux me présenter à l'audience et qu'il fera accroire ce qu'il voudra.

– Fuirez-vous ? hasarda Victor.

– Seulement après le jugement !… Tout ce que je possède est ici. Je ne m'éloignerai qu'assuré de mon naufrage.

– Ah ! si seulement vous connaissiez le nom de celui qui pourvoit à vos besoins !

– Comment savez-vous cela ? demanda l'abbé redevenu en une seconde farouche.

– Clémire me l'a avoué parce que je l'interrogeais à propos de sa famille… Elle a eu raison de se confier ; je ne cherche qu'à vous secourir.

– C'est vrai que je vous fais confiance, murmura Brandelis sans pouvoir adoucir vraiment la sécheresse de son accent, vous êtes le seul que je ne sente pas venir à la curée… Mais ce protecteur dont je désire percer le secret depuis vingt ans, croyez-vous qu'il puisse surgir en huit jours pour aplanir par magie toutes mes difficultés ? Que pourrait-il d'ailleurs contre Vendôme, à moins d'être le roi lui-même ?

– J'assisterai à votre procès, promit Victor, je vous retrouverai où vous voudrez pour vous en rendre compte.

– Le lendemain de la sentence, dans cette église, à la même heure, dit l'abbé.

– Avez-vous besoin de quelque chose… d'argent ?… D'un autre abri peut-être ?

– Non ! répondit Brandelis en esquissant un pauvre sourire, j'ai tout ce qu'il me faut. Je me hisse chaque soir dans le grenier d'une maison abandonnée du bout du monde où personne ne songerait à venir me chercher. La Vierge veille sur moi et me console ; elle me sourit entre Isaïe et saint Jean-Baptiste…

Le frère de Clémire, pour tenter d'arrimer son regard, que la mélancolie faisait dériver, détailla longtemps les gestes tremblés d'un vieux bedeau qui allumait les cierges du lucernaire.

– Je vous quitte ! annonça-t-il brusquement, je vais profiter de la nuit pour aller acheter un dizain d'oublies [1] rue de la Truanderie.

Tout en se dressant, il s'empara de la main de Victor qu'il écrasa dans la sienne.

– Je prierai pour vous, marmonna-t-il, Clémire n'aura que votre bras si le mien venait à manquer.

Il remonta son petit col de vair sur sa nuque et s'enfonça aussitôt dans l'ombre.

1. Pâtisserie roulée en forme de cornet.

Lorsqu'il résidait à Paris, en l'Hôtel Selvois [1], rue des Saints-Pères, le duc de Saint-Simon passait saluer l'oncle de Victor chaque mardi, pénétrant dans son antichambre avec la régularité du métronome, au dernier coup de sept heures sonné. À faire cheminer en souterrain les subterfuges qui tiennent au grand art de la courtisanerie, il était parvenu à faire avancer cette visite, d'abord prévue le samedi, pour la fixer au lendemain du jour où son ami revenait de Versailles. Il le retrouvait de la sorte, n'ayant pas eu le temps d'ordonner sa mémoire, l'esprit fourmillant de la poussière des détails du ministère et, l'œil pétillant, il se délectait de l'épanchement de toute une matière brute où se trouvait la vue gouvernementale d'événements qu'il n'aurait pu autrement saisir que par le ricochet infidèle des rumeurs de la cour.

Le matin précédant le procès de Grandville, qui était aussi le premier jour de décembre, Victor entra en trombe pour embrasser son oncle au moment où le duc, rassasié de confidences et ravi, se disposait à prendre congé.

– Vous voici bien pressé ! s'exclama Saint-Simon en agitant avec civilité le petit chapeau plat qu'il ne décollait de sous son bras que pour les saluts.

– Je devrais déjà être parti depuis deux heures, fit Victor hors d'haleine, je suis demeuré dans ma chambre pour coucher une conclusion qui m'est venue cette nuit sur un cas de fermage des domaines de Montargis.

– Vous songez à des choses singulières tandis que vous dormez, remarqua malicieusement le duc en enfilant ses gants de jasmin gris.

– Privilège de la jeunesse, railla monsieur Davignon,

1. Hôtel démoli au XIXe siècle lors du percement du boulevard Saint-Germain, qui avait été construit par Daniel Gittard, l'architecte de Saint-Jacques-du-Haut-Pas.

car, lorsqu'il sera insomniaque comme moi, il aura toute la nuit pour noter ses idées à mesure qu'elles lui viendront.

– Monsieur de Gironde, reprit le duc, je vais vous faire rattraper un peu du temps que vous avez volé à ces bons Thésut. Je dois aller à la Bibliothèque Royale vérifier deux ou trois points de généalogie… Je vous dépose au Palais-Royal.

Le carrosse à housse du duc de Saint-Simon, lorsqu'on le comparait à celui d'un bourgeois, était comme un manteau de cérémonie de l'ordre du Saint-Esprit jeté au même portemanteau que l'habit de drap d'un notaire. Décoré au-dehors de panneaux délicatement peints et de bronzes dorés, il était aménagé pour le confort des longues courses, tendu à l'intérieur de tabis et pourvu d'une petite écritoire rabattable. Deux poêles à grille de cuivre, dans lesquels se consumaient des charbons odoriférants, y répandaient une bienfaisante chaleur.

Victor, son maroquin sur les genoux, s'était laissé glisser avec un mouvement de délectation ravie sur les moelleux coussins de plumes à houppes de fil d'argent. Oublieux des sermons de son père sur la modestie, il parut un moment grisé par le contact du luxe et de l'opulence.

– Alors, mon jeune ami ! lui lança cavalièrement le duc après avoir commandé son chemin, vous faites-vous à votre nouvelle vie et en particulier à la fertile extravagance des Thésut ?

– Je loue Dieu tous les jours de m'avoir mis entre leurs mains. Je ne pouvais trouver de maîtres plus attentionnés et indulgents.

– Je vous ai aperçu à l'Opéra, reprit le duc, vous étiez au milieu d'un essaim de brillante jeunesse… Diane de Solsac, Jean-Hercule de Mériadec, des jeunes gens qui ont reçu en naissant le charme, la grâce, l'esprit. Vous êtes bien avisé d'avoir su déjà vous en faire des alliés…

Victor sourit modestement avant de paraître d'un coup songeur : il brûlait d'interroger le duc sur Vendôme mais il ne voyait pas par quelle voie y venir.

Il se lança d'un coup, de la manière la plus lourde et la plus maladroite qu'il fût, coupant la parole à son hôte et sautant à pieds joints dans le plus épais mensonge.

– Je vous ai aperçu, moi aussi, à *Tancrède*... Vous vous trouviez au parterre lorsque s'est produite cette grosse bousculade... Vous étiez, je crois, aux côtés du duc de Vendôme.

– Vous devez confondre, répondit Saint-Simon, j'ai pour habitude de ne jamais quitter la première galerie. Je me méfie des voleurs qui se glissent dans la foule et, pour tout vous avouer, je trouve qu'on voit bien mieux son monde du haut que du bas.

– Excusez-moi ! bredouilla Victor, je pensais vraiment vous avoir vu vous entretenir avec celui que je viens de nommer.

– Vous savez, pour m'avoir entendu discourir sur ce personnage chez votre oncle, reprit Saint-Simon, qu'il est de ceux dont j'évite la compagnie.

Il s'arrêta brusquement, sans pouvoir réprimer un sourire.

– Mais que cherchez-vous à me faire dire à son propos ?

Victor, honteux de voir sa curiosité découverte, ne trouva carrément plus ses mots. Le duc, rendu à l'état d'hilarité, mit fin à sa confusion d'une tape familière appliquée sur le bras.

– Fiez-vous à moi pour le jabotage ! je n'ai pas trente ans mais j'extorque des confidences depuis que j'ai sucé mon premier lait... Je suis plus intarissable sur Vendôme que Dante ne l'était sur l'horreur de l'Enfer. Que voulez-vous savoir ?

Victor, les joues en feu, ne prit qu'une seconde pour ordonner ses idées. Il venait de s'apercevoir qu'on franchissait la Seine et il voyait le temps restant aux confidences s'effilocher à chaque tour de roue.

– De tous côtés, dit-il, on me parle de lui avec crainte. Les compliments sont rares, les critiques implacables… L'un de mes amis doit bientôt avoir à faire à lui dans un procès. Je voudrais savoir à quoi il doit s'attendre…

– Au pire ! s'exclama Saint-Simon dans un frémissement de toute sa perruque, cet homme ne se recommande par rien. Il n'est pas de noirceur ou de crime en France derrière lesquels je ne sois tenté de supposer sa main. Prince il ose se dire par un abus criant et par la plus éhontée des bâtardises. Nul en tout, propre à rien, pourvu par la nature d'une âme frelatée, fainéant jusqu'à pouvoir rester des heures dans sa garde-robe [1], il ne passe pour grand soldat qu'à force de mensonges et de flagorneries. Il est de la pire espèce de capitaines, ceux qui ne cillent pas à envoyer mille hommes à la mort pour pouvoir se gausser d'une ligne de communiqué glorieux. Son quotidien est un tissu de noirceurs. Des mœurs de laquais, un genre de vie sardanapalesque, un goût immodéré pour les plus morveux et les plus sales de ses pages et lorsque, par hasard, il se mêle de l'autre sexe, c'est toujours pour déshonorer des mères de famille, ravir des jeunes filles sans défense, avilir l'innocence… On ne peut imaginer à son rang ni plus grand scélérat, ni nature plus haineuse.

Victor, saisi d'horreur par le déversement de tout ce fiel, banda son énergie pour interrompre, à force de bégaiements, le flux coléré du duc.

– On dit qu'il aurait été pour quelque chose dans les troubles qui ont éclaté en Limousin à la fin de l'an passé et qu'il se serait retiré de l'affaire lorsque le roi lui a offert, de façon inespérée, le commandement de l'armée d'Italie.

1. Au sens de lieux d'aisances.

– Vous voulez sans doute parler de ces gens qui se sont insurgés contre ce prétendu impôt sur la vie, reprit Saint-Simon, ce que vous me rapportez là me surprend car je m'étais figuré qu'il s'agissait d'une machine des Condé. C'était bien dans le style du duc d'à présent : ni fait, ni à faire, mal construit, calamiteux, sans un iota de finesse… Nos princes, en jetant quelques miches de gros pain aux paysans, se bercent de l'illusion d'être toujours grands féodaux… Quelle pauvre fronde que tout cela !…

– Mais dans un procès, monsieur le duc, il y a la loi ! hasarda Victor pour revenir à son sujet.

– Un procès contre Vendôme est ingagnable ! trancha Saint-Simon péremptoire juste au moment où son équipage s'immobilisait en arrière du porche du Palais-Royal.

Payen, l'un des vingt-quatre présidents du Parlement de Paris et l'un des neuf « à mortier[1] », était connu pour ne s'être jamais, en quarante ans de carrière, écarté en prononçant une sentence de l'avis du chancelier en exercice. C'était un vieux garçon, ridé comme pomme en Carême, pourvu par la nature d'un timbre de voix ébréché, obsédé de compenser le désagrément de sa petite taille par des airs arrogants et des rugissements frénétiques. C'est cet histrion-juge qui avait été désigné pour vider le cas de Grandville et l'on appréciera tout le fortuit de cette présidence lorsqu'on saura que Payen se trouvait en entier dans la main des Vendôme pour être, en dehors du parlement, le gouverneur des abbayes du Grand Prieur de France, propre frère du duc. Les gens bien informés pouvaient citer plus de dix procès douteux qui, sous la férule de ce magistrat flexible, s'étaient conclus en un

1. Haut bonnet des présidents de cour.

tournemain à l'avantage des bâtards issus de Henri IV. L'audience de ce 2 décembre avait lieu comme en catimini dans une haute salle de l'ancienne résidence royale de la Cité dont les verrières donnaient, à l'est sur l'église Saint-Michel-du-Palais, à l'ouest sur quelques vieilles tours crénelées, rongées par la lèpre des siècles. Des conseillers en hermine et robe d'écarlate, leur chaperon[1] rouge serré sous le bras, sans doute honteux de se trouver là, s'enfonçaient furtivement dans l'ombre des couloirs. Des huissiers en robe boutonnée canalisaient le public qu'on devinait peuplé d'amateurs de macabre et de pauvres hères payés pour faire la claque.

Lorsque, après deux heures de trépignement dans un petit escalier, Victor put enfin pénétrer dans la salle, le duc de Vendôme, glorieux et suffisant à crever, trônait au banc des ducs, ayant, pour mieux faire son roi, enfoncé par-dessus sa perruque un grand chapeau à plumes. Il s'était fait accompagner du duc de Gesvres, sans doute le plus gâteux et le plus délabré de tous ses pairs, jadis superbe personnage mais qui ne montrait plus alors que le tuf[2] de son ancienne splendeur. Le menton à moitié rasé, les paupières clignotantes, manœuvrant, de sa main décharnée, un immense écoutoir aux allures de bombarde, il ne cessait de répéter :

– Mais, cristi ! quand pendra-t-on ?

– Bientôt, je vous le promets, monsieur le duc ! lui répondait par lassitude le cousin du roi pour lors attentif à répondre aux signes des complices qu'il avait apostés au parquet.

La cour parut à dix heures et, excepté son président entré en tenant à la main son mortier au simple galon

1. Coiffure à bourrelets des magistrats.

2. Image pour désigner ce qui reste après l'effacement de la splendeur, par allusion à la roche poreuse qui se trouve sous le placage de marbre des monuments romains.

d'or[1], elle vint se découvrir en rang devant les ducs. Vendôme répondit par un petit hochement de la tête qui intimait à cet alignement de robes en génuflexion d'entrer dans le vif de l'affaire.

– Il n'y a donc point d'accusé ? s'étonna Payen en lorgnant vers la cage où l'on était accoutumé de placer les prévenus.

– Monsieur le Président, il s'est dispensé de comparaître, lui répondit depuis son pupitre un greffier au teint de coing affublé d'une calotte de bureau râpée qui lui bâillait sur le front.

– Huissiers ! ordonna le magistrat, la bouche tordue d'un rictus crapuleux, allez quérir au-dehors !

Sur cet ordre, deux vieillards, portant le collet vidé et branlant du chef, s'armèrent de leurs verges et gagnèrent le péristyle qui précédait la salle d'audience. On entendit à plusieurs reprises rouler sur des accents chevrotants le nom de Brandelis de Grandville.

– L'accusé fait défaut ! annonça le plus âgé des deux officiers en reparaissant.

Le groupe de connaisseurs qui se pressait aux premiers rangs fut immédiatement agité d'un murmure réprobateur. On allait se trouver grugé de cet essentiel piment du ragoût judiciaire : les mimiques du prévenu qui joue sa tête.

– Fort bien ! reprit Payen en faisant sauter les rebras de sa toge, la cour déclare l'abbé de Grandville contumax et décide d'entamer en son absence l'examen du cas privilégié[2] que constitue son crime.

1. Attitude adoptée par les présidents au Parlement de Paris dans la querelle qui les oppose aux ducs et pairs pour n'avoir pas à ôter leur couvre-chef en leur présence. Le mortier est le haut bonnet des présidents de cours.

2. Cas dont les juges royaux pouvaient seuls connaître, quelle que fût la condition de l'accusé et les privilèges de justice dont il pouvait prétendre jouir.

D'un geste, il ordonna qu'on déposât le sac de l'instruction sur une petite table placée au-dessous de la tribune puis il fit signe au greffier de commencer la lecture de l'acte d'accusation :

– Le sieur Brandelis de Grandville, docteur en théologie, vicaire de Saint-André-des-Arcs, est accusé, en contravention avec les édits et ordonnances royaux, de s'être procuré des reliques anciennement vénérées…

– Et authentifiées selon le droit canon, intervint Payen en interrompant la lecture, j'ai remarqué que cela ne figurait pas à l'acte mais il convient de l'ajouter incontinent.

– D'avoir eu commerce avec des prêtres suspendus de sacrements, enchaîna le greffier, avec des receleurs convaincus de crimes, des athées et des juifs qu'il a poussés sciemment à souiller ces objets sacrés…

Le président arrêta le lecteur d'un nouveau mouvement de la main :

– Ce crime contre la religion, précisa-t-il, a été placé sous la juridiction du parlement parce qu'il est à ranger parmi les plus odieux et qu'il est punissable de mort… D'ailleurs, messieurs, les faits sont si peu discutables que la poursuite de cette lecture s'avère, à mon sens, tout à fait inutile… Tout le monde a pu se convaincre au cours de l'instruction du caractère irréfutable des preuves que détient cette cour.

Il désigna, au centre du parquet, une seconde table encombrée pêle-mêle de gaines en cuir ou carton et de grébiches grossièrement ficelées.

– Des boîtiers de reliquaires vidés, des lettres de la main du parvenu dont on pourra comparer l'écriture avec celle des reçus que quelques personnes éprises de rectitude se sont empressées de remettre à la justice…

– Qui ? s'écria tout à coup un jeune homme resté près de la porte et qui, depuis plusieurs minutes, traduisait par de violents soupirs l'écœurement qui le gagnait à contempler ce simulacre de procès.

– On n'interrompt pas le président lorsqu'il parle ! s'exclama un jeune conseiller à la face pleine de croûtes qui siégeait à droite de Payen.

Le perturbateur, qui portait le petit collet des jésuites novices, sans doute un ami de Grandville, se vit aussitôt cerné par quatre gardes de la prévôté qui mirent à l'unisson la main à la poignée de leur sabre.

– Voici un beau sanhédrin et des phrases méchamment entortillées ! grommela le jeune homme d'un ton de voix rabaissée mais audible.

– Taisez-vous ! ordonna, en lui assénant un coup de poing en plein dos, un capitaine qui portait un galon d'argent au coin de son tricorne.

Payen, offusqué d'avoir été interrompu, s'arma de ses besicles jusque-là pendues par un fin fermaillet d'or à l'une des boutonnières de sa toge et abaissa son regard de la lanterne [1] à la porte du prétoire.

– Nous saisissons cette occasion, reprit-il d'un ton de voix forcé, pour souligner tout ce que la justice du roi doit aux personnes qui se dévouent pour le respect des lois.

Il ne put se retenir de hocher son vieux front fripé et de faire osciller son immense sartine [2] à rouleaux blancs en direction des ducs qu'il couvrit d'un regard déférent. Vendôme, se sentant à cette seconde la représentation vivante d'une divinité de l'Olympe, s'efforça à l'impassibilité malgré le rouge d'orgueil qui venait de lui monter aux joues.

– D'ailleurs, poursuivit Payen, la justice peut-elle s'arrêter plus longtemps à une cause qui ne souffre pas

1. Petite cage d'angle grillée sous le plafond du prétoire où se plaçaient les visiteurs de marque qui ne participaient pas aux débats.

2. La perruque des magistrats.

de contredit ? En a-t-elle le loisir ?... En a-t-elle le droit dans un temps où le crime fleurit d'abondance et réclame de toutes parts des châtiments rapides ?

Ce singe de Cicéron s'arrêta quelques secondes pour mesurer l'effet de sa période : la foule ployant l'échine lui parut sous le charme. Plissant alors le nez pour faire retomber ses besicles et dressant les bras en avant, il poursuivit en gravissant quelques degrés dans le pathétique :

– D'ailleurs, l'absence de Brandelis de Grandville aujourd'hui n'est-elle pas là pour conforter tant de soupçons ?... Je vous le demande, messieurs les ducs, messieurs, que peut faire un juge pénétré de sa mission et respectueux du Très-Haut, lorsque l'accusation lui livre un coupable à ce point gangrené ? Il ne peut que frapper, frapper fort et frapper sourdement !... Ne devons-nous pas frémir en songeant que c'est un homme consacré à Dieu qui s'est rendu coupable de ces crimes ?... Moi, j'ai le cœur navré lorsque je pense à l'affliction de Notre-Seigneur.

Et se dressant d'un coup pour donner plus de force à sa conclusion :

– Car enfin, y en aurait-il un seul ici pour prendre le parti du parjure et du reniement ?

– C'est mentir à pleine bouche ! s'écria le même élève jésuite.

Le capitaine de la prévôté, qui ne s'était pas éloigné du protestataire, lui appliqua une main sur la bouche pour l'empêcher de poursuivre avant de l'entraîner au-dehors.

Payen, suspendant une nouvelle fois son discours, affecta de ne pas remarquer les froissements et les bruits de pas qui se faisaient à l'autre bout du prétoire.

– Je disais bien, personne ! conclut-il en se rasseyant satisfait.

Ayant refermé son dossier avec désinvolture, il ajouta :

– Monsieur le Procureur, il est temps d'entamer votre réquisitoire.

Ce procureur, nullement gêné de devoir requérir après qu'un juge l'eût fait pour lui, était Piéron, esprit rêche et mal léché, le plus lugubre de tous les grapignans[1] en exercice. Debout au parquet, comme l'exigeait sa fonction, il se repaissait d'avance de pouvoir jeter à la veule crapaudaille présente la proposition d'une condamnation à mort. Piéron en effet, en quelques phrases assénées d'un ton monocorde, requit la décollation sur le billot précédée de l'amende honorable, pieds nus, une chandelle de huit livres au poing, à genoux devant le porche de Notre-Dame. Les ducs, qui eurent à donner leur avis les premiers, opinèrent d'un simple hochement de tête pendant que les conseillers, sans avoir eu le temps d'en conférer, observaient, bouche bée, Payen déjà dressé pour lire au nom du roi une sentence de mort écrite d'avance. Il n'avait pas fallu plus d'un quart d'heure pour sabrer l'affaire et sceller le sort d'un absent.

Victor, incapable d'attendre la fin de la lecture de l'arrêt, frissonna depuis le péristyle en entendant lever les applaudissements venus mettre un point d'orgue à cette parodie.

Il retrouva les gardes de la prévôté en cercle qui s'époumonaient de rire en bousculant le jeune jésuite qu'ils avaient expulsé. Ils se le repassaient comme ils l'auraient fait d'une chiffe, lui ayant attaché les chevilles et lié les mains. Ce n'était plus qu'un pantin disloqué, retenu de hurler par son bâillon et ayant perdu le peu de couleurs qui lui restaient lorsqu'il avait apostrophé Payen.

1. Nom qu'on donnait parfois par dérision aux magistrats du parquet.

– N'avez-vous point honte ? s'écria Victor qui, n'écoutant que son courage, venait de quitter son humeur chancelante pour se ruer au milieu de ces gens en armes.

– Haut le pied, jeune marjolet ! lui répliqua le capitaine en excitant ses hommes à poursuivre, les perturbateurs qu'on arrête dans le palais appartiennent à notre compagnie.

– Ce sont des procédés iniques là où se rend la justice ! s'opiniâtra notre héros.

– On ne raisonne point à propos d'usages aussi anciens ! répliqua le capitaine, les juges de tous temps ont fermé les yeux lorsque nous nous sommes mêlés de corriger ceux qui troublaient leur magistère.

– Je suis le neveu du conseiller Davignon et je vous garantis, si vous ne me le remettez pas sur l'heure, que je ferai demander enquête sur les sévices que subit ce garçon.

– Et que prétendez-vous faire de cette loque jésuitesse ? fit le capitaine à peine impressionné.

De broc en bouche, Victor inventa une histoire sur l'air de badiner :

– Vous avez cent fois raison, messieurs, de vouloir maintenir la paix dans cette enceinte mais, à cogner de la sorte, ce jeune homme ne pourra bientôt plus faire son profit de vos leçons… Je compte, pour ma part, lui fait entendre autrement que par violence le respect qu'on doit à ces Messieurs du Parlement.

– Vous avez du goût pour les croisades ! reprit le capitaine goguenard… Voyons si vous êtes également homme d'esprit !… Combien nous donneriez-vous pour avoir le plaisir d'instruire ce jeune braque ?

– Deux louis ! répliqua Victor en mettant la main à son gousset, c'est l'argent qui devait régler tous mes plaisirs jusqu'à la fin de l'année mais je vous l'abandonne volontiers.

– Bah ! fit le capitaine en continuant de railler. Noël

approche et vous regarnirez vite votre bourse... Me voici bien déçu pourtant car je m'étais figuré les gens de votre monde plus dispendieux en fredaines.

– Je suis du Rouergue et je n'ai pas l'habitude de jeter l'argent par les fenêtres ! répliqua audacieusement Victor, à cette seconde aristocrate jusqu'au bout des doigts puisqu'il ne possédait vraiment en tout et pour tout que la somme qu'il offrait.

Dès que les deux pièces d'or eurent changé de mains, le prisonnier fut délié et poussé dans les bras de son sauveur où il s'écroula sans haleine.

– Je vous le livre bien volontiers, reprit le capitaine, persuadé qu'il ne vaut pas ce que vous m'en donnez et que je me soulage par là d'une fort mauvaise explication à fournir à ses maîtres...

Il redoubla de grâces facétieuses et ouvrit le passage à reculons en faisant pirouetter son tricorne dont il avait posé une pointe sur le bout de son index.

Victor et son captif, pour lors dans l'état du chrétien tiré par un lazariste de plusieurs lustres de geôle barbaresque, dégringolèrent des escaliers de bois, arpentèrent des couloirs empestant l'urine, traversèrent des vestibules glacés avant de se noyer, le cœur près de se rompre, dans la foule de la vaste galerie marchande.

Cette salle, fameuse depuis saint Louis, reconstruite par Salomon de Brosse après l'incendie de 1618, était le lieu où grouillait ce concentré mêlé de misère et d'opulence, de vice et de candeur, qu'a toujours traîné après elle la justice. C'était Babel ou plutôt Babylone. On y vendait des livres, de la toilette et des simples[1]. On y tenait, entre deux rideaux sales, des tripots volants où s'engloutissaient d'avance, au plus grand jeu du monde, les espérances des procès. On y mangeait, on y buvait ; les gourgandines y cherchaient leurs clients. Il y avait

1. Plantes médicinales.

même toute une foule de galvaudeux qui demeuraient là sur place, à la nuit tombée, se tapissant derrière les portes, se carrant dans l'encoignure des fenêtres, se confondant dans l'ombre avec les statues de pierre qui montaient dans cette ancienne demeure des rois une garde hiératique et altière.

– Merci, monsieur, haleta en s'adossant au fût d'une colonne le jeune novice à l'habit tout en désordre, il faut être bien fol, innocent et faible comme je suis, pour se mêler de tenir tête à tant de gens aguerris et cruels… Vous m'avez, c'est certain, sauvé d'une mort affreuse.

– Laissons cela ! dit Victor, je m'intéresse au sort de Brandelis de Grandville et je voudrais savoir pourquoi vous avez pris, tout à l'heure, si ouvertement son parti.

– Je me nomme François Guyot, issu d'une famille de pauvres haricotiers du diocèse de Beauvais… Je suis l'obligé de l'abbé de Grandville qui a daigné jeter les yeux sur moi lorsque j'ai soutenu mon acte de tentative[1]. Il m'a ensuite procuré un emploi de maître d'internat pour me permettre de poursuivre des études que le manque d'argent allait me contraindre de quitter…

– Que savez-vous de l'affaire qu'on vient de juger ? demanda abruptement Victor.

– Que notre ami a agi sous l'aiguillon d'une passion qui le mettait à la torture, répondit sans hésiter Guyot, mais je puis témoigner tout aussi sûrement qu'il l'a fait sur l'ordre de celui qui le premier ait aujourd'hui osé opiner pour le faire condamner.

– Vendôme ! en avez-vous la preuve ?

– L'abbé de Grandville m'a confié il y a un mois une liasse de cinq documents contenus dans une enveloppe ouverte. Ce sont des lettres de change, signées en sa faveur par le duc à Anet. Elles devaient permettre

1. Une des premières épreuves de la licence de théologie.

l'achat des reliques mais elles n'ont pas pu être présentées au banquier à cause de la mort de la belle pénitente. Brandelis m'avait interdit d'en faire usage car il ne voulait pas que le nom de cette femme aimée soit mêlé au scandale qui ne manquera pas de lever de la connaissance de ces pièces.

– Il n'est plus temps de cela ! trancha Victor, possédez-vous toujours cette enveloppe ?

– Oui, répondit le novice, je l'ai sur moi... J'avais l'intention, malgré la défense qu'il m'en avait faite, de montrer ces lettres à la cour... On ne m'en a pas laissé le temps.

– Me ferez-vous confiance ? hasarda Victor.

– Je vous dois déjà trop pour ne pas exécuter tout ce que vous me demanderez.

– Remettez-moi deux de ces documents et rentrez chez vous en emportant le reste !... Retrouvons-nous ici, demain, à la même heure.

Le jeune jésuite tendit deux des feuilles à Victor qui s'en empara avant de se ruer vers les portes du palais.

Il fut au bas du perron juste comme Vendôme se disposait à monter dans son carrosse qu'on avait avancé dans la cour du Mai[1].

– Deux mots, monsieur le duc ! lança-t-il hors de souffle.

– Que me voulez-vous ? s'offusqua le cousin du roi déjà juché sur le premier degré de son marchepied.

Un gaillard, haut de plus de six pieds, qui portait une barbe noire, se détacha aussitôt d'un peloton de soldats et, sans en avoir reçu l'ordre, vint s'interposer entre le duc et celui qui l'avait hélé. Étirant un bras pour atteindre le cadre qui séparait deux des vitres latérales,

1. Cour nommée ainsi à cause de l'arbre que les gens de la basoche y plantaient chaque début de mai.

il fit en même temps sauter son épée hors de son fourreau à petits coups répétés.

– Je veux vous montrer cet écrit ! reprit le fils du comte de Gironde d'une voix forte en agitant l'un des deux reçus que venait de lui remettre Guyot.

– Je ne vois rien ! je suis myope, fit le bâtard qui avait pourtant bien reconnu les mots « Bon à payer » tracés de sa main au-dessus de son paraphe, montez ! nous serons mieux dedans pour parler…

Victor se hissa d'un bond. Il passa devant le duc, resté planté au coin de sa marche pour faire un signe au spadassin de le suivre. Ce dernier, lorsqu'il se fut engouffré à son tour, bloqua derrière lui le loquet de la portière.

– Qu'avez-vous à me montrer ? demanda Vendôme lorsque l'équipage se fut ébranlé.

Et comme son hôte continuait d'agiter son billet :

– Malepeste ! tonna-t-il, je ne connais que cette écriture-là !… Où diable vous êtes-vous procuré ceci ?

– Un de mes amis m'a remis cette pièce… Un ami qui demande justice.

Le duc fronça ses sourcils noirs :

– Et que veut ce drôle qui soit en mon pouvoir ?

– Que vous cessiez de le tourmenter. Que vous fassiez annuler l'arrêt qu'on vient de rendre puisqu'il ne repose que sur des preuves incertaines…

– Ventrebleu ! vous êtes téméraire.

– Je rapporte ce que m'ont affirmé des personnes dignes de foi, répliqua Victor en bandant toute son énergie pour soutenir le regard de l'ancien protecteur de Brandelis.

– Un jeune homme de votre condition s'abaisse lorsqu'il colporte sans réflexion de telles allégations.

Victor considéra longuement et comme en s'en moquant le rictus que la fureur venait d'imprimer au coin des lèvres du chef de la branche bâtarde.

– Monsieur le duc, finit-il par lancer sur un ton de bravade et en détachant chaque syllabe, je connais tout de l'affaire des reliques… C'est l'abbé de Grandville qui m'a confié lui-même ces preuves de ses dires…

– Tu en sais bien long, jeune présomptueux ! éclata le cousin du roi en interrompant son accusateur d'un éclat de rire sardonique, et te crois-tu aussi très fin d'être venu te fourrer dans la gueule du loup ?

– Il existe des preuves autre part que dans la poche de mon justaucorps, répliqua Victor sans paraître s'émouvoir.

– Tête d'oison ! reprit Vendôme haletant de colère, et qu'imagines-tu que vaille ta parole contre celle d'un duc et pair ?… Ah ! tu ne connais pas le monde de la scélératesse… Tu vas apprendre à t'y frotter !

Il leva sa main gantée de carrefin qui s'ornait d'un rubis. Victor fut aussitôt empoigné par l'homme à la barbe, son bras retourné dans son dos, sa perruque jetée sur le parquet.

– Songe plutôt à sauver ton âme ! ajouta le duc en coulant son sourire dans une hideuse grimace.

– Ce geste vient de signer votre crime, murmura Victor qui gémissait de douleur.

Ce furent ses dernières paroles.

– Et vous, petit fat ! ajouta Vendôme en tirant les rideaux de brocart d'un geste nonchalant, vous allez me contraindre d'ajouter, aux babioles que vous avez eu l'imprudence d'exhumer, un crime qui me navre au-delà de ce que vous supposez.

Notre héros sentit alors l'étau des mains puissamment gantées du spadassin se resserrer sur son cou. Dans l'espace d'une seconde, il fut couché le nez contre la banquette puis, tout aussi lestement, assommé d'un terrible coup de poing sur la tête.

– C'est le garçon qui est entré chez maître Péruchot pendant que je m'y trouvais, fit l'homme à la barbe, d'un fort accent italien, lorsque le corps de sa victime fut retombé à ses pieds.

– Parle bas ! murmura le duc épouvanté, parle dans la langue de si[1].

– *Que cosa ne facciamo*[2] *?* demanda l'assassin du ciergier de la rue Saint-Sauveur.

– *Andiamo sulla strada di Fontainebleau et lo getteremo nel fosso*[3], répondit le duc.

Le carrosse roulait à ce moment sur le quai de la Tournelle. Il n'avait pas encore passé la barbacane du Port-au-Vin qui marquait la limite de la ville.

Le cocher, roulé dans sa cape gommée, fut averti par un grelot de se saisir du cornet qui par le moyen d'une sarbacane[4] lui permettait de prendre ses ordres.

– Va, par Croulebarbe, jusqu'à l'embranchement de la route de Fontainebleau, ordonna Vendôme, et ne ménage point mes chevaux !

Il considéra son âme damnée et partit d'un grand rire.

– *Per niente mio zio le chiamavano il « Re delle Halles » ; nella nostra famiglia si consosce meglio Parigi che i cocchieri*[5].

Ainsi mis en joie par pur caprice, il déplia une tablette pour jouer seul au tarot, gringottant d'une humeur allante un air qui lui était revenu de *Tancrède* :

« *Quel trouble saisit mes esprits ?*
*Je ne trouve partout que des yeux interdits*
*Je demande Clorinde et n'en puis rien apprendre*
*Oh, Ciel ! à quoi dois-je m'attendre ?* »

1. Locution dont on usait pour désigner la langue italienne.
2. Qu'allons-nous en faire ?
3. Allons sur la route de Fontainebleau. Nous le jetterons dans le fossé.
4. Tuyau pour transmettre le son de la voix.
5. Ce n'est pas pour rien que l'on appelait mon oncle « le roi des halles », dans notre famille nous connaissons mieux Paris que bien des cochers de fiacre.

Une demi-heure plus tard, la lourde voiture, parvenue, à force de fouettements et de secousses, à moins d'une lieue du carrefour des Rungis, ralentit sa course sur ordre de son maître. Depuis un moment déjà, en tout cas depuis qu'il avait cessé d'aligner des notes qui eussent fait frémir Campra, Vendôme était repassé de l'état d'euphorie à celui d'inquiétude. Il soulevait régulièrement et avec nervosité le rideau qui lui cachait la vue de la chaussée.

Le front collé à la vitre, il s'emporta :

– Par tous les tripots du Golgotha ! nous avons choisi le jour de cette promenade !... La cour quitte Fontainebleau et les courtisans profitent de la nuit où le roi couche aux Étangs pour aller s'encanailler à Paris.

Il sonna son cocher et lui cria :

– Tourne vers Thiais !... Nous prendrons le bac de la Folie.

Sitôt cet ordre donné, l'équipage, attelé de ses six chevaux gris, s'enfonça à petite allure dans l'étroit chemin verglacé qui sinuait en descendant vers la Seine. Par la vitre embuée, le duc vit défiler, dans le lointain des plaines gorgées d'eau, les terrasses du château de Choisy. Il se souvint d'avoir été reçu là, huit ans auparavant, en prince et en parent, par l'héritier du trône[1], au cours d'une mémorable fête qui avait inauguré son progressif retour à la fortune. Il en frissonnait encore d'orgueil.

La Folie, où ne se trouvait que le ponton du bac et une cabane de planches, était, au commencement de la grande ligne droite que décrit le fleuve en séparant les plaines d'Orly et de Valenton, le seul point de passage entre Conflans et Ablon.

1. Le Grand Dauphin a possédé Choisy-le-Roi de 1693 à 1695. Il en avait hérité de la Grande Mademoiselle. Louis XIV le lui fit échanger contre Meudon avec les héritiers de Louvois.

– Oh là ! la mère ! cria le cocher à une vieille carabosse qui somnolait dans sa guérite.

– Quel est ce seigneur qui veut traverser ? demanda cette créature ouvrant un œil et en tirant par le guichet un passe-montagne crasseux qui inscrivait sa face rougie dans un nimbe repoussant.

– Secret d'État ! appelle plutôt le passeur ; nous sommes pressés.

– Le passeur c'est mon fils, proclama fièrement la bonne femme, pour le moment il dort.

– Comment, s'étonna vivement le serviteur de Vendôme, dormir lorsqu'il est trois heures et qu'un personnage considérable se présente pour passer ?

– C'est qu'il a bien mérité son sommeil, s'obstina la vieille, on l'a dérangé toute la nuit pour traverser du vin.

– Dis donc, la mère ! fit observer le cocher avec un air de grand soupçon, ce ne sont pas des heures très honnêtes, ça, pour charrier des barriques… Toi et ton fils m'avez tout l'air de faire une sacrée paire de trafiquants.

– Oh ! pour ça non, protesta la gardienne du bac en s'extirpant enfin de sa guérite, c'était du vin nouveau que les moines de Notre-Dame-des-Mesches faisaient venir pour dire leurs messes.

Et partant d'un rire sonore, elle retroussa sa robe de droguet et s'élança dans la boue à grands flip-flop pour gagner l'habitation située en contrebas.

– Que diable font ces drôles ? fulmina le duc en entrouvrant sa portière.

– Elle est allée réveiller son fils, répondit le cocher, j'ai l'impression qu'ils sont aussi saouls l'un que l'autre.

– Va leur donner le fouet de ma part, reprit le cousin du roi qui s'était mis à sacredire, ces gens ont à apprendre le respect !

Comme le cocher s'éloignait, Vendôme le rappela en sifflant comme font les portefaix.

– Plutôt non ! rectifia-t-il en partant d'un rire crapuleux, tu leur diras que ces chatouilles sont par ordre du duc d'Orléans !

Au bout de cinq minutes, le cocher reparut, poussant du bout de ses housseaux crottés le passeur et sa mère qui rampaient devant lui dans les flaques en articulant des grognements.

– Les voici plus ivres que des porteurs d'eau le dimanche ! proclama-t-il en faisant claquer les lanières de cuir de son fouet au ras des oreilles des deux pauvres hères, j'en étais sûr, ils ont profité de la nuit pour dérober une barrique aux moines !… Le gaillard était couché, la bouche ouverte, sous la bonde qui laissait couler un gros filet.

– N'avez-vous pas honte, misérables ? s'écria Vendôme en prenant bien soin de ne pas se montrer, vous mériteriez que je vous fasse jeter à l'eau sans autre forme de procès… J'en ai le droit et il n'y a que la nécessité où je suis de traverser ce fleuve qui me retienne de le faire !

– Pitié, Excellence ! supplia la vieille qui avait continué de se pousser à deux genoux jusqu'au carrosse, mon fils travaille dur… La folie lui est montée à la tête mais je saurai le corriger.

– Bonne femme ! reprit le duc, tu vas faire dessaouler ton garçon… Sa vie est entre tes mains ; tu n'as que deux minutes !

La vieille dont le devantier[1], par-dessus sa robe retroussée, n'était plus qu'un cataplasme d'argile se releva soudain. Ses lèvres violacées s'animèrent d'une sorte de prière, puis sa face hideuse et craquée fut brusquement galvanisée d'un frisson volontaire.

Elle empoigna son fils, incapable d'autre chose que de hoqueter, et, avec la force d'un lutteur de foire, lui

1. Tablier.

fit dévaler le talus glacé pour l'expédier au plus profond du fleuve. On le vit couler à pic, un gros bourbillon se produire à l'endroit de sa perte, sa mère se jeter sur son postérieur, glisser au bas du talus et fouiller frénétiquement l'eau bourbeuse à l'aide d'une gaffe.

– Attrape, salopiot ! cria-t-elle entrée dans les flots jusqu'aux cuisses, attrape !

Vendôme, qui avait soulevé son rideau, se pâmait de rire.

Le garçon repêché fut tiré sur la berge, pailleté des glaçons qui se formaient à vue d'œil en galonnant les basques de sa souquenille, puis le carrosse hissé sur le bac à force de cris sauvages qui firent se cabrer les chevaux. La vieille, au passage, telle une femme de Huron, s'était arc-boutée contre la caisse, parvenant seule à dégager un essieu bloqué dans une ornière.

Le courant était violent, charriant même quelques blocs de glace qui provenaient de débâcles lointaines.

– Avez-vous vu l'eau, monsieur le duc, demanda le cocher inquiet en s'approchant de la portière, ne devrions-nous pas rebrousser chemin ?

– Le vin des moines est passé ! répondit Vendôme d'un accent sans appel.

La traversée était effectivement risquée et aucun passeur en état de raisonner n'aurait osé tenter, sans précaution ni aide supplémentaire, de se charger d'un équipage aussi lourd sur un fleuve à ce point débondé.

La chaîne, qui joignait les deux piles maçonnées campées sur chaque rive, se tendit d'un coup et le bac, dans le crépitement des planches qui s'arrachaient de ses flancs, fut emporté jusqu'au milieu du fleuve.

– Oh là ! que se passe-t-il ? hurla Vendôme tout d'un coup plus blanc que sa steinkerque.

Le reître, enjambant le corps inanimé de Victor, s'était jeté au-dehors. D'un coup d'œil, il vit la catastrophe prête de se consommer : l'embarcation qui avait pris une gîte effrayante, son plancher submergé au tiers ; les chevaux qui allaient de droite et de gauche, les deux premiers déjà dans le fleuve, les seconds mouillés jusqu'à l'ars et sur le point d'entraîner tout l'attelage.

Il se glissa entre les bêtes effrayées au risque de se faire piétiner et trancha d'un leste coup de coutelas les traits qui tenaient aux bricoles ; les deux premiers malheureux animaux filèrent avec le courant.

– *Guarda la il mare ! Vieni qui stai attento ai cavalli !*[1] cria-t-il à la vieille qui demeurait telle une suppliciée, accrochée les bras en croix à l'une des grandes roues arrière peintes au rouge de minium.

Elle comprit les mimiques énergiques de l'homme, la menace contenue dans son œil sombre : elle rampa dans l'eau, s'accrochant à la bride d'une jument dont les flancs haletaient et vint le remplacer.

Celui-ci n'avait pas attendu qu'elle fût là pour se jeter à l'opposé et empoigner la chaîne qui continuait de mugir en déclouant en pétarade tout un coin du plancher. Il appela le cocher et l'idiot, leur montrant comment il fallait s'y prendre, à brassées répétées, pour tenter d'avancer. Ils agrippèrent les anneaux à pleines mains et l'embarcation, sous leur effort conjoint, bien que parfois déportée par des lames violentes, commença de se dégager pouce par pouce.

Tous trois, avec de l'eau jusqu'aux hanches, ils s'échinèrent longtemps en poussant des cris lamentables, veillant à garder bon pied et à ne pas se trouver happés par le fleuve qui paraissait redoubler ses bouillonnements pour les attirer dans son fond. Vendôme, qui, pendant ce temps, lorgnait vers chaque berge pour s'assurer que personne ne les observait, avait sorti d'une cache un livre de prières et, avec cette exaltation larmoyante qui est la seconde nature des véritables

1. Oh, là, la mère ! Viens par ici tenir les chevaux.

assassins, s'était mis à psalmodier, sur un air de Clorinde, l'office de saint François de Paule que récitent les marins italiens en péril.

Il fallut vingt bonnes minutes pour que les cinq naufragés sentissent enfin cogner la terre sous leurs pieds. Le cocher, aussitôt regrimpé sur son banc, fouetta de ses mains en charpie ce qui lui restait de chevaux et le carrosse, ruisselant d'eau, s'extirpa dans un dernier tonnerre de planches, de clous et de poutres.

Frôlant le passeur tombé à genoux sur la grève, les bras rouges de sang, le spadassin, en se penchant à la portière, lui déchira l'épaule d'un large coup d'épée.

– Tiens, misérable ivrogne ! s'exclama-t-il, voilà pour avoir failli nous faire tous périr !

La vieille, debout, les chevilles dans la vase, trouva assez de force pour tendre son poing en direction de l'équipage qui fuyait et hurler :

– Maudits soyez-vous, chiures du genre humain !

– Quelle horreur ! balbutiait Vendôme, écroulé sur un accotoir.

– *Il ciel ci voleva bene*[1], fit l'homme à la barbe, trempé de pied en cap, tandis qu'il s'affairait à bander ses doigts pleins de sang avec la manche de sa chemise qu'il venait de mettre en pièces.

– Tout cela par la faute de ce petit misérable ! grommela Vendôme, en lorgnant du côté de Victor inconscient qu'il repoussa de quelques coups de pieds, *mettiamo a poste quest'affare perche non se parli piu !*[2]

– *Adesso vi spiego come Don Orsini, il mio padrone, curava i suoi conigli. Con due colpi massacrava un uomo spaccandogli la colonna vertebrale. Bisogna sapere colpire*[3].

1. Le ciel était avec nous.
2. Arrange-moi cela pour qu'on n'en parle plus.
3. Je vais vous montrer comment Don Orsini, mon maître, prenait soin

Le spadassin redressa Victor contre son genou, le saisit par les cheveux et lui assena deux coups violents avec le plat de sa main pansée, l'un à hauteur de la nuque, l'autre un peu en dessous.

– *Non te la cavi piu con queste carezze!* [1] dit-il en laissant retomber sa victime qui saigna aussitôt par le nez.

Vendôme fit arrêter la voiture près d'une borne fleurdelisée. La route qui filait vers le village de Créteil, bordée de deux grandes plaines grises et sans arbres, était à ce moment déserte. L'homme à la barbe s'empara du corps et le jeta dans le fossé.

– C'est un grand dommage ! murmura le duc en écartant son rideau, ce garçon avait de l'agrément.

de ses lapins. Deux coups suffisent pour tuer un homme en lui brisant les vertèbres. Il suffit de savoir où frapper.

1. On ne revient pas de ces caresses.

CHAPITRE CINQUIÈME

# *Notre-Dame-des-Mesches*

Dans le grand salon de l'Hôtel Davignon, le lendemain vers dix heures.

– Grand merci mon ami, d'avoir succombé si vite à mes instantes prières ! s'exclama l'oncle de Victor accouru au-devant de Charles Boucher d'Orsay, le prévôt des marchands de Paris, qui venait de gravir l'escalier d'honneur précédé de laquais portant la livrée tricolore de la ville.

Le chef de la municipalité, troublé par les larmes qui lézardaient les joues de madame Davignon, s'attarda à serrer la main de son hôte.

– Je vous en prie, protesta-t-il en considérant ensuite avec inquiétude les traits brouillés du maître de maison, ne nous arrêtons pas aux grâces !... Ce serait plutôt à moi de les rendre à l'officier sagace qui sut si souvent, face aux empiétements de l'État, éclairer le bon droit de Paris... Votre appel au secours m'a fort désorienté. De quoi s'agit-il ?

– Notre neveu, Victor de Gironde, qui vit ici depuis bientôt trois mois, est introuvable depuis hier matin... Nous ne vivons plus.

– Avez-vous des motifs particuliers de crainte ?

– Hélas, oui ! soupira monsieur Davignon, je viens d'apprendre que le disparu s'était ouvert à monsieur de Mériadec, notre filleul, que voici, de certaines démarches qu'il devait effectuer au profit d'un mystérieux personnage rencontré cet été au hasard de sa route… D'après ce que je crois comprendre, cet homme serait l'un de ces jongleurs comme il s'en trouve encore de nos jours, capable de couvrir des agissements répréhensibles par des discours plus ou moins bien ficelés sur la réforme de la société… On peut craindre le pire lorsque l'innocence et la jeunesse s'offrent à ces sortes de têtes brûlées.

– Sauveur ! balbutia madame Davignon à qui la poudre parfumée du fard n'était pas parvenue à rendre des couleurs.

– Que vous a dit exactement monsieur de Gironde ? demanda Boucher d'Orsay en considérant le vidame debout près du fauteuil de son parrain.

– Deux phrases, pas plus, un soir lorsque nous parlions dans sa chambre : qu'il avait découvert en venant ici ce brigand au cœur généreux, que celui-ci l'avait chargé de porter deux messages à des personnes habitant Paris.

– Est-ce absolument tout ? insista le prévôt.

– Oui, confirma Hercule, en revanche je tiens pour certain qu'il m'a fourni sans le vouloir un indice important. Fin septembre, très peu de temps après être arrivé ici, il a dû aller s'acquitter de sa première mission rue Saint-Sauveur, d'où il est revenu extrêmement troublé.

– Il y a deux mois, dites-vous… Rue Saint-Sauveur, reprit Boucher d'Orsay en donnant l'impression d'exercer un prodigieux effort sur sa mémoire, il ne s'agit sans doute que d'une coïncidence mais c'est vers ce temps-là qu'a été commis, dans la même rue, un crime demeuré impuni : un marchand de cierges retrouvé dans sa boutique, la nuque brisée, sans qu'aucun vol ait accompagné ce forfait… Je ne négligerai pas ce fait quoiqu'on puisse penser que monsieur de Gironde n'avait a priori aucun motif d'être en relation avec ce boutiquier. Je vais de ce pas conférer de cette affaire avec monsieur Voyer d'Argenson, le lieutenant général de police.

Il suspendit son discours pour couvrir le conseiller d'un sourire esquissé où l'ironie le disputait à la gravité.

– Je sais que vous ne l'aimez pas et que c'est pour cela que vous m'avez demandé de venir préférablement à lui… Vous craignez sa dureté et ce n'est pas sans raison non plus que le peuple de Paris, depuis bientôt cinq ans qu'il a remplacé La Reynie, ne le nomme avec épouvante que Perruque Noire ou Juge des Enfers. Cet homme est épris d'ordre comme les jardiniers du roi le sont de symétrie. Il faut dire à sa décharge qu'il a fort à faire après le laisser-aller qu'avait fini par tolérer son prédécesseur vieillissant et qu'il ne sait que trop, lui, que cette ville foisonne de gens sans état qui n'attendent que l'occasion d'entrer dans des crimes et des séditions.

Pendant que monsieur Davignon était descendu raccompagner le prévôt des marchands jusqu'à son carrosse timbré de la nef de la ville, Jean-Hercule s'était rapproché de sa marraine.

– Prions ! cher Hercule, prions pour que tout ceci finisse bien, se lamentait celle-ci, que Victor nous revienne vite et que nous le pressions davantage de nos soins…

Elle fut brusquement interrompue par le grincement de la porte donnant sur le vestibule. C'était Stella, apparue la mine effarouchée, ses cheveux fous collés par mèches à ses joues ruisselantes de pleurs. Elle, qui jamais auparavant n'avait quitté son grenier avant la tombée du jour, courut se jeter contre madame Davignon.

– Brave cœur ! s'exclama la tante de Victor en la recueillant dans ses bras, il te manque à toi aussi.

Le vidame, qui avait profité de ce tendre mouvement pour retirer ses doigts de l'étau fiévreux qu'avait improvisé la conseillère en le retenant par une main, s'empara de la capote et de l'épée qu'il avait posées sur une chaise en entrant.

– Je ne puis demeurer ici inactif, annonça-t-il, fût-ce pour remuer le vent, je cours mener ma propre enquête. Je vous dis : à ce soir… Nous serons deux pour souper, ajouta-t-il en forçant un factice enthousiasme.

Il sortit en trombe, se précipitant dans l'escalier où il croisa monsieur Davignon qui remontait du vestibule.

– Parrain ! lui cria-t-il, je pars à la recherche d'une connaissance de Victor qui pourrait peut-être nous aider ; puis-je emprunter votre cabriolet jusqu'à ce soir ?

– Je vous en prie, Hercule ! répliqua celui-ci, mes prières vous accompagnent.

Le vidame fit atteler en hâte puis, ayant commandé au cocher déjà grimpé en selle de le mener jusqu'à la demi-lune du Cours-la-Reine, il se hissa en voiture.

Comme son petit équipage allait franchir le porche, dans un crépitement de sabots, il manqua heurter de front le carrosse des Thésut qui finissait de décrire un quart de cercle, le plus large qui soit possible dans l'étroite rue Dauphine, afin de s'engager dans la cour.

– Que se passe-t-il ? s'écria l'abbé en passant une figure de spectre dans l'encadrement de sa portière, je ne vis plus depuis que j'ai reçu votre message.

– Victor a disparu, lança le vidame, la prévôté enquête… Je m'en vais à sa recherche. Adieu !

Relevant sa glace pour se parer du froid vif, il fit un signe aux gens de l'abbé pour qu'ils reculent et leur brûla politesse.

Arrivé à grand train devant la chapelle des Feuillants, rue Saint-Honoré, Jean-Hercule, après s'être assuré qu'on ne le suivait pas, se pencha jusqu'à mi-corps pour ordonner de piquer droit par le chemin du Roule, et, de là, au pont de Neuilly. Parvenu peu avant midi à Colombes et n'ayant pas eu longtemps à chercher la maison des époux Lheureux, il fit irruption dans leur salle commune en demandant à voir Clémire.

Cette dernière travaillait pour son frère dans sa chambre baignée d'une lumière satinée de décembre.

– Clémire ! tu as de la visite, lui annonça la savetière depuis le bas de l'escalier.

– Madame ! permettez-moi de monter, supplia le visiteur, je serai plus à l'aise, là-haut, pour lui parler.

La mère Lheureux prit la mine embarrassée qu'ont les personnes affables lorsqu'elles s'apprêtent à élever des objections.

– Je serai bientôt prêtre, précisa le vidame en dénouant son écharpe pour découvrir son petit collet.

– Passez, monsieur l'abbé ! bredouilla l'aimable vieille en s'effaçant aussitôt.

Jean-Hercule se trouva d'un bond à l'étage. Ce fut pour découvrir Clémire, debout, en robe retroussée de drap gris, ses cheveux retombant en rouleaux sur le grand col de Gênes recouvrant ses épaules.

– Mademoiselle, dit-il, je suis l'abbé de Mériadec, un ami de Victor.

– Il lui est arrivé malheur ! s'écria-t-elle en se laissant glisser sur une petite chaise de paille.

– On est sans nouvelles, précisa Hercule, il n'est pas reparu chez son oncle depuis hier midi… Comme il m'avait confié être venu plusieurs fois vous voir et qu'il m'avait entretenu à mots couverts de votre frère engagé dans un procès qui devait se juger justement hier, j'ai pensé qu'il y avait peut-être un lien entre cette affaire et sa disparition.

Clémire, plus blanche que le givre qui ourlait chaque carreau de la fenêtre donnant jour à son petit bureau, songea enfin à installer son hôte.

– Tout ce que vous me dites n'est que trop vrai, soupira-t-elle, et je suis effrayée de ce que votre visite me laisse pressentir de funeste… Il suffisait du malheur qui nous poursuit, mon frère et moi… Victor a eu son lot de peines ; il est innocent de celles qui nous accablent.

– Je vous en prie, mademoiselle, implora Jean-Hercule, si quelque chose est humainement possible pour sauver notre ami, je suis disposé à le tenter mais, pour que je puisse agir utilement, il faut que vous me dévoiliez sur l'heure tout ce que vous savez… Chaque seconde qui passe amenuise nos chances de réussir.

Clémire, grâce à l'intuition supérieure de son sexe, s'était, dès l'avoir vu paraître, convaincue de la sincérité du compagnon de Victor.

– Tout ce que je connais, confia-t-elle à mi-voix, tient dans quelques mots. C'est ce que mon frère, qui se défie du bavardage des femmes, m'a parcimonieusement avoué en me faisant frémir… Le duc de Vendôme, son ancien protecteur, vient de jurer sa perte pour des raisons que j'ignore mais que deux personnes pourraient éclaircir pour vous : François Guyot, un jésuite novice, notre ami depuis deux ans, et Victor lui-même, qui a eu le courage de prévenir Brandelis qu'on allait l'arrêter. Ce sont à présent nos uniques soutiens, les seuls en tout cas à qui mon frère ait confié sa misère.

– Vous disposez désormais d'un troisième bras sur lequel vous appuyer ! s'exclama le vidame en écrasant avec fougue la main de Clémire.

Levant les yeux sur elle, il s'émerveilla de la découvrir si belle. À scruter sa douce figure creusée par les larmes et à se sentir lui-même au bord d'un grand trouble, il se persuada que le sentiment que Victor éprouvait à son endroit, sans oser encore le qualifier, était déjà de l'amour.

– Savez-vous où se cache votre frère ? demanda-t-il pour ressaisir le fil de sa pensée qui dérivait.

– Il est encore dans Paris sans que je sache où exactement. Il est venu deux fois ici me rendre visite en profitant de la nuit.

– Et ce François Guyot, où pourrais-je le trouver ?

– À la maison des jésuites novices du faubourg Saint-Germain et, le soir, au collège d'Harcourt où il est maître d'internat.

– J'y vais de ce pas ! s'exclama le vidame en enfilant sa capote, je reviendrai vous rendre compte.

S'étant saisi de sa canne, il dévala l'escalier, laissant Clémire, qu'il venait de baiser au front, hors d'haleine et pensive.

Le collège d'Harcourt, rue de La Harpe, était un grand quadrilatère de bâtiments sévères, ponctués d'un pavillon en saillie qui se trouvait pratiquement faire face à la chapelle de la Sorbonne. Jean-Hercule, qui avait passé là tout le temps de ses brillantes humanités, figurait encore aux tables du palmarès et avait conservé dans la maison quelques solides accointances que le voisinage de la faculté avait contribué à nourrir.

Après s'être fait annoncer, il pénétra dans le bureau de Ramsès, surnom de monsieur Roide, maître des études du collège. C'était un bonhomme sempiternellement juponné de rhingraves, une toque de loup vissée été comme hiver sur sa courte perruque sale et qui, dans cet accoutrement, avait terrorisé plus de deux générations de potaches.

– Mériadec ! s'exclama le vieux hibou, à ce point coincé derrière son bureau qu'il semblait faire corps avec lui.

– Vous ne changez pas, non plus que cette maison, répondit le vidame en baisant la main déformée par la goutte que venait de lui tendre son hôte… J'ai dû montrer patte blanche à trois reprises pour pouvoir parvenir jusqu'à vous.

– La discipline, mon enfant, bougonna le vieillard en

secouant sa grosse face clouée de verrues, voici la vraie mère de toute science !

– Père Roide, reprit Hercule en s'asseyant sur l'abattant d'un pupitre, j'userai d'un dicton qui était peint de mon temps sur le mur d'une des salles de cet établissement et je vous dirai : « Parlons peu, parlons bien. » Je suis venu entretenir le père Guyot, l'un de vos maîtres d'internat… Est-il ici à cette heure ?

– Fameuse recrue que ce Guyot ! s'exclama Ramsès en faisant tintinnabuler une clochette qui rendait un son fêlé, cela ne m'étonne pas qu'il soit de vos amis. Quoique je doive lui reprocher trop de bienveillance dans la collation des châtiments corporels, je tiens à présent à lui plus qu'à ma vieille huque[1] de loup… Vous savez que ce n'est pas peu dire…

Guyot, qui venait d'être averti par un cuistre[2] de descendre, parut bientôt, poussant la porte doucement et s'avançant dans une attitude craintive.

– Savez-vous où se trouve Victor de Gironde ? lui demanda à brûle-pourpoint le vidame.

– Je ne connais pas ce nom, balbutia le garçon un peu plus décontenancé.

– Un ami de Brandelis de Grandville.

– N'est-ce pas ce gentilhomme qui m'a parlé hier au Parlement ? Un jeune homme gracieux qui portait un habit bleu et s'exprimait d'un léger accent chantant. Je devais le revoir tout à l'heure et il n'est pas venu à notre rendez-vous…

– C'est lui ! fit le vidame avec un brin d'exaltation.

Le novice, après avoir considéré tour à tour le regard droit de son questionneur et la figure restée sévère du bonhomme Roide, raconta d'un ton haché la séance de la veille devant la chambre criminelle puis comment,

1. Toque.
2. Valet de collège.

avant de le voir se précipiter vers le carrosse du duc de Vendôme, il avait remis à Victor deux des cinq reçus signés en faveur de Brandelis de Grandville.

– Mon Dieu ! balbutia le vidame en pâlissant, il ne pouvait tomber plus à point dans un précipice.

Guyot s'appuya au bureau du maître des études pour rester droit.

– Que faire ? hasarda-t-il d'une voix altérée.

– Cette affaire désormais nous dépasse, répliqua Jean-Hercule, je retourne informer les parents de Victor.

Il vola, plutôt qu'il ne roula, jusqu'à l'Hôtel Davignon où il retrouva dans le grand salon, à la place où il les avait laissés quelques heures auparavant, monsieur et madame Davignon avec Stella blottie entre eux. Les Thésut étaient également là tous deux depuis que le chevalier était accouru mêler ses foudres aux gémissements de la famille.

Il était quatre heures d'un jour déjà expirant. Une lumière grise et blafarde, à l'unisson des événements, filtrait au travers des hautes fenêtres, saisissant toutes ces âmes déjà transies d'une sorte de glace.

– Alors ? lança le conseiller lorsqu'il vit reparaître tout botté son filleul auquel la bise avait rosi les joues.

– C'est grave ! fit le vidame en se jetant sans haleine au centre du petit cercle, notre généreux Victor, convaincu, comme je le suis désormais moi-même, que Brandelis de Grandville n'est pas le seul coupable du procès qu'on a jugé hier, a couru se placer sous la griffe du duc de Vendôme que tout désigne désormais comme principal instigateur de cette affaire de reliques.

– On ne revient pas de cette griffe-là ! s'écria l'abbé de Thésut.

Ces paroles, lancées d'une voix frémissante, firent

pousser un cri à madame Davignon qui parvint cependant à se ressaisir pour entendre le récit de Jean-Hercule.

– Mais que diable monsieur de Gironde avait-il à voir avec ce scélérat ? répétait le chevalier en martelant le parquet de sa canne.

– Raisonnons et pesons les éléments de cette affaire au poids du sanctuaire[1] ! trancha brusquement monsieur Davignon, posons pour principe qu'il n'est pas impossible dans un royaume chrétien d'obtenir sa justice et si, par malheur, nous devions nous convaincre du contraire, prenons dans ce cas les moyens de nos fins, même s'ils sont déloyaux, même s'ils nous rebutent… La vie de notre cher Victor est suspendue aux caprices d'un trop redoutable personnage pour que notre sollicitude ne bannisse pas momentanément tout scrupule.

– Voici bien un apprentissage qui nous manque et que nous ne ferons pas en deux heures ! observa l'abbé dérouté par ces propos qu'il n'aurait jamais imaginé auparavant pouvoir entendre fuser un jour de la bouche de son ami.

– À qui peut-on en appeler de la félonie d'un duc ? demanda le vidame tout à trac.

– En droit strict, à ses pairs ; jadis ç'aurait pu être à la connétablie, mais, en fait, ça n'est jamais revenu qu'au roi car il n'a jamais voulu se dessaisir d'affaires aussi graves au profit de ses juges délégués… Toutes ces procédures sont longues ; l'urgence ainsi que la faveur actuelle du commandant en chef des armées d'Italie ne nous permettent pas d'en passer par là… Non ! lorsque je parlais de voie normale, je songeais, s'il se peut, à raisonner le coupable. Il faut trouver quelqu'un qui soit

1. Référence biblique aux poids étalons conservés dans le Temple de Jérusalem. L'expression s'applique aux décisions dont tous les termes doivent être scrupuleusement considérés.

en état de parler à Vendôme, un homme qu'il craigne et qu'il ne puisse esquiver.

– Qui ? soupira l'abbé de Thésut.

– Ce ne peut être qu'un de ses pairs, hasarda Hercule.

– Saint-Simon, s'il n'est pas déjà reparti pour Versailles ! fit madame Davignon poussée par une sorte d'inspiration.

– L'idée est excellente, ma mie, intervint le conseiller, Saint-Simon sait le latin[1]… Il viendra à notre secours si je le lui demande.

Un chasseur fut dépêché sur-le-champ à l'Hôtel Selvois où résidait le duc. Il devait lui remettre en mains propres un mot rédigé à la hâte et qui tenait en quatre lignes :

« *Monsieur le duc,*
*Je vous appelle à l'aide,*
*Rejoignez-moi en hâte chez moi, si vous le pouvez.*

*Votre ami, Charles Davignon.* »

– Soit ! s'exclama l'aîné des Thésut lorsque monsieur Davignon fut revenu à sa place, Saint-Simon parlera… Mais si on ne veut point l'entendre…

– Il nous faut dès maintenant mûrir un plan qui servira de rechange, répliqua le conseiller.

– Il devait bien y avoir un cocher sur le carrosse de Vendôme, reprit le chevalier en se dressant sur ses longues jambes, nous n'avons qu'à nous emparer de lui.

– Et qu'en ferons-nous, diantre ? s'inquiéta l'oncle de Victor éberlué par la proposition.

– Nous lui délierons la langue, fût-ce en lui roussissant les doigts du pied à la flamme d'un grand feu, reprit

1. Il a de la finesse.

le chevalier en accompagnant ses paroles de gestes véhéments.

Et de fil en aiguille, ils mirent au point un projet qui reposait sur tant d'inconnues : l'assentiment du duc de Saint-Simon, l'exacte configuration du palais de Vendôme où nul d'entre eux n'avait jamais pénétré, l'identification du cocher, sa capture… qu'ils durent beaucoup pousser leur exaltation pour s'efforcer de croire en leur réussite.

Saint-Simon, que le chasseur de la livrée de monsieur Davignon avait pu toucher chez lui, sur le point de partir pour la cour, se fit annoncer comme cinq heures sonnaient au proche couvent des Grands-Augustins.

– Charles ! s'exclama-t-il en paraissant, quel est donc ce mystère ?

L'affaire lui fut exposée en quelques phrases brèves, ponctuées des râles de dégoût qu'inspirait au chevalier la répétition du nom honni de Vendôme. On indiqua au duc ce qu'on attendait de lui.

– Je suis votre homme ! fit-il sans prendre le temps d'ordonner ses idées, j'estime fort le jeune monsieur de Gironde et titiller ce bâtard sera pour moi un plaisir rare… J'irai au Temple comme on va à la chasse au renard.

– Méfiez-vous tout de même ! lança le chevalier, il s'agit d'un furieux gibier.

– Moi ! protesta Saint-Simon en avançant son frêle visage qu'il venait de durcir à dessein, je le fixerai dans le blanc des yeux tout comme je vous regarde là et je vous promets bien que, à défaut de les lui faire avouer, je lui ferai sentir toute l'horreur de ses crimes.

– Quel prétexte prendrez-vous pour l'approcher ? demanda monsieur Davignon.

– Faites-moi confiance ! j'ai à dire à Vendôme. C'est quelqu'un qui a entrepris depuis toujours de se hausser en usurpant le droit des autres.

– Êtes-vous certain qu'il vous recevra ? insista le conseiller.

– Sans l'ombre d'un doute !... Je connais notre homme ; il est trop politique pour souhaiter se mettre carrément à dos une vipère de mon espèce. De plus, la curiosité le taraude et, en me découvrant en pleine nuit, il sera bien impatient de savoir ce qu'un personnage aussi éloigné de sa coterie que moi peut avoir de pressant à lui dire.

– De quoi l'entretiendrez-vous au juste ? s'inquiéta l'abbé.

– Oh ! je commencerai pour mon plaisir par lui attacher le grelot par quelques-unes de ces babioles d'honneur et de rang qu'il affecte de mépriser. Ensuite, je lui jetterai ma question tout cru et, s'il n'y mord pas sur-le-champ, je redescendrai vous informer.

– Il ne vous restera plus alors qu'à intervenir, ajouta le conseiller à l'adresse du chevalier.

Ce dernier, se sentant offert au feu de tous les regards, venait de se camper dans une pose avantageuse.

– Il nous faudra coudre la peau du lion à celle du renard[1], annonça-t-il, je goberai ce cocher comme autrefois les espions dans nos lignes en Allemagne... Je sais dans Paris un homme qui nous aidera. Il a cent ruses au sac et il vaut à lui seul tous les sbires et les barigels de Naples... C'est le bras séculier du parti quesnelliste, lui-même ancien protestant, austère et rude à mesure de sa foi primitive. Il se nomme Balthazar de Rognonasse, je le fais mander sur l'heure. Avec lui, quand bien même dussions-nous faire péter le salpêtre[2], je réponds du succès.

1. Joindre la ruse à la férocité.
2. User d'armes à feu.

Vendôme, propriétaire des joyaux qu'étaient Chenonceaux et Anet, descendait à Paris dans le magnifique palais des prieurs du Temple dont la charge de son frère lui procurait l'usage. En toutes occasions, ce bâtard veule et effronté, l'un des trois ou quatre plus riches hommes qui soient de France, ne se repaissait que d'opulence et de luxe. Singulière était chez lui la coexistence du raffinement extrême et de la pire crapule. Résultait-elle, comme le prétendaient ses ennemis, d'une perversion qui l'aurait poussé à partout flétrir la splendeur ou, comme le répandaient les gens mieux disposés à son égard, de la paillardise exacerbée que ne pouvait manquer de véhiculer, par héritage de sang, un descendant des amours tumultueuses d'Henri IV ?

Où qu'il paraisse en effet, il ne pouvait se retenir de traîner après lui ce concentré épicé de la faune des camps, cortège d'odeur âcres, cliquetis de sabres et de dagues, atmosphère de violence prête à fondre, toutes sensations dont il avait besoin comme les moines ont besoin des exhalaisons de l'encens et du bourdonnement des prières. Revenu d'Italie en forçant la volonté ministérielle et en mobilisant, durant plusieurs semaines, pour son seul usage, tous les relais de postes depuis Milan jusqu'à Paris, il avait rameuté dans son sillage toute une armée de mercenaires, de palefreniers et d'officiers de bouche qu'il avait bien fallu loger et qu'on avait disséminés dans tout l'enclos du Temple, cette ville dans la ville, cette Gomorrhe dans Babylone. C'était à ses basques l'armée d'Alexandre dans le dédale des palais de Darius. On avait dressé des tentes dans les cloîtres et les arrière-cours, aposté des gardes au long des enceintes et dans le moindre ressaut des murailles. Là se brassaient les senteurs des tinettes et des cantines ; plus loin se percevait le frémissement des chevaux, le cliquetis continu de leurs harnais et parfois, déchirant la nuit, leurs hennissements d'épouvante qui n'étaient pas autre chose que les ressouvenirs en forme de cauchemar de sanglantes mêlées. Les destriers du maître, tels ceux d'Apollon, dormaient dans le palais : on les avait installés sur d'épais lits de paille jetés à même le marbre des vestibules.

Saint-Simon, qui malgré six campagnes ne s'était jamais fait à la promiscuité du militaire, descendit de voiture dans la rue de la Corderie, ravalant sa fureur de s'être vu interdire, par un simple planton, l'accès de la cour du palais. Précédé de son cocher, qui lui frayait un chemin en tenant d'une main sa lanterne et de l'autre son fouet, il franchit lestement des flaques de purin que pailletaient des cristaux de givre, puis enjamba quelques corps de soldats dans les blindes qui dormaient enlacés à des garces échappées des Halles.

Le superbe escalier du palais, chef-d'œuvre de Mansart, était encombré d'hommes strictement vêtus lorsqu'ils étaient de grade subalterne, débraillés à mesure de leur importance quand ils avaient passé le rang de capitaine. Sur chaque marche, des mois entiers de solde, prêts à changer de main, étaient livrés à l'aléa du piquet, du bonneteau ou des dés. Ces hommes rendus farouches par l'ivresse ponctuaient leurs coups de rires frénétiques ; ceux qui gagnaient posaient la main à leur épée pour se garder de la colère d'un adversaire dépité, ceux qui perdaient singeaient, dans de grands mouvements de narines, des colères de titans. Pour gagner l'étage où l'enfilade des appartements nobles, sous les nappes de lumière tombées des lustres et des girandoles, s'offrait d'un seul coup à la vue par les portes ouvertes à deux battants, il fallait cheminer en zigzag et se défier des mouvements de tous ces gaillards qui faisaient les fringants.

La foule des admirateurs de Vendôme contenait à peine dans cette immensité, vauriens étendus sur le parquet, forts en gueule posés sur l'accotoir des fauteuils tendus au petit point, forcenés du jeu, là encore, qu'on surprenait à croupetons, faisant sauter des osselets dans l'embrasure des fenêtres. Partout un ferraillement d'éperons et de baudriers ; là des reîtres fendant des groupes de causeurs qu'ils bourraient de coups d'épaules, lorsqu'ils ne les gratifiaient pas en passant d'un jet brunâtre de chique. Nulle part l'ombre d'une femme mais, s'égaillant parmi tous ces butors, des kyrielles de domestiques gambillards et de petits valets blanc-poudrés. On pouvait aller et venir sans que quiconque s'inquiétât d'une tête nouvelle, du débraillé ou de la mine rébarbative d'un convive. On aurait pu aussi, sans étonner personne, pousser les rares portes qui demeuraient fermées, tourner la clef des cabinets à secret, s'installer dans les alcôves. Le vin coulait à flot. Des pages, qu'on poussait, pour les faire activer, à grandes tapes appliquées sur les fesses, glissaient pour remplir leurs brocs d'argent à des fûts hissés sur des tables à pieds tors. Des porcelets entiers, des gigots en gelée, des faisans remplumés sur des lits de cédrats confits, des buissons d'écrevisses, des croustades de brochets et de carpes, des rochers de choux portés à bout de bras sur des plateaux champlevés étaient happés au passage, à coups d'épée, à la pointe des dagues, à pleines mains gantées.

À mesure qu'il avançait dans cette cohue, la colère de Saint-Simon se muait en stupéfaction. Familier des palais et de l'âpreté des camps, il restait bouche bée à retrouver les deux univers imbriqués comme des boîtes gigognes et il s'ébahissait de ce caravansérail si parfaitement à son aise sous les festons dorés du théâtre courtisan.

– Où se trouve le duc de Vendôme ? finit-il par demander à un muguet solitaire qui mâchillait un pilon de dinde avec suffisamment de façons pour qu'il l'ait distingué.

– Où voulez-vous qu'il soit ? au lit, parbleu ! répondit le garçon en découvrant dans un sourire des dents bien plantées.

La flemme du duc était proverbiale. Ne passait-il pas pour commander de sa couche, à la fois ses affaires, que l'aidait à pousser à grandes guides le financier Crozat, et ses troupes qu'il n'avait jamais vues, disait-on, qu'à la nuit tombée.

– Voici bien ma chance ! pensa Saint-Simon, je vais être obligé de l'aller faire lever et il va être d'humeur exécrable.

Il continua de se faufiler entre des groupes de colosses bottés qui s'interpellaient en confusion dans tous les jargons d'Europe. Roulé dans sa capote bleue, juché sur ses cothurnes à talonnettes rouges, sa passacaille [1] sur le ventre, il avait des allures de fouine qui glisse près de juchoirs où sommeillent d'imposants chapons.

Dans un vaste salon garni de médaillons de stuc, il finit par se planter devant quelques Gascons en culotte et bras de chemise qui gardaient, en devisant très fort, la seule porte qui demeurât fermée.

– Je suis le duc de Saint-Simon, fit-il en élevant la voix pour couvrir le tumulte, je veux voir votre maître.

– Fusses-tu la princesse de Trébizonde ou celle de Palmyre, mordiou ! répliqua en partant d'un grand rire, l'escogriffe – un compatriote de d'Artagnan – qui tenait lieu de capitaine à cette poignée d'hommes, je ne t'ouvrirais pas. Ordre du duc… Nul ne doit, ce soir, troubler son repos.

– Ah ! fit seulement l'envoyé de monsieur Davignon en découvrant dans un soupir que les honneurs rendus à son rang n'étaient pas universels.

Le Gascon, à voir la mine effarouchée de son inter-

1. Manchon fourré pour hommes ou femmes qui repose sur l'estomac, tenu au cou par un lacet.

pellateur, commençait de s'esclaffer lorsque, à l'opposé de ce salon dont le plafond d'un seul tenant représentait un fougueux triomphe de Junon, se produisit d'un coup un furieux vacarme.

Une rixe venait d'éclater près d'une fenêtre : deux mercenaires pris de boisson se disputaient le galon d'une tenture pour le couvrir de pisse.

– Encore ce Castelbajas ! se récria le gardien du sérail qui bouscula Saint-Simon pour se porter sur le lieu de l'esclandre.

Castelbajas, coq au regard sombre, à la mine farouche, était un Aragonais que son maître avait sauvé de la corde en l'accueillant dans sa garde. On ne pouvait imaginer plus vif-argent sur les questions d'honneur, plus querelleur pour la moindre broutille, en un mot plus acharné duelliste. L'autre était Hartmann, un Danois froid au point de paraître sans âme, haut, large et terrible comme l'ancienne tour de Nesles.

– Arrêtez !… Cessez immédiatement ! intima le capitaine en s'interposant entre les bretteurs.

Ce fut en vain. Castelbajas, l'œil fixe, le sang allumé, écumait déjà. Il venait de jeter à terre son petit manteau gris, étirant dans la même ligne ses deux bras longilignes, brandissant de sa main droite une épée, de la gauche une dague. Hartmann, impressionnant de flegme, se préparait avec des gestes lents. Il replia d'abord avec un soin maniaque son justaucorps de grosse laine pour le confier à un Bavarois toujours tapi dans son ombre, lequel par la taille et la physionomie paraissait lui servir de doublure.

Le capitaine, voyant qu'il ne pouvait plus rien faire pour éteindre la fureur des deux hommes, se rua vers l'appartement de son maître.

Le duc, la porte ouverte à deux battants en conformité d'étiquette avec son rang, parut presque aussitôt. Coiffé d'un simple bonnet de batiste et ficelé ainsi qu'un gibier paré dans une robe de lampas[1], il tenait à la main une aile de faisan dégouttante du jus qui venait de lui graisser le tour des lèvres. L'absence de perruque mettait en évidence deux joues flasques et un nez qu'on eût dit dévoré par la lèpre parce qu'il n'en restait qu'une moitié depuis que les chirurgiens, en lui faisant suer la vérole, l'avaient à deux reprises raté. On était surtout frappé de ses yeux calcinés par l'ivresse qui n'étaient jamais apparus à Saint-Simon plus vitreux ni plus malsains que ce soir-là.

Suivi de l'abbé de Chaulieu, à la fois son confesseur et son âme damnée, Vendôme fendit la presse qui suspendit ses clameurs et s'entrouvrit sous ses pas en marquant plus de déférence qu'au passage de l'ostensoir abrité sous le dais.

– Allons mes petits ! fit-il de sa voix flûtée, en allant se placer sans hésiter entre les deux combattants qui venaient de croiser plusieurs fois le fer sans se toucher, ne serait-il pas plus raisonnable de s'en remettre à mon arbitrage ?... Qu'on me dise un peu la raison de cette fâcherie !

Nul n'osa répondre, pas plus les deux gaillards qui s'étaient incontinent mis au garde-à-vous, qu'aucun des soudards dépenaillés, autour d'eux, qui se composaient des mines de balourds pris en faute.

Un Génois fut plus hardi. D'un accent chantonnant, il raconta l'objet de la querelle.

– Fichtre !... Et l'on me dérange pour cela ! s'exclama le maître de céans avant de saisir les deux coupables par l'oreille pour les conduire devant la tenture souillée... En ce cas faisons notre paix en pissant là de concert tous les trois !

Et devant l'assistance, qui ne se contenait plus de nouveau à forcer ses rires, Vendôme dénoua l'aiguillette

1. Soie de Chine à grands dessins.

de sa culotte et se mit à uriner à gros jet. Les deux furieux à ses côtés, que le début de leur altercation avait déjà passablement vidés, ne purent rien exprimer de plus.

Lorsqu'il eut achevé, le duc, tout en se relaçant, appela deux officiers de sa garde.

– Qu'on me jette pour le reste de la nuit ces pisse-rien dans un cachot ! ordonna-t-il, et que, pour les rendre plus coulants, on leur fasse auparavant ingurgiter chacun une pinte de décoction de queues de cerises.

Les deux bretteurs se retrouvèrent en un tournemain empoignés et couverts des quolibets de leurs compagnons ravis de cette conclusion en forme de farce.

Vendôme s'en retournait au lit, dans un grand dandinement satisfait de tout son être, lorsqu'il trouva Saint-Simon sur son passage.

– Eh, oui ! monsieur le duc, lui lança celui-ci en souriant modestement, on n'est jamais à l'abri des mauvaises rencontres lorsqu'on vit, comme vous faites, toutes portes ouvertes.

Le duc, coinçant son morceau de faisan au coin de sa bouche, frappa dans ses mains.

– Qu'on porte un fauteuil à monsieur de Saint-Simon ! commanda-t-il.

– Ah ! se lamenta le visiteur, moi qui désirais vous entretenir en particulier.

– Nous serons seuls ! trancha Vendôme, plein de superbe, les gens qui sont ici n'ont point d'oreilles et ceux qui ont l'ouïe fine sont payés pour ne rien répéter… Dites-moi plutôt, monsieur le duc, ce qui me vaut, à cette heure insolite, une visite que j'attends depuis bientôt dix ans ?

Priant son hôte de l'imiter, le commandant en chef des armées d'Italie, orgueilleux comme Satan, se cala dans l'un des deux fauteuils recouverts au point de Hongrie qu'on venait d'apporter.

– Je désirais aborder quelques sujets qui touchent à notre rang… hasarda Saint-Simon.

– Ah, non ! se récria Vendôme en partant d'un rire provocateur, dépêchez votre notaire au mien pour parler de ces fadaises mais nous n'allons tout de même pas nous abaisser à régler nous-mêmes, en pleine nuit, la longueur de nos manteaux.

– Notre dignité est essentielle, insista Saint-Simon, elle nous fait ce que nous sommes.

– Tout le monde sait qui nous sommes ! repartit courroucé le chef de la branche bâtarde, et les marquis de Carabas qui s'obsèdent de trop de vanité, sont ceux qui ne sauront jamais faire quelque chose de leurs dix doigts.

Saint-Simon pâlit comme s'il venait d'entendre une pierre siffler à son oreille. « Reste à savoir ce que la postérité retiendra de nos exploits ! » pensa-t-il en faisant battre ses genoux…

– Les ducs et pairs, enchaîna-t-il tout haut, ne gagneront pas à vouloir s'abaisser eux-mêmes. Ils sont un rempart derrière la monarchie… Supprimez-les, il ne resterait plus que la tyrannie !

– Car vous trouvez, vous, pesta le cousin du roi en s'époufffant, que tyrannique on ne l'est pas assez dans ce royaume !… Le poids des édits royaux et des instructions ministérielles n'est-il pas là pour prouver tous les jours que vos ducs ne servent plus à rien ?

– Permettez-moi de n'être pas de votre avis et de vous poser une question… Elle sera directe…

– Je vous en prie, répliqua le descendant de la belle Gabrielle en appuyant son invite d'un geste plein de condescendance, je me suis laissé dire que vous n'aviez toujours pas vendu votre régiment… Nous sommes donc entre soldats.

– Entre soldats, soit ! fit Saint-Simon en forçant son enjouement, alors dites-moi pourquoi vous faites si bon compte de votre dignité de duc, pourquoi vous méprisez…

– Mépriser ! répéta Vendôme avec hauteur, je ne méprise rien ni personne. Je suis au plus indifférent… Les privilèges de la naissance auxquels vous vous attachez sont ceux du Moyen Âge. Ce sont là chimères aussi folles que rances… Mais pour le rang, monsieur le duc, faites-moi la grâce de vous ressouvenir que j'appartiens à la famille royale…

– Bâtard ! répliqua pour soi Saint-Simon dont les lèvres tremblantes ne purent se retenir d'articuler les deux syllabes du mot terrible que Vendôme crut pouvoir lire distinctement pour sursauter.

– Qu'entends-je ? fit-il en défouissant une oreille de sous son bonnet.

– Je n'ai rien dit ! protesta le visiteur.

– Mais je présume que vous vouliez me parler d'autre chose, enchaîna le duc resté hérissé comme un coq hardi, vous n'êtes pas homme à vous précipiter chez moi, en pleine nuit, pour m'abreuver de fariboles.

– Si fait, monsieur le duc, avoua Saint-Simon, je venais vous donner un avis.

– Quelle sorte d'avis ? demanda Vendôme redevenu goguenard, gratis ? Sans frais ?… Escomptable ?

– Désintéressé et charitable, rectifia l'envoyé de monsieur Davignon qui paya d'effronterie en se composant la mine de quelqu'un capable de dévider l'écheveau des finesses.

– Allez ! dites ! fit le cousin du roi, le nez à la piste, mais souvenez-vous que je n'entends la morale de bon cœur qu'à confesse !

– Des personnes considérables s'apprêtent à déposer plainte à cause de la disparition d'un jeune homme… murmura Saint-Simon en rapprochant ses lèvres agiles du bonnet de son hôte.

Vendôme, se reculant, éclata d'un rire affreux.

– Voyons, Saint-Simon, je ne suis pas Gilles de Rais… Les mignons que j'invite n'ont jamais eu sujet de se plaindre. Ils repartent d'ici libres et avec des écus plein les poches.

Le visiteur, que la réplique avait oppressé comme la senteur d'un brouet vénéneux, parvint à se ressaisir pour enchaîner d'une voix forte :

– Il s'agit d'un garçon bien né, neveu de monsieur Davignon, le conseiller d'État… Il s'était mis en tête de venir vous montrer deux reçus qu'il détient à propos de l'affaire de Grandville qu'on a jugée hier.

Le duc, à ces mots, devint statue.

– Et alors ! fit-il au bout de quelques secondes, qu'ai-je à voir dans tout cela ? Si ce jeune homme a voulu me porter des papiers, ils sont sûrement chez mon concierge. On y fait deux fois l'an des feux de tout ce qu'on y dépose… Les billets anonymes, surtout, répandent lorsqu'ils brûlent un fumet délectable : c'est de la fiente qui vous pénètre par les pores.

– Monsieur Davignon remuera ciel et terre pour retrouver son neveu, insista Saint-Simon.

– Fasse Dieu qu'il y parvienne ! ajouta Vendôme en posant sur le dessus de sa main deux pincées de tabac, je l'aiderais volontiers si j'en avais loisir mais les affaires d'Italie m'appellent et je dois déjà songer à regagner Milan.

– Un scandale peut encore être évité.

– Que me chantez-vous là ? se récria en reniflant bruyamment ses prises le duc qui commençait de se rebrousser, qui craint le scandale ici ? Certainement pas le chef de la Maison de Vendôme car, coupable ou innocent, le cousin de Louis XIV ne saurait être inquiété… J'ai pour habitude de traiter mes affaires seul avec le roi et, fût-ce pour les beaux yeux de Ganymède, je ne me désaccoutumerai jamais de cela.

– Mais la loi de Dieu, hasarda encore Saint-Simon

désarçonné par la superbe effronterie du bâtard, y songez-vous par moments ?

– Eh, quoi ! le ciel me tombe-t-il sur la tête maintenant que je vous parle ? répliqua Vendôme en prenant à témoin l'abbé de Chaulieu planté près de son fauteuil… Je vous écoute par politesse mais j'avoue trouver bien décousu votre ramage… Vous venez ici pour la première fois et c'est pour me parler de choses si subalternes et si dénuées d'intérêt, que j'ai bien de la peine à croire que ce puissent être là les préoccupations de celui qu'on prétend le plus éclairé d'entre tous nos ducs.

– Comme il vous plaira, conclut Saint-Simon en repassant ses gants de frangipane[1], l'éveil[2] aura été donné.

– Ce n'était point un avis ça ! c'était une charade, ironisa le cousin du roi en se levant le premier, en avez-vous souvent de ce tonneau ?… En ce cas, murmurez-m'en quelques fois à Versailles au passage. Cela nous ferait au moins là-bas une occasion de nous divertir.

Ils restèrent un moment dent contre dent, s'entréblouissant du feu de leurs regards, puis Saint-Simon se recula, balayant de cinq ou six énergiques bonnetades, comme s'il désirait le purifier, l'espace qu'il mettait entre eux.

Fendant de nouveau la presse qui n'avait fait que croître, il alla retrouver son cocher dans l'escalier enfumé par le ronflement de quelques braseros.

– Je n'ai rien obtenu, glissa-t-il, dès qu'il fut dehors, à un personnage drapé d'un domino noir qui venait de surgir d'un ressaut de la colonnade, à vous d'agir maintenant !

Cette ombre était celle du vidame qui dissimulait sa figure délicate derrière un col relevé ; Balthazar de

1. Gants faits avec une peau parfumée.
2. Au sens d'avis.

Rognonasse, accouru dès avoir reçu le billet du chevalier de Thésut, se tenait près de lui. Sans perruque, avec des cheveux drus qui fusaient sur tout le tour de son chapeau à larges bords, il arborait une barbe noire taillée en pointe qui ne parvenait pas à vraiment allonger une figure massive.

Il avait disséminé ses hommes dans la foule du Temple, gens de sac et de corde, qu'il avait pour la plupart sauvés du gibet ou de la dague d'autres gueux sans aveu. Tous étaient dans sa main, aveugles à lui obéir et à peu près rendus à l'état de soumission de ces soldats byzantins du temps des Croisades auxquels leur empereur, dans le seul but d'édifier ses visiteurs, ordonnait par caprice de se précipiter du haut d'un rempart. Ombres impalpables, ils étaient parvenus à fondre leur crapule dans celle de la suite du commandant en chef des armées d'Italie. C'étaient les mêmes trognes avinées, les mêmes guenilles couleur de boue, avec cette façon de se mouvoir comme en glissant qui distingue partout le gibier de potence du reste de la populace. Une telle parenté de gueuserie leur avait permis, sans éveiller aucun soupçon, d'infiltrer le moindre recoin du palais et d'en occuper le plus étroit passage.

Les gens des équipages de Vendôme se trouvaient cantonnés dans une salle basse du vieux donjon crénelé dominant l'enclos du Temple. Ce ténébreux vestige de la forteresse des anciens chevaliers, le chef-d'œuvre du frère Hubert, l'un d'entre ces moines guerriers et bâtisseurs, était rendu ce soir-là effrayant par la découpe qu'en faisait la lune en projetant, sur fond de nuit grise, le profil hérissé de ses quatre tourelles en pointe.

Le cocher favori du duc, celui qui avait participé à l'enlèvement de Victor, était perdu parmi les autres serviteurs dans le grouillement de cette cave enfoncée. Ses compagnons se défiaient de lui car il passait, à juste titre, pour être l'espion d'un maître dont la curiosité s'étendait à ce qui se débitait parmi ses derniers domestiques.

Aussi notre homme, ignoré d'un cercle en verve qui buvait et jouait au piquet autour d'une chandelle, avait-il avisé un second cocher plus âgé qui fumait la pipe, penché sur une selle qu'il s'affairait à glairer. Cet autre serviteur vivait également à l'écart de ses compagnons mais c'était la surdité qui l'avait retranché du monde.

– Alors, l'ami ! lui cria le favori du duc, que dis-tu de retourner faire la cour aux belles Milanaises ?

– Je dis, moi, bougonna le vieux serviteur, que j'aimerais mieux rester ici. Les montagnes ont là-bas des pentes qui ne me reviennent pas, les gens des mœurs farouches... Mais ce qui me chagrine surtout, c'est la guerre que nous y faisons.

– Personne ne te demande d'aimer ni de faire la guerre, répliqua le premier cocher, tu n'as qu'à t'occuper comme moi d'aller avec ton maître et de le conduire là où il te demande.

– Mais le nôtre s'obstine à demeurer toujours où il se pose et ne consent à bouger que lorsque la mitraille étoile les vitres de son carrosse... À ce train, bernique ! je ne donnerai bientôt plus très cher de ma vieille carcasse...

– Je prends le pari ! s'exclama un homme à la barbe inculte et grisonnante, vêtu d'une saie grossière, qui sortait de l'escalier en portant, sur ses larges épaules, toute la sellerie d'un cheval.

– Qui es-tu ? demanda le cocher en dévisageant le nouveau venu avec un air de grande méfiance.

– Maître Jean, sellier du duc depuis trente ans dans son château de Chenonceaux ! proclama le barbu en jetant son fardeau sur un chevalet, notre maître me fait venir avec lui pour que je m'initie aux secrets des artisans d'Italie. Je voyagerai assis sur votre banc… C'est pourquoi je m'intéresse à ce que vous surviviez.

– Tu me fais l'effet d'un fameux drôle ! s'exclama le premier cocher. Après tout, mieux vaut un joyeux caractère pour effectuer de conserve d'aussi longues randonnées… Topons là, maître Jean ! et buvons un chiquet de cette goutte dont nous abreuve sans lésiner le maître le plus généreux qui fut jamais en France.

– Voici qui est vrai ! opina à pleine voix le nouveau venu, dans ma famille nous servons les ducs de Vendôme depuis trois générations et nous n'avons jamais eu sujet de regretter ce vasselage.

– Sauf la manie de se tenir au plus vif du danger, il est vrai qu'on trouverait facilement plus mauvais patron ! appuya le doyen des cochers mis en joie par la hauteur de ton de ses compagnons qui lui avait permis de tout entendre.

– Je suis bien satisfait de vous avoir enfin trouvés et de pouvoir tirer ma révérence au galetas plein de rats où m'avait relégué cette nuit mon sacripant de logeur, reprit maître Jean en trinquant son petit godet de cuivre contre ceux que lui tendaient les deux autres… Je tourne dans ce palais depuis hier… Notre maître m'avait ordonné d'être là à midi ; j'étais à point au rendez-vous mais c'est lui qui n'a pas reparu de tout le jour…

– C'est exact, fit le premier cocher avec assez de fierté, je l'accompagnais… Nous avons entrepris une course, à vrai dire un peu folle, pour quelque fantaisie qui lui a prise…

– Sans doute quelque tête blonde, marmonna le plus âgé des buveurs sans desserrer les dents du tuyau de sa bouffarde.

– C'est vrai qu'il a du goût pour d'étranges choses, appuya maître Jean.

– Il faut s'y faire, reprit celui qui parmi les trois serviteurs était le plus acquis à son maître. Nous ne ressentons que des émotions communes. Nous ne comprenons rien aux raffinements que les grands apportent à leurs plaisirs.

Puis, pressé sans doute de changer de sujet, il considéra fixement son nouveau compère.

– Mais au fait, gaillard ! de quoi comptes-tu t'instruire en Italie ? On m'a souvent parlé des violons de Crémone, des draps de Gêne, des dentelles de Venise, mais presque toujours des selles anglaises ou allemandes… Qu'avons-nous à apprendre à Milan là-dessus ?

– Tout ! répliqua le sellier dans un clappement sonore de la langue, la coupe, l'art de tendre les cuirs et de les former… Notre maître qui a l'idée d'une manufacture de harnais ne veut rien ignorer. Il m'a fait emporter avec moi, pour le comparer à ce qu'on trouvera sur place, des modèles de tout ce qui se fait de plus beau en sellerie et lormerie[1] par l'Europe.

– Et où gares-tu ce trésor ? demanda le cocher l'œil allumé par la curiosité.

– Là-haut ! dans un chariot bâché que j'ai déjà eu toutes les peines du monde à mener ici et qu'il va falloir maintenant traîner par-delà les Alpes. Il s'y trouve des bricoles clouées d'émaux et cloisonnées de perles, des attelles garnies de plaques ciselées, des brides que le père du duc avait fait tailler en Espagne, d'autres qu'il avait fait venir de Hambourg, l'équipage au complet d'un vizir et tout celui d'un prince russe…

– Mardi ! jura le vieillard qui s'essoufflait de frotter, c'est se donner bien du mal pour quelqu'un qui ne se soucie jamais que sa selle soit crottée.

Le premier cocher, tourmenté par son vice d'espion, crevait d'envie de contempler ce capharnaüm dont

1. Métier du harnachement, exception faite des selles.

l'inventaire lui paraissait plus fabuleux que celui du trésor amassé sous le tumulus funéraire d'un roi viking.

– Il fait bien froid l'ami, fit-il en rabaissant le ton, mais lorsqu'on a comme moi l'amour de son métier, on ne s'arrête pas à ces misères… Me laisserais-tu, si je t'en priais, jeter un coup d'œil sur tes merveilles ?

– Ma foi, répondit maître Jean, à condition que tu n'en dises rien, je te les montrerai quand tu voudras.

– Maintenant ?

– Tout de suite !

Le sellier considéra le second cocher toujours penché sur son ouvrage.

– Viendras-tu, toi aussi ? lui demanda-t-il.

– Que m'importe d'autres selles et d'autres harnais ! répondit l'homme en recommençant à bougonner, je suis fatigué de ceux qui me restent à faire briller qui, si je cesse d'astiquer, feront avec mon blanc d'œuf une omelette plus dure à décoller que le lard de la couenne.

Maître Jean sortit le premier après s'être emparé d'un flambeau pendu à un râtelier. Le cocher lui emboîta le pas. Ils gravirent l'escalier elliptique, écaillé de salpêtre, qui faisait communiquer les quatre niveaux de caves avec l'ancienne courtine des chevaliers du Temple.

Avant qu'ils aient pu atteindre l'étage, quatre hommes coiffés de claque-oreilles, qu'on eût pu croire surgis de la muraille tant ils fondirent prestement, se jetèrent sur le cocher qui fut happé dans un souffle.

– Trahison ! put seulement articuler celui-ci avant que la main du sellier, qui venait de faire volte-face, ne s'abatte sur sa bouche.

Ce maître Jean, qui n'était en fait que Balthazar de Rognonasse jouant un rôle de sa composition, retrouva à la même seconde son accent de Gascon et sa dague qu'il venait de tirer d'une manche.

– C'était donc toi, drôle, menaça-t-il, tu viens de t'en

vanter, qui conduisait le duc hier à sa sortie du parlement ?

– Oui ! gémit l'homme qui sentait un acier froid pénétrer dans son ventre.

– Qu'avez-vous fait du jeune homme qui était monté dans le carrosse ? demanda Rognonasse faisant effort pour rabaisser le timbre naturellement terrible de sa voix.

– De qui parlez-vous ? hoqueta le prisonnier qui fut dans la seconde estafilé sur chaque joue… Pitié ! pitié ! supplia-t-il, reprenant son souffle pour rappeler sa pomme d'Adam, je vous dirai tout.

– Tu vas d'abord nous suivre ! ta présence répondra de tes dires et si tu mens… Gare ! Je t'apprendrai vite qu'il n'est qu'un G de Rognonasse à Grognonasse.

– Misère ! balbutia la proie du Gascon à la voix devenue blanche, je vais perdre mon emploi.

– On t'en trouvera un autre et chez d'honnêtes gens encore ! répliqua avec un brin d'ironie méchante l'homme de main des Thésut.

Il lâcha le misérable qu'il ne soutenait que par le col de sa souquenille. Celui-ci fut ressaisi dans sa chute par deux gaillards aux bras puissants, bâillonné, couvert d'une capuche, empoigné sous les aisselles. Aussitôt, sur un signe du faux maitre Jean, la petite troupe se mit en route.

Braillant pour faire croire qu'ils sortaient d'une beuverie, ils traversèrent trois cours pleines de monde et atteignirent le porche du palais qui ouvrait sur la rue du Temple.

Une escouade, composée d'à peu près dix soudards, gardait le seul vantail du grand portail qui fut alors ouvert. Son chef, un sergent à joues sales, anneau à l'oreille, mollets nus malgré le froid, arrêta les fuyards en se postant jambes écartées sur leur passage.

– Oh là ! fit-il d'une voix de stentor… Personne ne sort après le couvre-feu.

– Quel couvre-feu ? s'écria Rognonasse en singeant l'étonnement… Mes amis, enchaîna-t-il dans un geste tout juste fait pour découvrir le nombre de ceux qui le suivaient, avez-vous entendu quelque chose ?… Un tambour ?… Une cloche ?… Avez-vous seulement ouï dire qu'il fût interdit d'aller et de venir comme bon nous semblait dans le palais de notre maître ?

– La consigne vaut pour tout le monde ! répliqua en fermant un œil une sorte de bohémien tenant lieu de cerbère… Les gueules ferrées n'ont nul pouvoir de s'en dispenser.

Son autre œil, celui qu'il avait laissé grand ouvert, s'était mis à transpercer l'ombre.

– Du calme, gentil barbu ! reprit le Gascon, affectant toujours des façons rigolardes, et cesse de te composer cette mine assassine pour t'adresser à tes compagnons d'armes !… D'ailleurs, que dirais-tu, gros malin, si je te révélais que nous sortons pour le service du duc ?

– Je ne te croirais pas, maître-juré filou, répliqua le sergent d'un ton colère, tout le monde sait ici que lorsqu'on dépêche un messager la nuit, il sort par la porte Bombec.

– Voyez ça !… La porte Bombec, se récria Rognonasse en invitant ses hommes à reculer.

Et lorsque tous furent tapis dans l'ombre…

– Que ne le disiez-vous plus tôt, compère ? s'opiniâtra-t-il de hurler.

Sans risquer d'être vus, le Gascon et ses compagnons contemplaient, en se tenant les côtes, le sergent qui s'agitait sous le cercle de lumière de la lanterne du corps de garde. Celui-ci, après avoir posté trois de ses hommes sur place, courut afin de se porter avec tous ceux qui lui restaient dans la direction de la porte Bombec.

Rognonasse les laissa s'éloigner de cent pas avant de siffler pour donner le signal de reparaître en force.

Les trois piquiers esseulés, le regard encore tourné dans la direction que venaient d'emprunter leurs camarades, furent assaillis dans le dos : les deux premiers assommés à mains nues, le troisième embroché de part en part parce qu'il s'était mêlé de faire des manières.

Quelques-uns des fugitifs, désignés d'avance pour cela, s'entassèrent dans les deux fiacres garés au coin de la rue des Fontaines, les autres s'égaillèrent dans les venelles avoisinantes.

Jean-Hercule, qui attendait là, tassé dans l'encoignure d'une banquette, appliqua sous le nez du cocher de Vendôme, qu'on venait de pousser vers lui, la gueule d'un mousquet.

– Et maintenant, parlez ! intima-t-il en desserrant à peine les mâchoires, dites-nous où se trouve celui que nous cherchons.

– Il est mort, balbutia l'homme d'une voix dissoute… Son corps gît près d'une borne milliaire [1], sur la route qui va de Villeneuve à Maisons.

– Ah, criminels ! soupira Hercule secoué d'un spasme en continuant d'enfoncer son arme contre la gorge du prisonnier.

– Que fait-on ? demanda Rognonasse que la révélation de ce trépas avait laissé stoïque.

– On va où dit ce misérable. Ne serait-ce que pour lui rendre les honneurs qu'on doit à un chrétien, il faut ramener à Paris la dépouille de monsieur de Gironde.

– Comme vous voudrez, fit le Gascon… D'ailleurs, pour l'heure, je ne souhaite rien tant que m'éloigner d'ici.

Ils contournèrent d'assez loin l'Hôtel du Grand Prieur et filèrent par la rue de Poitou. Là se trouvait rangée la

1. Borne cylindrique placée de mille en mille sur les routes royales.

chaise noire du majordome des Thésut à qui, avant de franchir la barrière du Pont-aux-Choux, ils adressèrent un signe convenu.

Rognonasse, sans faire ralentir l'allure, se glissa sur le banc du cocher. Campé de la sorte après avoir ressaisi les rênes des mains d'un de ses complices, roulé dans un ample manteau dont les pans claquaient au vent, il s'évertua, ne ménageant ni ses cris ni son escourgée[1], à pousser tant qu'il put ses chevaux. Les deux équipages décrivirent un vaste demi-cercle parallèle aux boulevards de la capitale, puis, laissant de côté le bois de Vincennes tout noir de la ramure de ses chênes sans feuilles, ils piquèrent vers Saint-Mandé et, de là, filèrent rejoindre le pont de Charenton.

Arrivant par le nord, ils parvinrent à l'endroit qu'avait indiqué le serviteur de Vendôme. Ce dernier, sommé de passer la tête au-dehors, désigna la borne que les hommes de Rognonasse, en s'armant de falots, descendirent aussitôt inspecter.

– Il n'y a pas de corps ! s'exclama au bout de quelques minutes un gaillard qui s'était enfoncé jusqu'à mi-cuisse dans l'eau glacée.

– Cadediou ! tu nous auras donc menti ! s'emporta le Gascon, remonté dans la voiture pour se jeter au col de son otage.

– Ah ! messeigneurs, je vous jure que c'était ici, bredouilla l'homme en reperdant en un clin d'œil le peu de couleurs que la course lui avait rendu.

– Un cadavre ne disparaît pas tout seul, gredin ! reprit Rognonasse en s'emparant du mousquet du vidame.

– Un chapeau ! cria tout d'un coup au-dehors un homme qui venait de remonter sur la route.

– Son petit tricorne de ras gris ! constata Hercule

1. Fouet à plusieurs lanières.

lorsque le découvreur eut approché sa trouvaille du faisceau tremblant de la lanterne d'angle du fiacre.

– Par le grand croquemitaine ! s'exclama Rognonasse en retombant lourdement à terre, le corps n'est donc pas loin… Continuez de chercher, vous autres, pendards !

Et pour donner l'exemple, il sauta lui-même dans le fossé alors plein ras bords parce que les gens du hameau de Mesly le saignaient à leur guise afin de s'en servir de cressonnière.

Au bout de quelques minutes il s'arrêta hors d'haleine, contenant mal sa fureur :

– On fouille, on fouille et bernique ! il s'est envolé… Ce duc de Vendôme ne serait-il pas magicien en même temps qu'assassin ?

Maculé de boue et chamarré de givre, il revint vers le vidame qui, en considérant fixement le ciel sans étoiles, s'essayait à imaginer ce qu'allait être la vie à l'Hôtel Davignon sans la présence de Victor.

Le Gascon s'accouda à la portière, une fumée blanche s'échappait de sa bouche.

– On ne découvrira rien tant qu'il fait noir, dit-il, laissons deux hommes sur place et allons prendre un peu de repos à l'auberge de Maisons… Nous reviendrons au lever du jour.

Jean-Hercule, qui n'avait plus la force d'acquiescer, se laissa transporter jusqu'au village sans lumière, terreux et si poudré de frimas qu'on l'eût dit saisi par la banquise.

L'aubergiste, réveillé par un roulement de crosse appliqué à son volet, tira la tête par un vasistas de l'étage.

– J'arrive ! cria-t-il.

– Du feu et un lit pour ce gentilhomme ! commanda Rognonasse apparu à son hôte occupant lui seul tout l'encadrement de la porte.

Le vidame entra, suivi du serviteur de Vendôme resté collé à ses talons.

Le tenancier, dont l'établissement était connu pour servir de refuge aux couples illégitimes, de ce fait accoutumé aux réveils intempestifs, se fendit d'une révérence avant d'aller secouer les hâtiers dans la cheminée.

– Le feu ne demande qu'à repartir ! annonça-t-il.

– On espère bien, tudieu ! grommela Rognonasse jetant sur une table ses gants noirs cloutés d'une croix potencée.

– Ah, mais je vous reconnais ! se récria l'aubergiste lorsqu'il eut avisé le cocher qui faisait des efforts désespérés pour ne pas se montrer, vous accompagniez ces deux seigneurs qui sont entrés hier se sécher après avoir failli sombrer au bac de la Folie…

– Vous étiez trois ? fit le Gascon en s'approchant de son prisonnier, tu nous avais caché cela, coquin !

– Oui… Trois ! balbutia l'homme, mon maître, Don Ottavio et moi-même.

– Don Ottavio, le Calabrais ! reprit Rognonasse, ah ! voici un butor avec qui j'ai des comptes à régler. Il est de ceux qu'on peut suivre à la trace des morts qu'ils laissent dans leur sillage…

– Ce que vous dites est curieux, reprit l'aubergiste qui se trouvait décidément être une fameuse langue, hier au soir, en circulant avec son âne, le frère portier de Notre-Dame-des-Mesches a découvert un cadavre sur la route de Maisons…

– Un cadavre ! s'exclama Jean-Hercule revenu d'un bond près de l'hôte.

– Oui ! celui d'un jeune homme… Pour être exact, je dois dire qu'il soufflait encore faiblement mais son nez était plein de sang glacé et il n'avait, c'est certain, plus pour très longtemps à vivre.

– Où l'a-t-on mené ? s'enquit le vidame sans souffle.

– À Notre-Dame-des-Mesches, à une demi-lieue d'ici. Ils ont là-bas un moine savant, répondant au nom de frère Carolus, qui a étudié la médecine dans les échelles du Levant[1]... Il m'est avis pourtant qu'il faudrait être Jésus soi-même pour redonner vie au pantin disloqué que j'ai vu étendu sur le tombereau du couvent.

Jean-Hercule, sans attendre la fin du récit de l'aubergiste, s'était rué au-dehors, entraînant Rognonasse qui prit juste le temps d'empoigner le cocher de Vendôme pour le clouer au chambranle de la porte.

– Prie pour qu'il vive, misérable ! sans quoi, tout à l'heure, il y aura deux tombes à creuser dans les fossés de Notre-Dame-des-Mesches.

Les voitures, leurs portes à peine refermées, s'ébranlèrent en éventrant les miroirs de glace qui tapissaient les ornières du chemin.

Ils parvinrent devant le prieuré vers deux heures et le chien des religieux, un griffon noir à poil fou, les regarda descendre comme en les comptant avant de remplir son office aboyeur.

La grille de l'enclos s'ouvrit en grinçant, tirée par un de ces moines gras comme ils le devenaient presque tous à force de très peu bouger.

– Oh, là ! mon frère, cria Rognonasse, on vient rendre visite à votre blessé.

– C'est moi qui l'ai découvert, fit le religieux qui ne montrait par-dessous son capuchon qu'un triple menton noirci de barbe, il est bien mal en point mais lorsque frère Carolus l'a quitté à minuit, il vivait.

Le moine, tenant scrupuleusement son rôle de portier, les introduisit dans un petit vestibule percé de trèfles gothiques, puis, de là, dans un chauffoir où de grosses

1. Villes de la Méditerranée orientale avec lesquelles les nations d'Occident entretiennent des relations.

bûches, en se consumant sous une cheminée centrale, répandaient alentour une bienfaisante chaleur.

– De quel ordre êtes-vous, frère, pour être si regardant sur le confort ? ironisa Rognonasse après avoir fait voltiger sa cape par-dessus son épaule pour la mettre à sécher.

– Grandmontains, mon fils, répondit le religieux sans se troubler, nous ne sommes que neuf dans cette maison qu'on destine aux membres turbulents de notre obédience.

– De fortes têtes en somme, railla le Gascon… Ah ! j'y serais sans doute à mon affaire.

– Je vous en supplie, implora Hercule, je veux voir le blessé.

– Il est derrière cette porte, fit le moine en désignant une ouverture qu'on ne pouvait franchir qu'en courbant la tête.

Le vidame s'y précipita. Victor reposait là, près de l'âtre, enfoui sous un monceau de couvertures, son visage faiblement éclairé par le scintillement à la brillance capricieuse d'un tas de braises. S'agenouillant près de sa couche, Jean-Hercule passa et repassa plusieurs fois la main devant ses yeux grands ouverts sans obtenir aucun signe de vie. Avant de ressortir, il lui appliqua même deux doigts sur le front, ce fut pour éprouver la terrible sensation de heurter un pain de glace.

– Le sauvera-t-on ? Que dit frère Carolus ? s'enquit-il auprès du portier lorsqu'il fut revenu dans le chauffoir.

– Nous prions, mon fils, se contenta de répondre le religieux, homme brave mais visiblement d'une petite étendue d'esprit qui, après s'être signé et avoir trituré un dizain du rosaire de buis qui lui tenait lieu de ceinture, autorisa les visiteurs à demeurer sur place jusqu'au matin.

À peine cette permission donnée, les gens de Rognonasse s'étendirent sur la dalle tiédie et sombrèrent dans un lourd sommeil duquel ils ne furent troublés que par le passage de frère Carolus venu, vers cinq heures, rendre visite à Victor.

Le vidame, seul à n'avoir pas fermé l'œil, guettait la sortie du savant.

– Ce garçon a la volonté de vivre, lui confia Carolus en reparaissant, je le lis dans ses yeux fixes et je sens un fluide mystérieux qui travaille à l'éloigner de la mort.

Comme il parlait ainsi, la danse rougeoyante de quelques flammes expirant sur des tisons éclaira, sous le capuchon qu'il avait ravalé sur son front, un visage d'aventurier grêlé par la mitraille et buriné par l'injure des tempêtes. Ce moine à la taille de géant avait appris bien des choses singulières en Turquie où il s'était réfugié, après de ténébreux démêlés à la cour du jeune Louis XIV, dans le but de vendre au sultan le secret des fortifications de Pagan et du chevalier de Clerville, maîtres et prédécesseurs de Vauban. Fait gouverneur d'importantes citadelles ottomanes, mais très vite obsédé par l'idée de l'Enfer et de la damnation, il avait fini par revenir en France et par s'y convertir avec toute l'exaltation dont sont capables les néophytes passés sans intermède de la débauche à la foi.

– La blessure est-elle grave ? s'inquiéta Jean-Hercule.

– Il porte deux coups au niveau du cervelet, répondit Carolus en s'asseyant à même le foyer surélevé du chauffoir, le premier, bien appliqué, aurait dû être fatal puisqu'il devait sectionner la moelle épinière à hauteur de la deuxième cervicale. C'est un moyen de donner la mort à mains nues que les Vénitiens connaissent de l'Orient… J'ai vu moi-même un couple de voleurs exécutés de la sorte sur la place publique d'un village de l'île de Rhodes… Je ne m'explique pourtant pas que les vertèbres de ce garçon, au lieu de se briser, n'aient fait que s'enfoncer et se déboîter ; c'est comme si le choc avait été amorti par un gant ou une écharpe… Vous aurez cependant une idée de sa violence lorsque je vous aurai dit qu'au moment où la main de l'assassin a dévié, la clavicule s'est trouvée luxée. Voici tout l'enchaînement des miracles qui ont laissé ce souffle de vie à votre ami.

– Et que craignez-vous à présent ?

– Tout ce sang sorti par la bouche et par le nez… J'ai peur qu'un vaisseau ne se soit rompu ou qu'un caillot se soit porté au cerveau. Je redoute également l'effet de la glace dans laquelle on a trouvé son visage sur le point d'être pris… Il faut bien de l'allant pour résister à tant de méfaits mais ce serait être fort hardi maintenant que de prédire quelles en seront les suites.

– N'y a-t-il rien à tenter ? demanda encore le vidame.

– Poursuivre ce que j'ai entrepris, répondit Carolus, le laisser dans ce maillot de vapeur que je lui renouvelle chaque cinq heures en le roulant dans des draps brûlants. Quand l'eau perlera sur son front, Dieu nous aura exaucés !

Comme le jour finissait de se lever, le carrosse de monsieur Davignon s'immobilisa devant le prieuré. L'oncle et la tante de Victor, que le vidame avait dépêché quérir en renvoyant l'un des deux fiacres à Paris, parurent, flanqués des deux Thésut et tenant Stella par la main.

– Le sauvera-t-on ? souffla la conseillère en se jetant au cou de Jean-Hercule.

– Il est dans la main du Seigneur, lui répondit celui-ci, frère Carolus a déjà accompli le prodige de le faire survivre jusqu'ici.

– J'ai confiance, reprit la tante de Victor en relevant la mantille qui dissimulait son visage sans teint.

Elle était alors comme extatique, presque paisible à force de douleur, et remise à la providence avec toute la harde des sentiments chrétiens. Elle demeura un moment près du grabat sur lequel gisait son neveu, incapable d'abord d'abaisser son regard vers cette forme que la mort saisissait, contemplant dans l'âtre le rigodon des flammes qui léchaient le fond gironné d'un chaudron.

Son mari finit par la prendre aux épaules pour l'entraîner tandis que les Thésut, qui paraissaient chacun brusquement cent ans, venaient à leur tour, se soutenant l'un l'autre, soupirer au chevet de leur disciple.

Lorsque les nouveaux venus eurent regagné le chauffoir, Stella, qu'on n'avait pas laissée approcher, alla se blottir contre la porte derrière laquelle gisait le blessé. Pénétrée de l'orgueilleuse certitude d'être désormais la seule à veiller sur son repos, elle posa son front sur ses genoux, et laissa ses cheveux couler jusqu'à ce qu'ils recouvrent ses pieds.

Vers neuf heures, Carolus ouvrit d'une seule volée.

– Il vivra ! annonça-t-il, son front vient de suer et ses pieds se réchauffent.

À ce moment précis, un rayon de lumière blanche vint frapper ensemble la statue déhanchée de Notre-Dame-des-Mesches et la joue de madame Davignon somnolant à ses pieds. Le sourire radieux de la Madone parut alors répondre à la sérénité venue se peindre dans son sommeil sur le visage de la tante de Victor.

Le lendemain, à l'aube, au centre de l'aile des Ministres du château de Versailles, dans le cabinet du chancelier Pontchartrain… Une lumière nacrée de décembre, filtrant des croisillons des hautes fenêtres, plaquait sur les murs un dessin de losanges qui procuraient l'illusion de marquer les marbres polychromes pour un gigantesque découpage.

– J'ai fort bien entendu ce que vous me disiez, cher

ami, murmura le chancelier en secouant sa grosse tête, et je reste stupéfait… L'horreur me saisit car j'étais loin de soupçonner qu'un cas si sale pût un jour naître à proximité du trône.

– Je ne possède, hélas ! dit monsieur Davignon, ni votre mansuétude, ni votre tempérance et vous savez, puisque nous en avons maintes fois discouru ensemble, que je porte sur le genre humain un regard beaucoup plus impitoyable que le vôtre. Je vous avoue cependant rester stupéfait de tant de noirceur.

– Et maintenant, qu'avez-vous l'intention de faire ? demanda Pontchartrain.

– Je désire obtenir justice, répliqua le conseiller, je dois cela à mon neveu mort ou vif mais aussi à son père qui reste la victime de lois que je réprouve… Il n'y aurait plus pour eux qu'à s'enfoncer dans la lie du désespoir s'ils n'obtenaient rien de l'équité de ceux qui ont pouvoir dans ce royaume de dire la justice.

Le chancelier, qui avait d'abord paru embarrassé, se dirigea vers l'une des deux cheminées de la pièce où crépitait un feu de bois d'orme. Il s'accouda à la tablette moulurée garnie de deux vases florentins et lissa longuement son menton en donnant toutes les marques de plonger dans un abîme de perplexité. Il portait ce matin-là une sorte de soutanelle de soie dorée, réduction des magnifiques atours de sa fonction qu'il n'arborait que dans les occasions. La grand-croix du Saint-Esprit en or blanc, sur laquelle figurait une colombe de brillants pourvue d'un bec de rubis, s'accrochait à son cou par un cordon de moire.

– Je vous aiderai, dit-il, mais dans la mesure de ce qui m'est possible.

– Comment l'entendez-vous ? demanda monsieur Davignon qui, depuis son fauteuil à la canne, avait impassiblement scruté tous les mouvements qu'imprimait la réflexion sur le visage du premier magistrat de France.

– J'entends que je vous aiderai autant que le résultat de mon action ne ternira pas le prestige de la couronne… Vendôme, quoique bâtard, est le cousin du roi.

– C'est bien ainsi que je le comprenais, reprit le conseiller, vous me connaissez d'ailleurs suffisamment pour savoir que je ne souffrirai, moi non plus, que la puissance de l'État puisse être affaiblie par des vengeances ou des menées particulières.

– J'entretiendrai dès ce soir le roi de cette affaire, reprit Pontchartrain, c'est mon jour de liasse[1] et je demeure seul avec lui, dans la chambre de madame de Maintenon, durant plus de deux heures… Il me faudra parler bas puisque, vous le savez, Vendôme est une créature dont la marquise est curieusement entichée… Ces moments d'isolement avec le prince sont rares ; leur prix n'est pas concevable pour qui ne les a pas vécus. C'est alors que Louis XIV quitte son personnage pompeux pour descendre avec une sollicitude toute chrétienne dans l'infinitésimal détail de la justice et de ce qu'elle traîne après elle de misère… Je vous l'ai déjà dit, je ne cesserai de le répéter, ce sont ces minutes privilégiées qui me persuadent que nous vivons sous un grand roi.

– Vous connaissez mon sentiment là-dessus, répliqua le conseiller, grand roi certes mais qui a commis quelques funestes erreurs par vouloir tout décider lui-même et s'entourer de commis trop zélés à lui plaire.

– Je sais que vous me faites la grâce de m'exclure du nombre, conclut Pontchartrain avec un franc sourire tandis qu'il se levait pour raccompagner le conseiller jusqu'au seuil de son antichambre.

1. Nom du travail que les ministres faisaient en tête à tête avec le roi.

Trois jours après cette discrète conversation, Vendôme, qui venait d'y pénétrer quelques minutes auparavant avec un air d'orgueil insurmontable, ressortait du cabinet du roi tout fulminant de rage.

Traversant à grandes enjambées le nouveau Salon de l'Œil-de-Bœuf[1] bondé de courtisans à l'affût, il s'empara nerveusement du chapeau que lui tendait Don Ottavio.

– *Ci rimanoliamo in Italia*[2] *!* murmura-t-il en découvrant dans une grimace haineuse ses dents – on eût mieux dit ses crocs – puissantes et noires.

– *Era previsto*[3] *!* fit observer le reître avec raideur.

– *Subito ! Se a mezzanotte non siamo usciti da Parigi ci mettono in prigione*[4].

Il se redressa pour faire bonne figure lorsqu'il vit qu'on commençait à le dévisager et qu'un murmure roulait autour de lui.

– Rappelez-vous, monsieur le duc, lui lança Saint-Simon qui s'était avancé avec des manières chattemites pour le saluer, vous m'avez prié l'autre soir de vous faire sourire lorsque je vous croiserais dans ces parages… Je ne pouvais apparemment mieux choisir le moment de vous dérider.

– Précisément, non ! répliqua sèchement Vendôme, il n'est point temps !

On le sentait agité d'une irrépressible envie d'écraser son poing sur la face hilare de son interpellateur.

– Je ne serai pas long, insista Saint-Simon en trépignant d'une sorte de frénésie qui lui avait empourpré

1. Le Salon de l'Œil-de-Bœuf vient d'être aménagé en 1701 par la réunion du Salon des Bassans et de la Salle des Gardes.

2. On nous renvoie en Italie.

3. On le savait déjà.

4. Sur l'heure ! Si nous n'avons pas quitté Paris à minuit nous serons jetés en prison.

les joues, ça ne sera pas non plus une charade – je sais que vous n'appréciez guère celles de ma façon – … Cela tient en deux mots ou presque…

– Vite ! pesta Vendôme.

– Cela a trait au jeune homme dont je vous ai parlé mardi… On a fini par le retrouver…

– Ah ! fit le bâtard brusquement aux aguets, vous voyez bien qu'il ne fallait pas s'inquiéter…

– Ai-je été sot ? reprit Saint-Simon, j'avais oublié l'extrême distraction de ce garçon qui est malencontreusement tombé de voiture…

Le petit duc s'arrêta net dans la confidence et fit un tour complet de sa proie comme pour mieux se repaître de son ahurissement.

– Il n'a été que blessé, souffla-t-il enfin, les moines de Notre-Dame-des-Mesches l'ont découvert suffisamment tôt pour le ramener à la vie.

Il acheva sa gigue par une sorte de révérence et, se plantant face au bâtard, considéra avec un air de volupté visible ses traits qui s'étaient mis à fondre.

– Oubliez tout ce que j'ai pu vous dire l'autre soir, reprit Saint-Simon, concluant ses facéties par une élégante pirouette, tout est bien qui finit bien.

Vendôme, devenu blême, fit un nouvel effort pour se raidir d'un cran. Conservant son chapeau écrasé sous un bras, il enfila ses gants d'un geste sec avant de se précipiter vers la Galerie des Glaces.

Lorsqu'ils le virent filer train d'enfer, quatre de ses officiers qui l'attendaient près d'une torchère se mirent sur ses talons. Dans un sonore martèlement de bottes, fendant la presse des courtisans qui se massaient sur le passage de la chapelle où le roi devait se rendre, ils coururent à sa suite se jeter dans l'Escalier des Ambassadeurs.

Parvenu devant la statue de Louis XIV représenté sous les traits du dieu Mars, le duc releva la tête et esquissa le mouvement de tendre le poing vers l'effigie de son cousin.

– Je te donne des victoires, grommela-t-il entre ses dents, et voilà comme tu me remercies, ingrat !... Tu me chasses comme le dernier de tes valets. Attends ! j'ai les moyens de t'en faire rabattre... Tu ne vaux guère plus que moi. Je vais t'en faire souvenir !

Ayant atteint du même pas saccadé la première grille de la cour du palais, il s'engouffra en compagnie de Don Ottavio dans l'une des trois voitures qui composaient son équipage.

Dès que la portière eut claqué, il colla ses lèvres à l'oreille du Calabrais :

– *Siamo scoperti ! Il re conosceva l'affare delle reliquie e di questo brigante. Bisogna pulire di dietro. Voi andate in Limousin finché io corro a Milano e mi raggiungerete passando da Marsiglia. Il marchese des Éperviers e Brandelis de Grandville non deven parlare a ogni costo*[1].

1. Nous sommes découverts ! Le roi connaît l'affaire des reliques et celle de ce garnement. Il faut nettoyer derrière nous. Tu iras en Limousin pendant que je filerai vers Milan et tu me rejoindras par Marseille. Le marquis des Éperviers et Brandelis de Grandville ne doivent parler à aucun prix.

## CHAPITRE SIXIÈME

# *Où resurgit le singulier abbé de Martel*

Victor ne retrouva l'usage de la parole qu'une semaine après son accident. Il demeurait paralysé mais frère Carolus, dont la science avait été la cause humaine de sa survie, dissipait toute inquiétude en répétant qu'il serait sur pied pour la Noël, c'est-à-dire deux semaines plus tard. Il se refusa farouchement cependant à le laisser transporter à Paris, tant parce qu'il estimait dangereux de le bouger si tôt après sa blessure, que parce qu'il ne se résolvait pas au fond à voir lui échapper si vite un être qu'il sentait capable d'illuminer sa terrible solitude. Le prieuré de Notre-Dame-des-Mesches fut dès lors, chaque jour, assailli d'un vol d'équipages et de voitures qui jetèrent, à la porte de ce lieu retiré, un peu du vacarme et du trouble de la vie séculière.

Les Thésut vinrent à cinq ou six reprises et l'abbé, qui avait observé au cours de sa dernière visite Victor commençant à décoller insensiblement la tête de ses oreillers, reparut seul au bout de quatre jours, serrant sous son bras une dizaine de gros dossiers ficelés par un ruban bleu.

– Voilà pour le temps où vous pourrez de nouveau lire ! fit-il en déposant son fardeau près de la porte.

Et sortant de dessous sa pelisse une caissette de sapin qu'il posa par-dessus la pile, il ajouta :

– Auparavant, pour vous donner des forces, vous goûterez ceci. Ce sont des chocolats fourrés d'amande que notre sœur l'abbesse nous mitonne à Mâcon, dans son couvent des Augustines.

Victor le remercia, en forçant, dans un sourire, ses traits restés brouillés.

– Je reviens de loin, murmura-t-il doucement.

– Vous revenez de l'Enfer, répliqua Thésut en pointant un index curieusement vers le ciel, votre histoire court sous le manteau par toute la ville… Voici qui va donner à moudre aux consciences et c'est tant mieux !

– Me voici donc célèbre, ironisa Victor, en faisant effort pour animer ses lèvres encore hésitantes.

Il se releva légèrement, découvrant ses cheveux qui avaient poussé en frisant et qui, collés par la sueur, fusaient en volutes sur sa nuque amaigrie.

– Oui, reprit Thésut emphatique en s'asseyant sur un prie-Dieu, votre courage force partout l'admiration… Songez par exemple que mon frère et moi recevons journellement des compliments pour vous avoir pris sous notre aile… Ah, quelle lumière vous faites dans notre crépuscule !

– Et vous, cher abbé, confia à son tour Victor, avec le chevalier et tous ceux que j'ai trouvés en arrivant ici, vous êtes la consolation des misères d'un proscrit auquel il ne manque désormais, pour se dire le garçon le plus comblé de la terre, que le sourire de ses deux sœurs et la tendre affection d'un père…

– Et la présence aimante d'une femme ! hasarda le visiteur.

– Une femme ? répéta Victor en se troublant.

– J'en sais une qui soupire après vous, lança Thésut avec la mine de quelqu'un qui s'apprête à trahir un secret.

– Ah ! monsieur, soupira le blessé en accomplissant un mouvement violent pour se hisser sur son coude… Voulez-vous pour une fois abandonner votre rôle de maître et me faire la grâce de devenir quelques secondes mon confident ?

– Si je le veux ! se récria l'oratorien crevant de fierté.

– C'est un secret entre nous, insista Victor, et il devra rester tel jusqu'au jour où la publicité des choses le rendra caduc.

Ayant dit ces mots, il descendit dans l'âme du vieil homme, plantant dans le fond de son regard mouillé mais pétillant d'intelligence ses propres prunelles qui irradiaient encore de fièvre.

– Je sais ce que vous vous êtes mis en tête avec madame de Fontalon à mon sujet.

– Nous n'avons fait que resserrer un peu la trame de votre conte de fées.

– Les contes de fées, objecta Victor, sont écrits pour faire rêver les gens, non point, mon cher maître, pour déchaîner le malheur…

– Que voulez-vous dire ? demanda Thésut sorti par un réflexe inquiet de son ravissement.

– Ceci ! et ce sera l'objet de ma confidence… Le cœur de mademoiselle de Solsac est pris et il n'est plus désormais en mon pouvoir de faire son bonheur.

– Infortuné jeune homme ! gémit l'abbé portant ses bras à ses oreilles dans le geste expressif d'un pleureur du chœur antique.

– Ne vous désolez pas ! reprit Victor en s'emparant du poignet de son confident, les choses sont partagées… J'aime mademoiselle de Solsac comme on aime une amie mais à aucun moment je n'ai songé à la prendre pour épouse.

L'abbé éberlué, et qui paraissait ne plus rien comprendre, secoua sa tête grise que le foisonnement de sa perruque transformait en chou-fleur.

– Non ! vraiment non ! soupira-t-il soudain désemparé, je ne puis rien redire à cela puisque je n'ai aucune expérience de ce genre de langueur… Vous êtes seul juge, mais il me va falloir maintenant arrêter ce que j'avais imprudemment lancé…

– Lancé ? s'effraya Victor.

– Eh, oui ! répliqua l'abbé qui n'en menait plus large, ma commère madame de Fontalon et moi-même avons fait du petit point dans votre dos… Elle a parlé à votre oncle, la veille de votre accident, et je crains que les choses ne se soient un peu avancées.

– Mon Dieu ! soupira faiblement le blessé.

– Souriez !… Souriez, je vous en prie ! supplia vivement Thésut en se jetant à genoux près de la couche de son élève, un jeune homme tel que vous, après ce qu'il vient d'endurer, saura bien se tirer de ce mauvais pas.

– Oui, répliqua le blessé qui retrouva d'un coup sa mine avenante pour lâcher perfidement : d'autant que je vous tiens désormais pour mon allié.

L'abbé eut un geste résigné pour marquer qu'il s'y trouvait contraint.

Le vidame vint, lui aussi, presque chaque jour à Notre-Dame-des-Mesches. Les démêlés de Victor, l'activité qu'avait déployée Jean-Hercule pour le sauver, le flot de confidences engrangées chaque jour au cours de leurs entretiens seul à seul, achevèrent de souder l'amitié des deux garçons.

Notre héros, avec un art de mener son récit et ménager ses effets digne d'un historien, narra enfin, sans fard, l'histoire de Maximilien de Carresse, sa liaison avec madame de Gargilesse, les premiers émois éprouvés en compagnie de Marie, puis la fantasmagorique scène du roc d'Ambayrès. Le vidame, réfugié sur un coin de sa couche, l'écoutait bouche bée.

– Ah ! conclut-il, sous le coup du bouillonnement de ces images fortes, quelle chance vous avez eue de rencontrer ce personnage… C'est un caractère propre à passer des couleurs sur l'égoïste grisaille de ce siècle.

– Je vous l'avoue, Hercule, reprit Victor, s'il me fallait, toute modestie rangée, racheter comme Notre Seigneur la félicité par la souffrance, j'accepterais encore dix fois de recevoir le coup que m'a donné le Calabrais pour la joie d'avoir connu ceux qui m'ont aidé depuis que j'ai quitté mon père… Maximilien fut le premier sur ma route, lui que j'ai si mal servi depuis que je suis ici.

– Ne dites pas cela ! trancha le vidame, grâce à vous, Vendôme s'en retourne en Italie et il ne pourra avant longtemps nuire au chevalier ni à Brandelis de Grandville. D'ailleurs, vous n'avez plus le droit de vous livrer au tourment. Vous ne devez songer qu'à guérir et conserver vos loisirs à ceux qui se morfondent de vous.

– Qui ? demanda le blessé sans pouvoir contenir un mouvement de surprise.

– Vous le savez fort bien, gronda aimablement Hercule, depuis que j'ai vu Clémire de Grandville, je sais que, à Paris comme à Rignac, on a de l'intérêt pour vous…

– Qu'a-t-elle dit que vous ne m'avez point rapporté ? s'inquiéta Victor avec vivacité.

– Rien ! rien du moins de ce dont vous souhaiteriez être tout à fait certain à son sujet, mais ses yeux ont parlé pour elle.

– Vous ne pouviez me toucher davantage. Je ne suis en effet jamais parvenu à me persuader que les choses puissent être un jour avec elle au point où je l'ai osé rêver.

– Votre innocence vous a mis des œillères, répliqua Jean-Hercule en considérant avec émotion l'exaltation qui venait de se peindre sur le visage de son ami, et que diriez-vous, à présent que la chose est avérée, si vous la voyiez entrer dans cette pièce ?

– Maintenant ?

– Tout de suite ! confirma le vidame, elle vous attend dans le chauffoir… Elle a tenu à m'accompagner aujourd'hui pour vous remercier de ce que vous avez exécuté pour son frère.

Jean-Hercule alla jusqu'à la porte et ramena Clémire en la tirant par une main.

– Malheureux ! dire que vous avez enduré tout cela pour nous, soupira la nouvelle venue lorsqu'elle se fut agenouillée près du blessé.

– Vous ne devez rien vous reprocher, protesta celui-ci sous le coup d'une tension qui le fit parvenir à se soulever sans aide, je me suis trouvé sur le chemin de la méchanceté, voilà tout !… J'y étais pour la défense de Brandelis mais aussi pour celle de Maximilien de Carresse dont je vous ai conté l'histoire… Hercule vous a déjà confié que ces affres n'avaient pas été inutiles puisque notre ennemi avait dû s'en retourner en Italie. Mon oncle tient désormais pour certain que le procès de votre frère pourra être refait.

– Grâce à vous, l'avenir de l'abbé s'éclaircit, murmura-t-elle en s'empressant de le soutenir par les épaules lorsqu'elle le vit sur le point de retomber en arrière, il ne reste plus maintenant qu'à attendre qu'il se manifeste.

– Depuis quand ne l'avez-vous pas vu ? s'enquit-il sans pouvoir dissimuler sa surprise.

– Sept jours ! répliqua-t-elle. La dernière fois qu'il est venu à Colombes, c'est dans la nuit qui a précédé votre accident. Il m'avait promis de repasser le surlendemain et il ne l'a pas fait…

– Sans doute se montre-t-il prudent, hasarda le vidame dans le dessein de rassurer.

– Non ! je suis inquiète, appuya Clémire.

– Cela est surprenant, opina Victor, Brandelis en effet n'est pas homme à manquer ses rendez-vous… Il faut demander à François Guyot s'il sait quelque chose et, au cas où lui non plus n'ait pas d'information, prévenir sans délai la justice.

Il se tourna vers Clémire en s'efforçant de lui sourire.

– Votre frère n'a plus grand-chose à craindre depuis que, pour ce qui le regarde, l'intimidation est sans pouvoir sur la décision des magistrats… Je le pressens, Clémire, le temps est proche où nous serons tous réunis sous les lilas de Colombes pour entonner des gaudeamus [1]. Quel beau printemps ce sera !

– Puissiez-vous dire vrai ! souffla-t-elle en pressant la main qu'il avait laissée au-dessus des couvertures.

À son tour, il s'empara de ses doigts qu'elle ne retira pas.

– Ma douce, murmura-t-il presque imperceptiblement, plus je vous regarde et plus je me sens guérir.

Tout en disant ces paroles, pour la première fois depuis qu'il gisait là, il parvint à s'asseoir tout à fait.

– Lorsque je serai sorti de ces fièvres, reprit-il, lorsque je pourrai de nouveau courir jusqu'à Colombes, nous irons au verger de vos bons parents. Depuis là, nous regarderons Paris par-dessus les boucles de la Seine… Nous nous émerveillerons ensemble du renouvellement des jours et dirons sans frein les mille sottises qui nous viendront à la bouche.

– Ah, Victor ! s'exclama-t-elle les yeux débordants de larmes diaprées, sommes-nous si exigeants nous qui ne réclamons qu'un peu de paix ?

– Je vous en fais le serment, Clémire, promit-il, dès que j'aurai pu renfiler mes bottes, vous jouirez de cette paix.

Elle glissa son autre main contre celle qu'il gardait

1. Chants de réjouissance.

depuis un moment sur son cœur en l'écrasant de toutes ses forces.

– Grâce à Dieu, je vous ai, balbutia-t-elle avec un air d'abandon qui la fit paraître à Victor, à cette seconde, plus belle encore que jamais auparavant dans ses rêves.

Les jours qui suivirent cette scène, remplis d'amicales visites et de lectures paisibles, filèrent si vite qu'on les eût pu croire bousculés par la bise d'hiver. Vint l'heure où frère Carolus parla à Victor de quitter Notre-Dame-des-Mesches. Il lui en fit l'annonce la veille de Noël comme il s'affairait à ôter les petites aiguilles d'or qu'il lui plantait chaque matin, en haie serrée, au beau milieu du dos.

– Je vous renvoie demain fêter la Nativité dans votre famille, lui dit-il, mais je vous regretterai… Je m'étais fait à votre présence et à nos entretiens paisibles.

– Allons, mon frère ! protesta le miraculé en se dressant sur ses jambes car il marchait sans difficultés depuis bientôt trois jours, vous oubliez de dire que j'étais un fardeau et que je ne vous ai presque jamais laissé dormir pendant les premiers temps de mon séjour ici…

Voyant le moine qui continuait de s'attrister, il ajouta :

– Pour moi aussi, Carolus, les heures que j'ai passées dans ce prieuré resteront, en dépit des souffrances, inoubliables… J'ai beaucoup appris près de vous puisque, non content de m'avoir tiré des griffes de la mort, vous avez rempli mon cœur d'espérance et ma tête de raison.

– Que serions-nous, pauvres fous de Dieu, reprit le religieux, si nous n'avions personne à sauver ?… Ce qui me manque le plus, dans ce lieu écarté, c'est tout ce que vous m'avez apporté : l'élan que procure la jeunesse et le bienfait que confère la connaissance.

– La connaissance ! mais qui, plus que vous, peut se vanter de la posséder ?

– Je sais beaucoup de choses, c'est vrai, répondit le moine en lissant sa barbe, des secrets auxquels je me suis initié sous d'autres soleils et qui pourraient être d'un grand secours à tout le genre humain… Mais voilà, les supérieurs de notre ordre, obsédés par-dessus tout de débusquer le péché d'orgueil, m'ont condamné à croupir dans cet endroit peuplé de frères coupe-choux[1] et à m'y engluer dans l'ignorance. Un savoir qui ne s'échange ni se confronte, c'est un savoir qui meurt… Depuis bientôt quatre ans, je précipite ici tous les jours mon esprit dans le vide et il n'est pas de seconde où je ne m'effraye moi-même de la profondeur de ma chute.

– Mais, Carolus, vous qui n'avez cessé de vouloir me convaincre de la nécessité des actes de courage, pourquoi ne prenez-vous pas les moyens d'échapper à cet entraînement ?

– Je ne le désire pas, repartit le moine, j'ai demandé le secours de l'Église à la suite d'une vie heurtée de débauches et de méfaits… Elle m'a accueilli sans hésiter et, depuis lors, tant par reconnaissance que par véritable esprit de pénitence, je me soumets en tout à ses rigueurs.

– Quel est le motif du choix d'une aussi dure retraite ? insista Victor, n'existait-il pas des congrégations plus libérales au sein desquelles vous eussiez pu vous rendre utile en répandant vos lumières ?

– La crainte de l'Enfer et de la damnation a arrêté un jour ma main criminelle. Le cynique qui a éprouvé cela une seule fois en frissonne le restant de sa vie !… J'avais trop à me faire pardonner et, pour être plus certain d'arracher mon salut, je suis allé sciemment vers cette

1. Moines vagabonds.

congrégation entrée depuis longtemps en décadence : la discipline des corps, celle à laquelle je n'attache aucune importance, s'y trouve relâchée à l'extrême : celle des esprits en revanche demeure dans un brodequin ainsi qu'au Moyen Âge. On ose y nier de nos jours encore que la terre fasse le tour du soleil, on s'y refuse à croire que l'Amérique existe ailleurs que dans l'imagination de quelques imposteurs. Ces péchés contre l'intelligence sont ma punition distillée goutte à goutte comme l'acide qui rongerait une corde à laquelle tiendrait tout le poids de mon corps... Je les assume, immodestement persuadé, ce faisant, de pouvoir contempler les traces de mes crimes s'effaçant une à une.

– Je n'ai jamais vu si belle foi que la vôtre ! s'exclama Victor en sautant au cou de son sauveur... Je repars d'ici plein de courage pour affronter les épreuves que Dieu n'inflige, comme vous le professez, qu'à ceux qui ne lui sont pas indifférents.

– Voici qui me paye de toutes les angoisses que vous m'avez procurées ! répondit le moine en étreignant son patient.

Il éleva son regard vers une fenestrelle au travers de laquelle se découvrait, sous la neige, la plaine de Créteil striée dans les lointains par la ramure noircie de quelques rangs d'arbuscules.

– J'espère en tout cas que vous n'oublierez ni votre pauvre Carolus, ni le chemin de cette maison.

– Je vous le jure, promit gravement le miraculé de Notre-Dame-des-Mesches.

Jamais le bonheur de Stella n'avait paru si manifeste que lorsqu'elle vit reparaître Victor sur le seuil du boudoir où une chambrière lui apprenait à broder. Madame Davignon avait su mettre à profit les quatre semaines au cours desquelles l'enfant s'était trouvée privée de son dieu pour réussir à gagner sa confiance. À son tour elle en était devenue idolâtre, l'accoutumant à vivre tout le jour dans ses appartements, fourrée dans ses jupons ou blottie dans un recoin du salon où se tenait la compagnie ; la faisant enfin, telle une vraie petite dame, parer d'une robe retroussée de calemande beige et de souliers de tripe blanche. Ses femmes de chambre s'étaient elles aussi piquées au jeu, pendant leurs heures de récréation, de la prendre pour mascotte. Elles la peignaient, la brossaient, avaient ramené ses cheveux fous dans un ruban de velours. Elles avaient de la sorte découvert un minois plein de fossettes qui finissait d'en faire une poupée et des yeux noirs dans lesquels un pétillement espiègle était venu dissiper les effarements des temps de sauvagerie.

Stella, laissant choir son ouvrage, quitta son tabouret, et Victor, qui ne songeait plus à la douleur de son dos, lâcha son bissac pour la recueillir dans ses bras.

– Te voici demoiselle ! s'écria-t-il en caressant son front pour chercher les mèches folles qui n'y retombaient plus.

Suivi du vidame qui était venu le chercher au prieuré, la fillette toujours accrochée à son cou, il tourbillonna au travers de l'enfilade des salons où une ribambelle de valets en tabliers s'affairaient aux préparatifs d'un gala.

C'est à peu près un feu follet qui fit irruption dans l'antichambre de madame Davignon.

– Victor ! exulta celle-ci en se précipitant, nous n'en finirons pas de rendre grâce au ciel…

– Les semaines passées ne sont plus qu'un mauvais rêve, proclama le jeune homme en déposant une succession de baisers tièdes sur chaque doigt de sa tante, vous avez devant vous un Victor tout neuf, qui vous promet de ne plus jamais s'attrister et de ne se conduire désormais qu'avec la plus extrême prudence.

– Qu'importe ! hoqueta-t-elle, de quelque façon que

vous soyiez, je vous chérirai… Je serai votre grande sœur… Votre confidente si vous m'acceptez pour telle. Je ne réprouve nullement vos récentes folies : je les admire, je les vénère, puisque la droiture et la générosité ont été seules à les dicter.

– Si vous saviez comme la vie me paraît belle ! reprit le garçon avec transport, il me semble renaître, découvrir cette maison, avoir renfermé le passé dans un tombeau et engrangé des trésors d'heures pour vous aimer.

Madame Davignon, gagnée par une émotion qu'elle contenait mal, conduisit son neveu jusqu'à la porte dissimulant le petit escalier de son paradis.

– Nous donnons ce soir une petite fête en votre honneur, lui glissa-t-elle avant de s'esquiver, nous avons réuni tous ceux qui se réjouissent avec nous de votre retour.

En quelques enjambées notre héros fut à l'étage où Stella, qui venait de se précipiter pour passer devant lui, barrait toute la largeur du couloir de ses bras maigres étendus. Elle lui fit un signe de se mettre à genoux, puis dénoua, pour lui bander les yeux, le ruban qui maintenait ses cheveux en catogan. L'ayant ainsi à peu près aveuglé, elle le poussa dans sa chambre où, rien qu'en les touchant, il compta sur son lit quatre habits neufs restés pliés dans leurs housses de futaine. N'y tenant plus, il releva un coin du bandeau qu'avait improvisé sa protégée ; ce fut pour découvrir, dans un ordre impeccable, une canne à pommeau d'or, deux petits chapeaux gris, des gants parfumés, une passacaille de renard, des souliers à bouton de nacre rangés dans leurs caisses de bois, enfin des jabots et des mouchoirs au point de Gênes et de Venise. Elle le prit ensuite par la main pour le mener dans un cabinet attenant où elle s'amusa à lui faire caresser longuement des perruques posées sur leurs formes, puis, dans un coffret marqueté, un nécessaire de toilette alignant plusieurs rangs de flacons de cristal à gros bouchons d'argent.

Bouleversé des attentions qu'on avait eues pour lui, il assit Stella sur son bras et, se souvenant que madame de Gargilesse la lui avait désignée comme son bon génie, il la couvrit de baisers de reconnaissance. Le bonheur, tandis qu'il aspirait chaque seconde avec la gloutonnerie dont sont capables les miraculés, lui venait à la bouche comme un miel. Lorsqu'il eut reposé la fillette à terre, il appliqua contre sa joue le col moelleux de la robe de chambre de pintado qu'il venait de dépendre d'une patère. Elle était semblable à celles que portaient Hercule et Diane lorsqu'il les avait surpris en négligé et ce doux contact, par l'étincelle que doivent produire tous les plaisirs tactiles dans la même partie du cerveau, lui rappela un souvenir se rattachant à son enfance : de grosses serviettes râpeuses de chanvre dont Angèle, sa nourrice, le frottait jusqu'au sang au sortir du baquet où elle l'avait baigné. Impatient de calmer le trémoussement de sa joie en la confiant à sa famille, il s'installa à son petit bureau pour écrire à ses sœurs et à son oncle de Tressan.

Sa lettre qui racontait sur un ton forfantier le menu de ses aventures, se terminait ainsi :

« ... *Partout, mes chères sœurs, mon cher oncle, il n'est bruit que de votre aimable Victor. Tout Paris s'interroge et se demande où est Gironde ; où se trouve la souche que produit des rejetons aussi dégourdis et lestes.*

*Vous le voyez, la modestie n'est pas le fort des têtes brûlées, surtout lorsqu'elles font leur farandole sur les bords de la Seine.*

*Votre Victor qui vous aime et qui, dans sa folie, ne vous oublie pas.* »

Le souper, vers neuf heures, rassembla le petit noyau des habitants de l'Hôtel Davignon, grossi de madame de Fontalon, de Diane de Solsac et des Thésut. Victor, paré d'un habit de velours bleu nuit, découvrit, autour d'une table abondante, le saute-bouchon de Champagne[1], cette nouveauté propre à attiser l'extravagance dont le moine Dom Pérignon à Reims conservait encore le secret.

– Je serai au Palais-Royal dès demain, avait-il annoncé aux Thésut en descendant les accueillir dans la cour pour les conduire jusqu'aux deux coins de leur habituelle ottomane.

– Vous allez retrouver de l'entassement, prévint l'abbé, sans vous désormais nous sommes perdus.

– C'est également demain, renchérit le chevalier, que vous ferez la connaissance du duc d'Orléans. Il voulait vous voir en particulier depuis que nous lui faisions vos louanges mais vos démêlés avec Vendôme ont achevé de le rendre impatient.

– Impatient ! releva Victor flatté.

– On ne peut mieux traduire son état, confirma l'aîné des Thésut, il montera vous surprendre à l'œuvre, vous rendant les honneurs qu'il n'accordait jusque-là qu'à notre impotence.

– Me croit-il estropié ? s'effraya le rescapé de Notre-Dame-des-Mesches avant de tourner vers l'abbé une figure où de l'ironie venait le disputer à de la sévérité… Au moins ne lui en avez-vous pas dit plus qu'il ne m'en était arrivé vraiment ?

– La bonne littérature admet les ornements, répliqua bénignement l'abbé en triturant la boutonnière de sa soutanelle, et vous me connaissez suffisamment à présent pour savoir que je ne me pique que de bonne littérature.

– Alors, fit Victor en riant franchement, me faudra-

1. Premier nom donné au champagne.

t-il dorénavant, pour me conformer à vos dires, aller à cloche-pied ?

– Vous demeurerez assis, ricana le vidame qui venait de surprendre la fin de la conversation, voilà la seule digne position des boucaniers glorieux !

Sur ces entrefaites, Diane de Solsac fit une entrée de reine. Sous une ample cape de loup, elle portait une robe de taffetas gommé au bustier couvert de diamants du Temple, sortes de pierre de cristal coloré fabriquées dans l'enclos des anciens chevaliers, qui, ce soir-là, la faisaient étinceler, davantage que la châsse d'un saint patron. Madame de Fontalon, s'essoufflant dans son sillage, tout hérissée de plumes et d'aigrettes, alla, dans un assaut furieux, se pendre au cou de Victor.

– Je vous retrouve, jeune David ! s'exclama-t-elle emphatique, le troupeau augustinien vous sait gré d'avoir su taquiner Vendôme et ses jésuites.

Elle se rapprocha pour parler bas, dissimulant le galop de son babil dans une extrémité de sa cravate de martre.

– Diane n'a plus vécu jusqu'à vous savoir hors de danger. Elle ne mangeait plus, ne dormait plus, dépérissait à vue d'œil !... Elle n'est revenue à la vie qu'après vous avoir vu sourire au fond de votre prieuré... Heureux garçon vraiment !

– Je sais tout cela, madame, dit Victor, en prenant bien soin de peser chaque mot, je suis fort touché de cette franche amitié...

– De l'amitié ! se récria la bonne femme en faisant claquer son éventail sur l'épaule du neveu de ses hôtes, va ! ne faites pas l'innocent... La gale ni l'amour ne se peuvent cacher.

– De mon côté, madame, balbutia Victor à la torture, je vous assure que, même si la force de notre connivence a pu faire croire à autre chose, il n'en est rien !

– Vous n'abuserez pas ma vieillesse ! se contenta de répliquer, en ricanant, madame de Fontalon.

– Laissons venir les jours, marmonna Victor cramoisi de dépit mais capable de forcer son enjouement pour offrir avec grâce son bras à l'impénitente bavarde.

Il la conduisit jusque devant les Thésut alors, en train de se débattre pour lutter contre le froid qui les saisissait immanquablement dès qu'ils quittaient leurs appartements surchauffés. Le chevalier, les genoux couverts d'une couverture, dessinait sur le parquet des figures de balistique à l'aide de la pointe de sa canne. L'abbé le considérait avec un air d'énervement, étirant nerveusement ses mitaines fourrées qui laissaient apercevoir le bout de ses ongles lunulés.

Le héros de la fête ayant laissé les trois vieux complices se lamenter en chœur sur la froidure, la misère des temps et l'effronterie de la jeunesse, s'esquiva pour rejoindre Diane qui venait de lui faire un signe par la porte entrebâillée d'un cabinet.

– Ma tante est toujours aussi entêtée de son projet, soupira-t-elle sans couleurs, et encore plus à présent qu'elle vous décrit en tournoyeur du parti janséniste.

– La peste soit de la gloire ! brocarda Victor avant de confier : de mon côté, j'ai parlé à l'abbé et j'en ai fait notre compère. Je pense lui avoir fait comprendre – plus par amitié pour moi que par raison – que nous n'avions l'un pour l'autre aucune inclination. Il devrait bientôt venir à notre secours.

– Qu'il se presse, soupira-t-elle, je n'y tiens plus. Ma tante est persuadée que nous nous moquons d'elle, que son idée est la bonne et qu'elle fera notre bonheur envers et contre nous. Elle a mis vos parents dans sa confidence… Savez-vous ce qu'ils en pensent ?

– Non, répondit Victor, mon oncle est si glaçant que je n'ose pas lui parler en tête à tête.

– Tenons bon ! répliqua Diane en couvrant de ses doigts effilés par le toucher du clavecin les poings fermés du garçon, tenons bon et nous viendrons à bout de leur fol entêtement !

Le lendemain, dès six heures, Victor se retrouva au Palais-Royal, habité par l'heureuse sensation de clore une parenthèse qu'éprouvent tous les malades en reprenant des habitudes.

Arrivé dans la cour du palais, il fut retenu de pénétrer dans le grand vestibule par un attroupement de gens que contenaient plusieurs cordons de chevau-légers aux manches nouées par de longs brassards de deuil. Des pages en mandilles noires, marchant entre deux files de chapelains en surplis à liséré violet, entouraient six mousquetaires qui allèrent déposer, sur un char tendu de draps mortuaires, le riche cercueil qu'ils venaient de descendre de l'étage.

Le vieil abbé de Grancey, premier aumônier de l'ancien duc d'Orléans, auquel deux vicaires venaient d'ajuster aux épaules une lourde chasuble brodée d'une pluie de larmes d'argent, s'empara du goupillon qu'un vicaire lui présentait dans un seau de vermeil.

– Voici de la vaisselle que ce coquin n'emportera pas en s'en allant ! lança tout haut un bourgeois qui avait trouvé à point ce divertissement sur le chemin qui le menait à sa boutique.

– Et d'un petit goupillon dont il ne tâtera pas ! ajouta à la cantonade un laquais fort en gueule, soulignant son méchant trait, que l'assistance venait de saluer d'un franc éclat de rire, d'un geste parfaitement obscène.

– Qui est-ce ? demanda Victor à sa voisine, une femme au casaquin proéminent qui n'avait cessé de crier qu'on dérangeait sa toilette en la pressant.

– Le chevalier de Lorraine, l'ancien Céladon[1] de

1. Amant langoureux. Allusion à un personnage de *L'Astrée*.

Monsieur qui n'aura survécu à son maître-valet que deux ans… Il m'est avis que le jeune prince, là-haut, ne doit pas trop regretter le départ de cette extravagante survivance des folies de son père.

Notre héros, stupéfait par ce pétardement d'épitaphes gravées au fiel, entreprit de se faufiler comme il put sur les franges de la houle humaine que le froid de ce petit matin de janvier floquetait de brume. Tout en jouant des coudes, il s'essaya à ressaisir les traits du défunt qu'il se souvenait avoir croisé deux ou trois fois dans les couloirs du palais : vieux beau portant avantageusement ses soixante ans, toujours inscrit dans la gloire d'un cercle de gardes et de laquais, se soutenant en toutes occasions, comme s'il était partout le maître, avec un aplomb fulgurant et des airs de hauteur. Ne prévoyant pas encore que ce mort, auquel les commérages et le brouhaha l'avaient retenu de rendre l'hommage d'une prière, allait se retrouver en travers de sa route, il se hissa en quelques bonds jusqu'à la porte des Thésut.

Il les retrouva tous deux, réfugiés dans l'embrasure d'une fenêtre, observant, avec des trémoussements de joie non dissimulés, le départ pour son caveau des Filles de l'Assomption de ce favori de leur ancien maître qu'ils avaient toujours rangé au nombre de leurs plus constants ennemis.

– Eh, oui ! mon frère, raillait le chevalier, les meilleures choses ont une fin… Une plaisanterie de quarante ans qui n'aura pas été la plus fine ni la mieux saucée de cette cour…

– Enfin une source d'épargne ! renchérit l'abbé, et une aubaine pour Son Altesse, bien magnanime jusqu'à présent d'avoir voulu répondre de toutes les dettes de son père.

Se tournant vers Victor, il conclut :

– Vous revenu ici en place de ce vaurien qui s'en va : c'est un jour à marquer de deux pierres blanches !

Le nouveau venu sourit au compliment et gagna son bureau près duquel, inconfortablement coincé contre un pied pour avoir refusé pendant quatre semaines de s'installer à son aise, l'attendait le fidèle Ponceau. Le papier s'était entassé ponctuellement, furieusement même, mais le jeune secrétaire, en le truffant de papirolles annotées, avait veillé à le classer par matière et par urgence. On voyait des paquets partout : çà et là sur des tables et des consoles, en damiers impeccables sur la bordure de la grande savonnerie recouvrant tout coin du salon, enfin, dans l'embrasure des fenêtres, dont aucune n'aurait pu être ouverte sans se trouver au préalable dégagée.

Le revenant, agité par l'industrie fébrile de ceux qui se sont vus au bord d'être livrés à la glace de la paralysie, ne prit pas plus de trois heures pour arpenter les moindres recoins de son retard.

Vers la fin de la matinée, alors qu'il s'apprêtait à entamer en fredonnant la lecture d'un ancien bail breton bâclé dans l'illisible écriture du XVIe siècle, il fut interrompu par l'irruption de deux des garçons bleus qui étaient accoutumés de garder les portes des fils et petits-fils de France.

Le prince parut, vêtu selon son rang d'un habit de velours grenat à chamarrures d'or avec une brassière ramagée et des bas de soie à guipures. Les formes lourdes, venues tôt chez lui, comme chez presque tous les Bourbons depuis qu'ils avaient hérité de la graisse des derniers Médicis, le faisaient paraître plus que ses vingt-huit ans. Pourtant, l'on n'aurait su trouver, hormis chez le roi cette parfaite idole de la monarchie, plus d'affabilité sous plus de majesté et davantage de malice sous un abord aussi digne.

L'abbé de Thésut, conservant dans son dos un maroquin qui paraissait lui servir de contrepoids, s'était hâté au-devant de l'illustre visiteur pour exécuter, en frétillant, quatre ou cinq révérences marquées.

– Voici, je présume, votre glorieux disciple, s'exclama le duc après avoir considéré Victor resté planté près de son siège.

– Monsieur de Felzins, le fils du comte de Gironde, annonça l'abbé en faisant signe à son protégé d'approcher, comme je vous l'ai signalé, Altesse, sa famille est alliée à la vôtre par les Albret… Les Gironde sont du Rouergue et même, selon monsieur d'Hozier, en possession de leur fief depuis Charlemagne.

– Charlemagne ! s'émerveilla le neveu du roi dans un hochement de la tête… Votre lignée n'a donc rien à envier à la mienne qui n'a jamais su très bien s'y retrouver dans tous les Robert qui ont précédé Capet.

– Altesse, balbutia Victor, vous allez me faire rougir et il faut vous donner tout de suite avis que ma modestie naturelle ne résiste jamais longtemps à l'assaut des flatteries… Qui plus est, je viens d'une province où l'on a le tort en naissant de se croire âprement supérieurs.

– Toutes les provinces devraient entretenir cette même bonne idée de leurs talents, enchaîna le prince avec enjouement, c'est la nation dans son entier qui tirerait les meilleurs fruits de cette émulation.

– Je vous entends, Altesse, répliqua Victor en se fendant de son plus large sourire, mais il faudrait nous souvenir des folies que trop de rivalités intestines ont fait commettre à nos pères.

– Nécessaire et difficile équilibre en effet, opina le duc, que celui qui doit s'instituer entre la quiétude paralysante et les passions ravageuses. L'avenir devra savoir jongler avec ces contradictions… Mais, pour l'heure, je me réjouis de constater que vous avez, en sus de tout ce qu'on m'a annoncé, la fibre politique.

Il se tourna vers le cadet des Thésut, alors presque en

extase à force de couvrir son élève d'un regard où palpitait quelque chose qui ressemblait à de l'orgueil.

– Vraiment, cher abbé, votre confiance ne pouvait pas se trouver mieux placée qu'en ce garçon. Comme feu mon père, j'aime à savoir ma maison peuplée d'esprits prompts à saisir les idées et de volontés que la remise en cause des acquis n'effraye pas. En outre, vous vous en doutez, rien ne pouvait me faire plus de plaisir que savoir Vendôme agacé par quelqu'un de chez moi... Jeune homme ! si vous souhaitez demeurer parmi nous, la reconnaissance et la protection de ma famille vous seront assurées de mon vivant et par-delà ma mort. Considérez-vous, dès cette minute, si tel est votre désir, comme un fidèle de la Maison d'Orléans.

– C'est un honneur, Altesse, répliqua Victor qui, depuis qu'il s'était avancé, n'avait pas osé esquisser un geste, j'accepte mais c'est à condition que ces premières caresses de fortune seront à rabattre sur mes actes futurs.

Le chef de la branche cadette des Bourbons ressaisit son protégé par les épaules pour l'empêcher de s'incliner.

– Dispensez-vous de ce tour en ma présence ! protesta-t-il, vous avez d'ailleurs dû commencer à vous initier au style direct qui avait cours dans cette maison. Ici, point de circonlocutions pour déguiser les vérités : nous appelons un chat, un chat ; une défaite, une défaite ; un incapable, un incapable. Alors que tout ce qui s'agite à Versailles, se claquemure dans le secret et s'empâte dans la louange, nous sommes fiers de notre parler libre de Parisiens. Les Anglais domineront bientôt le monde parce que c'est la toute-puissance de leur opinion publique qui tend à devenir le moteur de leurs actions... Nous ne sommes pas moins doués qu'eux mais, en nous attachant à des survivances gothiques, nous annihilons à peu près tout le fruit de nos efforts...

Il cessa soudain de discourir en considérant la figure inchangée de Victor.

– Ne vous effrayez pas de ce que je vous dis là, fit-il en riant, j'ai pour habitude de coudre les pièces de mes discours à mesure que je les coupe.

– Je vous entends, Altesse, répliqua Victor, et, sans flagornerie cette fois, j'avoue vous entendre fort bien.

– Assez discouru pour aujourd'hui !... Je dois vous laisser à l'œuvre car j'ai toujours la crainte en montant ici de ne pas mesurer exactement le poids des tâches qui écrasent messieurs de Thésut... Avec eux je trouve toujours trop à point et cette perfection ne fait que conforter ma paresse.

– Sous un prince tel que vous, répliqua l'abbé en se dépliant de nouveau, il ne peut se trouver que de zélés serviteurs.

Le duc esquissait le mouvement de faire demi-tour lorsqu'il remarqua le chevalier, à l'autre bout de la pièce, étendu sur son confessionnal à portée d'un petit poêle de faïence.

– Toujours cette maudite goutte, chevalier ? s'enquit le neveu du roi en s'approchant.

– Ou le fiel de quelqu'un de vos jésuites ! bougonna le vieillard dont le front blanchi disparaissait sous le guingois d'un antique bonnet.

– Chevalier, supplia Orléans, je vous le demande à genoux, ne me grondez pas de nouveau pour mes jésuites. Vous m'en avez dit suffisamment là-dessus par le passé !... Vous savez que je suis tenu, comme tous les princes de ma maison, d'avoir plusieurs de ces gens-là chez moi... Vous savez tout autant que je n'en fais pas un usage exclusif...

– Altesse ! répliqua le chevalier en se dressant sur ses jambes maigres, vous venez, il n'y a pas cinq minutes, de flétrir l'usage intempestif qu'on fait dans ce pays du secret et de la louange. Voici un beau programme ! mais, croyez-vous que, pour y venir, il n'y ait pas d'autre pédagogie à observer que celle des renégats qui vont chercher leurs ordres de l'autre côté des Alpes ?

– N'ai-je pas pris mon confesseur à l'Oratoire ? lâcha béatement le prince.

– Certes, certes, parce que mon frère et moi vous y avons contraint… Mais il est quelqu'un dans votre ombre qui fait le lit de la Compagnie comme s'il y avait adhéré sans le dire.

– Vous voulez parler de Dubois, observa Orléans.

– Si fait, Altesse, bourrasqua le chevalier, Dubois dont vous couvrez tous les caprices !… Dubois qui vous abuse !…

– Je sais que vous ne l'avez jamais aimé, mais pour que vous vous mettiez dans cet état, il faut bien qu'il ait fait, cette fois, quelque chose de grave.

– Assurément, Altesse, une action noire et pleine de crapule qu'on ne saurait souffrir du principal confident d'un grand prince.

– Qu'est-ce donc ? hasarda Orléans prêt à tout entendre.

– La liste de décembre pour les bénéfices de votre nomination, Altesse, elle est partie à Versailles revêtue de votre petit sceau sans que nous l'ayons apostillée ici.

– Je me souviens en effet d'avoir signé quelque chose, bredouilla le duc avec un air d'embarras.

– Et en signant, vous avez truffé vos abbayes de gens dévoués au pape !

– On m'aura donc trompé ? murmura Orléans avec un accent de candeur parfaite.

– Dubois vous a trompé ! rectifia l'aîné des Thésut en se hissant sur la pointe de ses bottes, ce scélérat vous escroque des reconnaissances à proportion des crapuleries qu'il commet.

– Ah ! chevalier, soupira le neveu du roi, je sens que vous allez m'obliger à vider cette querelle sur l'heure.

– J'y compte bien, Altesse !

Et, soulignant la hardiesse de sa résolution d'un altier mouvement du menton, l'aîné des Thésut fit sauter la houppe de son bonnet qui oscilla entre ses yeux devenus deux fontaines de fiel.

– Soit ! fit Orléans vaincu avant de dépêcher l'un des garçons bleus quérir le présumé coupable.

Le chevalier, satisfait d'avoir marqué ce premier point, achevait de se camper à son avantage pour affronter l'ancien précepteur de son maître qu'il poursuivait depuis toujours d'une haine marâtre.

Le duc, qui venait de décrire quelques cercles rapides pour tromper sa gêne, changea brusquement de trajectoire et, dans une ultime tentative pour le fléchir, revint vers son vieux mentor.

– Mon bon Thésut, vous qui me connaissez depuis que j'étais au maillot, vous savez comme il m'en coûte d'entrer dans les querelles de mon particulier.

– Justement, Altesse ! repartit le chevalier dans une sorte de rugissement, je jubile pour de bon de vous contraindre… C'est parce qu'il est l'arbitre des choses infinitésimales de sa cour que Louis XIV est craint et passe pour grand roi. Vous êtes de son sang, nourrissez-vous – mais sur ce point seulement – de l'exemple qu'il vous donne !…

Ayant aligné ces bouts de phrases en les ponctuant de gestes saccadés, il porta méchamment son poing à son front.

– Non, Altesse, rectifia-t-il d'un accent tout d'un coup radouci, je ne vous force qu'à contrecœur mais il faut apprendre à nous montrer inflexibles devant l'entreprise de ceux qui nous abusent.

Dubois parut enfin, s'avançant ou pour mieux dire glissant avec une mine immodeste.

Victor, à sa vue, ne put contenir un cri de stupéfaction : celui qui venait de paraître n'était autre que l'étrange abbé de la table d'hôtes de Martel, le personnage retrouvé éperdu au fond de sa voiture à proximité du roc d'Ambayrès.

– Monsieur l'abbé ! ne put-il s'empêcher d'articuler suffisamment distinctement pour fixer tous les regards sur lui.

Dubois détourna la tête avec les autres mais sans d'abord, à cause de sa figure changée, paraître reconnaître celui qui l'avait hélé.

– Par exemple, fit-il de sa voix de fausset après avoir donné toutes les marques de céder au vertige de la réflexion, monsieur de Gironde !...

– Comment vous connaissez-vous ? s'effraya l'abbé de Thésut devenu statue.

Dubois prit la parole :

– Ce jeune homme, cher confrère, m'a fait l'honneur d'être, quelque temps en Limousin, mon compagnon de route.

Il roula aussitôt des yeux furieux pour retenir Victor d'ajouter autre chose.

– Stupéfiant ! bougonna depuis son coin le chevalier avant de marmonner pour lui : comme s'il n'y avait personne d'autre contre qui se cogner, tout au long de cent trente lieues, que cet escamoteur ?

Le prince fit signe à Dubois d'approcher.

– Monsieur, clama-t-il, vous me voyez à cette heure extrêmement fâché contre vous... Que me revient-il aux oreilles ?... Une feuille de bénéfices partie à la Maison du roi sans avoir été vérifiée et apostillée ici !

– Mais... protesta l'accusé que son maître d'un énergique mouvement de la main dissuada de poursuivre.

– Il suffit ! dans toute organisation il doit exister des coupures. Les bénéfices de ma nomination ont toujours été regardés comme affaires domaniales, ils appartiennent à messieurs de Thésut depuis toujours et sans hésitation possible.

– Croyez-le bien, Altesse ! répliqua Dubois d'un ton

furieusement papelard, j'y prêterai attention la prochaine fois.

– Nous y comptons ! trancha le prince en laissant aller sa main sur sa canne dans la pose auguste que Rigaud avait imaginée pour brosser le portrait de son oncle.

Dubois, outré, plus secoué de hoquets qu'un fagotin joueur de cymbales, s'éloigna à reculons puis, ayant brusquement aplati son tricorne par-dessus sa courte perruque grise, se jeta dans l'escalier en haut duquel il était apparu un instant auparavant triomphant.

– Êtes-vous satisfait, chevalier ? demanda Orléans d'un accent tout juste olympien.

– Je vous rends grâce, Altesse, répliqua le vieil homme, voilà comme devrait toujours parler quelqu'un de votre sang !

Le duc, somme toute flatté de se voir bien jugé, s'éloigna à pas mesurés, ne se tournant imperceptiblement que lorsqu'il fut sur la seconde marche du petit degré.

– Vous n'avez pas oublié que je partais demain pour Saint-Cloud et que j'allais, de là, passer le jour de l'an près de chez ma mère qui s'est mise en tête de rouvrir sa petite maison de Colombes… Voici bien un autre endroit où l'on va me chanter peu de laudes et bastantes pouilles… Qui me dira un jour pourquoi ceux qui m'aiment sont si durs avec moi ?

– Tout simplement parce qu'ils vous aiment, Altesse, répliqua le chevalier en s'inclinant raidement.

Faisant passer pour tromper le terrible trépignement de sa colère sa montre de gousset d'une main dans l'autre, Dubois, réfugié dans la magnifique antichambre d'un salon du premier étage attendait que son maître reparaisse.

– Alors, Altesse, fit-il avec assez de morgue, on se paye sur mon dos à présent ?

– Vermisseau ! lui répliqua le duc, tu devrais être fier que je me serve de toi pour couvrir ma dignité.

– Enfin, pincez-moi si je rêve, mais ne m'avez-vous pas dit vous-même de faire passer directement cette liste à Versailles ?

– Oui-da, monsieur le raisonneur ! et tu feras à nouveau de même lorsque je t'en prierai. Nous sauterons ainsi quelques-unes des charrettes de curés jansénistes qu'on nous prépare là-haut… Tu le sais, pour me l'avoir appris, les meilleures litanies et les meilleurs prêtres se doivent d'être incolores, sans génie et surtout sans humeurs.

– Et je serai de nouveau mandé pour vous servir publiquement de hochet, se lamenta Dubois, et une fois de plus, avant de vous faire une pinte de bon sang en m'obligeant avec eux à une réconciliation normande, vous me livrerez en pâture à ces vieux fatrasseurs.

– C'est ton risque, l'abbé… On ne manie pas le beurre sans se graisser les doigts !… Je suis disposé à tout pour satisfaire les Thésut sauf à leur céder sur le chapitre du fanatisme religieux. L'avenir – tu le dis toi-même – n'appartient pas à ces sortes de querelles. Voici bien l'une des rares choses que ne comprendront jamais ces êtres exceptionnels.

– C'est trop d'indulgence, glissa perfidement Dubois, il est tant d'autres sujets qui dépassent leur entendement !

L'année 1703 commença sans que reparaisse Brandelis de Grandville et la joie qu'avait éprouvée, en le voyant rétabli, le petit cercle qui gravitait autour de Victor, s'effilocha bien vite pour laisser de nouveau place à l'angoisse, cette lancinante compagne de l'incertitude.

Les jeunes gens se retrouvèrent sous prétexte de tirer les rois, dans la soirée du premier dimanche de janvier, à l'auberge du Compas d'Or, située rue Tire-Boudin, dans le quartier des Halles. Ils avaient choisi cet établissement servant de tête de ligne aux coches de Normandie, parce qu'on pouvait s'y fondre sans mal parmi les chalands et les employés de la messagerie. C'étaient tous gens trop affairés à ne pas se laisser voler leur siège dans les voitures en partance ou à se gorger de bouillon avant d'affronter la froidure, pour n'avoir pas loisir de se mêler des secrets qui s'échangeaient dans les recoins de la salle.

Clémire était descendue de Colombes par le coche d'eau de Saint-Germain que Victor était allé attendre au débarcadère des Tuileries, Diane avait fui pour quelques heures les idées fixes de madame de Fontalon et retrouvé Gabriel de Saint-Austremoine qui s'était échappé de la Maison de Malte en glissant quelques liards au portier. François Guyot enfin, sur intervention de Jean-Hercule, avait obtenu licet[1] de Ramsès. Au milieu de tous ces êtres enfuis de geôles plus ou moins consenties, les deux hôtes de l'Hôtel Davignon faisaient figures de génies descendus d'un Nirvana où l'existence devait avoir la suavité d'un miel, et l'air la légèreté de la myrrhe.

Dans la fumée des bouffardes, parmi des monticules de hardes et de malles d'osier, sur fond du parler rude de quelques bourgeois rouennais déjà sur les lieux pour s'en aller à l'aube, une conversation qu'on devinait âpre et triste roulait à la table de nos héros.

– Monsieur d'Argenson, constatait Jean-Hercule, a mis tous ses hommes sur pied de guerre depuis huit jours ; Paris a été passé au peigne fin, Brandelis demeure introuvable.

– Mon frère ne serait jamais resté un mois sans donner signe de vie, renchérissait Clémire à qui, par-

1. Congé.

dessous la table, Victor avait saisi la main, la condamnation du Parlement n'était pas chose qui puisse l'abattre. Il s'y attendait... Il savait même que ses ennemis ne négligeraient ni démarches ni pressions pour l'obtenir. À supposer qu'il ait pris peur, la fuite si subite et publique de Vendôme aurait dû le convaincre de reparaître...

– Il faut que nous inspections nous-mêmes les greniers du quartier des Halles, proposa Victor, c'est là qu'il vivait la dernière fois que je l'ai rencontré... La justice ne se fie pas à mes indications, elle continue de le chercher du côté des jésuites. Elle est persuadée que Brandelis se cache et qu'il ne reparaîtra que lorsque les charges pesant sur lui seront définitivement levées.

– Répétez-nous ce que vous a dit exactement l'abbé la dernière fois que vous l'avez vu, demanda le vidame.

– Quand je l'ai quitté à Saint-Eustache, il s'en allait acheter des oublies rue de la Truanderie. Il était fort troublé... Je ne sais quel crédit on pouvait prêter à ses phrases. Il disait par exemple qu'il vivait au bout du monde entre la Vierge et Isaïe...

– Au bout du monde, en êtes-vous certain ?... Vous n'avez point, si je ne m'abuse, rapporté ce détail aux gens du Châtelet ?

– Non, c'est vrai... Cela était-il si important ?

– Je le pense... Le Bout-du-Monde est le nom d'une rue longeant les restes du vieil Hôtel de Bourgogne, à deux pas du quartier de la Truanderie... C'est là qu'il nous faudra chercher en premier.

– Ciel ! balbutia Victor en se troublant, dire que j'ai pris pour divagation le véritable indice qu'il désirait sans doute me livrer...

– Ne vous désolez pas, murmura Clémire en accentuant la pression de sa main, vous avez déjà tant fait pour lui.

– C'est demain jour chômé... enchaîna le vidame, la

partie est liée pour l'aube ! Avec l'aide de ceux qui se joindront à nous, nous visiterons les demeures du quartier de l'Hôtel de Bourgogne. Nous mènerons notre enquête auprès des portiers, nous forcerons la porte des bourgeois et, s'il le faut, soudoierons leurs soubrettes.

Il se tourna vers Clémire, s'efforçant de paraître rassurant :

– Nous l'aurons retrouvé avant qu'il ne soit de nouveau nuit. La sœur de Brandelis, à ces mots, ne put retenir un soupir.

– Ayez confiance ! lui souffla Diane en s'approchant.

– Au pied du pilori des Halles, à sept heures, reprit mâlement le vidame, cela va-t-il à tous ?

– Nous y serons ! répondirent en chœur François Guyot et Gabriel de Saint-Austremoine.

– J'y songe, s'exclama tout d'un coup Victor, je puis avoir le renfort d'un solide gaillard, un porteur d'eau qui sait Paris mieux que le fond de sa poche.

– Acceptez-moi dans votre bande, supplia Diane, vous verrez ! je saute et je me hisse comme un vrai garnement… Je tiens cette agilité de mon enfance parmi les paysans lorsque je grimpais avec eux aux arbres pour dénicher les merles.

– Ce sera risqué, fit observer Victor, nous pouvons glisser sur les tuiles givrées…

– Je m'habillerai en homme, objecta la nièce de madame de Fontalon, et s'il arrive malheur vous n'aurez qu'à déclarer que je vous ai trompé en me faisant passer pour un garçon.

– Ceux qui sont vos amis sans savoir qui nous sommes, glissa perfidement le vidame, finiraient par nous croire.

Et sur cette impertinence qui valait acquiescement, il se tourna vers Clémire qu'il considéra avec un sérieux recouvré.

– Dès que nous aurons retrouvé votre frère, nous viendrons vous aviser à Colombes, lui dit-il.

– Je vous en supplie, protesta-t-elle, emmenez-moi avec vous, moi aussi !

– C'est impossible, répliqua Victor, d'ailleurs vous ne pourrez jamais être revenue ici pour sept heures…

– J'ai déjà pris mes dispositions pour coucher en ville, avoua Clémire. Ma logeuse est prévenue depuis huit jours ; elle m'attend… Je comptais demain, si vous n'aviez si bravement proposé de m'aider, me mettre seule en quête de Brandelis.

– Où demeurerez-vous ? demanda Hercule.

– Rue des Lavandières, dans le quartier de la Boucherie.

– Soit ! vous nous accompagnerez, conclut le vidame sans pouvoir s'empêcher de lancer une œillade inquiète du côté de ses compagnons, c'est cependant à condition que vous demeurerez en bas à faire le guet.

Clémire voulut émettre de nouvelles objections mais Victor l'arrêta d'un geste.

– Il suffit ! trancha-t-il, il faut que quelqu'un se tienne dans la rue, ça ne peut être que vous.

Ce bref plan mis en forme, ils se partagèrent la belle galette laquée et fumant encore que le cabaretier venait de déposer sur leur table. Diane fit six parts qu'elle distribua les yeux fermés tandis que Gabriel emplissait de bon cœur des bols avec du cidre doré. Dès la première bouchée, ce fut lui qui fut le roi. Il s'empressa de couronner sa bonne amie aux joues empourprées et, étirant vers elle un cou puissant dont les veines s'étaient mises à saillir, il déposa vivement un baiser sur son front.

– Le roi boit ! lança le vidame en levant haut son bras.

– Mais, au fait, où est son royaume ? demanda innocemment Victor.

– Malte ! hasarda François Guyot sans penser à mal.

Le mot fit passer aussitôt l'ombre de la ternissure dans le fond du regard de Diane.

– Non ! se hâta de rectifier Jean-Hercule, il est roi de Chypre !... C'est Othello... Plutôt Lésignan, puisque le maure ne fut jamais qu'un gouverneur.

– Qu'importe ! s'écria Gabriel, je prends Othello... Je suis jaloux de Diane autant qu'il l'était de Desdémone.

Et s'adressant à sa bien-aimée, les yeux gourmandement posés sur elle :

– Tu sais ce qui t'attend, faible créature, si tu m'es infidèle un seul jour !

Avant de presser d'un nouveau fougueux baiser les lèvres entrecloses qu'elle n'avait pas reculées, il s'affubla en louchant de deux cornes figurées au moyen de chacun de ses index dressés sur ses tempes.

– Je bois à vous tous, proclama le paisible François Guyot à qui la faible énergie du cidre conférait de l'audace, votre amitié me réconforte.

Un gueux morvandiau, qui poussait une vielle, s'était approché pour venir lamenter près de la tablée une complainte nostalgique se voulant air de fête. Ce n'est que lorsqu'il ôta son chapeau pour saluer qu'ils le découvrirent aveugle, avec des yeux vides desquels les prunelles paraissaient avoir coulé comme de la cire.

– Voici pour nous avoir réjouis, bonhomme ! murmura Victor en lui glissant quelques billons.

– Mille grâces, monseigneur ! répondit le musicien, mille bonheurs à celle que vous aimez car je devine au son de votre voix que vous êtes épris d'un beau museau qui ne doit pas se trouver bien loin.

Victor se détourna pour croiser le regard de Clémire : c'était là tout l'aveu qu'il n'avait encore jamais osé faire. La jeune fille, que cet échange muet venait de précipiter dans un trouble profond, sentit dans la même seconde ses pommettes s'embraser et la bouche de

Diane se coller à son oreille pour murmurer tout doucement :

– Ah, ma douce ! vraiment, je ne pouvais trouver plus gentille sœur pour partager la naissance de toutes nos félicités.

Rendus, malgré leurs craintes, à un état de fébrilité heureuse, ils se séparèrent peu après afin d'être à point au rendez-vous du lendemain.

Victor et le vidame, raccompagnant Clémire en fiacre jusqu'à la rue des Lavandières, furent assaillis au carrefour de la Croix-du-Trahoir par plusieurs groupes de jeunes gens en folie qui brandissaient des lampions pour célébrer l'Épiphanie. C'étaient, pour la plupart, des étudiants, affublés de masques grotesques et coiffés de chapeaux en papier colorié, qui allaient par les rues en faisant la farandole. Un grand gaillard, suffisamment réchauffé pour bondir sur le pavé vêtu de simples chausses et d'une ceinture à grelots, effectuait des sauts surprenants, tête en bas, les deux mains posées sur le sol, ne rebondissant sur ses pieds que pour souffler au nez des passants transis des grappes de bulles de savon rouges. La joyeuse troupe qu'il traînait après lui se répandit longtemps dans le carrefour, cabriolant, s'étirant, pataugeant dans la fange du ruisseau, sautant sur la margelle d'une fontaine publique, sur les bornes ou sur les décrottoirs. Les trois voyageurs se virent brusquement cernés de figures bariolées, de muguets et de gnomes, de moinillons et de bêtes, de beautés en masque à domino[1] donnant la main à des chambrillons qui avaient emprunté pour un soir le fard et les escarpins de leurs maîtresses. Chacun d'eux vint, en composant d'affreuses grimaces, écraser tour à tour son visage sur la vitre du fiacre et il fallut que les deux garçons jetassent dix sols par la glace abaissée au roi de la fête et

1. Masque coupé à hauteur de la lèvre supérieure.

que leur compagne l'honorât d'un baiser pour qu'on les laissât repartir.

Lorsqu'ils furent rendus à l'entrée de la rue des Lavandières, Clémire, dont Victor n'avait cessé de serrer le poignet, se prépara à descendre.

– J'aurais tant aimé n'avoir pas à vous quitter, murmura-t-elle doucement sans oser dégager sa main, j'ai tant d'appréhension justement ce soir.

– Clémire ! murmura Victor sous le coup d'une brusque exaltation, j'en fais serment devant Hercule, je me comporterai avec vous chastement si vous acceptez que je passe cette nuit dans votre compagnie… Je demeurerai simplement, la tête versée sur votre épaule, vous tenant par la main, bercé toute la nuit par le tic-tac de votre cœur.

Elle le considéra furtivement, esquissant un sourire qui avait tout du consentement mais se trouvant incapable d'animer les lèvres pour exprimer quelque chose.

– Victor, demeurez ! ordonna le vidame en s'emparant à son tour du bras de la sœur de Brandelis pour l'aider à se tenir sur le marchepied.

– Je réponds de son honnêteté, lui glissa-t-il, par son serment c'est ma foi et mon amitié qu'il engage.

Lorsque les deux amoureux furent sur la chaussée, Jean-Hercule leur tendit le maigre bagage que la sœur de Brandelis avait apporté de Colombes.

– Je passerai vous prendre à six heures, annonça-t-il avant de faire claquer sa portière.

Clémire et Victor, restés quelques secondes à entendre mourir les cris de leur cocher pressé de finir sa journée, s'engagèrent sous la voûte que formaient les encorbellements d'une venelle tortueuse. Lorsqu'ils eurent dépassé un étroit carrefour, elle lui fit signe de pousser la porte d'un cabaret. C'était l'un de ces innombrables bouges transpirant la vinasse et le graillon où le gibier à prévôt pouvait, à la nuit tombée, happer quelques lambeaux d'oubli pour deux ou trois monnaies de cuivre. La lie des gens sans état se coulait là par affinité de gueuserie, invariablement revomie, passé minuit, sur la chaussée, livrée saoule à la trique des gens du guet et, pour sa partie la plus vigoureuse, à la drague implacable des sergents-recruteurs. Ce qui se débitait là n'était qu'épouvantable piquette, râpé de copeaux[1], poiré au goût de lémon, bières qui empâtaient la bouche et, pour les nantis seulement, tripes bouillies ou mou vinaigré palpitant sur des lits de haricots noirs. Bien que cette cave ne reçût pas d'autre lueur que cette frétillarde jetée sur le comptoir par une mèche de filasse plongée dans un pot de graisse, les pauvres hères qui se bousculaient là ne paraissaient guère plus gênés qu'une horde de chats sauvages par une nuit sans lune.

Victor demeura un moment pétrifié sur la première marche de l'escalier qui plongeait dans cet Enfer.

– Est-ce bien ici ? s'enquit-il avec incrédulité.

– Assurément, répliqua Clémire, mon frère est persuadé qu'il n'est pas dans Paris de refuge plus sûr. Mais, avancez !... Une surprise vous attend tout au fond.

– Où ? demanda Victor qui ne discernait autour de lui que le brouillard produit par les bouffardes.

Clémire le poussa sous la chaire du tenancier, personnage dont le regard, à force de se perdre dans la poix qui stagnait à hauteur de son perchoir, avait accroché quelque chose de la sérénité du Bouddha. Après avoir heurté un rideau poisseux de graisses refroidies, ils s'engagèrent dans un couloir resserré, puis gravirent un escalier en colimaçon qui menait à une porte basse percée d'un étroit judas.

Un œil se mit à luire dans le minuscule rectangle d'un grillage et une femme, plutôt agréablement parfumée pour qui gardait au nez les pestilentielles odeurs du

1. Vin qu'on éclaircissait en y faisant macérer des copeaux de bois.

rez-de-chaussée, ouvrit précautionneusement. C'était madame Grandet, propriétaire de l'établissement. Elle s'occupait en personne de la branche la plus rentable de son commerce : quelques chambres de faux luxe réservée à de faux couples. Cette créature, fourrée jusqu'au cou dans l'affreuse Affaire des Poisons, disciple prouvée de la diabolique Voisin[1], accusée tour à tour de tenir l'office de faiseuse d'anges, de marchande de poudres à succession ou de sorcière, n'avait dû son salut qu'à de retentissants aveux qui avaient permis à la justice d'expédier au bûcher dix pauvres hères moins compromis qu'elle. Depuis lors, depuis bientôt quinze ans, elle se tapissait dans la semi-clandestinité qui seyait à son fâcheux renom, protégée de haute main par quelques chefs argousins dont elle payait le silence du relief de ses charmes et, plus essentiellement, des rumeurs qui transpiraient du cabaret jusqu'à l'étage.

– Mademoiselle de Grandville, fit la femme d'une voix rauque en considérant sans ménagement Victor par-dessus l'épaule de sa cliente, j'ai reçu votre lettre…

Et après quelques secondes durant lesquelles son regard avait continué de rouler sur le garçon :

– Ah, ça ! mais je ne reconnais pas là votre frère.

Clémire s'interposa :

– C'est un de mes cousins.

– Un cousin, ricana la mégère… Et moi qui vous prenais pour une oie blanche !

Elle s'écarta pour céder le passage et fit entrer ses deux jeunes clients dans une antichambre chaulée qu'éclairaient en appliques des chandelles posées sous des verres de Venise. Il flottait depuis là une odeur discrète de linge propre et de cédrat qui conférait à tout le

1. Catherine Deshayes, veuve Monvoisin (dite la Voisin), célèbre empoisonneuse, brûlée en 1680.

reste de l'appartement une touche de raffinement bourgeois.

– Mes compliments, mademoiselle, enchaîna avec gouaille la tenancière en poussant Victor sous un de ces deux points lumineux, voici un gars joliment fait !

Puis, rabaissant le ton et marquant, sans cesser d'agiter sa fontange, une sorte d'intérêt :

– Mais quel est ce seigneur et comment se nomme-t-il ?

Clémire, se détournant imperceptiblement, avança ses lèvres sans les desserrer pour dissuader Victor de se nommer.

– Je vous l'ai dit, c'est mon parent… trancha-t-elle.

– L'Université a bon dos ! railla la bonne femme qui venait de surprendre le manège de la sœur de Brandelis dans un petit miroir.

Elle poussa la porte d'une chambre coquette, découvrant, à la lueur d'un bougeoir de faïence, un lit de noyer à quenouilles, clos de rideaux de satin nacarat.

– Voici votre nid, mes oisons ! fit-elle avec l'enjouement de la maquerelle, il me faudrait jusqu'à l'aube pour vous énumérer tous les bonheurs qui se sont abrités entre ces quatre courtines…

Elle s'arrêta voyant qu'on ne l'écoutait pas et, mécontente, tendit une main raide où Victor, grand prince, disposa une des dix pièces d'or que l'abbé de Thésut lui avait remises la veille en étrennes.

– Réveillez-nous dès cinq heures ! commanda-t-il.

– Ce sera fait, monseigneur, promit l'hôtesse qui redoubla de courbettes avant de s'esquiver.

Dès qu'ils furent seuls, Victor s'approcha de Clémire pour la prendre dans ses bras.

– Vous aviez promis… protesta-t-elle.

– J'ai promis d'être honnête, un baiser n'a rien qui soit parjure. Ah ! Clémire… Il y a si longtemps que je désirais poser mes lèvres là, sur les vôtres… Laissez-moi ajouter cela à la félicité que j'ai éprouvée tout au long de cette soirée en tenant votre main dans la mienne.

– Victor, je vous aime, soupira-t-elle en s'offrant éperdument à la bouche du garçon.

– Et moi, Clémire, lui repartit-il en l'enlaçant avec une espèce de sauvagerie, mes nuits ne sont faites que de votre pensée… Grâce à vous j'oublie que le malheur m'avait conduit dans cette ville.

Après la seconde de leurs étreintes, il poursuivit son monologue comme s'il devait justifier son audace.

– Vous ne pouviez pas rester seule ici cette nuit… Je reposerai contre vous en respectant la promesse que je vous ai faite.

Après avoir reçu la confirmation de son consentement d'un petit hochement de la tête, il délaça lui-même la haute greille de son buse avant de la faire basculer toute droite entre ses bras pour l'enfouir dans les draps glacés que madame Grandet, par ladrerie, avait omis de bassiner.

À son tour, il ôta son justaucorps, sa chemise, sa culotte, souffla le bougeoir et, frôlant de ses genoux sa jambe nue, il se glissa près d'elle.

Les constructions qui garnissaient le vaste quadrilatère formé par les rues Tiquetonne, Montorgueil, Montmartre et du Bout-du-Monde, dataient pour la plupart du Moyen Âge. Elles constituaient un quinconce serré de façades bombantes se soutenant l'une l'autre, de murs sans aplomb périlleusement soudés, de cheminées tordues qui paraissaient ne devoir se maintenir en l'air que par le prodige de la baguette d'une fée. Au petit matin, ces toits jetés au gré du vent, évoquaient l'écaille d'un monstre hérissé de membres sans fonctions qui émergerait d'un lac plein d'écume. Tout au faîte de ce fouillis minéral galonné de dentelles lépreuses, des combles qui communiquaient entre eux par des haies successives de murets effondrés et qui contemplaient le ciel par cent lucarnes dépourvues de verres, formaient une seconde ville à trois étages par-dessus la vraie, plus imprévisible, plus mystérieuse, plus étonnante sans doute que celle qui s'étalait au ras du sol. Il faut dire que tous ces greniers peignaient l'aisance ou la misère mieux que ne l'aurait pu faire le rôle des gabelles : ceux des bonnes maisons étaient peuplés de chats tigrés, gros et gras, pourvus de colliers de cuir teinté. L'huile, le grain, la farine, les châtaignes, le bois de chauffage, y étaient soigneusement rangés en tas ou dans des coffres de bois blanc. Les demeures misérables, au contraire, pullulaient de rats maigres qui, faute de nourriture, s'attaquaient aux lambourdes et aux poutres ; l'eau des gouttières s'y infiltrait, répandant la moisissure, et l'on n'y pouvait trouver que caisses renversées, paillons dévorés, fagots desséchés, le tout galonné d'une épaisse passementerie de toiles d'araignées.

Les bicoques du Bout-du-Monde tenaient exclusivement au dernier type ; elles étaient habitées par des gens mécaniques[1], portefaix des halles, commis de la Boucherie, tous gens de peine et démunis d'argent. Leurs soupentes étaient vides, offertes à l'injure des vents, accueillantes aux corneilles et aux hirondelles. Elles n'avaient rien à cacher et l'on passait de l'une à l'autre comme dans une forêt l'hiver, de clairière en clairière, sans l'obstacle des lianes.

Pour mener leurs recherches, les jeunes gens s'étaient répartis en deux groupes : Victor s'était joint à Gabriel de Saint-Austremoine qui n'avait pas voulu se séparer de Diane grimée en petit maître. Peu avant midi, ils faisaient tous trois halte au faîte d'un de ces chicots de bâtisse menaçant l'effondrement qui surplombait les

1. Ceux qui travaillaient de leurs mains.

restes du vieil Hôtel de Bourgogne. Par la longue échancrure d'une acrotère ruinée, ils pouvaient apercevoir dans le lointain le vidame, François Guyot, et Jean-Baptiste Cantaloube, franchissant le versant d'une maison dans laquelle ils n'avaient pas pu entrer. Ils s'approchaient d'eux en rampant sur un versant d'ardoises.

Diane, alanguie contre une pile de sacs de son qui exhalaient des volutes de poussière, venait d'extirper de sa musette quelques tartines de fromage pour les offrir à ses compagnons. Tout en mangeant de bon appétit, nos trois héros s'amusaient à se découvrir dans un extravagant laisser-aller auquel ils trouvaient le piment des choses inaccoutumées. Victor, sans perruque et ayant enfoncé en méchant garçon une sorte de bonnet de laine, se trouvait tout joyeux d'avoir pu repasser les ladrines crevées et l'habit râpé qu'il portait en arrivant à Paris. Avec ses mollets à l'air, ses cheveux courts en furie, son bout de nez noirci, il ne lui manquait plus qu'un furet sur l'épaule pour ressembler à ces jeunes Savoyards qui criaient par les rues pour ramoner. Gabriel, en bottes et vieux justaucorps à brandebourgs, promenait sur toutes choses son éternel sourire triste, une mine de brave dégoûté à jamais du fracas des batailles. Diane, l'ensorceleuse, moitié garnement, moitié fée, avait passé une culotte noire que les pans enfouis d'une chemise grimaçante gonflaient en forme de hanches de Gargamelle.

– Ce Bout-du-Monde est un enfer, soupira-t-elle avec un ton de grande lassitude, même les rats l'ont déserté !

– Pourtant quelque chose me dit que nous brûlons, fit Victor, si j'avais eu à me cacher, je serais venu ici, dans ce dédale qui permet d'entrer et de sortir comme on veut…

– Nous n'avons vu ni Jean-Baptiste, ni Isaïe, reprit la jeune fille, tout comme vous hier, je commence à craindre que, dans sa détresse, l'abbé de Grandville n'en soit venu à divaguer.

– Ce n'est pas certain, objecta Gabriel, un prêtre s'habitue à prendre Dieu, les prophètes ou les saints à témoins de ses heures difficiles.

– Je pense, reprit Victor, qu'il s'est trouvé impressionné par quelque chose placé sous son regard, mais quoi ?

– En ce cas, poursuivons notre traque ! lança Diane altière avant de planter ses dents à l'émail étincelant dans une pomme ridée.

À cet instant, les trois garçons qui constituaient l'autre équipe se laissèrent couler dans le grenier.

– Je vois que les absents ont tort dès qu'il s'agit de partager, s'écria le vidame en considérant la joue gonflée par la mastication de ses trois amis.

– Mais je ne vous ai pas oubliés, protesta Diane.

– Rôtie façon Solsac ! annonça pompeusement Gabriel de Saint-Austremoine en répartissant le fond de la musette.

– Que faisiez-vous aplatis sur ce toit ? s'enquit Victor resté juché au sommet d'une pile de vieilles caisses.

– Nous n'avons pas pu pénétrer dans cette maison, répondit François Guyot, méconnaissable sans son collet, on y a rebâti un mur de frais et bouché les trous qui en permettaient l'accès.

– Le plâtre est encore mou, mordiou ! confirma Cantaloube en montrant le bout de ses doigts couvert d'une pellicule blanche.

– C'est étrange, observa Victor, que peut-il bien y avoir à cacher dans cette masure ?

– Ce doit être un ancien collège, reprit François Guyot, il y a dans sa cour une chapelle datant du temps de l'Hôtel de Bourgogne qui paraît faire la réduction e l'église Sainte-Marie l'Égyptienne dont on voit le clocher d'ici.

– Pouvez-vous m'y conduire ? demanda Victor en sautant brusquement au bas de son piédestal.

– Derechef ? Comme cela… Et sans même nous laisser le temps de finir notre morceau ? s'inquiéta, avec une moue de répulsion, le vidame qui venait de s'étendre de tout son long sur le plancher.

– J'ai le pressentiment que nous touchons au but, exulta Victor en se jetant, suivi du porteur d'eau Cantaloube, au travers d'une lucarne.

Depuis cette ouverture, il se laissa glisser par l'arête d'un pignon jusque dans un chenal aux plombs disjoints. Il retrouvait d'un coup l'agilité qu'il déployait jadis pour déambuler sur le culbutis des couvertures du château de son père et Jean-Baptiste Cantaloube, dans son sillage, coinçant son pain entre ses dents, descendant à écorche-cul la ligne des faîtières, découvrait une souplesse que sa lourde constitution rendait insoupçonnable.

Ils parvinrent de la sorte sur l'à-pic d'une cour à moitié comblée des débris provenant d'un incendie. Des moignons sculptés dégringolés de l'attique gisaient parmi des morceaux de poutre calcinés, de grandes traces noires que les pluies n'avaient pas lavées éclaboussaient encore tous l'encadrement des fenêtres. À hauteur de vue, s'inscrivant dans un gable qui portait arrimé à sa fuite un groupe de trois statues émoussées par la lèpre du temps, béait le cercle borgne d'une rosace.

Victor distingua d'abord une Vierge déhanchée par le poids d'un Jésus disparu puis, se dressant de part et d'autre d'elle, les restes de la robe d'un prophète et deux jambes maigres battues d'un pan de peau de bête qui avaient dû appartenir autrefois à un saint Jean-Baptiste.

– Voici ce que Brandelis voyait de sa cache ! s'écria-t-il au comble de l'exaltation, il ne nous reste plus qu'à nous glisser là-dessous.

Aussitôt il se laissa descendre à califourchon sur

l'auvent d'un balconnet en forme de demi-lune. La cour s'offrit vertigineusement à sa vue puis, tout d'un coup, sens dessus dessous, lorsqu'il exécuta une galipette accroché à la poulie qui, du temps où des étudiants vivaient là, servait à garnir le grenier.

Il entra le premier pour découvrir un tas de paille dont la couleur indiquait qu'elle avait été coupée du dernier été. Le centre en avait été creusé pour ménager une sorte de hutte.

Rejoint par Jean-Baptiste et le vidame, il s'immobilisa brusquement, pétrifié par l'horreur. Derrière cet abri, accroché par le cou au montant d'une poutre haute, pendait le corps raidi de Brandelis de Grandville.

– Mon Dieu ! articula faiblement Victor... Le malheureux n'a pas su attendre que le soleil revienne luire pour lui.

– Prions ! ajouta le vidame, que Dieu le prenne en pitié et qu'il protège Clémire.

Ils s'agenouillèrent tous trois et Victor, dès cette seconde, ne songea plus qu'au tourment de sa bien-aimée.

Il la retrouva dans la rue, assise sur la borne d'angle d'une porte cochère. Elle l'accueillit d'un pâle sourire comprenant, dès l'avoir vu paraître, qu'il lui portait la nouvelle de quelque infortune.

Ce fut elle qui le tira d'embarras.

– Il est mort, n'est-ce pas ? murmura-t-elle en s'emparant de son poignet.

– Oui, dit Victor.

– On l'a tué, reprit-elle doucement.

– Il s'est tué lui-même, souffla-t-il en blêmissant davantage, le poids du malheur était trop écrasant pour lui.

– Mourir si près de vaincre ! se lamenta-t-elle... N'est-ce point bien déplorable ?

– Reposez-vous sur moi, Clémire ! enchaîna-t-il, car

vous n'avez désormais plus d'autre gouvernail que vous-même.

– Ah ! Victor, reprit-elle plus pâle qu'une meunière, je maudirai bientôt l'auteur de nos jours… Qui peut être assez sauvage pour avoir laissé deux enfants ballottés de la sorte au gré du malheur ?

– Vos parents ignorent sans doute le détail de vos tribulations, hasarda Victor.

– Un père digne de ce nom s'inquiète chaque jour du sort de sa progéniture !

– Nous le retrouverons, Clémire, promit-il, nous lui dirons ensemble que son fils était honnête.

– La vie doit-elle longtemps rouler ce tombereau de peines et d'angoisses ? sanglota-t-elle en se jetant à son cou.

Les gens du Châtelet arrivèrent dans l'après-midi, flanqués du curé de Saint-André-des-Arcs, bonhomme sec et sévère, qui monta, la mine dégoûtée, reconnaître le corps de son vicaire.

– L'abbé de Grandville vient de jeter la honte sur notre communauté ! grommela ce tyran ecclésiastique en remontant dans son fiacre.

– Mon père, protesta le vidame qui venait de le reconduire, comptez-vous pour rien les souffrances qu'il a endurées à tort ? Son œuvre théologique ?… La lumière qui se fera bientôt en sa faveur sur cette affreuse affaire de reliques et les vraies causes de ce drame ?

– Billevesées, monsieur ! tonna le curé, il a souillé son âme par une mort impie… Plus rien désormais ne saurait le sauver !

– Dieu peut lui accorder son pardon…

– Il n'est point d'oubli pour ces sortes de crimes ! trancha le religieux véhément en manœuvrant sa glace.

Le vidame, qui s'était hissé sur le marchepied, tenta

de l'en empêcher en affectant de se pencher pour continuer de parler.

– Ah ! je vous en prie, ne mettez pas au désespoir une bonne chrétienne… La sœur de l'abbé de Grandville espère pouvoir enfouir le corps en terre sanctifiée.

– … Vous, un futur prêtre, oser me demander cela !… Vous devriez savoir qu'il n'est point de repos pour les fous d'orgueil qui se sont arrogé le droit de défaire ce que Dieu a fait.

Et poussant un cri à l'adresse de son cocher, il fit avancer sa voiture dont les rideaux se mirent à claquer au vent et la portière à battre plusieurs fois.

Juste avant la tombée du jour, le tombereau de la morgue vint prendre Brandelis. Les jeunes gens lui firent une courte haie puis Victor, Clémire et le vidame l'escortèrent dans le cabriolet de monsieur Davignon. Ils roulèrent sur le sable des quais, cahotant au pas de la vieille mule qui tirait depuis des ans, à la même faible allure, le cadavre avéré des morts ramassés par les rues ou celui en devenir des condamnés qu'on menait place de Grève [1] pour les exécuter.

La morgue du pont Saint-Michel, sorte de casemate à moitié plongée dans le fleuve, recevait pour premiers fonds de sa clientèle les désespérés qu'on repêchait quotidiennement dans la Seine et qu'on exposait nus dans une salle basse, de part et d'autre d'un caniveau central. Rien de plus affreux que le spectacle de ces corps raidis et verdâtres, la face barbouillée de vase, figés dans le rictus de la suffocation. Le dimanche, le petit peuple en famille, parfois, à des heures plus insolites, de grands seigneurs masqués, venaient s'y repaître gratis du spectacle de la damnation. Des matrones

1. L'actuelle place de l'Hôtel-de-Ville.

ignobles y terrorisaient leurs mioches, des candidats au suicide s'y glissaient pour chercher l'étincelle d'horreur qui les détournerait d'accomplir leur dessein, des esprits forts enfin s'y rendaient avec ostentation pour raffermir, à grands coups de regard fixe, leur mépris de l'Enfer. Au-dessus de cette horrible cave, dans une salle aux arêtes gothiques, pudiquement recouverts d'un drap, gisaient les morts plus honorables : accidentés des duels, ivrognes malchanceux, innocentes victimes des tire-laine ou des détrousseurs. Entre tous ces trépassés victimes de la violence, le dix-huitain de chanvre rêche jeté par un concierge ou la nudité livrée au pavé froid, préfigurait, dès l'entrée, la séparation que Dieu n'allait pas manquer de mettre dans son firmament entre réprouvés et bienheureux.

Sous l'œil hagard de nos trois héros qui s'étaient blottis l'un contre l'autre, aussitôt passée la porte de ce lieu maudit, le cadavre de Brandelis, sauvagement dépouillé par deux gaillards en sabots et tablier gris, fut jeté sur la dalle givrée où il acheva de se désarticuler.

– Je vais lui fermer les yeux, dit Clémire lorsqu'elle vit que le regard de son frère restait obstinément fixé vers elle.

Et mue par un courage proprement stupéfiant, elle enjamba le corps décharné, se disposant à s'agenouiller dans l'angle que formait le bras déjeté et raidi par rapport au buste.

– On n'a pas le droit de s'approcher ! hurla un éclopé qui, vissé sur un tabouret, remplissait l'office de surveillant.

– Laissez-nous rabattre les paupières de ce malheureux ! protesta Victor.

– Il n'est pas de malheur qui tienne entre ces murs ! sacra le bonhomme en s'approchant dans un affreux boitement, ceux qui sont ici doivent garder les yeux ouverts pour contempler leur misère.

À ces mots, la sœur de Brandelis, restée jusque-là si forte, ne put se retenir de défaillir.

– Misérable ! grommela Victor en poursuivant l'homme d'un regard hargneux, voyez le résultat de vos bavardages !

Les deux garçons avaient ressaisi ensemble Clémire évanouie et ils se disposaient à la porter sur le siège de l'estropiat sorti chercher le renfort d'un de ses chefs, lorsqu'ils se virent brusquement entourés d'une nuée de carabins en toges.

C'étaient des étudiants descendus à la tête du cortège hétéroclite que provoquait chacun des cours d'anatomie de Mareschal, célèbre chirurgien de la Charité. Le nom de ce savant était alors fréquemment avancé pour succéder au moribond Félix, premier chirurgien du roi, en son temps l'heureux réducteur de la fistule de Louis XIV, qu'une rare opulence et même une maison dans le parc de Versailles avaient récompensé de son coup d'adresse. Mareschal, affidé des jésuites, ami de Fagon, premier médecin, et de madame de Maintenon, avait tout pour l'emporter. C'était donc un personnage déjà public et qui savait fort à propos se faire payer des avances sur les honneurs à venir. Pour se montrer plus digne d'un choix imminent où l'influence religieuse allait tenir la plus grande part, il redoublait de zèle, visitait les gueux de son hôpital, multipliait les consultations gratuites et les cours. Ses conférences à la morgue, outre de véritables étudiants, drainaient un flot de personnages oisifs : amateurs de sciences exactes, confrères étrangers en voyage et, chaque jour plus nombreuse, une foule de curieux avides de côtoyer de près le futur réducteur des misères intimes de la dynastie.

Il prenait grand soin de ne jamais décevoir son public.

Théâtral, il paraissait en robe de drap noir, précédé de quatre fraters[1] vêtus comme lui mais sans l'épitoge d'hermine et portant, l'un sa canne, l'autre son bonnet, les deux suivants les coffrets de bois précieux où il rangeait ses instruments.

– Trois corps seulement ! s'exclama-t-il, ôtant ses gants à la frangipane qu'il tendit à un valet. La Seine, à ce qu'on dit, était plus généreuse du temps de Buridan.

L'assistance complaisante répondit par un rire prolongé tandis que trois valets en tablier s'essayaient à écarter les membres d'une vieille sorcière rattrapée le matin même, par les cheveux, dans l'anneau d'une pile du Pont-au-Change.

– Sur le ventre ! enjoignit Mareschal.

Le corps, qui avait déjà la consistance d'un plâtre, fut empoigné, retourné, jeté sur la dalle dans un bruit creux qui fit pousser un petit glapissement d'horreur à quelques spectatrices du premier rang dont une ou deux manquèrent perdre le masque qu'elles maintenaient sur leur visage en serrant entre les dents un petit bouton de nacre.

Ce débris humain, tordu et semé de macules bistres, attirait le regard tout en le repoussant dans un clignement de curiosité morbide et de pitié écœurée. L'entraînement des mauvais instincts, la délectation du sordide, rivaient l'œil de quelques jeunes muguets pailletés de dorures qui se forçaient à fixer crânement, repoussante dérision de leur belle élégance, cette déjà charogne traitée plus vilainement qu'une basse bidoche à l'étal d'un équarisseur.

– Nous allons dégager l'occiput ! annonça le chirurgien en écrasant la tête de la bonne femme du bout d'une baguette gainée d'un capuchon de cuivre.

1. Garçons chirurgiens.

Il commanda aussitôt à l'un des étudiants de dénuder le crâne.

– Voici une besogne que vous aurez soin de ne pas laisser à d'autres, souligna-t-il en glissant une œillade à une ravissante jeune femme qui se penchait pour ne rien perdre du spectacle, n'oubliez jamais que nous tirons notre origine de l'honorable corporation des barbiers et que le rasoir est notre arme tout comme la lancette !

Continuant de manœuvrer sa canne, il parvint à incliner le cou de cet affreux cadavre dont les cheveux rasés venaient de choir dans la rigole.

– Dieu que cette vieille est laide ! fit-il dégoûté, si le dedans est à hauteur de cette peau de crapaud, je vais fort mal illustrer ma leçon.

Il se tourna alors vers le corps de Brandelis.

– Passons plutôt à ce jeune homme ! fit-il tout en vrillant sa baguette sur le sternum saillant du défunt abbé.

– Non ! hurla Clémire qui venait de revenir à elle et que la vue de Mareschal enfonçant la poitrine de son frère fit de nouveau défaillir sans qu'elle eût le loisir de remarquer le public tourné vers elle avec un air de grand reproche.

– Je vous en prie, monsieur, supplia Victor qui venait de fendre la foule des adulateurs de la science.

– De quoi, jeune homme ? lança Mareschal d'un ton arrogant, tous les corps qui sont ici m'appartiennent pendant un mois, par décision du lieutenant de police… Et d'abord, qu'avez-vous à voir avec ce misérable ?

– Il était un de mes amis, répondit Victor.

– Un ami ? s'étonna Mareschal en détaillant son interpellateur de pied en cap, eh bien ! la seule utilité que puisse avoir à présent celui-ci, c'est d'aider à survivre ceux qui, à rebours de lui, ne méprisent pas le jugement de Dieu !

Victor, la rage au cœur, vit Brandelis empoigné, retourné, jeté sur le sol humide sans plus de ménagement que sa voisine. Des femmes en capuche se bousculaient au premier rang pour mieux considérer ce corps plutôt agréable à contempler et que deux à trois semaines de froid vif avaient assez bien conservé.

Le chirurgien, armé d'un bistouri, venait de se mettre à croupetons, lorsqu'il poussa bruyamment un cri qui lui fit lâcher son instrument.

– Ah, mais ! qui est ce garçon ?

– L'abbé de Grandville, vicaire de Saint-André-des-Arcs, dit Victor.

– Un drap ! qu'on porte un drap ! ordonna Mareschal tout en auscultant la nuque du défunt.

Lorsque le corps, sous l'œil de la foule médusée, eut été recouvert avec interdiction d'y toucher avant l'arrivée des officiers de la prévôté, le chirurgien entraîna Victor à l'écart.

– Et que dit-on de la mort de votre ami ? demanda-t-il.

– Ma foi, monsieur, les choses sont si claires !... Il s'est pendu.

– On l'a pendu, rectifia Mareschal, mais ce n'est pas le seul mystère que nous réserve ce malheureux... Permettez-moi cependant de garder la primeur de ce qui suit pour le ministre, avec liberté pour lui seul d'en faire l'usage qu'il voudra.

– On l'a pendu ! s'effraya Victor, que voulez-vous dire ?

– Monsieur, votre ami est mort de deux cassures de la colonne vertébrale. Le cou d'un pendu se rompt beaucoup plus haut... On ne lui a passé la corde, c'est évident, que pour maquiller ce crime en suicide.

– Don Ottavio, lui encore ! balbutia Victor qui se prit à blêmir en s'appuyant au fût d'un pilier.

## CHAPITRE SEPTIÈME

# *La syncope du chevalier de Thésut*

Brandelis, lavé du soupçon de suicide, fut inhumé avec autorisation de l'Officialité, au cimetière des Innocents, à l'aube du second jeudi de l'an 1703. Le secours de la sépulture chrétienne, en place de l'infamie de la fosse à laquelle il avait tout d'abord paru promis, vint atténuer quelque peu le chagrin de Clémire. Elle assista au convoi entre Victor et Hercule, flanquée d'un petit troupeau de fidèles et de deux enfants en soutanelle noire chargés de lourdes torches. De loin en loin, dans les ressauts que formait l'enceinte irrégulière du charnier encore plongé dans les ténèbres, se pouvaient voir glisser des ombres d'inconnus que les clameurs de l'affaire de Grandville avaient attirés jusque-là. Lorsque le capucin crotté, chargé de l'inhumation, eut achevé de bâcler l'absoute, le corps ficelé dans un linceul de chanvre fut descendu par deux gaillards aux bras puissants à même cette terre étonnamment noire et légère qui avait la réputation de dévorer ses morts en sept jours.

Victor, accoutumé au calme de l'enclos paroissial d'Agres dans lequel, à l'ombre d'un rang de vieux cyprès, reposait sa mère, resta durablement impressionné par la haute ceinture des galeries décorées de vrais tibias et de crânes encastrés dans la pierre. À voir autour de lui les fossoyeurs s'affairer pour exhumer des ossements et faire place aux cadavres qui attendaient à la porte, des chiens japper pour s'arracher quelques restes de clavicule, il éprouva le sentiment pénible de se trouver dans la soute d'une machine conçue par un démiurge pour broyer des pans d'humanité.

Sous le porche qui donnait sur la rue aux Fers se distribuaient les gratifications à ceux qui s'étaient chargés de porter le corps ou de lui offrir le luxe frétillard d'un flambeau. Des estropiés et des mères aux tabliers grouillants d'enfants morveux y réclamaient à grands cris la charité aux familles endimanchées que la proximité de leurs défunts et la vision presque tactile de la vanité des choses d'ici-bas rendaient immanquablement généreuses. Ce fut là que Victor présenta Clémire à sa tante. Les deux femmes relevèrent leurs mantilles d'un même mouvement avant de s'embrasser.

Madame Davignon, comme à l'unisson des circonstances, montrait singulièrement pâli son beau visage ordinairement doré. Clémire, les traits tirés par une dernière nuit de veille près du cadavre de son frère, conservait cette délicatesse rare, cette transparence de lis, qui la rendaient, ce matin-là, plus désirable encore.

– Je vous découvre enfin, murmura la tante de Victor, en enfouissant ses mains sous les manchettes de deuil de la sœur de Brandelis, votre nom a souvent résonné chez moi avec cette fêlure dans la voix qui est le signe des grandes émotions.

– Et moi, madame, à force d'entendre Victor me parler de ses parents, je m'étais fait une idée presque exacte de votre douceur.

– Vous l'aimez donc, cet ange ? demanda tout bas la conseillère.

Et Clémire, par un de ces imperceptibles mouvements qu'ont les femmes entre elles pour signifier qu'elles entrent dans la parenthèse des confidences, se mit à lui presser le bras.

– C'est vrai, fit-elle, je l'aime étrangement.

– Bienheureuse, lui répondit madame Davignon déjà réfugiée sur le marchepied déplié de son carrosse, il n'est en effet qu'aimable.

Les jours qui suivirent ce triste matin furent pour Victor entremêlés d'activité furieuse et de rêveries enchanteresses. Il voyait les heures tragiques sur le point de finir, l'horizon se hausser dans les lointains et l'amour, avec son cortège d'extases et de félicités, balayer peu à peu les embûches que la destinée, dans les derniers jours d'août 1702, avait accumulées sur sa route. Une conversation qu'il eut avec l'abbé Dubois, en atténuant les scrupules relatifs aux obligations qu'il se figurait avoir à l'égard du chevalier de Carresse, raffermit la confiance qu'il sentait poindre dans les temps qui s'ouvraient.

L'abbé, après s'être assuré de l'embarquement des Thésut pour quelques lancinantes vêpres, s'était hissé sous de vagues prétextes dans l'antre des deux célibataires qui pour lui, d'ordinaire, était à peu près une cité interdite.

– Alors, monsieur de Gironde, lança-t-il depuis le haut du petit escalier tournant, vous voici, dirait-on, promu gardien de la maison !

– Monsieur l'abbé ! s'exclama Victor en s'avançant vers lui, allez-vous enfin m'expliquer par quel furieux hasard, après vous avoir croisé deux fois en Limousin, je vous retrouve ici ?

– Parlons plutôt miracle, rectifia Dubois qui s'empressa d'ajouter en ricanant : figurez-vous que je crois parfois à ces sortes de péchés contre la raison... En tout cas votre marquis des Éperviers doit être satisfait, à l'heure qu'il est, d'avoir trouvé sur son chemin un diable de mon espèce.

– Comment cela ?

– Je vous livre brièvement quelques informations

dont vous semblez ne pas disposer… Je m'occupe ici des affaires politiques de Son Altesse : politique avec un grand P pour être tout à fait à la hauteur de nos ambitions qui, vous le découvrirez peut-être un jour, ont motif de n'avoir pas de bornes. Vous m'avez rencontré dans une phase particulièrement délicate d'une carrière fertile en toutes sortes de tours de passe-passe et coups de bonneton. Je revenais de Montpellier où j'avais réglé, au passage du roi d'Espagne qui s'en retournait d'Italie chez lui, un certain nombre d'affaires devenues suffisamment publiques depuis pour que je les puisse dévoiler : il s'agissait d'un point resté obscur lors de l'ouverture de la succession de Charles II, touchant le droit des descendants de Monsieur à hériter en Espagne au cas où ceux de Louis XIV viendraient à manquer. Cette difficulté, à demeurer sans solution, aurait constitué un déni à l'égard des règles dynastiques et une insulte en faveur de l'Autriche faite à toute la nation française. Le roi d'Espagne, que j'ai fort bien connu dans ce palais – il n'y a pas trois ans de cela – quand il n'était encore que le duc d'Anjou, me prodigua en Languedoc assez de grâces pour que je sois assuré sur-le-champ de l'heureuse issue de mes démarches. Il me chargea même de quelques lettres destinées à son aîné, le duc de Bourgogne… Il me faut vous confier ici un autre secret, mais qui n'est que celui de Polichinelle parce que tous les gens bien informés le savent : c'est que les deux frères, en prenant bien garde de ne remettre leurs missives qu'à des personnes de confiance, ont pour habitude, en cachette du roi leur grand-père, d'échanger leurs vues sur les affaires de l'Europe… Jugez par là si je me trouvais honoré et fier. Me voici donc au moment où vous me découvrez à Martel. J'avais emprunté des itinéraires de traverse afin d'être plus certain de ne pas hasarder mon précieux dépôt, lequel tombé entre des mains indiscrètes, en sus de mon propre naufrage, aurait pu entraîner, par le courroux du roi contre ses petits-fils, la révolution complète de tout le gouvernement ; l'éviction des ministres du clan des ducs de Beauvilliers et de Chevreuse, c'est-à-dire presque tous ceux qui gouvernent à présent, la revanche inespérée de la cour de Meudon, des Jésuites et du petit groupe des sectateurs de la guerre…

L'abbé suspendit son discours, considérant avec un brin d'amusement la mine effarée de Victor.

– Sans doute n'êtes-vous pas suffisamment versé dans les affaires pour saisir tout le sel de ces belles confidences !… Mais le fait est que ce que je dissimulais sous mon siège, au moment où vous m'avez retrouvé en pleine forêt, suffisait à changer la face des choses en Europe.

Et aussitôt, pour appuyer le sensationnel de son propos, il se dressa sur ses escarpins, pointant son nez oblong vers un lustre de cristal avec un air de suffisance burlesque.

– La suite, reprit-il en se détendant brusquement, vous la connaissez puisque vous en avez vécu le plus gros avec moi : ma voiture arrêtée, cette grotte étrange, ce marquis des Éperviers…

– Mais comment avez-vous pu désarmer son courroux ? s'enquit Victor.

– Nous avons fait nos affaires !… Ce marquis est une tête froide. Tout en comprenant les nécessités de l'ordre politique, il jubile de ce qui peut donner de la gratte au pouvoir. Il a fureté mes papiers, les a reniflés en perçant au passage le secret du chiffre[1] du roi d'Espagne et me les a rendus, content de s'être diverti. En échange j'ai promis d'intercéder en sa faveur auprès de mon maître et lui ai remis, à titre d'avance, le peu d'écus qui se trouvait dans mon bourson. Depuis, j'ai tenu parole et

1. Code secret utilisé en diplomatie.

votre bel ami, dépêtré au passage du filet que Vendôme s'apprêtait à lui verser sur la tête, est devenu – tout comme vous à ce qu'il apparaît – l'un des plus enragés soutiens de la Maison d'Orléans… N'est-ce pas, je vous le demande, une protection plus seyante que celle dont il se réclamait avant que je le prenne en main ?

– Est-ce vrai ? s'exclama Victor, le marquis a obtenu ce qu'il voulait ?

– Vingt mille livres par an à condition d'épargner les fiefs que possède Son Altesse autour de Saint-Junien et Masseret.

– Votre protection est donc intéressée ! releva avec douleur le disciple des Thésut.

– Il est beaucoup de maisons de charité dans la rue Saint-Honoré mais ici nous sommes bons comptables ! répliqua l'abbé cinglant.

– Qu'importe ! le marquis est sauvé…

– Sauvé tant qu'il respectera nos conventions, tant que notre intérêt sera de le soutenir… Pourtant votre chevalier de Carresse ferait bien de se méfier un peu…

– Qui vous a dit ce nom ? s'effraya Victor.

– Ne s'est-il pas présenté ainsi à Martel lors de son altercation avec ce drapier bouffi et croyez-vous qu'au fond de sa grotte je ne l'ai pas reconnu, malgré son masque, pour le même personnage ?… Je ne suis malheureusement pas le seul à avoir percé le secret de cette belle mystification car Vendôme, je ne sais par quelle funeste imprudence, la connaît également… Il se pourrait bien à présent qu'il répande ce qu'il sait par pur dépit et noirceur d'âme.

– Mais ce serait dans le même temps s'accuser lui-même !

– Eh quoi ! repartit l'abbé en partant d'un rire provocateur, votre aventure ne vous a donc pas appris à connaître ce beau cousin du roi ?… Il montre l'aplomb de ceux qui se sentent intouchables… Que n'a-t-il pas fait par exemple, vous en savez quelque chose, pour réduire au silence Brandelis de Grandville qui lui était pourtant si publiquement attaché ?

– Mais comment le chevalier peut-il se protéger de lui ? s'enquit Victor à la torture.

– En se faisant oublier ! trancha l'abbé, en profitant de l'hiver pour s'évanouir et en ne reprenant que beaucoup plus tard la suite de ses pantalonnades… Rassurez-vous ! je m'y connais en hommes : votre monsieur de Carresse sait le fin du fin… et je peux vous prédire qu'il n'endosse pas très souvent, par les temps qui courent, son habit de marquis des Éperviers.

– Ce que vous venez de me confier m'a étrangement rassuré, s'exclama Victor, les yeux brillantes de gratitude.

– Ma foi ! monsieur de Gironde, vous êtes facile à contenter… Mais me permettez-vous d'ajouter un conseil à tous ces bavardages ?

– Je vous en prie.

– Pour réussir, songez-y bien, mon petit, il vous faudra faire montre d'un peu plus de férocité… Avec les Thésut, à qui la rudesse tient au corps comme un démon, vous n'avez que l'exigence…

Il fit une pirouette par manière de salut avant d'ajouter, dans le style scarronesque [1], tout en dévalant l'escalier :

– Mais pour ce qui est de transformer cette ardeur en entregent, je vous donnerai des leçons quand vous voudrez… Ce n'est qu'à ce prix-là – songez-y – que vous vous pousserez un peu dans la loterie du monde.

Madame Davignon, mise dans le secret de la passion de Victor pour Clémire et par ailleurs instruite des

1. Dans le style burlesque qu'affectionnait Scarron.

véritables sentiments de Diane, travailla tant qu'elle put, dès le début de l'année, à rendre caducs les projets de fiançailles qu'on échafaudait à l'insu des jeunes gens. De son côté, l'abbé de Thésut, lié par la demi-promesse que lui avait extorquée Victor, s'efforçait d'apporter des délais chaque fois que la question roulait dans la « bobinette ». Il répliquait par des : « Ne sont-ils pas bien jeunes encore ? » « Victor est à Paris depuis si peu de temps ! » « Croyez-vous que ces enfants se connaissent assez ? »…

Le chevalier, madame de Fontalon et le conseiller tenaient en revanche pour une union qu'ils souhaitaient prompte. « Il faut plomber ce gaillard à son poste ! » bougonnait l'aîné des Thésut qui envisageait le mariage à peu près comme un plénipotentiaire l'article fort d'un armistice. « Le plus tôt sera le mieux. J'en sais quelque chose pour m'être mariée tard ! » pépiait invariablement madame de Fontalon. Monsieur Davignon, lui seul, gardait sur le projet, comme sur toutes choses d'ailleurs, ce mutisme plein de hauteur qui le rendait glaçant.

Un soir de la fin du mois de janvier, il fit venir Victor dans son bureau.

– Installez-vous bien, mon cher enfant, car je désire vous entretenir de choses sérieuses ! lui annonça-t-il en guise de préambule.

Il se posa lui-même tout près, s'asseyant au coin de son grand bureau plat garni de bronzes précieux. Sans doute cherchait-il par cette attitude inhabituelle chez lui à donner à l'entretien un tour intime auquel ne prédisposaient ni sa grande retenue ni l'aridité studieuse du décor alentour.

– Vous devez me trouver bien mauvais tuteur, lança-t-il tout à trac.

– Mon oncle ! protesta Victor rempli d'effroi, comment pouvez-vous me prêter de si odieuses pensées ? Je ne dois qu'à vous de n'être pas aujourd'hui précipité dans le fond de quelque séminaire et je vous suis reconnaissant au premier chef de toutes les consolations qui ont suivi mon malheur.

– Ah ! Victor, vous êtes un bon garçon, murmura le conseiller, je sais que vous pouvez faire effort pour me comprendre… Je m'étais fort réjoui de vous recevoir chez moi. J'échafaudais mille plans pour vous instruire moi-même et voilà que je découvre que vous arrivez trop tard, que pour n'avoir pas eu d'enfants avant la vieillesse, je me trouve incapable de parler à ceux qui sont d'une autre génération que la mienne… Oui, les fibres de mon cœur se sont racornies avec l'âge.

– Mon oncle ! répéta le jeune homme, cette fois atterré.

– Si ! insista le conseiller, je ne suis habitué qu'à commander les gens, point à les aimer… J'ai ressenti cela dès vous voir paraître et, depuis, chaque fois que je vous ai croisé, j'ai tremblé en songeant que je m'acquittais mal des obligations que j'avais envers vous. J'aurais dû vous garder près de moi, vous initier seul à la préparation de mes affaires mais je m'en suis senti incapable ; incapable de passer de l'univers de la besogne à celui de la véritable affection… Trop de tête et pas une once d'affection !

– Bannissez ces scrupules qui me remplissent de honte, reprit Victor en pliant un genou. Je préférerais mille fois fuir votre hospitalité que vous savoir gêné par ma présence et malheureux de mon fait.

– Malheureux ! se récria le conseiller, qui vous a dit que je l'étais ? Je ne suis en peine que de me voir, par ma faute, éloigné de recevoir vos confidences.

– Dans ce cas, s'enhardit Victor, pourquoi vous persuader que je veuille demeurer à cent lieues de vous ?

– Enfin, mon enfant, si vous aviez eu tant soit peu confiance en moi, nous aurions évité cette horrible affaire avec Vendôme.

– Pouvais-je vous avouer une folie ?… Qu'auriez-vous dit si j'étais entré dans ce bureau pour vous annoncer que votre neveu agissait pour le compte d'un rebelle ?

– Et même cela, répliqua le conseiller, pensez-vous que je vous aurais laissé sans secours ?

– J'avais le sentiment que vous ne pouviez rien pour moi.

– C'est sans doute exact, convint monsieur Davignon, mais je vous aurais donné mon avis. J'aurais peut-être trouvé dans mon affection des trésors d'indulgence qui n'auraient pas laissé de m'étonner moi-même.

– Je vous promets qu'il n'est pas trop tard pour que cette vraie confiance puisse enfin s'établir entre nous… s'exclama Victor en pressant le poignet du géant.

– Je n'appelle que cela moi aussi, reprit monsieur Davignon en s'appuyant de sa main restée libre sur l'épaule de son neveu, pourtant votre ardeur devra faire des miracles pour venir à bout de mon inexpérience… Avouez-moi sans détour mes maladresses ! elles ne guériront plus à mon âge. Elles sont les pièces d'une armure dont je me suis revêtu jeune et que je n'ai jamais quittée… Je vous ai parlé de mes années d'adolescence qui ressemblent étrangement aux vôtres : j'étais orphelin, élevé en Espagne par un oncle qui y fut longtemps ambassadeur. Vous, mon pauvre Victor, vous voici déraciné comme je l'ai été mais pis qu'orphelin puisqu'à votre désarroi s'ajoute le tourment de savoir votre père proscrit… Il m'a écrit, vous le savez, puisque vous m'avez remis sa lettre en arrivant ici. Elle est brève, limpide comme son âme, elle le dépeint tout entier. C'est si bien lui qu'il me semble, par-dessus l'entassement des ans, l'entendre qui murmure à mon oreille… Je voudrais que vous la lisiez à haute voix, devant moi, ce soir.

Il tendit à Victor la missive repliée qu'il tira de sa

poche. Celui-ci s'en empara et, ayant reconnu en frissonnant cette écriture qui lui était si familière, il commença sa lecture d'une voix bredouille use.

« Gironde, le 22 août 1702.

Mon cher Charles,

Victor, lorsqu'il sera parvenu chez toi, te remettra ce très court message dont le style, faute de temps et de cœur, n'a pu s'accommoder de fioritures.

Lorsque tu liras ces lignes tu connaîtras par le sénéchal le détail de nos malheurs et l'affreux arrangement qui m'a contraint à confier mon fils à ta sollicitude. Celui qui vient vers toi est le meilleur enfant du monde mais il faut que tu saches que je suis grandement coupable de m'être enivré d'illusions sur la clémence des temps qui s'ouvraient et de n'avoir pas pris les moyens d'aguerrir son cœur à la férocité. Je l'ai poussé délibérément hors de la carrière militaire et, avec la complicité du vicaire, j'en ai fait un savant. C'est un être plein d'humanité et de belles lettres à qui il aurait fallu dix dagues cousues à la doublure de ses habits, doux comme un agneau quand il devrait en permanence montrer les crocs pour faire fuir les méchants rameutés par son innocence.

Je ne te rendrai jamais assez grâce d'avoir accepté de recueillir ce que j'ai de plus précieux au moment où un gouffre sans fond s'ouvrait sous mes pas. Use envers lui de tous les droits que je ne puis plus exercer : celui de le punir (je doute qu'il le mérite souvent), celui de l'obliger et, dès que tu trouveras quelqu'un qui soit propre à le rendre heureux, celui de l'établir. Je crois d'ailleurs qu'un mariage à terme point trop éloigné serait une bonne chose pour lui faire quitter la tristesse qui va si soudain envahir son existence.

Je songe chaque heure à vous et je vous rendrai grâce jusqu'à mon dernier souffle.

Jean de Felzins ».

Victor, dès qu'il eut achevé sa lecture, releva un visage baigné de larmes.

– Sa douleur se contient mal, murmura-t-il.

– Mon cher enfant, opina le conseiller en regagnant son fauteuil, si ce nouveau siècle dont on nous promet merveilles a encore le pouvoir de produire des saints martyrs, votre père sera assurément du nombre.

Après s'être assis à l'extrême bord de son fauteuil, le plus près possible de son pupille, il adopta un ton plus grave :

– Je t'ai fait venir…

Il rectifia :

– Je vous ai fait venir…

– Oh ! je vous en supplie, mon oncle, protesta Victor, poursuivez ce tutoiement, au moins dans nos particuliers… Ce sera le premier présent de votre nouvelle confiance.

– Je désire t'entretenir, reprit le conseiller, de la dernière recommandation contenue dans cette lettre. Il s'agit de mariage et puisque j'ai cru comprendre que mademoiselle de Solsac ne te déplaisait pas…

– Ah ! vous vous trompez, protesta Victor en blêmissant, aussi permettez-moi d'user sans délai de sincérité en vous confiant ce que je n'ai révélé jusqu'ici qu'à Hercule et avoué à demi seulement à ma tante…

– Va ! fit le conseiller.

– Eh bien ! tout en nourrissant des sentiments plus que fraternels pour mademoiselle de Solsac, j'aime une autre personne…

– Qui ?

– Clémire de Grandville, la sœur du défunt vicaire de Saint-André, une jeune fille douce qui ne pourra, j'en suis sûr, que vous plaire.

– Je te crois puisque tu l'as distinguée, répliqua monsieur Davignon, assez maître de lui pour parvenir à dissimuler sa surprise, mais explique-toi un peu mieux !

Victor narra alors en détail de quelle façon il avait rencontré la jeune orpheline et comment il s'était épris d'elle. Son oncle qui connaissait assez exactement le déroulement de l'affaire de Grandville put, au fil de ce récit, voir croître les émois des deux enfants. Leur active candeur, leurs honnêtes caresses, parvinrent à le toucher.

– Je n'ai aucune idée préconçue, lança-t-il lorsque son neveu eut achevé de parler, puisque Diane est dans le sentiment où tu la décris, puisque tu aimes Clémire, Clémire sera tienne dès que je l'aurai agréée en place de ton père.

– Oh, mon oncle ! s'écria Victor en bondissant au cou du géant.

– Conduis-la ici demain dimanche et, si elle est selon notre cœur, nous lui parlerons ta tante et moi.

Dès sept heures le lendemain, notre héros, vêtu de son habit de velours bleu nuit, s'était jeté dans le carrosse de ville de ses parents pour courir jusqu'à Colombes. Jamais sans doute, depuis qu'il résidait à Paris, n'avait-il montré visage plus avenant, ni entrain plus insolent que lorsqu'il dépassa à vive allure des maraîchers qui cheminaient vers l'église de part et d'autre de charrettes sur lesquelles s'entassaient des enfants en pèlerine. Tout en se penchant par moments à la portière pour encourager son cocher, un jeune homme aussi impétueux que lui, à faire redoubler le claquement de son fouet, il jetait l'un par-dessus l'autre mille projets, tous fous, marqués au coin de sa prodigieuse jubilation. Ne se voyait-il pas par exemple, fort distinctement, assis dans l'âtre de Gironde, entouré de Clémire, son père, ses sœurs, de l'abbé de Tressan et d'Angèle ? Même, à l'arrière-plan de ce rêve insensé, ne discernait-il pas le profil d'aigle de son oncle, sa tante, Jean-Hercule, le chevalier de Carresse et le couple transi des Thésut.

Après le Cours-la-Reine, la route se prit à défiler à vive allure, offrant par la vitre poudrée un vaste paysage hivernal où, tout à son exaltation, il ne remarqua pas la désolation que le froid meurtrier, comme à grands coups de faux, avait couchée par toute la campagne. Il fut à Colombes en moins d'une heure et, parvenu devant la maison de Clémire, il sauta lestement par-dessus le marchepied alors que sa voiture continuait de rouler.

Ayant franchi d'un seul bond les quatre marches qui menaient au perron des Lheureux, il frappa au volet qui par extraordinaire se trouvait fermé.

La dizaine de coups de canne qu'il appliqua n'eut pas d'autre résultat que faire entrouvrir la porte de la maison voisine, celle des Nicolas.

– Il n'y a donc personne ? s'inquiéta-t-il.

– Personne ! confirma une forme qui prit soin de ne pas se montrer, les savetiers sont partis cette nuit en emmenant la fille avec eux.

– Comment, cette nuit ?... Sans dire où ils allaient !

– Ils paraissaient fuir et n'avaient aucune envie de parler, reprit cette ombre dont le timbre de voix n'indiquait pas le sexe.

– Mon Dieu ! balbutia le visiteur proprement foudroyé avant de retourner s'acharner contre le volet.

– Vous vous escrimez en vain ! reprit la même voix avant de s'éteindre.

Victor, qui sentait ses forces le quitter, contourna la demeure à grands pas. Il découvrit les fenêtres tournées vers le château, closes également, et, sous celles-ci, attaché à sa niche, Pluton, le vieux chien des Lheureux, qui se mit à hurler en le voyant paraître.

Revenu jusqu'à son carrosse, il demeura un moment pensif, balançant entre la crainte d'une nouvelle épouvante et l'espoir d'une absence anodine.

« Ils ont une vieille tante à Montfermeil, songea-t-il, ils sont peut-être partis là-bas... Ce doit être loin... Pour sûr, de mauvaises nouvelles ! »

S'étant peu à peu rassuré au moyen de cette supposition cruelle qui avait l'intérêt de ne pas remettre en cause son bonheur, il ordonna au cocher de le ramener chez son oncle.

– Nous reviendrons ce soir ! lança-t-il en se hissant sur le marchepied.

– C'est bien ça ! marmonna entre ses dents le domestique qui avait donné rendez-vous à sa belle, à l'entrée du Pont-au-Change, pour aller danser au bal de Popincourt.

Comme il l'avait annoncé, Victor fut de retour à Colombes vers six heures. Il avait tout l'après-midi trompé son impatience à l'Hôtel de Fontalon en écoutant Diane déchiffrer des sonates vénitiennes tandis qu'il jouait, distraitement, dans un coin de la même pièce, avec Jean-Hercule aux dames rabattues [1].

Ce qui l'attendait à Colombes peut se nommer à point une douche froide.

Arrivé avec infiniment moins de précipitation que le matin, gravissant perclus d'angoisse les degrés qui menaient à la salle commune des Lheureux, il frappa à la porte qui, cette fois, s'entrebâilla pour découvrir la savetière, un bonnet de nuit rabattu sur les yeux.

– Monsieur Victor, chuchota la bonne femme apeurée, Clémire n'est pas ici, elle a dû partir cette nuit...

– Partir ! mais où ?

1. Sorte de jeu qui se joue avec les pièces du tric-trac.

– Ah ! ne me mettez pas au supplice, je ne puis rien vous dire, reprit la bonne femme d'une voix de mourante.

– Mais enfin, la mère, vous savez quelque chose… Vous devez me le confier !

– N'insistez pas ! supplia-t-elle.

Le père nourricier de Clémire se profila alors derrière sa femme et, d'un geste preste, laissant Victor incapable d'aucun mouvement, il tira le volet vers lui.

Le saisissement du visiteur se tourna dans l'instant en fureur. Il se jeta contre une fenêtre à laquelle il entreprit de tambouriner tout son saoul.

– Mais ouvrez !… Ouvrez donc ! hurlait-il, vous ne pouvez pas me laisser sans savoir… J'ai droit à des explications.

Rien n'y fit, ni ses coups ni ses retentissantes clameurs.

– Je vais coucher devant votre porte ! lança-t-il en désespoir de cause.

– Voici décidément mon jour de chance ! songea le cocher resté planté impassible sur son banc et qui était remonté à Colombes, à force de sanglades, avec le secret espoir de se trouver à Popincourt avant la fin du bal.

Victor, assis sur le perron, venait d'enfouir sa tête entre ses genoux.

Nous le retrouvons passé minuit à l'Hôtel Davignon, dans la chambre de Jean-Hercule, grelottant sous une couverture de grosse laine piquée et s'essayant à mouler de ses pieds nus l'arrondi d'une bouillotte de terre.

– Envolée ! répéta le vidame.

– Dites plutôt enlevée, rectifia Victor qui happait à petites gorgées un bol de tilleul à la surface duquel se consumait le généreux nappage d'une rasade d'eau-de-vie flambée.

– La savetière vous l'aurait indiqué ! fit observer Hercule.

– Elle craint visiblement d'avouer ce qui s'est passé, reprit Victor, c'est sans doute qu'elle connaît l'auteur de ce forfait… Vendôme peut-être, ajouta-t-il sans pouvoir contenir un tremblement.

– Votre imagination s'échauffe, repartit le vidame, le duc est en Italie depuis bientôt un mois… Et puis on n'enlève plus les gens comme cela de nos jours… Le gros des gens ravis en 1703 se compose de jeunes filles que leurs galants s'obstinent à vouloir dénicher d'un couvent.

– Ah ! Hercule, je n'ai pas le cœur à rire, se lamenta le malade, je ne parviens pas à m'expliquer cette disparition… Plus je cherche à en trouver la raison et plus je m'inquiète.

– Nous ne pouvons rien faire à cette heure, conclut le vidame, mais, dès l'aube, je vous le promets, nous retournerons là-bas éclaircir cette ébouriffante affaire.

Le lendemain, en effet, dès avant le lever du jour et par un froid mordant, sur l'insistante prière de Victor qui n'avait pas dormi, ils remontèrent à Colombes. Le cocher, qui avait dansé mais qui les maudissait secrètement d'avoir été tiré du lit si tôt, les conduisit à fond de train en conservant les yeux mi-clos. Parvenus à leur but, les deux garçons s'escrimèrent chacun leur tour sur la porte du savetier qui, cette fois, ne s'ouvrit pas.

Pendant que Jean-Hercule redescendait prendre l'avis de monsieur Davignon, Victor, toussant à se faire sauter la tête, errait par les rues du village. Parvenu devant la grille du château de Madame, il se chauffa un moment aux derniers tisons d'un bivouac, observant des officiers vêtus de houppelandes qui dégourdissaient quelques recrues roses et fraîches. Ces garçons encore pleins d'innocence couraient en cercle, un lourd seau d'eau pendu à chaque main. Ils éclaboussaient leurs mollets nus et se tordaient la cheville dans leurs grossiers sabots tandis que les officiers, bien au chaud dans leurs bottes, exultaient bruyamment.

« Voilà bien ce à quoi j'ai eu le bonheur d'échapper », pensa Victor en contemplant l'ahurissement des jeunes gens ravalés à la position de souffre-douleur.

Alors qu'il se livrait à ces réflexions hâtives sur l'inanité du gros des exercices militaires, il vit s'avancer dans l'allée principale, sortant du château, une sorte d'aumônier qu'il reconnut aussitôt pour un jésuite. L'homme était hirsute, portant une robe galonnée de crotte séchée et donnant toutes les marques d'éviter farouchement son barbier.

Dès qu'il fut à portée, les officiers, redoublant leurs rires, se mirent à lui jeter quelques poignées de boue.

– Cra-cra est de sortie ! hurla un fort en gueule.

– Merda, merdam, merdae, enchaîna le plus lettré de ces drilles.

– Je me vengerai ! cria le religieux en ramassant son chapeau plein de mangeures qu'une pierre, lancée dans un paquet de terre, venait de faire tomber.

Et brandissant du bout de ses mitaines trouées un missel en lambeaux, il se fit menaçant en passant à portée des moqueurs :

– Je rapporterai, dès ce soir, vos mauvaises actions à Madame !

– Vilain cafard ! lui répliqua un gaillard aux bacchantes plus raides que des baguettes de tambour, tu pues bien trop ! elle te défendra d'approcher.

– C'est l'hiver, elle a le nez bouché, ajouta un rouquin en improvisant une masourka burlesque autour du nouveau venu.

Ce dernier, après s'être contenté de hausser les épaules, pressa le pas pour s'engouffrer entre deux bâtisses en encorbellement dont les toits, en se rejoignant, dessinaient une voûte. Victor se faufila à sa suite dans cette venelle jonchée de bran et de pourriture où quelques orties grièches, friandes de cet opulent magma, parvenaient à prospérer malgré janvier.

Il rejoignit le prêtre en contrebas du porche de l'église du village envahie d'une foule de vignerons venus célébrer la fête de la Présentation. L'homme s'essayait alors à nettoyer nerveusement, à l'aide d'un mouchoir déjà sale, sa figure éclaboussée de boue.

– *Schweine*[1] *!* grommelait-il en découvrant ses dents gâtées.

– J'ai tout vu, mon père, proclama Victor en arrivant à sa hauteur, et je vous aiderai à vous venger de ces ruffians !

– Qui es-tu, toi ? demanda roguement et avec un fort accent d'Allemand cet être plein d'aspérité que la fréquentation des corps de garde n'avait pas contribué à polir.

– Je me nomme Victor de Felzins, fils du comte de Gironde, et je suis prêt à témoigner de ce qu'on vous a fait subir…

– Ces misérables ne me craignent pas plus que l'Enfer ! soupira le jésuite, d'ailleurs à quoi bon lutter puisque Madame finira par leur donner raison au nom du droit du plus fort ?

– La mère de Son Altesse ? hasarda Victor.

– Si fait ! opina le disciple de saint Ignace avant de s'arrêter net pour dévisager son interlocuteur avec une expression d'extrême méfiance : oh, là ! que cherches-tu à me faire dire, drôle ?

– Je souhaite entretenir Madame !

– Qu'as-tu à lui confier ? insista l'Allemand.

– N'est-ce point elle qui règle la justice ici ?

1. Les porcs !

– Si fait, mais de quoi s'agit-il ?

– D'une affaire qui me concerne.

– De quoi ? De quoi ?

– D'un enlèvement…

– D'un enlèvement ! s'effraya le jésuite qui roula aussitôt des yeux suffoqués en aplatissant son chapeau par-dessus ses cheveux gras, que veux-tu que Madame ait à voir là-dedans ? Et pour commencer, je n'ai pas entendu dire qu'il manquât un seul habitant dans ce village…

– Si ! la fille adoptive des savetiers, balbutia Victor auquel le roulement forcené des questions de son interlocuteur commençait à faire perdre ses moyens.

– Eh ! que te soucies-tu de cette fille ? reprit le religieux, si elle n'est plus chez ses parents à cette heure, c'est qu'elle a fait quelque fugue… Et puis d'ailleurs ne sais-tu pas qu'elle a la réputation de donner dans la galantise avec les soldats qui traînent par ici ?

– Non, ce que vous dites est faux ! s'emporta Victor, cette jeune fille m'aime, elle me l'a avoué il n'y a pas huit jours.

– Tu es bien naïf ! ricana le jésuite dont les joues noires s'étaient crevassées du hideux sillon du sarcasme, ignores-tu qu'en amour les femmes ont des caprices et des temps qui ne connaissent point de lois ?… Que les secondes chez elles passent à la vitesse des jours ; qu'elles n'ont pas de mémoire fidèle, ni le cœur de respecter leurs serments ?…

– Vous en parlez à votre aise vous qui ne savez rien de tout cela ! Mais justement, elle, pourquoi la croyez-vous coupable ?

– Je la connais pour ce qu'on m'en a dit, répliqua vivement l'Allemand, je ne m'en soucie pas. Je te conseille seulement d'abandonner l'idée d'importuner Madame du bruit de ces fadaises.

– Vous en parliez sciemment tout à l'heure, grommela Victor, c'est donc ici la raison du plus fort !

– De quoi te plains-tu ? J'ai reçu pour mission de veiller sur le repos des princes et d'éconduire les fâcheux… Tant pis pour toi si tu t'entêtes, ceux qui sont à la grille te frotteront les oreilles et tu te repentiras de ne pas m'avoir écouté.

Victor allait répliquer lorsqu'il fut bousculé par deux files de gardes du corps et plaqué, dos au mur, avec quatre ou cinq jeunes paysans aux souquenilles lardées de rubans de fête que la vivacité de ses échanges avec le prêtre avait fait se rapprocher.

– Place à Leurs Altesses ! cria un officier de grenadiers allemands qui allait en tête d'un pas qu'on eût dit martelé par la schlague[1].

Dans l'espace d'une seconde, le duc d'Orléans se profila au milieu d'un essaim de courtisans. Il donnait le bras à sa mère, cette créature taillée en forme de foudre qui allait à la même allure que sa garde. Elle arborait, ce matin-là, un manteau de veuve violet à glands de soierie scintillante dont le capuchon rabattu dissimulait tout le haut de sa grosse figure rouge.

Le jésuite, écartant les deux pans de sa cape, tel un gros corbeau prêt à prendre son vol, parvint à masquer Victor au moment où les princes passaient à sa portée.

– Comment ! se récria ce dernier, lorsque le petit cortège eut disparu, prétendez-vous vraiment m'empêcher de parler ?

– Tu sais ce qu'il t'en coûtera si tu t'obstines, menaça le prêtre.

– Je parlerai si je le veux ! s'opiniâtra Victor.

– Je t'aurai prévenu ! maugréa méchamment le

1. Coups de baguette qu'on donnait aux soldats à titre de punition dans les régimes allemands.

religieux avant de se jeter dans l'église dont on refermait le portail.

Repassant sa figure noire par une porte latérale, il ajouta :

– Par Belzébuth ! tu es pour de bon plus têtu qu'un âne rouge.

Victor demeura pendant tout l'office, assis sur un décrottoir qui lui sciait les fesses, à moudre son dépit.

Au bout d'une heure environ, observant la foule qui s'exhalait à gros bouillons sans voir reparaître le duc et la duchesse, il interrogea un sacritain affairé à chasser quelques poules qui venaient de profiter du mouvement pour entrer dans la nef. Il apprit de lui que le prince et sa suite s'en étaient allés par la cour du presbytère, dès les premières paroles de l'*Ite missa est*.

– Voilà un coup de ce satané jésuite ! pensa-t-il avant de retraverser le village en courant.

Il parvint devant le château dont on repoussait la grille pour voir le cortège du prince s'éloigner dans l'allée. Entraîné par la fuite de son regard, il esquissa le mouvement de s'approcher mais les sentinelles en faction croisèrent leurs baïonnettes sous son nez.

Il redescendait tristement, la mort dans l'âme, vers la maison des Lheureux lorsqu'il entendit saboter derrière lui. C'était un gamin sale et morveux, un vrai petit goret, qui, sans paraître le moins du monde hésiter à le reconnaître, se mit à l'accoster bravement.

– Monsieur Victor, cria-t-il, une servante du château m'a chargé de vous remettre ceci !

L'enfant sortit d'un repli de sa pèlerine un papier sans cachet que Victor défroissa pour découvrir l'écriture de Clémire jetée confusément à la mine de plomb. Voici quel en était le texte :

Bagnolet, ce dimanche 1er février

« Mon tendre ami,

Ne craignez rien pour moi et, quoi que vous puissiez apprendre à mon sujet, conservez-moi votre confiance. Ne vous tourmentez pas, je reste toute à vous et je ne reste qu'à vous. Si vous m'aimez, même si tout devait paraître contraire à la réalisation de nos espérances, vous vous fierez à moi. Je vous supplie de ne rien tenter d'irréparable et d'attendre sans bouger que je me manifeste. C'est la dernière et plus dure épreuve qui nous sera imposée avant l'accomplissement de nos vœux les plus chers.

Votre Clémire qui n'aime que vous. »

– Mon Dieu ! soupira Victor, les yeux dévorés de fièvre, on l'aura forcée à écrire cela…

Assailli par mille pensées incohérentes, il alla s'asseoir sur le perron de la maison sans vie que sa bien-aimée avait désertée. Empruntant d'abord la voie de l'espérance, il tenta de prêter une foi sans bornes aux phrases qu'il venait de lire, puis, raisonnant de nouveau et ne pouvant imaginer ce qui incitait la jeune fille à rester si mystérieuse, il se laissa gagner par un doute harceleur.

Jean-Hercule le retrouva vers midi, au même endroit, n'en finissant pas d'irriter ses tourments à force de réfléchir.

– Votre oncle vous demande de revenir à Paris, lui annonça-t-il, nous examinerons avec lui ce qu'il convient de faire.

– Tenez, lisez ! murmura Victor en tendant la missive de Clémire, je suis certain maintenant qu'on me cache quelque horrible secret.

– Cette lettre est en effet étrange mais je n'y trouve pas de motif de désespérer, indiqua, lorsqu'il eut achevé sa lecture, le vidame, toujours enclin par douceur d'âme à considérer le côté positif des choses.

Victor lui narra alors son entretien avec le jésuite et la façon qu'avait eue celui-ci de l'écarter de la vue des princes.

– Voici, je vous l'accorde, un curieux prestolet ! convint Jean-Hercule.

Ils furent de retour vers deux heures à l'Hôtel Davignon où le conseiller, lorsqu'il sut leur arrivée, quitta son bureau pour les rejoindre.

– Quel écheveau, mon pauvre Victor, depuis que vous êtes ici ! murmura-t-il en étreignant son neveu.

Le billet de Clémire passa de main en main. Il fut examiné en tous sens, chaque mot discuté, pesé, démonté.

– Nous ne pouvons qu'en passer par ce qu'elle nous demande, conclut monsieur Davignon, armons-nous de patience et surtout ne désespérons pas !... Elle l'écrit elle-même : c'est la dernière tempête avant la bonace... Dieu, après cela, aura envers vous comme une dette de félicité.

Lorsque les deux jeunes gens furent sortis, l'oncle de Victor dit à sa femme :

– Il me vient une crainte terrible... Prions, Agnès, prions pour que ce que je pressens ne prenne corps !

Trois semaines passèrent, toutes cognées d'incertitude. Victor, avec l'exactitude du métronome, se rendait chaque matin, la mort dans l'âme, au Palais-Royal. Là, pour ne point sentir sa pensée s'égarer, il s'abîmait dans le naufrage de la besogne. Jean-Hercule, de son côté, voyait le printemps rapprocher le temps de soutenir sa sorbonique[1] et, en prévision de l'échéance, passait ses

1. Une des trois thèses de la licence.

nuits à recorder sa théologie. Il ne s'octroyait un court répit que passé minuit lorsque, après avoir gratté précautionneusement à sa porte, il venait s'asseoir au chevet de son voisin d'étage qu'il savait toujours trouver éveillé par ses tourments.

Un soir que Victor rêvassait sur le portrait que La Bruyère a tracé de l'égoïste Gnathon, Jean-Hercule s'inquiéta d'un messager venu de Versailles dans l'après-midi.

– Alors ! que vous voulait cet homme qui vous cherchait tantôt ?

– C'était de la part de mon oncle. Il me faisait dire de me trouver ici dès son retour… On a enfin obtenu des nouvelles de Clémire… Ah ! cher Hercule, je tremble de devoir prendre bientôt toute la mesure de mon infortune.

– Pourquoi toujours envisager le pire ? protesta le jeune théologien.

– Si les informations qu'on me rapportera demain avaient dû être bonnes, observa Victor, on n'aurait pas manqué de me le faire savoir afin de m'épargner une nouvelle nuit d'incertitude.

– Voyons, renchérit le vidame, un message appris par cœur par un rustaud de laquais !… Votre oncle a préféré parler lui-même, voilà tout.

– Vous cherchez à me rassurer, protesta Victor, mais au fond, malgré ce sans-souci avec lequel vous affectez de prendre toute chose, vous êtes tout aussi perplexe que moi.

– Perplexe sans doute, pessimiste non !… Que vous arrive-t-il ? Vous venez de vous tirer de situations autrement périlleuses et jamais avant ce soir vous ne m'êtes apparu si désespéré.

– C'est vrai ! je suis las de lutter pour obtenir des choses que les êtres les plus démunis possèdent nativement : l'amour, l'affection, la paix…

– Privilège de l'aristocratie ! ironisa Jean-Hercule, l'honneur, la gloire, le sentiment, ont chez les gens nés, des méandres et des complications qui ne se trouvent pas dans les âmes communes. Il leur faut plus d'effort pour obtenir moins de profit. Voici la justice inversée que Dieu a voulu mettre en borne à la jouissance de ceux qu'il a décidé de distinguer ici-bas.

– Dieu est bien cruel avec moi.

– Il vous aime d'autant !

Victor releva un regard qu'un effort de lecture de plusieurs heures, à la lueur d'une chandelle fumeuse, avait rendu vitreux. Il admirait chez le vidame cette foi conquérante et polie par l'École jésuite. Comme elle paraissait vive et rayonnante dans le moment où la sienne s'apprêtait à renoncer !

– À cette heure, je ne puis me persuader que de deux choses : c'est qu'on empêche Clémire de se manifester librement et qu'elle n'a toujours pas renoncé à son amour pour moi.

Le lendemain matin, au Palais-Royal, Victor retrouva les Thésut en furie.

– Quelle famille ! hurlait le chevalier encore enturbanné du carré de batiste qu'il portait pour dormir, le père était enganymédé[1], celui-là est encotillonné !... N'a-t-il pas commencé, dans cette maison même, en faisant à quatorze ans un enfant à la fille du portier ? Il ne sera jamais qu'un libertin et ses sens dévoyés étoufferont toujours chez lui les feux de l'intelligence.

– Que se passe-t-il ? s'enquit notre héros lorsqu'il put approcher l'abbé.

– Nous en avons de grises à propos de notre maître, soupira le plus jeune des deux célibataires, voici un

1. Succombait au charme des jeunes gens.

mois qu'il laisse en plan tous les dossiers que nous lui passons, qu'il ne fait pas plus cas de nous que d'une livre de guignes... Voyez ces papiers qui n'ont besoin que d'une signature et qui attendent son bon vouloir !

Joignant un geste véhément à ses paroles, il désigna trois chariots plats pourvus de petites roues de fer dont le fond paraissait fléchir sous un empilement de parapheurs qui écrasaient eux-mêmes des fardes entassées à la diable.

– Ce garçon sera la croix de notre vieillesse ! reprit le chevalier agité de tics frénétiques.

– Mais quelle raison donne-t-il à sa disparition ? s'enquit Victor suffisamment fort pour que l'aîné de ses maîtres l'entende.

– Ça ! gémit celui-ci en chaussant le ton de la fausse innocence, il vous répondrait lui-même que ce n'est rien, que ce n'est qu'une passade. Son Altesse a quitté Paris ! Elle est remontée à Colombes où elle tient enfermée, depuis bientôt trois semaines, une beauté qui traînait autour du château de Madame à Noël... Un fantôme dont personne ne sait rien, que personne même n'a pu apercevoir...

Victor, à ces mots, sentit son cœur prêt de se rompre.

– Colombes, dites-vous ?... Une belle !

– Oui et tout cela sous couvert de demeurer près de sa mère, reprit l'abbé, pauvre femme !... N'avait-elle pas déjà eu son lot de peines tandis que son mari vivait ?

Victor s'était laissé choir sur une petite chaise dorée.

– C'est donc cela, hoquetait-il sombrement, ça ne peut être que cela, grand Dieu !

Il sera aisé d'imaginer quelles furent ses angoisses pendant le reste de cette matinée et dans quel état il parut devant son oncle à midi.

Monsieur Davignon, campé derrière son bureau, se montra dès l'abord inhabituellement grave, raidi comme un monolithe ; c'est dire le point où se trouvait rendue son inaccessibilité.

– Victor, lui annonça-t-il, j'ai mené ma propre enquête, je puis vous dire où se trouve Clémire…

– Inutile ! je le sais, moi aussi, depuis ce matin.

– Miséricorde ! soupira le conseiller en se précipitant pour prévenir une défaillance du jeune homme, le sort s'acharne étrangement sur vous !

– Me voici le rival d'un homme auquel la double qualité de protecteur et de prince m'empêche de demander raison.

– Faites-moi confiance, mon enfant !… Vous savez que j'abhorre les abus de la puissance lorsqu'elle s'est dévoyée… Un prince tel que le duc d'Orléans, accessible aux idées d'honneur, m'écoutera lorsque je lui parlerai…

– Irez-vous le voir ?

– Dès demain si vos maîtres en sont d'accord ! répliqua monsieur Davignon.

– Oh ! mon oncle…

– Je vous le dois, je suis tout autant le comptable de vos devoirs que celui de vos droits… Nous irons en conférer après souper au Palais-Royal !

Les deux Thésut, qui se mettaient au lit avec les poules, reçurent leurs visiteurs déjà barricadés dans leurs chambres. Le chevalier en chemise reniflait un grand bol d'infusion de véronique et l'abbé, encore en soutanelle, s'insultant à haute voix de ses coups maladroits, terminait une réussite.

Ils furent l'un et l'autre à peu près foudroyés par ce que venait leur découvrir leur ami.

– Clémire de Grandville, dites-vous ! répéta le chevalier… Voici bien un nom qui me dit quelque chose.

– Son frère vient de mourir, souligna monsieur Davignon, c'est celui qui était mêlé à l'affaire qui a failli perdre Victor…

– Non, ce n'est pas si récent, objecta l'aîné des Thésut, ma Clémire à moi se perd dans la nuit des temps. Elle avait effectivement un frère... Enfin ! cela me reviendra.

– Que me conseillez-vous ? demanda monsieur Davignon, croyez-vous que je puisse obtenir une audience du prince ?

– En ce moment il ne vous recevrait pas, estima l'abbé, lorsqu'il est comme cela, sous l'empire de ses sens, il ne connaît personne... Nous devrions plutôt tenter de l'atteindre par le truchement de sa mère qui s'est ouverte à nous plusieurs fois du souci que lui causaient les désordres de son fils.

– Pourrais-je la voir promptement ? insista le conseiller.

– Sans difficulté si je vous accompagne, estima l'abbé.

– Demain, onze heures ! fit l'oncle de Victor, je passerai vous chercher.

– Et moi qui voulais vous unir à Diane de Solsac, gémit dans son coin le chevalier en considérant fixement son élève... Nargue ! le mariage est bien compliqué depuis qu'on se mêle de recueillir l'avis de tout le monde.

Et sans doute effrayé par le mutisme de celui à qui s'adressait ce discours, il changea de registre pour conclure :

– Allons, le dénouement est proche ! Vous allez retrouver votre dulcinée et nous notre cornac.

Il montra le papier qui refluait jusque dans sa chambre :

– Car, sac à papiers ! je n'ai jamais vu un tel désordre ici depuis bientôt deux ans que Monsieur, le père de notre maître, a déserté.

Le petit château de Colombes, cadeau de feu le frère du roi à sa femme, sans comparaison de taille avec les autres demeures de la famille d'Orléans telles que Saint-Cloud, Blois ou Villers-Cotterêts, tenait plus à l'agrément du vide-bouteilles d'un bourgeois qu'au luxe d'un palais princier. Madame, qui s'était retirée là dans les rares moments de crise et de doute où les difficultés de son domestique l'avaient emporté chez elle sur le goût de vivre à la cour, était satisfaite d'avoir su dénicher, si près de Versailles, cet endroit pour elle seule dont elle avait fait un lieu de méditation moins austère qu'un couvent.

Le carrosse des Thésut fut à midi à la grille ouvrant du côté du village de Colombes, qui fut incontinent franchie lorsqu'un vieux capitaine des gardes eut reconnu, derrière la vitre, le frère du secrétaire des commandements de son maître. Une simple allée de lie de vin épandue menait jusqu'à un imposant pavillon de briques renfermant un vestibule ovale parcouru du flux chamarré et véloce qui signale partout la présence de membres de la famille royale. C'était un mélange de gens de livrée, de gardes portant l'épée ou la pique, d'huissiers à tristes figures posées sur des fraises de l'ancien temps qui s'essayaient à contenir dans l'exiguïté du lieu tout cet industrieux débordement de ruche.

Comme l'avait annoncé l'abbé de Thésut, Madame, dès qu'elle connut le nom de ses visiteurs, donna l'ordre de les introduire à l'étage dans un cabinet lambrissé de grosses fleurs des champs où elle parut peu après, flanquée de deux des dames de sa maison : la maréchale de Clérambault et la comtesse de Beuvron.

C'était, nous l'avons dit, un être sans grâce et certainement la princesse la plus irrémédiablement laide de son temps par toute l'Europe. On figurera à peu près ce qu'elle était en imaginant le cou du Minotaure planté sur quelque dame-jeanne ou mieux, pour reprendre la description sans complaisance qu'elle faisait d'elle-même à ses cousins allemands, « un dé à coudre renversé » voire « quelque grosse pagode hissée sur deux souliers ». Ajoutez à cela une peau granuleuse et rouge, des cheveux devenus rares qui tiraient sur le jaune ; mais toute cette accumulation de traits ingrats transfigurée par un air de majesté proprement ébouriffant. Sempiternellement roulée dans de lourds manteaux de velours qui prenaient sur elle des allures de voiles de hauban gonflées par la tempête, elle repoussait tout goût de l'affiquet pour ne s'en tenir qu'à des commodités éprouvées : robes amples posées sur quatre ou cinq jupons fourrés, cravates de zibeline pour se garder des vents coulis de Versailles, talons bas enfin pour éviter de se tordre la cheville comme cela survenait à tout instant aux coquettes.

Ce n'est que depuis la mort de son mari que Madame avait commencé à éprouver le plaisir d'être en France. Après trente ans de vexations presque ininterrompues, débarrassée en un jour de la cabale des mignons de Monsieur, autorisée par le roi, qui s'était effrayé de ses clameurs, à ne point partir s'enfermer dans le couvent de son douaire de Montargis assigné par son contrat de mariage dans le cas de veuvage, elle avait entrepris de vivre à sa guise, c'est-à-dire en Allemande. Tapie dans ses appartements, réglant les querelles que ses dix épagneuls entretenaient en permanence avec sa guenon et son perroquet, se gorgeant de bière de Hambourg et faisant son régal de saucisses aux choux qui empestaient jusque dans les galeries, elle passait le gros de son temps à caqueter ou écrire, continuant, par ses lettres à sa fille mariée en Lorraine et à son vaste cousinage européen, d'entretenir un réseau de commérages et de nobles pensées qui ne faisait pas toujours bon ménage avec la politique de son beau-frère. Elle avait rappelé près d'elle tout un cercle de gens que Monsieur, par jalousie, s'était ingénié à éloigner ; la maréchale de Clérambault et la comtesse de Beuvron étaient du nombre, femmes aussi extravagantes et hautes en couleur qu'elle mais très bonnes et sûres amies. La première était la seule qu'on vît à la cour porter encore un masque en toutes occasions : elle assurait que l'air lui donnait des croûtes ; elle prétendait aussi être restée dans sa jeunesse toute une année sans proférer une parole après s'être allée imaginer mourir de la poitrine au premier son qu'elle articulerait. La seconde était une aimable sorcière, furieuse au jeu et férue d'astrologie ; chassée publiquement du Palais-Royal par Monsieur, elle avait été d'un grand réconfort pour Madame qu'elle avait continué à voir en secret dans le parloir de plusieurs couvents parisiens.

Il fallait de quelques mots présenter le personnage public qui vient de s'approcher de l'abbé de Thésut pour, contre tous les usages, lui saisir la main et lancer d'un fort accent de Tudesque :

– Cher abbé ! il n'est à peu près que vous que je regrette depuis que personne ne m'oblige à venir à Paris.

Monsieur Davignon, qui n'avait jamais vu la princesse dans son particulier, fut impressionné par cet abord franc et modeste valant tous les appas du monde.

– Altesse, protesta l'abbé, c'est vous qui nous abandonnez !… Vous savez bien que nous n'avons ni le loisir ni le goût de paraître à la cour.

– Le roi, persifla Madame en partant d'un rire gras, vous dirait qu'un homme né qui ne vient pas à Versailles ne vaut pas mieux qu'un déserteur de son armée.

– Nous ne désertons que pour la gloire de votre fils, répliqua sentencieusement Thésut avant de s'écarter pour présenter celui qui l'accompagnait.

– Vous connaissez, de réputation, Charles Davignon d'Antraigues, conseiller d'État, qui est venu jusqu'ici vous exposer lui-même une affaire qui le touche… Il vous surprendra par le ton direct dont il va user mais il ne sait pas mâcher ses mots… C'est là son caractère, guère différent du nôtre au fond et c'est ce qui me persuade que Votre Altesse l'entendra comme si je lui parlais moi-même.

– Oh ! oh ! l'abbé, se récria Madame en forçant un second éclat de rire. Cette visite soudaine, tous ces mystères, me donnent la chair de poule… Installez-vous, messieurs ! Vous risquez d'être longs si, comme je le suppose, vous êtes venus m'entretenir de mon fils.

– Précisément, Altesse, fit monsieur Davignon, mon vieil ami vient de vous mettre en garde : je n'ai pas eu le temps de préparer un discours raboté. J'irai sans détour, voire brutalement… Le duc d'Orléans retient ici une jeune fille promise à mon neveu qu'il a fait enlever dans une maison de ce village.

– Cette enfant n'a point été, comme vous le dites, enlevée ! protesta sévèrement Madame.

Elle se laissa crouler sur une bergère, écartant de son sein moelleux, pour la confier à madame de Beuvron, mademoiselle Millette, l'un de ses nombreux chiots, qu'elle avait apportée avec elle en entrant.

– Forcée ? hasarda le conseiller.

– Pas davantage forcée ! s'opiniâtra Madame avec un peu plus de colère dans le ton.

Puis, se radoucissant :

– Je vous en supplie, monsieur, demandez-moi tout ce que vous voulez pour votre neveu : un régiment, des terres, tous les offices qui lui feront envie mais, de grâce ! laissez-nous cette fée…

– Mais, Altesse…

– Elle a changé mon fils. Elle l'a rendu aimable avec sa mère… Depuis que Clémire a paru dans ces lieux, je n'ai jamais eu tant sujet d'être satisfaite.

– Ce bonheur est volé à un innocent ! fit observer le conseiller.

– Que la vie est cruelle !… Je croyais, après bientôt trente ans de peines dans ce pays, tenir enfin la joie de mes vieux jours : un enfant retrouvé, une poupée gracieuse à aimer… Et voilà que, à peine les ai-je entrevues, vous venez me ravir toutes ces espérances.

Donnant soudain toutes les marques de sortir d'une douloureuse méditation, elle ajouta :

– Quel âge a votre neveu, monsieur ?

– Dix-huit ans, repartit l'oncle de Victor.

– N'est-ce pas assez tôt, avec tout ce que je suis disposée à lui offrir, pour jouir de tous les bonheurs de la terre ?

– Altesse, protesta le conseiller, ce que vous me demandez ne peut se concevoir. Ce garçon n'est pas d'un caractère à troquer passion contre richesse. C'est un cœur simple auquel beaucoup d'épreuves, dans une époque encore tendre de l'existence, confèrent une sorte de droit à la paix.

– Ah, que vous tourmentez ma conscience !

– J'ai eu le grand privilège d'être quelque temps le confesseur de Votre Altesse, intervint à son tour l'abbé, puis-je en témoignage de l'estime qu'avait fait naître entre nous cette charge, vous poser une question qui vient me brûler les lèvres ?

– Allez ! soupira Madame, ne suis-je pas ici pour tout entendre ?

– Dans quelle relation vit votre fils avec mademoiselle de Grandville, Altesse ?

Un franc sourire vint illuminer la grosse figure de la princesse.

– Voici bien le plus étonnant de l'affaire, cher abbé, le duc se conduit avec Clémire ni plus ni moins qu'un frère avec sa sœur… Il ne cesse de l'entretenir de tout ce qui lui passe par la tête ; il lui demande des lectures et ne goûte rien de plus extravagant que se promener pendant des heures, dans le parc ravagé par l'hiver, en la menant par le bras. Il joue avec elle au hocca près de la cheminée. Il prend un soin jaloux de sa toilette, de son ouvrage, de ce qu'elle lit. Il s'est même mis en tête de lui apprendre le peu qu'il connaît du violon et de l'écriture musicale... De tout cela, messieurs, tant je suis satisfaite, j'ai peine à croire mes yeux... Ils sont si beaux ensemble !

L'abbé et le conseiller, que gagnait l'effarement à entendre ces peu vraisemblables fadaises, échangèrent un regard affligé.

– Mais alors, Altesse, s'exclama monsieur Davignon en haussant le ton pour ressaisir le fil de l'attention de son interlocutrice, si votre fils aime Clémire d'un amour à ce point chaste, il ne devrait faire aucune difficulté pour la rendre à celui qui a sa foi.

– Détrompez-vous ! répliqua la duchesse péremptoire, en dépit de la pureté de ses sentiments, je ne l'ai jamais vu aussi jaloux. Il en est, c'est certain, bien plus coiffé que de la Séry [1] !

– Qu'il me soit permis de représenter autre chose, renchérit l'abbé en s'avançant d'un pas, depuis bientôt un mois que le duc est ici, la Maison d'Orléans se trouve privée de chef. Toutes nos affaires vont à vau-l'eau, rien ne se décide... Bientôt partout nos ennemis relèveront la tête.

– Que nous chaut la Maison d'Orléans tandis que nous vivons heureux ! se récria Madame avec un mouvement d'impatience.

L'abbé, que le cri de la mère de son maître venait de flageller, s'obstina malgré tout :

– La cour s'inquiétera bientôt de votre retraite.

– C'est fait ! le roi a envoyé un chambellan quérir de

1. Marie-Louise-Victoire le Bel de la Boissière de Séry (1680-1748). Ancienne fille d'honneur de Madame. Elle vient en 1702 de donner un fils, Jean-Philippe, au duc d'Orléans.

nos nouvelles et nous avons fait répondre que nous traînions la grippe.

– Ils reviendront ! s'opiniâtra Thésut, la duchesse remuera ciel et terre pour retrouver son mari…

– Cette landore [1] ! cette coquette ! elle se moque de tout ce qui n'est pas elle, pesta la princesse qui honnissait sa belle-fille, fruit du double adultère de Louis XIV et de madame de Montespan. D'ailleurs, poursuivit-elle, si l'on nous dépêche quelqu'un d'autre, nous sommes décidés à dire que nous avons la vérole et qu'il est dangereux d'approcher.

Elle eut encore quelques phrases de ce tonneau qui, au fur et à mesure qu'elle avançait, secouaient d'accès de rires ses deux dames restées plantées de part et d'autre de son fauteuil à l'instar de génies tutélaires. Le bonheur qui l'habitait à sentir son fils revenu à portée de sa main avait visiblement bloqué toutes ses prodigieuses facultés. Elle parvint à s'échapper, les deux autres avec elle, sans avoir jamais quitté cet air d'exaltation et sans qu'aucun de ses deux visiteurs ait pu en tirer rien de plus.

Pendant que cette scène se déroulait sur les hauteurs de Paris, Victor était demeuré seul avec le chevalier qui le faisait méchammant ânonner sur un inventaire de basse-cour dans lequel il s'était imaginé découvrir quelque friponnerie.

– Cet intendant est un coquin ! Avez-vous déjà vu quelque part un seul coq au beau milieu de deux cents poules ? D'ailleurs je l'ai bien en mémoire ce poulailler de la ferme des Poulins et il était jadis bien plus peuplé que cela… Je revois distinctement les paniers d'œufs qui arrivaient à Saint-Cloud pour la Noël… Attendez !

1. Paresseuse.

le nombre m'en revient précisément : douze paillons de douze douzaines qui devaient représenter la ponte d'une semaine.

Il attrapa un bout de rôle qu'il griffonna à la plume à même la manchette de son fauteuil.

– Douze que multiplient douze deux fois : mille sept cent vingt-huit que divise sept… Ah ! forban !… En voilà pour un peu plus de deux cent quarante-six et tu nous auras bientôt estourbi de quarante-six poules et demie.

– Mais, chevalier ! fit observer Victor, il faut compter toutes celles qui ne pondent pas car il n'y a qu'au pays de Cocagne où l'on trouve chaque jour à point un œuf dans chaque nid.

– Qu'importe ! tempêta Thésut, je flaire la rapinerie. Nous allons dépêcher notre notaire de Blois pour qu'il fourre un peu son nez dans les affaires de ce misérable et, coupable ou innocent, je vous promets que je lui passerai quelque onguent miton-mitaine de ma façon.

Il fixa sa décision par une annotation, pointant un index en l'air pour conclure :

– Vous touchez là l'exemple des funestes entraînements où conduit le relâchement de la sévérité !… En d'autres temps, lorsque le sire de Coucy faisait pendre haut et court ceux qui volaient ses fruits, personne avant longtemps n'osait entreprendre de regrimper à ses arbres… Il est vrai qu'à cette époque les rois n'accablaient pas leurs peuples d'impôts, qu'ils ne spoliaient pas la richesse ecclésiastique, qu'en outre celle-ci servait vraiment à secourir les pauvres.

Victor considéra son vieux maître en souriant.

– N'idéalisez-vous pas quelque peu ? demanda-t-il ingénument.

– Peut-être ne vous racontais-je tout cela, soupira le chevalier en répondant avec humour à la question du jeune homme, que pour vous permettre de dire un jour à vos enfants que, dans votre jeunesse, vous avez entendu un vieux fou regretter le temps du roi Louis VI.

– Le passé, reprit Victor, ne peut servir de seule référence à nos actes.

– Il faut me passer cette marotte, protesta Thésut, cela m'a toujours rassuré de regarder derrière… D'ailleurs, lorsqu'on vieillit, lorsqu'on se sent comme moi transi en permanence, on ne scrute l'avenir qu'avec énormément d'appréhension.

Il se pencha pour signer le petit commentaire qu'il venait de griffonner au bas du rôle de l'intendant des Poulins.

– Votre amoureuse, demanda-t-il en toussotant pour faire passer l'audace du qualificatif, comment est-elle de sa personne ?… Vous ne me l'avez jamais seulement décrite.

– Radieuse, aimable, tout à mon gré, répondit Victor avec exaltation avant d'ajouter : Elle vous plaira, j'en suis sûr.

– Bienheureux garçon !… Vous êtes aimé, vous êtes doué d'un naturel excellent, vous êtes paré de moins de vingt printemps… Comment voulez-vous qu'on ne vous envie pas ?

– C'est vrai, chevalier, repartit notre héros et je serai l'être le plus comblé de la terre lorsque le duc m'aura rendu Clémire.

– Les tocades de notre maître ne durent jamais bien longtemps, reprit Thésut… Il vous aura vite fait justice.

– Mais s'il me la rend dans un état tel que je ne puisse plus la regarder comme mienne, se lamenta Victor.

– Eh quoi ! que serait-elle d'autre dans ce cas qu'une innocente victime ? Ce n'est point de pardon dont elle aurait besoin mais de compassion et d'amour… Vous savez comme moi qu'il est des forfaitures que les femmes subissent sans être coupables. Et puis… et puis, vous ne seriez pas le premier à boire sur le râpé[1] d'un petit-fils de France.

Il eut un geste preste de la main pareil à une chiquenaude.

– Ne me trouvez-vous pas bien moderne pour penser comme je fais ? demanda-t-il en roulant des prunelles immodestes.

– Je suis si jeune, balbutia Victor, je n'ai qu'elle et commencer ainsi serait affreux.

– Je vous parlais tout à l'heure du temps des sires de Coucy. Il vous étonnera sans doute d'apprendre que l'honneur qui se plaçait alors si haut était…

Et s'arrêtant soudain, les traits de son visage subitement brouillés :

– Sabre de bois ! s'exclama-t-il en achevant de blêmir, comment m'avez-vous dit que se nommait cette fille ?

– Clémire, fit Victor épouvanté par le changement de figure de son maître.

– Juste ciel !… Et quel âge a-t-elle ?

– Dix-huit ans comme moi.

– Dix-huit ôté de 1703, c'était bien en 1685. Ah ! Seigneur… Et ce frère dont vous me parliez ne se nommait-il pas quelque chose comme… Florilis ?

– Brandelis.

– Misère ! articula Thésut devenu jaune comme safran avant de verser la tête sur l'oreille de son fauteuil.

– Chevalier ! chevalier !… Revenez à vous ! s'écria Victor en tapotant les mains décharnées du vieil homme.

Celui-ci, malgré les appels de son élève, demeurait la bouche ouverte, les yeux révulsés, la houppe de son bonnet lui faisant une énorme bosse en plein milieu du front.

1. Avoir le second usage de quelque chose.

– Du secours ! hurla Victor en se jetant dans l'escalier tournant qui accédait à l'étage des princes.

Il trouva d'abord Dubois qui, grimpé sur un petit escabeau, le nez collé contre une cage dorée, apprenait à répéter à deux menâtes :

– Les filles de Saint-Cyr au bordiau, Maintenon derrière la caisse !

L'abbé, en se tournant, découvrit la mine défaite de Victor.

– Monsieur de Gironde, quel émoi !

– Vite, monsieur, un médecin !… Le chevalier là-haut vient de se trouver mal.

L'ancien précepteur du duc d'Orléans ne fit qu'un bond pour sauter au bas de son perchoir.

– Il ne sera pas dit que je n'aurai rien voulu tenter pour sauver ce vieil hibou !

Il sonna un garçon bleu, lui commandant d'aller quérir tous les médecins qu'il trouverait par le palais.

– Allons ! ajouta-t-il, je viens avec vous car je suis un peu « médicâtre » à mes heures… Vous m'êtes cependant témoin que c'est rancune tenante[1].

Le malade, qui n'avait toujours pas recouvré ses esprits, fut bientôt pressé par cinq ou six savants en toge.

– Avait-il l'œil fermé lorsque vous l'avez laissé ? demanda Dubois.

– Non, répondit Victor, il l'avait grand ouvert.

– C'est bon signe, estima l'abbé.

– Certes non ! trancha un vrai médecin, si l'œil s'est refermé c'est que les nerfs se sont relâchés. D'ailleurs le pouls est dangereusement formicant.

– Monsieur l'ignorant, repartit Dubois plein de morgue, j'affirme moi tout au contraire que si cet œil

1. En suspendant un court moment, pour faire face à un danger, les motifs de querelle.

s'est refermé, c'est qu'il s'est trouvé en dedans suffisamment de flux pour l'actionner !

Une sorte de frater, à la poigne de portefaix, s'était mis en devoir d'écarter les paupières du chevalier.

– L'humeur en est fort vitreuse, constata-t-il.

– Il a toujours été ainsi, observa Dubois, c'est la méchanceté qui ressort par là et qui rend l'organe chassieux.

– Donnons-lui de l'eau de Schaffouse ! reprit le premier médecin en débouchant un flacon glauque qu'il venait de tirer des profondeurs de son habit.

– Cela ne lui fera pas plus de mal qu'une rasade d'eau bénite, persifla Dubois avant d'ajouter impatient : Faites-lui plutôt boire quelque liqueur forte ou respirer quelque chose de spiritueux !

– Nous essaierons ensuite mais nous commencerons par trois onces d'émétique, pesta le médecin, ah, çà ! prétendriez-vous nous enseigner notre art à la fin ?

Dubois répondit par un de ces mouvements du menton qu'ont les esprits vraiment supérieurs pour marquer qu'ils ne descendront pas dans l'arène de la polémique.

Un coin de narine du chevalier se souleva au passage de la pipette de verre qu'on allait lui enfourner dans la bouche. Sa paupière, restée obstinément baissée malgré l'effort des médecins, se releva brusquement.

– C'est affreux ! articula-t-il faiblement en paraissant sortir d'un cauchemar, il faut faire cesser ce scandale ! Cette fille. Cette fille…

– Eh, quoi ! cette fille ? s'impatienta Dubois.

– Cette fille… Il ne faut pas !…

– Il délire, reprit Dubois qui se tourna vers les médecins pour lancer : drôles ! ne sont-ce point des vapeurs d'opium que vous lui faites respirer ?

Le chevalier, profitant du commencement d'émeute qu'avait provoqué l'apostrophe de l'ancien précepteur du duc d'Orléans et du desserrement de foule qui s'en était suivi, venait de se remettre sur ses pieds. Il jeta à terre les couvertures dont on entreprenait de l'étouffer et bouscula quelques médecins dont les bonnets se mirent à vaciller.

– Seigneur, l'affreuse chose !… Ah ! faites qu'il ne soit pas déjà trop tard.

Et bondissant dans l'embrasure d'une fenêtre, dénouant fébrilement sa cravate de soie, il plongea sa main dans l'échancrure du col de sa chemise. Il en extirpa une chaîne d'or à laquelle pendait un médaillon qu'il ouvrit de manière à faire glisser une fine feuille de papier bible de la taille d'un demi-octavo.

Après l'avoir parcourue en hochant la tête, il appela près de lui Victor.

– Allez immédiatement prier maître Lendhormi, dont mon majordome vous indiquera l'adresse, d'accourir ici, toutes affaires cessantes, en apportant avec lui la cassette du fonds Saint-Albin !

Victor, sur cet ordre donné, fut en cinq minutes rue des Deux-Écus, face à l'Hôtel de Soissons, dans l'entresol de maîtres Brindavoine et Lendhormi, dont la modeste étude drainait le gros des artisans des Halles.

Maître Lendhormi se trouvait alors à table, l'œil brillante par la contemplation d'un trio de bécasses, hérissées de lardoires, qu'une servante venait de déposer devant lui. Il se leva sans haleine lorsqu'un clerc en galoches lui eut agité sous le nez un billet timbré du petit sceau de la Maison d'Orléans. La serviette autour du cou, il se jeta dans son escalier, houspillant au passage trois saute-ruisseaux qui lapaient leurs gamelles assis, jambes ballantes, sur des étagères que les minutes faisaient fléchir.

– Monsieur ! annonça-t-il à Victor en s'inclinant, le fonds Saint-Albin est au secret et, par précaution, j'en garde toujours la clef dans mon gousset.

Ayant ouvert dans son cabinet un grand coffre de fer

à trois serrures, il en sortit une petite cassette de bois blanc qu'il cala sur son bedon avant d'emboîter le pas à son visiteur.

Une chaise dorée attendait devant la porte. Elle fut aussitôt enlevée par deux dadais taillés en forme de lévriers qui se mirent à secouer le tabellion par les rues en courant derrière le cheval sur lequel venait de se hisser Victor. Ils en firent tant qu'ils furent de retour au Palais-Royal un quart d'heure à peine après en être sortis.

Le chevalier, dont les joues avaient retrouvé leur teinte de ponceau, s'était débarrassé des médecins et de Dubois par quelques phrases pleines d'acrimonie. Il marchait de long en large, faisant rebondir le bout ferré de sa canne sur le parquet chevillé du salon où plusieurs années de ce genre d'exercice avaient laissé de longues traînées grêlées.

– Pressons ! lança-t-il au notaire en guise de bonjour, je cherche une Clémire de Grandville, née en 1684 ou 1685, que vous devez me retrouver dans ce fatras.

Le bonhomme Lendhormi, aussi plein d'onction que de bajoues, s'était placé à croupetons sur un coin de la grande savonnerie pour brasser son papier.

– Je tiens Zéphire, proclama-t-il en levant l'index qu'il avait humecté pour mieux tourner les pages.

– Non point ! protesta roguement le chevalier, je veux Clémire, Clé-mire, entendez-vous !

L'autre qui venait de lever le nez et qui avait paru un moment aveuglé par l'éclat du meuble doré dont il s'essayait mentalement à traduire la valeur en pistoles, se remit à l'œuvre en bredouillant pour soi le titre de tout ce qui défilait.

– La voici, monsieur ! exulta-t-il en défouissant un rôle cousu.

Le chevalier prit le document d'un geste raide pour le donner à Victor.

– Lisez, monsieur de Gironde !… C'est vous, au premier chef, que tout cela concerne.

Victor, toujours aussi ahuri, entama la lecture.

– « Louis, par la grâce de Dieu… »

– Sautez, mais sautez donc ! sacra Thésut, sinon nous y serons demain.

Le lecteur, éperdu par tant de frénésie, reprit un peu plus loin :

– « … Le 17 février 1684 ont comparu devant nous, Philippe-Alphonse-Louis de Lorraine d'Armagnac… »

– Le chevalier de Lorraine, commenta le vieil homme.

– « … Charles-Irénée Louis d'Harcourt, comte de Beuvron… »

– Il était alors capitaine des gardes de Monsieur, reprit Thésut en interrompant de nouveau son disciple.

– « … Jean-Théophile, baron de Thésut, secrétaire des commandements de Son Altesse Royale le duc d'Orléans… »

– C'est moi !

– … Lesquels ont déclaré conjointement que la dame Joséphine Meauclerc, chambrière, demeurant à Saint-Cloud, a accouché ce jour, rue Michel Lecomte à Paris, d'une fille née vivante à qui ils ont déclaré vouloir pour son père donner le nom de Clémire-Louise-Charlotte et lui réserver tant qu'elle vivrait, à titre d'usufruitière seulement, une rente de trente pour cent des revenus tirés de la baronnie de Grandville, près de Vendôme, Élection de Blois, Généralité d'Orléans, dont elle pourra avec son frère, précédemment né du même lit, porter le nom sans toutefois jouir d'aucune armoirie ni autre droit que d'usufruit. »

– Vous voici éclairé ? fit le chevalier en hochant la tête.

– Toujours pas, répliqua Victor bouche bée, il manque le nom du père.

– On ne le nomme jamais dans ces circonstances !

– Alors, qui est-ce ? hasarda Victor.

Le chevalier, jetant un coup d'œil furtif du côté du notaire, posa un doigt sur ses lèvres pour signifier qu'il fallait patienter.

– Mais, jarnicoton ! reprit-il en s'emportant, quel est l'âne qui a ce dossier en charge ?… N'y a-t-il point une lettre au crayon dans le coin de cette minute ?

– Si un *Q*, bredouilla Victor.

– Quatrebarbes ! rugit aussitôt Thésut.

C'était un cri aussi terrible que celui qui avait dû retentir à Mons, lorsque Philippe le Bel était parvenu à rameuter ses troupes ; à Poitiers ou à Pavie, lorsque des rois moins chanceux avaient vu les leurs se débander sans retour.

Pointant sa canne en avant, le vieux secrétaire du prince, suivi de Victor et du notaire, se rua dans son antichambre, puis, de là, au travers d'un dédale de couloirs et d'escaliers, jusque dans un grenier adossé aux combles de la chapelle où régnait le vieux Hyacinthe de Quatrebarbes, marquis de la Rongère, chevalier d'honneur de Madame et depuis toujours attaché à la maison d'Orléans. C'était une extravagante survivance de temps révolus qui vivait en reclus au fond d'une suite de pièces bizarrement découpées. Il était pourvu d'une figure qu'il aurait pu louer sur un théâtre pour jouer les pères nobles ou les dieux sagaces et affublé d'une perruque qui lui faisait sur le front deux pointes semblables aux cornes de lumière de Moïse. Son costume et son meuble étaient restés ceux de l'époque de Mazarin, le dernier très endommagé par les chats qu'il avait autour de lui en ribambelle et qui avaient fini par constituer toute sa compagnie. Les gens du palais assuraient qu'il sortait après minuit, un grand sac sur l'épaule, lorsqu'il s'était un peu laissé aller à boire, pour traquer ceux d'entre ces malheureux animaux qui erraient par les rues et les rapporter chez lui.

De fait, pour pouvoir l'approcher, il fallait éviter les chausses-trapes d'une vingtaine de petits pots de lait et d'autant d'assiettes, pleines de foie coupé, répandues sur les tapis. C'est ainsi que Thésut, après avoir rudoyé quelques domestiques, sauté par-dessus quelques chartreux placidement affairés à lisser leurs moustaches, vint s'écrouler, comme s'il allait se désarticuler, sur le bureau du bonhomme qui sommeillait sur une pile de registres.

– Quatrebarbes !... Qu'avez-vous fait de Clémire et Brandelis de Grandville ?

– Ah, les chers petits ! miaula le chevalier d'honneur qui, par mimétisme, savait aussi ronronner et ragouler... La voici bien à présent toute ma famille.

– Vous donner à veiller ces enfants, pesta Thésut, c'était comme charger le Père La Chaise de contrebattre les empiétements du pape ou mademoiselle de Scudéry de se servir d'une arquebuse... Quelle catastrophe êtes-vous allé imaginer de commettre ?

– Ce sont de bons petits ! de bons petits vraiment ! continuait de soliloquer le vieil homme.

– Quatrebarbes ! tonna de nouveau le chevalier en roulant des yeux féroces.

Le vieillard frissonna comme s'il se fût trouvé sous le souffle d'un cyclone. Il recala sa perruque et fixa ses visiteurs avec une expression d'égarement.

– De lui, dit-il, j'ai voulu faire un prêtre afin qu'il rachète les fautes de son père... On peut dire que j'ai veillé à ce qu'il ne manque de rien : belle maison, domestiques, canonicat pour les revenus et vicariat pour faire carrière... J'entends ici les rumeurs que provoquent ses sermons. Il ira loin ! il ira loin !... J'ai su trouver sa voie... Quant à elle, ah, la coquine !... Figurez-vous que j'ai voulu la marier à notre brave

Saint-Pons. Tout était arrangé ; un père n'eût pas mieux fait : une dot confortable, un magnifique hôtel, à deux pas d'ici, que j'avais loué, meublé, truffé de serviteurs. Elle m'a fait le caprice de refuser tout cela en bloc et moi, de devoir congédier les gens, revendre le meuble, rendre la maison, courir partout, malgré mes infirmités, pour demeurer discret… Ah, les enfants ! les enfants !

Une gracieuse chatte à long poil noir pourvue de grands yeux jaunes, qui avait piétiné longtemps le papier en tous sens avec des marques d'impatience, se prit à sauter lestement sur son épaule.

– Non ! mademoiselle Zara… Descendez, voulez-vous, sinon monsieur Tigri va être jaloux et vous me causerez bien des ennuis !… Mais je sais bien ce que vous voulez…

Il sortit de sa poche une petite boîte de laquelle leva une épouvantable odeur de hareng.

– Voilà ! fit-il en agitant un reste de poisson qu'il venait de saisir par la queue et dont la chatte, posée sur son postérieur, s'empara en lançant ses deux pattes en avant.

Thésut commençait à s'impatienter des pitreries du bonhomme : sa narine frémissait, il heurtait le plancher avec sa canne.

– Vous avez fait du joli, Quatrebarbes !… Vous avez mené l'éducation de ces enfants aussi déplorablement que tout ce que je vous ai vu faire dans ce palais depuis quarante ans.

– Eh ! chevalier, à qui vouliez-vous que je demande conseil puisqu'il fallait absolument rester secret ?… Je suis garçon comme vous : quelle expérience voulez-vous que j'aie de l'élevage des marmots ?… Tant que ma sœur vivait et gouvernait chez moi, j'avais plus de temps pour m'occuper des choses ; elle tuait les petits chats… Je peinais beaucoup moins qu'aujourd'hui où ils ne font que gagner en nombre…

– Peste ! allez-vous cesser ce lanturlu ? s'emporta pour de bon le maître de Victor, puisque nous voici rendus là par votre faute, tâchons de sauver ce qui peut encore l'être… Mettons-nous en route et allons rejoindre Son Altesse !

– Quoi, sortir en plein jour ! s'effraya Quatrebarbes.

– Incontinent ! clama Thésut en s'agrippant à la manche du bonhomme et en le tirant hors de son fauteuil… Encore deux heures avant que tout ne s'éclaire, ajouta-t-il à l'adresse de son disciple, faites dire à Dubois et à ce qui se trouvera sur place d'officiers et de familiers de notre maître qu'ils viennent avec nous : ce qui suit les concerne également.

Il ne restait plus de voiture digne de ce nom dans les remises du palais vidées par le départ des princes. Aussi, pour se hisser jusqu'à Colombes, Victor, le chevalier, le notaire et Quatrebarbes durent-ils emprunter une brelingue de l'ancien siècle aux allures de carabas qui avait jadis servi au cardinal de Richelieu pour faire la route depuis Paris jusqu'à sa maison de Rueil. L'abbé Dubois, Pluvault[1] et Liscouet[2], seuls gens d'importance à se trouver sur place, se jetèrent à leur suite, enveloppés d'écharpes et de mitaines, dans une de ces petites calèches découvertes qu'on réservait aux dames à la belle saison pour suivre la chasse. Quelques gardes à cheval furent mis en tête, composant un cortège qui, jusqu'aux Tuileries, eut à se frayer un passage au travers des embarras de la capitale. L'attelage du chevalier n'était pas le moins étonnant du lot : deux rossinantes de poil non uni avaient été dénichées d'un recoin de l'écurie et un cocher saoul, tiré d'un sous-sol où il cuvait son vin. Avec la brelingue, tout cela composait une assez

1. Maître de la garde-robe du duc d'Orléans.

2. Le chevalier René de Liscouët, capitaine des suisses du duc d'Orléans.

grotesque cavalcade dont l'effroyable lenteur fit redoubler la furie de trépignements du chevalier.

– Crédieu ! maroufle ! se mit-il à hurler sans attendre à l'adresse du conducteur, veux-tu bien avancer ou je te rendrai, dès notre arrivée, tous les coups que tu n'auras pas baillés à tes rosses ?

Ils furent si longs, malgré les cris continuels de « Gare » poussés par leur piqueur, qu'ils croisèrent monsieur Davignon et l'abbé de Thésut, s'en revenant de Colombes, à hauteur du cul-de-sac de l'Orangerie.

Victor, qui avait reconnu de loin la livrée du cocher de ses maîtres, sauta lestement sur la chaussée pour faire de grands signes à la voiture qui s'avançait sur lui.

– Où allez-vous ainsi ? lui demanda monsieur Davignon penché à sa portière.

– Le chevalier vient de découvrir quelque chose à propos de Clémire, il a eu un malaise… Il a voulu sitôt après que nous partions pour Colombes. Il est au comble de l'exaltation.

L'aîné des Thésut, qui avec l'aide du notaire venait de s'extirper de son char de triomphe, alla d'abord près du cocher qu'il houspilla en le secouant par un pan de sa galvardine. S'étant ensuite approché de son cadet, il le fit pâlir en chuchotant à son oreille.

– Repartons à Colombes, ordonna l'abbé, pas une seconde à perdre !… Il y va de l'honneur de nos maîtres.

– Toujours l'excès ! ne put s'empêcher de grommeler Dubois qui, déjà passablement transi, avait assisté, depuis sa calèche, avec un air de grand dédain, aux circonvolutions frénétiques de ses vieux ennemis.

– Corbleu ! pesta soudain monsieur Davignon en considérant le manège des deux frères, m'expliquerez-vous enfin la cause de cette fermentation ?

– Ah ! Charles, répliqua l'abbé d'une voix pantelante,

venez à mes côtés, je vais tout vous expliquer mais, de grâce, parlons au rabais[1], épargnons l'innocence !...

Tout en disant ces mots, il s'était mis à couvrir Victor d'un regard oscillant et effaré qui acheva de précipiter dans le tourment celui auquel il s'appliquait.

On planta là la grotesque voiture, et ses quatre occupants, aux grands cris de Dubois resté dans sa calèche offert à tous les vents, passèrent dans le carrosse des Thésut. Le notaire, béatement installé, tâtait du doigt les capitons, effleurait la soie des rideaux, estimait la valeur du harnais, et ses yeux, pour ne rien perdre de tant de magnificence, roulaient comme des pierres dans le gros tourbillon d'un torrent. Victor, tandis que les Thésut restaient chacun pendus à une oreille de son oncle, faisait semblant de s'absorber dans la contemplation des faubourgs. La montée jusqu'au pont de Neuilly lui parut interminable. Il voyait courir les lèvres de ses mentors comme autant d'aiguilles acharnées à lui coudre un manteau d'infortune ; il percevait surtout l'impuissance navrée de son oncle dont le front se plissait un peu plus à chaque tour de roue.

Dans le reflet de la glace contre laquelle il s'appuyait, il voyait, balayé par le long défilement des ormes branchus, s'affaisser le menton de maître Lendhormi que le regret de ses trois bécasses commençait de tenailler et clignoter le regard de Quatrebarbes que le jour effrayait ; puis, en surimpression et comme projetée par une lanterne magique reproduisant un rêve lointain, danser l'image de Clémire que l'avancée de l'équipage paraissait effrayer et faire fuir.

Ils furent à trois heures devant la grille de la maison de Madame.

– N'y a-t-il point ici monsieur Davignon ? demanda

1. Parlons bas.

à la portière un sergent de mousquetaires gris qui venait de sortir d'une guérite.

– Si fait ! dit le conseiller en passant la tête par la portière, je suis là.

– Un homme de la chancellerie vous cherche, reprit le capitaine, il vient d'entrer au château.

– C'est l'envoyé que Pontchartrain m'a promis hier, dit monsieur Davignon au chevalier, il vient certainement confirmer ce que vous venez de m'apprendre.

La carrossée, dès l'allée franchie, se jeta dans le vestibule au beau milieu d'un flot de courtisans et de domestiques en émoi : le duc d'Orléans venait de faire annoncer par ses huissiers qu'il partait sur l'heure pour Villers-Cotterêts, ancien magnifique château de son père, où personne ne s'était rendu depuis plus de vingt ans. Force courtisans assemblés par pelotons raisonnaient sur le motif d'une décision si soudaine. Nul ne comprenait pourquoi, après s'être retirés de la cour depuis bientôt un mois, le prince et sa mère désiraient gagner cette demeure que quelques gens bien informés peignaient à peu près en château de Carabosse. Une noria de carrioles tirées par des bœufs pleins d'écume assaillait le perron. On dépendait à la hâte des tapisseries, on rangeait dans des manettes d'osier les restes de cuisine que le regrattier n'était pas passé prendre, on jetait des toiles noires par-dessus des cadres et des meubles entassés.

– La Vieuville ! s'exclama monsieur Davignon, en avisant dans la foule un géant grave, en justaucorps aux manches à botte, qui paraissait chercher quelqu'un.

– Monsieur le conseiller, enfin je vous raccroche, fit l'homme en s'inclinant avec un air de grand soulagement.

– Avez-vous quelque chose pour moi ? demanda l'oncle de Victor.

– Monsieur de Pontchartrain m'a fait venir ce matin dans son bureau…

Et secret comme un coup de canon, il se hissa sur la pointe de ses bottes pour poursuivre sans rabaisser la voix :

– … Il n'a pas pris le temps de vous écrire. Il vous demande seulement de vous fier à ce que je vous dirai. La chancellerie sait depuis bientôt un mois qui était ce Brandelis de Grandville au sujet duquel vous souhaitiez vous informer. On possède un rapport de Mareschal qui a procédé à l'autopsie du cadavre et qui a remarqué une marque tatouée au-dessus de la cuisse : un lys brisé d'un trait de bâtardise…

– Alors ! fit le conseiller impatient.

– Alors, reprit La Vieuville, comme il y avait de fortes présomptions que ce fût un bâtard de la famille royale, l'enquête a été menée par un commissaire du roi diligente par le chancelier.

– Et qu'a-t-on découvert ?

– Un cas vraiment extraordinaire, répondit La Vieuville, car personne ne se serait imaginé qu'il pût venir des bâtards de ce côté-là de la famille… Il s'agit d'un fils de Monsieur… Faiblesse bien étrange pour qui connaissait le goût de feu le frère du roi, mais faiblesse qui s'est renouvelée puisqu'on assure qu'il se trouverait aussi une fille de cette surprenante liaison. Les informateurs qu'a trouvés le commissaire assurent que la mère était chambrière au château de Saint-Cloud et qu'elle avait séduit le prince par ses manières… de grenadier.

Tout en parlant ainsi, La Vieuville, malgré son maintien sévère, n'avait pu s'empêcher d'esquisser un sourire.

– Vous confirmez donc point par point le récit de messieurs de Thésut, constata le conseiller, ainsi est-elle sa sœur…

– Oui, sa sœur ! renchérit l'abbé qui venait d'entendre

la fin de l'exclamation de monsieur Davignon, le chevalier s'est souvenu à point de cette affaire et maître Lendhormi tient, dans cette cassette, la preuve de la filiation de Clémire de Grandville… Quatrebarbes témoignera du reste.

– Il nous faut parler au duc sur l'heure, ajouta le chevalier, et tâcher s'il se peut encore, de tirer la Maison d'Orléans d'une poudrière où il ne reste plus que l'étincelle à porter.

Victor, qui venait de tout entendre, s'était adossé au mur. De ses doigts énervés, il s'essayait à desserrer sa chaconne pour s'ôter l'impression qu'il avait d'étouffer.

– Et qui sera assez hardi pour oser lui parler le premier ? demanda l'abbé.

– Moi ! rugit le chevalier, je l'ai vu au maillot, je l'ai fait sauter sur mes genoux… Tout prince qu'il soit, il ne me fait pas peur !

Et aussitôt, canne en avant, comme s'il montait à l'assaut d'une cassine ennemie, tirant maître Lendhormi qui n'eut que trois bonds à faire pour se trouver à l'étage, il s'élança dans l'escalier.

Courant en tête du cortège formé de La Vieuville, monsieur Davignon, Dubois, Pluvault et Liscouët, les deux Thésut, sans rien connaître des lieux, poussèrent au hasard, sous l'œil effaré de la valetaille, toute une série de portes. Pour finir, après que l'abbé eut lancé un gros clin d'œil au vieux Saint-Léger, premier valet de chambre, toujours accoutumé de se tenir dans la pièce la plus proche de celle où se trouvait son maître, ils ôtèrent sauvagement la cassette des mains du notaire qu'ils plantèrent entre deux suisses et pénétrèrent en trombe dans le salon du prince.

Le duc était assis à son bureau, s'appliquant à écrire sous la dictée de sa mère mollement installée au coin d'un grand feu d'orme.

– Ah ! fit Madame en conservant, malgré son envie d'éclater, un fond d'ironie froide, voici, mon fils, ceux qu'il vous faut nommer les plus obstinés de vos conseillers.

Le prince, rompu à sauver le premier coup d'œil, ne parut d'abord s'étonner que de remarquer Dubois au premier rang des intrus. Tel un voyageur revenu d'un long périple qui s'ébahirait des changements survenus dans la physionomie de ses proches, il se leva avec aplomb pour marquer à chacun un mot aimable ou un compliment appuyé.

– Vous commenciez à me manquer, eut-il même l'audace de glisser au chevalier en lui donnant l'accolade.

L'aîné des Thésut maugréa faiblement avant de ramasser toute son énergie pour venir se camper au milieu du salon.

– Non, Altesse ! pesta-t-il en reniflant bruyamment, il ne faut pas nous rouler dans la farine… C'est vous qui désertez !

– Déserter, le mot est fort, observa Orléans en regagnant lentement son fauteuil.

– Je le maintiens ! riposta le chevalier avec un grand mouvement de tête qui fit frissonner sa petite perruque.

Il décrivit plusieurs cercles autour du prince en ponctuant le martèlement de ses pas de gestes saccadés.

– Altesse, rien ne va plus dans votre maison !… Ce sont bientôt des familles entières que vous réduirez à la mendicité. Que dirait de tout cela Monsieur s'il revenait ?…

– Allons ! tonna Madame clouée sur son siège par le poids des trois chiens qui dormaient sur ses genoux.

– Mais à vous voir là, reprit Thésut que l'impatience de sa maîtresse n'avait pas dissuadé de poursuivre, me voici assuré du moins que vous n'avancez pas plus loin dans le crime.

– Le crime ? se récria le duc qui, malgré sa surprise, était parvenu à conserver un maintien olympien.

– Celui que l'on range parmi les plus scélérats, s'opiniâtra le chevalier.

– Mais encore ! insista le prince en marchant sur son accusateur.

– Ah, Altesse ! gémit le vieil homme en s'effondrant avec des larmes dans la voix, je me force en vain, je ne puis l'exprimer…

Il eut un geste pathétique avant de se jeter à genoux et de prendre la main du duc.

– Qu'on cesse donc de me parler par le rébus ! gronda celui-ci que l'effarement gagnait.

– Altesse ! intervint monsieur Davignon en s'avançant de quelques pas, permettez-moi de poursuivre puisque j'ai intérêt dans cette affaire.

Il croisa le regard de Madame qui s'apprêtait à protester.

– Je vous en prie, fit-il en l'arrêtant d'un geste, il y a du nouveau depuis que j'ai parlé tout à l'heure.

Le duc vint se placer face à l'oncle de Victor qu'il ne connaissait que pour l'avoir croisé quelquefois dans les galeries de Versailles. Il fit effort pour soutenir la flamme de son regard mais sentit aussitôt l'aimable ironie qu'il avait opposée à la colère du chevalier devenir impuissante.

Pendant quelques secondes, le ronflement du feu dans la cheminée ne fut troublé que par le jappement d'un chiot et par le halètement du chevalier qui tentait, après son coup d'éclat, de ressaisir son souffle.

– Je serai sans détour comme on doit l'être avec un prince éclairé pour l'avertir qu'il court un danger grave, dit enfin monsieur Davignon avant d'ajouter en se retournant vers la mère du duc : quant à vous, Altesse, je dois vous avertir que, par la nécessité où je suis d'évoquer certains débordements de feu Monsieur, je me prépare à chatouiller peu agréablement vos oreilles…

– Allez ! fit la duchesse avec un accent de résignation, il y a longtemps que beaucoup de choses sont devenues publiques sur ce sujet et que l'Europe en a fait sa fable… C'était pourtant un bon père et il aurait été bon mari si de mauvaises gens ne l'avaient pas perverti.

– Je crains malgré tout de surprendre, reprit le conseiller.

– Quelle nouvelle noirceur serez-vous allé supposer ? reprit Madame en s'emportant… Vous ne m'aviez pas habituée tout à l'heure à débiter de ces lardons-là.

– Je dis tout, Altesse… Monsieur, il y a vingt ans, a eu deux bâtards d'une femme de chambre du château de Saint-Cloud…

– Mensonge ! tonna la princesse qui, se levant d'un bond, répandit tous ses chiots autour d'elle.

– Je ne sais que parler raison, Altesse, objecta le conseiller, les documents que nous apportons et les dires de monsieur de Quatrebarbes établiront ce que je vais vous livrer.

La duchesse, dressée près de son fauteuil et cachant tout l'âtre de son imposant profil, entreprit de déverser un torrent de larmes et de clameurs.

– Me tromper comme il le faisait, hurlait-elle, je m'y étais résignée et je m'y résigne encore. Mais ce que vous dites, monsieur, je ne puis l'accepter… Qu'il y en ait une autre !… Non, ce n'est pas possible.

– Madame ! implora le duc en s'emparant du bras de sa mère et en l'aidant à se rasseoir.

Lorsqu'il l'eut tant bien que mal apaisée en lui murmurant quelques phrases à l'oreille, il se tourna vers monsieur Davignon resté impavide.

– Et c'est pour nous servir ce ragoût que vous êtes venu en tête de tout ce monde ? lança-t-il en se départissant pour la première fois de son calme.

Le conseiller l'arrêta net.

– Prenez garde, Altesse ! ce ragoût, comme vous dites, répand à sa surface les fumerolles d'un poison… Votre père, c'est vrai, a conçu deux enfants. L'un, Brandelis, est mort au début de cette année faute de vrais secours et dans des circonstances dont je vous narrerai tantôt le détail. L'autre – et voilà qui devrait vous toucher – est Clémire de Grandville que vous gardez près de vous, dans cette maison, depuis plusieurs semaines… Elle est votre sœur !… Voyez l'exploitation que ceux qui ne rêvent que d'abaisser votre maison peuvent faire de ce singulier hasard.

– Ma sœur, dites-vous… balbutia le prince d'un accent tout d'un coup rompu.

Il s'assit sur le coin d'un magnifique bureau, offrant à tous le spectacle d'un visage brusquement altéré :

– Mon Dieu, l'étrange chose ! Qu'allons-nous faire, mes bons Thésut, à présent que me voici lestement pris au piège ?

L'abbé, qui pendant toute cette scène n'avait cessé de frissonner, trouva le courage d'approcher.

– Pouvez-vous, Altesse, confirmer ce que nous a indiqué tantôt Madame ?… Avez-vous vécu avec elle dans l'honneur ?

Le duc, d'abord dérouté par la question, se redressa très vite pour parler d'une voix claire.

– Ah, mes amis ! murmura-t-il, voici bien le plus curieux de l'affaire : j'ai été avec elle en tout point comme son frère… Je vous en donne ma foi sur ce que j'ai de plus précieux, sur les mânes de mon père, sur l'amour que je porte à ma mère… Je suis demeuré près d'elle étrangement heureux et rassuré, sans plus ressentir aucune de ces bouffées d'angoisse que me procure l'inutilité où le roi me ravale… Elle est donc ma sœur. Oh, Dieu ! la destinée.

– Elle est promise à mon neveu, Altesse, à Victor de

Gironde qui montre chaque jour ici, par son application à vous servir, combien il vous est dévoué.

– De plus, balbutia le duc d'une voix redevenue ténébreuse, j'aurais causé le malheur d'un de mes fidèles.

– *Met Verloff! Met Verloff*[1] *!* s'exclama la duchesse qui venait de recouvrer tous ses sens après avoir bu un chiquet de cette Eau de l'Empereur Charles dont elle avait toujours un flacon sur elle, je ne croirai, moi, à toute cette fable que lorsqu'on m'en aura montré les preuves !

– Elles sont là, comme nous l'annoncions, Altesse ! fit le chevalier qui s'était avancé portant la cassette du notaire et poussant Quatrebarbes devant lui.

– Je vous crois sans qu'il soit besoin de lire, reprit le duc, le mystère de la paix qui m'a gagné depuis que je suis auprès de Clémire s'est brusquement levé à la seconde où vous avez parlé.

Madame, d'un geste impétueux, sortit ses besicles de dedans sa manche après avoir calé la cassette de maître Lendhormi entre son ventre et le bord d'une petite table. Elle était trop agitée pour se convaincre elle-même et tendit la liasse au conseiller qui lut comme l'avait fait Victor au Palais-Royal deux heures auparavant.

Cette lecture achevée, la princesse, qui paraissait émerger d'un songe, se leva pour faire trois fois le tour de sa bergère.

– Et voulez-vous me dire ce que vient faire le chevalier de Lorraine dans cette affaire ?… On ne parle que de lui céans… Ne serait-ce point lui qui aurait engrossé cette chambrière et qui, par avarice pure, en aurait fait porter la reconnaissance à votre père ?

– Vous ne voulez donc point que Clémire soit ma sœur ? se désola le prince.

– Elle ne l'est que par ce qu'on dit là, répliqua

1. Avec votre permission.

Madame, mais ce sont des fariboles… Je sais moi que votre père n'a pas connu d'autres femmes que les deux légitimes qu'il a eues par le mariage. M'asseyerait-on sur la sellette, me chausserait-on le brodequin, je ne conviendrais pas d'autre chose !…

Le prince, ému de l'indulgence pleine de passion que découvrait sa mère, s'empara de sa main pour la baiser.

– Nous ne percerons sans doute jamais ce mystère, dit-il… Quoi qu'il en soit, je vous supplie de n'empêcher point un fils aimant de considérer Clémire comme une autre partie de lui-même et de continuer d'en faire sa confidente.

– Ah ! recevez-la ainsi, Philippe, s'exclama Madame qui avait achevé de mettre à vif ses joues pleines à force de les lustrer, cette enfant, je l'avoue a conquis mon cœur.

– En somme, reprit le prince d'un accent mâle tout en abaissant un cordon de passementerie, la pièce finit sous des applaudissements universels : ma mère trouve une fille aimante pour remplacer celle qui est en Lorraine, je me découvre une sœur, monsieur de Gironde regagne un cœur qui ne brûle que pour lui et vous, messieurs, vous récupérez un maître…

Il revint vers son bureau pour mettre en morceaux la lettre qu'il était en train d'écrire.

– Il n'est plus temps de cela ! dit-il, je demandais au roi qu'il m'autorise à quitter la cour quelque temps… Un petit-fils de France ne peut se permettre de ces caprices.

– C'est le commencement de la sagesse, se félicita tout haut le chevalier de Thésut.

– La Maison d'Orléans, renchérit monsieur Davignon, est heureuse de posséder un chef tel que vous… Vous le savez, Altesse, les dynasties d'Europe sont appelées pour perdurer à déployer des trésors d'adresse dont personne n'avait eu jusque-là l'idée. Les cadets, nul n'en peut douter, auront demain leur mot à dire.

– Nous sommes bien loin du trône, objecta le duc, la famille du roi est florissante… Je ne suis aujourd'hui que le cinquième dans l'ordre de succession à la couronne.

– Et que savez-vous des desseins de Dieu et de l'ordre naturel des choses ? insista le conseiller, n'avez-vous pas reçu la grâce royale en naissant ? Prétendriez-vous pouvoir déchiffrer les énigmes du futur et – certains ici me comprendront – ajouta-t-il en considérant fixement le prince, avez-vous à vous résigner en place de votre descendance à l'iniquité dont fut victime votre père ?

– Mais, monsieur, reprit le prince qui avait frissonné aux paroles du conseiller, comment voudriez-vous que je songe à ce qui est grand quand on refuse mes services à l'armée et quand on ne voudrait me voir qu'au bal et à la chasse comme mes cousins Condé et Conti ?

– Altesse, tout ce qui contrecarre votre volonté doit vous inciter à aiguiser vos capacités… Vous n'avez pas le droit de gâcher un talent qui peut être demain une chance pour toute la nation française.

Il fut interrompu par le bruit d'une porte.

C'était Clémire, portant sur son visage un air de gravité inhabituel.

– Vous m'avez demandée, Philippe ? fit-elle d'une voix qui ne possédait plus le franc métal de ces choses doucettement murmurées dont Victor avait gardé à l'oreille la musique frôleuse.

Elle s'immobilisa brusquement, découvrant tour à tour ceux qui avaient envahi la pièce, l'air embarrassé du duc, les yeux encore rouges de Madame. Elle reconnut enfin son amoureux placé dans le contre-jour d'une fenêtre ouvrant sur le parc.

– Victor ! murmura-t-elle en s'élançant les bras ouverts.

Il se précipita à son tour.

– Sauveur, je vous retrouve ! soupira-t-il en la pressant contre lui.

Elle inclina contre son épaule sa tête brune couronnée d'une petite fontange de fil d'or et de dentelle noire.

– Ah ! chuchota-t-elle, tremblante d'émotion, Philippe a été bien bon de vous prier de me rejoindre… Malgré toutes les bontés qu'on a pour moi ici, je n'en finissais pas de me morfondre de vous.

Et pour rendre plus persuasives ses paroles, dans un mouvement d'espièglerie retrouvée, elle frotta son bout de nez rose contre le col de l'habit de velours de son galant.

– Ne sont-ils pas charmants ensemble ? s'exclama Madame à la cantonade avant de s'avancer pour embrasser les deux amants… Ma belle enfant, enchaîna-t-elle à l'adresse de Clémire, voulez-vous faire encore un plaisir à votre pauvre Liselote[1] ?

– Je vous dois déjà trop, Altesse, répondit la jeune fille… Vous avez été si bonne pour moi pendant tous ces jours et si prévenante envers mes bons parents Lheureux qui tremblaient que je ne vous causasse quelque déplaisir.

– Je désirais seulement, précisa Madame, vous prier d'accepter le complément de dot que je constituerai lorsque vous épouserez monsieur de Gironde.

Clémire voulut répondre.

– Vous avez promis, protesta la duchesse, il faut laisser à une vieille femme le plaisir de s'offrir quelques caprices !… D'ailleurs, je vous regarde un peu comme de la famille : on va vous expliquer pourquoi.

1. Surnom, diminutif d'Élisabeth, qu'on donnait souvent à Madame.

– Oh, Madame ! s'exclama Clémire en sautant au cou de la princesse.

– Eh bien ! fit monsieur Davignon qui s'était rapproché des jeunes gens, ne dirait-on pas que les choses finissent par s'arranger vraiment ?… Qu'en pensez-vous, mademoiselle ? poursuivit-il en se tournant vers Clémire, vous qui ne savez toujours ni le fin mot de tout ce mystère ni le personnage que je fais ici.

Victor, toujours sous le coup d'un grand saisissement, réalisa qu'il n'avait pas songé à présenter Clémire à son oncle. Il s'en acquitta aussitôt d'une voix que le bonheur rendait hésitante.

– Je vous félicite, mon garçon, lui glissa le conseiller après les compliments d'usage, elle est tout à fait selon mon cœur.

Et pour témoigner de son admiration, il déposa deux baisers sur les joues en feu de sa future nièce. À cette seconde, et pour la première fois depuis qu'il le connaissait, monsieur Davignon parut à Victor accessible aux passions des mortels.

Ce fut le conseiller, lui encore, qui narra à la jeune fille l'histoire dont elle était l'héroïne.

– Ah ! murmura-t-elle d'une voix expirante lorsqu'il eut achevé, dire que Brandelis se sera noyé quelques secondes avant de toucher au rivage… C'est lui qui m'a portée sur les flots tumultueux et il n'est plus là pour contempler mon bonheur.

– Le sort est en effet bien cruel, chère sœur, conclut le duc d'Orléans, tout comme vous je suis inconsolable de tant de souffrances mais je vous donne aujourd'hui ma parole de ne ménager rien ni personne pour réhabiliter la mémoire de notre pauvre frère.

On entendit alors lever un terrible miaulement, c'était le bonhomme Quatrebarbes :

– Et moi, mademoiselle, je suis votre tuteur… J'ai de grands torts envers vous mais j'implore votre pardon… Après mes chats, vous êtes tout ce qui me reste au monde.

– Tête-bleue ! grommela Dubois, furieux de n'être point le *deus ex machina* de la fable, pourquoi ce vieux recommenceur vient-il encore nous embarbouiller ?… Je ne comprends décidément plus rien.

– Nargue ! fit de son côté Madame en ressaisissant la petite Millette qui remuait la queue pour remonter sur sa robe, mademoiselle Kolb[1] avait bien raison de dire qu'il ne se passe nulle part des choses plus étonnantes que dans le monde.

1. Mademoiselle Kolb avait été l'institutrice de Madame au temps de sa jeunesse.

# TABLE

## DU MÊME AUTEUR

### Biographies et essais

Les Bâtards d'Henri IV : les Vendômes
*prix des Trois Couronnes*
*Perrin, 1994*

Trois Gouttes de vinaigre dans les Saintes Huiles
ou la Vie tumultueuse de Guiscard-La Bourlie
*Perrin, 1997*

Le Cardinal de Bernis ou la Belle Ambition
*Perrin, 2000*

Henri IV ou le Règne de la tolérance
*(en collaboration avec Jacques Thibau)*
*Gallimard, 2001*

Madame de Maintenon ou le Prix de la réputation
*Perrin, 2003 et 2010*

Mirabeau
L'excès et le retrait
*Perrin, 2008*

*Gabriel de Mirabeau*
Les amours qui finissent ne sont pas les nôtres
Lettres à Sophie de Monnier
*(édition établie et annotée par Jean-Paul Desprat)*
*Tallandier, 2010*

### Romans

Le Camp des enfants de Dieu
*Balland, 1989*

Le Secret des Bourbons
*Balland, 1991*

Gilles. La musique au temps du Roi-Soleil
*Gallimard Jeunesse, 1999*

Les Enfarinés
*Éditions du Rouergue, 2000*

Au nom de la Pompadour
*(en collaboration avec Pierre Lepère)*
*Flammarion, 2001*

Bleu de Sèvres
*Seuil, 2006*
*et « Points Grands Romans », n° P1733*

Jaune de Naples
*Seuil, 2010*
*et « Points Grands Romans », n° P2654*

BEAUX LIVRES

Paris, fêtes et lumières
*(photographies de Winnie Denker et Jean-Paul Desprat)*
*Images-Magie/Jean-Paul Mengès, 1991*

COMPOSITION : IGS CP À L'ISLE-D'ESPAGNAC
IMPRESSION : CPI BRODARD ET TAUPIN À LA FLÈCHE
DÉPÔT LÉGAL MARS 2012. N° 107711 (67151)
IMPRIMÉ EN FRANCE